台灣文學三百年

續集

宋澤萊

目次

第三章 田園文學時代

第四章 悲劇文學時代

第五章
諷刺文學時代

第六章
新傳奇浪漫文學時代

第七章
餘論

附錄

續集序

說明與感謝

二〇一一年，《台灣文學三百年》出版後，我曾經把書寄給幾個「台灣文學研究所」的師長以乞斧正。記得有一位老師回電話給我，和我聊了一些她的看法。大致上她認爲《台灣文學三百年》的體例和理論都很好，但是篇幅不夠；尤其是漫長三百年文學史裡，傑出的作家無數，我只代表性地選出十九位來寫，實在太不足了。我聽了電話以後，就決定擴大《台灣文學三百年》的篇幅，使它能容納更多的作家，最好能達到四十位，或者更理想的是六十位。從那時，我又援筆，陸陸續續寫了許多篇章。時間說長不長，說短不短，共計四年，在原來的體例下我又寫了十九個作家，估計篇幅已經增大了一倍。如今，我將這些新寫的文章匯集起來，並收集這幾年來，我對台灣文學各系統的發展以及世界文藝發展史較具有獨創看法的數篇散論，合成這本《台灣文學三百年續集》，付梓出版。

爲了使讀者閱讀這本書更爲容易，同時有一個大概的輪廓性認識，現在我按照目次，依次把續集裡的每篇文章做一個重點簡介：

首先，〈原自序：另一種台灣文學史的新觀念〉這篇文章是原來《台灣文學三百年》的「自序」。這篇序文所以重複收入續集裡，是因爲它提到了《台灣文學三百年》的理論是受到史賓格勒《西方的沒落》和諾斯洛普．弗萊的「文學原型理論」以及海登．懷特「後設歷史敘述學」的啓發而產生的，文章有其重要性。同時，這篇自序裡，我也提到這本台灣文學史和如今坊間眾多的台灣文學史在本質上差異甚大，它可以帶給讀者對台灣文學的新認知。

接著，第一章：本書理論運用與檢討，也是原來《台灣文學三百年》的第一章。這篇文章所以重複收入續集裡，是因爲它重點地檢討了諾斯洛普．弗萊以及海登．懷特的若干文學／歷史學理論，提綱挈領地把本書的理論簡述、檢討了一遍，這是本書的靈魂所在，是很基礎的東西，是讀者首先必要懂得的。在文章裡，我也提到任何的文學理論都有它的局限，我們從事文史研究的人，不應該認爲我們和科學家一樣，以爲自己使用的理論是一種顛撲不破的科學定律。相反的，文史研究者使用的理論，哪怕再嚴謹，都是有漏洞（例外）的。我們使用理論，必須先理解裡面的漏洞，在自知中求進步。

第二章：傳奇浪漫文學時代。首先收集了〈論孫元衡《赤嵌集》的「魔怪意象世界」書寫〉一文。孫元衡所以重要是因爲他寫了一本非常怪異的詩集，叫做《赤嵌集》，以醜化台灣的山川氣候及原住民而名聞四方。他的偏見甚深，影響後人也甚鉅。我們研究孫元衡，不是爲了同意他的偏見，而是把他的偏見當成台灣傳奇浪漫文學時代的一種特色，認爲這是無意識下的書寫，是一種迷障。其次，又收集了〈細讀楊廷理《東游草》裡的幾首詩〉一文。楊廷理的文學所以重要，是因爲它顯示了傳奇浪漫文學裡「英雄的旅程」的標準書寫。這種書寫，彷彿是一種公式被運用在每個傳奇浪漫文學家的作品中。換句話說，這個階段的作家如是書寫他們的文學，卻不知道他們的文學早已經被一種公式所操縱。

第三章：田園文學時代。首先收集了〈評陳維英「西雲岩寺」「太古巢」系列的詩作〉一文。陳維英是清治前期，台北最重要的教育家，他書寫的對聯巧妙風趣，因而聲名遠播，受人尊敬；不過，他的詩藝更好。由於日治時代，連橫誤解了陳維英的詩，居然說他「不知詩」，我特別用這篇評論來糾正連橫。其實陳維英的詩比連橫的詩好多了，這就是爲什麼陳維英能考上舉人，而連橫連秀才都考不上的原因。陳維英一生最古怪的舉止是想當「鳥人」，他雖頗富有，卻在山頂的樹上蓋房子，棲居在那裡，教人費解。我認爲這是田園文學時代，詩人想「升入天堂（羽化登仙）」的萬化冥合的精神現象。其次，又收集了〈細讀李逢時《泰階詩稿》裡的幾首詩〉一文。李逢時是宜蘭人，詩作充滿大自然風光以及紅藍綠白種種顏彩，才情不比李白差。他拔元出身，按理說最少應該當個官兒，可惜他一生很不得意，最高職位只擔任過彰化縣令的幕僚，可說是一個窮書生。然而，他對朋友、親戚、父母、妻兒都非常有情，不惜寫詩讚美身邊的每一個人，讀他的詩眞教人舒服。我認爲這是田園文學時代的人倫感情普遍滋長的現象，是一個情意滿溢的時代。爲什麼台灣文學界很少人談到李逢時呢？這個我就不知道了！

第四章：悲劇文學時代。首先收集了〈評洪棄生的「鹿溪」系列詩〉一文。洪棄生是彰化鹿港人，古典詩人，晚清出生。十幾歲就考上秀才，到府城唸過書；隨後好幾次到福州應舉，可惜都沒有考上。那時，他的詩歌非常浪漫快樂，有如朝陽東升，充滿希望。到了一八九五年，台灣迅速割讓給日本，瞬間來臨的劇變，幾乎摧垮了他。他不服從日本人的統治，不願剪辮，散髮行走在街道，彷彿瘋子。他的詩一夕變成爲憤怒、哀傷，所寫的外境也成爲一片黃昏斜陽。他是「境隨心轉」非常厲害的作家，只在一夜之間，作品全變了。他是台灣文學由田園突變（非漸變）成爲悲劇的樣板。同時由洪棄生的例子，可以看出文學並不客觀地反映「實境」，它只主觀地反映「心境」。洪棄生之後的重要新文學作品（比如說賴和以及楊逵的小說），與洪棄生的文學一樣，外境遂成一片黃昏斜陽，甚至天昏地暗了！其次，收集了〈評林癡仙和蔡惠如的幾闋詞〉一文。林癡仙是霧峰家族的才子之一，林獻堂的叔叔，「櫟社」的創辦人之一；割日時，他二十一歲。蔡惠如是中部清水人，「鰲西詩社」的創辦人，實業家；割日時，他十四歲。他們都是古典詩人，而且他們的詞比他們所寫的詩要更優秀。從作品來看，田園文學對他們的影響很大，詞不免也染有田園風，但是他們可能不知道他們的無意識是悲劇的。換句話說，他們使用了田園技法和悲劇精神在寫文學作品，寫出來的作品當然變成了悲劇，事實上說明了台灣文學的發展已經由田園讓位給悲劇了。再其次，收集了〈評賴和的短篇台語小說〈一個同志的批信〉〉一文。賴和所以重要是因爲他是新文學之父，對於台灣新文學的發展，具有創生、撫育的功勞。他最重要的作品是白話小說十餘篇，有北京語小說，也有台語小說。〈一個同志的批信〉應該是一篇台語小說。這篇小說被許多評論家認爲是賴和用來自我策勵的小說，也就是說賴和自認爲他的革命行動不夠激進，因此寫這篇小說來自我反省。不過，事實上不是如此。相反的，乃是由於賴和的小資產階級身分被年輕的左派分子批判，賴和因此寫這篇小說來反駁左派作家。也就是說，賴和對反日陣線左右派的分裂不以爲然，分裂只會使反對運動更形孤立，說白了就是反對運動的末日。賴和的看法是先知性的，是左派從來沒有想過的。「孤立」乃是悲劇的原因，不管是現實上的或是文學上的，一旦孤立，最終就一定產生悲劇，甚至是滅亡。最後，收集了〈評呂赫若的小說〈財子壽〉〉一文。呂赫若所以重要，是因爲他是日治時期家族小說最深刻的寫手。台灣的大家族的問題，在日本時代才開始受到反省，呂赫若是最鮮明的作家。〈財子壽〉具體揭出了大家族裡的成員彼此剝削、呑噬的現象：夫妻無情、兄弟無義、兒子不孝、奴僕欺主……，可說人倫喪盡、刻薄寡恩。我們可以把悲劇時代呂赫若的家族小說和田園文學時代李逢時的古典詩相比較，就知道有情的時代已經結束了，寡情時代已經來臨了！

第五章：諷刺文學時代。首先收集了〈評王禎和的〈嫁妝一牛車〉在台灣文學史上的意義〉一文。王禎和所以重要，是因爲他是標準的戰後諷刺文學家，諷刺的純度甚至超過了黃春明。他從不寫大人物的小說，小說裡的主角盡是小人物。按說，小人物總是能喚起我們同情的，但是王禎和筆下的小人物大半不值得我們同情。他們能抗拒道德，不顧廉恥，簡直是披毛戴角的異類，那是因爲他們都被金錢迷住了。這些小說以〈嫁妝一牛車〉一文最典型。我們分析這篇小說，一方面是爲了揭示戰後諷刺文學的大潮已經降臨；同時讓我們能自我了解到戰後台灣人普遍笑貧不笑娼，已經變成金錢的奴隸了。其次收集了〈評李喬的短篇小說〈告密者〉〉一文。從李喬的所有小說看來，他並不是一位純粹的諷刺文學家，由於他的人生觀傾向了悲觀，使他的主要作品，尤其是長篇小說，都屬悲劇類型。但是他畢竟是戰後才寫小說的作家，所以不免寫了一些諷刺小說。他寫的諷刺小說，大半富有政治性，許多都用來諷刺戰後國民黨對台灣的統治。他有幾篇作品書寫了「食人妖魔」那種人物，也就是那些寄生在黨國體制裡的害人精，〈告密者〉就是典型的一篇。他的這篇小說說明了，戰後的台灣社會一片洪荒，特務橫行，異獸出沒，噬人魂魄。這時，英雄已死，再無英雄可以書寫，一些作家只好書寫這些害人的「食人妖魔」以充篇幅。再其次收集了〈論《笠》詩人們的反諷性〉一文。這篇文章評介了陳千武、李魁賢、鄭烱明三位詩人，都是「笠詩社」的成員。笠詩社是戰後台灣本土最大的詩社，人數達到數百人。由於陳千武從日本引介「新即物主義」這一派的理論進入詩社裡，導致他們的成員大半都會寫這種詩。「新即物主義」的詩其實是走著隱喻的道路，諷刺社會萬象的一種詩。陳千武、李魁賢、鄭烱明這三個「新即物主義」的寫手常常以台灣人為暗喻的對象，諷刺戰後台灣人被逼迫、被壓榨、被囚禁……的種種窘境，書寫出台灣人內心最深的痛楚和反抗，這群詩人眞了不起！再其次，收集了〈試論林雙不和王定國的譴責文學〉一文。譴責文學是文豪魯迅用來替晚清帝國某些小說做歸類所發明的一個詞，它有一定的內涵，比如說它意在抨擊政治，揭發社會黑暗面；又比如說它和諷刺小說本屬同類，只是語意比較外露罷了。那麼，戰後台灣有譴責小說嗎？答案是：太多了！在八〇年代，由於歷經美麗島事件洗禮，出現了幾十位年輕一代的人權文學家，抨擊現實，高喊改革。他們籠罩了半邊文壇，使台灣文學壯大起來，林雙不和王定國就是當中的兩個年輕作家。我們藉著分析這兩位作家的作品，略略來理解當時蓬勃發展的台灣譴責文學。

第六章：新傳奇浪漫文學時代。首先收集了〈評陳雷的台語長篇小說《鄉史補記》〉一文。陳雷是台南人，台大醫學院畢業後，赴加拿大執業。在海外，他和同仁推動台語文運動，不但親自編寫劇本演出外，也寫台語小說。他並用漢字和羅馬字，表意無礙，作品非常生動有趣。在台文作家之中，他的短篇小說無人能敵，質量精，數量亦大，書寫台灣白色恐怖的小說尤其傑出。在才情上，他是類如奧亨利或莫泊桑的那種小說家，小說從來沒有失敗過，儘管再短的篇章，都很吸引人。《鄉史補記》卻是他唯一的台語長篇小說，也是大河小說，從有清一代一直寫到戰後，時間縱貫將近兩百年。這篇小說是當前西拉雅（平埔族）書寫中最重要的作品，揭開了數百年來平埔族如何被漢人欺騙、侵奪、驅趕、殺害、改姓的事實。最重要的是，這個長篇小說把台灣人具有平埔族血統的事實揭發出來，引發我們久久的思考。其次，收集了〈評胡長松的台語長篇小說《復活的人》〉一文。胡長松是高雄人，年輕一輩的台文小說家。早年，他用北京語寫了兩本長篇小說和若干短篇小說，大部分是悲劇。後來，轉向台語書寫，仍然長短篇都寫。台語短篇小說書寫了二二八事件，引人側目。長篇台語小說以《復活的人》篇幅最大，也最被討論。《復活的人》不再是悲劇小說，而是浪漫傳奇小說。同時，它既是政治小說，也是基督教小說，最重要的是平埔族小說。從才情來看，胡長松的敘述能力很高，能把一件小事說得非常有趣，小說甚具閱讀性。台語長篇小說從陳雷到胡長松，走的是一條深邃無比的民族重建的道路。他們都是尋根者，作品帶我們回到了平埔族的祖源之地，在那裡，讓已死的台灣人得以再度活了起來。

第七章：餘論。首先收集〈論台灣女性文學的過去、現在與未來〉一文。這篇文章是我近幾年來對台灣女性文學較深刻的思考。在原來的《台灣文學三百年》裡，我只提到「客家福佬族群」和「外省族群文學」的春→夏→秋→冬的演變歷程，並沒有提到女性族群文學。但是在台灣文學裡，女性族群文學實際上是一個非常重要的系統，並不比「客家福佬族群」和「外省族群文學」這兩個系統更不重要。一樣可以用春→夏→秋→冬的演變歷程來分析它的過往，也可以預測它的未來。按照我的看法，女性文學當前是走到了冬天諷刺文學的階段，等這個階段過後，就會進入春天傳奇浪漫時代，那時會有許多女性英雄被歌頌，那時才是女性眞正解放的時代！其次，收集了〈細讀原住民作家莫那能的兩首詩〉一文。這篇是用來檢討觀察、預測當前原住民文學發展的文章。原住民文學和女性文學一樣，在台灣文學裡也是一個非常重要的系統，不能不特別注意。我們仍然可用春→夏→秋→冬的演變歷程來分析它的過往，也可以預測它的未來。據我的看法，目前原住民文學正擺盪於「田園」及「悲劇」之間，所寫的文學不是田園文學就是悲劇文學。我也呼籲原住民文學應該往諷刺文類移動，如此，對於原住民眞正的解放才是有利的！再其次，收集了〈論戰後悲劇文學的延續與二二八事件的書寫〉一文。爲什麼要收集這篇文章呢？原來，我曾經說過，三百年來台灣文學的發展乍看之下，會呈現雙主流發展的現象。比如說戰後的文學應該是以諷刺文學爲唯一的主流，可是戰前悲劇文學的勢力仍然非常有力地延續下來，使人不得不承認它和諷刺文學是並行發展的兩個文類。這個原因來自兩方面：一個是戰後仍有許多作家書寫著日治時期的題材，和日治時代的小說並無兩樣，既然這樣，文類當然也採用日治時期盛行的悲劇。另一個是二二八事件所導致，由於二二八事件裡死難的人太多，悽慘無比。這種故事的書寫除了採行悲劇書寫以外，並沒有比較好的文類，終於導致戰後的悲劇文學壯大起來。在這篇文章裡，我分析三個作家的小說，讓讀者了解二二八悲劇文學的力量，同時也指出二二八文學是不容易消失的，即使到了二十一世紀，還是會有人寫它。

最後是附錄。這一輯大半是我把文學四季變遷理論拿來觀察世界文學史所得到的新見解，也是我閱讀世界文學史的一個祕訣。首先收集〈《聖經》文學兩千年的四季變遷及循環現象〉一文，在文章裡，我把《聖經》文學兩千年分成五個階段，也就是由傳奇浪漫文學時代開始，經過田園文學時代、悲劇文學時代、諷刺文學時代，又回到了新傳奇浪漫文學時代，呈現了一個標準的循環。這篇文章可以幫助我們閱讀《聖經》。《聖經》從來不是一筆流水帳，它階段分明，每個階段都關係著人和神之間的親疏關係，神話的歷程極有條理。其次收集了〈美國小說三百年〉一文。這篇文章指出了美國文學主流的發展也呈現四季變遷的現象，現在是來到了諷刺文學的階段，估計不久之後，將會走入新傳奇浪漫文學階段。再其次，收集了〈近代歐美文藝史的四季變遷現象〉一文。在這篇文章裡，我用表列作家名字的方式，指出不但是美國的文學發展，包括法國、英國的文學發展，其主流都呈現四季變遷的現象。不但是文學發展，甚至歐美的美術發展也呈現四季變遷的現象。這就說明了，文學的四季變遷現象，不是僅止於發生在台灣三百年的文學史裡，它也普遍發生在近代歐美的文藝史裡。再其次收集了〈唐詩三百年的四季變遷現象〉，這篇文章可以幫我們了解唐詩各階段想要表達的不同精神。例如，我們閱讀唐詩，不可以把杜甫和白居易簡單都看成是社會詩人，認爲他們屬同一類，他們的不同大到無法相互比較。有什麼不同呢？就請看這篇文章。再其次收集了〈漢賦三百年的四季變遷現象〉一文，這篇文章可以幫助我們了解漢賦諸家的根本不同，三百年的漢賦其實是依循著文學的四季變遷理論在發展，仍然難逃這個文學的變遷律則。從上面兩篇文章看來，文學的四季變遷理論不僅發生在近代的文學史裡，也發生在遙遠的古代文學史裡。最後，收集了〈文學四季所表現的一般性內容〉一文。這篇文章我使用了表格的方式，將文學四季所表現的內容分別羅列出來，每個階段都不相同，每個階段都有其獨特的要表達的東西，提供給讀者做最簡易的了解。

以上，就是我對《台灣文學三百年續集》每篇文章的簡介。總之，它是原來《台灣文學三百年》一書的再擴充，但是它也不是完全依附在《台灣文學三百年》上面，它是可以獨立的。換句話說，即使只閱讀《台灣文學三百年續集》也能完整了解台灣文學三百年的發展過程，更何況續集裡有我近幾年來更深入的思想。

感謝自二〇一一年以來，許多人對於我寫的這本台灣文學史的關懷，他們都認爲這本台灣文學史不同於當前任何一本台灣文學史，既拓寬也加深了台灣文學史的視野，乃是一本無法被忽視的史著。我亦可能繼續書寫完結篇，希望被論述的作家再增加二十人左右，俾使這本文學史更爲完備。

——二〇一五年十月二十三日於鹿港寓所

原自序

另一種台灣文學史的新觀念

在七〇年代初期，我就讀於北師大的歷史系，修過王聿均先生的「歷史哲學」課程，曾接觸過史賓格勒的《西方的沒落》這本書。對於二十歲出頭的學生而言，想要理解這本如此晦暗、神祕的書籍，事實上是有所不能的；因此，在上課時不免都在似懂非懂中度過。

不過，我的印象最深刻的幾點是：理解了史賓格勒將各大文化（比如印度文化、西方希臘羅馬古典文化、阿拉伯文化、日耳曼民族西遷後西方文化）的歷程分成「春季」、「夏季」、「秋季」、「冬季」四個階段，每個文化由春季興起，到冬季凋落，都歷經神祕的一千四百年之久。最令我驚訝的是，史賓格勒列出了每個「季節」都有一個文學主流與之對應。比如以日耳曼民族西遷後西方文化而言，春季的文學就是《尼伯龍之歌》等騎士文學；夏季的文學就是文藝復興時期佩特拉克等人的文學；秋季的文學就是歌德等人的文學；冬季的文學就是易卜生等人的文學，每種文學所表現的「靈魂意象」、「生命感受」、「世界觀」、「道德觀」都不相同。它初步給我的印象是：同一個文化裡的文學，存在著許多階段性的不同，不能一概而論；同時這些不同是由於人們內在生命感受、道德觀……的不相同所導致，不只是表面的文學外觀上的不同。

畢業後，我繼續間斷性的研讀史賓格勒的《西方的沒落》，常常想到裡面所揭示的文化文學階段論，一想就想了三十多年之久。可惜，史賓格勒始終沒有辦法進一步在我的文學認知上有更大的啓發。原因是：他揭示的文化歷程都太長，一千四百年的發展很難運用在其他比較短暫的民族文學觀察上；另一個原因是太神祕了，不論哪一種文化的各階段時間都是一致，比如春季階段恰巧都是六百年，既不能多也不能少，這一點使我想不通；最後的一個因素當然是理論上的悲觀，史賓格勒認爲文化文學走到冬季後，就陷入了停滯之中，從此渾渾噩噩了此殘生，這一點無法取信於我！

我就想：在文學的精密分析上，這種大而化之的文化文學論有什麼實際的用處呢？我能運用它來分析什麼呢？

沒想到，在幾年前，我意外地由文學理論的書籍中看到加拿大籍文學批評家弗萊所寫的一篇叫做〈文學的若干原型〉的文章，裡頭揭示了一個原始社會神話故事的完整歷程，也可以分成春、夏、秋、冬四個階段，從英雄（神祇）的誕生到死亡，就涵蓋在這四個階段之中。他又認爲原始社會的神話等於我們文明社會的文學，因此，文明社會的文學完整歷程也可以分成春、夏、秋、冬四個階段。不但如此，他還認爲文明社會的春天階段會出現「傳奇（浪漫）文類」；夏天階段會出現「田園、喜劇、抒情文類」；秋天階段會出現「悲劇文類」；冬天階段會出現「諷刺文類」。而且四季循環完畢，還會復活過來，又出現下一個四季的循環。

這篇文章寫於一九五一年，比他在一九五七年完成的《批評的剖析》還要早六年，算是他最早期的思想之一。

這篇文章使我茅塞頓開，解答了我三十幾年裡所想的問題，而有了霽光初現的那種感覺。

隨後，我當然了解弗萊的理論是受史賓格勒和弗雷澤神話學的啓發才產生的，不過卻沒有史賓格勒過分僵硬性的安排。

首先我們知道，弗萊的理論擺脫了固定歷史時間的束縛，春、夏、秋、冬的四個階段不必一定發生在千年以上的歷史文明裡，任何的社會（只要有原始社會那種規模就行）、短小的文明（即使只有幾十年就行）都可以加以運用。再者是：春、夏、秋、冬四個歷程不必有一定時間的限制；再者是：文明不是悲觀的，任何文明、文學都可以再生，死而復活。

我愼重地把弗萊的看法拿來照看我比較熟悉的《聖經》二千年文學（舊約）、台灣三百年的文學、外省人的六十年文學，發現春、夏、秋、冬四個階段果然歷歷分明，十分清楚。這個結果帶來我想要分析台灣三百年文學歷程的企圖。

那時，我也正在使用海登．懷特的後設歷史敘述學從事若干的文學批評，我就把弗萊的、海登．懷特的以及一般的修辭學加以融通，開始撰述了這本《台灣文學三百年》。

所謂的「三百年」是由郁永河的《裨海紀遊》算起到今日的作家作品爲止，大概是這個時間數目。我沒有將它往前擴充到荷蘭、明鄭那兩個時期的文學，這是因爲客家人和閩南人大規模移民來台和落地生根是在清朝前期，這批人的子弟就是如今台灣人的多數人，族群的存在具有完整的連續性。至於外省人六十年的文學過程，我另行將它做爲一個完整的春、夏、秋、冬過程加以分析，已經附在書裡頭，讀者可以自行檢閱。至於原住民文學，我相信它也有獨特的完整歷程可以分析，只是已經超乎我的能力範圍之外了，所以暫時不提（作者按：續集裡就提到了）。

海登．懷特認爲，任何的歷史撰述都不是眞理（因爲不是歷史本身）。因此歷史撰述是不可行的（要嘛通通是錯的），但是也都是可行的（要嘛通通是對的）。歷史撰述者如此想，如此寫，都是先存於無意識的結構中。《台灣文學三百年》也是如此，它是撰述者自己的設定，是主觀的產物，我不敢說這是客觀眞理，只是說我正在徵求一些人對我的觀點的同意。

可是，對於如今坊間大同小異、沒有深度的「台灣文學史」書籍而言，《台灣文學三百年》大概能夠提供良好的閱讀輔助，使閱讀深入化，這是可以確信的。至於對一些已經厭惡了意識形態、長篇累牘、編年體例、古今一致的流水帳歷史敘述的讀者來說，《台灣文學三百年》會帶給他一個意外驚喜的台灣文學認知，也是可能的。

在撰述中，我把讀者設定在高中、大學的程度，盡量使敘述清楚明白，如果有不明白之處，讀者可以來信討論。唯一的遺憾是：我沒有許多的時間，所評論的作家有限；也不一定是有名的作家才是我評論的對象。事實上，如果要把更多有名的作家作品都網羅在內，那麼這本書可能千頁、萬頁也寫不完。重要的還是書中那個文學歷史階段的觀念，如果把握了這個觀念，讀者就可以私下網羅所有重要的台灣文學作家於其中。

今年春天，我曾在彰師大台灣文學研究所向研究生講授這本《台灣文學三百年》，知道我有這個台灣文學歷史觀念的人還不是很多。

是為序。

——二〇一〇年七月四日於鹿港寓所

第一章

本書理論運用與檢討

海登・懷特、弗萊的文學理論在運用時可能遭到的問題及其解決方法之商榷

——也談文學的「理論」與「實際」

前言

本文係筆者使用（或挪用）文學理論長久以來的經驗及心得報告。筆者舉證自己使用海登・懷特（Hayden White，1928—）以及弗萊（Northrop Frye，1912—1991）文學理論的經驗，說明理論和實際之間往往存在著一種無法密合的距離，終而導致理論會被使用的人改頭換面或者加以增刪。筆者認為這個困境也許是一種無法避免的宿命。筆者先陳述這種距離，再說明造成這種距離的原因，最後提出了解決之道。

這篇文章並非全面用來檢討海登・懷特以及弗萊的一切理論，只是就海登・懷特理論中的「意識形態」部分和弗萊的「神話原型批評理論」某部分做檢討，目的還是在於說明理論和實際之間存在著的這種困境。因此，對於海登・懷特以及弗萊文學理論不熟悉的人，不必擔心看不懂這篇文章，在慢慢閱讀中，必能很容易就了解文章的核心意思。

海登．懷特的「後設歷史學」與弗萊的「神話原型批評」文學理論簡介與一般的評價

海登．懷特是美國著名的批評家和史學家，曾任加州大學聖克魯茲分校，教授思想史多年，後退休，截至二〇〇二年都還在史丹佛大學兼職。自一九五六年於密西根大學獲得博士學位後，懷特始終從事文學、史學、思想史等方面的跨學科研究，主要的著作包括《自由人文主義的再現：西歐思想史》（一九六六），《歷史的作用》（一九六八），《論維科》（一九六九）、《元史學：十九世紀歐洲歷史想像》（一九七三）、《話語轉義：文化批評論集》（一九七八）。他所提出來的歷史敘述理論在西方史學界和文學批評界產生了極大的影響。不僅顛覆了「歷史即事實」這種古老頑固的錯誤認知，也爲當代的史學觀和史學發展開闢了新的道路，同時讓人在史學研究與文學批評之間找到了一種親密性，懷特甚至主張「歷史若文學」，❶從而把雙方結合起來，跨越了雙方的界線，構成了空前的文學與史學的跨學科研究。在某種意義上，懷特的歷史敘述理論是一種文、史、哲三科目的綜合體，敘述宏大，不容忽視。❷

海登．懷特主要並不是實際撰寫歷史著作的學者，他把「歷史家的書寫法」或者是「專家的歷史研究法」拿來做爲他的研究對象，因此他所從事的事實上是「歷史研究的研究」，我們就稱這種史學研究叫做「後設歷史學」。他所得到的基本觀點是：歷史學家撰修歷史的方法和其他的

註——

❶有關文史一家的說法請參閱黃進興：《後現代主義與歷史學研究》（台北：三民書局，二〇〇六年），頁一八六。

❷上述簡介參見海登．懷特著；陳永國、張萬娟譯：〈譯者前言：海登．懷特的歷史詩學〉，《後現代歷史敘述學》（北京：新華書店，二〇〇三年），頁一—二。

寫作沒有不同，歷史撰修中最重要的不是內容，而是文本形式（寫作方法），而形式說到底也不過就是一種語言的結構。因此，懷特的研究方法可以歸屬於「形式主義」，或者就說是一種「結構主義」的。

所以，我們簡單說，懷特所有的研究目的就在找尋歷史撰修者的敘述結構。這個結構將撰修者圈在若干固定的選項裡，撰修者不管是意識到也好，或者沒有意識到也罷，都只能在若干有限的選項裡選一個，然後才開始做撰述工作。歷史撰修者是被結構所決定的被動者，是被結構所操控的人，只能在結構裡活動，不是眞的有什麼可以大自由寫作的人。

但是，也由於歷史撰修者可以在選項裡選一個（比如說四選一），因此，同一個歷史事件，就至少會有數種選擇，而不只是一種。比如說，當歷史學家們在撰寫《法國大革命史》時，就會有好幾種撰述《法國大革命史》的方法，有時候用這個方法寫出來的《法國大革命史》和用那個方法寫出來的《法國大革命史》竟然大大不同，甚至完全相反，教人感到很驚訝。這就說明了，在好幾本的同樣書名的歷史著作之間，沒有哪本歷史著作是單一正確的，要嘛他們全都正確，要嘛他們全都是錯的。

海登．懷特就是將這個潛藏於撰修者的「結構」公布出來的人，他的用意就是告訴我們，歷史著作完全是主觀的，並不是客觀的眞理，你怎麼寫它就變成什麼樣子，完全沒有客觀性可言，這種「後設歷史學」的研究給了相信歷史是客觀眞理的人一個晴天霹靂，當然震驚了整個學術界。

對於海登．懷特的歷史觀持反對意見的人不少，比較有力的反對者包括有名的義大利微觀史家卡洛．金茲伯格（Carlo Ginzburg，1939—）。金氏指出像懷特一樣，把所有的知識都當成立基於語言建構上的產物，看起來雖似萬無一失，但實則毫無意義可言；證據就像是一種透明的媒介，引領研究者通往眞實的路徑，每樣値得信賴的材料背後，或多或少都有通往史料眞實的路徑存在。另外，其他的人則指出懷特這種歷史無客觀性的說法顯然是在幫助納粹主義者脫罪，使得人們對於歷史的大悲劇無動於衷，他們認爲懷特所說「歷史撰述者可以先在傳奇、喜劇、悲劇、諷刺四種文類任選一種才開始撰述，而且選哪一類來寫都無所謂（行得通）」的說法表示強烈的懷疑。六百萬猶太人被屠殺的這件大事，除了用大悲劇來寫以外，根本就無法用傳奇、喜劇來寫；另外懷特說「採用傳奇、喜劇、悲劇、諷刺四種不同敘述來寫歷史，基本上都具有同等的價値」，這種相對的觀點會抹殺人間的正義，對事實如何根本毫無關切之心，最後將眞理也殺死了。❸批評者這些攻擊非常有力，海登．懷特當然全力反駁，反駁內容我們在這裡不提，因爲不是本文的重點。海登．懷特理論對於文學批評的大功用才是我們文章的重點所在。

我認爲海登．懷特主張的「文史一家」（歷史若文學）最値得文學界注意。考察他的意思是說文學和史學的撰述法（話語結構）是完全相同的，因此，他的歷史撰述者的話語結構理論可以被遷移到文學範圍來運用，對作家創作出來的文本以及作家的寫作法進行嚴密的分析。按照我的經驗，其功效是相當大的，尤其在小說的分析上，他能顯露作者的內在話語結構，看出作家的實際操作手法，往往能見所未見，確實非常好用；不過在若干部分會出現問題，換句話說，使用懷特的理論來分析文學並不是完全沒有問題的，這些問題應該怎麼解決，這就是本文所要論述的重

註——❸以上的反對言論參閱王晴佳、古偉瀛：《後現代與歷史學：中西比較》（山東：山東大學出版社，二〇〇六年），頁一一二。

點，在第二小節我們將會提到，目前暫且不談。

我們再介紹弗萊。

弗萊於九〇年代初去世，這是歐美當代文學批評界一顆巨星的殞落。毫不誇張的說，弗萊是加拿大文學理論的驕傲，也是整個英語世界有史以來最重要的批評家之一。在他生前，據不完全的統計，有數百種他的理論的研究和介紹，有關他的傳記就有三本。他去世後，西方學術界又掀起一波他的研究熱潮。這種情況在其他文學研究者的身上是比較少見的。

他一生的著作甚豐，共計二十六種。其中影響最大的是《威嚴的對稱》（一九四七）、文學批評專書《批評的剖析》（一九五七）、聖經的研究《偉大的代碼》（一九八二）。其中《批評的剖析》是第二次世界大戰以後，西方最有影響力的文學批評和文學理論著作之一，已被公認為當代經典著作，影響深遠。❹

在弗萊所有的理論中，我認為最重要的應該是一九五一年一篇叫做〈文學的若干原型〉的文章，提出了一種所謂「文學的原型論」。❺神話就是「原型」之一。原來弗萊曾在幾本討論神話的書中，得到了一個文學發展的階段論心得。他用「春（黎明）、夏（日正當中）、秋（日落）、冬（黑夜）」來區分神話發展的四個階段。並且說文明社會的傳奇文學就是春天相應出現的文類；喜劇、田園詩、牧歌就是夏天相應出現的原型文類；悲劇和輓歌就是秋天相應出現的原型文類；諷刺文學就是冬天相應出現的原型文類，一個神話史的過程就是春→夏→秋→冬的演進過程，冬天結束時，就又回到了春天，形成一種循環。神話的敘述結構（春→夏→秋→冬），總結了古今所有的文學敘述結構原則。弗萊也將這個原則挪用，來構造出幾千年以來西方整個文學發展的循環過程。

這麼一說，我們已經知道海登·懷特的「後設歷史學」的部分理論是來自於弗萊的啓發。弗萊其實是海登·懷特的啓蒙者之一，不過在這裡，我們不談這件事。

回到弗萊的神話發展理論上，我認爲弗萊的這種神話的春→夏→秋→冬，然後又回到春天的文學發展過程看法非常高明，可以挪用來看出許多民族、國家（或族群）的文學演進過程，比如說看猶太人的文學（由《聖經》看）；看近代歐洲文學（由浪漫派看起）；看台灣文學；看外省人文學……，都會發現有春→夏→秋→冬的文學發展軌跡，立即可以得到巨大的啓發。事實上，許多弗萊理論的愛好者也就是因爲看到這種發展理論，才對弗萊的理論一往情深，延伸影響到整個批評界。

不過，弗萊也必須接受嚴苛的批評。有人就認爲希臘古典文學是先有「悲劇」興起，再產生「喜劇」，剛好和弗萊的文學發展過程的看法——先喜劇再悲劇相反。總之，並不一定那麼能正確無誤地解釋所有的民族、國家（或族群）的文學演進過程。弗萊當然也在批評中提出了他的修正，提出更多的循環發展過程看法，❻不過這些我在這裡也不談。

最重要的是，當我們把這種神話原型理論拿來運用在台灣文學或外省人的文學發展探討時，我們會遭遇什麼問題，以及解決這個問題的方法，這就是我們在這篇文章所要探討的。

註——

❹以上有關弗萊的理論，見陳慧等所譯；弗萊著：《批評的剖析》，（天津：百花文藝，一九九八年），譯序頁一。

❺見伍蠡甫、林驤華編著：《現代西方文論選》（台北：書林，一九九二年），頁三五三—三六〇。

❻見陳慧等所譯；弗萊著：《批評的剖析》，譯序頁十四—十五。

海登・懷特文學理論在使用時的殊勝及其限制（舉實例說明）

我們在這節裡頭，將更詳細論述海登・懷特「話語結構理論」在台灣文學研究上的運用；殊勝和限制兩方面都談。

（一）殊勝

海登・懷特本來是一個歷史文本的研究者。他認為一個歷史文本的書寫者會先在四種佈局模式選取一種；也在四種論證模式上先選取一種；同時在四種意識形態上的蘊含模式選取一種；然後才開始他的撰述。尤其緊要的是，在此底層之下，史家的寫作會被一種深層結構（deep structure），也就是被四種譬喻所操控。

我們將這些歷史學家可以選擇或被操控的名目表列出來就是這樣的：

四種佈局模式：傳奇式（Romantic）、悲劇式（Tragic）、喜劇式（Comic）、諷刺式（Satiric）；

四種論證模式：形式論（Formist）、機械論（Mechanistic）、有機論（Organicist）、語境論（Contextualist）；

四種意識形態上的蘊含模式：虛無主義、激進主義、保守主義、自由主義；

四種深層結構（deep structure）：隱喻、轉喻、提喻、諷喻。

這些事先的選擇或者深層意識的被操控，為歷史的撰述者預設了一個歷史的場域和解釋策略，賦予個別作品內部的連貫性和一致性，使歷史作品看起來是合理的、沒有問題的。因此，歷史學家在還沒有動筆寫作之前，已經先決的有了一定的書寫路徑和目標，在未書寫之前，這部歷史著作已經先天被決定了。所以說歷史著作其實不是什麼科學的東西，它基本上是一種語藝或詩學的行爲（poetic act）。❼

由於海登．懷特特別強調「文史一家」，將文學家和歷史學家之間的寫作方法的差異抹除，而且他的觀點確實有大部分是在文學的範疇中所獲得的靈感，❽導致許多的人就將他的理論又搬回來運用在文學的分析上，甚至將海登．懷特視爲新歷史主義的一分子，因此他的理論日漸在文學研究上流行起來。

那麼，如果我們將海登．懷特所謂的「文史一家」的說法當成眞實無誤，將他的理論拿到文學的範圍來做文學作品的分析，究竟會得到什麼結果呢？

我想台灣學術界把海登．懷特的理論拿來分析文學中的小說、詩、散文的人，截至目前並不多，至少到目前爲止，沒有聽說已經成爲一種風潮。我曾經運用他的理論寫了幾篇台灣小說的分析（主要是運用在外省人作家與本省人作家之間的比較上），發現他的理論很有效，可以說達到立竿見影的地步。不過，我並不知道爲什麼很少台灣的文學批評家願意使用他的理論來分析文學作品，是因爲他的理論很難懂嗎？或者是不相信他的理論能對文學作品進行分析？

註——

❼以上理論參見陳新譯；海登．懷特著：《元史學（Metahistory）》（南京：譯林，二〇〇四年），頁一—五五。也可參見黃進興：《後現代主義與歷史學研究》，頁一八七。

❽譬如說四種佈局模式，這是從加拿大文學理論批評家弗萊那裡借用過來的；四種譬喻雖然是由十八世紀義大利歷史哲學家維科（Giovanni B.Vico）那裡得到的啓發，但是四種譬喻本身就是文學的課題。

我曾經在一篇叫做〈外省人的八二三砲戰小說與本省人的八二三砲戰小說〉[9]的論文裡頭提到，朱西甯的長篇小說《八二三注》正是使用海登．懷特所說傳奇式的佈局模式書寫；在另一篇叫做〈本省人的二二八事件小說與外省人的二二八事件小說〉[10]的論文裡頭提到，林燿德的長篇小說《一九四七高砂百合》在論證模式上，使用了機械論，企圖以一個理由來撐住他們小說行爲世界的所有解釋。我也提到了陳雷的八二三砲戰短篇小說〈大頭兵黃明良〉是使用了海登．懷特所說的譏諷式書寫；李喬、田雅各、胡長松的二二八事件小說則使用了悲劇式書寫，而他們的論證模式都是語境論。在意識形態上，毫無疑問的，朱西甯、林燿德使用了保守主義，譬喻上則是傾向使用隱喻、轉喻；陳雷、李喬、田雅各、胡長松偏向了激進主義，譬喻上傾向使用提喻、諷喻。

我又將他們的小說分成外省人的、本省人的，如此我就可以做出「外省人、本省人」文學上的大體上的（我不說是每個作家的）差異研究，不只是可以論述表面（內容、形式）上的不同，也可以論述作家潛藏的無意識。結果這種比較研究展現了外省人與本省人之間的文學書寫的基本差異，讓我發現了大部分統治者族群作家（外省人）與大部分被統治者族群作家（本省人）在文學書寫上各有一套「後設決定」，兩者在書寫之前就已經被決定怎麼寫了；所謂的外省、本省人文學的南轅北轍根本是先天上（結構上）就是如此，不是後天的人力可以糾正；這種不同，也可以說是日本時代大部分日本作家（統治者）和大部分台灣作家（被統治者）之間的不同。

這種海登．懷特理論的使用，竟然能在族群文學的分析上有這麼大的功用，是我始料所未及。

（二）限制

可是，在另一方面，海登・懷特的理論有一種限制——過分粗糙，使得我在進行文學作品分析中，必須添加（不是更改）一些更詳細的分析，結果整個看起來，我使用的理論已經溢出了海登・懷特的理論之外，變得有些任性了。

先說意識形態這一項。

比如說，當我對朱西甯進行意識形態的分析時，發現海登・懷特的四種意識形態根本不能說明什麼眞相，因爲他的名目（虛無主義、激進主義、保守主義、自由主義）很空泛，內容太過於平凡。可是，我實際上發現朱西甯有一種「外省・中國意識」，對本省人是頗歧視的，很強烈，這倒是很實用的，也很教人震驚的。在四〇、五〇年代，剛來台的外省人偏見分子身上才可見到這種意識，想不到在七〇年代的朱西甯身上又顯現出來，眞是足以跌破族群研究專家的眼鏡。

強烈的「外省・中國意識」表現在《八二三注》裡眞是入木三分，他一廂情願將一個剛從軍校畢業的外省青年寫成戰神，再將八二三的整個貢獻都攬在外省族群的身上，再歌頌蔣介石的偉大。在另一面呢？他將勇敢的、訓練有素的、甚至慷慨抛擲血肉的台灣本地充員兵形容爲孬種，處處書寫神兵天將的外省人怎麼解救所謂無戰鬥能力的本省充員兵的大事蹟，所有的這些描寫都

註——
❾ 見「政大台灣文學部落格」網址：http://140.119.61.161/blog/forum_detail.php?id=721&classify_id=6，二〇〇八年六月一日。
❿ 見「政大台灣文學部落格」網址：http://140.119.61.161/blog/forum_detail.php?id=721&classify_id=6，二〇〇八年六月一日。

和後來充員兵的口述記錄相反。那種族群歧視是很不應該的！

我也援引了一九七七年鄉土文學論戰時朱西甯的言論，證明他的這種意識形態是很具打殺性的，他懷疑了一些客家作家對於國家的忠誠度（暗指一些客家人作家會背叛中華民國），這種指控在當時是很嚴重的，會引來作家的牢獄之災，因此，我就斷定朱西甯有一種國家至上論的「法西斯主義意識形態」。

不過當我這麼分析時，已經溢出了海登·懷特的理論範圍之外，我已經採用了一般人所知的「政治的意識形態」（最少有十幾種）分析了，而不是海登·懷特原有的那四種粗糙空泛的分類了。結果，我在文章所做的意識形態的分析，看起來不太像海登·懷特的理論。

在分析林燿德的長篇小說《一九四七高砂百合》的意識形態上，我也發現了外省人第二代的林燿德對泰雅族的男女帶著很深的刻板印象。當你閱讀完《一九四七高砂百合》這本小說時，對於原住民男人所浮現的形象就是瓦濤·拜揚這種窮凶極惡之徒的形象——類如野獸，尚未開化。女性形象呢？那就是性慾極強，人盡可夫的野女。通過書裡面所描寫的原住民女性外貌，我們還聯想到近代布拉格超現實主義畫家盧梭（Henri Rousseau）的油畫，也想到高更在大溪地所畫的裸女作品。這一類的藝術作品裡，通常都有豐碩的女性身體、健壯的勞動男性的身體、巨大花果樹木叢林的描繪，體現了一種異國的情調，來做爲一種趣味。這種藝術叫做「原始主義（primitivism）」。做爲一種原始主義的作品，固然它有一種文明社會裡所沒有的生命力，但是也隱藏了文明社會的藝術家對於非洲、大洋洲、拉丁美洲原始文化的偏頗想像，他們賦予了這些民族長不大的、野蠻的、單純的、充滿性慾的形象。藝術家沒有想到他們在近代的歷史過程中，曾對這些原住民進行屠殺或經濟剝削的殘酷事實，卻反向創造了一種「種族偏見」的藝術，實在是乏少良心的不義表現。

⓫因此，《一九四七高砂百合》一書頗不單純，它根本是「漢人中心主義」的產物，對著台灣的原住民做了「東方主義」的想像，既是異國（exotic）的想像，也是情色（erotic）的想像。

在《一九四七高砂百合》裡，並不存在著原住民眞正歷史的書寫，因爲那些書寫並沒有任何歷史學上的意義，林燿德只是將泰雅族書寫做爲一種障眼的工具，背地裡其實是「外省人的意識形態」立場，更是那種無意識的種族歧視的「大漢沙文主義」立場的一場演繹。

不過，如此分析林燿德時，我也溢出了海登·懷特理論的範圍了。

至於我認爲陳雷、胡長松有「閩南人意識」，李喬、田雅各有「台灣本土意識」也都超離了海登·懷特的理論。

弗萊文學理論在使用時的殊勝及其限制（舉例實說明）

我們在這節裡頭，將更詳細論述弗萊的「神話敘述結構」在台灣文學研究上的運用，也是殊勝和限制兩方面都談。

（一）殊勝

弗萊的「神話敘述結構」循環理論曾被他本人挪用去分析西方文學幾千年的發展，我們當然也可以挪用來分析人類文明社會（不管是任何一個國家、民族、族群）的文學歷程，我們可以

註——⓫見廖炳惠：〈原始藝術（primitivism）〉，《關鍵詞200》（台北：麥田，二〇〇三年），頁二一六—二一九。

先設定任何的社會文學都有跟神話一樣的發展過程，也就是春→夏→秋→冬四個階段，再加以求證。我把弗萊的說法照抄於下：

1. 黎明、春天和出生的階段。例如英雄的誕生、甦醒、復活、創造等以及擊敗黑暗、冬天和死亡這些能力。從屬的人物有英雄的父母親。文學類型包括傳奇故事，酒神頌、狂詩狂文。

2. 天頂、夏天、婚姻和勝利的階段。如神聖化崇拜、神聖婚姻、升入天堂的神話。從屬的人物有英雄的同伴和新娘。文學類型有喜劇、田園詩、牧歌。

3. 日落、秋天和死亡的階段。如墮落、神的死亡、暴斃、犧牲以及英雄的疏離等神話。從屬人物有背叛者和海妖。文學類型如悲劇和輓歌。

4. 黑暗、冬天和毀滅階段。如上述惡勢力的得勝、洪水、回到渾沌的狀態、英雄被打敗以及眾神毀滅的神話。從屬人物有食人妖魔和女巫。諷刺作品以其為文學原型。⓬

上述理論的核心意思是說：凡是一個國家、民族或族群文學類型的嬗遞，大致上是先流行一陣的傳奇浪漫文類；之後再流行一陣子的田園詩或是抒情詩或是喜劇文類；之後則是流行一陣子的悲劇文類；再來則是流行一陣子的諷刺文類；之後又回到了傳奇浪漫文類。

那麼，我們把弗萊這種神話發展歷程理論拿來考察台灣（漢人）這三百多年的文學發展史，就會得到一個頗教人驚訝的結果。我在一篇叫做〈評楊華的〈女工悲曲〉〉⓭的文章說過一段話，指出台灣文學的發展可以分成春→夏→秋→冬四個過程。在這裡我願意再抄一遍，我這麼說：

按我的看法，台灣文學史共經過四次主流文類的轉變：

在清朝的前期，台灣的文風是「傳奇」的。要了解這個傾向，只要閱讀郁永河的《裨海紀遊》、江日昇的《台灣外記》、朱仕玠的《小琉球漫誌》就會明白，即使是更早荷蘭時代《熱蘭遮城日誌》都應該歸屬於這一類的文學。英雄邁向了征途，沿途盡是奇崛的風光和不可思議的海流，奇怪的禽獸和野蠻的人種埋伏在四周，但是英雄都能一一克服困難，達成任務，所經所歷不但使作者自己感到驚訝，我們讀者同感匪夷所思。歷史的春天正值來臨。

到了清朝中期時，進入了「田園文學」時代。差不多由鄭用錫、陳肇興這些本土詩人開始，一直延續到日人占領台灣時期。我們只要讀一下鄭用錫的〈新擬北郭園八景〉、林占梅的《潛園琴餘草》、陳肇興的〈到鹿津觀水路清醮普度八首〉、〈春田四詠〉、〈秋田四詠〉以及割日以前許南英的《窺園留草》，就能明白。詩文裡的主人翁正走向愛情、親情的懷抱，一派的美麗風光和悠閒生活。當然，偶而的戰亂還是會發生，但終究是雨過天晴。歷史的夏天正值來臨。

由割日開始，進入了以「悲劇」為主的文學時期。由丘逢甲、施士洁、許南英的舊詩創始，經過賴和、龍瑛宗、呂赫若的新文學，有名的文章，幾乎都是悲劇。丘逢甲的詩〈離台

註——

⓬ 見伍蠡甫、林驤華編著：《現代西方文論選》，頁三五三—三六〇。

⓭ 見宋澤萊：《台灣文學三百年》（台北：印刻，二〇一一年），頁一九九—二一五。

詩六首〉是悲劇；施士洁的〈台灣雜感和王部畇孝廉韻〉，悲劇；賴和的〈一桿秤仔〉短篇小說，悲劇；龍瑛宗的〈植有木瓜樹的小鎮〉短篇小說，悲劇；呂赫若的〈牛車〉短篇小說，悲劇。英雄打了敗仗，屈從於敵人，美景轉成衰敗，枯藤昏鴉棲息於西風之中，處處都有斷腸人。美好的過往逐漸逝去，即使還有太陽，內心依然秋風甚涼，除了眼淚之外，還是眼淚。歷史的秋天正值來臨。

二戰後，差不多由四〇年代吳濁流的短篇小說〈波茨坦科長〉起，到了六〇、七〇年代蔚成大宗，一直延伸到世紀末，台灣的文學家是以「諷刺文學」為主流。我們注意到，和林宗源同期的台灣文學家——黃春明主要的文學就是諷刺的文學，〈溺死一隻老貓〉諷刺了一個為興建游泳池而自殺的鄉下老人；〈我愛瑪莉〉寫台灣人不如一隻洋狗。王禎和又寫了什麼？他的諷刺更厲害，〈嫁妝一牛車〉諷刺了以老婆換牛車的糗事；〈小林來台北〉諷刺了崇洋媚外的成群假洋鬼子的醜態。陳映真又如何？〈唐倩的喜劇〉不是用來諷刺學界無聊無能的知識人嗎？〈萬商帝君〉不是用來諷刺跨國公司的劣行嗎？另外有七等生，他的文學頗令人費解，因為充滿荒謬，而所謂的「荒謬文學」正是一種諷刺文學。就是自殺而死的施明正，他最重要的短篇〈渴死者〉、〈喝尿者〉都是諷刺文學。尤其是林宗源所屬的《笠》詩刊這個團體（這個團體號稱台灣最大的詩團體），他們自從六〇年代就引進了「新即物主義」，並以這種主義為他們的招牌。這種詩風是寫實的，往往由一個單一的物象（比如說熨斗、蚊子、石灰窯、鳥、蝸牛、垃圾、毛巾、流浪狗……）起，開始做暗喻台灣的描繪；就像林宗源一樣以番薯喻人進行創作，當然使得「笠詩社」成為諷刺文學的大宗。如果要說《笠》詩刊的文風有什麼特別，那就是反諷了。此時，英雄死了，活著的人命運不如動物、礦物、植物，公理正義全數毀壞，霸道橫行，世界走向夜暗，大地一片渾沌。缺乏自主能力的作家除了用諷刺來提醒施暴者以外，已經無能為力了。歷史的冬天正值來臨。

上述就是我認為台灣文學的四個階段，剛好走完了一個循環。現在年輕的一代又慢慢走入了一個「新傳奇」的階段。

我自認爲這個發現是很重要的，它使得我們可以將台灣文學截至目前爲止的歷程分成五個階段，每個階段各有一個特色，十分清楚好記，對台灣文學的認知有一定的幫助。也許我們可以用這種發展過程，寫一部新的台灣文學發展史也不一定。

同樣的，我們也能把弗萊的理論拿來看這五、六十年來的外省族群的文學嗎？會有結果嗎？答案是肯定的。我也寫過下述的一段話：⓮

> 我認為從一九四九至一九六〇年這十年間，外省族群的文學主流是傳奇（羅曼斯）文學，反共．戰鬥文學就是這種文學。我們只要看看《疤勳章》、《紅河三部曲》以及無數的反共．戰鬥詩就會發現這個特點。國民黨員成了英雄人物，可以以一當十、血戰千里，最後克敵制勝、完成使命。尤其是蔣中正成了英雄中的英雄，不但是族群的救星也是中國的救星，甚至是人類的救星；他天縱英明，伸出他的手，正在拯救人類於倒懸。所有的這些反共文學

註——

⓮ 見宋澤萊：〈五〇年代中期軍中詩人詩的巨大變貌及其族群意義〉，「政大台灣文學部落格」網址：hhtrp://140.119.61.161/blog/forum_detail.php?id=721&classify_id=6，二〇〇八年六月一日。

顯示了英雄的誕生、甦醒、復活、創造等以及擊敗黑暗、冬天和死亡這些能力。黑暗的共產黨勢力也許可以得意於一時，但最後在英雄的擊打下終歸粉碎。這時，即使英雄戰敗死亡，也還是一個永不屈服的英雄；至於英雄的失敗也只是暫時的失敗，他將復活、復甦、復原，再掀復仇血戰，將黑暗敵人一舉掃滅。

從一九六〇至一九七〇年，這是類似田園詩的時代。外省作家創造了思鄉的、即景的、大鄉野的文學。我們只要拿朱西甯、司馬中原、段彩華這三位軍中詩人此時的作品來看就很清楚。他們的藝術技巧比較反共文學稍好，有些作品具有一定的藝術水準。其實，這種描述故鄉風光的作品在五〇年代林海音、孟瑤、琦君的作品中就可看見，包括一九五六年鍾鼎文所出版的《山河詩抄》都算是類似田園文學之作。只是，這種懷鄉文學和身處的台灣現實環境不相配合而已，與反共文學一樣，都是虛幻的作品。

從一九六〇至一九九六年，這麼長的時間，可算是悲劇文學為主流的天下。先是與懷鄉文學同時期，白先勇創作了許多前一代黨政軍要員來台後的悲哀故事，他們凋零成為斜陽族，只能在回憶中度日。六〇年代後期，王文興、劉大任都加入了悲劇的創作行列，一直延續到七〇年代；更由於瘂弦、洛夫這些悲劇詩人的創作，使「現代文學」變得非常可觀。這股悲劇的創作雖然由於七〇年代鄉土文學的風潮，有被抑制的現象，不過到了八〇年代，台灣的政治抗爭促成族群運動，外省族群在政治上的特權遭到挑戰，優勢不再，住在台灣的安全感受威脅，悲劇文風又起，從眷村文學開始到後現代主義，都算是帶著悲劇性格的文學，正反映外省族群茫然不知何去何從的窘境。我們只要買來朱天心創作於九〇年代的小說《想我眷村的兄弟們》和《古都》細細品味，當能從其中感受到外省人的倉皇與失落。

從一九九六年後，將近十年，可算是諷刺文學為主流的時期。以一九九六年張大春出版的《撒謊的信徒》劃了一道界限，開始以台灣本土政權為對象，進行諷刺書寫，出版的書局也是外省族群的聯合報系，顯示了外省族群團結無間。這一波的諷刺（satire）文學不同於本土的反諷（irony）文學，是一種姿態非常高的諷刺，直接將諷刺的對象視為卑瑣的、下等的人種加以奚落，因此，諷刺是否能達成規諫的功能尚待觀察。不過的確是很有新氣象的另一種文學，不得不令人加以注意。

這就是外省族群文學史的簡單歷程。雖是簡單，卻是很實用，能一下子抓住外省人這五、六十年來的文學大概。

這就是使用弗萊理論的好處，一下子就教自己變得很有識見，為他人所不及。

從弗萊神話原型理論可以提供所謂台灣漢人及外省人文學史分劃的例子看來，這個理論是很有用的，一者、它是整個民族或族群全程觀照，不會只從歷史的某階段來談，就不會淪於只見樹木不見森林的毛病；二者、它富變化的文學歷程，都比流水帳一樣的文學史書寫更令人感到有一種歷史感；三者、它暗含一個民族或族群興衰起滅的道理在裡頭，不論任何民族或族群，都逃避不了生、住、異、滅（也可以說是成、住、壞、空，或者是說春、夏、秋、冬）的歷史過程，四個歷史階段就對應四種文學類型，可以說是非常的合情合理。

這是它了不起的地方。

（二）限制

弗萊的理論不只如此而已，它以文學分類出發，分析四大類文學的生成歷史原因的差異，再論述各類修辭的不同，可以廣大包羅自希臘亞里斯多德到英美新批評以來所有談到的詩學（文學技藝）內容，相當的博大精深，實在是很好的文學系學生的基本教材。

不過我們必須注意到運用他的理論時，也必不可免的會出現意外的問題。比如說，按照弗萊理論的春、夏、秋、冬四個過程來討論自郁永河文學之後的台灣漢人三百多年的文學歷程，最先的一個階段應該是傳奇浪漫文學沒錯，第二個階段應該是田園文學也沒錯。可是，我們注意到，到了第二個階段的田園文學時，台灣的傳奇浪漫文學並沒有結束，仍然有許多人繼續寫傳奇浪漫文學，不但大陸來台的遊宦們寫，本地出生的台灣人也寫，成績甚至還不錯。

這就說明，春天（傳奇文學）和夏天（田園文學）這兩類的文學是可以並存的，變成一個時代出現文類的「雙主流」現象，並不是說夏天類型（田園）的文學出現時，春天類型（傳奇浪漫）的文學就一定要完全停止。總之，夏天（田園文學時期）時會變成「傳奇浪漫和田園」文學交混的雙主流現象，實際情況並不如弗萊所說的那麼乾脆。

我覺得弗萊並不是沒有感受到理論有盲點，事實上，他後來曾修改他的理論，認爲一個神話的發展過程中喜劇（田園、牧歌）應該在傳奇之前。變成喜劇（田園、牧歌）→傳奇浪漫→悲劇→諷刺這種演變模式。

台灣戰後的冬天（諷刺文學）時期也一樣，在戰後，台灣的小說家並不都和陳映眞、黃春明、王禎和一樣，寫作大量的諷刺小說。其實，鍾肇政的《濁流三部曲》、李喬的《寒夜三部曲》、東方白的《浪淘沙》都是延續日本時代以來的秋天（悲劇）文學。換句話說，戰後台灣的文學應該是「諷刺和悲劇」雙主流的現象，很難乾脆的說只有諷刺文學。

至於五、六十年來的外省人文學史歷程也不如弗萊理論那麼乾脆。我們注意到，外省人的田園文學（朱西甯等人的文學）和悲劇文學（白先勇等人的文學）有同時發展的現象。外省人的悲劇文學甚至不應該由六〇年代的白先勇算起，應該由五〇年代（一九五七）的瘂弦算起。換句話說，若干外省軍中詩人過早的把外省人的傳奇文學扭轉成悲劇文學，他們比白先勇更早創造出悲劇文學，用來否定上一輩的人所創造出來的傳奇文學。

我曾這麼論述了外省軍中詩人的悲劇文學及其作用如下，我說：

這些軍中詩人的悲劇類型的詩，乃是屬於一種弗萊所謂的低模仿（low mimetic）的悲劇。所謂的低模仿的意思是指故事裡的主角不是一個英雄，他們的才能和處境不會比我們優越，在故事中，這個主角成了犧牲品，故事擴散著一種對這位主要人物的憐憫和哀婉，像瘂弦的詩〈瘋婦〉、〈殯儀館〉果然充滿了對一位女性和小孩們的哀傷和憐憫，詩的主要訴求也就是在悲情上。既然要訴求讀者的憐憫，以女性和小孩當主角總比男性好，因為他們在先天上的體力上和後天的社會條件上都比男性、成年人弱，更容易引起我們的同情。弗萊（Northrop Frye，1912—1991）認為：「哀婉劇的主人公由於有一種能引起我們同情的弱點而遭到了孤立，其所以引起我們的同情是因為與我們的經驗處在同一水平上，雖說是主人公（hero），但哀婉劇的中心人物卻經常是一位婦女或一個孩子。」我們注意到，這種悲劇（也就是軍中詩人所寫的悲劇詩），就是要引起我們和罹難的人有同體大悲的感覺，因而藉著他們的不幸，使我們的靈魂得到滂沱淚水的洗滌。

但是，如果說這些軍人所寫的詩只是單純用來洗滌我們的靈魂，也就太小看它。我認為，悲劇還有一個作用就是「控訴不幸的命運」，由於我們有許多的不幸並不是因為我們本身的作為所引起，而是我們遭到池魚之殃，這種不幸，將我們置於含冤負屈的狀況中，如果不加以控訴的話，必然更加痛苦，因此，外省人觀看這些詩時，他們也正在做集體的控訴，免除其心靈的疼痛。

但是，免除疼痛還是消極的。就像日本時代，台灣小說家所寫的無數的寫實的悲劇小說一樣，這些軍人所寫的悲劇詩，一再要求族群的人不斷返回當前的現實，尋找改善悲劇命運的可能。這才是軍中詩人悲劇詩的根本目的。

因此，放在整個外省人的文學發展史來看，這個扭轉是重要的，軍中詩人的悲劇詩和白先勇等幾位悲劇小說家的文學地位一樣，他們承先啟後，封閉浪漫的反共傳奇文學，窒息了無補實際的故鄉回憶，使文學落實到現實上面來，然後開啟將來諷刺文學的來到。⑮

因此，我們看到，按照弗萊的理論，本來外省人在傳奇文學（反共文學）之後，應該有一段田園文學，可是非常意外，外省人的傳奇文學（反共文學）之後卻很快的變成悲劇文學，它似乎快速跨越了田園文學階段，很快的轉向了悲劇文學階段，一直要到悲劇文學出現相當久之後，田園文學才比較大規模出現。

凡此，都是在運用弗萊理論時所產生的問題。

■文學「理論」與「實際」之間的距離及其解決之道

對於習慣用理論來研究文學的人，一再發現他使用的種種理論和實際總是存在著或大或小的距離，實在是一件非常憾恨的事。因爲喜歡文學理論的人都是經過一番的搜尋和閱讀，才弄懂理論的奧妙。當他確定知曉這種理論可以挪用到自己的文學研究裡頭時，他一定非常興奮。可是使用了一陣子之後，他就發現「理論」與「實際」之間存在著似乎無法跨越的鴻溝，實際永遠會越離了理論範圍之外。這時，使用理論的熱情就被澆上了一盆冷水，其熱情的冷卻過程是很難過的。

筆者不只是在海登‧懷特和弗萊的理論上遇到這種熱情被慢慢澆熄的情況，在薩伊德的後殖民主義上也同樣遇到這種難以言詮的難過，看起來這是難以避免的宿命。

首先，我們注意到文學理論所出現的謬誤的這種宿命（也就是弗萊理論的問題）。雖然在《社會研究方法》這本書裡頭，作者勞倫斯‧紐曼（W.Lawrence Neuman）傾向同意「事實」（實際）很難界定，因爲我們會扭曲「事實」；換句話說，我們所了解的事實是經過我們的信仰、思想、想像的形塑，本身已經不客觀。他說如果要知道什麼是「事實」，「只有經過許多獨立、開放、自由溝通的研究者從事妥善執行的研究，最後終將更加接近『存在哪兒』的眞相。」⑯勞倫斯‧紐曼的意思彷彿說理論和實際之間是否有距離很難說。不過，我們注意到，當世界上

註

⑮見宋澤萊：〈五〇年代中期軍中詩人詩的巨大變貌及其族群意義〉。

⑯見朱柔若譯；W.Lawrence Neuman著：《社會研究方法》（台北：揚智，二〇〇二年），頁九〇—九一。

幾乎所有希臘古典文學的研究家都說「悲劇出現在喜劇之先」，弗萊所說的「喜劇發生在悲劇之前」的法則就有了破洞，他的理論似乎禁不起「歸納法」的檢證，除非弗萊能舉證推翻所有希臘古典文學研究家的說法。畢竟「事實」最好還是要能說服大眾，讓大家都願意承認才好。

我認爲當前一般的文學理論所以有謬誤的原因，乃出於所有的理論都不是經過嚴格的「歸納法的程序」就提出來的緣故。弗萊的理論只是歸納自若干神話，無法包括世界每個文學系統，在這麼狹窄範圍裡所產生的文學理論，硬要用來分析廣大世界諸文學系統時，當然就會出現問題。其情況就像薩伊德的後殖民主義理論，它產生於薩伊德伊斯蘭的文化背景裡面，無法在全世界的所有被殖民的文化中進行歸納，因此當我們以之來分析台灣殖民文化時，就會出現問題。⑰這是無法逃避的現象。

再者是理論需要再補充的這個問題（也就是海登．懷特的問題）。這個問題是由於時空變遷所產生，特別是時效的問題。

像海登．懷特有關意識形態的名目，他是根據戰間期社會學家曼海姆（Karoly or Karl Mannheim，1893—1947）的意識形態研究而來的。⑱坦白的說，曼海姆的意識形態分析在現在看來是很老舊了，而且也不見得有什麼時效性，當前政治學者的意識形態分析更爲廣大實用，這就使得海登．懷特有關意識形態的內容顯得過時，拿來分析現今世界就顯得空泛，因此我們在用他的理論時，就不能不進行實用性的補充。只是這麼一補充，海登．懷特有關意識形態理論已經不是原來的海登．懷特有關意識形態理論了。

這也是無法逃避的現象。

那麼，既然理論和實際容易有距離，我們是不是就不用理論了呢？

我認爲文學的研究還是不能缺乏理論（當然，我的意思不是說文學研究一定非要用到理論不可），如果完全缺乏，那麼文學研究一定大半變成文獻的整理和考訂，文學研究就毫無遠見和智慧，最終就教人無法忍受，我還是主張要積極的使用理論。

不過在心態上絕不能抓住一個理論不放，甚至處處以爲自己使用的理論乃是無誤的眞理，這麼做的話，將會使自己變成理論的奴隸。

我的看法是，盡量使用，而且可以對使用的理論先做批評，並且增刪原來的理論（只是在增刪時一定要事先聲明自己刪改的內容、原因），甚至因爲增刪的結果變成一種新的理論也不要緊；假若更近一步發現理論和實際的誤差實在太大的話，那麼就請忍著心痛，含淚將它拋棄吧！

註——

⑰ 據筆者的看法，日本時代，若干日本人指出的台灣人種種缺點，無法完全用薩伊德的「東方主義」來解釋，見筆者論文〈後殖民「理論」以及台灣的「實際」〉，「政大台灣文學部落格」網址：hhttp://140.119.61.161/blog/forum_detail.php?id=721&classify_id=6，二〇〇八年六月一日。

⑱ 見黃進興：《後現代主義與歷史學研究》，頁一八七。

第二章

傳奇浪漫文學時代

論孫元衡《赤嵌集》[1]的「魔怪意象世界」書寫

——並論台灣傳奇文學時代的來臨

■前言

這是一篇探討孫元衡的《赤嵌集》裡有關台灣山川氣候、人物習俗描寫的文章，包括內容與藝術手法（修辭法）兩方面的探討。

由於《赤嵌集》在台灣古典文學裡相當有名氣，許多人都認爲裡頭隱藏著重大的內容，不過，實際上很少人了解所有的內容是什麼（因爲他的用字艱深，幾乎沒有人做過完整的白話翻譯）。本文因此嘗試翻譯幾十首詩作，將它稍微解密。

同時，本文並不是用來稱讚《赤嵌集》這本書對台灣山川氣候、人物習俗描述的成就，相反的，本文乃是用來揭露其描述內容的荒謬與錯誤，尤其對原住民可能造成的傷害更是本文的重點；同時對孫元衡的不恰當藝術手法（修辭法）進行嚴格的批評。

本文特別提出了三種「無意識」控制了孫元衡的書寫，使他筆下的台灣只屬於他個人的台灣，而不類其他詩人的台灣。

無法被輕視的一本詩集

孫元衡是清朝前期來台的遊宦，從康熙四十四年（一七〇五）春天到康熙四十七年（一七〇八）冬天，三年多的時間裡，他擔任了台灣府海防同知又兼諸羅縣令，留下了《赤嵌集》四卷計三六〇首的詩，平均三、四天就寫一首，可說是他人生中詩歌創作的巔峰時期。可是他的詩頗不同於一般怡情悅性的作品，除了最後一年的詩作較常出現小品的動植物輕鬆描寫外，其他的風土、人物的描寫，尤其是前二年的詩作，均十分詭異險惡。可以說，當時的台灣地景、氣候、人物在他的筆下，絕大部分形同地獄魔境，是個充滿了惡山惡水、火焚地震、鬼獸出沒的地方。他的情緒顯得十分不穩而誇張，彷彿是一個突然陷身在地獄裡備受折磨的活人，身體、靈魂都受到了極大的創傷和驚嚇。

然而，對於孫元衡《赤嵌集》的這種台灣描述，台灣人能夠完全認同的應該不是很多。❷如今，當我們談到清朝最早期有關台灣的風土描述，大家還是比較推崇郁永河的《裨海紀遊》，鮮少人願意以《赤嵌集》爲代表。然而事實上，郁永河只比孫元衡早八年到台灣，他們簡直是同時見證到台灣風土的人。關鍵因素應該是《裨海紀遊》的文字主要是散文，不使用艱深的文

註——

❶ 本文有關《赤嵌集》的所有詩作原文，請參考《全台詩》第壹冊（台南：國家台灣文學館，二〇〇四年），頁二五一—三四九。以及見《《赤嵌集》《使署閒情》《台灣雜詠》合刻》（南投：台灣省文獻委員會，一九九四年）。

❷ 由葉石濤的《台灣文學史綱》介紹了郁永河，卻沒有介紹孫元衡，可以推之大概；見葉石濤：《台灣文學史綱》（高雄：文學界，一九八七年），頁四。

字，容易閱讀；而《赤嵌集》都是詩，同時使用冷僻的字眼（有些字必須在《康熙字典》裡才查得到），難以閱讀。另外當然是《裨海紀遊》的描寫比較合乎人間常態，教人能夠接受；而《赤嵌集》的描述卻接近地獄陰間，教人覺得作者是在創造一個幻境，遠離了眞實。

不過，我們不能夠輕視《赤嵌集》裡對台灣的描寫，譬如說孫元衡對於原住民的描寫在後來變成一個符咒，覆蓋住了許多往後的漢人作家眼睛，他們把那些描述原住民的詩，編入自己的著作裡，使那些不實的偏見繼續流傳下去。❸我認爲對原住民而言，孫元衡的詩是難以消受的痛！因此，《赤嵌集》很值得我們進行理解，尤其是對〈裸人叢笑篇〉那一束詩作，我們最好還是要緊盯住它們，明其內容、技巧、謬誤之所在，才不致繼續被它所迷惑。

底下，我們就《赤嵌集》裡的山川河海、地形氣候、人物習俗（主要是原住民）描述，進行分析。我們除了要看看孫元衡詩裡頭到底寫了些什麼之外，還要知道孫元衡究竟運用了什麼樣的修辭法、持有什麼樣的無意識在進行他的書寫。當中我特別要提出「保守主義意識形態」、「魔怪意象世界書寫技法」以及「傳奇文學時代的來臨」這三種無意識，支配了孫元衡整個《赤嵌集》的寫作。這些嚴重的無意識使得孫元衡筆下的台灣只屬於孫元衡個人所有，和其他的詩人完全不同。

在分析之前，先讓我們看一看孫元衡的年譜。這個年譜顯示他一生頗善於辦理政治，官運還頗爲順暢，由正七品官變成正四品官，陞擢連連，任官期間沒有牽涉任何不利升遷的事情，可說爲官四平八穩，與他《赤嵌集》裡顯示的超現實圖像思考，以及有一顆容易受到驚嚇恐嚇、自我壓抑、輕信謠言的心截然不同。他的表裡不一，是最有趣的地方。

孫元衡簡譜（年表）

一六六一年（順治十八年），一歲：

故鄉在安徽桐城，祖父孫臨，尚武，並善於寫詩，曾被南明唐王封為「副使」，做為提督的監軍；順治三年，與清軍遇於蒲城，兵敗被俘，死。父親孫中礎，明朝的太學生，清康熙時，曾被推薦為博學鴻儒，不赴任，終生不仕，詩作以淡雅為宗。

一六八四年（康熙二十三年），二十四歲：

遊故鄉近郊龍眠山，寫了一些有關龍眠山的風景詩。

一六八五年（康熙二十四年），二十五歲：

漫遊南京、天津、北京等地，短暫留居北京。

一六八六年（康熙二十五年），二十六歲：

續留北京，遊盧溝橋，寫了〈盧溝橋即事〉詩作。

一六八八年（康熙二十七年），二十八歲：

渡黃河到西安，遊歷陝西、甘肅、山西一帶。

註——

❸ 康熙四十九年，孫元衡刊行他的《赤嵌集》，但據黃叔璥說，遲至康熙六十年，台灣所編的藝文志都沒有提到孫元衡的詩。孫元衡的詩作被以後的藝文編輯家納入書籍裡，應該由黃叔璥在雍正年間所編的《台海使槎錄》開始，後來才被引入許多的書籍中。上述看法，請參考陳家煌選注：《孫元衡集》（台南：國立台灣文學館，二〇一一年），頁二三—二四。

一六九〇年（康熙二十九年），三十歲：
　離開陝西，南歸桐城。
一六九三年（康熙三十二年），三十三歲：
　以貢生的身分擔任山東新城縣令（正七品官），這個貢生的頭銜可能是給朝廷很多錢所買得的。不過，以後的政績證明他有治事的實力。在他任內，曾解決了邑內的水患，活人無數；同時他也表現了他的清廉，有了很好的名譽。
一六九七年（康熙三十六年），三十七歲：
　兼攝山東蒲臺縣令。
一六九八年（康熙三十七年），三十八歲：
　秋天，新城縣令卸任，動身轉赴四川任漢州知州（從五品官）。
一六九九年（康熙三十八年），三十九歲：
　春天，到達漢州，任漢州知州。以後，在他幾年的知州任內，曾招徠流民四千餘戶，給牛種，開墾荒地，有了貢獻。到了秋天，又兼攝綿州知州，常常往來綿陽道中。
一七〇〇年（康熙三十九年），四十歲：
　續留綿州。秋天，過劍門關，出四川，到利州（廣元），冬天再返綿州。
一七〇一年（康熙四十年），四十一歲：
　往來利州、綿州、成都、嘉州之間。
一七〇三年（康熙四十二年），四十三歲：
　長居成都，協助討伐瀘蠻亂事，身歷其間，設法轉運籌備，事情處理得很完善，受上級賞識。空閒時遊覽杜甫浣花草堂、李白匡山讀書處。

一七〇四年（康熙四十三年），四十四歲：

卸任漢州知州，赴西安謁見康熙皇帝，了解了委派下來的新任務。秋天離開西安，前往台灣，準備赴任台灣府海防同知（正五品官）的職務。

一七〇五年（康熙四十四年），四十五歲：

春天入閩，經萬安洛陽橋，渡過浯通支海，到廈門等待前往台灣的船。孫元衡對於他的台灣之行非常恐懼，覺得大海茫茫、台灣蠻荒隨時都可能使他喪命，爲之感到十分痛苦。同時，他的船由廈門出發，由於領船的人看錯了路標，找不到澎湖，不敢前行，被迫又返航岸上一趟。當中歷經驚濤駭浪，教他很難消受。總之，日後，他始終認爲被調往台灣任職是被貶官，他就像是韓愈被貶到潮州，蘇東坡被貶到惠州、儋州一樣。春末，終於抵達台灣，開始撰寫《赤嵌集》卷一的詩作。在這一卷詩作裡，孫元衡展現了他的「魔怪意象世界」書寫，企圖將台灣寫成一個詭譎蠻荒、水火地獄的絕境，爲他的《赤嵌集》立下了最大的特色。從此之後，四年之間，每年一卷的詩作中，地獄景象都未曾消失。這一年秋天，他北巡諸羅縣，曾抵達三林（今彰化縣內）、加留社（今台南善化，目加溜灣社）、茅港尾（今台南下營）、他里霧（今雲林斗南），馬芝麟社（今彰化鹿港）、大武郡社（今彰化社頭）、茄荖社（今台南縣）、鐵線橋（今台南新營）。總之，最北邊大約來到中部彰化，未及台灣北部，行蹤不如郁永河之遠。

一七〇六年（康熙四十五年），四十六歲：

這一年，撰寫了《赤嵌集》卷二的詩作。在卷二裡，「魔怪意象世界」的書寫非常喧囂，地獄鬼卒的形象畢現，以〈裸人叢笑篇〉的詩作最令人震驚。這一年，除了仍擔任台灣府海防同知之外，又兼攝諸羅縣縣令，算是諸羅縣第九任的縣令，在職期間，提倡文教，捐俸建文廟大殿，也建了義學，置縣學學田，又建諸羅縣署。

一七〇七年（康熙四十六年），四十七歲：

這一年，於台灣府海防同知任內兼任台灣縣縣令。撰寫了《赤嵌集》卷三的詩作。夏天到冬天，台灣大旱，糧食欠收，孫元衡招商運米，以濟民飢；同時又報請減免賦稅三分之一，抑制米價暴漲，嚴緝走私，都做得不錯。

一七〇八年（康熙四十七年），四十八歲：

這一年，撰寫了《赤嵌集》卷四的詩作，詩作中出現了大量的台灣動植物的描寫，很有采風味道，顯見他已經比較能用一般欣賞的眼光來看台灣。夏天，得知自己升任山東東昌府知府（正四品官）。冬，搭船離開台灣，前往山東赴新職。解除了他對台灣的所有恐懼。

一七一〇年（康熙四十九年），五十歲：

在山東東昌府任內，刊行了自己的兩部詩作，即是赴台以前所寫的《片石園詩》四卷，計三二三首詩；與來台後所寫的《赤嵌集》四卷，計三六〇首詩。

（本年譜參考吳玲瑛《孫元衡及其《赤嵌集》研究》❹、陳家煌《孫元衡集》編成❺）

山川河海、地形氣候的描寫

首先我們來看一看它們的大概內容：

我們說過，孫元衡的台灣之行，他自己認爲是一趟被貶官的不如意之行。對於台灣河海以及所謂的「瘴癘之氣」充滿了恐懼，甚至感到自己隨時都會遭難。因此，當他在台灣生活了三年多，終於離開了台灣，踏上廈門的土地時，他的詩作〈廈門登岸〉❻（卷四）裡有兩段如此寫著：

之一

退之欣見蝎，坡老喜聞騾。將毋耳目僻，反使嗜好阿。

孤身阻遐域，相逢盡么魔。奉詔遂生還，慰情已良多。

【譯】我就像韓愈見到蠍子、東坡聽到騾聲一樣地高興，因爲以前見不到親朋故友，現在終於能見到了。從此我將不再像身居台灣一樣，如同一個隱士避開正常耳目應有的欲望。現在我反而會盡量追求我的欲望和嗜好。回想不久前，我孤身被隔絕在遙遠的台灣絕域，我碰到的都是妖魔鬼怪。現在我奉詔生還家鄉，已經受到許多友情的安慰。

註

❹ 吳玲瑛：《孫元衡及其《赤嵌集》研究》（台北：國立政治大學中國文學系碩士論文，二〇〇二年）。

❺ 陳家煌選注：《孫元衡集》。

❻ 《全台詩》第壹冊，頁三四八。

之二

三年窮困海，瘴癘憂相磨。兩脚蹋中土，驚禽脫虞羅。
環山帶靈石，往往見雲窩。流泉出山來，淙淙橋下過。
日明楓葉岸，籟起長松坡。弱鱗浮淺渚，喜鵲叫寒柯。
翠竹鮮鉤棘，著手久摩挲。（皆台地所絕無）

【譯】在這三年多的歲月裡，我常擔心瘴癘會來折磨我。現在我終於踏上了中土，就像一隻受到驚嚇的飛禽，脫離了獵人設下的網羅。你瞧！現在我回到了廈門，眼前所見的四周的山脈都蘊藏著具有靈氣的石頭，而且山中處處飄著白雲。流水從山裡流下來，不斷地從橋下流過。陽光撫照楓樹生長的河岸，風兒吹過了長著松樹的山坡。小小的魚兒在淺淺的水塘裡游泳，喜鵲在冬天的樹木上叫著。青翠的竹子很少有棘刺，可以用手掌久久地摩娑著。（注：這些都是台灣所沒有的。）

上述這兩首詩，把台灣和中土（廈門）做了一個比較，一面陳述了居住在中土的美好，一面貶斥台灣是不能住的妖魔鬼怪的地方；一面陳述了中土山川的可愛，一面故意把台灣貶斥成根本沒有任何好山好水的地方，可見他對於他的台灣行是如何地痛恨了。

※

在稍早，同是離開台灣的這一年，他也寫了一首〈瘴氣山水歌〉❼（卷四），憑著想像和傳說，將台灣描寫成充滿瘴氣的地方，還說瘴氣是由所謂的「瘴母」產生，甚至說台灣的焦煤是由黑色的水流所結成，乃至說淡水（應該是指下淡水溪）的水色清澈，卻能變成毒水殺人，可說是一種非常魔幻的書寫。我把這首不平凡的詩的原文和譯文並列於下：

〈瘴氣山水歌〉

瘴山苦霧結胚胎，窮陰深墨堆枯煤。赤日沈為死灰色，勁風萬古無由開。
下有長河名淡水，玉椀澄之清且旨。化為碧血與鴆漿，殺人不見波濤起。
山有飛禽河有魚，上原下隰黃茅居。島民生與瘴相習，諸番雜作古丘墟。
墟中婺婦能為鬼，婆娑其舞歌笑娓。舌語疑咒走疑癲，人瘴由來勝蛇虺。
嗟我禦暴分邊城，掃除無力空含情。樵山飲水滋慚恧，仕宦五瘴良非輕（宋梅摯瘴說）。

【譯】充滿瘴氣的山脈籠罩雲霧，正在孕育著瘴母；極其陰沉的黑色流水產生了焦煤。炎炎的太陽沉落之後，天空一片死灰色，古老的強風沒有辦法吹到別的地方去。在山底下有一條河叫做淡水，當它的河道澄清的時候，水質既清潔且甘美。可是它也會變化成紅血或毒水，不必用它的波濤就可以殺人。在山上本來就有飛禽，水裡本來就有魚類，島民也在高地或低地蓋著茅草屋居住。這些島民一向與瘴氣相處在一起，所有的番民也都在荒地種田。聽說荒地之中有不法的婦

註——
❼《全台詩》第壹冊，頁三三九。

人能使用巫鬼之術，在翩然起舞中笑容卻是多麼動人。她的舌頭說著咒語，動作瘋癲，這就是人爲的瘴氣，比蛇蠍都還狠毒。感嘆我是爲了緝拿這裡的不法分子，才被上司委派到台灣辦事，可惜雖然有心但卻無力掃除這些東西。我日日在這裡過著放曠自然的生活，一點都不像勤於政事的官吏；梅摯先生說得好：當官有五種不好的作爲叫做「五瘴」，我就是患了五瘴疾病的官員，病情還不是很輕呢！（注：五瘴的說法來自宋朝的梅摯。）

※

來台最後一年所寫的卷三裡，孫元衡寫下了除夕風雨大作的一首詩，叫做〈除夕雷雨大作〉❽，把進入春天的一場雨水，寫成遮天蓋地震撼水陸，妖氣祥氣難以分辨，龍蛇神鬼一時齊集，可說聲勢逼人。又稍早，他也寫了極北台灣的雞籠狀況，叫做〈客自雞籠還，言形勢甚悉〉❾，把雞籠寫成毒硫磺四溢，生長著奇怪物種的地方。又稍早，他寫了〈秋日雜詩二十首〉❿，當中的第四、五首，寫了台灣的一些奇景，又把極北台灣寫成天有毒水，海有凶水的地方；同時寫著台灣的所謂暴風能挾帶烈火，夕陽餘燼能燃燒天空的景象。總之，將台灣寫成類似毒水、毒火肆虐的洪荒地獄，教人不能不震驚。卷三這幾首詩作的原文、翻譯並列於下：

〈除夕雷雨大作〉

臘月晦日大雷雨，長風挾浪翻高空。海中龍蛇厭蟠蟄，世上草木開屯蒙。

赫怒昔聞殫帝力，妖祥今見煩天工。無敢戲渝獨危坐，寒花往往能鮮紅。

【譯】十二月最後的一天，忽然來了一陣大雷雨，大風夾著海浪翻捲在天空中。使得海裡的龍蛇因為討厭滯留在海底，一起飛躍起來；人世間的草木也不再軟弱無力，變得強硬起來。情況就像是人們所說的，天帝竭盡他的力量來發怒，在此時此刻，就算是有老天的工巧敏銳的智力，也難以分辨出情況是妖是祥了。我不敢對這種現象隨便開玩笑，只能正襟危坐，特別注意這個詭譎的狀況；因為在寒冷的冬天裡，這裡也往往能詭異地看到一些花兒開得很鮮紅。

〈客自雞籠還，言形勢甚悉〉

聞道雞籠嶼，孤城莽蕩間。毒磺糜白石，沸水迸丹山。
東渡洪波弱，秋崖積雪斑。蟲魚俱異物，戍卒幾人還！

【譯】聽說那個雞籠港外的小島，有一座孤城就立在遼遠無際的海水中。在那島上，有毒的硫磺可以融化白色的石頭，沸騰的海水可以撞裂紅色的山丘。一路向東的洪流，來到這裡化為最凶險的弱水，秋天的山崖上則堆積著白雪。凡是在那裡的蟲魚全都是奇怪的物種，凡是戍守在那裡的士兵也沒有幾個能回來！

註——

❽《全台詩》第壹冊，頁三二三。
❾《全台詩》第壹冊，頁三二〇。
❿《全台詩》第壹冊，頁三〇九。

〈秋日雜詩二十首〉之四

北勢到雞籠，齊諧志怪同。瘴雲凝自古，毒水澹於空。伏火從山鬼（近山夜多光怪），驚濤駕海翁（巨魚）。舟回十二載，浮去弱洋東（相傳昔有閩船飄至弱水之東，閱十二年始還）。

【譯】由北勢溪到雞籠的北台灣，河川、地形、氣候與傳說中《齊諧》這本書所記載的詭譎情況是相同的。自古以來，這裡凝聚著瘴癘形成的雲氣，有毒的水氣瀰漫天空。山間的鬼魅攜帶著有溫度的火光行走（注：靠近山區的地方夜裡出現許多帶著火光的鬼怪），鯨魚凌駕在驚濤駭浪之中。聽說有一些舟船去到那裡，要等到第十二個年頭才能回來，因爲它被波浪帶到了弱水以東的地方去了（注：傳說以前有福建的船漂到弱水的東邊，經過十二年才回來）。

〈秋日雜詩二十首〉之五

亦有奇情在，都疑夢裏逢。潮生驚戰鼓，日盡駭邊烽（臺郡東面皆山，不見初日，頽陽如烽燧遞出，夜深方隱，奇觀也）。挾火麒麟颶（海風有名麒麟暴者，風中有火，數年間作，竹樹咸焦），摧雲傀儡鋒（傀儡山時有雲氣，其番成群，見人則戮）。秋容何處好，千里木芙蓉。

【譯】還有一些狀況頗爲詭譎不解，教人以爲是夢中才能見到的景象：當海潮漲起來時，好像擂動戰鼓一樣，聲勢驚人；當太陽西墜，就好像國家的邊境燃起連天的烽火，震撼四方（注：

台灣的東邊都有山脈，所以看不見初升的太陽；當夕陽西墜時，會留下巨大火光，到深夜才慢慢消失，蔚爲奇觀）。還有一種挾帶火光、叫「麒麟颶」的暴風（注：從海面吹來一種叫做「麒麟暴」的風，風裡會挾帶著火光，幾年之中就有一次，竹子樹木都被燒焦了），傀儡山上有摧毀萬物的雲氣，那裡的番人拿著鋒利的尖刀（注：傀儡山上時常有雲霧，番人成群結隊，看到人就砍殺）。這麼說來，在秋天裡，還有什麼好景象呢？假如要說好景象，大概就是生長千里的大片芙蓉林了！

※

在來台的第一年所寫的卷一詩作裡，孫元衡寫了一首〈颶風歌〉⓫。這首詩的前段，孫元衡將台灣的颱風颳起來的情況寫成彷彿千萬的騎兵交戰，又像是大秦帝國整個崩毀瓦解了。又說颱風來襲時，背負地球的龜神必須運用神力才能把地軸撐住，載著太陽的神車也不敢外出。總之，他極力誇大颱風的威力。在稍早，他也寫了一首〈吼尾溪〉⓬，用來陳述他渡過台灣中部虎尾溪的狀況，虎尾溪在他的筆下變成陝西綏州道的無定河，充滿了凶險，當他渡過虎尾溪時，教他整個喪膽終致渾身發抖。在稍早，他又寫了一首〈苦熱行〉⓭，用來陳述台灣的炎熱天氣，據他說台灣一旦熱起來，就是火蛇也會在牠的靈穴裡掉下鱗片，天龍也會在穹蒼裡卸下龍角，即使是太

註——

⓫《全台詩》第壹冊，頁二七六。
⓬《全台詩》第壹冊，頁二七〇。
⓭《全台詩》第壹冊，頁二六七—二六八。

陽已經西斜，也會教人中毒，簡直將台灣描寫成火坑地獄。又稍早，他寫了〈中秋夜對月〉⓮這首詩，詩中否定了台灣桂樹的香氣，認爲台灣的桂樹滿山，香氣會變成瘴氣，一吸入鼻孔，就生病了；並且提到台灣的酒是不能喝的，彷彿台灣的酒是有毒的。這麼一說，台灣眞的就是完完全全的人間死地了。這幾首詩，我仍然將原文、翻譯並列於下：

〈颶風歌〉前段

九瀛怪事生微茫，瘴母含胎颶母長。虹篷出水勢傾墮（斷虹飲水，稱為破篷，主風），雲車翼日爭迴翔（雲如車輪，主風）。須彌山下風輪張，獰悍熛怒天為盲。坳然於扶桑之木末，呑吐夫天池之巨洋。訇哮籦蕩鼓神力，不崇朝而周迴於裸人之絕國、黑齒之窮鄉。颭颸颸颸無不有，一一堁堀塵飛揚。突如神兵交萬馬，崩若秦家天地瓦。颷飍起中央，沙礫盡飄灑。鼇身贔屭拄坤軸，羲轂軒軒欲回輠。怒鯨張齒鵬奮飛，涸鱗陸死鹽田肥。嗟哉！元龜入殼避武威，伏蟲盡蹂躪，植物將誰依，東門大鳥何時歸！我聞山頭磐石墜海水，夔鼓轟騰五百里。戰舸連檣吹上山，乖龍罔象迫遷徙，萬人牽之返於沚。嗚乎海田幻化良如此！

【譯】在模糊不清當中，海外的怪事就產生了：天空中團團雲霧般的瘴母正在孕育，如虹一般的颶母也逐漸膨脹拉長。天空同時出現了片段的彩虹圓弧（注：被截斷的彩虹插入水中，叫做破篷，預示將有強烈的風要來臨）；雲團的運行有如車輪，在在都說明颶風來臨的局勢已經形成。果然高山下的狂風颳起來了，猙獰驃悍的大風使得天地失去了方向。颶風生起於巨木的尾端，而呑吐於巨大的海洋之中。它鼓動了力氣，拚命咆哮顚簸，不需一天的時間，就繞了這個黑色牙齒的貧窮裸人國一大圈。急風、暴風、大風、小風無所不有，每個地方彷彿都塵土飛揚。忽然就像千萬的騎兵交戰，又像是大秦帝國整個崩毀瓦解了。有時旋風從中央地帶捲起，沙礫就四處飛揚。這時背負地球的龜神必須運用神力把地軸撐住，載著太陽的神車也不敢外出。這時鯨魚憤怒張開大口而巨鳥也必須用力飛翔，游到陸上的魚類都在乾涸中死了，使得鹽田因此而肥沃起來。唉呀！巨龜都藏在殼裡避開了颶風的威力；本來蟄伏在地裡的蟲類都遭到了蹂躪；植物顯得無依無靠；鳳儀門飛出去的鳳凰何時才能飛回來呢？我聽說有一次颶風來了，有個山頭的大岩石落到海水裡，就像是夔鼓被擂響，聲音震動了周圍五百里的地方。這時，就是林立的戰船也要被颶風吹到山上；水中的妖怪龍神也要被迫遷徙流離；成千上萬的人牽著手，避居在水中一塊小陸地上。唉呀，滄海桑田的變化就是如此啊！

〈吼尾溪（水似無定河）〉

雕陰山下綏州道，擂紫騮銜無定河。水迴沙走不敢立，停留頃刻身蹉跎。
行到天南渡吼尾，沓滟不啻重經過。自斗六門繞柴社，派分貫串東西螺。
是時秋旱井泉涸，蕩潏盤盂旋為渦。方春一雨黿鼉舞，縱有班匠無輕艖。
當年上馬身手捷，銀鞍不動根連柯；今乘笋輿仗人力，諸蓄火伴來犇波。
蚪螭罔象競擎捧，爬沙百腳工騰那。昔不動顏今股栗，織愁編臆紛千梭。
平生作事耿奇氣，履險弗懼心靡他。毋迺勇怯隨年改，念此迸淚雙滂沱！

註——⓮《全台詩》第壹冊，頁二六六。

【譯】回想年輕的時候，我曾經在陝西雕陰山下的綏州道，猛拍駿馬，衝向無定河。當時，無定河由於水流迴轉激烈，河床的流沙移動，我片刻都不敢站立不動，唯恐一旦停留片刻，就因此生命有了不測。來到這個極南的台灣，遇到了吼尾溪，正像是又經過一次水波相疊的無定河。這條吼尾溪從斗六門繞過柴社，流過也切分了東螺和西螺兩地。不久前恰巧秋天乾旱，井水河水都乾涸了，本來水勢洶湧卻變成了盤旋迴轉的小水流；等到現在，春天來了，一旦下起雨，水勢就奔騰起舞，縱使有魯班一樣的工匠，也來不及做成小渡船，我們只能憑著兩隻腳勉強渡河。想當年，我在馬背上身手矯捷，坐在馬鞍上安穩不動，有如盤根錯節的樹木；現在卻必須仰仗腳伕乘坐籃輿渡河，靠著許多番民和友伴在波浪中來往奔走。這時彷彿有許多的龍魚紛紛前來抬起我們，眾人的腳步費時費力慢慢在河床上往前移動。從前，我遇到無定河的險境時，臉面從不變色；現在卻雙腳發抖，懼怕、擔憂的情緒在心裡擾動穿梭無法停止。我平生做事一向氣正勢高，歷經險境往往心無旁騖不憂不懼，沒想到今天竟然變成如此。這難道不是證明我的勇氣隨著年紀逐漸消逝了嗎？想到這一點，我不禁雙眼淚水滂沱了！

〈苦熱行〉

丹蛇折鱗龍解角，扶桑曦馭騰東井。頭痛山南天毒西，片月當中墮焦影。
牽牛脫軛河漢枯，織女停梭空引頸。大鵬戢翼大鯤潛，洪從祖公醉不醒。
欲乞玄霜飛雪丹，滌滌山川心冋冋。

【譯】台灣的太陽奔騰跳躍在夏天時節，天氣實在太熱了。就是火蛇也會在牠的靈穴裡掉下牠的鱗片，天龍也會在穹蒼裡卸下牠的龍角。當太陽在山南的時候，會把人曝曬得頭痛欲裂；當它在西邊，也彷彿能教人中毒。月亮在天空，好像被燒焦了，就要墜落下來的樣子。天上的牽牛星座離開了它的固定方位，銀河一片乾枯。至於織女星座彷彿要停止運行，織女彷彿徒然引頸企盼，再也看不到什麼東西。這時的巨鳥都收斂了牠的翅膀，大魚也隱藏自己的行蹤；就像是逃避世界的葛洪先生，跟隨著他的祖先喝醉不醒了。我想要向老天爺乞求冰冷的北方霜雪，洗一洗這片炎熱的山川，腦海卻是一片空洞。

〈中秋夜對月〉

海闊偏宜月，天南不覺秋。自憐家尚在，甘與夢同遊。
香瘴潛浮桂（桂樹滿山，人觸香則病，亦瘴也），狂潮欲上樓。
一杯鄉國酒（沽酒不可飲，海船多載惠泉），休為看花留。

【譯】這裡海闊天高，很適合欣賞月亮；這裡的南方氣候炎熱，在秋天時，也不覺得秋涼。我常擔憂自己還有家室，不願隨便就放棄自己的生命，但願平安無事；我把這裡的受苦受難當成是一場夢，與夢同遊。在這裡，桂花所形成的香味甚至也變成了一種瘴氣（注：這裡的桂樹滿山，人一接觸到桂花的香味，就會生病，原來桂花香也形成一種瘴氣）；巨大的浪潮在發狂時，宛如要衝向高樓，一切都令人難以想像。我的手中有一杯故鄉來的安全的酒（注：從台灣市集買來的酒是不能喝的，海船因此多載一些惠州、泉州的酒來這裡販賣），不像這裡買來的有毒的酒，我決定要把它喝了，不因為欣賞花木而忘了把它喝乾。

※

在最早期寫就的卷一裡，有一首詩，題目很長，叫做〈乙酉三月十七夜渡海遇颶，天曉覓彭湖不得，回西北帆，屢瀕於危，作歌以紀其事〉⓯，這首詩陳述了孫元衡首次出發航行於台灣海峽的經驗。當時，船上的觀察員被海上的景象迷惑了，無法找到澎湖，不敢再前進，必須返回岸上再一次出發。這次的經驗教他嚇破了膽。他描寫當夜狂風怒號，海水拍打船身。在天崩地裂中，彷彿有鬼物、海妖、海神一齊前來撲擊咒罵他們，所有的人都被折磨得人不像人、鬼不像鬼。他只能向那些神鬼乞求活命，回到故鄉就好。他這麼一寫，台灣海峽就等於一個墳葬之地，置身其中的人要活著也難。

在稍早，他也寫了一首詩，詩的題目一樣很長，叫做〈除臺灣郡丞，客以海圖見遺，漫賦一篇寄諸同學〉⓰，當時，他還沒有進入台灣海峽，正在廈門等船，當他展開航海圖，觀看台海時，已經將台灣想像成一個道路奔跑著裸體野蠻人的世界；市集間也雜草叢生，長滿了簇簇的竹子。並認爲這些現象可以使看到聽到的人皮膚起粟，感到發冷害怕。這麼一寫，台灣就變成洪荒一片，毫無文明了。卷一的這兩首詩，我們也將原文、翻譯並列於後：

〈乙酉三月十七夜渡海遇颶，天曉覓彭湖不得，回西北帆，屢瀕於危，作歌以紀其事〉

義和鞭日日己酉，金門理檝烏鵲栖。滿張雲帆夜濟海，天吳鎮靜無纖翳。
東方蟾蜍照顏色，高低萬頃黃琉璃。飛廉倏來海若怒，積飆鼓銳喧鯨鯢。
南箕簸揚北斗亂，馬銜罔象隨蛟犀。暴駭鏗訇兩耳裂，金甲格鬭交鼓鼙。

倒懸不解雲動席，宛有異物來訶詆。伏艎僮僕嘔欲死，膽汁瀝盡攣腰臍。
長夜漫漫半人鬼，舵樓一唱疑天雞。阿班眩睫瘦筋力，出海环玟頻難稽（海船內稱望遠者為阿班、舟師為出海）。
不見彭湖見飛鳥，鳥飛已沒山轉迷。旁羅子午晷度錯，陷身異域同酸嘶。
況聞北嶕沙似鐵，誤爾觸之為粉齏（彭湖山南有北嶕，下為鐵板沙，濟海之舟不見彭湖，則不敢南渡）！回帆北向豈得已，失所猶作中原泥。
浪鋒舂漢鷁首立，下旋渦臼高桅低。怒濤洶濺頂踵濕，悔不脫殼為鳧鷖！
此事但蒙神鬼力，窅然大地真浮稊。翠華南幸公卿集，從臣舊識咸金閨。
挂冠神武蹤已邁，願乞骸骨還山谿。讀書有兒織有妻，春深煙雨把鋤犁。

【譯】太陽的車伕快馬加鞭，使得太陽很快地向西斜了，在金門島整理舟船，所有的喜鵲都安靜棲息不再躁動了。我們張開了飽滿高大的風帆，準備夜間渡海到台灣；此時海波平靜，天空沒有任何雲霧的遮蔽。東方的月亮對著海面照出了一片的顏色，高低起伏的波浪現出了一片黃色琉璃的光輝。忽然間，狂風猛吹，海神彷彿也狂怒起來，暴風急速拍打海面，彷彿引動了所有巨大海魚的喧譁。南箕星宿因此而簸揚著，北斗星宿也因此而動蕩不停；不論是海神或水中的妖怪都和蛟龍相互追隨起來。狂暴的碰撞聲使兩耳都要裂開了，就像是穿金戴甲的兩隊人馬在鼓聲中

註——
⓯《全台詩》第壹冊，頁二五五。
⓰《全台詩》第壹冊，頁二五二。

交戰一樣。船帆倒掛在桅桿上面，風又捲動了那些船帆，彷彿有鬼物前來咒罵我們。趴在船板的僮僕們嘔吐得就要死去，膽汁都要吐光了，腰腹都痙攣起來。長夜漫漫，大家都被折磨得人不像人、鬼不像鬼；船上的控制台終於傳來了報更聲，教人以為天雞報曉。專門主司望遠工作的船員已經筋疲力盡，航行時的占卜用具也難以測出吉凶（注：海船裡主司望遠的人叫做「阿班」；海上掌管航行的人叫做「出海」）。還看不到澎湖時，先看見了海鳥，當海鳥飛離時，就知道被遠山的影子誤導了。這時才知道測度方向、時間的儀器弄錯了，使得我們的航行發生錯誤，一時之間大家如同陷身在一個異域裡，一齊哀鳴感嘆。我們聽說澎湖北邊的沙岸堅硬如鐵塊，如果誤觸了那地方就會粉身碎骨！（注：澎湖山的南邊有一個北礁，底下就是鐵板沙，渡海的船員如果看不見澎湖，就不敢貿然向南航行）。此時，我們迫於情勢，在情非得已中，必須返航；即使在自己中原土地上流離失所，也算是還能埋骨在中原，總比葬身海中要好些。這時，巨浪沖打天際，使得船首都豎立了起來，漩渦的底部看起來還要比船桅高一些。在怒濤飛濺中，我們全身上下都被打濕了，恨不得當下變成飛鳥以便飛離這個險境！這件事只能靠神鬼的力量來解救，人就是這麼渺小，只是滄海中的一粒米而已。回想不久前，吾皇康熙巡行到杭州來，一時公卿畢集，那些皇帝的隨從和我的老友都是國家的菁英，他們並沒有為我的台灣行向皇上求情。假若現在想要模仿陶弘景，在神武門前掛冠求去，遠離官場去隱居，也已經沒有機會了，我現在只想央求這一副老骨頭能回到故鄉就好。在家裡可以陪陪小孩念書，看看妻子織布，或者在春深的煙雨中拿著鋤具種種田。

〈除臺灣郡丞，客以海圖見遺，漫賦一篇寄諸同學〉

中原十五州，無地託我足。銜命荷蘭國（臺灣本荷蘭地），峭帆截海腹。
披茲瀛壖圖，島嶼紛可矚。回身指南斗，東西日月浴。
颶風怒有聲，駭浪堆篷幅。滌汔終古心，瀇瀁萬里目。
毫釐晰舟輿，稊米辨巖谷。道犇裸體人，市莽連雲竹。
覽者睫生芒，聞之肌起粟。寄語平生親，將毋盡一哭！

【譯】中原共有十五州，竟然沒有可以給我居住的地方。我奉了上司的命令，要前往從前是荷蘭人國度的台灣去當海防同知（注：台灣本來是荷蘭的土地）；如同峭壁一樣的船帆將被升起來，船將要進入海中了。當我在陸地上展開了海中的島嶼圖來觀看時，眾多的島嶼都可以清晰被看見。在廣大的海中，轉身就可以看到南斗星，同時也投入在橫越東西天際的日、月懷抱中了。聽說海上的颶風常大聲怒吼，令人害怕的浪高高地掀起了小帆船。在海中，海水能洗盡吾人萬古的愁心，浩大的海水映入吾人的眼目。在無邊無際的大海圖裡，我們只能由毫釐般細小的點，來分辨出那是否是一艘船隻；也只能由一粒米大小的記號，辨別出那是否是一個高聳的山谷。至於台灣那個島嶼，據說道路奔跑著裸體的野蠻人；市集間雜草叢生，長滿了簇簇的竹子。這些現象可以使看到的人眼睫生出芒刺，感到痛苦；聽到的人皮膚起粟，感到發冷害怕。如果我把這些話告訴生平的親戚朋友，他們怎能不爲我痛哭一場呢？

※

看了上述孫元衡在三年之間的台灣行所寫的詩作內容以後，我們繼續分析他的修辭法：

1.這些詩，顯示了孫元衡是一個很喜歡使用僻字的詩人。比如說「颲」、「䬃」、「䬆」、「颭」、「渰」、「湓」這些奇怪的字，最好是直接由《康熙字典》中去尋找，比較能了解它們的意思。孫元衡和另一位稍後來台的詩人朱仕玠非常相像，他們都很喜歡使用冷僻的字眼，而且孫元衡比朱仕玠更加肆無忌憚。這種喜好僻字的習慣，彷彿在他的詩中打了一個個死結，當然加苦讀者，可是他卻毫不害怕。有人說這是受到了唐朝詩人韓愈的影響所致，不過，我想即使沒有韓愈，他也一樣會使用冷僻字，因爲自古以來，這一派的詩人還不少，他們的目的可能是要向讀者誇耀他們是很能識字的人，不只是一個普通的讀書人而已。換句話說，他們可能認爲寫僻字是一種有學問的表徵！當然，這種想法是無聊文人的一種壞想法。另外無非是要讓讀者對他的詩有一種「崇高」、「孤絕」、「不俗」的那種感覺，也就是說，詩人故意標新立異，以奇獲勝。

2.再者，孫元衡的用詞也顯得十分詭譎，譬如「虹篷」、「訇哮」、「堁堀」、「贔屭」、「積飄」……不勝枚舉的詞，不管是名詞也好，動詞也罷，都很難理解，想要解讀它們，讀者就要有查閱《康熙字典》的時間和永不放棄的考究耐性。有些奇怪的詞，顯然是爲了勉強押韻（可見孫元衡的才情還是有一定的限制）有關，但是更多的是由於任意使用僻字所造成。換句話說，因爲字很難理解，也牽動了詞變成很難理解了。

3.其三是比喻的問題，孫元衡的詩大量使用比喻。如果以「賦」、「比」、「興」的分類法來爲《赤嵌集》做一個歸類，它一定會屬於「比」的這個種類。一般來說，我們在文章中所以會使用比喻，大半是深怕別人不懂得我們的眞正意思，就做一個比喻。比如說爲了使抽象性的感受容易被人領略，我們就會做一個具象的比喻（類如把焦急的心情比喻成爲熱鍋上的螞蟻）。可是，孫元衡倒不一定如此，他反而是將一個非常容易懂的具體的生活形象，用另一個十分不可解的景象做比喻，甚至使它超現實化。結果，我們本來可以理解的現實情況，就被他形容成難以理解的圖像。比如說，台灣的大雷雨很容易理解，頂多就是「西北雨」那種情況，但是在他的比喻底下就變成十分驚人的「海中龍蛇厭蟠蟄，世上草木開屯蒙」的景象；台灣的颱風也很容易理解，頂多就是掀翻屋頂那種景象，但是在他的比喻下，就變成「突如神兵交萬馬，崩若秦家天地瓦」的分裂天地的情況；台灣的炎熱氣候也很容易理解，最熱就是攝氏35、36度，還不足以煮熟一顆雞蛋，但是在他的筆下就變成「丹蛇折鱗龍解角，扶桑曦馭騰東井。頭痛山南天毒西，片月當中墮焦影」這種不可思議的情況。這些比喻，還帶著典故，就更令人恐懼，也是使得孫元衡把台灣風景轉換成地獄般風景的眞正幕後操縱者，我們說孫元衡這種把具象轉成超現實的文學技巧也眞是「太厲害」了！

4. 再來是誇飾法的問題。所謂的誇飾法，就是說在行文中，誇張了客觀的事實，使他所要表達的意象更加凸顯，終於引起讀者的注意。[17]因爲讀者天生上就有一種好奇心，遇到有人誇口，就會被迷惑，會想要探究到底，作者因此就順其自然利用讀者的這個喜好，誇張他的陳述。因此，作家在文章中使用誇飾法，是很平常的事，甚至不太推崇誇飾法的寫實文學家，也會在他們的某些詩裡偶而使用誇飾法。比如說李白的〈秋浦歌〉就寫：「白髮三千丈，緣愁似個長。」杜甫也曾在他的〈古柏行〉裡寫：「霜皮溜雨四十圍，黛色參天二千尺。」可見在文章中使用誇飾法，原來就無可厚非的，也是不能避免的。但是孫元衡就比較不同。我們說過，孫

註

[17] 有關誇飾法的定義，請參考黃慶萱：《修辭法》（台北：三民書局，二〇〇四年），頁二八五。

元衡很喜歡把現實的現象，用一種超現實的意象做比喻（取代），然後努力書寫那個超現實的意象。問題就出在他的超現實意象，不是平常的超現實意象，而是那種極端誇飾的意象；況且動作詞頻頻，甚具聲勢，超出了上面我所舉例的李白和杜甫的那種誇飾。比如說，他誇飾了雞籠一帶的蠻荒，說那裡「瘴雲凝自古，毒水澮於空。伏火從山鬼，驚濤駕海翁」，就比李白、杜甫那兩句詩要有氣勢，也更令人驚訝。至於誇飾雞籠的凶險成「潮生驚戰鼓，日盡駭邊烽。挾火麒麟颶，摧雲傀儡鋒」，都具有尖銳的殺傷力。更厲害的是，他的誇飾，常常大而無外，遍及整個天上地下，充塞宇宙，引人震驚，很像莊子在〈逍遙遊〉裡對鯤鵬的比喻，就是所謂的「北冥有魚，其名爲鯤，鯤之大不知幾千里也。化而爲鳥，其名爲鵬，鵬之背不知幾千里也。怒而飛，其翼若垂天之雲」這種比喻，由於充塞了宇宙上下，就使我們震駭浩嘆，不知道要如何消受。因此，台灣火熱天氣在孫元衡筆下就誇飾成「牽牛脫軛河漢枯，織女停梭空引頸。大鵬戢翼大鯤潛，洪從祖公醉不醒」。台灣海峽的風浪在他筆下就誇飾成「飛廉倏來海若怒，積飆鼓銳喧鯨鯢。南箕簸揚北斗亂，馬銜罔象隨蛟犀」。都只能教人瞠目結舌。至於把台灣的颱風誇飾成「須彌山下風輪張，獰悍熛怒天爲盲。塕然於扶桑之木末，呑吐夫天池之巨洋」，也都變成聳人聽聞的神話了。我們知道，「極端的誇飾」正是《赤嵌集》最厲害的修辭法。

5. 再其次是文章的結構問題。大致來說，我們書寫文章，都會有結構的，尤其是兩極對立結構非常普遍，因爲作家都知道有結構才會有緊張，有結構才會有戲劇性。孫元衡詩的內容結構上，很難隱藏「中原／邊疆」、「文明／蠻荒」的這種對立。在上文裡，我提到他來台將近四年後，返回廈門時，所寫的「退之欣見蝎，坡老喜聞騾。將毋耳目僻，反使嗜好阿。孤身阻遐域，相逢盡么魔」這些詩句，就是這些結構的現形。其他的詩句，也都隱藏了這種結構，只要仔細揣摩，它就被發現出來。

以上，大致就是孫元衡的詩歌技巧。

※

由上述內容和技巧來看，可以總括孫元衡對台灣的想像，不論是尚未抵達台灣或抵達台灣以後的三年多裡，除了心情比較放鬆的時候所寫的常態詩外，他對台灣的想像其實沒有多大的改變，那就是將台灣寫成「洪荒一片」、「瘴癘四起」、「炎熱火坑」、「萬物有毒」、「裸人奔跑」、「鬼哭神號」……的地方。同時他的藝術手法顯示過度用力寫台灣，對台灣下手很重。換句話說，他幾乎窮盡了負面的比喻來描述台灣的山水氣候，甚至類似詛咒台灣也在所不惜。所以我說他把台灣看成是陰間地獄，並沒有冤枉他。

既然如此，那麼我們接著就必須探討，究竟是什麼因素，使他把台灣寫成如此這般，而不是其他的樣子。因爲顯然還有其他作家寫的當時的台灣山川景象不是孫元衡這一種，甚至剛好與孫元衡相反。比如說，乾隆三年（一七三八）中舉，推估年記約小於孫元衡四十餘歲的台灣本土詩人陳輝，⓲他也寫了許多的台灣山水風景詩，差不多都是風景宜人，使人非常愉快，和孫元衡的

註——

⓲ 有關於陳輝的真正出生年月，我們目前還不知道，因為他的生平資料非常地有限；但是我們知道他在一七三八年（乾隆三年）中舉。我們以最簡單但不一定準確的推估法來估計是：孫元衡是在一六九三年（康熙三十二年），以貢生的身分擔任山東新城縣令，這一年孫元衡三十三歲。假設陳輝也是三十三歲中舉，那麼他的出生年應該是一七〇五年，和一六六一年出生的孫元衡相差約四十五歲。

詩恰成兩極。按說他們差不多只相差四十餘歲，同樣處在台灣還有待開發的階段，所見的台灣山水風景也應該相差不多，可是寫出來的詩卻南轅北轍，這究竟是什麼原因？在這裡，為了讓大家對孫元衡詩的獨特性加深了解，我隨機取樣，把陳輝所寫的四首風景詩的原文和翻譯並列於後，讓大家能仔細做個比較：

〈渡菅林潭〉⑲

溶溶潭水碧無垠，兩岸蒼煙鎖白蘋。山影遠涵波色翠，雲光斜映浪花新。
一肩行李臨流客，半棹歌聲喚渡人。欲向前村暫棲息，酒帘風起綠楊津。

【譯】台南的菅林潭水勢盛大，一片無涯無際的綠；潭兩岸的蒼翠草木，包圍了水中白色的浮萍。遠山的姿影映入潭裡，使得潭水一片碧綠；天空的雲兒也映入了潭裡，使得翻躍的浪花看起來顯得清新。即將渡潭的旅人背著滿肩的行李，船夫唱著船歌載送客人渡潭。渡潭之後，想要走到前面的村莊暫時休息，就看到種著綠柳的渡口有酒帘被風吹捲了起來。

〈登赤嵌城遠眺〉⑳

鹿耳鯤身島嶼連，雲光海色雨晴天。江帆曉渡波中影，市井寒炊竹外煙。
山似畫屏常染黛，水如冰鏡日磨鮮。憑高得趣閒瞻眺，萬里鄉關一望懸。

【譯】鹿耳門與鯤鯓島連成一片，此時是雨後的晴天，有著白雲蒼海的亮麗風景。你看，那片片的風帆，在破曉中行駛，將它們的影子倒映在水中；人們在冷空氣中煮著飯，炊煙飛出了竹圍之外。此時的山脈看來像是一列屏風，畫染著深綠色；水面彷彿結冰的鏡子，天天都磨得很鮮亮。爬到高處悠閒遠眺，頗得趣味，故鄉就在萬里遙遠的那地方。

〈半路竹莊〉㉑

客舍春郊裡，陰陰翠竹園。銜煙聞犬吠，隔樹見鶯喧。
草綠疑無路，雲深又一村。行行車馬過，從此近仙源（地近前窩仙堂）。

【譯】旅途上住在春天的郊店，這是一個有著濃密綠竹的家園。在裊裊的炊煙中，能聽見村犬的吠叫；隔著樹隙，能看到鳥兒忙著喧譁。在綠草的遮蔽下，本來以爲已經無路可走，誰知走進白雲的深處，又看到了另一個村莊。馬車不停地走呀走，此地已經靠近了鄉民何侃所建的化外之地——「前阿仙堂」了。

〈東港渡〉㉒

斜帆臨野渡，水漲海涯東。草色連長岸，嵐煙聚短蓬。

註——

⑲《全台詩》第貳冊，頁一九二。
⑳《全台詩》第貳冊，頁一九〇。
㉑《全台詩》第貳冊，頁一九一。
㉒《全台詩》第貳冊，頁一九五。

山山春雨霽，樹樹夕陽紅。欲向津頭問，桃源路可通？

【譯】在東港渡口，停著斜掛風帆的小船，潮水在海峽的最東邊漲起來了。綠色的野草沿著長長的沙灘上連綿地生長，晚間的薄霧凝聚在彩虹的周邊。春雨後，每座山都顯得明亮，而每棵樹在夕陽下都被染成昏紅。想要問一問碼頭的人，這裡有路可以通到陶淵明所說的桃花源嗎？

我們看到陳輝這四首詩，就想到清朝後期，李逢時、陳肇興那些田園詩人所寫的山水詩。不錯，陳輝其實是台灣田園詩風的先聲，經由他的山水詩，後來的大規模的田園詩時代才會來臨。陳輝是台灣縣人，由已經出土的他的有限人生資料看來，除了考試到中國大陸以外，都住在台灣，可以說是標準的台灣本土詩人。在這位本土詩人的筆下，台灣顯得風景明媚，類似桃花源，簡直是人間美地。這四首詩，大概描寫現在的台南、高雄、屏東的風景。按說他所到之地，比孫元衡更是南方，可是在他的筆下，卻沒有出現孫元衡那種把台灣天氣描寫成酷熱無比的詩句，也沒有所謂瘴癘孕育於天空的景象。這究竟是爲什麼？

我們由孫元衡的年譜資料裡，大概可以推論出下列幾個主要的原因：

1. 來台非其所願：我們提到過，他的來台完全是上級長官單方面的派遣，事先沒有與他協調（因爲直到他見了皇帝，才知道新的任務）；也就是說他的來台是被逼的。本來這是長官的好意，想把他由從五品官變成正五品官，可是在孫元衡心中，卻主觀地認爲自己是被貶官。

2. 來台的時間短，對台灣不熟悉，傳說中的瘴癘之氣徹底地恐嚇了他：有關孫元衡所說的「瘴癘」這個東西是很難解釋的。由他的詩看來，彷彿是一種有毒的雲氣，能被吸入肺裡，在不知不覺中就中毒生病了。可是事實上，台灣根本就不可能有這種毒氣，假如有的話，陳輝這些長年生存於台灣的本土詩人早就死光了，假若幸運不中毒死亡，也會在詩文中略為提到，但是陳輝卻從不提到這種東西。有人說，孫元衡說的可能是「瘧疾」，但是由孫元衡的詩看來，卻不可能是瘧疾，因為詩裡沒有提到蚊蟲導致生病這件事。可以推測，孫元衡所提的台灣的瘴癘純粹是一種傳說。孫元衡可能不是一個很有科學頭腦的人，他在台灣住了將近四年，差不多都困在傳說的威脅中，這些傳說使他不曉得要如何解決。

3. 北方人難以適應台灣的氣候：孫元衡的故鄉在安徽，比台灣的緯度要高；後來他出任山東新城縣令，更是高緯度；雖然以後又任四川漢州知州，緯度比較低些，但是地勢還是比台灣高，可能因此對台灣的炎熱氣候較難忍耐。因此，台灣的炎熱氣候，成為他極為痛恨的現象，也實際受了重大的痛苦。他畢竟不是陳輝那種土生土長的台灣人，還沒有完全適應台灣的天候。

這幾個因素，是我們閱讀孫元衡的詩之後，很容易就推敲出來的因素。簡言之，在現實上，他的確討厭台灣，進而把台灣寫成一個好像是地獄般窮山惡水的國度，一點都不難理解。

不過，我覺得這些表面的現實因素還不是主要的因素，因為許多的來台詩人，他們也有非自願到台灣來的，也未能完全適應台灣（譬如朱仕玠），可是那些詩人還不至於把台灣寫成火坑地獄。我認為還有許多無意識的成分，才是主導孫元衡將台灣的山水寫成窮山惡水的原因。這些無意識，最起碼包括了「各種保守主義意識形態」、「魔怪意象世界書寫技法」、「傳奇文學時代的來臨」這三種，它們緊緊地束縛了孫元衡的台灣書寫，使得他只能寫出孫元衡的台灣，而不是其他人的台灣。

這三種無意識，我們留在文章的最後頭，再來加以討論。現在，我們繼續來看孫元衡《赤嵌集》裡的人物書寫。

人物的描寫

孫元衡《赤嵌集》裡的人物描述對象比較大量的是原住民，大半都是平埔族，少數才是高山族。他的人物描寫與台灣山水描寫是配合在一起的，因此，伴同著惡山惡水的描寫，原住民的模樣就變成半人半獸，宛如在地獄裡生存的怪物。他很少書寫原住民善良的一面，能寫到的多半是不好的那一面。孫元衡的書寫是一種不平衡的想像，沒有兩端取乎其中，以致失去了一定的客觀性。同時，他的詩也反映不出來他對原住民的書寫是經過調查後的書寫，假如對照比他稍後來台的黃叔璥所寫的調查報告《台海使槎錄》，就知道孫元衡筆下的原住民描寫，多半出於當時一般漢人的傳說和他苛酷的個人想像。要之，他並不是把原住民寫成當時一般人所能想像的那種過著儉樸生活的單純蠻人，而是更加惡劣，帶著非人性的半人半獸的獸類。

底下，我們要介紹〈裸人叢笑篇〉㉓這束詩集。所謂「裸人」當然是指原住民，「叢笑」就是「雜談趣聞」的意思，詩題可能是來自宋人朱輔所寫的《溪蠻叢笑》這本書。〈裸人叢笑篇〉收集在《赤嵌集》的卷二，也就是來台第二年的作品，顯然是對台灣還很陌生的時候所寫出來的作品，共有十五首詩，看起來並不是很有計畫性的詩作，而是想到哪裡就寫到哪裡，把他能想像出來的趣聞（或可怕的傳聞）寫出來就對了。他也不怕寫得太雜亂或太離奇，總之是一種文學創作，不是眞正的調查記實，也難怪叫做「叢笑」。

※

首先，我們先看第一首和第二首。

第一首開宗明義，寫原住民簡單的被統治史，主要是基於大清帝國意識形態。大意是說：靠著大清皇威，終於剷除了原住民凶蠻的本性，但是裸體還是免不了。原住民在他的筆下，彷彿是過著渾沌老祖的生活。最奇怪的一點是：孫元衡認爲大清帝國之前，原住民曾受日本人的統治。

第二首寫原住民的外貌，把原住民頭髮豎立起來的相貌用犀牛或大角羊來做比喻；還說原住民斷髮的習慣是追隨中國南方的甌駱族，意思是說，同樣是野蠻人，台灣的野蠻人還是不如中國大陸的野蠻人。這種大中原至上的心態很奇怪！

這兩首詩的原文和譯文，並陳於下：

〈第一首〉

皇威懾海若，崩角革頑凶。昔從倭鬼役，今為王者農。

酋長加以冠，族類裸其躬。震驚鞭撻威，嬉戲刀劍鋒。

臺郎出守羅星宿，云是大唐王與公（南夷類稱中國曰唐，官曰國公）。

五十二區山百重（蕃社凡五十有二），南極蜈蜞（嶺名）北雞籠（山名）。渾沌不鑿天年終。

註——㉓《全台詩》第壹冊，頁二八〇。

【譯】大清皇帝的威勢簡直能震懾海域的神祇，一舉除掉了這裡野蠻民族的暴虐統治以及革除了他們頑劣凶蠻的本性。於是，從前充當倭寇奴隸的野蠻人，今天就變成了替吾王耕種的農夫了。皇上給這裡的酋長戴上冠冕，至於一般的族人就聽任他們赤身裸體了。他們在吾皇的撻伐威力下感到震驚，在吾皇的刀劍鋒芒裡無知嬉戲。當台灣的官兵展開攻防隊形有如星羅棋布時，他們都說那些官兵是大唐的王公（注：南方的蠻夷都稱呼中國為唐，官員為國公）。總共有五十二個番社分布在一百座的山裡頭，最南方到達了蜈蜞嶺，最北方到達了雞籠山。就像是從未雕鑿過的混沌老祖一樣，一直活到他們該活的那一年為止。

〈第二首〉

衛鬟縵靡草，鬣髽如植竿。獨竦兕薦立，兩岐羱角端。
不簪亦不弁，雜卉翼以翰。謂當祝發從甌駱，爾胡不髡能自完。

【譯】用靡草遮住了散亂的頭髮，頭髮向上綁起來有如在頭上豎起了竿子。如果單獨只有一束的時候，看起來彷彿犀牛獸站在那裡；如果綁上兩束，看起來就像有兩個角的大角羊。既不使用髮簪，也不戴帽，頭上逕自插著一些花朵和羽毛。有人說他們應該是追隨南方的甌駱族有了斷髮的習俗，否則如果都不剃髮，頭髮如何能如此齊整呢？

※

再來介紹第三首第四首：

第三首寫原住民在耳垂掛著兩個環形物的長相，將這種原住民的審美行爲當成一種無知的舉動，極盡諷刺的能事，並認爲這是對中原大國不順服的表徵。第四首則寫原住民用黑色的草汁把牙齒和臉抹黑的習慣，並將這種原住民的審美風尚當成是「近墨者黑」的壞習俗。

兩首詩的原文和翻譯並陳於後：

〈第三首〉

鑿困貫竹皮括輪，象日月兮衛其身，圓景雙擔色若銀（蕃有造為大耳者，幼鑽困，實以竹筒，自少至壯，漸大如盤，汙以土粉，取餙觀云）。我聞無腸之東聶耳國，趨走捧持猶捧珍，又云一耳為衾一為茵；非其苗裔強相效，嗚乎坎德胡不辰！

【譯】番人會在耳朵鑿個圓洞，再放入圓竹筒，有時在耳垂掛上二個輪子，就像是太陽、月亮的二個環形物，用來保護自己的身體；二個圓形物有時垂到雙肩上，色調是銀色（注：想要塑造大耳朵的番人，幼年時會在耳朵鑽洞，塞入竹筒，由少年到壯年，耳朵逐漸大得像一個盤子，平常會塗上土粉，用來裝飾觀賞）。我曾聽說在無腸國的東方，有個國家叫做聶耳國，人民在走路奔跑的時候，就捧著耳朵好像捧著珍品一樣。又有人說他們有一個耳朵被當成棉被用，另一個就當成草蓆用；如今台灣這些番人並不是聶耳國的後代，卻爭相效法聶耳國的習俗，這麼一來，謙恭柔順的德性就變成何等的不柔順了！

〈第四首〉

齒耳夫何以皓為?又奚取於漬汁而漆頤(雕題黑齒,非生而黑也,取草實染成,能除穢惡)?厲骨辟穢芳其脂,墨氏毋寧悲染絲!

【譯】如何才能教吾人的牙齒和耳朵變白呢?爲什麼番民偏偏拿著黑色的汁液往自己的兩頰塗抹呢(注:刺青和黑齒的番民,不是本來天生就是黑色的,是從植物萃取顏料染成的,說是能驅除汙穢)?他們也說塗抹鹿的油脂可以強壯骨骼、遠離汙穢。這種說法,遠不如墨子先生見到染絲的人的感歎:「在青色中染就成青色,在黃色中染就成黃色。」

※

底下介紹第五首、第六首。

第五首寫原住民善於隱藏自己於林木叢中,很像一隻似狗似羊的怪物;又寫原住民青年有經年束腰的習慣,並對巫術這種行爲做了一番的譏笑。第六首書寫原住民有穿「桶裙」的習慣,也提到斷齒的習俗;並批評台灣的原住民斷齒的目的不如南海一帶的犵蠻族,是一種不講道義的行爲。

兩首詩的原文和翻譯並陳於後:

〈第五首〉

倒懸覆臟,如縶羵羊。織竹為笟,約肚束腸。行犇登躍,食少力強。蜂壺猿臂,逐鹿踰罔。將刀斷之，挽手上堂（稚蕃利走，身乃倒懸，以竹為箍，束腰使細，至婚時斷去。又男女結婚不以禮，惟挽手告諸父母云爾）。為語楚宮休餓死，盍習此術媚其王？

【譯】番民能倒掛自己於樹木之間，也很善於在林木中隱藏自己，往往看起來就好像被綁住的似狗似羊的「土之精怪」。年輕人用竹子編成束物，從小就綁在腰際，不教自己的腰粗大，以方便行走。因此，能急速奔走，也能攀爬登高。吃得很少，力量卻很充沛。有蜂類一般的細腰以及猿猴那樣的長臂，攀越山崗，追逐著梅花鹿。到了結婚的時候，就把竹編的束物割斷，牽著手去告訴父母說要結婚了（注：番民爲了善於奔跑，身子常常倒立，用竹子編成束物，束著腰部，使腰變細，到結婚的時候才砍斷它。同時，男女結婚的時候，沒有儀式，只有兩人挽著手去告訴父母而已）。從前楚王欣賞細腰的美女，導致許多人餓死，我倒要告訴那些愛美的人，何不學習番人的這種方法來討好楚王呢？

〈第六首〉

短布無長縫，尚玄戒施縞。桶裠本陋制，不異蠻犵狫。狫蠻鑿齒喪其親，爾蠻鑿齒媾其姻。雜俗殊風仁不仁（南海犵蠻，幅布圍下體，不施襞積，號曰桶裠；臺蕃似之。又犵狫親死鑿二齒以贈永訣，蕃結婚鑿二齒以訂終身）！

【譯】身上的布很短，不須縫合；喜愛黑色而不喜愛白色。用布塊遮圍住下體本來就是一種簡陋的穿著方法，和南海的犵蠻族是完全一樣的。南海的犵蠻族在父母親死亡的時候，把前面的兩顆牙齒鑿掉，用來贈送給死者做爲永別的紀念；此地的番民卻是在結婚的時候，把前面的兩顆牙齒鑿掉，做爲訂定終身的紀念。南海和台灣的蠻人的風俗不同，南海是講道義的，台灣是不講道義的（注：南海一帶的犵蠻族，以一片布圍住下體，沒有任何縫綴，就叫做「桶裙」；台灣的番民也差不多是這樣的。不過，犵蠻族的雙親死了，就鑿下兩顆牙齒贈送給死者，做爲永別的紀念；台灣的番民卻鑿下兩顆牙齒，以代表婚約）。

※

底下介紹第七首、第八首。

第七首寫原住民婚姻的一般習俗，也就是由吹鼻簫到兩情相悅到父母准許結婚的過程。詩中以男性沙文主義，極力攻擊男方入贅女方這種母系社會的習俗，並錯誤地認爲一般原住民的母親不照顧自己的兒子。

第八首寫原住民刺青的習慣，並主觀認爲刺青使原住民看起來好像黑色石塊做成的半人半獸的屍體。

兩首詩的原文和翻譯並陳於後：

〈第七首〉

管承鼻息颺簫音，筠亞齒隙調琴心。女兒別居椰子林，雄鳴雌和終凡禽（女長構屋獨居，以鼻簫、口琴男女互相調和，久而意偕，乃告諸父母）。不顧邪娘回面哭，生男贅夫老而獨（俗以婿為嗣，置所生不問）。但知生女耀門楣，高者為山下者谷。貓女膩新相鬪妍（女多以貓名，幼曰膩新），醉歌跳舞驚鴻翩。酋長朝來易版籍，東家麻達西家仙（未婚名麻達，供力役；既婚名仙，納餉稅）。

【譯】把竹管放在鼻下，用鼻子吹出簫聲；把竹口琴放在唇上，吹出自己的心意。姑娘通常另外居住在椰子林裡，由於男女彼此以音樂先唱和，最後就確定兩個人不是普通的禽類，而的確是一對美好的鳳鸞，就回去告訴父母說要結婚了（注：女子在外面築屋獨居，青年男彼此以鼻簫、口琴傳情，久而久之兩個人能情合意偕，就去告訴父母，說要結婚了）。兒子也管不了母親轉過臉來哭泣——因爲所生的男孩子就要入贅女方的家庭，父母年老不免就孤獨無依了（注：番民的風俗以女婿爲後嗣，往往不照顧自己的親生兒子）。總之，番民只知道生女兒是光大門楣的事，就像是山高谷低一樣地自然。許多的女子都以貓爲名字，在幼年的時候就競相鬥妍（注：女子多用貓這個音來命名，幼女叫做「膩新」），往往在醉酒的時候跳舞，她們舞姿如同被驚起的鴻鳥，翩翩飛翔。酋長早上就來辦理戶籍，東家尚未結婚就叫做麻達，有提供力役的義務；西家已婚就叫做仙，必須定期繳納賦稅（注：未婚的年輕人叫做「麻達」，必須提供勞役；結婚的男子叫做「仙」，必須提供賦稅）。

〈第八首〉

接飛軼走，縱行橫施。繡肌雕腋，勇者是儀。
龜文蟬翼，蒙表貫肢。背屏鷴鷁，胸獰豹螭。
跳脫臂釬，瓔珞項披。蠢然身首犁䰢尸。

【譯】急速飛跳，直行橫走，毫無障礙。在皮膚或肢體上刺青，是勇士本色的打扮。因此，常有怪誕的圖紋，遍布在皮膚和四肢。在背部雕刻鳥類，胸部刺上猛獸圖形。手臂上有皮革製成的袖套，珍珠項鍊掛在頸間。蠢笨的身子就像是黑色石塊做成的半人半獸的屍體。

※

底下介紹第九首、第十首。

第九首書寫原住民的獵鹿狀況，裡頭他分明寫了社商對原住民做出的詐欺行爲，卻沒有譴責社商，反而譏笑原住民像「笨牛」。

第十首寫原住民獵鹿捕魚的勇猛，但卻錯誤地諷刺原住民老年時被棄養，說成群的老年人在馬路的角落裡哭泣，顯示他對原住民尊老敬賢的美德毫無所悉。

兩首詩的原文和翻譯並陳於後：

〈第九首〉

海山宜鹿，依於樸樕。麌麌呦呦，群行野伏。諸番即之，長鈚勁箙。毒獮橫噬，倍於殺戮。憑藉商手賦公局，獲車既傾壑有欲。犝犉括食何苦辛，直朶頤於刖蹄而剖腹（蕃虞鹿為輸將，所獲悉委社商，惟利蹄腸一飽而已）。

【譯】台灣的山海很適合鹿群的生長，鹿通常棲居在小樹下。喁喁呦呦叫著，群體都在野地裡棲息。番人追上了牠們，用長長的鐵標槍和硬利的竹箭射殺牠們。有時凶暴的獵狗猛烈地撕咬牠們，更甚於射殺。然而，這些番民擔心獵物被官府充公，就把獵物都交給了社商，任憑社商去交涉。於是，滿載著獵物的車子就被充滿欲望的社商整個給吞噬了。這些笨牛要吃一餐是何等辛苦，只能吃一些割下來的鹿蹄和鹿內臟而已（注：番民懷疑捕來的鹿會被充公，就把所獵得的鹿都交給社商，所獲得的只不過是飽餐一頓鹿蹄和鹿腸而已）。

〈第十首〉

爾之生也，懸刀代弧；爾之壯也，畜犬為徒。柔筌以臥肉以脯，縱橫猛氣凌殷虞；奮狋犾犾不可呼，爭先奚翅當百夫。功多齒鈍棄匪辜，日暮纍纍嗥路隅！

【譯】這些番民幼年時，就懸刀拿弓；等到強壯的時候，就開始畜養獵狗當他的幫手。常睡在柔軟的漁具上，等待捕魚；把鹿肉曬成鹿肉乾。橫衝直撞的氣勢勝過殷、虞時代的勇士，彷彿怒犬相鬥無法叫他們停止。他們奮勇爭先，可以以一當百。然而，功業再大，當他們年老的時候，也會無辜地被拋棄。晚年時，成群地在馬路的角落裡哭泣！

※

底下介紹第十一首、第十二首。

第十一首書寫住在山上的原住民有獵人頭習慣，並對他們的行爲表示恐懼，卻沒有考慮到原住民獵人頭是一種不得已的住地保衛戰的行爲。

第十二首寫原住民喜愛在山澗裡洗澡的習慣。不過，孫元衡對這種愛護清潔的習慣沒有絲毫稱讚的言語，卻反而聽信傳說，認爲這個習慣源於三保太監鄭和到赤嵌山澗提水，把藥投入水裡，那裡的水因此有了治療疾病的功效所導致。簡直是大漢人主義的胡說！

兩首詩的原文和翻譯並陳於後：

〈第十一首〉

虎山可深入，傀儡難暫逢（有生蕃曰傀儡，踞大山中，見人則戮）。不競人肉競人首，殲首委肉於豝豵。鷙禽飛，駭獸走，腰下血糢糊，諸蕃起相壽！

【譯】即使有老虎的山間，吾人也能平安進入；但是就怕遇到傀儡番，被他們獵去了人頭（注：有一種叫做傀儡番的生番，盤據在大山之中，看到人就殺）。這些傀儡番，不是要吃人肉，而是要奪取人頭，他們把頭割下來以後，就把剩下來的人肉丟給豬吃。他們所到之處，鳥禽都飛開了，獸類都走光了。當獵人頭的勇士腰下血跡斑斑的時候，所有的同伴都站起來替他祝賀。

〈第十二首〉

崩泉下澗三尺波，女兒沒水如群鵝。中官投藥山之阿，至今仙氣留雲窩。生男洗滌意非它，無攣無靡無沈痾。他日縱浪有勳業，為鯨為鯉為蛟鼉（明太監王三保出使西洋，到赤嵌汲水，投御藥於澗水中；至今蕃俗生兒即入水洗，謂有仙氣）。

【譯】奔騰的溪水沖下了溝澗，激起了巨大的水波；許多的男男女女在水中頭出頭沒，好像一群鵝子。據說從前三保太監鄭和到赤嵌山澗提水，把藥投入水裡，那裡的水因此有了療效，導致男孩子一出生，就放到水裡去洗滌，彷彿這種療效至今還保存在水中。所謂生了男孩就放到溪水去洗並沒有其他的意思，就是希望這個小孩將來不會有攣病、痺病或陳年不治的疾病。更希望他將來建立功勳偉業有如乘風破浪，就好比是鯨魚、鯉魚、蛟龍一樣（注：明朝三保太監下西洋的時候，到赤嵌的山區取水，曾投入藥物在澗水之中；到現在番民有個習俗，凡是生下兒子就放入澗水中去洗滌，說是水裡有仙氣）。

※

底下介紹第十三首、第十四首、第十五首。

第十三首書寫喪葬禮儀以及喪禮以後的事情。提到原住民有炙烤屍體的習慣，也知道這麼做就能保存屍體，教屍體不容易腐爛敗壞。不過，卻錯誤地將原住民的遺孀認爲是被眾人所拋棄的女人，完全不知道母系社會是女性當家的一個社會，遺孀怎會被拋棄？

第十四首書寫原住民耕種時不說話的專心態度，也誇讚了原住民的農作收成豐足的現象。不過，孫元衡還是聽信了傳說，無聊地把原住民說成是金人的後代！

第十五首書寫原住民造酒和喜歡喝酒的習慣，並錯誤地攻擊原住民常有喝醉了酒就彼此互相砍殺的現象。

三首詩的原文和翻譯並陳於後：

〈第十三首〉

鼉鼓轟林人野哭，舉屍焮炙昁以燠。蠅蚋不敢侵，螻蟻漫相遂；埋骨無期雨頹屋，安置鬼牛與鬼鹿。鬼殘日夜傷幽獨（蕃死，鳴鼓而哭，火炙令乾，露置屋中，屋傾而後掩所遺，皆稱鬼物，無敢取者；號其婦為鬼殘，眾共棄之）！

【譯】逢到喪事的時候，皮鼓在樹林中轟然作響，人們都在野地哭起來了；番民把屍體架高烤炙，再在太陽底下曬乾它。於是，蚊蠅都不來侵犯這個屍體，蟻類也不來了。他們把屍體擺在屋裡，沒有一定安葬的日期，只等到風雨把房屋吹倒了，房屋裡就安置死者所留下來的牛和鹿。至於死者的妻子，日夜都悲傷她不再有伴侶（注：番民如果死了，大家就擊鼓哭嚎，用火把屍體烘乾，放在屋裡，等到房屋倒塌了，就把所有的東西都掩埋起來，那些東西都算是死者的東西，因此沒有人敢拿任何的遺物。至於亡者的妻子就稱爲被死者所遺棄的人，也被眾人所拋棄了）！

〈第十四首〉

金人竄伏來海濱（相傳臺蕃係金人遺種，避元居此），五世十世為天民。花開省識唐虞春，阡陌雜作如無人。披草戴笠，鉗口合脣，道路以目，爰契天真。華人侮之嘿不嗔，秫粒如豆萁如薪（花開始樹藝，不言不殺，及穫乃發口）。

【譯】據說台灣的番民原本是金人流竄到海邊的後代，經過了五個世代或十個世代以後變成天真的民族。當花開的時候，他們歡然地欣賞著永遠不老的春天景色；在田裡工作的時候，渾然不看他人。身上穿戴草衣，頭上戴著笠子，平常在田裡工作的時候閉口不說話，只用眼睛來示意，完全契合於大自然。甚至漢人辱罵他們，既不說話也不發怒，可是他們種出來的稻粒都像豆子那麼大，稻禾都像木材一樣粗（注：番民在春天時才開始栽植、播種，既不言語，也不殺生，等到收穫的時候才開口）。

〈第十五首〉

群嚼玉英粲，醹醁為氤氳，屏五齊三事而狄康不聞。準身準口量餘粟，一榼一瓢萬事足。蚩蚩者無懷古民，白刃酣交醒觳觫（蓄嗜飲，通計所食之餘，悉以釀酒。其釀法則聚男婦嚼米，納器為之，亦一奇也）。

【譯】成群的番民吃著長生不老的好食物，美酒發出了芳香的味道。喝酒時完全沒有古代五齊三酒的分別，也不知道所謂祭酒造酒的始祖狄、康等等的故事。除了吃食所需之外，盛夏的糧食都拿來釀酒，只要能有一杯一瓢的酒喝就萬事足了。這些無知愚昧的番民雖然像是上古時代無懷氏的人民一樣，然而他們有時在喝得酣醉的時候就白刃交加，相互砍殺；等到醒來的時候，才渾身發抖（注：番民非常喜歡喝酒，除了日常所需的米糧之外，若有所剩，都拿去釀酒。他們的釀法是男女聚在一起，把米嚼爛，裝入一個容器中，等它發酵成酒，也是人間的一件奇事）。

以上就是〈裸人叢笑篇〉的內容。我在上文已經提到，這束詩作對原住民所做的描述，很多都是錯誤。對平埔族的孀婦以及對喪葬的習俗，顯然都是不經調查的亂寫；另外對原住民審美觀點的攻擊，都讓人看出孫元衡氣度之狹小。尤其推論原住民在山澗洗澡，以及原住民的來源，更是令人啼笑皆非。一定很少人想到，這篇非常有名、非常神祕的古典詩，裡面錯誤百出，根本是禁不起仔細研究的東西。不過，我們在上文已經提到，一定要注意到它所造成的負面影響，因爲它的內容（對原住民的假象描述）可能繼續流傳在漢人社會裡頭，終而使原住民受到無比的傷害！

接著我們仍然是要討論幾個修辭的問題：

1.有關使用僻字、難字、僻詞的問題：在〈裸人叢笑篇〉裡，孫元衡使用僻字的習慣不改，甚至比他的山水風景詩還要厲害。比如鬣、髽、䰱、狋、犾、犳這幾個字，都很少見，必須由《康熙字典》那種大部頭的書，才找得到字，這種賣弄識字能力的壞習慣，實際上加苦了讀者，是不道德的，眞該被責備。同時，這些僻字大抵都用來把原住民獸類化，不把原住民當人看，這種居心更應該受譴責。另外，有些用字，也很教人頭痛，比如說「倒懸覆臟」的「臟」這個字，足夠教人思考了好幾天，還不能肯定該做何解釋，可是孫元衡都毫無所懼地用了。他對文章的流通性，可以說毫不在意。也因爲如此，有一些用詞，也跟著變得詭異起來了。

2.有關比喻的問題：〈裸人叢笑篇〉的負面比喻，絲毫不亞於他的山水詩。「獨竦兕薦立，兩岐羱角端」、「如縶羵羊」、「雄鳴雌和終凡禽」、「蠢然身首犁䰱尸」，都是比喻，乃是教原住民變成獸類、禽類、鬼類，甚至是礦物、屍體所做的比喻。孫元衡對原住民的看法，缺乏幽默，和稍早來台的郁永河很不同。郁永河基於漢文明沙文主義立場，對於原住民不綁腳的天然足當然不以爲然，但是他幽默地告訴別人說：「原住民的裙下風景可以不必觀賞。」假如叫孫元衡來寫這件事，那必然又非得把原住民的女性說成獸類、禽類不可。其中，牽涉到詩人的仁慈心或殘酷心的問題。我相信孫元衡是持了一顆殘酷心在看待原住民。

3. 有關誇飾法的問題：〈裸人叢笑篇〉的誇飾，不像山水詩那麼厲害，也就是說，人不可被誇飾成大而無外的那種生物。其實，把人誇飾成獸類、鬼類、礦物差不多已經到極限了。但是在許多地方，誇飾仍然教人無法接受，覺得孫元衡的誇飾只是浪費筆墨，純粹只是用來貶抑、嘲笑原住民而已。比如說，他先用聶耳國的穿耳現象來類比原住民的穿耳現象，接著就將聶耳國人民的耳朵說得碩大無比，使之突梯滑稽，用這種方式來嘲笑原住民。但是，這種誇飾，除了博君一笑之外，卻沒有任何意義。因爲讀者很容易知道，原住民畢竟不是聶耳國的人民，這麼寫，對於描寫原住民穿耳的眞正實況，毫無幫助。

4. 有關文章的結構問題：〈裸人叢笑篇〉隱藏尖銳的兩極對立結構，那就是「人類／非人類」、「文明／野蠻」的對立結構。孫元衡當然是站在「我是人類，我是文明」的這個立場上，而原住民則是野蠻、獸類的那一方，從而才能展開他的長篇描寫和批判。這種結構，和他的山水詩的結構大抵是相同的。

以上就是〈裸人叢笑篇〉的修辭技巧。

接著，我們仍然要探討孫元衡爲什麼會把原住民雕塑成這種相貌？在這裡，我仍然要說，孫元衡筆下的原住民，仍然只屬於他個人的原住民。其他的作家固然也寫原住民，但不見得能像他一樣痛下文筆，把原住民描寫成類似屍體、鬼物、獸類的這種地獄生物。我已經說過，比他先八年抵達台灣的郁永河就和他很不同。另一個比他晚了四十三年調任諸羅縣令的周芬斗[24]筆下的原住民，和孫元衡筆下的原住民剛好完全相反。同樣是安徽桐城人的周芬斗，其原住民描述都是正面的，他在〈留題諸羅十一番社〉裡所描寫的原住民，不但男性聰明女性美麗，而且善於射箭馭馬。原住民所釀的酒也比漢人的酒還要更香更醇，經常沉醉在稻香與蔗蜜中。按理說，周芬斗所見的諸羅縣原住民，雖然比孫元衡要遲四十三年，但是當時台灣仍然漢人稀少，眞實的情況不會相差很多，可是周芬斗的描述卻與孫元衡天差地別。我們列舉周芬斗的四首詩[25]於下，讓我們仔細了解這種差異：

〈諸羅社〉

秀色羅山列畫屏，男生聰慧女娉婷。三苞竹韻琴堂化，管領薰風動舜廷。

【譯】美麗風景的諸羅山排列在眼前，有如一個彩繪的屏風。諸羅社的原住民，男性聰明，女性妍麗。在縣府的照顧下，個個家門興盛；他們善於接受感化的態度，也驚動了當今提倡孝道的朝廷。

〈柴裏社〉

柴裏煙光映水沙，穰穰婦子詠年華。尖山泉引禾田映，更繞芳洲種菜花。

【譯】柴裏社的雲影倒映在水裡，眾多的婦女兒童歌唱大好的青春年華。他們把尖山的泉水引來灌溉，使得土地肥沃；並且繞著沙洲種菜種花。

〈打貓社〉

慕義馴良首打貓，我來三歲息喧囂。肩輿絕跡官音解，踏月清歌度洞簫。

【譯】打貓社的原住民有情有義，溫和善良。我來到諸羅縣三年後，這裡的喧鬧不見了。在這裡，我不必坐著官轎子行走，也不必對他們多做訓示，平常我可以在月光下散步歌唱，甚至吹一吹竹簫。

〈麻豆社〉

袖箭飛鏢健卒張，長官白馬馭馴良。家家小圃林陰護，一畝檳榔一草堂。

【譯】麻豆社勇士善於射箭和擲出標槍，他們把長官的白馬訓練得非常溫馴。每一個原住民的家都有一個小園圃，林木包圍著它；平均每家都有一畝種檳榔的土地，另外有一間茅草搭蓋的屋子。

註

㉔ 有關周芬斗這位諸羅縣令的若干生平介紹，請參閱《全台詩》第貳冊，頁一二二。

㉕ 有關這四首詩的原文，參閱了《全台詩》第貳冊，頁一二二；連橫：《台灣詩乘》（台北：台灣銀行，一九六〇年），頁六六、六八。

舉人出身的周芬斗文筆眞是不同凡響，文字充滿了美感，把幾個原住民聚落寫得如同與世無爭的人間樂園。當然，他仍然無法擺脫官方的立場，屢次寫到原住民還需要受漢人的感化。但是如果對比孫元衡的原住民書寫，一般人都會同意：周芬斗所寫的比較合乎事實，畢竟原住民還是人類，而不是鬼類。

那麼，孫元衡爲什麼會把原住民寫成那樣呢？我想必須由現實的層面和作者無意識的層面來了解，比較周延。先談現實的層面：

1.孫元衡沒有對原住民進行實際的考察：畢竟，他來台的主要任務是海防同知，實際上是管理海岸線的船舶、偷渡、走私、搶劫……這些工作，諸羅縣令只是兼任，而不是主要任務。應該說，他駐紮的地方都是西海岸線，對比較靠近丘陵地帶的平埔族或山裡的原住民難有實際的接觸，在這個情況底下，當然就對原住民的情況缺乏了解。

2.他缺乏科學頭腦：〈裸人叢笑篇〉裡寫了太多的傳說，絕大部分都是傳統漢人一廂情願的看法，本身是荒謬的，可是偏偏孫元衡不是一個有科學頭腦的人，他不像朱仕玠，會使用南北極的簡單地球常識，來懷疑漢人對於「暗洋」的可怕傳說。㉖相反的，孫元衡對那些明顯錯誤的傳說深信不疑，他的詩一再轉述那些傳說，幾乎沒有自己獨特的看法。因此，對原住民的描寫，也沒有任何可信的價值了。

3.當時原住民的存在可能給漢人很大的威脅：孫元衡的時代，漢人還沒有大規模的移民來台，在人口數量上，原住民的人數還是絕對多數，也因此漢人心裡難免存在著一種恐懼，對原住民有了敵意，終而轉化成爲一種排斥、輕視、謾罵的心態，就不知不覺地表現在文學作品上了，觀乎孫元衡對傀儡番的懼怕，就可以明白這一點。

總之，上述這三個現實層面的因素若不去除，孫元衡的原住民書寫就難逃玄想和負面書寫。再談無意識層面：無意識就是潛意識，它本身不被我們所發覺，但是很容易通過我們的日常習慣或行爲表現出來。我們說，每個時代都有一種主流文風，都是因爲作家們受到共同無意識的制約所致。我仍然認爲，孫元衡的原住民書寫和山水風景的描寫，同樣被「各種保守主義意識形態」、「魔怪意象世界書寫」、「傳奇文學時代的來臨」三種無意識所操縱，因此使他不知不覺地寫出了這些東西，並且在他心中覺得理所當然，毫無不妥的感覺。這三個無意識對孫元衡的詩創作極爲重要。

底下，我們就要探討這三個無意識，看看這些無意識如何控制了孫元衡在山水風景詩和人物詩的書寫。

《赤嵌集》的意識形態

所謂的意識形態，就是某個團體或階層的成員基於自己團體、階層的各種利益，所產生的排外性的團體性觀念。㉗一般來說，我們總是有歸屬的，要不是屬於這個團體，要不屬於那個團體，因此也就很難沒有意識形態。每個人都攜帶著這種無意識在生活，因此在與某個利益相左的

註

㉖ 見朱仕玠：《小琉球漫誌》（台北：台灣銀行，一九五七年），頁二四。

㉗ 有關於意識形態，比較早期被馬克思拿來分析階級觀念，顯然是指稱由階級所產生的一種意識，後來在社會學家曼海姆（Karl Mannheim）那裡，它被用來分析由團體利益所產生的集體觀念。也就是說，每個團體都有它的意識形態，又因為是團體性的，所以它就具有一種政治性，也是一種如蟲附身的無意識。

團體成員進行辯論時，不但是對方的意識形態，即使是我方的意識形態也畢露無遺。又由於涉及團體或階級的利益，所以它是政治性的。史上最大規模的意識形態之爭，就是冷戰時期，遍及全球的共產主義與自由主義之間的鬥爭。通常，我們很難抵抗這種政治無意識，因爲它爲我們提供許多生活上的方便，並給我們一種「洞見」和「智慧」。我們因此頗願意讓它占領我們的思考，充當它的工具，有時我們甚至爲了它而顯得非常狂熱和激動。我們的社會無疑地是許多團體相互之間的對抗和妥協，因此，我們的社會就是各種意識形態攻防的平台。每種意識形態都想占據整個社會平台，壓制其他聲音，雖然到最後總是不能得逞，但是它極有韌性，在鬥爭失敗時，仍然很難消失。

那麼，意識形態這種政治無意識是如何控制作家的書寫呢？

後現代主義歷史學的學者海登．懷特（Hayden White，1928— ）曾說，一個歷史學家在寫作歷史的時候，會在虛無主義、激進主義、保守主義、自由主義這四種意識形態中先選一個，然後才開始書寫，[28]當然這種選擇是直覺的、無意識的。同時懷特認爲：歷史學家的歷史書寫方法和作家的文學作品書寫方法，基本上沒有什麼兩樣。因此，我們也可以說文學家在進行文學創作時，也受到這四種意識形態中的一個的影響。

既然如此，孫元衡選擇哪種意識形態進行書寫呢？那就是保守主義。所謂的保守主義，就是持著官方統治者的意識形態，堅持現實的政策是最好的政策，不必做任何政治上的改革，有時可能會同意改革，但是只贊成枝節而不是主要的改革。簡言之，保守主義分子會站在統治者立場，低視被統治者的表現、言論。孫元衡的保守主義非比尋常，在政治上，他站在大清帝國的統治者立場，認爲原住民只是替大清帝國皇帝服務的奴隸；在文化上，他堅持漢文明至上立場，對原住民的母系社會制度、審美的觀念都進行批判；在風物地理上，他堅持中原至上的觀念，認爲中原的水土甚好，蠻荒的台灣是生存的絕域。在他的筆下，他本人所屬的階級、人種、文化、風俗、慣習、山川、草木、氣候、地形無一不是美好的；相對的，台灣則是一無可取。並且，他對於此二分法毫不懷疑，至少在三年多的旅台歲月中不曾懷疑，可能直到他離開台灣，一直到死爲止，都要堅持下去吧！

在這種無意識底下，他才能毫不猶豫寫了許多的作品，只要稍加懷疑，他的作品就會寫不成。他的作品，正是他意識形態操縱底下的意象化呈現！

■「魔怪意象世界」的書寫

一般來說，作家筆下的世界大半都是生靈所居住的世界；並且由於這些生靈身分地位的高低，其所居住的世界也有了高低的差別。也就是說，作家筆下的生靈世界不都是相同的，它似乎可以分成許多層級。加拿大籍的文學批評家弗萊（Northrop Frye，1912—1991）就曾經把古今以來的西方作家所描述的生靈世界分成五個層級，[29]可以由上到下，依次排列。哪五個層級的生靈世界呢？

1. 有一種可以叫做「神啓意象世界」，即是宗教裡的天堂世界，神以及祂的屬下就居住在其中。

註——

[28] 參見陳新譯；海登・懷特著：《元史學（Metahistory）》（南京：譯林，二〇〇四年），頁一—五五。也可參見黃進興：《後現代主義與歷史學研究》（台北：三民書局，二〇〇六年），頁一八七。

[29] 以上有關弗萊的理論，就是弗萊的「原型意義理論」。見陳慧等譯；弗萊著：《批評的剖析》（天津：百花文藝，一九九八年），頁一五八—一八四。

這世界裡的動物、植物、礦物、花園、城市，都帶著神性，極富榮耀，與我們一般的世界不同。比如說水這個意象，在這種作品裡可能就是以「生命之水」這個意象出現。

2. 有一種可以叫做「浪漫故事的世界」，一切都被理想化了。在這個世界裡，男主人公勇敢豪邁，女主人公美麗動人。這個世界是一個萬物有靈的世界，到處都是自然的精靈，人可以和他們溝通，人們活得天眞而熱情。至於水這種意象可能就變成「水仙子」的精靈意象而出現。

3. 有一種可以叫做「高模仿的世界」，所謂的高模仿，就是故事裡的人物的地位、階級、能力都比我們高，他們可能是國王、皇后或是貴族。在這個世界裡，動物也是高貴的，皇宮富麗堂皇。至於水這個意象可能就成爲井然有序的河流，上面漂著王室的彩船而出現。

4. 有一種可以叫做「低模仿的世界」，所謂低模仿就是故事裡的人物不比我們高明，其能力與際遇與我們相當，甚至比我們低下一些，也就是社會上一般的百姓。這個世界，就是我們平凡的人間，人物都必須辛苦地工作和謀生，甚至默默忍受著悲慘的生活。水在這個世界中則表現爲毀滅性的大海，海中還居住著怪獸。

5. 有一種可以叫做「魔怪意象的世界」，也就是宗教裡的地獄世界。這個世界就住了鬼類、妖類、女巫、男巫。人的願望在這裡徹底地被否定，裡面充滿迷惘、痛苦、奴役。這個世界裡的動物弱肉強食，狼、虎、禿鷹、蛇常常出沒；甚至也不乏龍的現身，巨大而殘暴，所有的動物都很邪惡。植物則是陰森可怕的森林。無機物則是沙漠、荒原、岩石。故事不乏出現殘酷對付肉體的火刑柱、斷頭台、絞架、枷鎖、鞭子等等。至於水這個意象，可能以「死亡之水」的意象而出現。

以上弗萊所述的五個世界的劃分，我們可以將它們看做是一個結構，凡是作家書寫的世界，難逃這五種類型的制約。當然，一部作品，隨著情節的發展，可能會容納許多個世界，比如說但丁的《神曲》，既有「神啓意象世界（天堂）」，也有「魔怪意象世界（地獄）」；然而，這些世界絕對不可以同時混合起來書寫，比如說在描述天堂時出現火刑柱、斷頭台、絞架這些地獄器具，讀者立即可以指出其中的謬誤。

我認爲，清康熙時代的台灣，用神啓意象世界、浪漫故事世界、高模仿的世界來描述，都很不恰當。畢竟台灣並不是神所居住的天堂，也沒有華麗的皇宮和大廈。它是最平凡的人間，所住的人也是一般的原住民，採用低模仿世界來描述是最恰當的。也就是說，我們平常的世界只需要用平常的筆法寫它，就能顯現它的眞實狀況。

然而，孫元衡卻不這樣做。他居然採用了魔怪意象世界來描述台灣，把魔怪意象的世界硬生生套在平凡的台灣上面，將低模仿的世界抽離，使魔怪意象肆無忌憚地橫行在他的文本中。

他將台灣的天空寫成毒水飛灑，將河流寫成流淌著致命的毒水，把炎夏的氣候寫成大火炙烤，都類似地獄景觀。至於原住民青年用的束腰工具則極像是刑具，火熱的氣候則有如火刑柱，原住民所住的地方則很像一片荒漠，都是典型的魔怪意象，讓人不知道要如何接受才好！

不過，這正是孫元衡非常獨特的才情。在孫元衡來台以前，他就寫了很多的詩，後來集成一本《片石園詩》，這本詩裡頭有許多描述中原山川的詩，那些山川風景都很不平常，充滿奇巖怪石的意象，很詭譎。㉚也許孫元衡自認他是在寫一種人跡罕到的風景，或甚至是書寫仙境。然

註——

㉚ 比如說，《片石園詩》裡頭有一首〈冰瀑〉描寫了華嶽的風景，他是這麼寫的：「落雁鋒臨萬仞巔，蓮花玉女相勾連。二十八潭爭湧泉，凌空噴薄開雲煙。重陰十月凝珠淵，宛如玉柱撐華天。飛龍卻走海底眠，蟾蜍凍合光迴旋。我來獨坐山蒼然，萬壑無生太古前。」一樣非常誇張。見吳玲瑛：《孫元衡及其《赤嵌集》研究》，頁二九—三〇。

而，只要加上一些負面的文字在那些風景裡，一樣會變成地獄的書寫。這就是說，魔怪意象的書寫是孫元衡本具的才情，因此成爲一種不自覺的書寫傾向。當他書寫台灣時，在無意識中，就選擇這種他一向熟悉的方式，硬套入平凡人間的書寫，導致台灣的現實變成超現實。這正是無意識對於一個作家的支配力量！

傳奇文學時代的來臨

弗萊也提出一個文明社會（不管是存在百年或千年），它的文類嬗遞過程和原始社會的神話演變過程是類似的。文明社會的文類嬗遞過程是「春天時期：傳奇浪漫→夏天時期：田園、喜劇、抒情詩→秋天時期：悲劇→冬天時期：諷刺」這種過程，[31]到最後又循環回來春天時期的傳奇浪漫文類。弗萊的這四種文類，可以被看成是總括了古今所有的文學作品的文類；換句話說，只要我們寫作，就難逃這四種文類的制約。我們只能由這四類中選擇一個，才能動筆書寫，當然所謂選擇是直覺的、無意識的。海登．懷特就是持著這種看法來看歷史學家的史著書寫。

那麼，孫元衡在無意識中先選擇哪種文類，才開始書寫他的《赤嵌集》呢？

本來我認爲，《赤嵌集》可能是一種諷刺文學，因爲〈裸人叢笑篇〉這個篇名，就表明孫元衡是爲了要諷刺原住民才寫的。不過，後來我又覺得不妥當，就放棄了。因爲凡是諷刺文學，主要目的是用來反省砥礪自己；同時規勸對方放棄愚行，改過向善，本質上具有某種程度的教誨作用。但是我看不出來，〈裸人叢笑篇〉反省了自己什麼；同時也看不出來他誠意地要原住民改善什麼。〈裸人叢笑篇〉對原住民的諷刺是混合了謾罵和譏笑，簡直能使善心的讀者反感，目的只是發洩作者的情緒而已。因此，我就不太願意將《赤嵌集》當成眞正的諷刺文學，雖然它仍然可以看成是一種很特殊的諷刺文類。至於當成田園（或喜劇或抒情詩）和悲劇文學，也都很不恰當。在這種情況下，它就只能算是傳奇浪漫文類了。

那麼，什麼叫做傳奇文學？

傳奇文學就是一種浪漫故事。在這個故事裡，主人公是一個英雄。他具有理想，並且能以行動爲這個理想而衝鋒陷陣，深入絕境。傳奇故事最常發生於一個社會突然進入了一種擴張狂飆的時期，由於不明白自己眼前的環境是吉是凶，人們會鼓足勇氣，展現英雄的氣魄，企圖掌握環境，克敵制勝，傳奇文學就因此誕生了。弗萊認爲中古世紀的故事、文藝復興時期貴族的浪漫故事、十八世紀以後資產階級浪漫故事以及當代俄國的革命浪漫故事，最能表現傳奇文學的傾向。㉜這是因爲這幾個時期，都是社會進入擴張或者進入不明處境的時期，英雄就不斷誕生，文學也跟著社會脈動，變成傳奇文學。

清朝前期，台灣文學的表現就是如此。當時漢人逐漸渡過凶險的黑水溝，來到了他們不熟悉地形、氣候、人種的台灣。這時，敢於進入台灣的人，都需要鼓起冒險犯難的精神，甚至將生死置之度外，使得每個人基本上都變成英雄。因此，當時的作家，如果不寫傳奇文學也難，這是一個時代的文風，很少作家可以逃脫。因此，《赤嵌集》也不得不變成當時傳奇文學的一部分。雖然孫元衡不知道他寫的是傳奇文學，但是無意識會制約他，使他寫出來的文學不得不屬於當時流

註——㉛見伍蠡甫、林驤華編著：《現代西方文論選》（台北：書林，一九九二年），頁三五三—三六〇。
㉜見陳慧等譯；弗萊著：《批評的剖析》，頁二二五。

行的傳奇文類。

弗萊還認爲，一個傳奇英雄故事一般來說有三個階段：首先是危險旅行和開端性的冒險階段；其次是生死搏鬥的階段；最後是歡慶的階段。[33]《赤嵌集》就包括了這三個階段的完整描述。當中以生死搏鬥的階段寫得最多，也最賣力。我在上文提過，孫元衡的詩過分誇大不實，但是誇大不實本來就是傳奇文學的特點。一如中古世紀王子屠龍的傳奇故事，作家一定要誇大龍這種動物的巨大和凶險，才能彰顯王子的英雄氣概，至於是不是合於事實只是次要問題。同時，他用譏笑的態度來寫原住民，正是踐踏敵手的行爲，目的是顯露漢人的偉岸、崇高。孫元衡寫的這些詩早晚是要拿給別人看的（他後來也的確拿給了好友王漁洋觀看，王漁洋也爲《赤嵌集》做了評點），那麼與其把台灣之旅的一切寫成一帆風順，倒不如把它寫得萬般凶險，如此才能凸顯自己面對九死一生的處境時的那種英雄氣魄。他的《赤嵌集》沒有不這麼寫的理由！

總之，傳奇文類的無意識選擇操縱了孫元衡的寫作，終於促使他將台灣寫成孫元衡的台灣，而不是別人的台灣。

對《赤嵌集》的評價

歷來，對《赤嵌集》的評價都是正面的。所以會有這個結果，可能是因爲書裡使用了大量的僻字和僻詞，讀者很難完全了解它的眞實內容的緣故。同時，漢人也很難反省自身的大漢沙文主義對原住民可能造成的傷害，使得漢人不假思索地就認同了這本書的立場。另外，則是由於孫元衡使用了超現實的意象在經營他的詩，很容易讓讀者以爲裡頭很有內涵，終而被這本書所迷惑。

清朝前期，曾當過滿清中央官員的大詩人王漁洋（王士禎）就認爲：「〈裸人叢笑篇〉可做裸人風土記，自爲一書，與《溪蠻叢笑》並傳。」㉞可說是肯定了該篇有傳之久遠的價值。不過，王漁洋可能忽略了該篇其實多半是複述了漢人對原住民的偏見，對原住民的描寫多半是不眞實的缺點。蔣陳錫這個官員也說：「標新領異，得未曾有……，駸駸乎與韓、蘇兩公較短絜長。」㉟這就把孫元衡放在與韓愈、蘇東坡平行的行列裡頭了，卻沒有考慮到韓、蘇兩人的文章常具有高度的人道主義精神特質。日治時期，連横則認爲《赤嵌集》裡的〈颶風歌〉、〈日入行〉這些詩「足爲台灣生色」，㊱卻不知道這個「色」可不是絢麗美好的顏色，而是那些幽暗詭譎的顏色。戰後，還有大學教授彭國棟稱讚《赤嵌集》「美不勝收」，㊲這就睜著眼睛說瞎話了；《赤嵌集》裡很少有康德所謂的「優美」、「崇高美」的成分，它有的只是山水和人物的醜陋，應該是一種「醜的美學」，甚至就是「反美學」，怎麼會是「美不勝收」呢？

《赤嵌集》裡的詩的實用價值和藝術價值，可能和它歷代的評價很難相當！

要緊的是，《赤嵌集》的確已經是一本書，而且已經流傳了將近三百年，可能還要繼續流傳得更長遠。那麼，我們所應該做的就是加強正視它，將它好好做個研究，把書籍裡頭的漢人沙文

註——

㉝ 見陳慧等譯；弗萊著：《批評的剖析》，頁二二六。
㉞ 見《《赤嵌集》《使署閒情》《台灣雜詠》合刻》，頁二七。
㉟ 見吳玲瑛：《孫元衡及其《赤嵌集》研究》第一章緒論，頁一。
㊱ 見吳玲瑛：《孫元衡及其《赤嵌集》研究》，頁一五九。
㊲ 陳家煌選注：《孫元衡集》，頁二五。

主義、中原至上主義……，這些不正確的東西發掘出來，能讓人看到漢文化在過去是怎樣歧視邊疆地區和邊疆民族，以供我們的後代做爲參考，不再重蹈前人的偏見和覆轍！

細讀楊廷理《東游草》[1]裡的幾首詩

——並論台灣傳奇文學中的「英雄的旅程」

前言

楊廷理是清朝前期的遊宦，他堅持朝廷應該在噶瑪蘭設立行政區，是使清朝能將噶瑪蘭納入版圖的最重要人物。

在台灣的開發史中，楊廷理當然有非常重要的地位。不過，在朝廷的眼光中，他卻是一再犯案的贓官，只是這些所謂的貪汙案件到最後都沒有能完全打倒他，實在是一個傳奇人物。

他在台灣的旅程，特別是人生最後的七年，事實上就是一段標準的「英雄的旅程」：「出發」→「抵達」→「奮鬥」→「勝利」→「返鄉」，每個過程都很精彩。描寫他自己旅程的《東游草》，將這個旅程的所思、所見、所感寫得活靈活現，添加了不只一層的英雄色彩。由於「英

註——

❶本文的《東游草》採用《知還書屋詩鈔》裡的版本。見楊廷理：《知還書屋詩鈔》（南投：台灣省文獻委員會，一九九六年），頁二四五—二八六。

雄的旅程」是清朝前期許多文學共同的書寫對象（比如郁永河的《裨海紀遊》也算英雄的旅程記述），因此，本文以楊廷理的《東游草》爲代表，詳細分析這種書寫，做爲這種文學的範本，以供有興趣的讀者做參考。本文也提出，「英雄的旅程」這種書寫，與清朝前期缺乏落地生根的文學基本上是一體兩面的關係。

楊廷理的《東游草》到底是藝術品，還是英雄的記功碑？這是另一個值得思索的問題。這也是清朝前期文學（傳奇文學時代）共有的一個問題，本文也會提到這個現象。

是神祇或是贓官？是藝術品或是記功碑？

清朝前期，漢人移民開始在宜蘭（楊廷理時代被稱爲蛤仔難或噶瑪蘭）進行開發工作。移民的首腦中，比較被後世提起的兩個人就是吳沙（一七三一－一七九八）和楊廷理（一七四七－一八一三）。

吳沙本是福建省漳浦縣人，一七八七年自組墾號，前往台灣的宜蘭進行頗有規模的拓墾。一七九六年，率領千餘人，進入烏石港，遭到原住民的襲擊，死傷慘重，他的一位弟弟吳立亦戰死，❷吳沙只得退回三貂角防守。一七九七年，宜蘭原住民流行天花，病死甚眾，據說吳沙懂得漢人醫術，前往醫治，受到原住民信任，終於能進入宜蘭平原開墾。❸他文武兼用，以漳州移民爲主力，又配合泉州和客家人，以十數人爲一結，十結爲一圍的方式，進行移民。陸續開發頭圍、二圍、三圍等地。他死後，家人繼續開墾，終到了五圍（今宜蘭市）一帶。吳沙代表了漢人民間自發性的拓墾力量。

楊廷理則是另一種人。他是官員，代表了官方對宜蘭地區的開發和關注。宜蘭日後能否繼續移民、墾殖，官方的政策是一個關鍵。如果官方支持，願意投入大量的開發人力和金錢，才會有永續的經營。如果官方放棄，那麼噶瑪蘭可能就會被其他勢力所攫奪，後續開發宜蘭就會變得困難重重。楊廷理是促使清朝皇帝願意將宜蘭納入版圖，投入人力、物力經營宜蘭的最重要人物，他的重要性當然不輸給吳沙。

在清朝前期來台的遊宦中，楊廷理的官場經歷和成就很值得仔細了解。他的官運不如一般官吏順暢，跌宕起伏非常大，甚至因爲被懷疑貪汙，曾被發配新疆伊犁充軍。他前後二階段在台灣的時間共有十六年之久，既是墾民心目中的拯救者，也是朝廷官員眼中的贓官，一生頗富傳奇性。由他的官場起伏可以額外看出朝廷對其命官的控制手段，以及官員如何在反覆無常的政治鬥爭中求生存的方法。

他在一七八六年（乾隆五十一年，四十歲）時到台灣，建立了他在台灣的名氣，最後則深受宜蘭人的喜愛，現在的宜蘭有一座叫做昭應宮的廟宇，雖是供奉主神媽祖，但是廟裡也供奉了楊廷理的神位，❹顯示他死後就一直被宜蘭人當成一個神明，接受人們的膜拜。不過，這個人也有他的致命傷：一七九五年（乾隆六十年，四十九歲），在台灣當台灣府護理時，被揭發以前在福建省擔任侯官縣令時，曾替前任縣令掩飾虧空罪行，因而被判發配伊犁充軍，❺將近七年。充軍

註——❷見陳淑均：《噶瑪蘭廳志卷七》（南投：台灣省文獻委員會，一九九三年），頁三三〇。
❸見楊廷理：〈議開台灣後山噶瑪蘭即蛤仔難節略〉，《知還書屋詩鈔》，頁三六九。
❹網址：見Tony的自然人文旅記（六三五），http://www.tonyhuang39.com/tony0635/tony0635.html
❺見楊廷理：〈勞生節略〉，《知還書屋詩鈔》，頁三〇二。

宜蘭昭應宮所供奉的楊廷理神位。
攝影／林立文

後，又回到台灣當官，仍發生疑似貪瀆事件，使得滿清朝廷一直不敢委派重任給他，甚至還頗輕忽他的種種請求，終致於客死在台灣，最後遺體才運回中國大陸安葬。

不錯！楊廷理還活著的時候，就已被宜蘭墾民愛戴，替他建立了一個長生祿位，❻祈求他永遠長壽；但他也是朝廷官員眼中的貪官汙吏，教他的上司不敢完全信任他。那麼到底他應該算是一個神或者是一個貪官呢？還頗讓人難以理解，歷史上像他這麼神奇的人物並不多。

楊廷理一生差不多都在官場打滾，從他三十二歲開始，就擔任福建省歸化縣的縣令；一直到死亡以前，他還接到朝廷的命令，不久將赴福建擔任建寧知府的職位。他不是一個完全都在台灣當官的人，表面看起來，他似乎還是比較喜歡在中國大陸當官。❼不過，他被後世所記得的事蹟還是在台灣的種種事蹟。換句話說，如果他不曾到台灣當官，他的名字恐怕就不會被後人提起。台灣與他的名留後世息息相關。

他在台灣的過程大致可以分成兩個時期：因替人掩飾虧空被發配到伊犁充軍以前，是前一個時期，大概從一七八六年（乾隆五十一年，四十歲）到一七九五年（乾隆六十年，四十九歲），共計十年左右。在這段時間內恰逢林爽文之亂，他平亂有功，晉陞爲台灣兵備道，隨後擔任台灣府護理，在他的官場人生中，算是達到最高的官階。不過，當時來台的遊宦很多，比他官位還高

註——

❻ 祿位不知何時所設，楊廷理認為大概在討平海盜朱濆不久。見詩作〈丁卯秋出山後居民為製祿位牌見而有感〉，《知還書屋詩鈔》，頁二五九—二六〇。

❼ 楊廷理《東游草》的詩作顯示出他在台灣最後的幾年一直很想回中國大陸，思鄉的心很急切，足以說明他比較喜歡回中國大陸當官。在台灣是完成他「在宜蘭設立行政區」的夢想，也是他例行的工作，但是老死台灣並不是他的期望。有關這一點，請詳細閱讀完本文就能明瞭。

的人不知道有多少；且能實際建立軍功和事功的官員，更是不知凡幾。在對照之下，楊廷理這十年，只能算是一般的官場生活，求取俸祿還是他人生的最高目標，他還沒有找到他可以高度奉獻的對象，他還在前進，還在探求。眞正有奉獻的人生，應該是在伊犁充軍之後的時期，大概是從一八〇六年年末（嘉慶十一年，六十歲）到一八一三年（嘉慶十八年，六十七歲），時間是七年。在這七年之間，他又到台灣來，竭力想辦法，讓朝廷在宜蘭設立行政區，介入宜蘭的開發工作。在這個時期，他已經年老，朝廷也不很信任他，想要東山再起已經不可能。不過，在攻打宜蘭南方澳的海盜朱濆時，他和宜蘭人結了緣分，終於找到了他晚年可以貢獻心力的對象。在這短短七年期間，他對當時宜蘭墾民的責任心，以及當時宜蘭人對他的熱情，都顯得很不平凡，和前期來台的十年大相逕庭。我們由他晚年的詩文中可以發現，他一再希望朝廷將宜蘭納入大清版圖（在宜蘭設官治理，照顧這裡的墾民），非常堅持，而且絕非輕率之舉，更非沽名釣譽，他有獨特的愛心、理念以及確實的實踐方法，是一般的官吏所達不到的，註定他將來永遠爲宜蘭人所懷念，他表現出一個眞正有爲的官吏的表現。

考察楊廷理何以對宜蘭設立行政區這件事如此熱心的原因，據他自述，是「實緣洋匪李培、蔡騫（牽）、朱濆先後窺伺，圖作賊巢」；❽也就是說考慮到宜蘭有可能落入海盜的手裡，將來變成盜匪的窩巢，才極力促請朝廷將宜蘭納入版圖。雖然理由如此簡單，但是在墾民的眼中，楊廷理就彷彿是他們的救星，可以把他們由海盜的威脅中解放出來，同時能使得他們獲得朝廷的種種方面的救助和培育。而在朝廷的想法裡，能增加宜蘭這塊土地，也不是什麼壞事。至於對楊廷理本人而言，這是他找到能爲朝廷效命、爲宜蘭墾民造福的大事業，值得放手一搏。楊廷理的這個作爲最終造成了三贏的局面。

我們把他來台的前一個時期和後一個時期聯合起來看（跳開他被發配到伊犁充軍的中間時期），他在台灣共有十七年，整個過程就是一個英雄的旅程。特別是後一個時期的七年，可以說是十分標準的英雄之旅：出發→抵達→搏鬥→勝利→返鄉。每個過程儘管都不那麼順利，甚至辛苦備至，但是每個過程都進展很快，絕不拖泥帶水。對於和他同時代來台的遊宦而言，楊廷理後一階段的七年「英雄的旅程」確實是很具有指標性。那是一種範本，可以代表那些身負任務的滿清官員的一般台灣傳奇之旅的特色——來去匆匆，行動卻極爲有力！

底下，我們要分析他的幾首詩，用這幾首詩來照明他後一時期來台的「英雄旅程」，重現當時他的心情和實情，留下一個傳奇文學時代英雄旅程的範本。

值得我們注意的是，楊廷理的詩作，介於藝術品和記功碑之間。他的某些詩，固然充滿了美感，顯露了他是天才詩人，才氣很高；可是有些詩，就不能稱爲藝術，裡頭缺乏應該有的美學成分。何以如此呢？很顯然的，他的某些詩是專門用來記事的，特別是記錄那些得來不易的功績，楊廷理也不否認他的詩是用來記事的。既然是爲了記事，這些詩就比較缺乏美學的要素；儘管我們站在同情的立場，想要爲這些詩做辯護，不過還是很難說它們具有美學的特點。他人生最後七年的詩作《東游草》，就是一些純粹詩和一些記功詩參半堆疊起來的東西，用通俗的話來說，就是「好壞參半」，這正是傳奇文學的特色之一：有時爲了記事，忽視美感。慶幸的是，楊廷理文學才情畢竟很高，用字儉省而不標新立異，在不經意之間常能顯露文字的美感，常有好詩；同時具有很高的寫實能力，因此，事件、場景、心境的描寫都能寫得栩栩如生，有高度的記錄價

註——

❽ 見楊廷理：〈議開台灣後山噶瑪蘭即蛤仔難節略〉，《知還書屋詩鈔》，頁三七五。

值。最重要的是，楊廷理對詩的態度非常認眞，他是一個眞眞正正把詩當成人生傳記的人，下筆時的字句顯然皆有考量。不過，由於他的詩用字儉省，我們就必須細品細讀，方能洞見裡頭的幽微。

在分析他的幾首詩以前，讓我們先看他的年譜。

■楊廷理年譜（註：月份使用舊曆）

一七四七年（乾隆十二年），一歲：

三月九日，在廣西南寧左江鎭出生。父親楊剛，軍人，原居地是廣西柳州馬平，精於戰技，平定過廣西、貴州的苗人地方叛亂，升官到了左江鎭總官的職位，並曾經代理提督，地位特殊，後牽連一個案件，被罷官。祖父也是武官；舅父曾擔任過總督。

一七五〇年（乾隆十五年），四歲：

舉家遷居南寧府，依靠伯叔度日；一年後，父親復職，當四川威茂協副將。

一七五六年（乾隆二十一年），十歲：

母逝，父親又被罷官，再娶繼室王夫人，日後楊廷理對王夫人相當孝順。舉家回柳州居住。

父親對廷理的讀書要求甚嚴。

一七五七年（乾隆二十二年），十一歲：

兩位兄長考上秀才，廷理進入私塾讀書。

一七五八年（乾隆二十三年），十二歲：
參加秀才考試，增考詩歌，在「披沙揀金」的題目中寫了七言律詩，有「世人只詡高聲價，那識良工費苦心」的詩句，詩藝不弱，受稱讚，被錄取爲府庠（成績優秀的秀才，送往府辦的一級學校唸書）。

一七六二年（乾隆二十七年），十六歲：
父楊剛死。

一七六六年（乾隆三十一年），二十歲：
娶妻歐陽氏，家庭經濟雖然不好，但是對公益非常熱心。

一七七二年（乾隆三十七年），二十六歲：
公益之心強烈，號召鄉里人士輸捐修復「鎭粤臺」，樂此不疲，但是惹來閒言閒語。寫詩紀念自己的事蹟，有「幾日經營成結構，一朝登眺出塵氛」的詩句。此後，屢次考舉人，皆不中。

一七七八年（乾隆四十三年），三十二歲：
受到進士王懿修的讚賞，以拔貢入京（拔貢的意思是：地方上最優秀的秀才送到京師，貢獻給朝廷做事，不過還要經過一場考試，決定高下），朝考第一名，有了擔任知縣（縣長、縣令）的資格。分發到福建，任歸化縣的縣令。此時，楊廷理馬上在掌管財政上出了問題（這是他的老毛病），當時前任的縣令虧空了一〇五兩銀的稻米，沒有人知道，他也沒有呈報給上級。

一七七九年（乾隆四十四年），三十三歲：
冬天調任寧化縣。納妾程氏、黃氏兩人。

一七八一年（乾隆四十六年），三十五歲：

調任侯官縣縣令，兼護福海防同知（同知職位階級等於知縣）。前任的縣令竟然虧空了三萬石的稻米，白銀兩萬一千兩，是一筆大數目。楊廷理替前任縣令好友遮掩罪行，沒有報告上級，竟然由廈門買來二萬石的稻米，塡入侯官縣的倉庫中，企圖混蒙過關。這麼做，將來一定會出問題。同時在擔任侯官縣的縣令時，欠了書役（掌管文書工作的人）錢，加上運米的費用，實際上又虧欠了一千一百多兩的銀子。他私下希望後任的縣令能補足這些虧空，並沒有公開報告給上級知道，將來會因此而觸犯法律，終於被流放到伊犁服勞役。

一七八二年（乾隆四十七年），三十六歲：

出任龍巖直隸州篆。據說擔任州篆期間，四處要人民貢獻籃花，引起許多民怨，這又是一大缺點。生了兩個兒子。

一七八六年（乾隆五十一年），四十歲：

奉令到台灣擔任台灣府海防兼南路理番同知，算是五品官。八月上任，他馬上警覺這裡就要出亂事，因爲各地都很不安。果然，十月，林爽文事件就爆發了。林爽文亂事進展很快，未及一年就攻下彰化、淡水、諸羅，並企圖攻下楊廷理所在的台南府城。當時，台南府城以竹子爲牆，抵禦性弱，台灣知縣王露不能視事，情況危急。楊廷理以海防同知的身分兼理府事，率人日夜維修欄柵，加強防守。招募「義民」八千人，又在海口招到水夫一千人，原住民一千人。同時招工製造槍砲子彈，使防備力加強。以四千人守外面要地，六千人駐紮城中。當時，台灣總兵柴大紀有軍隊在手上，卻不肯出兵，使亂局擴大，在楊廷理的指責後才出兵，林爽文退到大目降。不過鳳山的亂民莊大田也起義反清，與林爽文南北夾攻府城，府城頓時陷入危急中。此後，官方、反叛勢力互有勝負，楊廷理立了不少戰功。府城到最後總算守住了。

一七八七年（乾隆五十二年），四十一歲：

七月，台灣知府楊廷樺病死，楊廷理代理府事。十月，福康安率大軍九千人，由鹿仔港上岸，南北慢慢逼退圍困林爽文。楊廷理雖然是文官，卻自己招募一支「義民」，隨時轉戰南北各地。

一七八八年（乾隆五十三年），四十二歲：

爲了防止林爽文流竄，楊廷理率軍討伐，第一次聽到噶瑪蘭、三貂角這些地方名稱，也知道了吳沙這個人。當林爽文的大里杙總基地被福康安攻陷時，林爽文遁入後山，楊廷理命令軍隊堵住三貂角，不許林爽文進入噶瑪蘭。之後，林爽文被捕，亂事平定。楊廷理有功，升任福建分巡台灣兵備道兼提督學正，賞戴花翎。這時，他了解噶瑪蘭越來越深，知道那裡土地肥沃，容易管理。曾幾次給福建巡撫徐嗣曾寫信，建議派官到噶瑪蘭，可惜徐嗣曾沒有向皇帝奏呈這件事。不過，楊廷理是史上第一個贊成經營噶瑪蘭的官員，應該是沒有問題的。

這一年，畏戰、貪汙的總兵柴大紀被彈劾，許多人也跟著被彈劾，楊廷理卻升任台灣府護理。但是，也就在這一年，由於柴大紀貪汙的案件擴大，朝廷終於也知道台灣官員有在港口向船隻收受港口費用的陋習，是法規所不容許的，光一個福建省，竟然有十六個地方官員涉案。楊廷理也跟許多官員一樣，收了番銀（外國銀元）一千四百餘兩，本來應該治罪，但是由於福康安的保護，替他說好話，最後只被罰繳交二十倍的罰金，共計二萬八千兩的數目，罰金數額驚人，這又是楊廷理當官的一大敗筆。從此，楊廷理不得不在戰戰兢兢中過著當官的日子。

之後，楊廷理在台灣兵備道的任內有許多的建樹，諸如修築台灣府城的城牆，以前城牆是用刺竹圍成的，楊廷理督工改建磚石城牆，做了二年又六個月才完成，規模宏大，城高一丈八尺，還有大大小小的八個城門。

一七九二年（乾隆五十七年），四十六歲：

居住在台灣鳳山的天地會成員陳周全，率領黨徒，突然攻打石井汛，沒有成功，轉向北方，進入西螺，又攻下鹿港、彰化縣，不過，經過五、六天，就被地方百姓所殺，亂事結束。楊廷理在亂事之間，必須嚴守台南府城，他又招募了義民幾千人，協助前線嘉義等地抗亂。雖然，陳周全的事件很快結束，但是後續引發的經濟問題，馬上打垮了楊廷理。原來，陳周全作亂時，彰化縣財產損失頗重，光是倉庫被搶的銀、糧就有一萬七千多兩，一部分必須由楊廷理攤還。

一七九五年（乾隆六十年），四十九歲：

楊廷理平生最大的厄運到了。

柴大紀的貪汙事件在這時更加擴大，福建省開始雷厲風行，調查官員貪汙的現象。結果前總督伍拉納、前巡撫浦霖都收受銀兩，光是伍拉納就貪汙了三十、四十萬兩之多（後來這兩人都被處死）。結果引來大清倉，十六個的官員都涉入案件當中，楊廷理厄運難逃。福州知府鄧廷輯揭發他在十五年前，於侯官縣令任內，替前任縣令好友王源學遮掩虧空罪行，在任內沒有報告上級，竟然私下由廈門買來二萬石的稻米，填入侯官縣的倉庫中，企圖蒙混過關。同時在擔任侯官縣的縣令時，欠了書役（掌管文書工作的人）錢，加上運米的費用，實際上虧欠了一千一百多兩的銀子，也沒有還清。結果，楊廷理被押解到福州，接受審理。在審理當中，楊廷理據理力爭，上級慢慢知道，這不是貪汙，而是他替前任縣令還債，情有可原。不過，由於楊廷理被關在監牢裡，很久不能釋放；同時被以貪汙治罪，有損名譽。他非常的憤怒，就在獄中，開始編寫自己的年譜，並且在年譜中罵了揭發他的案件的鄧廷輯，並且一再寫說自己無罪。他寫好了年譜，準備交給前來探望的家人，將年譜刊行，發給親友，使他的冤屈被眾人所知。正是這個年譜，引來他發配伊犁充軍的厄運。當時，審判他的人——魁倫是個滿清人，對楊廷理很不友善。有人將年譜拿給魁倫看，魁倫就以文字獄的手段，在雞蛋裡挑骨頭，開始在他的年譜裡找漏洞。指稱楊廷理在年譜裡對皇帝不禮貌以及其他不當的地方，開始羅織楊廷理的罪名，最後上奏判楊廷理死刑。

一七九六年（嘉慶元年），五十歲：

他由福州被押解到北京。不過，之後看到魁倫奏摺的人不是乾隆皇帝，因爲乾隆恰巧死了，把皇位傳給嘉慶。嘉慶皇帝認爲楊廷理還不到死罪，只發配伊犁充軍就行了。

一七九七年（嘉慶二年），五十一歲：

八月，楊廷理到了伊犁。他主要的工作是每年的三月到八月，必須到城外八里的貿易亭，維持哈薩克人的貿易秩序。這種工作很辛苦，伊犁的氣候惡劣，往往狂風大作，捲起的灰塵漫天，牛糞羊糞，臭氣沖天。其餘的時間他當然還可以賞景、寫詩、與人交際。因爲工作的地點在郊外，這時候他寫了許多「郊行詩」，因此大漠的風景、天山的雄姿進入了他的詩行之中；同時，他沒有完全喪志，以蘇武來比喻自己的情況，認爲他遭人暗算，才會被貶到伊犁服役。

此時，他的家卻由於他的不在，遭到侵害，幾乎傾家蕩產，家人生計陷入悲慘的狀況中。他個人也失去經濟支援，非常窮困，甚至必須向人借貸度日。不過，他很能安於貧窮。

一七九九年（嘉慶四年），五十三歲：

他認識了許多被貶到伊犁服役的舊日官員，有漢人也有滿人，包括了大學者洪亮吉。同時，家裡也傳來好消息，自己的三個兒子，都已經都考上了秀才，往仕途邁進了。

一八〇三年（嘉慶八年），五十七歲：

四月三日，他服役期滿，離開伊犁，總計在伊犁七年，寫了千首的詩，眞是驚人。他回到柳州家裡，痛苦的是家庭沒落，歡喜的是子孫已經滿堂。這時，貧窮成了他的最大問題，由於不當官，經濟沒有著落。他隨後到廣州、福州，依然很難生活。但是，在歲末的時候，台灣的士紳和官員有人給他寫信，除了慰問之外，說將要捐款贊助他，這筆錢在明年將送到廈門。這件深獲台灣民心的事，讓他有了想要繼續當官的決心，他想到應該去「捐復」（捐復的意思是指一個官員被停職、降職、革職，可以透過向國家捐繳銀兩，並且能在三個月將銀兩繳交完畢，就可以恢復原來的官銜、官位）。

一八〇五年（嘉慶十年），五十九歲：

決定北上捐復，由廣州出發，到福建廈門，得知噶瑪蘭的消息，也知道墾戶越來越多，閩粵、漳泉的衝突也很厲害，吳沙已死的種種消息。

隨後到福州。在旅程中，共得到一萬三千兩的銀子，在省府繳交四千八百兩的欠款後，繼續往北方走。

一八〇六(嘉慶十一年),六十歲:

他到了北京,經過嘉慶皇帝的同意,開始「捐復」。這時他剩下七千兩的銀,不夠用,幸好有人願意幫助他,所以如期地把錢繳交完畢。他終於得到了戶部的執照。七月,他得到了嘉慶皇帝的召見,以知府任用他,準備「復守台灣」。皇帝爲什麼能看重楊廷理呢?其實,這時鹿耳門正陷入蔡牽的攻打,以及噶瑪蘭正陷入海盜朱濆的劫掠之中,皇帝要藉著楊廷理這個「熟手」,將這些亂事平定。

十二月,他啓程到了台灣,由鹿港上岸,前往府城。他一到府城,立即受到儀隊的歡迎,他很滿意,留下了「再來海國喜逢春,暖日和風絿仗新」這樣的詩句。

一八〇七年(嘉慶十二年),六十一歲:

三月,中港傳來漳州人、泉州人的械鬥事件,楊廷理奉命前往偵查,看到宛裏溪的水漲和後壠連日下雨的情形,顯露了地方在械鬥下的殘破,留下「霪雨經旬不肯晴,前溪水漲駐行旌」的詩句,感到社會秩序需要趕快整頓維持才好。他要漳泉兩州的人立下切結書,禁止再械鬥。七月,海盜朱濆率領大小船隻三十八艘,農具三船,由鹿港到基隆再到蘇澳港,終於進入了噶瑪蘭的蘇澳港,準備在這裡有所行動。楊廷理率領義軍進入了噶瑪蘭。九月,楊廷理和王得祿約好,王由水路,楊由陸路,對海盜朱濆進攻。王得祿行動甚快,約定好之後的第二天,就抵達蘇澳港,和朱濆對峙十天左右。楊廷理似乎比較緩慢,他由頭圍出發到蘇澳港,花了十天的時間。他鼓勵人民和番民所組成的「義軍」,用火焚燒朱濆的船隻。朱濆在水、陸夾擊之下,三十八艘船只剩下十四艘船,向海面遁走,官軍終於得到最後的勝利。這次他在噶瑪蘭住了十九天。之後,他把情形寫信報告給將軍賽沖阿知曉,並建議他寫信向上級反映，應該在噶瑪蘭設官治理（這就等於建議將噶瑪蘭收入版圖了），但是賽沖阿置之不理；反而寫信給楊廷理，要他趕快離開噶瑪蘭，回到府城，因爲他以前的一個部屬楊幸逢，在北京控告他，說他向鹽房庫吏強索銀二、三萬兩，並且召妓陪酒，必須停職，回福建接受調查。楊廷理和噶瑪蘭的人知道了，都很失望，在臨走時，他叫人繪製《噶瑪蘭全圖》，帶回府城。雖是如此，就在這個時候，楊廷理有一位福建好友謝金鑾非常重視噶瑪蘭，曾根據楊廷理提供的資料，在擔任嘉義教諭任內寫了《蛤仔難紀略》，使噶瑪蘭有了比較詳細的文字記錄；就在十二月，謝金鑾找了一個福建朋友梁上國少詹事（詹事府設在朝廷中），由梁上國上奏，希望皇帝能允許開發噶瑪蘭，納入大清版圖；隨後皇帝知道了這件事，對噶瑪蘭開始注意了起來。

一八〇八年（嘉慶十三年），六十二歲：

四月，楊廷理回到福建接受調查，船隻曾在澎湖遇颱風，幸好無事；又在料羅灣遭遇海盜，幸好脫險。到福州，擔任案件調查官的人是阿林保。偵結甚快，原來這件事是一件惡意的誣告，楊廷理既沒有向鹽房庫吏索取三萬兩的銀錢，也沒有召妓女陪酒的事。可是，楊廷理卻沒有馬上復職，短期內未接到再赴台灣的命令。

八月，他被委託辦理文武闈考試，這時他的第二個兒子因病不起，心情甚爲痛苦。之後，他接到擔任福寧道篆的命令，算是又任官了。這個官比在台灣擔任官職要悠閒許多，可以寫詩、賞景，他留下了「卷幔正聞香香細，半窗晴樹亂鴉啼」的詩句。

一八〇九年（嘉慶十四年），六十三歲：

四月，楊廷理由福寧道篆卸任，回到福州。第四個兒子考上進士，但是他的第二以及第三個兒子已經去世。這個時候，台灣發生了漳泉械鬥，相當嚴重。八月，閩浙總督張師誠奉令帶著候補知府名義（實際上是沒有一官半職）的楊廷理，趕到台灣來辦理中港（今竹南）的械鬥案件。楊廷理很快地就處理好淡水械鬥，首惡都先後正法，並且流放了一百人左右，械鬥平息。同時，沿著西海岸線，由新竹到嘉義，械鬥也鬧得很厲害，到十月才被楊廷理一群人平息下來，百姓的損失難以估計。這時候，立功的楊廷理仍然沒有官職。

一八一〇年（嘉慶十五年），六十四歲：

一月，暫回福州。三月，開發噶瑪蘭的事情有進展。閩浙新任總督方維甸又帶候補知府楊廷理到台灣，命令他到淡水巡視。在艋舺，就有噶瑪蘭的原住民頭目要求在噶瑪蘭設官治理，漢人也一樣迫切請求。方總督看到這種情形，下定決心要辦理開發事宜，就草擬《章程十八則》，當面交給楊廷理，要他再進入噶瑪蘭，從事更詳細的調查。四月，楊廷理三次重上三貂角，要進入噶瑪蘭，心情複雜，既興奮又憂慮自己體力衰竭得很厲害，唯恐辦不好這件事，寫下「青山到眼春成夢，滄海當關靜似湖。可怪躋攀無腳力，重來絕頂汗如濡」這樣的詩句。楊廷理到這裡的工作就是丈量土地，目的當然是爲了將來能抽稅，導致當地就有人不願意丈量據報，楊廷理盡量疏通他們，要他們放心；另外當然是訂定稅租的法則，按田地的等則課稅；凡此，都做得很好。六月，噶瑪蘭遭到不幸，一場大火，兩千餘戶的人家房屋付之一炬，百姓和楊廷理都得露宿野外；不久又發生颱風，噶瑪蘭的濁水溪北移，和清水溪匯合，引來居民百姓的不安。這些怪事頗使他困擾。

這時，他也開始在噶瑪蘭找尋可以築城並建立官署的地方，他在山上居高臨下，觀看噶瑪蘭平原，寫下了「背山面海勢宏開，百里平原實壯哉。六萬生靈新戶口，三千田甲舊蒿萊」這樣壯觀的詩句。同時，他努力完成了《噶瑪蘭創始章程》的草稿，提出開拓噶瑪蘭的大概構想，就要報告給上級知道。此時，楊廷理充滿開闢噶瑪蘭的理想，寫下「治賦暫收三萬畝，除奸權靖五圍城」的詩句。

不過大火和濁水溪北移的颱風，使他覺得噶瑪蘭很難居住，開始對這個地方是否適合自己居住懷疑起來，因而七月時寫下「田疇信美非吾土，好把勞生仔細推」的詩句。九月，完成土地丈量後，就離開噶瑪蘭。這一年，方總督也向皇帝呈了一個奏摺，希望上級考慮開拓噶瑪蘭這件事，皇帝基本上同意了這項要求，但還沒有派官的舉動。

一八一一年（嘉慶十六年），六十五歲：

年初，楊廷理又一次進入噶瑪蘭，也是爲了調查開拓噶瑪蘭的事情而來。這次似乎搭船來的。他和道員張志緒在噶瑪蘭一個多月。任務是：一、重定《噶瑪蘭全圖》，除了繪製更詳細的地圖之外，就是附了地圖的解說。這張地圖非常重要，等於是對噶瑪蘭地理有了固定認知。楊廷理也非常重視這張圖，寫下「尺幅圖成噶瑪蘭，旁觀慎勿薄彈丸。一關橫鎖炊煙壯，兩港平鋪海若寬」的詩句。二、在五圍地方築了土造的城垣，挖了壕溝，重了九芎樹，環繞城邊，使它變成一個官員辦公的地方，也是行政的中心，楊廷理留下了「他日濃陰懷舊澤，聽人談說九芎城」的詩句。同時開辦文教，創立書院；保護原住民權益；修建公署，都有初步的展開。三月，楊廷理又離開噶瑪蘭，回到府城，在途中接到被委任淡水撫民同知的命令，不過，二個月後就卸任。九月，噶瑪蘭水患嚴重，楊廷理又入噶瑪蘭勘查，這是他四度到噶瑪蘭，這時他也得到好消息，上級補授他建寧府的知府遺缺，將來有回到故鄉的機會。楊廷理這時已經自覺老邁，思鄉的情緒高昂，能回福建眞是大好消息，他準備要回鄉了，留下「歸帆倘遇春風好，僂指蟾光廿二圓」這樣的詩句。十二月，因爲台灣府知府調任，楊廷理暫代知府，住在府城，不過，這是短期的工作。

一八一二年（嘉慶十七年），六十六歲：

六月，楊廷理卸下暫代台灣知府職位。八月，他到淡水北部追緝會黨分子高媽達、高海等人。不久，聽說噶瑪蘭又發生械鬥，他又重入噶瑪蘭，這是第五度的進入，和新任的通判翟淦（因爲有通判，噶瑪蘭算是正式設廳，納入大清版圖了）分頭勘查，對肇事者進行懲罰。不過，這時他獲得通知，說他必須暫代初創的噶瑪蘭廳的通判職務，暫時不可以回到福建。楊廷理不願意接受暫代的通判職務，想要請辭，因爲他已經老了，很想回鄉，同時已經有一個翟淦當通判，又何必他親自代理呢？他把願望告訴了麋道台，麋道台早就很同情他，替他「請免」。楊廷理很感激對方，留下「竊幸長官憐潦倒，代為聲請出郵亭」的感謝詩句。楊廷理無法回鄉的情況令人同情，不過，楊廷理能不能離開台灣仍然是個問題。到了十二月，翟淦終於正式接任通判的職位，楊廷理把印信交給對方，算卸除了通判的工作。他離開噶瑪蘭，回到了台南府城，住在「鴻指園」寓所。這時，楊廷理的身體出了問題，左臂有風濕症，就向上級請延三個月再回到福建的建寧擔任知府工作。

一八一三年（嘉慶十八年），六十七歲：

不幸，年初，他又接到一個公文，說他還是不能離開台灣，因爲他是開發噶瑪蘭的原創人，還要他留在台灣一段時間。楊廷理接到這個命令當然很失望，他大概知道自己被噶瑪蘭緊緊綁住在台灣了。四月，他將編好的東來台灣的詩集《東游草》付印。不久就在台灣死了。他的遺體後來由家人運回故鄉柳州安葬。

（以上年譜是根據楊廷理〈勞生節略〉❾、林慶元《楊廷理傳》❿、李佳樺《楊廷理《知還書屋詩鈔》研究》⓫編成。）

英雄的旅程

有關楊廷理後一階段的台灣之旅的詩作，都收集在《東游草》這一集詩作裡。這一集詩作，記述了他人生最後七年的官場行止，對台灣的古典文學而言，是非常重要的一集詩作。考察他在晚年集成《東游草》付梓的目的，並非是爲了彰顯他在詩歌上的才藝，而是爲了記錄他建議朝廷將宜蘭納入版圖加以開墾的這件事。他想要把這件事告訴許多人，爲了這件事，他工作了四年，到最後終於成功了，是很不容易的事。他的〈自序〉⓬是這麼說的：

古人以詩紀興，作者興會淋漓，精光萬丈。予以詩紀事，據事直書，漫無含蓄。帙成，集司空圖《詩品》中語以志。一曰：「百歲如流，與之沉浮，期之以實，澹不可收。」又曰：「俯拾即是，思不欲癡，離形得似，與率為期。」實、率二字，余詩居多。本無足錄，但因議開噶瑪蘭，而致于役四年，備嘗辛苦，終荷上官明察，不為浮言搖惑，得以一手經理，告厥成功，豈非天哉！爰敢付梓，以告後之急公者。是為序。

【譯】古代的人用詩來記錄他的心情，作者往往能盡興盡性，詩文也顯出才氣縱橫，光芒萬丈。我卻用詩來記錄往事，根據事實直接說出，絲毫不知詩文必須要含蓄不露。等到詩集完成了，只好勉強借用司空圖在他的《詩品》裡的幾句話，來爲自己的集子做評論。司空圖有一段話是這麼說的：「百年的歲月如同流水東逝，在不知不覺中，我的人生與歲月共同浮沉。我期望能寫得實際一點，只可惜大半都是平淡無奇，不足以被收藏保存。」又有一段話說：「雖然處處都是材料，卻不敢癡心妄想，只希望寫得和事實相似就好，率性地寫就好。」司空圖所說的「實」、「率」這兩個字，大概就是我這本詩文的特色了。換句話說，我的詩本來並沒有收藏的價值，但是我因爲建議朝廷將噶瑪蘭收入版圖，在這件事上，我整整被差遣了四年，遍嚐辛苦，幸好到最後朝廷明察，不被謠言所迷惑，能夠由我一個人來計畫處理，終告成功，這難道不是上天有意讓我如此嗎？因此，我大膽把這些詩文付梓了，用來告知後世急公好義的人們有關這件事的來龍去脈。以上這就是我寫的序。

楊廷理的這段〈自序〉是很客氣的，他說出版這冊詩集的目的無非是要把實情留給後世，不虛他的台灣之行。他也坦白地說他的詩是用來記錄往事的，不是用來做爲純詩文欣賞的，這已經點出了他的《東游草》的特色了，記事還是首要的。

不過，我們當然不會因此就不要求他詩文的藝術性，畢竟詩人最後還是要懇求讀者（不管是怎樣的讀者）能讀他的詩。因此，詩人把詩寫好，能盡到一個詩人的根本責任，這才是更基本

註——

❾ 楊廷理：〈勞生節略〉，《知還書屋詩鈔》。

❿ 林慶元：《楊廷理傳》（南投：台灣省文獻委員會，一九九八年）。

⓫ 李佳樺：《楊廷理《知還書屋詩鈔》研究》（台中：逢甲大學中國文學系碩士論文，二〇〇九年）。

⓬ 《東游草》的〈自序〉，見楊廷理：《知還書屋詩鈔》，頁二四五。

的，也才是合乎道德的。

底下，我們分階段來敘述、品味這場英雄的旅程和旅程所寫的好壞參半的詩文。

（一）出發抵達階段

在一八〇三年，初夏，楊廷理從伊犁服完七年的刑役後回鄉，得到幫助，準備到北京「捐復」。按照朝廷的規定，如果有官員犯罪，被剝奪官位，等到刑期滿了，仍然可以到朝廷去捐一筆款項，屆時就可以恢復官職，這就叫做「捐復」。這件事雖然波折不少，不過到了一八〇六年的夏天，就完全辦好了。他向朝廷繳納了一筆甚大的款項，終於恢復了「台灣知府」的職位，再度搭船來到台灣當官。當時，台灣陷入海盜蔡牽以及他的黨羽的劫掠之中，推測皇帝重用他的意思，是要他這個「台灣專家」來辦理海盜的討伐工作。

有關這趟旅途，他如何出發以及他在台灣海峽的種種遭遇，並沒有留下詩文記載。由楊廷理所寫的所有有關台灣的詩文來看，他是一個不太願意誇大台灣海峽凶險經驗的詩人。事實上，他有不下六次橫渡台灣海峽的經驗，凶險的情況不是沒有遇過，但是他就是不願像孫元衡或朱仕玠那些人一樣，一味誇大，他不太寫這方面的遭遇。

因此，他略過這次台灣海峽上的行船經驗，以及鹿耳門的登岸，直接寫到達府城的狀況，留下〈臺郡迎春口占〉⓭這首詩。

由於他的官銜是「知府」，算是台灣府的行政首長，因此，他抵達台南府是備受歡迎的，不論賓主都有著很好的心情，詩歌洋溢愉快的氣氛。當時楊廷理已經是六十歲的人，還有這種仕宦心情，是很特別的。這首詩的原文和翻譯如下：

〈臺郡迎春口占〉

再來海國喜逢春，暖日和風綵仗新。四野已霑三日雨（臺郡久缺雨。予入境，甘霖適沛），千家重見六旬人。民經盜寇心多梗，郡撫番夷化未馴。但願歲豐仍節儉，興仁講讓自還淳。

【譯】我再度來到台灣恰巧遇到春天，在風和日暖中看到了全新的、顏色繽紛的迎官的儀仗隊伍。四面的原野已經沐浴了三天的雨水（注：台灣久來無雨，我來的時候，恰巧下了適當的雨量），眾多人家都可以見到高壽六十的老人。當今的百姓因爲歷經了許多的盜賊之害，心都變硬了；同時官方也未能馴化強悍的番民，隱憂還是很多。但願在豐收的這個時候，人人都知道仍要節儉的道理，多多推崇仁愛禮讓的好風氣，使民風更加純樸。

楊廷理這次的來台是由鹿港上岸的，當時官方和海盜之間的對峙可能相當緊張，握有大軍的賽沖阿正住在台郡（台南府），所以楊廷理立刻到了台南。他在這首詩裡，透露出台灣人十分歡迎他抵達府城的情況，詩裡的「喜逢春」、「暖日和風」、「三日雨」的種種意象皆口徑一致，集中地烘托了他的來台是一趟快樂的旅程，對於將來也充滿了樂觀的氣息。楊廷理的這個受歡迎的自我認知應該是毫不誇大的，事實上，當時的台灣人對楊廷理的來台的確有所期待。我們不要

註——⓭ 楊廷理：《知還書屋詩鈔》，頁二四七。

忘記，當他北上到朝廷「捐復」缺錢時，台灣人就曾經送一筆錢到廈門去給他。當時楊廷理的台灣詩人好友章甫聽說他北上「捐復」恢復官職時，就相當注意他的行止，認爲楊廷理在台灣還有未完成的任務，寫了「大任仔肩留健者，蒼生引領出斯人」⓮的詩句，顯然希望他重新來到台灣開疆拓土。

然而在這首詩裡，也點出了他來台後兩個要面對的問題：一個是他年齡的問題，所謂「千家重見六旬人」固然是說明了府城可能比以前繁榮了，所以大家的壽命都有所提高，到處都可以見到六十歲的人；同時也暗示了楊廷理已經是六十歲的人了，就因爲他已經是六十歲，才會注意到同是六十歲的老人，年紀都這麼大，能有多少建樹呢？不過，他的朋友章甫也寫了「桑榆霞照休言晚，半天還標萬丈紅」⓯的詩句來期許他晚年治台猶未晚也。另一個問題當然就是海盜的肆虐，使人心變得堅硬不仁了，趕走海盜，讓人們放鬆下來生活，是他來台任內最重要的工作，也是硬碰硬的工作，只准成功，不許失敗。

總之，這首七言律詩是成功的作品，他在短短的八句話裡，寫下了優美的許多詩句，卻也能像記事簿一樣，把他來台的幾個任務：「治寇」、「撫番」、「倡儉」、「興仁」這四項工作具體地寫出來。這首詩成功地結合了藝術性和記事性。

這是他旅程的第一個階段。

（二）搏鬥的階段

由楊廷理抵達台灣開始，到噶瑪蘭終於變成一個廳（設立了正式的通判）之間，都算是搏鬥階段，有幾首詩的詩藝極高，內容非常重要：

〈A〉在一八〇七年，楊廷理寫了一首〈出山漫興〉⑯，用來敘述他和其他官民共同趕走蘇澳港的海盜朱濆的事蹟，這首詩是描述和海盜朱濆的一回大戰，如同狂風驟雨，過程緊張，情緒也變得十分昂揚。我們在這首詩中，不容易感到這是六十歲的人的作爲，他看起來還是那麼年輕。這首詩的原文和翻譯並陳於下：

〈出山漫興〉

群傳得勝出山來，蠻獠功微愧菲才（朱濆竄泊蘇澳五十餘日，王總戎舟師寄椗雞籠澳，與予定期進攻。次日，乘風駛泊蘇澳，與賊相持旬餘。予以十一月至頭圍，十五日抵溪洲。鼓勵民番，厚給口糧，並採辦茆竹，以備火攻。廿日，民番雲集，內外夾攻，一戰而寇船敗燬，賊舟四而奪其二，賊死無算。朱濆以餘船十四隻衝潮而遁）；泥淖仄途勞悵望，險巇昏磴久低徊（時予進駐五圍，復至溪洲，距蘇澳五十里，前進則蘆葦叢生，堅壯如巨竹，溪水泛溢，道路泥淖，每下腳幾欲沒腰，小逕隱隱，生番往來，僕夫縮頸。將至澳口，須翻一山，怪石嵯峨，陡險異常，攀援上下，輿馬竟不能至也）。兔經破窟株堪守（蔡、朱二逆皆欲以蛤仔難為三窟。朱濆漳人，謀之尤便。今雖破其謀，而賊情未釋，必將復來。欲靖海氛，不能置蛤仔難於不問也），蛟已逃罾浪尚隳；扼腕漫言秋漸老（丙秋九月，予有重守臺

註——

⑭ 見章甫：〈聞醒齋還京謝恩復守台郡次韻二律〉，《全台詩》第參冊（台南：國家台灣文學館，二〇〇四年），頁三三五。

⑮ 見章甫：〈醒齋抵任台郡因憶丙午台變保城有感〉，《全台詩》第參冊，頁三三五。

⑯ 楊廷理：《知還書屋詩鈔》，頁二五一。

郡之命，隱以蔡、朱二逆為憂，禱於前門外關聖，得籤語，有「得勝回時秋漸老」之句），風光佇上嶺頭梅（時去立冬十五日）。

【譯】當眾人傳來得勝的消息後，我們就暫時離開了噶瑪蘭，上到三貂角。在這場戰事中，感愧我率領的番民部隊只立了小功，至於我的才能也微不足道（注：當海盜朱濆流竄停泊在蘇澳港五十多天之後，王得祿總兵的船隊部隊停在基隆港澳，和我約定時間進攻朱濆。約定達成的第二天，王得祿總兵的船隊趁著風勢，就進入蘇澳港停泊，和海盜朱濆對峙了十幾天。我在十一日到頭圍，十五日到溪洲。我鼓勵漢人和番民，給他們許多口糧，又採集了許多的茅草和竹子，準備火攻朱濆。二十日，漢人和番民雲集，內外夾攻，一場戰爭下來，海盜的船隻就破損燒燬，有四分之二的船被我們俘虜，盜賊死傷難以計算，朱濆最後以十四艘船遁走）。這次打擊海盜朱濆時，由番民和百姓合作，火攻朱濆的賊船，立下功勞；不過我自己卻感到慚愧不已，因爲在追趕海盜時，陷入了泥沼，甚至在高大的山石前徘徊不能前進（注：當時我的軍隊進駐五圍又到溪洲，距離蘇澳五十里的地方，前進時就碰到叢生的蘆葦，粗壯得像巨竹，溪水氾濫，道路泥濘不堪，每走一步，就幾乎深陷到腰部，小路若隱若現，生番來來回回走不通，軍伕都縮頸觀望，走得非常辛苦。快到澳口的時候，更需要翻過一個山嶺，山上怪石林立，非常陡峭危險，我的轎子和馬匹都爬不上去，在那裡徘徊甚久）。現在狡猾的盜賊的巢穴已經破了，但是我們還是必須在噶瑪蘭這個地方布防守禦（注：蔡、朱這兩個海盜都想要以噶瑪蘭當他們的另一個巢窟。朱濆是漳州人，奪取噶瑪蘭尤其方便。今天雖然破壞了他們的計謀，但是海盜的企圖還沒有放棄，必然會再回來。如果要使海上的氣氛轉爲平和，就不能置噶瑪蘭於不顧）；估計逃走的蛟龍有一天還會乘浪回來。不必嘆息秋天越來越深（注：回想丙年的九月，我曾有重回守禦台灣的命令，暗中擔心蔡、朱這兩個海盜的作亂，就在關聖帝君廟禱告，得了一個詩籤，上面有「得勝回時秋漸老」的句子）；此時，果然三貂嶺的梅樹已經開花，一派的深秋風光了（注：這時恰巧是立冬前的十五天）。

這首詩確實地書寫了他和海盜朱濆在宜蘭所發生的一場戰事。

爲什麼楊廷理這次必須以知府的身分來宜蘭討伐朱濆這個海盜呢？這可能牽涉到他這一趟來台擔任知府的眞正原因。原來，在他北上京城「捐復」時，在萬壽山見到了嘉慶皇帝。當時，嘉慶皇帝非常擔心朱濆進入噶瑪蘭的事情，曾詢問過楊廷理有關噶瑪蘭的看法。楊廷理就直接告訴嘉慶皇帝說朝廷應該要開發噶瑪蘭，皇帝聽了，覺得很有道理，要他趕快寫信和閩浙總督商量開拓噶瑪蘭的事情。⓱由此可見，平定朱濆海盜劫掠噶瑪蘭，大概就是他此行的首要任務。

提到朱濆，他是蔡牽的一個部下，當時，蔡牽進犯淡水，朱濆就利用時機，也寇掠宜蘭。

舊曆七月，朱濆率領大小船三十八艘，以及農具二船，經由海路，由鹿港到基隆港再到蘇澳港，聲勢頗大。楊廷理不敢怠慢，越過西螺溪之後，由艋舺、錫口、蛇仔形、三貂嶺、嶐嶐嶺、越過三十六重溪，進入噶瑪蘭，受到居民歡迎。他立即部署兵力，準備與朱濆正面交鋒。

舊曆九月，楊廷理和王得祿商量火攻朱濆的計畫，由王得祿在海面，楊廷理在陸地，夾攻朱濆。九月初八，王得祿的海軍，和朱濆對峙在蘇澳港，相繼數日。楊廷理自艋舺出發，越過三貂

註——⓱見楊廷理：〈勞生節略〉，《知還書屋詩鈔》，頁三〇四。

角，來到噶瑪蘭的三圍頭，向五圍挺進，沿途跋山涉水，道路蜿蜒，共計二百里。當時是秋天，在五圍，楊廷理取得番人和漢人移民的信賴，組成數千人的義軍，義軍的首領林永福與王得祿先取得聯絡後，十六日王得祿用船隊、林永福以路面部隊夾擊朱濆，朱濆終於逃走。官軍獲得大勝。這次楊廷理在噶瑪蘭住了十九天。⑱

在這首詩裡，我們注意到楊廷理謙虛的記事態度，他不但沒有誇大在這場戰爭中自己的任何功勞，而且把所有的功勞都推給百姓和番民。特別是他竟然提到了自己的不濟，他說自己在距離蘇澳港五十里的地方陷入蘆葦和泥濘的包圍中，寸步難行，尤其是在澳口被怪石山嶺阻擋，轎子和馬匹都爬不上去的窘境。他的說辭可以說非常實在，頗教我們信服。這是楊廷理記事詩的特色——記錄實情，不做過分的自我吹捧。

雖然如此，但是這首詩寫得並不成功，有兩個原因破壞了這首詩的藝術性。首先是這首詩本來是七言律詩，共有八句，應該是文字很儉省的一首詩。但是，楊廷理拚命在這首詩的字裡行間做注解，每個句子都附了一大堆的說明文，唯恐讀者不知道整個事情的原委。這麼一來，八句詩句就被大量的說明文所淹沒，變成無法閱讀，甚至感到它不算是一首詩，只是一堆雜亂的文字。我們說詩裡不是不能附帶說明文，只是不能過多，以免造成閱讀上的困難。另一個缺點是，為了記事，這首詩毫無美感，甚至毫無技巧。「扼腕漫言秋漸老，風光又上嶺頭梅」算是一個帶著隱喻的詩句，還有一些些詩意。但是其餘的詩句皆平鋪直敘，毫無美感和技術。雖然這首詩在記事上具有極大的重要性，但是論到詩的本質，這首詩可以說本質薄弱，毫無詩味了。這眞是令人遺憾！

〈B〉在一八一〇年的夏天，楊廷理寫了〈孟夏六日重上三貂嶺頂口占〉⑲這組詩，共有二首，寫他再來台灣，再度進入宜蘭，在三貂角的所見、所聞、所感。非常令人意外，這首詩距離他那首討伐海盜朱濆的詩也不過是二年多的時間，但是心情變化得很厲害。他的心境轉爲一種平靜，完全不像二年前的那麼激動，這種心境和他的再度落難有關係。不過，這次他似乎有了固定的目標，也就是他確定知道他正在爲噶瑪蘭做一番貢獻，所以字裡行間就顯出了一種篤定。這二首詩的品質相當高。原文和翻譯並陳於下：

〈孟夏六日重上三貂嶺頂口占〉

之一

不矜權術老迂儒，天付精神續舊圖（丁卯秋予堵緝海寇始至噶瑪蘭，經申請收入版圖，未荷允奏。今奉旨查辦，方制軍交予籌度）。勞勩敢云惟我獨？馳驅偏覺與人殊。青山到眼春成夢，滄海當關靜似湖。可怪躋攀無腳力，重來絕頂汗如濡。

【譯】不善於官場權謀，只是一個老迂腐的我，上天卻特別給予好精神，用來繼續圖謀舊事（注：丁卯年的秋天，上司交給我杜絕追緝海盜的任務，才來到噶瑪蘭，我曾經向上級請求將噶瑪蘭納入版圖，並沒有得到應允。現在又進入噶瑪蘭來做收入版圖的調查，方總督就把籌劃的事交給我辦理了）。我不敢說只有我特別勤勞，但是爲了噶瑪蘭的未來奔走，的確令我覺得和別人有所不

註——

⑱ 有關與朱濆作戰的經過，可以參考楊廷理：〈勞生節略〉，《知還書屋詩鈔》，頁三〇五。

⑲ 楊廷理：《知還書屋詩鈔》，頁二五九。

同。眼前青翠的山脈映入我的眼底，感到春天有如一場好夢；蒼茫的海洋展開在眼前，安靜有如一泓湖水。不過奇怪得很：這次我爬上三貂角時竟然感到雙腳乏力，再一次登上山頂的時候，汗下如雨。莫非我已經老了？

之二

三貂甫過又嶐嶐（嶐嶐，嶺名），嵐氣迷漫日乍紅。矗立參天雲際樹，橫空跨海雨餘虹。
鋤奸計短頻搔首，補拙情殷屢撫衷。知遇萍逢能幾日，憐才都付不言中。

【譯】三貂角剛過就來到了嶐嶐山嶺，山霧瀰漫在這裡，使太陽的顏色忽然變紅。矗向雲際的參天古樹生長在這兒，雨後的彩虹橫空跨海。剷除盜賊的計謀實在很有限，教我頻頻苦思對策；想要補拙的心情十分急迫，每每教我屢次自省自勵。人生漂泊不定，與萍水相逢的知己相處能有幾天呢？在無言中，我多麼感謝方總督對我的厚愛了！

前一首，有一個句子「青山到眼春成夢，滄海當關靜似湖」，顯示了楊廷理的此時心情的平靜；另有「可怪躋攀無腳力，重來絕頂汗如濡」，顯示了他體力的不濟。總之，此時的楊廷理心境、體力都不是高昂的。他是回來宜蘭做土地調查的，除了對宜蘭的熱情外，情緒大概是平靜而接近於低沉，何以竟然變成這樣呢？

原來，這時他又經過三貂角時，已經不是台灣的知府了。在三年前，他趕走朱濆海盜後不久，由於牽涉到一件被人誣告的案件，他的知府職位馬上就不保。他以前的一個部屬楊幸逢，在北京控告他，楊廷理立即到福州，接受調查，證明這是一件惡意的誣告。但是，楊廷理卻沒有復職，短期也未有再到台灣的命令。之後，他接任福寧道篆。⓴一八〇九年由福寧道篆卸任，返回福州。這個時候，台灣發生了漳泉械鬥，相當嚴重。舊曆八月，閩浙總督張師誠奉令帶著候補知府名義（實際上是沒有一官半職）的楊廷理，趕到台灣來辦理中港（今竹南）的械鬥案件。楊廷理很快就處理好械鬥。一八一〇年，舊曆一月，又暫回福州。舊曆三月，開發噶瑪蘭的事情有進展。閩浙新任總督方維甸又帶候補知府楊廷理到台灣，命令他先到淡水巡視。在艋舺，就有噶瑪蘭的原住民頭目及漢人要求在噶瑪蘭設官治理，方總督下定決心要辦理開發事宜，就草擬《章程十八則》，當面交給楊廷理，要他再進入噶瑪蘭，從事更詳細的調查，㉑任務就是丈量宜蘭的土地。舊曆四月，楊廷理三次重上三貂角，要進入噶瑪蘭，心情複雜，既負有任務，又憂慮自己體力衰竭得很厲害，唯恐辦不好這件事，就寫下這兩首詩。

楊廷理在寫這兩首詩時，大概功名利祿的觀念比較淡泊，事實上自己已經不是在任的官員，只是一個辦事人員，所以心情平靜。也就因爲心情平靜，這兩首詩寫得很有韻味。前一首的「青山到眼春成夢，滄海當關靜似湖」就是很好的詩句。尤其是第二首的「三貂甫過又嶐嶐，嵐氣迷漫日乍紅。矗立參天雲際樹，橫空跨海雨餘虹」，美感十足，把三貂角的風景寫得雄壯而富變化，栩栩如生。這二首詩當然還是有記事的作用，不過也顯露出他天生的寫詩本領，完全盡到了詩人的責任。

註——

⓴被誣告到擔任福寧道篆的經過，請參考楊廷理：〈勞生節略〉，《知還書屋詩鈔》，頁三〇六。

㉑這段經歷請參考楊廷理：〈勞生節略〉，《知還書屋詩鈔》，頁三〇六—三〇七。

這首詩也是英雄旅程的一個重要的轉折。我們看得出來，楊廷理和噶瑪蘭設廳的這件事，已經緊緊扣在一起了，他已經很難從這件事抽身，只能扛起這個重責大任。由於他一再陳情設置行政區，使他變成了噶瑪蘭設廳唯一專家，任何有關宜蘭的事都得先找他。

〈C〉在一八一〇年，楊廷理寫了一首詩，叫做〈丁卯秋出山後居民爲製祿位牌見而有感〉，㉒用來記錄宜蘭的居民爲他製作祿位牌這件事。所謂的祿位牌，就是用來替他人增福祿所用的東西，乃是爲了報答對方的一種行爲。到底宜蘭人什麼時候替他做祿位牌呢？楊廷理說他自己也不知道，大概是一八〇七年他討平了朱濆海盜，離開宜蘭後所做的吧。原詩和翻譯並陳於下：

〈丁卯秋出山後居民為製祿位牌見而有感〉

祿位何年製，相看感慨增。浮名天地忌，輿論古今稱。事業空懷抱（予戍伊犁六年），焦勞乏伎能。重來慚捧檄，規畫記吾曾。

【譯】噶瑪蘭的百姓到底是在何時替我設了祿位，我竟然不知曉；因此，看到了祿位，覺得很感慨。虛浮的名氣在天地之間是最被忌諱的東西，輿論總是不斷地批評有名望的人，經過許久都不會消失。事實上我是一個空有事業心的人（注：我曾被貶官發配到伊犁服役六年）；平常處理事務也都徒勞無功，缺乏技能。沒想到如今慚愧地又奉命重來這裡辦事，再度推動我曾經做過的計畫。

這首記事詩對於楊廷理應該是很重要的，因爲它顯示了宜蘭人對他的萬般感謝，也就是宜蘭人對他的熱情，也可以說明當時宜蘭人是多麼希望朝廷能在宜蘭設廳，保護這裡的墾戶，宜蘭人也知道在這件事上，只有楊廷理才會幫助他們。在寫這首詩時，楊廷理再度顯露他的謙虛，不盲目的吹捧自己，還表示自己是一個空有事業卻沒有技能的人。不過，這是過分謙虛了，他的技能畢竟不小，才能夠使得宜蘭順利設廳。

不過，這又是缺乏美感的一首詩，除了押韻，它缺乏深度的比喻、優美的意象以及歧義（文字的多面意義），可說毫無技巧。再度顯示記事的功能僭越了審美功能，再好的詩才在這裡也沒有用武之地。

〈D〉也是在一八一〇年，楊廷理寫下了〈相度築城建署地基有作〉㉓一題二首詩，這二首詩是用來記載他終於找到了建立噶瑪蘭官署的地方，做爲將來設廳時官方的辦公中心。這件事當然很重要，所以一口氣寫了二首。出乎意料之外，這二首記錄事情的詩，留下了幾句大好的詩句，氣魄很大，把當時宜蘭平原的壯闊寫出來了，頗教人佩服。原詩和翻譯並陳於下：

〈相度築城建署地基有作〉

之一

背山面海勢宏開，百里平原實壯哉。六萬生靈新戶口，三千田甲舊蒿萊。邨春夜急船初泊

註——

㉒ 見楊廷理：《知還書屋詩鈔》，頁二五九。

㉓ 見楊廷理：《知還書屋詩鈔》，頁二六〇。

（興化、惠安小船春夏間至此糴米），岸湧晨喧雨欲來。浮議頻年無定局，開疆端待出群才（予以該處戶口繁多，田園廣袤，屢請賽將軍具奏收入版圖，俱不允行。後定奏設屯，並請免陞科，附和者因謂予多事。迨部議飭駁，梁少詹續奏，奉旨設官經理，仍復宕延三年）。

【譯】背對著山脈，面對著大海，這個城看起來氣勢宏大而開闊；百里的平原，在眼下顯得相當壯麗。估計當前的噶瑪蘭有六萬的新住戶，三千甲的田地。每當春夏期間，村莊夜晚忙著春米的時候，船就停泊在港灣了（注：興化和惠安的小船會停在這裡，準備買米）。每當潮水湧上堤岸，鳥兒喧譁的時候，雨就要來了。噶瑪蘭到底要不要劃入清朝的版圖，經過了好幾年，都沒有定案；我看如果要大大開闢這個噶瑪蘭，眞的是要等待那些才能出眾的人（注：以前我曾以噶瑪蘭地區戶口眾多、田地廣大爲由，多次央請賽沖阿將軍上奏給皇上，希望將噶瑪蘭收入大清版圖當中，都不允許。之後也曾上奏設立屯田區，並請求免課稅，附和這件事情的人，甚至都說我好管閒事。等到部會開會決議時，案件遭到駁回。以後梁少詹繼續上奏，終於同意設官治理噶瑪蘭，卻又拖了三年）。

之二

度阡越陌到溪洲，溪水湯湯忽淺流。天道難窺原不測，人心易動合為讎（丁卯秋朱逆竄泊蘇澳，予乘番艋舺至溪洲，招募民番，與王提軍舟師夾攻。漳人立送溪北岸，泉人立迎溪南岸，均不敢過溪。己巳夏颶暴後，濁溪正溜北徙。漳泉分類，經胡委員桂到地諭止）。奸民鳥散須防聚（匪徒聞予入山，相率逃避），佳士雲騰定寡儔（山川頗秀，設學校定有佳士）。蕆事料需三載後，敢辭勞勩憚持籌？

【譯】走過了許多的田中小路，才抵達溪洲；溪水有時浩浩湯湯有時就忽然變淺。就像是天意難測，人心一旦動盪，就容易分黨結派，轉成對立的仇敵（注：丁卯年的秋天，盜賊朱濆流竄到蘇澳港停泊，我搭乘番人的獨木舟到溪洲，招募打擊朱濆的漢人和番民，和王得祿提軍舟船夾攻朱濆。由於漳泉二州的人一向不合，漳州人在溪的北岸送我們過溪，泉州人在溪的南岸接我們上岸，都不敢過溪。己巳年，夏天颱風之後，濁水溪的主流河道往北移動。漳泉的分類械鬥，經過胡桂委員到這裡來申令禁止）。那些奸邪的鄉民已經作鳥獸散，但是還是要提防他們聚集滋事（注：匪徒一聽說我進入噶瑪蘭，都逃走了）；將來這裡的好人才如果功成名就，一定超越前賢無可匹敵（注：這裡山明水秀，一旦設立學校，一定會有好人才）。估計事情辦理完成還要三年；我哪敢推辭勞苦的工作，哪敢推辭籌劃大局的責任？

在這二首詩裡，他首先替宜蘭的面貌做了一個概述，所謂的「背山面海勢宏開，百里平原實壯哉。六萬生靈新戶口，三千田甲舊蒿萊。邨舂夜急船初泊，岸湧晨喧雨欲來」。實在是大好的詩句，既能記事，又能顯現出詩文的壯美，尤其是提到當時宜蘭有了六萬人，共三千甲已開闢的土地，爲後世留下當時宜蘭頗有生命力的一瞥。至於第二首的「度阡越陌到溪洲，溪水湯湯忽淺流。天道難窺原不測，人心易動合為讎」，也具采風的味道，即景的描寫顯得很生動。由這兩首詩看出楊廷理對宜蘭了解之深，當非泛泛。尤其他認爲宜蘭「山明水秀，一旦設立學校，一定會有好人才」更是眞理，將來宜蘭果然出現了進士、舉人，都在楊廷理的預料之中。

〈E〉在一八一一年，楊廷理寫了〈重定噶瑪蘭全圖偶成〉㉔兩首詩，用來記錄他繪製完成的噶瑪蘭地圖。雖屬記事詩，但是藝術性非常高，充滿了美麗的意象，不小心看，還以爲是純粹的風景詩，實在是好詩。原詩和翻譯並陳於下：

〈重定噶瑪蘭全圖偶成〉

之一

尺幅圖成噶瑪蘭，旁觀愼勿薄彈丸。一關橫鎖炊煙壯，兩港平鋪海若寬。金面翠開雲吐納，玉山朗映雪迷漫（金面山在北，玉山在西南）。籌邊久已承天語（十一年夏即奉旨查辦），賈傅頻煩策治安（謂汪制府稼門、張廉訪石蘭兩先生）。

【譯】一尺左右的圖畫，製成了噶瑪蘭全圖；旁觀的人切勿輕視這個彈丸之地。一個關口鎖住了整個平原，讓家家戶戶的炊煙飛向天際；兩個港口位在平直寬闊的海岸線上。金面山翠綠開闊吞吐著雲霧，玉山在晴朗的日光下，可以看到白雪瀰漫的景觀（注：金面山在北邊，玉山在西南邊）。接到皇上的指示，計畫開發這個邊域已經很久了（注：嘉慶十一年夏天就奉旨開辦），有見識的人頻頻來到這裡管理治安（注：指汪稼門總督、張石蘭按察使兩位先生）。

之二

三農力穡趁春晴，雨霽煙消望極平；形擬半規深且邃，溪飄雙帶濁兼清。培元布化思良吏，劃界分彊順兆民；他日濃陰懷舊澤，聽人談說九芎城（蘭境九芎木與北方楊柳同性，現環城植之）。

【譯】農夫趁著春天晴朗的天氣努力耕作；遠望雨停煙消的大地，一片平整。半圓形的天空顯得深邃無比，帶狀的溪流分成了濁水溪與清水溪。固本培元、施行教化有賴良好的官吏，劃分疆界順應百姓的意思；以後將會有人在樹蔭下談論舊日前人的恩澤，也會聽到有人說噶瑪蘭城是個九芎城（注：噶瑪蘭境內九芎樹很像北方的柳樹，現在已經環城種植這種樹木）。

寫作這二首詩的背景是這樣的：在一八一〇年他短暫離開宜蘭後，又趕回宜蘭，繼續爲噶瑪蘭的設廳而奮鬥。他先到宜蘭，之後台灣道台汪志伊也到了。楊廷理自從擊敗海盜朱濆之後，就到噶瑪蘭各地繪製地圖，還附了「圖說」，在地理的描繪上下了功夫。一八一〇年尾，他回台南，就有長官要他重新修訂這些圖。果然，這次重回宜蘭後，就把「噶瑪蘭全圖」製好了，爲了治理噶瑪蘭做好了準備的紮實功夫。㉕第一首裡的「一關橫鎖炊煙壯，兩港平鋪海若寬。金面翠開雲吐納，玉山朗映雪迷漫」眞是大好詩句，把宜蘭的山川、要塞、港口，海岸線都寫出來了，讓我們猜想到這張全圖的氣派不小。第二首裡的「三農力穡趁春晴，雨霽煙消望極平；形擬半規深且邃，溪飄雙帶濁兼清」又是帶著高度采風的味道，把宜蘭的平原溪流、農民的勞動寫活了。這首詩也提到，當時噶瑪蘭城的外圍種九芎樹。

註——

㉔ 見楊廷理：《知還書屋詩鈔》，頁二七六。

㉕ 見楊廷理：《知還書屋詩鈔》，頁二七六。

當楊廷理寫完這二首詩的時候，距離噶瑪蘭的設廳已經不遠了。

（三）勝利的階段

這是指朝廷終於在噶瑪蘭設廳治理後，一直到楊廷理在府城去世的日子。有一些詩顯露了這一時期的所見、所思、所感。

〈A〉在一八一二年，他寫〈噶瑪蘭道中口占〉㉖、〈羅東道中〉㉗這二首詩，詞藻優美，頗能顯露當時宜蘭的情況，估計這是他旅行在宜蘭境內的所思、所見、所感的作品。原詩文和翻譯並陳於下：

〈噶瑪蘭道中口占〉

五入深山敢憚遙，開雲屢喜見三貂。獰猙漸化民番習，澹泊能為屬吏標（時翟榆園司馬新莅，頗能安貧）。照眼野桃紅細細，濕衣曉霧白飄飄。嗟余孤立無將伯，冀把涓埃報聖朝。

【譯】我到目前，一共五次進入噶瑪蘭，覺得有點畏懼路程的遙遠；不過穿過雲層後，屢次都在歡喜中看見三貂角。這裡的番人漸漸改變他們野蠻的習俗，至於當官的人則需要平實過日子，才能成爲下屬們的模範（注：此時，翟司馬剛到任，頗能安於貧窮）。使眼睛明亮起來的野桃樹正開著小紅花，一大清早的白霧沾濕了衣裳飄過身邊。感嘆我孤獨在官場打滾，沒有顯貴的將相可以依靠；只有滿腔的熱忱，希望把渺小的生命貢獻給朝廷。

〈羅東道中〉

淩晨閒攬轡，極目望清秋。地判東西勢，溪通清濁流。
炊煙邨遠近，帆影海沉浮。白鷺應憐我，三年五次游。

【譯】一大早無事，我坐在馬背上看看羅東四周圍的風景。這裡的地勢東高西低，河流有清流與濁流之別。遠近有一些飄著炊煙的村莊，海中有帆船浮浮又沉沉。飄飛不定的白鷺鷥也應該可憐我，三年之中，我居然有五次的噶瑪蘭之行。

在第一首〈噶瑪蘭道中口占〉裡，有一個句子說：「時榆園翟司馬新莅，頗能安貧。」透露出這時噶瑪蘭的第一任通判翟司馬剛剛到宜蘭任職，品行不錯。這就是說噶瑪蘭設廳不久，劃入大清帝國的版圖了，顯示楊廷理的「噶瑪蘭應該設官納入版圖治理」的堅持已經實現，他已經勝利了。另外這二首詩，都提到他總共有五次來到噶瑪蘭，那麼這兩首詩必然是在第五次進入噶瑪蘭所寫的。

這段歷史應該是這樣的：在一八一二年（嘉慶十七年）舊曆八月一日，他將開發噶瑪蘭的事宜造冊送給糜奇瑜這位擔任台灣兵備道的官員後，就奉了糜道台的命令，離開噶瑪蘭，前往淡

註——㉖見楊廷理：《知還書屋詩鈔》，頁二七七—二七八。
㉗見楊廷理：《知還書屋詩鈔》，頁二七八。

水，追緝會黨分子高媽逵、高海等人。到了農曆八月初十時，他到了艋舺，才知道噶瑪蘭發生了漳州籍的地方豪強糾眾爭奪土地的事情，同時漳州人設計侵占原住民的土地，也造成糾紛。楊廷理又接到命令，需要回宜蘭辦理這些事，在農曆九月初七，他又接到一個命令，就是暫代噶瑪蘭通判（顯然這時朝廷還不放心把噶瑪蘭交由新任的通判翟司馬管理）。㉘由這些事情推估，〈噶瑪蘭道中口占〉這首詩可能是他返回宜蘭，又經過三貂角時的作品。〈羅東道中〉這首詩，可能是他外出到羅東查辦土地糾紛時所寫的作品。總之，就是一八一二年的作品。

這兩首詩可以說寫出了勝利的氣氛，這次雖然也是經過三貂角，但是沒有絲毫的擔心和憂愁，心情處在愉快之中，那紅色的桃花和白色的霧氣，使他感到精神健旺，還想在官場繼續奮鬥下去。至於羅東所見也甚感愉快，地面上就是炊煙裊裊，海上就是帆影點點，看起來是美好的。到這時，楊廷理奏請朝廷在宜蘭設廳的願望已經達成了，這是完全的勝利階段。

兩首詩的藝術性都極高，把閒適的山川風景都寫活了。

〈B〉在一八一三年，舊曆一月十二日，他終於將暫代的通判職務卸下，把通判的事情都交給翟司馬，他要離開噶瑪蘭了。這時他寫了一首〈出山贈翟司馬〉㉙的詩，告訴翟司馬治理宜蘭的方法。他等於把一個完整規畫好的宜蘭都交給翟通判，從此離開這個曾經奮鬥的地方了。原詩文和翻譯並陳於下：

〈出山贈翟司馬〉

揮手出蘭境，從教免再來。撫綏資妙手，和輯仗仙才。煮海籌經費，執柯聽取裁（鹽務、工程兩事頗費籌維）。山川誠美秀，桃李好培栽。

【譯】我揮一揮手，告別了宜蘭，希望從此以後，我能免於再來辦事。想要安撫、安定這裡的人民，就必須有巧妙的手段；倘若要使這裡的人都和氣相處，就要有神仙一般的才情。這裡可以生產一些海鹽來籌集經費，也可以憑著實際需要興建工程（注：鹽務和工程這兩件事，在這裡最爲耗費心力）。不過這裡的山川風土實在非常的秀麗，可以好好地栽培後輩人才。

這首詩純粹是記事的詩，記事的特性遮蔽了美感，不過像「山川誠美秀，桃李好培栽」這樣的詩句，仍然可圈可點，算是不錯的詩句。

（四）歸回（返鄉）的過程

楊廷理對於宜蘭的熱情無可置疑，這一點我們在上文裡已經做了許多陳述。不過縱使他對宜蘭有巨大的熱情，並不表示他必然要以宜蘭爲他的埋身之處，這是兩回事。楊廷理即將來到生命終點的時候，他曾經極度想離開台灣。

在楊廷理五度進入宜蘭的過程中，他常想要回到對岸故鄉。這一點當然是人之常情，任何人都會思念故鄉的。另一個原因是，當時宜蘭的確是一個蠻荒未闢之地，不太適合人居住。

註——

㉘ 這段經過詳細，可參考楊廷理：〈勞生節略〉，《知還書屋詩鈔》，頁三〇八—三〇九。

㉙ 楊廷理：《知還書屋詩鈔》，頁二八二。

〈A〉有一組詩寫於一八一〇年，叫做〈七月十五夜對月述懷〉㉚共有二首。在第一首詩裡，出現了宜蘭土地雖好，卻不是故鄉的詩句。在第二首的詩句裡出現了他不願再分析爲什麼上級不讓他回故鄉的原因，顯示他想要回鄉的願望很難實現。這兩首詩是他最後旅程所寫的第一次想要回鄉的詩，原詩文和翻譯並陳於下：

〈七月十五夜對月述懷〉

之一

孤負月圓十二回，蘆花風動客愁來。微名幸附垂青史（噶瑪蘭今屬方制軍奏開，予以委辦，應得附名），小住何堪枕碧苔（榻前水浸，卑濕不可耐）。蒼莽山雲蒸幻境，迷漫海霧湧飛埃（颶風將作先日，海霧湧起如塵）。田疇信美非吾土，好把勞生仔細推。

【譯】我辜負了一年的好時光，風兒吹動蘆葦，旅愁就湧上來了。我的薄名將來應該是會記錄在噶瑪蘭的開發史上的（注：噶瑪蘭現在已經由方總督奏請上級辦理開發，我算是被委託前來辦裡的人，應該會把我的名字附在史冊上吧），我在這裡小住一段時間，發現睡覺時，就睡在綠色的苔蘚上面（注：因爲睡榻前不久浸水，地面實在低濕得無法忍受）。無邊無際的山雲往天空蒸騰，出現了迷離幻境；瀰漫在海上的大霧湧起如同飛行的塵埃（注：颱風將到的前一天，海霧往往湧起如塵埃）。這裡的土地實在肥美，可惜終究不是我自己的土地（故鄉），應該把我的人生仔細地算一算，住在這裡合算嗎？

之二

不須重溯舊因由，垂老何妨聽去留。數片白雲閒放眼，千叢綠葦晚搖秋。輪轅異地難同轍，清濁崇朝也判流（即噶瑪蘭清濁二溪事）。此後風光隨所遇，前程莫漫付登樓。

【譯】我已經不願意再分析以前種種的原因，如果上級不要我回到大陸，已經邁入老年的我，就聽任他們決定我的去留吧！在休閒的時候，我放眼觀看白雲，眼前出現了一大片的綠色蘆葦，在晚秋的這個時候搖動著。車輛行走在二個不同的地方，是很難遇到相同道路的；但是濁水溪和清水溪卻分合迅速（注：這裡的濁水溪和清水溪本來是兩個河道，由於一場颱風，濁水溪向北遷移，和清水溪短暫合併成一個河道；但是只有一年，又因爲一場暴風，分開成爲原來兩個不同的清、濁河道了）。大自然的事就是如此起伏難定。以後，我必須看實際情況採取隨遇而安的態度，又何必想到前程就登上高樓去徒然浩嘆呢？

由這兩首詩所寫的豐富的內容看來，當時宜蘭似乎發生了一連串大自然的災難，才使他想要離開宜蘭。當時的背景是這樣的：一八一〇年，宜蘭發生了嚴重的火災，在五圍有二千多戶的房子被燒燬，居民無家可歸，楊廷理必須和他們一同奮鬥。同時這裡的水患也不少，一八〇九年夏天，宜蘭發生颱風，結果濁水溪（蘭陽溪）北移，將清水溪（宜蘭河）併入河道，成爲一條；想

註——
㉚ 楊廷理：《知還書屋詩鈔》，頁二六六。

不到隔年夏天，宜蘭又發生「雷公爆」，兩河流又分開成爲原來的兩條。㉛所以他的詩才會出現有時睡在綠色的苔蘚上的詩句，有時則記載濁水溪和清水溪分合非常迅速的異常的大自然現象。凡此，都是他所以想要離開宜蘭的原因。

這二首詩有許多的風景寫作，同時也是記錄心情的作品，頗用了感情，因此詩意就被召喚出來，藝術性高漲，許多優美的詩句都出現了，是兩首好詩。

〈B〉在一八一一年，也就是辛未年這一年，楊廷理寫了〈思歸〉㉜這首詩，裡頭提到他再三個月就可以回鄉了，也顯示他急於回鄉的心情。原詩文和翻譯並陳於下：

〈思歸〉

草淺塵輕雨過天，山花灼灼水涓涓。三年荒域非無謂，六度重洋信有緣。餘子也知才可惜，上官猶覺老應憐。歸帆倘遇春風好，僂指蟾光廿二圓（己秋七月〔八月〕初三日出省，計至未夏，又三月定可回省矣）。

【譯】下過雨的這個時候，青草淺淺，塵埃不見；山花開得像燃燒一樣，水流不停。三年來，在噶瑪蘭這個荒地奮鬥，不是沒有意義的，六度越海足以證明和台灣有緣分。旁人對我的才能還很珍惜，長官也頗同情我的年歲已大。再三個月我就能回故鄉了，假如回鄉的帆船能遇到大好的春風，那麼老年的我將看到月亮已經圓了二十二次了。（注：己巳年秋天七月（或八月）初三，我離開省城，估計要到辛未年夏天回鄉；只要再三個月，我一定能回到故鄉。）

這首詩主要是記錄心情的詩，所以感性較重，儘管心境不太好，藝術性仍然突顯出來，「草淺塵輕雨過天，山花灼灼水涓涓」、「歸帆倘遇春風好，僂指蟾光廿二圓」都是極好的詩句，用了美麗的意象，構造出一幅美麗的意境。也即是說，「思鄉」的心境使他的詩整個生動起來。

〈C〉在一八一二年，楊廷理寫了〈得糜廉訪先代請免接蘭篆志感〉㉝這首詩，是爲了感謝糜道台替他求情的詩。裡頭表示他不想代理噶瑪蘭通判的職務，他還是想回故鄉。原詩文和翻譯並陳於下：

〈得糜廉訪先代請免接蘭篆志感〉

傳來羽檄攝蘭廳，遙計封章達帝庭。借箸早經人駐足（榆園翟司馬已准署，且到任經一月），持籌何用我勞形（奏令親丈報陞田園）。寸心久共玉山白，兩鬢難方龜嶼青（土人呼龜山為龜嶼）。竊幸長官憐潦倒，代為聲請出郵亭。

【譯】傳來緊急的消息說我暫時還要攝理噶瑪蘭廳的通判事務，遙想糜道台爲我再向朝廷說情的機密信件已經傳達到朝廷裡去了。我實在不想要再擔任通判的職務了，它只是替別人出主意的暫代職位，早已經有人前來擔任了（注：補通判的翟司馬已經准予到任，而且已經到任一個月了），又何必我親自去主持政務呢（注：奏摺上硬是指名我必須親自丈量田畝再上報課稅）？我

註

㉛ 事情的經過見前文「楊廷理年譜」。
㉜ 楊廷理：《知還書屋詩鈔》，頁二七四。
㉝ 楊廷理：《知還書屋詩鈔》，頁二八〇。

報答皇恩的心早就和玉山一樣的乾淨潔白，毫無懷疑；到現在已經六十幾歲，兩鬢已經白了，無法和龜山島一樣地永遠長青（注：土人稱呼龜山爲龜嶼），我的心還是不變。不過，我暗中慶幸還有長官糜廉訪這種有憐憫心的人，同情潦倒的我，早就替我傳達我不想要再擔任通判的請求。

這首詩的背景是這樣的：楊廷理在一八一一年舊曆九月接到補授福建建寧府遺缺的消息，非常高興，因爲可以回大陸。但是在一八一二年的舊曆九月，他又接到了一個命令，說他必須暫時代理噶瑪蘭的通判，留在宜蘭。楊廷理非常失望，覺得自己年邁，應該回鄉才對，同時新的通判翟司馬已經到了宜蘭，爲什麼一定要他代理通判的職務呢？因此，他就去找糜道台，希望糜道台能向上級反映他的苦衷。糜道台卻先他一步，早就向上級反映了這件事，楊廷理當然非常感謝他，因此寫詩言謝。㉞

由於這首詩是表達謝意的詩，很有感情，跳脫了純粹記事的窠臼，所以出現了「寸心久共玉山白，兩鬢難方龜嶼青」，這種很具美感的詩句，盡到了詩人寫詩的本分。

由上面幾首詩來看，英雄是會想家的，就像是《史記》裡頭所寫的項羽一樣，「回到江東」一向是英雄的夢想。哪怕這個英雄已經行走萬里，建立了多麼偉大的功業，回到故鄉永遠都是他的最深願望。

然而，楊廷理能回到福建去當建寧的知府嗎？答案是否定的。因爲上級認爲宜蘭還需要他，不准他離開台灣。隔年（一八一三年），他在台灣去世了，時年六十七歲，之後，他的遺體被家人運回柳州安葬。

「英雄的旅程」的文學在台灣文學史上的意義

台灣文學，從郁永河的《裨海紀遊》算起，到今天已經有三百多年。在這三百多年裡，歷經了傳奇（浪漫）→田園→悲劇→諷刺→新傳奇（新浪漫）五個時期。第一個時期，就是清朝前期：大約由郁永河到台灣採硫後算到新竹進士鄭用錫的園林詩文出現前為止，大概有一百二十餘年。我曾為這一時期的文學做了一個概括性的陳述，說：

在清朝的前期，台灣的文風是「傳奇」的。要了解這個傾向，只要閱讀郁永河的《裨海紀遊》、江日昇的《台灣外記》、朱仕玠的《小琉球漫誌》就會明白，即使是《熱蘭遮城日誌》都應該歸屬於這一類的文學。英雄邁向了征途，沿途盡是奇崛的風光和不可思議的海流，奇怪的禽獸和野蠻的人種埋伏在四周，但是英雄都能一一克服困難，達成任務，所經所歷不但使作者自己感到驚訝，我們讀者同感匪夷所思。歷史的春天正值來臨。[35]

其實，清朝前期，有成群結隊的文學家的作品，都屬於傳奇（浪漫）文學。凡是傳奇文學，裡面就一定會有克敵立功的英雄，文學家若不是歌頌他的主子、同袍、心儀的人，就是寫他自己。就像是《裨海紀遊》裡的郁永河；《台灣外記》裡的鄭成功、鄭經；《平台紀略》裡的藍鼎

註——
34 這段經過見前文「楊廷理年譜」。
35 見前文〈海登・懷特、弗萊的文學理論在運用時可能遭到的問題及其解決方法之商榷〉。

元和戰將，以及這本《東游草》裡的楊廷理，一體都是英雄。這些英雄，都有一個固定屬於他們的故事結構，也就是「英雄的旅程」的結構。加拿大籍的文學批評家諾斯洛普．弗萊（Northrop Frye，1912—1991）曾爲這種英雄的旅程或者浪漫故事結構做了一個簡單的描寫，他說：

> 浪漫故事的完整形式，無疑是成功的追尋，而這樣的完整形式具有三個主要的階段：危險的旅行和開端性冒險階段；生死搏鬥階段，通常是主人公或者他的敵人或者兩者必須死去的一場戰鬥；最後是主人公的歡慶階段。我們可以用希臘術語分別稱三階段為對抗（agon）或衝突、生死關頭（pathos）或殊死搏鬥，和承認（anagnorisis）或發現，即對主人公的承認——主人公明確證明他是一位英雄，即使他在衝突中戰死亦復如此。

接著又說：

> 一個涉及衝突的追尋，需要兩個主要人物：一位主人公（protagonist）或者英雄人物（hero），另一位是敵對人物（autagonist）或敵人（enemy）。……敵對人物可以是普通人，但是如果浪漫故事越接近神話，那麼英雄人物就越富有神的特徵，敵對人物也越具有魔怪式的神話特徵。浪漫故事的基本形式是辨證的：一切都圍繞著英雄與其敵人的衝突進行，而且讀者的所有評價都與英雄聯繫在一起。[36]

弗萊所說的英雄的旅程「開端性冒險階段」、「生死搏鬥階段」、「歡慶階段」的這種結構和我們在這篇文章裡所說的楊廷理來台灣的四個階段：「出發、抵達階段」、「奮鬥階段」、「勝利階段」、「返鄉階段」是相同的。也就是說，楊廷理的英雄的旅程，就是弗萊所說的傳奇英雄的旅程。不但是楊廷理有這段旅程，包括《裨海紀遊》裡的郁永河；《台灣外記》裡的鄭成功、鄭經；《平台紀略》裡的藍鼎元和戰將們……，也都共同擁有這段旅程。

這實在已經說明了：「英雄的旅程」的文學是台灣傳奇文學時代（清朝前期）的獨特現象。到了清朝後期（田園文學時期），台灣的開發已經到了一個極限，文壇雖然還有「英雄的旅程」這種文學，不過，已經慢慢失去了狂飆性；到了日治時代（悲劇文學時期），或是戰後時代（諷刺文學時期），台灣純文學作家的作品就再也沒有這種文學的影子，它靜靜留在文學史裡，變成了歷史裡的一場好夢。因此，我們可以說：「英雄的旅程」的文學，是台灣傳奇文學時代的現象之一，而且是一個非常鮮明的現象。

另外，「英雄的旅程」的文學，也顯示出在清朝前期的文學，爲什麼較缺乏落地生根的詩歌的原因，因爲英雄終歸是要返鄉的。畢竟，英雄只有回鄉，方能接受親友的歡呼、慶賀、承認，那就是他的終點。其實，他的旅程的出發點，就是旅程的終點。儘管楊廷理最後並沒有活著回鄉，但是他在生前最後幾年所流露出來的思鄉情懷，就是英雄情懷的一部分。既然如此，我們又怎能期望這些來去匆匆的思鄉英雄能寫出落地生根於台灣的詩歌呢？

註——

36 有關以上弗萊的理論，見陳慧等譯；弗萊著：《批評的剖析》，（天津：百花文藝，一九九八年），頁二二六—二二七。

第三章

田園文學時代

評陳維英「西雲岩寺」「太古巢」系列的詩作❶

——並論台灣田園文學中「升入天堂」的現象

■前言

陳維英是清朝前期台北地區最早的教育家，也是噶瑪蘭地區的教育家，歷史地位崇高。不過，他的文學成就也很高，是台灣田園文學時代（清治前期）的代表人物之一。

他寫的楹聯一向比他的詩有名。因此提到陳維英的文學成就，都只把他當成寫楹聯的專家，而加以評論。事實上，他的詩比他的楹聯傑出，尤其是他的山水詩，透出了極端的「出塵離世」的味道。他的出塵離世傾向幾乎是天生的，不能只說是受到佛教、道教的影響。他採行的離世行為，也不同於一般的和尚、道士和居士，他直接住在樹上，彷彿一個「鳥人」，這種行為相當古怪有趣。

筆者認為，這種鳥人的作為和思想是田園詩人企圖「升入天堂」的精神表現，他的這一類詩正是田園詩所表現的「與萬化冥合」的特質的一部分，為其他的田園詩人所不及。

本文特別由他的「西雲岩寺」、「太古巢」系列詩，來談上述的種種現象，以證明陳維英的詩的確不同凡響，還給他應有的詩人的崇高地位。

從「迂谷不知詩」談起

一八一一年出生的陳維英，號迂谷，是清朝後期極重要的田園詩人。

他也是清朝後期台北的大教育家，在一八三五年（二十五歲）考上秀才，一八三六年（二十六歲）開始在村塾教書，從此展開他作育英才的生涯，到了一八五九年（四十九歲）又和陳肇興一批人同時考上舉人。由於二十六歲就當老師，他先後掌教過噶瑪蘭仰山書院（由楊廷理開辦）、淡水學海書院（由陳維英的父親開辦），並任明志書院（由胡焯猷開辦）講習，受教的學生無數，有名的弟子遍及淡水、噶瑪蘭各地，除了李望洋、李春波等之外，張書紳、陳樹藍、陳霞林、鄭步蟾、潘永清、曹敬等皆出其門下；尤其在台北大龍峒地區，造成「十步一舉，五步一秀」的現象，當時的人用「陳老師」來稱呼他。❷現在的台北延平北路還留有「陳悅記祖厝」（陳維英的祖先所建），被稱爲「老師府」，是台北市有名的古蹟。❸陳維英實在是台北第一位貢獻獨大的教育家。

註

❶本文陳維英的詩全部採用自《全台詩》。見《全台詩》第伍冊（台南：國家台灣文學館，二〇〇四年），頁一四八—二七七。

❷上述陳維英的事蹟請參見〈陳維英年表〉，收於楊添發：《陳維英及其文學研究》（台北：銘傳大學應用語文研究所中國文學組碩士論文，一九九六年），頁二〇七—二一九。

❸有關「悅記」、「老師府」的報導見網路報導，網址：https://goo.gl/04mL9K

雖然陳維英最重要的工作是一個老師，但是在政治上也不乏有一些作爲。一八六二年（同治元年），起於台灣中部的戴潮春之亂，風波瀰漫台灣全境。陳維英和地方士紳合辦團練，保衛鄉里，並和新竹鄭用錫的兒子鄭如梁捐出巨餉，協助抗敵。亂平後，封四品官銜，賞戴花翎。❹

除此之外，値得注意的是他的商家出身背景。原來，陳維英的父親陳遜言在一七八八年（乾隆五十三年）抵台，當時是二十歲，經營商業，先做「恆豐」米行生意，後做「長興」布帛生意，大大獲利，財力不小，幾乎可以和台北林本源相匹敵。家族公用的商號就叫做「悅記」，另外父親遜言幾乎都爲兒子們立了個別的商號，陳維英的商號叫做「敏記」。因此，要說陳維英不只是老師或是官員，他同時是半個商人，也說得通。❺

既然他是半個商人，那麼對於五湖四海的人，一定要進行交際。他不是一個只在書齋裡做文章的人，對於鄉里的人情事故，他必定要進行接觸。說來還頗奇怪，生前，他並不以寫詩有名，而是以「寫楹聯」而名滿鄉里。換句話說，他所寫的楹聯比他的詩要有名多了，其原因大概是：在世俗上，楹聯比詩更富有交際的功能。

的確，他的楹聯寫得很好，我們先看看他二副楹聯，一個是寫在宜蘭的「仰山書院」，一個是寫在台北的「西雲岩寺」：

〈仰山書院〉❻

誓心白水；

接踵青雲。

【譯】發誓求學的心純潔如水，待來日可以平步青雲。

〈西雲岩〉❼

觀音山觀音坑抱觀音寺，頑石頭頭，盡向觀音點頭；
和尚洲和尚港對和尚門，淨波面面，好為和尚洗心。

【譯】觀音山和觀音坑懷抱著觀音寺，頑固的每顆石頭，也都懂得向觀音大士點頭行禮。和尚洲以及和尚港面對著和尚門，四面八方的水波平靜，正好可以給和尚洗一洗心。

這兩副楹聯，都寫得非常巧妙，特別是〈西雲岩〉這一首，相當有趣，也很生動。像這樣的對聯，一旦刻寫在眾人出入頻繁的地方，看到的人一定會問作者是誰，結果「陳維英」這個作者的名字就會很快地流傳開來，變得很有名，前來請他寫楹聯的人一定很多。這種和地方百姓交際的方式，比喝酒送禮都要來得快而有效。他的楹聯不只有趣，有一些充滿深度的感情和美感，教

註——

❹ 見徐麗霞：〈歷史．地景．文學——劍潭勝蹟與劍潭詩做管窺〉，《中國文學之學理與應用——明清語言與文學國際學術研討會論文集》（台北：銘傳大學，二〇一一年），頁一二〇。
❺ 見楊添發：《陳維英及其文學研究》，頁十五—十六。
❻ 《全台詩》第伍冊，頁二一六。
❼ 《全台詩》第伍冊，頁二一三。

人以爲那是眞眞正正的詩，可以打動人心。底下是一首輓歌，簡直就是滲著血淚：

〈輓林寄軒姻翁〉❽

石壁星沉，蓮陂雨暗，到處萬紫千紅，盡成淚血；
一經教子，片硯遺孫，至今燈窗雪案，猶見精神。

【譯】就像天空的一顆明星陳沉在鏤滿經文的石壁之外，也像落雨的夜晚降臨到荷花盛開的池塘；到處是萬紫千紅的花兒，都化成哀悼者的眼淚了。您的學問廣博，只把一點點經書教導兒子，把一些些文墨流傳給子孫們，就足夠他們功成名就；到今天，在明亮的窗下、潔淨的書桌前，彷彿還能見到您的炯炯然的丰采。

因爲陳維英能和世俗人物相互往來，就能懂得一般市井人心。他寫過一種詩，能給風俗民情下很深的針砭，很能寫出了世態炎涼，看起來非常詼諧，又充滿機智。底下〈鄉人〉❾這一組四首詩，一定會使你大開眼界：

〈鄉人〉之一

鄉人會飲盡來前，孰富孰貧我瞭然。
從中敢說大聲話，便是能傭些少錢。

【譯】當鄉里的人聚在一起飲酒的時候，大家都出席了；當中哪個人富有哪個人貧窮，我都很清楚。根據我的判斷，當中如果有人敢說些吆喝的話語，就表示該人能拿得出一些錢僱人替他做做工。

之二

何必千金與萬金，積得些錢自可欽。
箇箇無鬚稱老大，鄉鄰有事便相尋。

【譯】不必說能夠攢積金錢到千金、萬金的地步；只要能積些錢就能搏得他人的羡慕。你看那些能累積一些錢的人，年紀即使輕輕，也能自稱老大；鄉里一旦有事，都去找他謀求解決。

之三

盜賊有錢皆好友，無錢兄弟亦非親，
俗情顛倒君休怪，當世論錢不論人。

【譯】雖然是個盜賊，只要有錢，還是被尊為好朋友；假若沒有錢呢，那就即使是親兄弟也

註——

❽《全台詩》第伍冊，頁二四二。
❾《全台詩》第伍冊，頁一九四。

不相親了。俗情是如此地黑白顚倒，但請您不要感到奇怪；我們這個世間呢，只論有沒有錢，而不是論誰與誰是親兄弟。

之四

卑諂營求實苦辛，有錢何事便驕人，
蚩蚩半是為財死，末路請看石季倫。

【譯】根據我們的人生經驗：自我降卑、諂媚求人去營利，實在是頗辛苦的一件事；既然如此，那麼一旦我們有錢了，又何必爲難別人，對別人驕傲呢？舉世的人紛紛擾擾，到最後多半是爲了錢財而死；假如不醒悟，最後就會走入像西晉富豪石崇那樣的末路。

這一組四首詩皆是談金錢與一般人的現實關係，當中還勸世人不要因爲有些錢就隨便對別人驕傲、吝嗇的道理，實在是很機智、幽默又實用的詩，一般自命清高的文人是寫不來的。大概因爲一般文人不能也不願意寫這種詩，甚至認爲這種詩也許有打油詩的味道，所以日治時代台南詩人連横就批評陳維英說：「可憐迂谷不知詩。」❿意思是說號迂谷的陳維英寫的不是詩，甚至是不會寫詩了。

連横的這種批評是不對的。

首先，像〈鄉人〉這一類的詩，雖然缺乏了一種文字上的美感，但是他的題材、內容是如此富有趣味性以及生活智慧，仍然是不可多得的好詩，這種詩超出了傳統文人詩的範圍，簡直可以挑戰所有類似於「唐詩三百首」那種制式的詩，別具風味；另外是連橫可能並沒有看過陳維英所寫的全部的詩，以爲對方大概不善寫詩。事實上，陳維英的山水詩、田園詩的品質很高，絕對不在鄭用錫、陳肇興之下，甚至連橫本人也難以望其項背。我們說，在考場上，他既然是一個舉人，詩文必然能經得起考驗，至少不屬泛泛。連橫這麼批評陳維英，只是一種魯莽無知的言語而已。

底下，我們在這篇文章裡，特別要看一看陳維英的山水、田園詩，用來證明連橫的看法不正確。陳維英的山水、田園詩裡最少蘊含了兩個特殊的價值：

首先，台灣後期的文人，幾乎都在山水、田園詩上作功夫。鄭用錫、陳肇興、林占梅、李逢時都是如此，陳維英也不例外，而且各個不同，才情在伯仲之間，成就都很高。我曾說過，田園詩就是一種寫實的詩，「再現眞實」是它的藝術原則。陳維英所描寫的山水、田園絕大部分都在台北地區，許多的詩重現了當時劍潭、圓山附近山水風光，是喜歡台北地區歷史的人所應當注意的。

其次，陳維英的詩表現了田園詩裡「升入天堂（天空）」的這種顯著現象，這是田園詩（或是山水詩）精神的一部分，是物我兩忘、萬化冥合的詩心和行爲的極端表現，清朝後期的許多台灣田園詩人的詩歌都有這種現象，當中以陳維英最明顯。所謂「升入天堂（天空）」的這種詩，在漢詩裡非常普遍，尤其是每個富強康樂的時代都會出現這種詩，只是一般的文學評論家沒有注意到而已。我們這篇文章特別要顯露這一點，好教我們對田園詩有一個更加幽深的看法。

註——
❿ 見葉石濤：《台灣文學史綱》（高雄：春暉，一九八七年），頁十二。

在看他的山水詩、田園詩之前，我們先看一看他的簡單年譜。

陳維英年譜[11]

一八一一年（嘉慶十六年），一歲：

十月二十日酉時生於大龍峒。陳維英出生時，據說有一隻白燕曾飛到家裡的堂上，盤旋甚久。他的祖父陳埰海，泉州人，渡海到台灣，行醫維生，後來發展藥材生意，有船來往大陸、台灣之間，建「怡利」商號。後來也做木材生意，將台灣木材用船運到大陸販賣，再由大陸運藥材回台灣獲利。後來，三個兒子——遜言、遜朗、遜陶都移民到台灣。長子遜言就是陳維英的父親。

父親遜言在一七八八年（乾隆五十三年）抵台，當時是二十歲，經營商業，先做「恆豐」米行生意，後做「長興」布帛生意，大大獲利，財力不小，幾乎可以和台北林本源相匹敵。對於地方公益事業熱心，晚年甚至辦了「學海書院」，延聘老師教育鄉里子弟。父親遜言娶了正室和偏房，共生了七個兒子，陳維英是正室的第四個兒子。家族公用的商號就是「悅記」，另外父親遜言幾乎爲所有的兒子立了個別的商號，陳維英叫做「敏記」。要說陳維英不只是作育英才的老師，他同時是半個商人，也說得通。在所有的兄弟中，以老大陳維藻對陳維英影響最大，一向對陳維英的學業要求很嚴。

一八一六年（嘉慶二十一年），六歲：

入私塾就讀。爲他授課的老師不少，其中以他的長兄維藻和新竹的鄭用鑑最獲得他的尊敬。鄭用鑑就是鄭用錫的堂弟，導致陳維英日後和鄭用錫成爲忘年之交（兩人相差了二十四歲）。陳維英當然到過鄭用錫的「北郭園」，鄭用錫也到過陳維英的「棲野巢」，且彼此留下了很好的互讚詩句。

一八二三年（道光三年），十三歲：

祖父去世。這一年鄭用錫考上進士，時年三十七歲。

一八二五年（道光五年），十五歲：

長兄維藻考上舉人。

一八二八年（道光八年），十八歲：

台灣督學兵備道劉重麟選他進入台灣府學念書。

一八三一年（道光十一年），二十一歲：

結婚，妻子周嬌娥。

一八三二年（道光十二年），二十二歲：

長子雁升出生。

母親死。

註

⓫ 本年譜參考徐麗霞：〈歷史．地景．文學——劍潭勝蹟與劍潭詩儆管窺〉，《中國文學之學理與應用——明清語言與文學國際學術研討會論文集》；楊添發：《陳維英及其文學研究》；廖漢臣：〈巢名太古尋遺跡——記迂谷陳維英〉，《台北文物．大龍峒特輯》二卷二期，一九五三年八月十五日。

一八三五年（道光十五年），二十五歲：

約在這一年考中秀才（經由正式考試得以入讀府學）。

長兄維藻第二次到北京參加禮部的殿試（考進士），客死蘇州。

一八三六年（道光十六年），二十六歲：

由於長兄維藻的靈柩發生大火，陳維英手足情深，勇敢地進入火中，將靈柩推出，成為佳話，被推選為「補廩兼舉優學生」。開始在村塾教書，從此踏入了作育英才的老師行列。他對於當時私塾老師的微薄待遇很有感觸，他甚至認為當私塾老師不但賺不到錢，甚至還要賠錢。這時候，他還是台南府學的學生，必須定期前往台南參加歲考、科考，所以有許多他旅行到台南的風景詩，對旅途的霄裡（在桃園）溪石、西螺雨水、鹽水港途中、府城風光多有描繪。留下「翩翩步出綠楊城，一望紙錢風裡輕」的清明節大好詩句。

一八三七年（道光十七年），二十七歲：

大約在這一年取得「廩貢」（廩生以捐錢的方式取得貢生資格者稱廩貢，也即是以捐錢取得了等於鄉試舉人那麼高的地位，可以擁有當官的資格，但由於非考試正途出身，所以會遭到旁人歧視）。

次子鳶升出生。

一八四五年（道光二十五年），三十五歲：

到閩縣（今天的福建省福州市）擔任教諭（類似現在的教育局長）。同行的人有張書紳、陳樹藍，因為都不是真正的舉人，受當地人輕視。於地方考試前夕，做了十幾幅的對聯，貼在試院前，當中有對聯是用來自勉的，諸如「門下多栽桃李；途中勿種荊榛」，還算不錯；當地人從此不敢輕視他們。在任教諭期間，陳維英頗盡心盡力，捐修學宮、聖祠，毫不吝嗇。他好像是來閩縣花錢的，而不是來賺錢的。隔年返回台灣。

一八四七年（道光二十七年），三十七歲：

父死。陳維英遵照父親遺願，捐獻三千兩銀子，做為「學海書院」的費用，這個書院培養了許多台北當地的人才，是極重要的學校。淡水同知褒揚了陳家的貢獻。

一八四九年（道光二十九年），三十九歲：

到噶瑪蘭仰山書院教書。仰山書院是楊廷理建立的，對於宜蘭人才的培育具有極大的貢獻。

一八五〇年（道光三十年），四十歲：

三子鷟升出生。

一八五一年（咸豐元年），四十一歲：

台灣道徐宗幹推舉他為「孝廉方正」（自雍正開始，凡是新帝嗣位，下詔直省府、州、縣、衛各地方推舉「孝廉方正」，賜六品章服，準備隨時召用）。這時，陳維英的地位可以達到六品官的位階，因此受人尊敬。

一八五三年（咸豐三年），四十三歲：

台灣北部發生分類械鬥，燒殺甚烈，淡水廳的長官朱丹園到陳維英的住處和他商量對策，引來鄉人的圍觀。

一八五四年（咸豐四年），四十四歲：

舊曆正月初四與朋友黃茂才遊西雲岩寺，之後寫了〈甲寅正月四日偕竹坡孝廉秋黃茂才泛舟西雲岩古寺〉一組共四首詩。

一八五五年（咸豐五年），四十五歲：

在獅子巖附近建立一個別墅叫做「棲野巢」，位置大概在今新北市觀音山獅子頭（又稱龜山）西雲岩寺附近，陳維英常在這個山上幽居，由他的詩文中尚無法看出他的房屋是否建在樹上，但是在他的棲野巢裡，有書千冊，規模不能算小。在這裡他繫心山水古寺、佛理性靈，詩情非常活躍；有時行爲極像是一個方外和尚，開始寫出企圖超出塵世的作品，他的詩因此具有與同時代其他人不同的特色。留下諸如「樹獨先春草獨肥，俯看鳥在下方飛；呼童掃榻有雲氣，送客下山唯夕暉」這一類大好的詩句。

一八五七年（咸豐七年），四十七歲：

長子雁升死。

一八五八年（咸豐八年），四十八歲：

長子雁升的妻子殉夫，留下三個子女；後這三個子女中的一男一女發痘瘡而死。陳維英非常傷痛。

一八五九年（咸豐九年），四十九歲：

考上舉人。同期考上舉人的尚有陳肇興、李望洋、蔡德芳、李春芳等十一人。李望洋是以前他任教仰山書院的學生。

一八六〇（咸豐十年），五十歲：

到北京禮部參加殿試（考進士），沒考上。入中央內閣供職，由中書（清代沿明制，於內閣置中書若干人。在清朝之位階約爲從七品。中書職能通常爲輔佐主官，爲基層官員編制。設置在如六部的中央機構官署裡，負責典章法令編修撰擬、記載、翻譯、繕寫等工作。由舉人考授，或由特賜擔任）直到升任主事（按清朝例，各部院主事是正六品銜，相當於京縣、知縣），後獲得「紫薇郎」的匾額。陳維英在任職時戰戰兢兢，因爲隔壁就是皇家的住處。他所描述當時的自我圖像是「身陪樞要貂毫潤，手錄綸音鳳尾斜」；的確是有點演戲般的滑稽。

第二個兒子鳶升的妻子死亡。

一八六一年（咸豐十一年），五十一歲：

第二個兒子鳶升死亡，長女也難產死亡。

出任「學海書院」山長。

避難石谷山莊。

一八六二年（同治元年），五十二歲：

三月，彰化戴潮春之亂起，彰化、大甲、斗六城陷落，台灣道、總兵死，各地危急。彰化陳肇興、新竹林占梅都參加了抵抗戰爭。此時，淡水騷動，陳維英和地方士紳合辦團練，保衛鄉里，並和新竹鄭用錫的兒子鄭如梁捐出巨餉，協助抗敵，亂平後，封四品官銜，賞戴花翎。陳維英抗敵意志堅強，並預言戴潮春將敗。留下「一貴難為鴨母王，爽文逐鹿終敗亡」的詩句。之後，大抵都住在「太古巢」（爲他本人或弟弟陳維藻所建，位在劍潭前圓山頂，遺址在今天的兒童新樂園右側），隱居過日子，由他所留下的詩文來判斷，太古巢是建在樹上的，並且有三間房屋。在這裡，他寫下了圓山上太古巢別墅的風貌，此時，與大自然合而爲一的風格更濃，禪境比「棲野巢」時代更爲厚實。

一八六四年（同治三年），五十四歲：

患了乳癰，腫大如婦人乳房，備受折磨，痛苦異常，難以忍受。留下「每入夜來增痛楚，疊呼僮僕視東方」的疼痛詩句。也許就是男性乳管癌吧。

一八六九年（同治六年），五十九歲：

七月妻死；九月，陳維英逝世。

■田園詩與山水詩

陳維英出身商家，並不是農人，因此對於農家，他可能並不是那麼了解。不過，在他筆下，卻常出現農村或農家的描述，也就是農村田園詩。底下有兩首，就是陳維英的田園詩：

〈春日郊望〉⓬

春到山林草木香，田家風味耐人嘗。
荷鍤桔槔誰種菜，傍花隨柳自攜觴。
閒來竹杖憑青靄，歸去柴門掩綠楊。
多少長安名利客，風塵奔走總心忙。

【譯】春天來到了山林之間，使草木有了芳香；田園人家的風味總是耐人尋味。田裡有人拿著鋤頭除草、用戽斗汲水灌溉田地；在花朵、楊柳的陪伴中，種田的人可以自己帶著酒器，隨時喝它一兩杯。閒來無事，可以拄著竹杖看著紫色的雲氣；回到家裡，把門一關，也就把滿地的綠柳都擋在屋外了。說來教人遺憾，多少繁華世界的名利客，在風塵中爲名爲利奔走不停，他們不懂田園的樂趣，心情總是忙亂不堪。

〈晚歸〉⓭

歸途十里夕陽斜，野渡黃昏不客譁。
蘆島月遙千畝竹，龍塘煙暝一村沙。
綠堤人語聞驅犢，滿路春聲聽踏車。
卻見江前深柳處，燈光微漏是吾家。

【譯】在夕陽西斜時回家，大約要走十里路；黃昏下野外的渡口，看不到旅客的喧譁景象。沿著溪流，可以看到遙遠的月光下生長在蘆葦的沙洲上的大片野外竹林；也看到了人家的池塘以及夜幕下的野外村莊。終於來到了生長綠草的那段堤岸，就聽到了農人吆喝牛隻的聲音，還聽到路邊水田有踩踏水車的聲音。只見江前的那片柳樹叢中，露出了燈光的地方就是我家了。

前面的一首，是對農家的想當然爾，此時大概是他年輕時還在求學（考中秀才後，需要外

註——
⓬ 見《全台詩》第伍冊，頁一七五。
⓭ 見《全台詩》第伍冊，頁一七三。

出到府城課考〉的階段，對農人及農家生活的一種想像。所謂的「荷鍤桔槔誰種菜，傍花隨柳自攜觴。閒來竹杖憑青靄，歸去柴門掩綠楊」都是對農人的一種浪漫想法，距離眞正的農人生活的描寫，也許還有距離。但是，自古以來，許多的文人都是如此想像農家，看起來陳維英的農人描寫，還不算離譜。也就是說，他的田園詩是文人的田園詩，當然不像韋應物之類那種故意反映農人辛苦的詩，卻總還有孟浩然那種田園詩的味道，仍然是了不起的。

第二首則是對郊外田園風光的一番描寫，相當細膩：蘆島、竹林、池塘、村莊、綠堤、農人、牛隻、水車、柳樹……，這些意象集中成一幅農村的風景；自我則被淡化或融合在整個風景中，渾然天成。這首詩當然不可能是壯晚年之作，它帶著一種創作上的試探和稚氣，應該是他年輕時候的作品。

我們說，凡是田園詩，大概都是寫實的。寫作田園詩也許並沒有什麼了不起，但是它能說明一件事：那就是詩人具備了寫實的才能。而寫實技巧，是一切寫作的基礎，缺乏這個本領，詩就不容易寫好。由陳維英的田園詩，能讓人看出他的寫實的基礎是不錯的，這種寫實的技巧在將來會被他運用到其他的寫實上，就會產生傑作。底下，我們看一看他寫的〈淡北八景〉，⓮這組詩使當地（淡水北部）的名勝躍然紙上：

〈之一：淡江吼濤〉

勢撼蛟龍亦壯哉，波濤湃湃吼奔雷。

三更十里軍聲急，疑是胥江倒海來。

【譯】江水雄壯的氣勢撼動了水中的蛟龍，波濤澎湃有如雷吼。在三更半夜的時候聽起來就像十里以外千軍萬馬的聲音，教人懷疑是波濤之神把整個海水都傾倒過來一樣。

〈之二：岔嶺吐霧〉
岔嶺微茫八里間，連朝吐霧罩鴉鬟。
此中定有深藏豹，未許分明見一斑。

【譯】岔嶺在八里那地帶陷入了模糊迷茫的狀態；好幾天以來，白霧總是籠罩在周圍的山脈一帶。那岔嶺裡頭一定有豹類藏身在裡頭，才不許人們仔細地看清楚牠的蹤跡。

〈之三：蘆州泛月〉
櫂歌漁唱泛蟾輝，兩岸蘆花水四圍。
此地風光真赤壁，滿船載得月明皈。

【譯】在月光下划船唱歌，河流兩岸開滿了蘆花。蘆洲的風光眞像是赤壁，可以把月光滿滿地裝在船上運載回家。

註——
⑭見《全台詩》第伍冊，頁一六一——一六三。

〈之四：峰寺灘音〉

潺湲十里響流湍，喚醒三更客夢闌。

欹枕何人眠不得，輕舟疑傍子陵灘。

【譯】潺潺的流水聲響動十里，喚醒了在深夜裡睡覺的旅客。有人靠在枕頭上就是睡不著，以爲自己正駕著小舟靠近了嚴光隱居的十里灘呢。

〈之五：劍潭夜光〉

寶劍何年擲水中，夜光高射斗牛紅。

料想化龍潛已久，幾回燒尾欲騰空。

【譯】爲了擊殺裡頭水中興風作浪的妖怪，當年鄭成功的寶劍曾投在劍潭裡，在夜間放射出紅光，直衝北斗星。爲什麼會這樣呢？我想大概當時那尾妖龍在水中已經潛伏甚久，劍氣好幾次燒紅了牠的尾巴，迫使牠想騰空離去吧！

〈之六：關渡分潮〉

第一關門鎖浪中，天然水色判西東。

莫嫌黑白分明甚，清濁源流本不同。

【譯】關渡一帶的水域，每當滿潮、退潮的時候，淡水河與基隆河的水流和海水會合，水色成爲黑白兩色。請不要嫌棄黑白水色分得這麼清楚，畢竟它們的源頭本來就是有清濁之分。

〈之七：屯山積雪〉

豐年瑞雪積峰頭，為兆磺溪歲有收。
遠望芙蓉無限白，教人錯認玉山浮。

【譯】遙望之中，發現瑞雪堆積在山頭，這是北投這一地帶將有豐收的徵兆。望過去更遠的山頭上，一望無際的芙蓉般的雪白，教人錯認玉山就浮現在那裡。

〈之八：戍臺夕陽〉

地借牛皮不計年，荷蘭征址剩荒煙。
蒼涼滿目興亡感，只在寒鴉古木邊。

【譯】自荷蘭人以牛皮丈量騙取番民土地以來，不知道經過了多少年；在歷史的淘洗下，如今的紅毛城舊址只剩下一片荒煙蔓草。那種滿目蒼涼的朝代興亡感，就染在寒鴉棲息的古墓旁邊。

所謂「八景詩」的寫作，自清治前期開始，在台灣各地就非常普遍，先由府、縣大地區的描寫，之後進入郡、庄小地區的描寫，據說是受到高拱乾先寫作台灣八景的影響所致。因此，來到了陳維英的時代，台灣已不知道有多少的八景詩，陳維英的八景詩算是當中頗有名的一組。陳維英和高拱乾的八景不同，他沒有故意的誇張，寫得相當簡潔、生動、鮮明，這正是他詩歌的一個特色。雖然如此，不誇張並不表示他的八景詩就乏少技巧。

我們注意到，所謂的八景寫作，除了要使所有的景物鮮活起來以外，最重要的是八景的每個特色都要顯露出來，如果八個景色都大同小異，就沒有什麼意思。我們看他的第一首〈淡江吼濤〉，是純然描寫淡江潮水的鮮明氣勢，所謂「波濤淵湃吼奔雷」、「三更十里軍聲急」都是好詩句，陳維英擺明他是特地要描寫淡江可見的、動態的面貌。到了第二首〈岔嶺吐霧〉，他就不能再寫動態的東西了，他立即朝向「岔嶺」的朦朧的、靜態的一面來描寫，「岔嶺微茫八里間」、「此中定有深藏豹」都落筆在迷茫的、不可見的方面來做描寫。因此，使得第一首詩和第二首詩之間，形成一種陰陽反差的對照，技巧純熟而高明。至於〈關渡分潮〉和〈屯山積雪〉也是一動一靜，相對成趣；尤其是顯露了關渡附近河水的變色以及大屯山的風景，文字雖然精簡，但是描述卻實在而恰切，很不容易，這就是陳維英寫詩的能耐。我們也可以看出這組「八景詩」正是他田園詩的一種延伸，算是一半的山水詩。

底下我們看看他眞正的山水詩。

■ 西雲岩的山水詩

田園詩人通常都兼寫山水詩，古代的孟浩然、李白、王維都是如此，田園詩和山水詩是一體的。

陳維英一生寫了許多的山水詩，以書寫西雲岩寺的詩成就最高。有關書寫西雲岩寺的詩裡，以〈題西雲岩雜詠〉⑮一組十首詩和〈甲寅正月四日偕竹坡孝廉秋黃茂才泛舟西雲岩古寺〉⑯一組四首詩最可觀，質、量都達到一定的高度。

兩組詩的原文和翻譯並陳於下：

〈題西雲岩雜詠〉

之一

兀坐禪堂學上乘，休辭永別對孤燈。風生靈室窗三面，月照寒床枕一肱。欲扣齊魚祈佛祖，偏參絮果伴山僧。況兼此地西天近，絕頂煙雲覆幾層。

【譯】獨自在禪堂靜坐，學習大乘佛教的道理；熄滅了一切的言語，面對著一盞孤獨的燈火。風兒從三面的窗戶吹了進來，使室內空靈起來；睡在月光照著的冷涼的床上，我枕著胳膊小憩。本來想要敲敲木魚向佛祖祈個願望；後來卻和山僧談起人世無常的道理。這裡靠近西天應該很近吧，最高的山峰不知道覆蓋了幾層的雲煙呢。

註——⑮見《全台詩》第伍冊，頁一六七。

⑯見《全台詩》第伍冊，頁一六九。

之二

縱覽乾坤眼界寬，悠然瀛島闢奇觀。雲端窈窕參詩可，石洞谺谽入畫難。
未問棘闈扳桂蕊，且棲蕭寺佩秋蘭。先機若領他年相，煩芋緣何蘄懶殘。

【譯】在這個高高的西雲岩寺看著四面八方的天地，眼界何等的寬大；在悠久的海島上，竟然展現了這麼奇偉瑰麗的景觀。幽邈深遠的雲景當然可以寫入詩裡；不過，說實在的，空空的石洞要畫進圖裡就比較困難了。我好像是一個還沒有經過嚴格的考試就取得了功名的人，今天暫且住在有著秋天蘭花的佛寺裡。如果能教我洞燭先機了解未來的命運，又何必祈求像懶殘和尚那樣能未卜先知的人來告訴我未來的十年將會怎樣呢？

之三

漫道為儒不解禪，此間幽隱謝塵緣。巉岩圖畫門前石，斷續琴聲澗底泉。
恍寓夔州峰十二，如遊瓊島界三千。浮雲無事何須問，半日清閑卻是仙。

【譯】千萬不要說儒者就不了解禪的道理；你看看，他也會來到這個幽靜無塵的地方。門前的石塊構成了一幅險峻山巖的圖畫；深澗流水聲極像斷斷續續的琴聲。就好像處身在夔州的十二峰頂巔，又彷彿遊歷三千大千世界的幻境一樣。何必問我近況如何，吾人就像悠然無事的白雲一樣；一朝半日都這麼空閒，正像是一個活神仙。

之四

西雲蘭若上崚嶒，俯瞰江山一望平。石徑紆迴開法界，松軒寂寞聽鐘聲。
丁年汲古資修綆，丙夜攤書對短檠。浩蕩此心寧待洗，明珠仙露擬同情。

【譯】在西雲岩寺上面的高峻的山峰，俯瞰底下的河山，顯出了一片平坦的大地。有時走在彎彎曲曲的石子路，通向了森羅萬象的世界；有時在松樹環列的小屋裡，孤獨地傾聽喚醒靈魂的鐘聲。那一年，我曾在這裡辛勤下功夫找線索，鑽研古代的學問；這一夜，我又翻開書本，在燈架下努力讀書。我世俗的心有待浩蕩的大水加以洗滌，也打算要向三藏法師們學習空的道理。

之五

西雲勝景引人深，負笈從遊喜共臨。仄徑青苔黏屐齒，甘泉白石淨禪心。
三秋旅信孤鴻遠，五夜聞經老鶴吟。況復兩開叢菊盛，不勝清怨淚沾襟。

【譯】西雲岩寺的優美風光深深地吸引著人們，大家共喜到這裡來學習佛理。吾人的鞋子就這麼適意地踏在生長著青苔的小徑上，甜美的泉水和乾淨的溪石可以洗刷我們空靈的心。猶如多年前飛逝的一隻孤鴻，這裡遠離了人間的訊息；一連五個晚上，這裡的和尚講經說法，有如仙鶴的鳴唱。更何況這裡種有兩度盛開沐浴著露水的菊花，就彷彿是淒清哀怨的美人，眼淚沾滿了衣襟。

之六

東瀛秀氣聚龜山，螺髻蛾眉四面環。煙火萬家如指掌，水天一色豁心顏。
雲來雲去松關裡，人嘯人歌梵宇間。好著芒鞋扶竹杖，高岡仰止月躋攀。

【譯】東海的秀氣全都聚在龜山上，螺髻形狀的、蛾眉形狀的山巒圍繞在四方。由這裡望下看，萬家的燈火展現眼前，瞭若指掌；在水天一色的風景中，吾人的心情也跟著豁然開朗了。在柴門裡可以看著雲來雲去，在寺廟裡可以吟唱佛經。有時穿好了鞋子，拿著竹杖，在高岡前停了下來，看著月亮正攀爬過高岡。

之七

西雲直上幾忘形，下視煙巒九點清。醉眼瞥開家遠近，塵心洗淨水瓏玲。
龜山兀突膺天眷，犀嶺巍峨得地靈。且待杏花消息至，一枝高折插楊瓶。

【譯】由西雲岩寺往上直爬，一片飄飄然，幾乎教人忘記了自己的形體；俯視腳底下被雲煙籠罩的許多山巒，還能看得清楚明白。被風景迷醉的眼睛，不再計較離家的遠近；塵心被整個洗淨了，如水一般的明亮。由於受到天上的眷顧，龜山才如此地向天峙立；由於得到地裡的靈氣，犀嶺才如此地高聳。在這裡，我且等待著春天杏花開放的時候，能折下開放在高巖最上面的一枝，插在供佛的淨瓶裡。

之八

景仰龜山地有靈，天光雲影共浮青。文章裕世千秋業，草木知春百代銘。

客叩柴扉頻助我，鴉棲竹樹每忘形。閒來躡屐尋真趣，楊氏淵源施眼醒。

【譯】龜山透著山川的靈氣，教人讚仰；陽光白雲一起飄浮在青色的天空中。用文章來濟世，這是幾千年以來大家都在做的事；不過，草木有靈，能知道繁華的春天不久就要消失了，這也是百代以來，爲大家所知道的銘言。客人頻繁地來這裡拜訪我，也給了我許多的助益；可是在孤獨隱居中，我也很高興，常常忘記了自己的存在。空閒的時候，我會穿著鞋子到處尋幽訪勝；楊氏淵源施眼醒（譯者注：此句的意思難以確定）。

之九

龜山仰止幾何年，絕頂登臨得意先。北海且賒羈北淡，西雲直上接西天。

高僧永伴青牛臥，俗客難同白鶴眠。世外紅塵皆不染，聊為陸地小神仙。

【譯】高高的龜山不知道在這裡存在了多少年；能攀登到絕嶺無人之境，當然比誰都要得意得更早。這座山脈，離開了北海的懷抱，被封鎖在淡水的北邊境內；山嶺可以直接通到西天。這裡的高僧有如超出塵外的老子，永遠伴隨著青牛自在高臥；要是一般的凡夫俗子就永遠無法與閒雲野鶴同眠了。我在這裡，能不染著任何世俗的塵埃，暫且當個未登天上的小神仙。

之十

西雲深處儼丹邱，古剎珠林萬象幽。俯仰太虛無畔岸，鴻濛元氣自沉浮。
雞因講道能傾耳，石以聆經亦點頭。可笑花銷輕薄子，妄從王播客揚州。

【譯】西雲山的隱密處有如神仙所住的地方；有著古寺、森林的環境，顯出了一片的幽靜。環視四面八方的宇宙，無邊無際；原始的大氣在這裡滾動周流。這裡的一切都很有靈性，禽類皆能傾聽和尚講經說法；就是頑固的石頭聆聽了佛音也會點頭稱是。最可笑的是那些空乏淺薄的人，竟也妄想學習唐朝的王播，雖然長住在寺廟裡，到最後還是白吃白喝，沒能領會什麼妙理。

〈甲寅正月四日偕竹坡孝廉秋黃茂才泛舟西雲岩古寺〉

之一

載將春色順流奔，細認峰頭覓小村。迎孝廉船花鳥媚，驚夫子鐸木魚喧。
田鋪棋局痕橫直，泉當琴絃韻吐吞。是否龜獅搔首問，山靈一笑石無言。

【譯】我們乘坐的小舟，載滿了春天的景色，順流而下；沿途仔細識別山峰，尋找小村落。爲了迎接孝廉的船，花鳥因此顯得特別的嫵媚；由於驚訝夫子的弘化功德，木魚都喧譁稱讚了起來。附近的水田展開如同一個棋盤，阡陌縱橫；泉水也充當琴弦，演奏著琴韻。此時，大概是龜、獅之類的動物不解玄理，都起來問話；山裡的精靈只用微笑回答，至於石頭仍維持著無言的姿態。

之二

觀音山抱觀音寺，第一奇觀萬象呈。苔石漫嫌樵足險，風波還較世途平。
客供以茗張顛過，僧瘦於梅嵇懶成。不是催詩偏擊缽，也能惹動作詩情。

【譯】在這裡，觀音山環抱著觀音寺，在萬象顯現之中，可算是第一奇觀。千萬不要嫌棄這裡的石上青苔容易使人失足滑跤；不論多麼難走，總是比人生的道路要平坦許多。客人用茗茶敬拜佛祖，可以媲美張旭流利地書寫著草書；寺廟裡比梅樹更瘦的僧人模樣，就好像是隱士嵇康所作的一幅畫。在這裡沒有必要寫詩，但是只要敲一敲銅缽，寫詩的情緒也會自然地被喚起。

之三

七分霽色三分雨，十里山光五里津。極目方知天地大，此身悔與市塵鄰。
佛無量壽祈眉壽，人為尋春繞腳春。頂禮又因民命重，靈籤慰我假耶真。

【譯】此時是七分晴朗又兼三分欲雨的天色；這個地段是十里山景又兼五里渡口的景觀。當吾人放眼觀看這裡無盡的風景時，才知道天地到底有多大；也因此頗後悔自己一生始終與狹窄的市集爲鄰。吾佛有無量的壽命，我們卻只能祈求多活一些壽命；爲了尋找春天的氣息，吾人卻也只能用腳去繞一繞春天。爲了人民的身命，我向佛祖頂禮再三，希望能得到祂的庇佑；所抽到的靈籤有安慰我的一些話，可惜我不知道那些話到底是眞的還是假的。

之四

樹獨先春草獨肥，俯看鳥在下方飛。呼童掃榻有雲氣，送客下山唯夕暉。

船遇急流知勇退，燈提暫路辨危微。錯疑佛火仍無錯，我輩身從佛國歸。

【譯】這裡的梅樹在春天來臨之先就開放，青草也在春天以前就長得肥美；由於地勢高聳，可以俯看鳥兒在下方飛行。有時叫僕人來清掃臥床的時候，能看到雲氣籠罩室內；有時送客下山，就只剩下滿天的暮雲了。當順水而行的船，遇到急流時就知道應該馬上退回來；有時在昏暗的山路前進的我們，就必須依賴燈籠辨識道路。有時我們懷疑前面的燈火是我佛的燈火，最後仍然不算錯覺；因爲我們剛剛才從我佛的世界裡回來。

這二組詩，大概是陳維英在四十四歲左右的作品，這時，他還沒有考上舉人，還在仕途中邁進。這時的他的人生其實還沒有遇到太大的困境，足夠讓他有良好的心境遊賞在大自然風光中。不過，這時畢竟已經超過了不惑之年，對於人生已經有了一些看法。

觀乎陳維英的這二組山水詩，仍然是一靜一動，前十首那一組是偏向靜態的山景描述，後四首那一組是偏向動態的水景描述，可以相互對照。

首先，在前十首〈題西雲岩雜詠〉裡，西雲岩和龜山成了他主要描述的對象。這些山景，有寺廟、怪石、峻嶺、石徑、古林、雲氣、泉水、蘭花……，這些意象都被具體地陳列在詩中。尤其是台灣山岳是東亞島弧山脈的一部分，它們所瀰漫的太古鴻蒙、高接雲端的風貌被完整保留這些詩歌裡，像「西雲深處儼丹邱，古剎珠林萬相幽；俯仰太虛無畔岸，鴻濛元氣自沉浮」的西雲山實景以及「龜山仰止幾何年，絕頂登臨得意先。北海且賒羈北淡，西雲直上接西天」的龜山仰觀，都超出了淡水八景的簡單描寫，氣派雄大，接近了無限，可以成爲台灣古詩山景寫作的寶藏，十分珍貴。

其次，在後一組四首詩〈甲寅正月四日偕竹坡孝廉秋黃茂才泛舟西雲岩古寺〉裡，西雲岩下的河流成了他描寫的對象。奔流、峰頭、小村、船筏、山鳥、田疇、泉水、觀音山、觀音寺、苔石……的諸多意象，共構了河流的景象。「載將春色順流奔，細認峰頭覓小村。」「七分霽色三分雨，十里山光五里津。」是當中的絕好詩句。河面放舟的動感十足，而且把河流傑出的風光描繪出來了。考察觀音山下的這段河流，應該是淡水河的一部分，當時淡水河幽靜的風光就被保留在詩裡頭（現在也許再也沒有這種風光了），實在是非常寶貴的詩句。這也就是這四首詩不朽的價值之一。

陳維英所寫的這兩組共十四首的詩還不只是描寫山水而已，事實上裡頭牽涉了他個人對宗教道理的深刻追求和領悟。我們注意到，在這兩組詩裡，也出現了許多屬於佛教的典型意象：禪堂、齊魚、山僧、蘭若、法界、鐘聲、梵宇、芒鞋、講道、聆經、瘦僧、擊缽、無量壽佛、頂禮、佛國……，共構了一個佛教的世界，將之建立在山水的世界中，一小一大，一自然一人爲，甚爲巧妙。另外，道教的意象也跟著出現，比如說「仙」、「仙露」、「老鶴」、「天眷」、「地靈」、「小神仙」……，也共構了一個道教世界。在行家的眼光中，一定會覺得，把佛教和道教的意象混在一塊書寫，未免奴郎不分。不過，在傳統文人的看法裡，佛、道仍有共性，那就是他們都是出世間的東西。

果然，這兩首詩，最大的目的就是顯露陳維英本人「遠離世間」的精神面。譬如說：「況兼此地西天近，絕頂煙雲覆幾層。」「恍寓夔州峰十二，如遊瓊島界三千。」「雲來雲去松關裡，人嘯人歌梵宇間。」「西雲直上幾忘形，下視煙巒九點清。」這些詩句，都與「遠離世間」有關係，而且似乎是離世間越遠越好。

不過，在這裡我們不該誤會說陳維英離世的心性單只是受到佛教、道教的影響而產生，應該說，佛教、道教只是「裝飾」他的這個本性而已。

在他的詩裡，讀者容易看出來，陳維英並沒有顯露出他對佛教有很深刻的領會。比如說他屢次提到「禪」這個東西，但是他並沒有寫到眞正有關禪的體驗，這十四首詩並不是禪詩，距離明朝的憨山大師和清朝的虛雲和尙、甚至是日本的芭蕉和尙的那些禪詩還有一大段距離。簡單說，他還不到開悟見性的那個境界。因此，他對佛教的理解，其實是片面的、皮毛的。對於道教也是一樣，由他的詩看來，他所顯露出來的道教境界，還距離龍虎柳楊那種陽神出竅的修爲太遠，談不上什麼深刻的境界。要之，陳維英的所謂「佛」、「仙」的定義和體驗，在這兩組詩裡，其實就是「遠離塵世的高士」的定義，更無其他。「佛教」、「道教」在這裡都是做爲他「離世」本性的一種表達而已。陳維英的「離世脫塵」的傾向，應該說是他個性的一部分，很像一種原始的本能。

陳維英對於「離世脫塵」的喜好甚早，在上文我們所介紹的他的田園詩，就已經顯露出他不喜風塵奔走的心性，他在田園詩裡寫著：「閒來竹杖憑青靄，歸去柴門掩綠楊；多少長安名利客，風塵奔走總心忙。」就是他個性的寫照。經過了十幾年，遠離塵世的願望已經十分壯大，到了寫這兩組詩的時候，就完全表露出來了。

這種「離世脫塵」的個性，似乎隨著他的年齡，越來越厲害，最後演變成行動，使他開始在山頂的樹上築屋居住，變成彷彿是棲息在樹上的鳥類，他所寫的一些詩，也變成記錄這種奇怪的生活的詩了。

太古巢的山水詩

陳維英在五十二歲時，就常常在「太古巢」這個地方居住。這是在圓山山頂所建的樹屋，他寫了一些住在太古巢的詩。因爲這種行爲非常有趣，也使得這些詩變得很有名，幾乎變成陳維英的招牌詩。

在陳維英常居太古巢之前，大約是四十五歲時，也曾經在觀音山西雲岩寺附近的山上，建了「棲野巢」，住了一陣子。不過，由陳維英的忘年之交——新竹進士鄭用錫所寫的有關棲野巢的詩看來，棲野巢應該不是建在樹上，它似乎是建在一個高巖上。⓱因此，住在樹屋上的詩，大概就是「太古巢」的詩才算數。

這裡有一首詩，叫做〈題太古巢〉；⓲另有一組詩叫做〈太古巢即事〉⓳共有十三首詩，把太古巢的環境狀況和住在這裡的感受，都寫出來了。原詩文和翻譯並陳於下：

註——⓱在鄭用錫所寫的有關棲野巢的詩〈遊棲野巢訪迂谷，留飲賦贈〉裡，有一個句子「古飲巖棲物外閒」，暗示棲野巢築在巖上。見鄭用錫：《北郭園詩鈔》（台北：台灣銀行經濟研究室，一九五九年），頁四十。
⓲見《全台詩》第伍冊，頁一六三。
⓳見《全台詩》第伍冊，頁一六四。

〈題太古巢〉

山無甲子不知年，國入華胥夢枕邊。樹老豈栽盤古日，枝棲獨闢有巢天。
兩儀石叫驚山鬼，八卦潭澄問水仙。自笑草廬開混沌，結繩坐對屋三椽。

【譯】在山中沒有歲月流逝的感覺，吾人甚至不知今年究竟是何年；枕邊的夢境悠然帶著我們去到了遠古始祖華胥氏的國度裡。老樹當然不一定都在盤古開天的時候就種植；然而我們卻能模仿那遠古的有巢氏，特地築巢，棲居在那樹枝之間。太古巢附近的八卦潭上面有個兩儀石，將旱將雨時會自動發出聲音，就是山鬼也覺得驚訝不已；至於八卦潭的潭水清澄，有興趣的人也可以問卜於這裡的水仙。對於我企圖在這裡搭蓋茅廬、開鑿渾沌的這種行爲，我自己也感到好笑；不過，我就像一個結繩記事的古代人一樣，整天坐對著太古巢的三間茅屋，這倒是眞的。

〈太古巢即事〉

之一

老禿中書懶似稽，鵲巢借與拙鳩棲。
定時不用時辰表，暮看鴉飛曉聽雞。

【譯】我這個老禿中書的生活就像是竹林七賢那樣的懶散，讓我棲住在這裡，就好比是那喜鵲把鳥巢借給那不會築巢的笨鳩鳥居住一樣。在這裡眞是悠閒啊！判斷時辰從來不用參考計時表，昏鴉飛回來的時候就是晚間了，至於雞啼的時候當然是破曉了。

之二

白雲為我鎖柴扉，俗客不來苔蘚肥。
露煮春茶將葉掃，風吹詩草並花飛。

【譯】在太古巢這裡，白雲環繞，接待好朋友的門扉深鎖；世俗的客人也不至於前來拜訪，苔蘚因此長得肥美。平常在這裡，可以用露水煮煮春茶，慢慢將落葉掃清；當風兒吹拂過來時，帶著詩意的青草與野花就飛舞不停。

之三

留住香煙鄣石屏，小窗讀史與溫經。
書聲墜落空江去，舟子停橈側耳聽。

【譯】盤旋的香煙被石屏風遮擋在室內，我靠近小窗讀著史書與溫習典籍。念書的聲音落到空曠的江面去了，小舟的主人停止划動，好像側耳在傾聽著些什麼。

之四

隔一重江佛國開，劍潭寺隱碧林隈。

山僧日日通音問，故送鐘聲渡水來。

【譯】越過了這條溪水，就通達到對岸的佛國了；劍潭旁邊的那間寺廟就隱身在綠色的森林那邊。廟裡的和尚彷彿天天都來向我報音訊；鐘聲總是固定的由溪的那一邊傳到溪的這一邊來。

之五

指點前山夕照斜，鷺鷥歸去樹為家。
枝頭個個棲來隱，萬綠欉中開白花。

【譯】那正前方的山嶺，夕陽已經西斜；白鷺鷥已經返回樹上的老巢了。個個隱密地棲息在枝頭裡，乍看之下彷彿萬綠欉中開出了朵朵白花。

之六

月臨碧水倍生姿，山靜水澄人醉時。
明月也耽山水趣，既斜欲落故遲遲。

【譯】月兒君臨在潭水上的天空，加倍了她優雅的姿態；此時，山脈安靜，潭水清澈，人也喝醉了。想來那明月必然也沉醉於山水的樂趣中，所以遲遲不肯沉落她的姿影。

之七

絕好山川不染塵，得詩點綴聳精神。
山靈應共川靈說，多謝詩人為寫真。

【譯】絕妙的山川本來就不染塵埃；又能做爲詩歌吟詠的對象，就更顯得有精神了。山靈和川靈應該一起說：感謝詩人爲我寫出了眞實。

之八

對面山高草色鮮，牧童就草上危巔。
人如螻蟻牛如豆，買得奇觀不用錢。

【譯】對面的高山上，草色鮮綠；牧童爲了綠草，把牛趕到高高的山頂上去。因此，由這裡仰望，牧童的身影就像螞蟻，牛隻就像豆子那般的細小；觀賞這幅奇景是不需花錢的。

之九

笑魚得意躍無休，惹得漁人與作仇。
不學沉潛深養晦，恐將難免網羅愁。

【譯】我們總是嘲笑那些得意非凡的魚兒拚命在水面跳躍，最後終於激起了漁夫捕捉牠們的決心。可見人如果不學習沉潛養晦的技術，恐怕早晚都要被網羅所捕捉吧。

之十

比比求魚坐石看，或罾或網或垂竿。
得魚當局傍觀喜，彼喜售錢我喜餐。

【譯】坐在石頭上觀看一個個抓魚的人，他們有的拿著魚簍，有的拿著網子，有的握著釣竿，總之是很努力地捕魚。捕魚的人和旁觀的我都很高興，他們高興能把魚兒賣個好價錢，我則高興能吃到魚。

之十一

晴朝月夜最關懷，風雨來時景亦佳。
竹戛琅玕泉漱玉，梵音一洗太古諧。

【譯】在太古巢這裡，晴朗的早晨和月色明亮的晚上是最令人開心的；即使是有風有雨的時候，這裡的風景也很不錯。你看，這裡有竹林、樹木、泉水、溪石這些大自然的美物，還有梵唱的聲音一旦響起，足以洗清一切汙濁，進入太古的和諧裡。

之十二

兩儀石得陰陽氣，八卦潭通坎兌根。
別有洞天開小口，箇中涼不異桃源。

【譯】八卦潭邊的兩儀石據說得到了陰陽雙氣，至於八卦潭則通達到了水澤的根源。這裡特別有個仙洞，只開個小口讓人進去；裡面相當涼快，和桃花源簡直沒有兩樣。

之十三

小屋如舟結構新，其間信宿脫風塵。
明朝歸去誇朋輩，我是羲皇以上人。

【譯】太古巢的小屋就像一艘船，結構是新的；住在其中能脫離凡塵。明天我要回去向朋友誇耀說：「我乃是太古伏羲時代的人民。」

在這兩題詩裡面，繼承了描寫西雲岩寺的那些詩，山水的描述還是非常突出。像「月臨碧水倍生姿，山靜水澄人醉時。明月也耽山水趣，既斜欲落故遲遲」這樣的詩句，把山、水、月亮的圖景寫得栩栩如生，宛如一幅畫，眞是大好詩句。佛教、道教的意象在詩裡依然非常鮮明，出世的味道仍然濃厚。但是，我們特別注意到，這兩題詩和西雲岩寺的那些詩畢竟不同。

首先，我們看到，在佛教、道教的意象之外，多出了太古時代的許多人名及詞彙，諸如「華胥」、「盤古」、「混沌」、「結繩」、「羲皇」等等，變得很醒目。這些詞彙顯然有返回時間和生命源頭的那種韻味，並且給人有了無始無終的感覺。因此，在太古巢的詩裡，顯示了陳維英那種「禪」的境界比西雲岩寺那些詩要大有進步。我們說，大乘禪無他，雖然它的體驗不只一種，但是最主要的一種神祕追求就是混沌太一境界的顯現；也就是吾人終於能抵達到無始無終的那個境界裡，那就是「見性」、「開悟」、「如來藏」、「圓覺」、「眞如」……的那種終極境界。至於道教的「道」、「太極」、「無極」的境界也無非如此，至少相差不遠。陳維英在這裡彷彿把握了幾分那種體驗。

另一方面，我們看到這些詩，有大量飛鳥棲居樹上的意象出現。他用了「樹老」、「枝棲」、「鵲巢」、「拙鳩」這些意象，共構他住在樹上的圖像，也直陳他住在樹上的這件事。特別是描述白鷺鷥棲隱在枝頭上的這首詩：「指點前山夕照斜，鷺鷥歸去樹為家。枝頭個個棲來隱，萬綠欉中開白花。」變得非常突出，把飛鳥棲居的那種快樂、自由、瀟灑、美感都寫出來了，也就是把他住在樹屋裡的快樂、自由、瀟灑都寫出來了。

我們在這裡仍然要指出，陳維英模仿鳥類棲居樹上的這種行爲並不單只是受到什麼佛教、道教的影響（即便他後來對禪有了某些比較深刻體驗）才產生出來。他模仿鳥類棲居樹上的行爲，應該起源於他年輕時期就有的一種欲望。

我們注意到，陳維英生了幾個小孩，這些小孩都以飛鳥的名稱加以命名。二十二歲，長子出生，命名叫做雁升；二十七歲，次子出生，命名叫做鳶升；四十歲，三子出生，命名叫做鷟升。⑳凡是他的兒子，就用飛鳥類來加以命名，可見他對於飛鳥有一種超出一般人的天生的喜好和想像。至於他的出生也有一個傳說：據廖漢臣的文章記載，陳維英出生時，有一隻白燕曾飛到家裡的堂上，盤旋甚久；這隻白燕在陳維英逝世的時候，又來盤旋，最後墜地而亡。㉑當然，有人會把白燕在他出生時飛來的這件事當成傳說，認爲是不可信的。不過，重要的不是別人信不信的問題，而是陳維英自己信不信的問題。我認爲陳維英可能暗中相信這件事。由於他信自己是白燕出生，才會爲自己的兒子們取了鳥類的名稱，才會有日後棲居樹上的行爲。

陳維英有關太古巢所寫的詩意無他，其實是用來陳述他難以向人陳述的那種奇怪的欲望，就是「羽化成鳥，飛升天空」的那種企圖！這個企圖假若不是自幼就有的企圖，至少在他二十二歲時生下第一個兒子之前就很明顯。這是他年輕時就有的個性，似乎不是後天所習得。

台灣田園文學與升入天堂

儘管我們把陳維英詩裡頭所透露的「羽化成鳥，飛升天空」的企圖說成是他年輕時甚至是天生的個性的一部分。然而，我們也可以說這是田園文學的一個性質，也就是這個時期多數的詩人所具有的那種「萬化冥合」的精神狀態的一種表現。

加拿大籍的文學批評家諾斯洛普．弗萊曾經提到，文明社會所產生的文學文類，不管是傳奇（浪漫）、田園也罷，悲劇、諷刺也好，他們都是起源於原始社會的神話。在原始的神話裡頭，已經蘊含了這些文明社會的文類的特性。換句話說，神話就是這些文類的「原型」。他在

註——

⑳ 兒子們的名字參見上文年譜。

㉑ 廖漢臣：〈巢名太古尋遺跡——記迂谷陳維英〉，頁九五。

一九五一年所寫的〈文學的若干原型〉裡表列了神話和文類的相應關係如下：

1. 黎明、春天和出生的階段。例如英雄的誕生、甦醒、復活、創造等以及擊敗黑暗、冬天和死亡這些能力。從屬的人物有英雄的父母親。它是文學類型包括傳奇故事、酒神頌、狂詩狂文的原型。

2. 天頂、夏天、婚姻和勝利的階段。如神聖化崇拜、神聖婚姻、升入天堂的神話。從屬的人物有英雄的同伴和新娘。它是文學類型如喜劇、田園詩、牧歌的原型。

3. 日落、秋天和死亡的階段。如墮落、神的死亡、暴斃、犧牲以及英雄的疏離等神話。從屬人物有背叛者和海妖。它是文學類型如悲劇、輓歌的原型。

4. 黑暗、冬天和毀滅階段。如上述惡勢力的得勝、洪水、回到渾沌的狀態、英雄被打敗以及眾神毀滅的神話。從屬人物有食人妖魔和女巫。它是文學類型如諷刺劇的原型。㉒

我們注意到這個表裡頭的第二階段（天頂、夏天的這個階段），也即是裡頭有「喜劇、田園詩、牧歌」這些名目的階段。弗萊顯然說，喜劇、田園詩、牧歌的原型就是天頂、夏天的神話，而這一階段的神話包含有升入天堂的內容。因此，相應於天頂、夏天階段神話的田園詩當然也隱含了升入天堂的這種成分。也就是說，田園詩的階段是詩人精神最爲灑脫的階段，在這個文學史的階段，詩人對世界是滿意的，與萬象是和諧的；詩人與外在的環境甚至能水乳交融，達成物我合一的完美境界，詩人在世上的居住就好像即將升入天堂一樣。

田園詩裡的「升入天堂」的現象，就是詩人美滿精神過剩所產生的漫溢現象。也許在人間的現實事務上，還是會有一些無法避免的小憂患、小災難；但是詩人自認高踞環境之上，能掌控他的環境，對眼前所見的一切，皆很滿意。因此，他的另一部分精神早已升華成了飛鳥，正準備高飛九天，進入天庭。

的確，台灣田園詩階段的詩人，不只陳維英有這種升入天堂的企圖，另一個噶瑪蘭的田園詩人李逢時（一八二九—一八七六年）也是如此；儘管他的物質生活不能與陳維英相比，甚至常感貧窮的壓力，但是田園詩卻常表現出塵的味道，他乾脆直接寫他的一個升天夢境，將他想要高飛仙境的企圖表達出來。我們就以李逢時的〈升天行〉㉓做爲本文的結束，原詩文和翻譯並陳於下：

〈升天行〉

朗朗廣寒月，蒼蒼太白星。中有綠髮翁，披雲臥空冥。
不笑亦不語，世人無知名。遺我金光草，服之四體輕。
去影忽不見，回風送天聲。舉首遠望之，飛飛渡太清。
將隨赤松子，對博坐蓬瀛。

【譯】天上有一個明亮的月亮，上有廣寒宮；還有一個藍色的太白星。天界中有一個綠色頭

註——

㉒見伍蠡甫、林驤華編著：《現代西方文論選》，頁三五三—三六〇。
㉓見《全台詩》第玖冊，頁四〇。

髮的老人家，披戴著白雲，高臥在天空中。他既不對我微笑，也不對我說話，世界上的人根本不知道他的名字。他送我一根閃著金光的草，我吃了它，覺得身體無比的輕鬆。他的身影忽然在眼前消失不見，只有風兒送來了他在天上傳回來的聲音。我趕緊舉目望向遠方的天空，只見他飛呀飛，已經橫渡了天際。料想他必定去尋找神農氏的老師赤松子，和赤松子一起在蓬萊或瀛洲的仙境裡對坐下棋吧！

細讀李逢時《泰階詩稿》裡的幾首詩[1]

——並論田園文學時代詩作裡普遍滋長的友情和親情

■前言

李逢時的《泰階詩稿》內容豐富，包括題畫詠物、生活情趣、思想感慨、酬贈親友、描述地景、社會關懷……，非只一類，詩質都非常高。

本文特別談他的田園詩、友情詩、親情詩。

在田園詩的這一面，本文將顯露他高明的詩歌技藝，還給他一個詩壇應有的崇高地位。友情詩和親情詩這兩方面，本文將顯露他的道德觀、價值觀、士人觀，這也是台灣田園文學時代詩人與台灣悲劇文學時代詩人、諷刺文學時代詩人極為不同的地方。

本文使用了諾斯洛普・弗萊（Northrop Frye，1912—1991）的文學理論來解釋李逢時詩歌的

註——

[1] 本文李逢時的詩全部採用自《全台詩》。見《全台詩》第玖冊（台南：國家台灣文學館，二〇〇八年），頁二五一—一〇四。《全台詩》中李逢時的詩稿以龍文出版社（二〇〇一年）的《泰階詩稿》為底本。

種種特點。

台灣田園詩的一座美學高峰

李逢時是清治後期宜蘭地區最重要的詩人。由他所遺留下來的詩存《泰階詩稿》看來，他的確締造了台灣田園詩的一座美學高峰。這座高峰不但是同時代宜蘭地區的詩人攀爬不上，全台的詩人也沒有幾個能夠來到那種高度。李逢時的田園詩是屬於寫實的那種詩風，但是異於一般強調厚重的寫實詩，他的詩有一種輕亮美麗的風格，裡面充滿色彩，以及像是透明水彩那樣的山光水色，在那些風景詩的意象表層上有一種流動的光，十分引人入勝。假如說同期台灣田園詩人林占梅的詩風彷彿王摩詰，那麼李逢時就彷彿是李太白了。

雖然李逢時的詩藝是如此傑出，但是他一生的際遇卻頗不佳。他沒有同是田園詩人的陳維英那種幸運，更談不上和鄭用錫相比。他沒有擔任過正式的官吏，頂多是當個縣長的幕僚而已。一生幾乎是默默無聞，死後在宜蘭也不太有名氣。

所以如此，大概不出三個原因：

首先：他只是一個貢生（拔貢）出身。❷所謂的貢生就是通過秀才（府學的考試及格）考試後，被認為在秀才群中品學優秀，再赴省城參加一場考試，通過後，被推舉出來，將來再到京城參加考試，及格的人就貢獻給朝廷，以供仕用。李逢時何時考上秀才，沒有資料可查，也不曉得後來他到底有沒有到京師參加考試，但是他確實是一八六一年（咸豐十一年）辛酉年秋天在福州省城通過的拔貢，有人就因此稱他叫做「李拔元」。雖然他的科考成就看起來頗為了不起，但是比他更早考上舉人的宜蘭人已經不少，甚至還有一位進士，在比較之下，李逢時的拔貢等第也顯得很平常。他的拔貢身分讓我們想到傳奇時代由大陸來到台灣宜蘭的楊廷理，後者的楊廷理也是拔貢出身，但是由於出生於乾隆時代，考上功名的人少，因此來到台灣一陣子之後，就當了台灣知府，❸可惜李逢時的時代已經不是乾隆的時代了。因此，儘管李逢時有拔貢的身分，似乎沒有帶給他多少好官運。

其次：他沒有很好的身家背景。由李逢時的族譜來看，他的父親、祖父只是普通的平民，並沒有當過任何的一官半職，❹沒有辦法爲他鋪平當官的道路。他的父、祖也不是豪商，沒有雄厚的財力，即使要替他「捐官」去購買一官半職，恐怕也無能爲力。在這個情況下，他走不到官場前面的舞台來，只能隱身在幕後工作，永遠闖不出什麼事業。同時，他也不善營生，只能當個私塾老師或縣長幕僚，賺一些錢來持家。❺在《泰階詩稿》裡，李逢時常常透露他的貧窮狀況，❻實在可憐。受限於這種經濟不佳的條件，在地方上就不容易有太大的影響力，終於到死時也沒有累積多少的名氣。他死後，人們談宜蘭的名人，首推吳沙，其次就是進士楊士芳，以及舉人李望洋

註——

❷見《全台詩》第玖冊，頁二五，「提要」部分。

❸楊廷理於一七八六年（乾隆五十一年）奉令到台灣擔任台灣府海防兼南路理番同知，算是五品官。到了一七八七年就當了代理台灣知府的職務。

❹李逢時的祖父與父親均未獲得官位，也可能不是讀書人。見許惠玟：〈李逢時生平交游及其《泰階詩稿》初探〉，《東海大學文學院學報》第四十八卷，二〇〇七年，頁一四五。

❺李逢時曾當私塾老師，自嘆：「嗟予生不辰，白屋守貧賤。」見他所寫〈己未之春作〉一詩，見《全台詩》第玖冊，頁三三。

❻李逢時自嘆：「囊中一向無長物，范叔甘寒愧贈袍。」見他所寫〈貧居〉詩兩首，見《全台詩》第玖冊，頁六一。

（一八二九－一九〇一年），大家對李逢時似乎是陌生的。❼

第三：他可能涉入了一場不應該涉入的械鬥事件，導致影響他的名氣和仕途。起於一八六五年（同治四年）宜蘭地區的林、陳、李三姓械鬥，燒殺非常嚴重。歹徒焚掠地方，造成一般百姓的財物損失巨大。李逢時在動亂中只好避居大湖村。在這起械鬥中，他大概參加了李姓這一方的勢力，因此受到連累。他曾經有一首詩用來表示後悔，恨自己當時不能即刻隱身埋名，離開這場惡鬥。❽大概因爲這件事的牽連，造成他日後仕途更加困難，使他原本不如意的仕途更加不如意，這是可能的。

總之，官場的不如意浸透了他的整個蹣跚的官場旅程，在一八七六年（光緒二年），他只有四十八歲就離開世間，離世時還是沒有什麼名氣。

然而，仕途的不得意，籍籍無名，卻使他免於官場升貶的憂慮。他不必考慮到他仕途的安危，也避開了牽涉到官場黨派之間的利益鬥爭。他和鄭用錫、陳維英不一樣，從來不必和高階的官吏送往迎來，也不必一面任職一面預先安排將來引退的事。李逢時的詩具有一種直率的本眞，對於他所要描寫的對象，往往直接描繪，不像一些位高權重的詩人那麼有機心。我們說，有名利心和憂慮心，有太過強烈的思想和人生觀，就會有機心。儘管說人人曉得寫詩非常忌諱機心這種東西，因爲它容易暴露詩人的不誠實；不過身在高位的官員，要免除機心幾乎是不可能的。由於李逢時無權無勢，很容易就避開這個缺點。他始終都能在詩中盡量不提到自我，反向把注意力放在身邊的親朋好友身上，也就是和他交友的下層官吏或家屬的身上，並且對這些對象深情款款。結果，他的詩比同期的田園詩人更具平民味道，更能告訴我們當時下層士人的生活狀況。

要之，本文的目的有二：第一個在於發掘李逢時的田園詩歌的美學成就，給他一個公平的評價。他的美學是傳統的美學，也就是均勻、對稱、和諧、優美、明麗的那種美，而不是現代的把醜陋當成美的那種美學。李逢時的美學，能教我們反省當下所謂現代詩的美學是否出了問題。第二個目的在於顯露李逢時田園文學作品裡那種不斷蔓延的友情、親情；台灣田園詩時代的詩人，大抵都是保守派，他們用詩文支持固有的道德，維繫傳統的人倫。他們不但沒有讓自己從環境、親友中疏離出來，相反的，他們深深地將自己扎進環境、親友之中，徹底地把自己和環境、親友混合起來，在裡頭有如魚水相逢。再也沒有任何一個時代的詩人，能有他們這種幸運——深愛著傳統，也被傳統所愛。李逢時的詩，就是一個範本。他的詩能給那些如今陷身在疏離、分裂中的現代詩人一個省思，可以讓他們評估自己的生存方式是否完全沒有問題。

在細說李逢時詩歌裡的這些特點以前，讓我們先看一看他的簡譜。

李逢時年譜[9]（舊曆）

一八二九年（道光九年），一歲：

八月三十日辰時生於宜蘭。

註——

[7] 李逢時被漠視的事情，見賴貞羽：《李逢時及其詩歌研究》（高雄：國立中山大學中國文學系碩士論文，二〇〇九年），頁二。

[8] 見李逢時：〈十二月二十日三姓械鬥避居大湖莊賦此志慨〉，《全台詩》第玖冊，頁八二。

[9] 本簡譜根據《全台詩》第玖冊，頁二五—一〇四；許惠玟：〈李逢時生平交游及其《泰階詩稿》初探〉；賴貞羽：《李逢時及其詩歌研究》編成。

一八五七年（咸豐七年），二十九歲：

夥同宗弟李春波（注：李春波與彰化人陳肇興、台北人陳維英都是咸豐九年同榜的舉人）等人在枕頭山下建造「棲雲別墅」，招募當地人來耕種，大多栽種果樹，每年桃李盛開，再邀請朋友前來做文酒之會。陳維英的「棲野巢」、「太古巢」也算是別墅，在台灣田園文學時代裡，鄭用錫和林占梅有「園林」，陳維英和李逢時、李春波有「別墅」，這可以說是田園詩人們一個有趣的現象。

一八五八年（咸豐八年），三十歲：

寫了〈戊午人日遊春留飲人家〉，田園詩的風味非常濃厚。也寫了〈暮春與同人遊棲雲別墅〉二首，讓人看見了李逢時除有一般的住家以外，還有一個用以避世讀書叫做「棲雲別墅」的地方。這一年也寫了〈次韻題白雲親舍圖贈又之姚秀才有序〉，初次顯露他對身旁友人思親的無限關懷，李逢時是一個對任何朋友都非常有情的人。

一八五九年（咸豐九年），三十一歲：

這一年應故交的聘請，在山齋授徒當老師。寫了〈升天行〉，由詩的內容看來，假如不是一個幻想，就是一個夢境，他感到他見到神仙，也服食神仙贈送他的一棵藥草。這首詩爲我們揭露了田園時代詩人的精神特點，他們不但和大自然相通，也似乎可以和天堂相通。這一年，他似乎西渡到福州參加秋天的考試，是否參加舉人考試不得而知，但是鐵定是去了。出發的路線是宜蘭→頭圍→北關→三貂→暖暖→錫口→中壢→府城→福州。他搭的是夾板船，對海上的風險毫無懼色。可惜，這次的考試大概沒有考上。在福州他登上了「于山」，參觀了「井樓門」。所走過的許多地方，後來都分別寫詩記遊。

一八六〇年（咸豐十年），三十二歲：

寫了〈珍如朱山長命賦絕句留別〉兩首，頗珍惜朱山長在宜蘭仰山書院的教學。也寫〈贈同年張策六〉、〈贈同年簫士千〉、〈贈同年吳子青〉、〈中秋夜懷同年張策六〉，教人看出他對朋友的情誼非比尋常。也寫了〈白鷺行〉，文筆生動美麗，觀察入微，足以當成他田園詩的代表作。又寫了有關除夕夜的〈圍爐二十韻〉，教人看出他對雙親的孝順、對家庭和樂的重視、對世道衰微的感嘆以及立身處世的原則。這一年，他也寫了〈天津〉一詩，提到天津城被英法聯軍攻破，皇帝倉皇逃到熱河的事情。

一八六一年（咸豐十一年），三十三歲：

又去一趟福州，通過辛酉年拔貢生的考試（他早就通過秀才考試，只是時間不得而知），因此也被稱爲「李拔元」。他寫的〈由中壢至鳳山崎望竹塹城〉，這首詩可能是他趕路赴考的見證，爲當時台灣北部桃園一帶的原野景觀留下了一個見證。在考試期間，他在福建參觀了「釣龍台」、「九仙山」，也分別寫詩記遊。寫給妻子吳祝娘的五言絕句〈寄內〉一首，裡頭透露了他一向乏錢囊澀的窘境。這一年曾經應台灣道兼學政孔昭慈的聘請，當了孔的幕僚。

一八六二年（同治元年），三十四歲：

寫了〈協安局感懷七首兼呈袖海王縣佐〉的詩，在序文中表達了對當時戴潮春之亂的態度，他對戴潮春居然有幾分的同情，只說戴是「爲強族所逼」才起而叛亂。當然，他不免對當時某些官方人物處理亂事的不當態度表示不滿。

一八六三年（同治二年），三十五歲：

寫了一首詩：〈內子苦余勞悴，具酌解懽囑賦詩以助興，余約其意即席成之〉，提到了妻子吳祝娘安排酒食以慰勞他的勞苦，同時他也爲妻子的好意寫了這首詩，裡頭對人生有很大的感嘆。在這一年，他也爲自己的妾陳柔順寫了兩首詩，分別是〈陳姬不讀書頗知詩趣〉和〈陳姬酷愛鮮花……〉，亦可見他對妾的看重。這一年他也寫了散文〈銅貢賦〉，諷刺當時有些不學無術之輩，利用國家外有英法聯軍，內有太平天國之亂，急需金錢購買軍糧的弱點，大肆捐貲，取得貢生頭銜，騙取名聲，炫耀鄉里；他感嘆社會風俗已經日趨澆薄，每況愈下了。

一八六四年（同治三年），三十六歲：

寫了〈弔烈女黃寶姑〉共八首詩，這些詩歌頌了所謂的「守貞」婦女的節操，反映了田園詩人頌揚民德的一般保守傾向。

一八六五年（同治四年），三十七歲：

這一年，他和宜蘭的幾位舉人、拔貢、士紳發起了興建宜蘭孔廟的建議。寫了〈乙丑棲雲別墅漫興〉，再一次寫了棲雲別墅，距離上次所寫的棲雲別墅風光已有七年，由這首詩的內容看來，他在棲雲別墅一樣非常愜意愉快，不是去田裡種種菜，就是寫詩喝酒。在這一年，宜蘭發生了三姓械鬥事件，陳、李兩姓的人聯合起來，對抗林姓的人，雙方聚眾械鬥，水火不容。後來甚至造成死傷無數，彼此老死不相往來。在械鬥中，李逢時避居員山大湖村，感到自己束手無策，非常遺憾。在亂事中，李逢時可能涉入了爭端（加入了李家的派系），使他的名譽受損，也影響後來的仕途，他很後悔牽連了這件亂事，曾寫詩說：「里巷傳聞執殺聲，當時自悔不埋名。」

一八七〇年（同治九年），四十二歲：

他有一趟台灣西部之旅，旅途地點包括了「安平」、「大溪坪」、「茅港尾」，分別寫詩記遊。

一八七一年（同治十年），四十三歲：

又準備要西渡福州，由宜蘭出發，經過北關道、三貂嶺，可是後來並沒有眞正西渡。

一八七二年（同治十一年），四十四歲：

這一年，李逢時的宗弟李望洋（非常有名的一個宜蘭舉人）從宜蘭出發，西行到甘肅去當官，可說千里迢迢赴任；而當時，甘肅正在烽火連天當中，李望洋這種行爲似乎有一些瘋狂。李逢時因此寫了〈子觀宗兄之令甘肅詩以贈別〉共十二首詩來贈給他，裡頭有一首詩勸李望洋不要去甘肅，應該留在桃花源一般的宜蘭才對。

一八七五年（光緒元年），四十七歲：

這一年噶瑪蘭廳改成宜蘭縣，李逢時籍貫當然變成宜蘭。

一八七六年（光緒二年），四十八歲：

四月三日未時，去世。

美麗的田園詩

在一八五八年，三十歲，李逢時寫了一首〈郊行〉❿，所描寫的農村郊野在什麼地方並不很清楚，應該是宜蘭某地區吧，因爲沒有資料能顯示這一年他離開宜蘭。這一首詩是寫二月農民的養蠶和插秧的情況，農鄉的味道十足，是一首典型的田園詩，也十足表現他所處身的環境就是一個農鄉的環境。原詩和翻譯並陳於下：

〈郊行〉

泥水蒼茫二月天，育蠶村裡看蠶眠。
溪南溪北絲絲雨，布穀一聲人插田。

【譯】在二月的時節，田裡的爛泥混合著田水，顯出一片泥水茫茫插秧前的水田景觀；在養蠶人家的村莊裡觀看蠶兒正在春眠。溪南溪北雨絲紛飛，雨量充足；布穀鳥叫了一聲，農夫開始插秧播田了。

這首樸素的田園詩，和任何田園詩都一樣，反映了農家離不開養蠶和種田這些基本事務。這首詩雖然還不能看出他詩歌的特性，但是證明了他有一般田園詩人的基本農鄉成長經驗。

在一八五七年（咸豐七年）時，他曾與宗弟舉人李春波、貢生黃佩卿、陳搏久、陳學庸等人，在枕頭山下建造「棲雲別墅」，招募當地人來耕種，大多栽種果樹。春天桃花李花盛開，再邀集朋友來這裡遊玩作樂。⓫隔年一八五八年，李逢時就寫了〈暮春與同人遊棲雲別墅〉⓬一組詩，用來紀念這件事。這組詩共有二首，由詩中可以看出這座建築就蓋在小山的坡地上，旁邊就是一條河流以及許多農夫的耕地，其實就是農鄉外郊的一棟房子，房子應該是他們幾個人親手建的。這組詩透露出來，棲雲別墅是他們用來休憩的房屋，是他們散心交友的地方。在田園詩的時代，許多詩人的家屋成了他們描寫的對象，不管良窳，他們很能疼惜自己的家屋。鄭用錫、林占梅有「園林」，而陳維英和李逢時有「別墅」，這是最有趣的地方。這首詩也的確寫出了他的別墅是在農村田野的包圍中，是農鄉的一部分。同時這首詩十足顯露了他高明的田園詩技巧，不可小視。原詩和翻譯並陳於下：

〈暮春與同人遊棲雲別墅〉

在枕頭山下，離城西五里許，丁巳與族弟春波同置，多種果子樹木，土人漁其利而就耕焉，每值春日桃李盛開，足供遊玩，因名之曰：棲雲別墅。

【譯】在枕頭山底下，離開城垣大約五里左右，丁巳年我和族弟李春波一起在這裡建了房屋，種植了許多種類的果樹。當地人求其利，就遷居到這裡來耕作了。每當春天桃花李花盛開，很能提供遊玩的樂趣。我們因此給這棟建築一個名字：棲雲別墅。

註——
❿ 見《全台詩》第玖冊，頁二七。
⓫ 見上文「年譜」。
⓬ 見《全台詩》第玖冊，頁二八。

之一

問余何與俗塵疏，只為尋幽興未除。修竹自村半弓地，小山斜枕數間廬。

爲穿紅葉聲邊過，雲占青山缺處居。真個涉園多趣事，不妨棲比狎樵漁。

【譯】問我爲何和世俗疏遠了？只是因爲找尋幽靜的癖好還沒有捐棄罷了。修長的竹叢圍成的這個別墅區是個面積狹小的地方；只有幾間茅廬斜枕在小山的坡地而已。當我們的腳步踩過秋天的紅葉時，窸窣的聲音就在身邊響起；白雲也將整個青山占領，看起來彷彿已經沒有可以居住的空間了。在這個別墅走走，眞的可以領會許多趣事；何妨多來這裡和漁夫、樵夫們住在一起。

之二

手結衡茅傍水西，護居何必險山谿。川長自種花千樹，果落時聞鳥一啼。

黃葉隔村人叱犢，白雲垂野客扶犁。深耕僅得彈丸地，愁聽邊城譟鼓鼙。

【譯】親手繫綁屋樑和茅草，在河流溪邊蓋起了這幢別墅；何必一定要把房子蓋在險峻的山谷之間以保護居所呢？在這裡，有長長的河岸，岸邊自然生長著千棵的花草樹木；當果子成熟落地的時候，會引來一陣鳥兒的躁動鳴叫。隔著黃色葉子的樹木的那邊村莊，有人叱喝著牛犢在耕作；當白雲垂落在四野的時候，農夫正扶犁耕田。大家認眞地在這裡耕耘，耕地事實上不大；不過最近我們很擔心國家邊境所響起的那些戰鼓聲（譯注：指太平天國的亂事）。

這兩首詩雖然表面看起來是描寫棲雲別墅，但是最重要的目的，還是在描寫身處大自然的那瀟灑放曠的意境。所以，李逢時用了「修竹」、「小山」、「茅廬」、「樵漁」、「花樹」、「果落」、「鳥啼」、「流水」、「白雲」……諸多意象，構成一幅大自然的圖景，而這幢別墅就在大自然中，人物彷彿被消除了，活動者變成大自然本身，主體也變成大自然了。這正是李逢時詩歌的一大特點，他比同期的田園詩人更要重視大自然本身，詩歌不是用來突顯自我，而是盡量免除自我。最值得我們注意的是，他的詩用了許多的顏色，譬如「紅葉」、「青山」、「黃葉」、「白雲」，使得詩變得很有精神，免除了自古以來「詩人眼中無色」的一般通病，引人側目，這首詩顯示了李逢時是深懂寫詩訣竅的人。

同時，這首詩讓我們完全領略到李逢時詩歌的特殊心法。那就是讓「我」來就「外境」，而不是讓「外境」來就「我」的一種寫法；也就是盡量不讓主觀的「我」過度打擾、扭曲「外境」的一種寫法，唯其如此，才能寫出外境的一派自然。這一點非常重要，後來，他描寫人物（他的親朋好友）也幾乎是同樣的手法——將自我淡化以及將外物盡量客觀化。

在一八六〇年，他寫了一首〈白鷺行〉⓭非常傑出。在短短的七個詩行裡，他把白鷺鷥的動靜身影、飛行棲息寫得栩栩如生，尤其是描寫白鷺鷥的外形達到纖毫畢露的境界，整首詩的顏色鮮明，明麗鑑人。詩裡可以說找不到「我」的成分，詩人的心類似一面鏡子，將白鷺鷥客觀地映射在他的心鏡上，無我性比〈暮春與同人遊棲雲別墅〉那兩首詩更為傑出。我認為台灣同期的田

註——

⓭見《全台詩》第玖冊，頁四八。

園詩人，沒有人能像他一樣，能有如此客觀、精細、生動的寫實手法，這首詩堪爲他田園詩的代表作。原詩和翻譯並陳於下：

〈白鷺行〉

鷺鷥初展青霄翮，一痕乾雪長空畫。
斜風吹落江村邊，亭亭獨立圓沙窄。
頂上垂絲十數莖，毛衣清潔束如帛。
飲啄之外更無貪，大小之間見倫脊。
一點白光常照人，嗟嗟羅網設阡陌。
湖溪空闊且高飛，綠蒲紅蓼少行跡。
顧影徘徊秋水清，窺魚棲傍蘆花白。

【譯】那白鷺鷥初次展開了飛翔青天的羽翼，就像是一抹白色的雪痕，染畫在長空之中。受到了風兒的吹拂，牠斜斜降落到江畔的村莊，此時亭亭獨立在小小的圓沙堆上。牠那頭頂上垂落了十幾根的髮絲；羽毛如衣，乾淨有如成束的白色絲帛。除了飲食之外，牠沒有任何的貪念；牠以脊背的高低來論身軀大小。從遠處看，牠有如一點白光，常常引人注目；可嘆的是：人們也常在田間小路設下了網羅，想要捕捉牠。因此，在寬闊的溪流湖泊的上空，牠高飛著；至於靠近人的綠蒲紅蓼就很少有牠的行跡了。大半牠都徘徊在野外清秋的河流上，彷彿向著水中顧影自憐；有時，牠也會靠近白色的蘆葦花身旁，仔細觀看河流中是否有著可以捕食的魚兒。

在這首詩裡，李逢時由遠而近，寫出了白鷺鷥的行蹤。依次寫長空飛翔、停落江村、身體特徵、水面覓食，空間感和運動感都非常突出。白鷺鷥的舉止動作，層次分明，像是一場攝影；風景變換迅速，不斷推出，其描摹的手法眞是出神入化。同時，我們注意到李逢時的確是一個顏色的使用大家，他的詩大抵都有鮮明的色彩。在這七行裡，他又運用了非常突出的顏色寫法，「青霄」、「白光」、「綠蒲」、「紅蓼」、「蘆花白」，使得詩變得很有精神。我在上文曾說過，一般詩人的眼中往往是輕視色彩的，但是李逢時的詩不然，他的詩總是不缺顏色，而且十分自然，看起來教人賞心悅目，這首詩是明顯的示範。任何的詩人，只要多幾寫幾首〈白鷺行〉這樣的詩，要在台灣的田園詩裡占一席之地，是一點都不困難的。

到了一八六五年，他忽然又一次擴大寫棲雲別墅，仍然是寫實的，大自然風格更加濃厚。雖然如此，但是這組詩卻具有生活的味道，演變成一種生活寫實。無意間，李逢時揭露了自己的躬耕生活，教我們了解李逢時有時住在棲雲別墅是需要到農田勞動的，他仍然算是半個農人。這一組詩叫做〈乙丑棲雲別墅漫興〉⓮，共有四首。原詩和翻譯並陳於下：

〈乙丑棲雲別墅漫興〉

之一

一桁青山帶夕曛，數村雞犬日相聞。

註——

⓮ 見《全台詩》第玖冊，頁七四—七五。

巖居莫說無供給，有客扶犁耕白雲。

【譯】一列橫向的山脈上，掛著夕陽；前後幾個村莊，彼此平常都雞犬相聞。不能說居住在山巖處，生活的資源就一定會遭到斷絕；還是有人在白雲籠罩的山間種田謀生。

之二

何必窮荒闢草萊，枕頭山下小園開。
問余蹤跡在何許，判斷江山去未回。

【譯】何必特地到窮鄉僻壤的地方去開墾荒地呢？在枕頭山下，就可以墾成許多小小的園圃。問我現在的行蹤在哪裡，應該是在山水之間，還未回到家裡吧。

之三

竹間隨意引流渠，日去鋤雲種野蔬。
桃李遍開山下路，煙霞自占水邊居。

【譯】在竹叢之中，隨意開闢溝渠，引水灌溉；平日就帶著鋤頭到野外去種種蔬菜。桃花李花開遍了山下的道路；水邊則籠罩了一片的煙雲。

之四

新釀春雲一甕香，頹然日以醉為鄉。
花天絮地自成世，翻覺人間無短長。

【譯】在春日裡，打開了釀造好的一甕香氣四溢的酒；整天喝得醉醺醺，頹然醉倒在酒鄉之間。在這個開滿花絮的天地裡，自成一個世界；才覺得活在人間沒有什麼短長可言。

這四首詩，和上文那兩首書寫棲雲別墅的詩，技法差別不大，眾多大自然的意象拼貼出更大的一幅自然風光，放曠自然的味道更強大也更渾厚。由這四首詩的內容看來，李逢時在棲雲別墅並非不做農事，他仍然要去墾一墾荒，開闢溝渠，種一種蔬菜，這倒是很生活化的。詩歌也透露出來，他似乎是一個很會喝酒的人，常常喝得醉醺醺。總之，在棲雲別墅裡，墾荒種菜，閒看山水，縱情喝酒，就是他生活的全部。我們說這就是一個下層士人的一般生活了，很像是陶潛筆下的那種躬耕於大自然下的文士生活。

以上，就是李逢時田園詩的一般風格。要之，我認爲「放曠自然」、「精細描摹」、「顏色明麗」、「淡化自我」就是李逢時田園詩的幾個特點。除此之外，友情和親情的蔓延，更是他詩歌的兩大特質，不能不加以注意。

友情詩

在上文我提過，李逢時的官運不佳，沒有能當個官員。但是，這種遭遇對他的詩歌寫作卻有了正面性。由於沒有接觸大官員的機會，他只能和一些考場的同窗或是小胥吏來往。他對這些朋友又很熱情，寫了許多的詩來記錄彼此間的交往。這些詩就交織成一幅下層士人、小官的圖像，爲我們打開一扇窗，可以窺見當時小讀書人、小胥吏的姿影，相當珍貴。

在一八五八年，他寫了〈次韻題白雲親舍圖贈又之姚秀才有序〉⑮一組共四首的詩。這組詩的寫作動機非常奇特，對朋友的同情細膩得教人驚訝。原來李逢時有一個朋友叫做姚又之秀才，由福建隨一個通判來到台灣鹿港，大概做幕僚的工作，時間一久，就很想念家鄉。李逢時這首詩，就是用來安慰姚秀才的思鄉之情，裡頭李逢時對朋友的那種友愛和善意很值得我們注意。其中三首詩和翻譯並陳於下：

〈次韻題白雲親舍圖贈又之姚秀才有序〉

又之諱寶年，閩縣人也。家貧能詩，素以孝聞。乙卯富公謙判鹿港，姚以布衣從遊焉。鹿有孝廉陳宗璜者，工於畫，與姚交善之。一日見姚有憂色，詢之，知其有白雲思親之感也。越數日，陳攜一畫，指姚曰：「此白雲親舍圖也。」姚感之，因紀以詩。丁巳入闈，姚以圖並原作諸詩見示，余愛其佳，因作是詩以贈之。

【譯】又之，名諱寶年。閩縣一帶的人，自幼家貧，卻能寫詩，一向以孝順有名。乙卯年，富公謙擔任鹿港通判，姚又之秀才以平民的身分，跟隨來台灣。鹿港有一位孝廉陳宗璜，很能繪畫，和姚秀才很友好。有一天，他看到姚秀才面有憂色，就問他發生什麼事，於是知曉了姚秀才有狄仁傑那種望雲思親的心情。幾天後，陳孝廉帶著一幅描摹的畫來，指著畫說：「這就是我摹畫的白雲親舍圖，送給您。」姚秀才看了，感謝他，因此就寫了幾首詩來記念。丁巳年時，姚秀才要回福州參加舉人考試，臨行前，把圖和那幾首詩拿出來和我分享，我非常喜歡那些詩畫。因此，我也寫了幾首詩來送給他。

之一

太行回首望庭闈，萬里家山兩地違。春草王孫今日路，浮雲遊子幾時歸。
精誠隱有千秋感，血淚渾如一樣揮。尺幅摹成新畫本，又從海外悵孤飛。

【譯】當狄仁傑行經太行山山頂時，向下望著白雲底下的家園，不由得懷念起他的母親來；無奈老家和太行山相隔萬里，哪能輕易地就回家？如今行走在春草滋長天地中的我們這些年輕的男士們，一樣遇到了考慮要不要回鄉的問題。只是流浪在外的人，幾時能回去是無法預料的。看那圖畫裡隱藏了千秋萬世的思親心情，就像是揮灑血淚一樣地被揮灑在畫面上。於是，這張由小小一尺見方的畫布所摹畫而成的新畫作，就將要跟隨著思親的人孤獨地在海外悵然地單飛了。

註——⑮見《全台詩》第玖冊，頁二九。

之二

一撮晴雲海上飛，離情落筆不停揮。蘭城遠與榕城隔，雁信難將旅信歸。

悅士使君能賞識，思親孝子念暌違。秋風擬挂蒲帆去，拜罷庭闈赴省闈。

【譯】就像是一朵白雲飄飛在海上，離別親人的愁緒促使畫圖的人和寫詩的人不斷揮灑他的筆在作品上。蘭陽遠遠地與福州彼此隔離，很難寫信告訴母親即將回鄉的消息。即使是受到了能接納賢士的長官的讚賞，但是孝子仍然掛念長久不見的母親。因此，就在這個秋天的季節，您決定掛帆搭船歸去，一方面可以拜見家裡的老母親；二方面可以即時趕赴舉人的科考。

之三

省闈遙隔大瀛東，咫尺天涯片念通。入幕久從金馬客，置身深在蓬萊宮。

懷君夜月三更後，坐我春風一席中。藹藹堪親兄若弟，合將詩酒話幽衷。

【譯】雖然福建省的考場隔了一片遙遠的海洋，可是咫尺天涯，只要一個念頭，就可以到達那裡。您在這裡擔任客卿已經很久了，一向置身在遙遠的這個台灣島。我常緬懷有月光的三更晚上，您愉快地和我坐在酒席中。彼此那麼融洽有如親兄弟；我們一起吟詩喝酒，一起談論幽微的心裡話。

這組詩首要的目的當然是「安慰」對方，其次是稱讚對方有一顆孝順的心。裡面當然也讚揚了作畫的陳宗璜舉人以及寫詩的姚秀才的本領。不過，最教我們感動的還是李逢時對朋友的感情。由「藹藹堪親兄若弟，合將詩酒話幽衷」這個句子看來，李逢時是把姚秀才當成親兄弟看待了，眞是有情有義。李逢時不但對姚秀才如此，他對他所有的朋友幾乎都是如此。

在一八五八年，李逢時也寫了一首〈秋夜送玉麟宗兄西渡〉⑯的詩，這首詩是送別族兄李玉麟到大陸後的感作。友情一樣非常濃厚，原文和翻譯並陳於下：

〈秋夜送玉麟宗兄西渡〉

莫逆交深越二年，道旁分手更纏綿。蘭江夜月離人酒，石港秋風送客船。
鴻雁一聲煙滿浦，蘆花兩岸水浮天。澎湖蜃氣昏如雨，為屬舟師靜候便。

【譯】我們成爲莫逆之交已經超過了二年，記得我們在路旁分手的時候，情感更加深厚。您現在已經啓程西行渡海，臨行前在蘭江的月夜裡喝了臨別的一杯酒，讓石港的秋風送走了您搭的客船。飛雁在天空叫了一聲，水氣瀰漫江邊，蘆花開遍兩岸，藍空倒映在江水上。您停留的澎湖島的雲氣必定昏暗欲雨，因此事先必要交代船夫耐心地等待。

這首詩的意境非常的好，像「蘭江夜月離人酒，石港秋風送客船。鴻雁一聲煙滿浦，蘆花兩岸水浮天」都是大好的詩句，風景和離情都很動人，意象栩栩如生。當中我們特別注意到「莫逆

註——⑯見《全台詩》第玖冊，頁三一一。

交深越二年，道旁分手更纏綿」這句話，李逢時明寫，他們只交往二年，已經成爲莫逆之交了。他先前的那首詩指出他和姚秀才有如親兄弟，這一首又說和李玉麟成爲莫逆之交，友情發展的速度和深度都很快，有點不類「君子之交淡如水」那種傳統的教誨。

在一八六〇年，李逢時又寫一首〈贈同年張策六〉⓱的詩贈給張策六這個人。張策六可能很早就是李逢時的同窗，兩人可能是同時獲取貢生的身分；兩人也可能是將來同赴福州考舉人的友伴，並且兩人都沒有被錄取。⓲在一八六〇年這首詩裡，看起來他們還洋溢著青春的氣息，當時李逢時只有三十二歲，料想張策六也差不多這個歲數：

〈贈同年張策六〉

文字由來萬選錢，喜看鵷鷺共聯班。
諸羅七十二峰秀，君是蓬萊第一仙。

【譯】您的詩文本來就是無比精美的文字；行文如同鵷鷺飛行，非常有序，層次分明，教人喜歡。就像是諸羅縣境裡的七十二個山峰最傑出的一峰，您是蓬萊仙島的第一人。

這首詩寫得毫不囉嗦，輕快儉省；卻是很精緻的一首詩，很有精神。不過，最值得我們注意的還在於他對同年張策六的稱讚。在短短的兩個句子裡，李逢時盛讚了對方選字精美、層次分明的詩藝，又給了他台灣第一詩人的美譽。能給同學這種稱讚，是很不容易的。我們在這裡看到「文人相輕，自古皆然」這個律則不太適合李逢時，他對張策六的友情眞是不同凡響——只有欣賞，沒有任何輕看。

李逢時不但對張策六如此，他對他的「同年」無一不如此，那種對朋友禮讓的胸懷、絕妙的稱讚實在是古來少有。我們讀了這些詩，才知道我們對朋友的吝嗇是如此的可鄙，也是多麼的可悲！底下的兩首詩都是寫於一八六〇年，分別盛讚了另外兩個同年的詩藝，讚辭細膩巧妙，教人嘆爲觀止。原詩和翻譯如下：

〈贈同年簫士千〉⑲

一鳳長鳴出鳳山，邱隅更不聽緡蠻。
休將豪氣薄蕭統，選到昭明未可刪。

【譯】就像是一隻長鳴的鳳凰一樣，您從鳳山飛出來了。又像是明朝邱隅這個清廉的湖州通判一樣，不願只像一隻小小黃鳥終老在小小的山阿處，而寧願選擇在高高的逍遙巖上構屋隱居。請不要將這股豪氣輸給了梁朝的蕭統，假若是蕭統還活著的話，當他編選《昭明文選》的時候，也一定會蒐集您的詩文，千秋萬世將沒有人能刪掉您的作品。

註——

⑰ 見《全台詩》第玖冊，頁四四。
⑱ 有關張策六的生平大概見賴貞羽：《李逢時及其詩歌研究》，頁三八。
⑲ 見《全台詩》第玖冊，頁四四。

〈贈同年吳子青〉[20]

嘉陵三百里，落筆有神奇。張鷟青錢品，曹娥黃絹碑。
伊人秋水外，朗秀玉山時。古道照顏色，斯言誠不欺。

【譯】有時，您的詩文就像是吳道子所畫的《嘉陵江三百里旖旎風光圖》，落筆的時候充滿了神奇。有時，您詩文的遣詞用字的準確度就像是唐朝張鷟善於考試一樣：萬選萬中。有時，也像漢朝的蔡邕給予曹娥碑的稱讚：絕妙好詞。有時，您詩文超出了秋水伊人的柔美，正像玉山那般的清秀。有時，閱讀您的詩文，古代傳統的美德就會閃耀在面前，用「古道照顏色」來形容您的詩眞是恰如其分。

■對雙親（或整個家庭）的感情

除了友情，李逢時對父母或整個家庭的感情也教人感動。李逢時表達他對父母的感情，毫不造作，大約都把父母放在整個家族裡的中心點來書寫，文筆非常率眞自然。同時，他非常看重整個家庭的團結和樂，並且一再告誡每個成員，在一個家族裡，長幼有序，中規中矩是必要的。

在一八六〇年，他寫了一首五言古詩叫做〈圍爐二十韻〉，[21]詩的內容顯得比較雜駁；不過相當表達了他對家庭和樂相處的願望，同時也寫到了在圍爐時自己對父母的孝行。原詩和翻譯並陳於下：

〈圍爐二十韻〉

天意此休息，家人高會時。香芹采綠節，嫩蒜切銀絲。
白水調花鴨，紅爐爨伏雌。嘉餚既云備，清酒斟滿卮。
燭影溫窗紙，薰籠熨帳幃。樽前娛二老，膝下弄雙兒。
妻子代庖潔，諸孫執酌宜。老萊衣學舞，商陸火添炊。
玉漏銅壺淺，洪鈞斗柄移。陽和噓大塊，德教仰皇慈。
聚順鯨鯢樂，排行鴻雁隨。汝曹機可引，其羽用為儀。
願養凌雲翮，毋傷連理枝。亡羊牢再補，刻鵠鶩何為。
海底珊瑚樹，庭前松柏姿。美材為棄擲，弱質反矜持。
爆竹徒從俗，揶揄笑賣癡。世醒甘旨誤，吾醉素心知。
舊雨今宵盡，春風昨日吹。聖朝得遺際，桃李解葳蕤。

【譯】天意要我們在此時休息圍爐，一家人在這時共聚一起。把芹菜的綠色枝梗摘下來，嫩蒜切成一條條銀絲樣。再用清水煮熟乾淨的鴨子；燒紅炭火的爐子上烤著生卵雞。美好的菜餚都準備好了，清酒也倒滿在杯子裡。房內的燭影映在紙窗上，發出香味的薰爐正薰烤著冷冷的帷帳。我在酒席前和雙親談笑，捉弄膝下的兩個兒子。妻子料理的廚房整潔乾淨，所有的兒孫的

註——
⑳ 見《全台詩》第玖冊，頁四五。
㉑ 見《全台詩》第玖冊，頁四八。

飲食都中規中矩。在這個除夕夜裡，學著老萊子娛樂雙親，爐中焚燒著商陸的草根以避邪。我們要珍惜光陰，時間的確過得很快，天上的北斗星隨時都在移動。同時也要知道和樂相處的道理，春日和諧的氣息總是仰賴大自然和諧的呼吸，就像人間的德教完全仰賴皇上聖德的推行一樣。在新的一年裡，我們家族成員彼此相處，應該像海中快樂的魚兒一樣，團結和順；也應該像空中的鴻雁一樣，有序地排列飛行。有時我們應該有計謀，好讓弱小的自己，通過某種改變，讓自己壯大起來，有如鴻雁長出豐厚的羽毛。我們也要有好德性，比如多多體恤那凌空飛翔的鳥兒，不要傷害那些一起雙棲在樹上的鳥兒。假如羊牢破了，走失了羊兒，也能知道馬上把羊牢補修起來的道理；好高騖遠的事情，絕對不做。爲人應該有海底珊瑚那種安靜深沉的涵養，品格也要像庭前柏樹那樣堅韌不摧。可惜，如今的風尙是把有美好才德的人加以鄙棄，反而是看重那些懦弱無德的人。本來新春爆竹是用來除掉舊惡的，可是今天看起來，它也跟隨俗尙，變得沒有意義了；它彷彿就像俗人一樣，只會揶揄那些美好才德的人，甚至只會裝瘋賣傻而已。世上的人自認清醒，卻總是被喜愛吃穿的欲望耽誤了；我雖然是個喝醉了的人，心裡反倒是非常清楚明白。這個除夕夜，是否告訴我說往日老朋友們的感情就在今夜都全該了斷了？學生老師之間的情誼是否也是昨天的往事了？從現在起，我應該刻苦奮進，假如有一天能遇到賢明君主的重用，那麼我這個小人才的人生也就來到了繁榮發達的時候了。

這首詩散發出來的家庭和樂氣氛很值得注意；當中「樽前娛二老，膝下弄雙兒」、「老萊衣學舞，商陸火添炊」這兩句詩，都表示了在圍爐時不敢忘記父母。

到了一八六四年，他又寫了〈除夕〉㉒一首，父母就完全變成主角了。當中提到了身爲兒子的自己在外奔走總是擔心雙親的心情。原詩和翻譯並陳於下：

〈除夕〉

絕裾何以慰親顏，碧海雲深戀故山。
童稚遍斟婪尾酒，一杯徐上老人歡。

【譯】斷然離別故友，奔走在外，卻總是擔心家裡的雙親；即使抵達深海或高飛雲端，還是深深戀著故鄉。還是除夕的這一天最好，我回來了，家裡的小孩為每個人循序倒酒，我把最後的一杯酒緩緩遞給歡喜中的父母親。

這首詩雖是寫除夕，但是其實是在寫他對雙親的感情。在裡頭，表面上是寫一家人的歡樂，但還是把父母放在中心點然後加以書寫。「絕裾何以慰親顏，碧海雲深戀故山」這一句詩，把詩人對父母的多情完全寫出來了，教人不禁為之動容。

總之，李逢時的家庭詩，沒有傳統那種大家長中心主義的味道，與一般的詩人有所不同。他更多的是伸張了家庭成員和樂相處的那種氣氛，以及對每個家庭成員的關懷。

註——㉒見《全台詩》第玖冊，頁七四。

對妻、妾的愛情

在所有李逢時寫作的親情詩中，最令人感到有趣的，還是他對他的妻、妾的愛情。李逢時是有一妻一妾的，他的妻子叫做吳祝娘，由李逢時寫給她的詩看來，她應該是一個賢淑勤勞的女性，相當能體諒李逢時的奔波勞苦，也是李逢時陳述他心中委屈的對象。妾的名字叫做陳柔順，她不是一個很能讀書的女性，但是深受李逢時喜愛，當李逢時揮毫時，她會捧硯在一旁幫他，極可能和李逢時有些歲數上的差異，看起來有些天眞無邪。[23]

底下是幾首他寫的有關妻、妾的詩：

在一八六〇年，李逢時寫了一首五言律詩〈寄內〉[24]給他的妻子。這封信說他年年都離家奔走工作，不在她身旁，家裡的事都由妻子處理，言下之意頗有虧欠於她的意思。原詩和翻譯如下：

〈寄內〉

自少為夫婦，年年遠別離。嗟予行役久，賴爾室家宜。
遊子思鄉切，歸途積雨遲。鵲橋良夜月，是我入門時。

【譯】我們從小就結爲夫婦，長大以後，卻年年都彼此遠離。我常感嘆在外奔波太久了，一切的家務都由您在照顧。遠遊的人思念故鄉的心情是急切的，無奈回家的路上遇雨而延遲。差不多要到今年的七夕晚上，就是我回抵家門的時候。

這首詩大概是李逢時外出的時候寫的，詩裡頭透露在一八六〇年除夕之前，他還在外頭奔走，要回家時，還碰到了一場不小的雨水。「自少為夫婦」這句話也顯示出他和他的妻子很早就結婚，有點像是一對青梅竹馬的友伴吧。在古詩人中，願意寫詩給自己妻子的人很少，因爲這牽涉到雙方的默契問題，最起碼妻子也要是一個略爲懂得詩的人才行，因此我們可以猜測吳祝娘應該有一些詩詞的素養。由於有默契，因此，寫詩的情緒顯得平穩，彷彿對著知己談心。

到了一八六一年，李逢時又寫了另一首五言絕句〈寄內〉㉕給他的妻子。又和妻子談心，情緒也是一本平常，非常坦白。原詩和翻譯如下：

〈寄內〉

一別鄉關去，車船不定家。
生涯隨處有，囊澀是虛花。

【譯】一離開了故鄉來到外地，總是以車船爲家，沒有固定的住所；隨時都可能去到某個地方，最糟糕的是，袋子裡始終無甚金錢。

這一年，李逢時到福州赴貢生的考試，這首詩很可能就是在福州寫的，因此在詩裡出現了

註——

㉓ 有關李逢時的妻妾梗概，參見許惠玟：〈李逢時生平交游及其《泰階詩稿》初探〉，頁一四四。
㉔ 見《全台詩》第玖冊，頁四三。
㉕ 見《全台詩》第玖冊，頁五四。

「一別鄉關」、「車船不定」的字句。由於和妻子無所不談，才會出現「囊澀是虛花」這種眞實經濟情況的描述。夫妻之間的這種平常談話，引來了我們的感觸，夫婦之間總少不了要談家庭的經濟問題。

在一八六三年，李逢時應妻子的要求，又寫了〈內子苦余勞悴，具酌解歡囑賦詩以助興，余約其意即席成之〉㉖這樣的一首詩。這首詩提到了妻子對他的體貼，在他勞苦之餘，替他辦了酒菜，與他共飲。李逢時也很能呼應妻子的心意，爲了妻子，寫了這首詩，讓人再度看到他們夫妻彼此相契的那種感情。原詩和翻譯並陳於下：

〈內子苦余勞悴，具酌解歡囑賦詩以助興，余約其意即席成之〉

光陰如何駐，兩鬢不成霜。夢到醒時大，春回死後長。
經營徒耗力，富貴轉嫌忙。即此吾心快，陶然倒一場。

【譯】要如何才能停住光陰的流逝，好讓我們的雙鬢不至於成白？吾人總是做夢時不知夢的大小，直到醒來的時候，才能清楚衡量；甚至一直要等到春回大地時，才知道嚴寒的冬天也實在是太久長了。綜觀我們的一生，斤斤計較於事業的經營，大抵都是徒然耗損力氣的；求取功名富貴總是窮忙一場。就是喝酒這件事，才能使我的心情暢快，在一場陶陶然的醉酒後，放身倒下去睡著了。

由詩的內容看來，他坦白地談到他對求取功名富貴的一生感到相當失望，也有消遣自己的味道。看得出來李逢時不是那種「驕其妻妾」的人，在妻子的面前，他彷彿不敢有任何的自誇。要是換上其他的人，必不能如此，因為「拔元」這個頭銜仍然很值得向妻、妾誇耀的。

在一八六三年，李逢時寫了〈陳姬不讀書頗知詩趣〉❷❼一詩，來記錄他的妾替他捧硯的這件事，裡面透露出他對他的妾的愛情。原詩和翻譯並陳於下：

〈陳姬不讀書頗知詩趣〉

愧余不是謫仙人，巾幗憐才出性真。
多累纖腰來捧硯，玉環應是爾前身。

【譯】我頗遺憾不是居住在人間的仙人，陳姬本性如此的純真，應該是上天所憐惜的巾幗才女。現在卻承蒙她以纖纖的弱身來幫忙捧硯，好讓我方便寫字；我細細地思量，感到她的前世諒必是那個為李白捧硯的楊貴妃吧！

由詩的內容看來，不論怎麼看，只是一件小事，一般的詩人大概不會為這件事寫一首詩的，但是李逢時卻不大相同，他仍然寫得很認眞。明知道這個妾不喜歡讀書，但是仍然給她很高的美女、才女的那種讚譽，很像父親對掌上明珠的愛惜，實在是很教人訝異。

註——

❷❻ 見《全台詩》第玖冊，頁七〇。
❷❼ 見《全台詩》第玖冊，頁六七。

也同樣在一八六〇年，他又寫了〈陳姬酷愛鮮花……〉㉘這樣的一首詩來記錄妾的一件迷信行為，乃是有關他的妾害怕來世要償還「花債」的生活小事。原詩和翻譯並陳於下：

〈陳姬酷愛鮮花人爭餽送或給以今世受人花多來世難償其值後有送者姬有采色人知其意強予之則袖手不承喂使放之几上余怪而問之姬以人言告且曰人遺花時不用親手遞過則免花償之累余以為新語笑而誌之〉

【譯】陳姬很喜歡鮮花，人們知道了，就爭相送花來。然而她大概相信「今世接受人家送的花太多，來世就很難償還花債」的這種迷信說法，後來每當有人送花來，她的臉上就有要接不接的猶豫不定的神色。假如有人知道她舉棋不定的心情，想要勉強她收下，她就乾脆袖手不接，只吩咐對方放在桌上。我感到奇怪，就問她為什麼這麼做。陳姬就告訴我有關那個迷信的說法，而且還說：「當別人送花時，只要不是親手由對方的手中接過來，就可以免除花債。」我認為這件事很像《世說新語》裡的趣事，因而寫詩記錄下來。

憐香爾也有肝腸，爭摘鮮花供曉妝。
若得好花常插鬢，來生花債不妨償。

【譯】一些頗懷好意的人，很懂得憐香惜玉，爭相摘下鮮花，送給陳姬，以增添她的美顏。我卻認為，何必害怕他人所贈的鮮花呢？如果能常有好花插在髮鬢上，使自己更加美麗，來生何妨償還這些花債。

害怕償還「花債」的這個小迷信，在台灣的民間流傳已久，其實並沒有什麼好奇怪的，但是李逢時還是把它當成非常珍貴的一件事寫下來了，還認爲這件事頗像《世說新語》裡的趣事，反映了李逢時對這個妾的看重，唯其看重她，任何的小事在他的眼光中都不是小事。另一個重點在於，這首詩雖然不直接說他的妾的貌美，可是似乎能讓我們猜測這個妾極可能是一個美人，所以大家才會紛紛送花給她，這就更反映出他對這個妾的珍惜之意了。

以上，就是李逢時的《泰階詩稿》裡非常引人注目的友情、親情的描寫。

台灣田園文學時代和普遍滋長的友情、親情

的確，李逢時的詩歌充滿了友情、親情、愛情，儘管我們說這些古典詩人意識形態都是保守的，但是這些熱烈的感情，卻瀰漫在他的詩集中。在如今的詩壇裡，情感破碎的描繪成爲一種時尚，我們對一百多年前的田園詩人李逢時經營出來的如此和諧的詩歌世界，不免感到疑惑。我們會批評說：「它可能不是眞實的！」不過，李逢時卻彷彿不覺得如此，他似乎很自然就寫出來了。事實上，我們應該把李逢時詩歌裡的情感世界看成是那個時代的理所當然的共同文風，才能了解裡頭的奧祕。

註——
28 見《全台詩》第玖冊，頁六八。

加拿大籍的文學批評家諾斯洛普．弗萊曾經提到，文明社會所產生的文學文類，不管是傳奇（浪漫）、田園也罷，悲劇、諷刺也好，他們都是起源於原始社會的神話。在原始的神話裡頭，已經蘊含了這些文明社會的文類的特性。換句話說，神話就是這些文類的「原型」。他在一九五一年所寫的〈文學的若干原型〉㉙裡表列了神話和文類的相應關係如下：

1. 黎明、春天和出生的階段。例如英雄的誕生、甦醒、復活、創造等以及擊敗黑暗、冬天和死亡這些能力。從屬的人物有英雄的父母親。它是文學類型包括傳奇故事、酒神頌、狂詩狂文的原型。
2. 天頂、夏天、婚姻和勝利的階段。如神聖化崇拜、神聖婚姻、升入天堂的神話。從屬的人物有英雄的同伴和新娘。它是文學類型如喜劇、田園詩、牧歌的原型。
3. 日落、秋天和死亡的階段。如墮落、神的死亡、暴斃、犧牲以及英雄的疏離等神話。從屬人物有背叛者和海妖。它是文學類型如悲劇、輓歌的原型。
4. 黑暗、冬天和毀滅階段。如上述惡勢力的得勝、洪水、回到渾沌的狀態、英雄被打敗以及眾神毀滅的神話。從屬人物有食人妖魔和女巫。它是文學類型如諷刺劇的原型。

我們注意到這個表裡頭的第二階段（天頂、夏天的這個階段），也即是裡頭有「喜劇、田園詩、牧歌」這些名目的階段。弗萊顯然說，喜劇、田園詩、牧歌的原型就是天頂、夏天的神話。因此田園詩當然也隱含了夏天神話裡「神聖婚姻、從屬的人物有英雄的同伴和新娘」的這種成分。也就是說，在田園詩出現的階段，除了英雄（故事裡的主角）是主要的被描寫的角色以外，英雄的友伴和新娘也會成爲被描述的對象；而且田園詩裡會出現隆重的婚姻描述，婚姻將被描寫得非常神聖，充滿了天眞的、被神祝福的風味。如果，我們把握了弗萊所說的這個文學規律，那麼我們對於台灣文學田園（夏天）時代所出現的李逢時的詩歌就不再感到訝異，因爲描述婚姻的神聖、描述朋友之間的友愛，就是此一階段文學的特性。

假如我們不用弗萊的神話原型理論來理解李逢時的詩歌，而是用一般的社會史觀點來理解的話，那就是說：台灣歷經了清朝前期一百多年的移民墾殖後，移民已經落地生根了，他們已經和台灣這塊土地以及土地上的風俗習慣、價值觀，深深地結合在一起。人們一出生，就是屬於土地和人群的一部分。這時候，個人主義的思想還沒有傳到台灣來，平權思想還沒有被聽到，人和土地、人和社會、人和家庭、人和人之間沒有任何的疏離。因此，和諧的親情友情、夫妻感情就理所當然地成爲大家描述的對象，認爲那是至美的東西，是最具價值的東西。這就是李逢時詩歌所以產生的重要原因。

總之，我們不能用現在的文風去理解推斷古代的文風，每個時代皆有它一定的寫作傾向，無法雷同。因爲每個時代都有它獨特的民風習俗、社會法則、道德倫理、價值觀，從而導致文學的根本不同。

台灣還有一個田園詩人林占梅（一八二二—一八六八年），是新竹人。他的年紀比李逢時大了八歲，比陳維英小了十歲。他雖然有三妻三妾，但是並非同時擁有這麼多妻妾，由於他的妻妾

註

㉙ 見伍蠡甫、林驤華編著：《現代西方文論選》（台北：書林，一九九二年），頁三五三—三六〇。

大抵早夭，只好續絃。㉚他的許多妻妾突然亡故，造成他巨大的哀痛。因此，在他遺留下來的詩集《潛園琴餘草》裡，寫了不少悼亡詩，那些哀傷妻妾亡故的詩並不是隨便寫寫而已，裡面有他非常眞摯的感情，讀來令人不忍。當然，他和這些妻妾之間，也不乏情趣，他不吝筆墨，寫了一些閨中之趣，並高度讚揚了她們。底下有兩首詩，分別是〈歲暮雜感〉㉛和〈閨中有贈〉㉜。前一首乃是悼念他第一個妻子陳氏的作品；後一首詩可能稱讚三位妾中的一位。兩首詩都寫得非常有情，我們把原詩和翻譯並陳於下，做爲本文的結束：

〈歲暮雜感〉

生離已呑聲，死別長惻惻。寒宵臥空床，悼亡長太息。憶昔我岳翁，舉家之燕北。
因憐道路長，纖弱難遠適。挈送入我門，母女淚漣洳。其時年十五，釵裙無華飾。
十六余遠行，代我供子職。盡孝事重闈，承歡多順色。三載余歸來，下機喜停織。
十九始成婚，閫儀殊謹飭。親戚同里閭，齊聲稱婦德。病忽入膏肓，葠苓醫不得。
零落歸山邱，長隔如異域。魂夢空相親，音容忍迴憶。一燈雨夜寒，淒絕空房黑。

【譯】我和她生前的短暫離別，都會彼此哽咽；更何況死後的永別，那就是一生永遠的傷痛了。我在寒冷的夜裡躺在空空的床上，因爲悼念著妳而長聲嘆息。還記得我十六歲時，我和妳的父親一家人遷居到北平居住，由於路途遙遠，妳的體質比較虛弱，不宜跟隨。妳被送到我家，妳的母親和妳流了許多的眼淚。當時，妳只有十五歲，穿著一件平常絲毫沒有裝飾的衣服。妳十六歲那年，我就這樣離開了妳遠走他方，妳就留在我家裡，代替我善盡兒子的責任。日常中，妳孝養我的雙親，對雙親屈意承歡、和顏悅色。三年以後，我回來，妳歡喜地停了織布的工作，起身歡迎我。十九歲時，我們才完婚，對於家門的規定，妳嚴加遵守，親戚或鄰居都齊聲讚揚妳的賢慧。可惜，忽然間，妳竟然病入膏肓，沒有任何的藥能醫好妳的疾病。妳被埋葬在郊野的墳裡，我們如同相隔在兩個不同的世界中。我們只能在夢中相親，或只能在回憶中想到彼此的音容。在這個寒冷的雨夜裡，只有一盞小燈微亮著，空空的房子只剩下一片黑暗了。

〈閨中有贈〉

可意妻兼友，如卿亦孔嘉。慧心同穀種，素質配梅花。
琴解彈盧女，書能讀大家。閨中多韻趣，覓句又評茶。

【譯】既是妻子又像是知己的女性是最令人羨慕的；不過，像妳這樣也很完美。妳的慧黠有如那位把穀類帶來人間的女神，美好的本性如同堅貞不凋的梅花。妳的琴藝相當好，彷彿三國魏武帝時宮女盧姬；妳讀書的能力也很高，能讀得懂大學問家的作品。在閨房中，妳帶來許多的趣事，既能吟詠美好的詩句，又善於泡茶品茶。

註

30 有關林占梅的妻妾梗概，見陳運棟：《新竹風雲錄》（桃園：陳運棟發行，一九九九年），頁八七—九五。
31 見《全台詩》第柒冊，頁三〇九。
32 見《全台詩》第柒冊，頁一七二。

第四章

悲劇文學時代

評洪棄生的「鹿溪」系列詩❶

——並論台灣悲劇文學時代迅速喪失的田園美景

前言

這是一篇分析洪棄生詩藝的文章。特別著重在討論一八九五年之後，他詩中的田園美景全部消失的現象和原因。這個現象就是台灣文學即將告別田園文學時代，轉入悲劇時代的重大訊息之一。

文中，作者提出歷史的斷層現象，呼籲大家注意台灣歷史的連續性之外，也應該注意某些不連續的現象。

另外，文學到底是反映「實境」或「心境」；也就是說：文學到底是「客觀」反映環境，或是「主觀」反映環境？這個問題也是這篇論文要探討的另一個問題。

斷層歷史下的詩人

台灣由清治時代演變成日治時代，頗不類於一般歷史理論所說的那種「演變」，事實上它比較像是一種「突變」。它教我們想到布拉格小說家卡夫卡（Franz Kafka，1883—1924）所寫的小說《變形記》的男主角，幾乎只在一夕之間，人就變成一隻甲蟲，當中並沒有經過多少時間的過渡。也就是說，本來台灣人是自主的，突然間，台灣人成爲被他族所奴役的人，並且幾乎馬上被所有的台灣人所發覺。

法國後結構主義者傅科（Michel Foucault，1926—1984）曾談到「瘋狂史」的演變現象時認爲：歐洲在文藝復興時代認爲瘋子是「能傳達彼世眞理的人」；到了古典時代瘋子就變成「不事生產的人」；再到現代瘋子就變成「精神病患」。三種不同對瘋子的看法是不連續的，也就是斷裂的，後一個看法並不是前一個看法的擴大或延續，而是突然變成那樣，彼此沒有邏輯性。❷傅柯的看法似乎是說：某些歷史的「演進」是很奇怪的，彷彿像是地層一樣，一個斷層堆疊在另一個斷層上，只因一個偶然事件的發生，歷史就斷成兩截，前後失去了連續性。

我想，傅科所談的歷史演變現象不免有一些不可思議，不過拿來看台灣的歷史是再恰當不過了。因爲在一八九五年以前，台灣還是大清帝國治理下的一個島嶼，一八九五年之後，台灣就變成大和民族治理下的一個島嶼了，統治權的改變並不需要有任何的過渡。就像是我們本來向左行，突然間調頭向右行，之間的關係是一種斷裂的關係。

既然台灣由清治時代演變成日治時代的統治是一種斷層式的突變，那麼在文學的表現上又是如何呢？一般人可能又會緊抓「漸變」論不放，他們會舉證說台灣文學由「舊文學」過渡到「新

註

❶ 本文所有的有關「鹿溪」詩作皆採用洪棄生：《寄鶴齋詩集》（南投：台灣省文獻委員會，一九九三年）。

❷ 請參考黃煜文：《傅柯的思維取向——另類的歷史書寫》（台北：台大出版委員會，二〇〇〇年），頁六〇—六一。

文學」是慢慢來的，而且是由點滴的改變逐漸累積成洪流般的改變，絕非一朝一夕就可以達成。當然這種說法有其眞實性，不過，由文類來看，許多詩人的轉變幾乎是刹那的，只在一夕之間，文學已經由田園的變成悲劇的，當中並不需要任何過渡。

我想談台灣中部古典詩名家洪棄生（一八六六－一九二九年）這個人的詩歌美學，不但是因爲他寫了足夠分量的好詩歌，更是由於他的詩歌的轉變是斷層突變的一個例子，只在瞬間（就在台灣淪日的當下）他的日正當中的田園的美景全部消失，轉成夕陽殘照的景色；也就是說本來他筆下的台灣中部的田園構圖是富麗的，突然轉變成一幅破碎的殘山剩水了！他實在是台灣田園詩時代轉向悲劇詩時代「斷層突變」現象的一個最佳代表。

據我們理解，促使洪棄生產生文學斷層突變的因素，最重要的還是因爲日本統治台灣所帶來的種種心理上的不快。首先是他害怕漢文化道統的滅絕：我們在他所撰寫的〈歷代帝王統系譜〉❸裡中發現，他編寫出自盤古氏以來漢人帝王系譜直到明朝，態度非常認眞，大概是害怕台灣漢人移民遺忘了這種道統認知；因爲日本治台的教育政策勢必灌輸台灣年輕人接受大和民族萬世一系的道統，終而取代虞、湯、文、武……的所謂正統系譜。第二、我們由他所寫的詩文中，看出來他是一個對現代化頗不以爲然的傳統知識分子，對於諸如鐵路、鐵甲船、現代建築大抵沒有多少好感；❹另外他反對放足、剪辮，尤其是剪辮這件事使他全然不能忍受，當日本人逼迫他時，他就散髮（披散長髮），行走在鹿港街道上，別人可能覺得他奇形怪狀，可是他本人卻毫不疲倦。❺這兩件事說明了他憂心於傳統文明器物遭到取代，衣冠習俗從此廢棄的可能。第三、我們知道，洪棄生事實上對科舉充滿了熱情，從他二十歲開始，就讀彰化的白沙書院，三次參加秀才的考試（入府學），皆不被錄取，到了二十四歲才考上。從二十四歲開始到二十九歲，又有四次到福州考舉人，皆不被錄取。❻最後這一次已經是一八九四年。隔年，一八九五年，日本人就武裝占領了台灣。我們觀察到，洪棄生對於科考其實是十分熱情的，渡海到福州考試的行程是充滿危險的，尤其是他第四次渡海去福州考舉人，在海上漂流往返三個月，差一點就喪命；❼雖然洪棄生對於海上的風險不免有些怨言，但是只要環境與時代不曾改變，按照他這種慣性和毅力，都會繼續考下去，終有一天，他一定會考上舉人，畢竟他對科舉的熱情比田園詩人李逢時要高出許多。❽我們可以看出，洪棄生實際上是把他的人生或前途整個都押在科舉功名上的人。像這種人，一旦日本人占領台灣，對他的打擊必然比別人大。因爲他可能覺得他的整個前途、夢想完全破碎了，覺得他的人生完全黑暗了。

上面所舉的這三個原因，都是非常嚴重的，牽涉到整個時代和個人命運的大改變，而且這個改變在他的眼中是向下沉淪、剝奪一切的改變。如果說，洪棄生在這種改變中，還能若無其事地繼續寫他美麗的田園詩才是奇怪的！

我們要看淪日以前和淪日以後，洪棄生詩歌的極大變化。在觀看這種變化之前，我們先看一

註——

❸ 見洪棄生：《瀛海偕亡記 中東戰記 中西戰記 時勢三字編》（南投：台灣省文獻委員會，一九九三年），頁一一〇—一三五。

❹ 參見他的後期詩作〈雞籠港即事〉、〈漫遊雞籠雜詠十八存九〉，洪棄生：《寄鶴齋詩集》，頁三九〇—三九二。

❺ 洪棄生對放足、剪辮的抗拒，可參見他的後期詩作〈力行斷髮散足事感詠〉、〈逃剪髮感詠〉，洪棄生：《寄鶴齋詩集》，頁三八八。

❻ 見程玉鳳：《洪棄生及其作品考述》，（台北：國史館，一九九七年），頁三五八—三六一。

❼ 見程玉鳳：《洪棄生及其作品考述》，頁九五。

❽ 李逢時只到福州參加一次舉人考試，不中，就不再考。

看他一生的簡譜。

洪棄生簡譜❾

一八六六年（同治五年），一歲：

生於鹿港，本名洪攀桂，乙未之後，才改用「棄生」這個名字。父親洪江霖，母親張哮，家庭經營金銀首飾業，中等以上的小康之家。

一八八一年（光緒七年），十六歲：

開始就讀私塾（或書房、學堂），老師是施鏡芳。

一八八五年（光緒十一年），二十歲：

開始就讀於彰化白沙書院。爲了應試，開始做「制義」（八股文），也寫「試帖詩」，這些作品有部分留存下來。

一八八九年（光緒十五年），二十四歲：

考入府學，主考官台灣知府非常欣賞他，給了他第一名。之前，他有三次入府學考試都不被錄取的經驗。之後，他渡海去福州參加舉人考試，落榜。

一八九一年（光緒十七年），二十六歲：

第二度到福州考舉人，又落榜。這一年，已經開始和霧峰家族林癡仙交往。

一八九二年（光緒十八年），二十七歲：

洪棄生的幾篇八股文獲得丘逢甲（進士）的讚賞。這一年，丘逢甲遷居台中。洪棄生曾任教於南投登瀛書院，一直到次年都還沒有離開，其間可能還擔任登瀛書院的山長。

一八九三年（光緒十九年），二十八歲：

第三度到福州考舉人，再一次落榜。這一年，洪棄生到台中訪問丘逢甲，兩人惺惺相惜。

一八九四年（光緒二十年），二十九歲：

第四度到福州考舉人，又再落榜。這是最後一次考舉人。這次的考試旅途危險，曾在海上滯留十天，才抵達廈門，回台灣時，在函江等待船隻，曾航行四次，大抵因爲方向錯誤見不到台灣，或是被風吹颳桅折，只好再折返大陸。最後一次將要進入鹿港，因風浪無法進入港口，只得停在他港五天，等待救援，很像一場沒有期限的大海難一樣。最令人震驚的是這時甲午戰爭已經爆發。另外，他看過考試後被錄取者的許多文章，覺得一般的水準很低，如同野狐之文，覺得他這次考試有「深入裸國之辱」，總之，對於這次的落榜，深有牢騷。

一八九五年（光緒二十一年），三十歲：

台灣割日，台民表示反對，官軍和義勇軍開始抗日。洪棄生參加武裝抗日，曾擔任抗日「中路籌餉局」的委員。抗日失敗後，閉門不出，隱於家中，開始對日本人採取不合作態度，以筆代槍，用文章控訴日本人的倒行逆施，伸張民族正氣，爲受難的台灣人主持正義。

一八九七年（明治三十年），三十二歲：

參加「鹿苑吟社」。

註——

❾ 本年譜根據程玉凰：《洪棄生及其作品考述》以及陳光瑩：《台灣古典詩家洪棄生》（台中：晨星，二〇〇九年）兩書編成。

一九〇〇年（明治三十三年），三十五歲：
與其兄分家產後，完全靠著存款和教授學生（大概有二十幾個子弟，這些弟子中有一位是後來台北醫專畢業的鹿港醫生施江西）的薪金度日。必須到了中晚年時，經濟漸漸改善，方能購置田產和自費出版書籍。

一九〇二年（明治三十五年），三十七歲：
林癡仙、林幼春、賴紹堯成立「櫟社」，洪棄生曾與「櫟社」諸子相互酬唱。更年輕時，林癡仙和洪棄生都是白沙書院的學生，兩人也都考入府學，很早就認識，常常往來，感情深厚。

一九一〇年（明治四十三年），四十五歲：
這一年，洪棄生可能往來南投教書，因爲南投人張深切（當時七歲）就是他的學生之一。這一年贈送梁啓超三本詩集。

一九一一年（明治四十四年），四十六歲：
梁啓超來台，「櫟社」在台中的「瑞軒」開會歡迎，洪棄生曾經與會。

一九一五年（大正四年），五十歲：
日本人強迫他剪去辮髮。

一九一七年（大正六年），五十二歲：
自費出版《寄鶴齋詩轡》，分贈親友。

一九一九年（大正八年），五十四歲：
彰化「台灣文社」成立，擔任評議員。

一九二〇年（大正九年），五十五歲：

拒絕和日本現代文學作家佐藤春夫見面，佐藤春夫甚表遺憾。

一九二一年（大正十年），五十六歲：

任鹿港「大治吟社」特別顧問。

一九二二年（大正十一年），五十七歲：

由子洪炎秋陪同，到中國遊覽。

一九二四年（大正十三年），五十九歲：

二月連橫的《台灣詩薈》創刊，一直到次年四月停刊。洪棄生的中國〈八州遊記〉曾登在《台灣詩薈》上。連橫與洪棄生的交往不淺。

一九二八年（昭和三年），六十三歲：

長子虧空公款五萬元潛逃，因棄生當保證人，日人取得藉口，拘禁他在獄中一個月，等他變賣土地幫長子還債後，才被釋放。在獄中身體已經不佳，出獄後因病去世。

鹿溪詩的變貌

鹿溪是一條鹿港的大溪流，洪棄生很喜歡在岸邊散步，不論日治前、日治後，他都留下了一些描寫鹿溪的詩。日治前、日治後詩作的不同，也就是代表著他心境上的不同。

（一）乙未以前

〈謔蹻集〉是《寄鶴齋詩集》裡的一輯詩作。由洪棄生自己所收集而成的，〈謔蹻集〉這一輯詩裡，共有五卷，所有的詩都是乙未割日（一八九五）以前的詩。❿當中的第一首詩叫做〈鹿溪行〉，⓫這是書寫他行走在鹿溪所見的風景，景色非常秀美。估計這時他還是個學生，試作的味道非常濃厚，洋溢著青春的氣息，田園山水的味道十分濃厚。原詩和翻譯並陳於下：

〈鹿溪行〉

我行鹿水上，遙望鹿溪東；霽月出深碧，亂山懸半空。
東北為肚嶺，東南為惔峰；峰峰何奇崛，九十有九重！
群巒競綠縟，萬樹含翠濃；翠岫破荒起，朵朵青芙蓉。
鳥聲啼竹林，又聞隔林鐘。循溪行不已，人家四、五里；
行盡青溪頭，萬塚亂煙起。沙薯百頃紅，蘆黍千村紫（蘆黍，釀高粱酒甚佳）；
谽谺春水橋，迢遞夕陽市。登橋望陰翳，雲濤互虧蔽；
滄海從西來，潮水向東逝。夕靄蒼茫時，山海渺無際。

【譯】我行走在鹿溪的岸邊，遙遙地望向鹿溪的東邊；此時，黃昏時提早出現的明月已經掛在深藍色的天空了，不規則的山脈高懸在半空中。東北方就是大肚山脈，東南方就是火炎山；火炎山的每個山峰都是那麼的獨立高聳，共有九十九個尖峰！群山競相展露它們綠色的彩繪，千萬株的樹木都帶著翠綠的色彩；尤其是那綠色的山峰拔地而起，就像是一朵朵青色的芙蓉。鳥兒叫遍了竹林，間或也能聽到寺廟的鐘聲。我又循著溪岸向下游不停地走，經過了四、五里的人家地帶，幾乎走到了溪流的出海口，這時出現了一片雜亂的野外萬人塚。這裡又是另一種風光：海邊沙地上種了百頃的紅色豆薯，所有的村莊都種了紫色的蘆黍（注：蘆黍就是高粱，釀高粱酒甚佳）；空蕩高聳的春天溪橋就在那邊，遙遠的夕陽下有幾個市集。我登上了溪橋，望著海面上的風景，此時，遠方的白雲與波濤相互遮蔽；廣大的海水從西邊流了過來，海潮湧上了東邊的沙灘。在這個太陽就要下山、天空一片蒼茫的黃昏裡，山啦、海啦都浩浩渺渺，一望無際。

這是一首視景相當壯闊的詩，充滿了空間感。自我在這首詩被隱藏了，景色的表現就代表自我的表現，當景色怡然欣喜時，就顯示了自我的內在也是怡然欣喜的。洪棄生當然是走在鹿溪的岸上，他先寫東邊山脈（中央山脈）的景象，最醒目的就是南投的九九峰。接著就反方向書寫西邊溪流下游的景色，直寫到溪流的出海口，以及出海口的荒塚和農田景觀。接著他登上了一座溪橋，在那溪橋上，他眺望了西邊的台灣海峽潮水和夕陽西下的海上景色。視景起自於一望無際的東邊的中央山脈，終止於無垠無涯的西岸海潮中。空闊的世界，顯示了詩人胸懷萬里。另外這首詩充滿了顏色，由綠色、紅色、紫色領軍構成，這些色彩，都是醒目的、有精神的，顯示了作者心中的愉快。同時，五個字的句子充滿了韻律感，大概就是○○、○○○這種二、三的音步，唸

註——

❿ 見程玉鳳：《洪棄生及其作品考述》，頁二九九。

⓫ 見洪棄生：《寄鶴齋詩集》，頁一。

起來教人覺得輕快。總之，這是一首年輕人視野底下甚為愜意的詩歌，看起來這位青年的前途美好，毫無阻礙。

另有〈謔蹻集〉的第二十七首詩，叫做〈沿溪晚興〉。⓬這是一首書寫他在鹿溪乘船的詩。估計和〈鹿溪行〉是同時的作品，至少這二首詩的創作日期相距不會太遠，同樣都是大好的青春年華時代的詩歌。原詩和翻譯並陳於下：

〈沿溪晚興〉

漫漫桃花源，繚繞夕陽村。沿流無近遠，乘興隨往還。
清風發棹謳，欸乃一聲喧。問余何自適，愛水亦無言。
清流涵太空，濁流可灌園。隨水得真意，指點實云煩。
褰裳者之子，深淺獲所安。老漁能自得，濯足負暮暝。

【譯】這是一個廣延無際的世外桃源，所有的村莊循著溪流兩岸彎彎斡斡陳列在夕陽下。我乘船，沿著溪流，不顧遠近，隨著我的喜愛，去了又回來。在清風送爽中，出發的船兒唱起了船歌，歌聲十分響亮。您若是問我：你到底要走到哪裡去？我只能說：由於我喜歡這條溪流，去哪兒都沒有問題。您看！在水流清潔的這一段，反照出整個廣大的天空的影子；在混濁的那一段，農人可以利用來灌溉。在各不相同的每個段落，都各有它不同的用途，我也煩於清楚指明。凡是撩衣渡河的先生們，不論是深淺河段，都能安然渡過。更何況是老漁夫們，他們就在這個黃昏的溪流中，安然地洗淨他們已經勞動了一天的腳。

這首詩的視景同樣傑出，但是他不描述四面八方的空間，而只定睛在河流上做描述。由這一首詩可以看出，鹿溪並不是一條深水溪，它能允許人們撩衣渡河，應當是安全性很高的河流。除了渡河的人以外，詩裡出現了農人、漁民的活動，使得我們注意到這條溪的重要性，它是人們生活中不可或缺的一條河流。不過，在這首詩中，看不到生活的壓力，作者安適悠閒的心情感染了一切，使所有的人物和景色看起來也是安適悠閒的。我們還注意到，鹿溪在這裡居然被比喻成桃花源，這種讚美簡直就把鹿港或彰化當成天堂看。

另外兩首，分別是〈溪邊曉行〉⓭及〈溪邊晚步〉，⓮分屬於〈謔蹻集〉的第二十八、二十九首，前一首寫鹿溪的早晨，後一首寫鹿溪的黃昏，都洋溢了青春年華中安閒自適的氣氛。原詩和翻譯並陳於下：

〈溪邊曉行〉

漁舟出曉煙，水色涵空曙。
天外早雲飛，溪邊野鳥去。
濛濛綠靄中，櫂歌在何處。

註——

⓬見洪棄生：《寄鶴齋詩集》，頁一〇。
⓭見洪棄生：《寄鶴齋詩集》，頁一一。
⓮見洪棄生：《寄鶴齋詩集》，頁一一。

【譯】漁船在早晨的煙嵐中出發了，水面映出了早晨的曙光。在那天際，有著朝雲在飛翔，溪邊的野鳥飛來飛去。在迷迷濛濛的綠色煙雲中，船歌從哪裡響起來了呢？

〈溪邊晚步〉

空際吐流霞，斜陽一抹水。
溪行不覺遙，晚風三五里。
循溪溯水源，水盡暮山紫。

【譯】在西邊的天空中，湧出了流動的晚霞，夕陽底下，陳列一抹溪水的影子。沿著溪流前行的我，並不覺得已經走得太遠，在晚風中，不知不覺走了許多里路。我循著溪流往源頭走，當我走到溪流的源頭時，黃昏的山區已經籠罩一片紫色的煙嵐了。

我們同樣注意到這兩首詩不乏大自然的美景以及那些綠、紫的色彩，顯示了詩人的得意。像這麼美好的人生情調，能教任何人都感到羨慕。

以上的四首詩，都是乙未以前，詩人對於鹿溪的描寫，也是詩人對於鹿溪的一般印象，如果時代不變，估計這種美好印象一定會持續保留在詩人的心田中甚久。不過，很快地，這種印象一下子就改觀了。

（二）乙未以後

洪棄生的《寄鶴齋詩集》還有一輯詩，叫做〈披晞集〉，是台灣淪日以後十年之內所寫的作品，共有七卷，共計四百餘首詩，⓯裡頭有幾首也寫到了鹿溪的景色。

在〈披晞集〉裡，有一輯叫做〈雨後出行書見兩首〉，⓰這輯詩應該是淪日後馬上就寫的作品，最起碼不會晚於淪日後一、兩年，因為它被列在〈披晞集〉的第二十八首。這輯詩顯然是書寫鹿溪在一場大雨後的景象，裡頭的鹿溪已經難以和過去的鹿溪並觀，竟然充滿了廢棄、破敗的景象。原詩和翻譯並陳於下：

〈雨後出行書見兩首〉

之一

宛轉循溪行，忽見門開處。茅舍插水中，竹籬隨波去。
雞犬雜魚蝦，庭階浮空曙。偶欲問友家，道途皆沮洳。
人如曳尾龜，躡足在泥淤。隔岸即前村，溪心露林櫖。

【譯】蜿蜒地順著溪流而走，忽然看見一個開著大門的人家。這個茅屋已經浸入了水中，竹

註——
⓯見程玉鳳：《洪棄生及其作品考述》，頁二九九。
⓰見洪棄生：《寄鶴齋詩集》，頁一五〇。

籬笆已經被水波沖走了。豢養的雞狗家禽和水中的魚類混在一起，庭院的台階漂浮著曙光。想要去拜訪熟人的家，卻看到每一條道路都是如此難走。居民看起來就像是曳著尾巴的烏龜，躡著腳在泥濘中走路。對岸就有一個村莊，溪流的中央，露出了一些林木。

之二

南行與過橋，橋頭◯水斷。如虹倒一溪，影垂中流半。
徘徊欲涉津，行客坐凌亂。溪邊密密人，爭將一葦看。
勺水已如斯，何況江海漫。我無過橋心，優游夕陽岸。

【譯】想要向南走，就必須越過一座橋。橋頭卻在水中斷裂了。就像是一道彩虹插在水中，橋影倒映在水流中央。在這邊的岸上，徘徊著想要渡溪的人，準備搭船的人凌亂地坐著。溪邊這麼多人，就爭相等著一條小船。一陣的小雨水，就把鹿溪弄得這麼不堪，假如遇到滔滔的江海大水，那豈不是更糟糕！我沒有走過橋的興致，只在夕陽西下的溪岸邊閒走。

這二首詩，分別寫了一場小雨後，鹿溪旁邊住家的慘況和溪橋斷裂的景象，顯露了鹿溪不堪的一面。這場雨還不是什麼瀰天蓋地的大雨，就已經導致鹿溪的癱瘓，將來若眞的有狂暴的大雨來襲，眞不知要變成如何。所有的意象，包括「茅舍插水中，竹籬隨波去。雞犬雜魚蝦，庭階浮空曙」、「橋頭◯水斷。如虹倒一溪」都充滿了殘敗的、廢棄的味道，就像歷經了一場災劫一樣。

相較於乙未之前所寫的詩，這兩首詩的鹿溪景色顯得非常突兀，教人覺得有些不可思議。同樣是鹿溪，日治前和日治後，風景居然有了一百八十度的轉變，無論如何，這是很難想像的。不但風景變了，連帶對鹿溪的遊賞心已經沒了。有一首叫做〈端午約鹿溪水嬉不果赴即作〉，[17]是〈披晞集〉的第三十七題，應該是距離〈雨後出行書見兩首〉不久所寫的作品。在這首詩裡，洪棄生表示在端午節時，朋友約他到鹿溪泛舟遊玩，可是他到最後還是沒有赴會，原因是：「本無競舟心，半途遂中止。」事實上就表明了他已經沒有遊賞鹿溪的心情了；另外他在這首詩裡，也自我消遣說屈原是在河流中溺斃的，而他洪棄生本人則是在陸地上溺斃的，和屈原很不同，所以也不需要再憑弔屈原了，因爲彼此的行履很不同。

像這些對鹿溪充滿否定的詩，也許是一時的乙未兵災所導致的吧，等到局勢穩定時，就可以改善吧。不過，很可惜，鹿溪殘敗的景象，在以後洪棄生所寫的詩中，並沒有改善。

在〈披晞集〉裡，還有兩首詩，叫做〈鹿溪〉[18]和〈鹿溪橋頭即景〉，[19]都是〈披晞集〉後期的作品，估計至少是在乙未後五、六年的作品。這時，洪棄生又寫鹿溪，殘敗的情況更加不堪。原詩和翻譯並陳於下：

〈鹿溪〉

蓬山久變遷，古岸橫波剪。不覺鹿溪潮，年來亦日淺。

註

[17] 見洪棄生：《寄鶴齋詩集》，頁一五六。

[18] 見洪棄生：《寄鶴齋詩集》，頁二一三。

[19] 見洪棄生：《寄鶴齋詩集》，頁二二一。

【譯】蓬萊仙山歷經變遷已經很久了，任憑碧海的橫波衝擊著古岸。不知不覺中，這條鹿溪的潮水，一年要比一年淺。

〈鹿溪橋頭即景〉

波流四五里，過客兩三行。半渡殘虹影，危欄接野航（時橋圮未修，以筏濟渡）。

【譯】溪水連綿有四、五里，有一座溪橋架在河流兩岸，由這座橋渡河的人卻只有二、三列而已。這是因爲這座橋像一抹殘虹，只能渡過河流的一半，另外的那一半就必須在危欄邊用竹筏送過去（注：這時的溪橋已經坍塌，尚未修復，必須用竹筏幫忙渡過去）。

這兩首詩裡提到「蓬山久變遷」是暗示日本人占領台灣已經很久了，不知不覺鹿溪更加古老荒廢了。他甚至誇大地說鹿溪的潮水也一天比一天淺，連受制於星球引力的潮水也改變了，這眞令人驚訝！同時，斷橋也還沒有修復，要渡河還是非常不方便。

既然十年之內，鹿溪的面目全非，那麼十年後呢？也許十幾年以後會變回原貌吧！可惜，也沒有。洪棄生還有一輯詩作叫做〈枯爛集〉，共有九卷，前三卷是五言古體詩，中三卷是七言古體詩，後三卷是七言今體詩，大約是一九〇五年到一九一五年的作品，也就是淪日後十年到二十年間的作品。⑳裡頭有〈橋頭即景二首〉㉑的詩作，是後三卷的作品，時間相當晚，我們可以把它視爲淪日十七、十八年左右所寫的詩作。在這兩首詩裡，顯示鹿溪的斷橋還是沒有修復，鹿溪的景致一派昏昏欲睡，並沒有太大的起色。原詩和翻譯並陳於下：

〈橋頭即景二首〉

之一

林樹扶疏逕草齊，一村鵝鴨水流西。行人風雨南來路，十板虹橋過鹿溪。

【譯】溪岸兩邊樹木長得茂盛，小徑的雜草一樣長得很高大。水向著西邊流，村莊裡的鴨鵝都泛波在水上。有時在風雨中，行人會從南邊趕路前來，再經由十個木板拼在一起的拱橋渡過鹿溪。

之二

一溪春水一時生，兩岸人煙夾水橫。日落亂堆荒塚外，遠山如睡不知名。

【譯】春天的時候，忽然間溪水就湧出來了，兩岸的人家沿著溪流陳列。太陽通常會掉落在溪邊亂墳塚堆的那一邊，遙遠的那些不知名的山脈看起來彷彿睡著了。

註

⓴ 見程玉鳳：《洪棄生及其作品考述》，頁三〇〇。

㉑ 見洪棄生：《寄鶴齋詩集》，頁三五九。

我們把上面所陳列的乙未之前和乙未之後的鹿溪風景加以比較，就會教我們大吃一驚。只相隔一個一八九五年，風景就全變了，這之間並不需要太久的過渡，甚至根本就沒有過渡，簡言之，這是一種個人文學創作歷史的斷層。究竟是什麼因素變成如此？我們說，地景的變遷非常不容易，有些風景歷經百年，仍然不變。四十年前，我在曾經是「遠東第一大橋」的西螺大橋上走一趟，看那裡的河水和岸上風光，鐵橋漆紅，綠樹蓊鬱。四十年後，我又去一趟，仍然沒有多大的改變，依然那派風光。可是在洪棄生的眼中，鹿溪的景觀在瞬間就改變了。這究竟是什麼緣故？

■文學家反映實境嗎？

新批評理論大師華倫（R.P. Warren）和韋勒克（Rene Wellek）在論述小說的背景（也就是場景、景色）時說：「背景就是環境……，背景也可以說是一個人意志的表達，假如那是一個自然的背景，那就可以是意志的投射。自我分析家（self-analyst）愛米爾（Amiel）說：『一個風景就是一個心理狀態。』在人與自然之間，明顯具有相關投映（correlative）存在的。」[22]

雖然這一段話是用來談小說裡的背景的，但是用在詩的背景上一樣有效。請注意「一個風景就是一個心理狀態」、「背景也可以說是一個人意志的表達」、「人與自然之間，明顯具有相關投映（correlative）存在的」這三句話。這意思就是說，詩人筆下的風景就是他的心理狀態：當詩人筆下的背景明亮美麗時，詩人的意志可能是高昂的；當詩人筆下的背景黯淡無光時，詩人的意志可能是消沉的；詩人和他筆下的自然應該是相互投射的，兩者無法分開。

這就讓我們想到，洪棄生在乙未之前或之後所寫的鹿溪景觀，就是他心境、意志的反映。同時也讓我們感到，所謂的鹿溪風景可能沒有一個客觀性，它會隨著詩人的心境做改變，到底乙未之前的風景比較眞實，還是乙未之後比較眞實？基本上是沒有答案的。

既然如此，就又讓我們想到，文學能反映眞實嗎？甚至是能反映「眞實的」經濟和政治狀況嗎？假如說，詩人筆下的風景就是詩人的心境，那麼詩人筆下的經濟、政治狀況難道不也是詩人的一種心境嗎？也許堅持文學能客觀反映「實境」的批評家都錯了，因爲文學反映的只是主觀的「心境」！

日治時代悲劇文學與田園文學雙主流的幻象

的確，擴大來看，洪棄生在乙未之後所寫的台灣中部風景詩是完全灰暗、殘敗的。然而，這並不能代表整個的日治時代的中部作家筆下的風景都像洪棄生所寫的一樣——灰暗、殘敗的，毋寧說那是洪棄生的個人「心境」。另有一些詩人，他們詩中所顯露的中部風景，仍然和淪日以前沒有什麼差別，仍然是一派美麗的田園風光。例如彰化秀才詩人吳德功的詩，和洪棄生完全南轅北轍。由於和日本人交好，又受到日本人的禮遇，吳德功儘管在乙未時先寫了一陣子黑暗的風景詩，但最後還是回來繼續寫他美麗的風景詩，和乙未前他寫的田園詩是沒有差別的。底下有兩首就是日治時代吳德功所寫的中部（彰化）田園風景詩：

註——

22 見華倫、韋勒克：《文學理論》（台北：水牛，一九九五年），頁三五二—三五三。

〈春日遊東郊〉㉓

散步東郊外，春光滿眼舒。倒松杪茁蘖，新竹葉穿籬。

雨後天微暗，雲遮日出遲。半溪流水漲，安穩坐肩輿。

【譯】在彰化的東邊的郊野散步，春天的風光映入眼簾，感到舒服。倒下的松樹，它的嫩芽從新生的枝幹中長了出來；剛剛長出的竹葉，穿過了籬笆。下雨後的天空還有些陰暗，被雲遮住的太陽遲遲才露臉。半條溪都是流動的水，我安穩地坐在轎夫抬著的小轎上。

〈坑仔內〉㉔

三面峰環拱，民居數十家。檻泉懸膐沸，古木鬱槎枒。

曲澗翻新稻，疏籬雜野花。歸來時傍晚，返照入林斜。

【譯】三面有山峰環立，居民有十幾家。噴湧四溢的泉水從高處沖下來，發出了聲音，像沸騰的水一樣；枝枒歧出的古木，鬱鬱蒼蒼。彎曲的溪流兩岸翻動著新稻，稀疏的籬笆夾雜著野花。傍晚的時候，我回到家，夕陽斜斜照入了林間。

看到吳德功所寫的這種日本時代的田園詩，眞教人感慨，淪日的慘痛心境在這兩首詩裡是完全見不到的。不過，我們卻不能果斷地說吳德功所反映的彰化風光是一種謊話，因爲日本時代的中部經濟比滿清後期不知道要好多少倍，大好的風光一定是存在的。而且日治時代，描述台灣美麗田園的古典詩人甚多，不只是吳德功幾個人，可說是如過江之鯽，導致在日治時代悲劇文學這個主流之外，似乎形成另一種田園詩主流的幻象，不知情的人甚至會誤認日治時代田園文學比悲劇文學還要發達。

雖然如此，我們卻不能小看洪棄生乙未之後所寫的那些殘敗的、破損的風景詩。那些帶著很強的悲劇味道的風景描寫，後來就進入了賴和、楊逵、龍瑛宗……這些新文學作家的小說中，成爲新文學普遍的台灣風景。可見洪棄生在乙未之後所寫的中部風景詩的重要性，他可以說是新文學風景的先行者。

在文章的末尾，我們再看看乙未之後洪棄生所寫的幾首彰化殘敗的風景詩，以留下一個更深刻的印象。原詩和翻譯並陳於下：

〈過彰化東郭廢公園感賦八首〉㉕

之一

四面煙山四面風，半池亭榭尚玲瓏；
當年城郭成蕪苑，不見花開柳市東（城今折盡，惟存城樓；半里外，舊市尚無恙）。

註——

㉓見《全台詩》第拾冊（台南：國家台灣文學館，二〇〇八年），頁四七八。
㉔見《全台詩》第拾冊，頁四七八。
㉕見洪棄生：《寄鶴齋詩集》，頁三七五。

【譯】彰化廢公園的四面山脈都荒涼了，被四面的野風吹颺著，只有半個池塘和半個涼亭看起來還有玲瓏的姿色。當年的城廓都變成了荒蕪的林地，柳市東邊也不再有花兒開放了（注：城牆現在已經塌掉了，只剩下城樓；還好，半里外的舊市區還沒有被破壞）。

之二

僵石攲斜臥蘚苔，春光無主野花開；
園中慘綠高麗菜，時有穿城屐齒來。

【譯】僵硬的石塊斜臥在苔蘚當中，在春天風光裡，沒有人欣賞，野花亂開。園中的高麗菜露出了慘綠的顏色，不時有穿著高腳木屐的日本人穿越城門，跑到這裡來。

之三

風景依稀是白沙，畢逋今集海東鴉；
夕陽未覺蕪城恨，春去春來照落花（彰化本白沙地，故前有白沙書院）。

【譯】這裡的風景依然是一片白色的沙土，烏鴉就群聚在這裡；夕陽對於城市的荒涼彷彿沒有任何的知覺，任憑春來春去，只是用它的昏黃光芒照著凋零的落花（注：彰化本來是一片白色的沙地，因此才有「白沙書院」這個學校）。

〈彰化城路〉㉖

過盡橫溪路，前橋接後橋。蕪城二十里，空見酒帘招。

斜日東洋圃，晚風西郭垣。野平城堞盡，秋色滿荒原。

【譯】走遍跨過溪流的一條條馬路，前橋後橋一座連著另一座。彰化城外二十里的周遭，通通荒蕪了，青布做成的酒旗在酒店外徒然招搖。落日照在日本式的園圃上，晚風吹過西邊的城廓。郊野一片平坦，城牆也完全坍塌了，秋天淒涼的景色充滿了荒野。

註——

㉖ 見洪棄生：《寄鶴齋詩集》，頁三三六。

評林癡仙和蔡惠如的幾闋詞[1]

——並論悲劇時代詩人對田園詩的回眸與眷戀

前言

清朝後期所發展出來的田園文學類型，來到日治時期仍然有其強大的勢力，不過已經難以再獨尊了，因爲悲劇文學類型已經君臨台灣文壇。但是有一些悲劇詩人（或詞人）並沒有警覺到這一點，他們仍然忠實於他們的文學教育，在表面上寫著田園風的文學，不過等到作品寫成了，卻是悲劇作品。

本篇論文的目的在於讓讀者了解：台灣文學由清朝後期的田園文學轉變成日治時代的悲劇文學是無法抗拒的，即使田園文學在表面上仍有其強大的餘勢，終究也難抵文風向著悲劇發展了。

林癡仙和蔡惠如的詞，是本文所要介紹、探討的對象。

田園文學與悲劇文學的交替

台灣在一八九五年淪日後，文壇迅速地由清朝後期的田園文學爲主流，轉變成以悲劇文學爲主流的狀況。但是，由於清朝後期的田園文學的勢力還是很強大，仍然有眾多的古典詩人寫作田園詩，看起來還頗爲壯觀，假如不仔細考察，就會讓人覺得日治時期古典文學還是田園文學的天下。尤其是那些和日本人交好的文學士紳，在日本人的禮遇下寫作了觀月賞花的詩作，行文刻意掩蓋民族的恥辱，坐看列強侵吞弱小，假裝太平盛世就在眼前，不免讓人感慨萬分。

不過，也有許多古典詩人（比如說洪棄生），他們轉變得很快，在乙未後，田園的美景喪失殆盡，幾乎在毫無過渡下，風格在一瞬間就已經十分明顯地轉成悲劇。這種古典詩人，就顯得比較表裡如一，剛強耿直。

還有一些古典詩人則徘徊在田園和悲劇之間，在不知不覺中寫他們的詩作。也許這些古典詩人心裡覺得他仍然按照傳統田園詩必有的美景在寫他的詩作，甚至盡量讓他的詩作充滿春花秋月，不過等他把詩寫完，一看，竟然是悲劇到極點的詩作。我們可以猜想，這些人對傳統的田園詩的素養必然極好，同時希望自己的詩歌類型是田園的，只是當他企圖寫作乙未後自己現實命運的時候，悲劇的意識竟然不由自主地潛入詩裡，將田園詩活生生扭轉成悲劇了。這一點說明文學的表面形式終究要屈服於內在的心境。這種古典詩當然別有一種風味，值得探討。我們就稱這種

註——

❶ 本文有關林癡仙詞皆錄自許俊雅校釋：《無悶草堂詩餘校釋》（台北：國立編譯館，二〇〇六年）一書。至於蔡惠如的詞則錄自謝金蓉：《蔡惠如和他的時代》（台北：國立台灣大學出版中心，二〇〇五年）。

詩人是對田園詩回眸和眷戀的詩人。

底下我們想要介紹兩位對田園詩回眸和眷戀的詞家：一位是林癡仙，一位是蔡惠如。由於他們抗日的風骨甚高，悲劇味道也特別濃厚。在文壇上，前者是台灣中部「櫟社」的創辦人之一；後者是「鰲西詩社」的創辦者，文壇地位都極高。特別是他們所寫的詞甚好，幾乎無可挑剔，讀來特別感人，價值不薄。

林癡仙的悲劇人生

林癡仙（一八七五－一九一五年）出生於台灣淪日前二十年，名朝崧，字俊堂，號癡仙，自號無悶道人，臺中阿罩霧（今霧峰）人。林家下厝林文明六子（養子），林定邦之孫。❷他的人生是一段標準的悲劇人生。

清廷割台時，他奉母之命避居中國桐城，繼而轉往上海，遍歷許多地方。其實，他留在中國不回台灣也許對他的人生會更好（至少不至於那麼快就病死）。由於他返台後，對日人的統治當然非常的不滿，雖然沒有實際參加武裝抗日，但與其姪林幼春、詩人賴紹堯成立「櫟社」，❸號召各地文士吟詩作詞，寄託抗日的胸懷，亦教人十分佩服。他的心境當然是常常激動的，難免在悲憤中慢慢縮短他的生命。然而還有一個取走他生命的更大危機，就是他為了排遣消極的情緒，縱情酒樓，❹他的詩句常透露他是一個時常爛醉如泥的人，要戒掉酒癮顯得很困難，在四十一歲時，終於撒手人寰。他一生最大的政治貢獻，大概就是和日人板垣退助合作，推動「同化會」的運動；文教貢獻則是為台中州第一高等中學的建校盡心盡力，也就是說今天台中一中的學生都應

該要感謝他。❺

林癡仙是一個詩、詞造詣皆高的作家，詞似乎比詩要更好，此中原因大概是因爲他的性格具有頹廢放浪的傾向，比較適合用詞來加以表達。畢竟「詩莊詞媚」，寫詩的人比較需要一板一眼、態度莊重，這一點和喜於歡樂場的他是有些不合的，他還是比較適合寫詞。因此，要完全了解他的作品，最好不要忘記看一看他的詞。他留下來的詞的作品集——《無悶草堂詩餘》不乏自然風光，甚至色彩斑斕，很有田園詩的那種美麗；可是情緒大、悲劇味道強，和傳統田園詩人（陳肇興、李逢時）的平和、穩定完全不同，很值得注意。在分析他的幾闋詞之前，我們再仔細審視一下他的簡譜。

林癡仙簡譜❻

一八七五年（光緒元年），一歲：

生於霧峰。

註——

❷參見廖振富：〈林癡仙詩選注〉，余美玲、廖振富、黃美娥、施懿琳編註：《台中地區古典詩編註》（台中：台中文化局，二〇〇一年），頁三。

❸參見廖振富：〈林癡仙詩選注〉，頁三。

❹林癡仙縱情酒樓事參見許俊雅校釋：《無悶草堂詩餘校釋》，頁二六五。

❺這些貢獻見廖振富：〈林癡仙詩選注〉，頁四。

❻本簡譜參考許俊雅校釋：《無悶草堂詩餘校釋》以及廖振富：〈林癡仙詩選注〉編成。

一八九〇年（光緒十六年），十六歲：
　考取生員（秀才）。
一八九五年（光緒二十一年），二十一歲：
台灣割日，與母親和族人奔赴中國泉州，寫有〈泉州雜詩六首〉、〈避地泉州作〉。
一八九六年（光緒二十二年），二十二歲：
台灣局勢稍穩，林幼春、林獻堂返台，林癡仙仍然留居泉州，住在洪承疇的故第。
一八九七年（光緒二十三年），二十三歲：
可能在五月前由泉州返台，寫了〈歸故居三首〉。
在台灣住了幾個月，由於台灣由日本統治，心情不樂，無法適應，八月又由梧棲潛赴中國。
一八九八年（光緒二十四年），二十四歲：
　由泉州遷居上海。
一八九九年（光緒二十五年），二十五歲：
堂兄林朝棟在上海大興土木，準備久居，林癡仙決定離開中國，與母親、妻子回台，結束了五年的漂泊歲月。寫有〈到家〉諸詩。回台後，有成立詩社的倡議。
一九〇二年（光緒二十八年），二十八歲：
　與林幼春、賴悔之（紹堯）合組「櫟社」。
一九〇五年（光緒三十一年），三十一歲：
　築「無悶草堂」於台中潭子鄉間，和「櫟社」的詩友往來頻繁，唱和甚多。
一九〇六年（光緒三十二年），三十二歲：

與蔡啓運、呂厚庵、賴悔之、陳滄玉、陳槐庭、林幼春、林仲衡、傅錫祺共九人聚於台中林季商的「瑞軒」。後來以這九個人的名義，定下「櫟社」的十七條社規，指出櫟社的功用乃在於以風雅道義相互切磋、以實用之學相互勉勵、交換知識、親密友情等等。林癡仙和陳滄玉擔任櫟社的理事。在這一年，「南社」的連橫針對櫟社過度喜好「擊缽吟」的行爲提出批評，「南社」和「櫟社」因此爆發大論戰，後經過癡仙的調停，筆仗漸息。

一九〇七年（光緒三十三年），三十三歲：

夏天，癡仙有南部之行，寫了許多風景詩，包括〈彰化道中〉、〈濁水溪〉、〈過嘉義〉、〈旗後作〉、〈法華寺〉、〈竹溪寺〉等等。

一九〇八年（光緒三十四年），三十四歲：

母親病故。

一九〇九年（宣統元年），三十五歲：

多次赴北部、南部參加詩會，與詩友們交誼，寫了〈游圓山〉、〈滬尾〉、〈基隆仙洞〉……不少詩作。這一年，連橫應邀參加「櫟社」。

一九一〇年（宣統二年），三十六歲：

癡仙與來自台灣北中南各地的詩友共三十一人，會合於台中「瑞軒」，當中包括了新竹的蔡啓運、彰化的吳德功、台南的謝石秋。這一年，林獻堂加入「櫟社」，同時攜兩個兒子到東京留學，順道再訪問梁啓超，梁氏告訴林獻堂應該效法愛爾蘭抗英的模式爭取台灣人的自治；並寫了〈贈台灣遺民林獻堂兼簡其從子幼春〉長詩送給了林獻堂，之後，林癡仙和林幼春都寫了詩回贈梁氏。

一九一一年（宣統三年），三十七歲：

梁啓超與他的女兒遊台，「櫟社」有二十人以及來賓十二人在台中「瑞軒」開會歡迎、接待他們，來賓當中有一位是鹿港的洪棄生（他是癡仙同一期考上秀才的友人，與癡仙的交情很深）。之後，梁啓超住在霧峰「萊園」，癡仙和梁啓超彼此寫詩唱和甚多。這一年，女詩人王香禪曾寄來作品請癡仙指教。

一九一二年（大正元年），三十八歲：

「櫟社」創設第十年，廣邀各地詩友十八人，在「萊園」舉行紀念大會。也就在這一年，癡仙新築了一個「無悶草堂」於「詹厝園」，即今台中大里夏田里，「櫟社」詩友常常在這裡聚會。

一九一三年（大正二年），三十九歲：

四月，因爲要籌設台中中學事宜，癡仙努力奔走，草擬了〈籌設中學啓〉，林幼春也擬了〈上督府書〉。九月，自認已經戒酒、戒色三個月，而且自八月起，已經戒了鴉片一個月。可是他也提到，自己尚需毅力才能完全禁絕，所謂「道高一尺、魔高一丈」，情況正考驗著自己。十一月，爲了台中中學募款，親赴台中各地拜訪士紳，接受許多人捐贈，風塵僕僕。十二月三日，癡仙的妻子去世，時年四十一歲，與癡仙結婚二十年，癡仙寫有〈哭內子謝氏瑞〉。

一九一四年（大正三年），四十歲：

林獻堂等人正式發起中部士紳捐款創建台中州第一高等中學（即今台中一中）的籌設運動。十二月，林獻堂與日本人板垣退助在台北成立「台灣同化會」，想爭取民族平等權，癡仙積極奔走。

一九一五年（大正四年），四十一歲：

一月，癡仙、蔡惠如、甘得中爲「同化會」的事情到日本奔走，此時，總督府得知「同化會」的目的，發動官民攻擊板垣退助；一月十二日，日本政府以「妨害公安」爲由下令解散該會。蔡惠如憤怒赴中國；癡仙失望，回台，意氣消沉。十月七日，癡仙病故。

林癡仙詞五闋

林癡仙曾經用了「臨江仙」❼這個詞牌，寫了四闋的詞。這四闋詞什麼時候寫的，可能難以確定。但是因爲他在第三闋裡，寫了「門外小池新鑿就，池上孤島無依，手栽桃李駐春暉；成陰結子，食報定何時？」裡頭提到他手栽桃李，又提到何時那些桃李能結果子，好用來讓他吃食，以報答他。可能在暗示他極力爲台中州第一高等中學（即今台中一中）建校奔走的這件事。由此可以推定這四闋詞可能是寫於一九一三年，他爲台中州第一高等中學建校奔走的時候，至少不會比三十九歲更早；再加上這四闋詞列在《無悶草堂詩餘》的後面，因此可以確定是三十九歲左右、晚年時候的作品。我們先看第一闋：

註——❼見許俊雅校釋：《無悶草堂詩餘校釋》，頁一六六—一七三。

〈臨江仙〉（小築四闋）

之一

久矣吹塵無好夢，奈何風伯相仇，瓦鴛飛遍小溪頭；天應未許，中歲築菟裘。　辛苦牽蘿重補屋，天寒倚竹堪愁，一枝棲息拙於鳩；萬間廣廈，奢願若為酬。

【譯】大風吹襲已經很久了，老是夢不到好夢。多麼無可奈何啊，那風伯總是與人爲仇，小樓上的鴛鴦瓦被吹落在小溪一帶。我心裡就想，莫非是老天不許可我在中年的時候就想造屋歸隱。我只好千辛萬苦，種了蔦蘿之類的植物，企圖補修房子的漏洞。在這個天冷的時候，我倚靠在竹叢邊發愁，自覺比那不善於築巢的鳩鳥更不善於建屋。提到古代聖賢們發願廣築千百間的大廈給萬民居住，這種奢侈的願望，我哪裡能做得到？

在這闋詞裡，林癡仙寫他造了一個房屋，想要歸隱，但是小樓的鴛鴦瓦被風吹落小溪一帶，因此他說莫非是風伯不讓他歸隱。這座房屋可能是林癡仙三十八歲時在今台中大里夏田里所築的所謂「無悶草堂」。其實，這闋詞是簡單的，由屋瓦被吹落後，聯想到他的歸隱，再聯想到他沒有辦法築大廈給萬民居住，終而自感慚愧等等心思。不過，我們注意到，他和清朝後期的詩人鄭用錫、林占梅這些人一樣，用詩來書寫自己的住宅，有著「園林文學」的那種味道。不同的是，鄭用錫、林占梅的園林詩充滿了溫情、穩定、自適、恬美的味道，而林癡仙的園林詞則響動著悲嘆、自責、感慨的餘韻，一開始情緒就很不穩定。

我們繼續看第二闋：

之二

少許先疇都在此，蛟龍與我相爭，欲憑竹石作干城；朝來屋角，黃鵠報波成。　力挽狂瀾吾輩事，區區田舍猶輕，思將恨海總填平；臨流躑躅，豈是羨魚情。

【譯】一些些祖先留給我的田產都在這裡，蠻橫的人偏偏前來爭奪這些東西，我卻妄想以這個竹圍和石頭做成的小城池保衛自己。早晨無事，來到屋宇的角落走走，一些正在游泳的鵝子彷彿在告訴我小池塘已經完工了。看到我這些田產，就想到如今的政局，以往我們許多人犧牲甚大，都想要阻擋台灣割日的悲劇，力挽狂瀾。因此，眼前這些祖先留下來的小小田產就顯得是多麼輕省的東西。我們老是想著：用盡所有的力量，有一天總要把我們心裡的恨海填平。現在，我對著池水躊躇徘徊，難道只是羨慕魚兒這一幅閒逸游水的風情嗎？

這闋詞寫了兩個重點，一個是寫他雖然還有這一塊祖先遺留下來的田產，但是日本人已經前來占領台灣，這塊田產事實上已經不是歸他所有。一個是寫新建的一口小池塘，再由小池塘聯想到心中永遠塡不平的大恨海，並且顯示他的壯志未死，還想要力挽狂瀾。由詞的內容來看，他的思考還是很清晰的，知道了台灣人任何的田產，事實上已經不是台灣人所有。簡言之，自從台灣割日以後，台灣人只是亡國無產之民了。這種恨憾是多麼的巨大！因此，儘管這闋詞使用了許許多多的田園意象，諸如「先疇」、「竹石」、「屋角」、「黃鵠」、「田舍」……，乍看是田園詩，但是內容和感受卻是悲劇的。

再看第三闋：

家在空明雲水際，白茆紅瓦參差，秋瓜蔓隴豆升籬；荒寒郊落，光景恰宜詩。 門外小池新鑿就，池上孤島無依，手栽桃李駐春暉；成陰結子，食報定何時？

之三

【譯】我的小築就建築就在藍天白雲下，用白色的草牆和紅色的瓦片搭構而成，屋旁種了一些蔬菜。因此，秋天時，瓜類就蓋滿整個田壟；豆類的藤蔓就攀爬在籬笆上。雖然這裡是如此荒寒的一個小郊區，可是它的風光恰恰適合我寫寫詩。門外的那口小池塘剛剛開鑿完成，池裡有一個小島嶼顯得孤苦無依。我因此就在小島上種了一些小桃小李，想要暫時挽留春天的陽光。只是，我不曉得要到何時，這些桃李才能夠成蔭結果，好用來報答我栽培它們的辛勞。

這闋詞爲他所建造的房舍做一個通觀，裡面提到他的房舍使用了草牆，難怪說他的這些建築就叫做「無悶草堂」。不過我們要注意，這房子的瓦片是紅色的鴛鴦瓦，可能是値幾個錢的那種瓦片。這闋詞很美麗，許多的意象更加有田園味道，諸如「雲水」、「白茆」、「紅瓦」、「瓜蔓」、「豆籬」、「小池」、「桃李」……都是，而且白色、紅色顏彩鮮明，表面上和清朝後期的田園詩是沒有兩樣的。然而，他的心緒還是孤苦的、不敢期待的。詞裡的「孤島」當然是隱喻著台灣島，「手栽桃李」當然隱喻他爲台中州第一高等中學建校奔走的這件事。

再看第四闋：

之四

家具無多車載到，貧如東野誰憐，文窗棐几略新鮮；山妻稚子，相顧已欣然。 回憶廿年離亂事，崎嶇隨母三遷，只今遺像影堂懸；烏私欲報，腸斷隔人天。

【譯】我舊家的傢俱本來就不多，現在僱了車子，把它們都運到這個小築來。我就像是歷經離亂的魯國東野氏，貧寒的狀況誰能了解？還好，刻有紋飾的小窗以及矮小的茶桌都還是新的；在小築裡，能和妻子小孩相守在一起，已經非常高興了。回憶我二十歲左右台灣割日時離亂的種種往事，我曾經跟隨著母親輾轉在中國流離遷徙，如今母親亡故了，她的遺像就掛在廳堂裡。烏鴉也有反哺的心意，我很想要報答母親的恩情，只是已經天人永隔，空有一腔愁緒罷了。

這闋詞大概就是寫「無悶草堂」的傢俱狀況，提到了這些傢俱都是由舊家搬來的。林癡仙是否眞的貧窮當然是值得推敲的一件事；不過，詞裡頭他對妻子、孩子、母親的感情是深厚的，也就是說他對親人其實是很有感情的（儘管也許他也相當迷戀酒樓）。這是田園文學時代的詩人的普遍感情，很完整地被保留在林癡仙的詞裡。不過，離亂的遭遇還是顯出了巨大的悲劇。

另有一闋叫做〈四和香〉的詞，描述了「無悶草堂」的四周圍環境，很有記實功能，我們也一併陳列於下：

〈四和香〉❽

倚仗看山山正睡，鳥喚蒼煙裡；又近黃昏日將墜，溪水急，風吹袂。　我自荒寒逃物外，賺得詩人至；漫笑劉郎門深閉，聊種菜，消英氣。

【譯】我拄著拐杖，看著眼前的山脈，山脈彷彿正在睡眠，一些鳥兒在蒼茫的煙雲裡叫著。此時，又到了黃昏的時候，太陽將要西墜，溪水流得急切，晚風吹起了衣袂。我從荒涼的世局中逃出，成爲世俗之外的隱士，偶而有一些詩人前來找我。這些詩人卻揶揄我，說我正在效法劉備，爲了瞞騙曹操，裝扮成一個農夫，好用來降低自己即將有所作爲的英武氣息。

上面這闋〈四和香〉也是被置放在《無悶草堂詩餘》的後面，和〈臨江仙〉〈小築四闋〉應該是同時期創作的作品。這闋詞等於是替「無悶草堂」的周遭環境做了一個描述。他說眼前有一個山脈，大概就是如今台中大里夏田里（詹厝園）附近的山脈吧。他避居在這裡隱居，大概是躲避日本人對他參加「同化會」的追蹤吧！許多詩人好友都調侃他很像劉備，躲在這裡「消英氣」。詞裡有山有水，外觀仍然是田園詩，但是心境是頹唐的，有如夕陽西墜，是悲劇的。

以上，就是我們所介紹的林癡仙的詞。在這些詞裡，他以悲劇的心境，不斷眷戀和回眸已經被日本人占領的他的田園和家屋，乃是他的詞最有趣詭譎的地方。底下我們還要分析蔡惠如這個詩人的詞，他的詞的表現同樣有趣詭譎，並且造詣上絕對不亞於林癡仙。

蔡惠如的悲劇人生

蔡惠如（一八八一—一九二九年）在台灣淪日時，年十四歲。❾他的年紀比林癡仙小六歲；比洪棄生小十五歲，曾是洪棄生私塾裡的學生；與林獻堂則是同齡。

他的出身不是林癡仙那種地主人家，而是商家，家族大概就做米糧、製糖生意的吧；後來他又創辦牛罵頭（清水）輕便鐵路株式會社，成爲企業家。他二十五歲就加入了林癡仙一批人所辦的「櫟社」，反日的情緒是激烈的。他後來在牛罵頭成立「鰲西詩社」，號召詩友。三十六歲，企業延伸到中國，在山東創立高密製糖會社。一九一九年對他來說可能是很重要的一年，在這一年，他在東京認識了林呈祿，發起「聲應會」，聲援了朝鮮的獨立運動。一九二〇年在日本擔任「新民會」的副會長，出錢出力辦《台灣青年》雜誌，可說是最早期參加海外文化抗日運動的先知先覺者之一。後來支持「台灣議會設置請願運動」，捲入更深的反日運動中。他一生最大的悲劇發生在一九二三年，這一年台灣「治警事件」發生，他被日本當局判刑三個月，在一九二五年二月入獄。一九二九年，他在福州中風，抱病回台灣，去世，年紀只有四十九歲。❿

大概由於他的性格比較陽剛，更是政治行動中人，蔡惠如詩詞的情緒不像林癡仙那麼頹唐，甚至還要比一般詩人激昂，有一種悲劇英雄的氣概。他的詞非常美麗，深具田園詩的意象和景

註——

❽ 見許俊雅校釋：《無悶草堂詩餘校釋》，頁一七九。

❾ 蔡惠如在一八八一年生，見謝金蓉：〈大事記〉，《蔡惠如和他的時代》，頁二一三。

❿ 這些事皆見謝金蓉：〈大事記〉，《蔡惠如和他的時代》，頁二一三—二一七。

色，讀來賞心悅目，教人難忘。在介紹兩首他的獄中詞前，我們先仔細看看他的生平簡譜。

■蔡惠如簡譜⓫

一八八一年（光緒七年），一歲：

出生於臺灣中部牛罵頭（今台中市清水區），這一年也是林獻堂的出生年。家中為著名商號「蔡源順號」，從小受私塾教育。

一八九六年（明治二十九年），十六歲：

開始負責家族事業，前往台中擔任穀會社社長，成為蔡源順號第二代掌門人。

一九〇六年（明治三十九年），二十六歲：

受邀加入櫟社。

一九〇八年（明治四十一年），二十八歲：

開設協和製糖會社，並創辦牛罵頭輕便鐵路株式會社，家族事業涵蓋米糧、製糖、輕鐵等領域。後被日本殖民政府派為台中區區長。

一九一二年（大正一年），三十二歲：

擔任台中區區長。這一年，櫟社舉行十周年大會，全台徵詩，以追懷劉壯肅（即劉銘傳）為題，蔡惠如寫了〈追懷劉壯肅〉一詩，有「起舞聞雞紹祖風，揮戈落日可回東。早知塞把盧龍賣，應悔城增百雉雄」⓬的詩句，對於台灣被賣的災難耿耿於懷。

一九一三年（大正二年），三十三歲：

又創辦員林輕便鐵路株式會社，與陳基六在牛罵頭合創「鰲西詩社」。

一九一七年（大正六年），三十七歲：

在中國山東創立高密製糖會社。

一九一八年（大正七年），三十八歲：

前往上海，結識韓國獨立運動革命分子。後赴北京，結識廣東大理院院長徐謙。九月二十日，「鰲西詩社」與「櫟社」在「伯仲樓」舉行聯合大會，三十餘人參加，呼籲成立文社，果然，十月與霧峰林家的林獻堂、林幼春在台中成立「台灣文社」，於一九一九年發行以刊登古典漢詩爲主的《臺灣文藝叢誌》，爲日治時期台灣第一份漢文雜誌。

一九一九年（大正八年），三十九歲：

在福州開辦漁業公司、在北京發起五國合辦股份有限公司，擔任常務理事。將公司管理權交付長子後，自己則往來台灣、中國、日本之間，參與三地台灣人所成立的自治運動組織。十一月在東京經由林獻堂介紹，認識了林呈祿，發起了「聲應會」，聲援了朝鮮的獨立運動。

一九二〇年（大正九年），四十歲：

一月，成立「新民會」，林獻堂出任會長，自己出任副會長，蔡惠如慷慨捐出一千五百日圓（當時可買三萬台斤的米），並決議創辦「台灣青年雜誌社」，後在三月六日發行《台灣青

註——

⓫ 本簡譜根據謝金蓉著：《蔡惠如和他的時代》編成。

⓬ 見謝金蓉：《蔡惠如和他的時代》，頁三七。

年》雜誌。八月，參加「中韓互助會」，發表演說。十二月底，「新民會」二十餘人在「台灣青年雜誌社」開會，由林獻堂拍板定案，正式成立「台灣議會設置請願運動」。

一九二一年（大正十年），四十一歲：

一月，請願運動單位第一次向帝國會議提出請願書。十月，「台灣文化協會」成立，蔡惠如擔任理事。

一九二二年（大正十一年），四十二歲：

一月，「北京台灣青年會」成立，蔡惠如擔任會員。四月，《台灣青年》改成《台灣》。這一年，孫中山隱居上海，其間曾與蔡惠如見面，但細節不詳。

一九二三年（大正十二年），四十三歲：

六月，「台灣民報社」成立，蔡惠如被選爲取締役。六月，蔡惠如在上海集合青年十餘人成立「上海台灣青年社」。十二月，台灣發生治警事件，蔡惠如、蔡培火、蔣渭水等人被日本殖民政府逮捕判刑，其中蔡惠如遭判刑三個月。

一九二四年（大正十三年），四十四歲：

七月，御用人士反對議會設置請願運動，召開「有力者大會」，表示反對；蔡惠如與同志奔走，在台中召開「無力者大會」，表示抵制，在奔走途中不愼從車上跌落，大腿骨折，治療數月。

一九二五年（大正十四年），四十五歲：

二月二十日，入監三個月，直到五月十日出獄。在入監時，舊雨新知都來送行，蔡惠如日後曾經追述送行的場面，寫了〈意難忘〉一闋詞：「芳草連空，又千絲萬縷，一路垂楊牽愁離故里。壯氣入樊籠，清水驛，滿人叢，握別至台中。老輩青年齊見送，感慰無窮。」⓭八月，《台灣民報》創立五周年突破一萬份，發行臨時特刊，蔡惠如發表感言。

一九二九年（昭和四年），四十九歲：

三月，前往東京，「新民會」同志在「薈芳樓」設宴歡迎蔡惠如。五月，蔡惠如中風引發腦疾，病倒於福州，送回台灣；十二日住進台北醫院；五月二十日逝世，年僅四十九歲。六月一日，於台中清水紫雲巖前舉行告別式。

蔡惠如詞兩闋

這兩闋詞是一九二五年二月二十日蔡惠如入獄後的作品，創作的地點當然是監牢。

先看第一闋：

〈滿庭芳〉⓮

——花朝日獨坐獄中，意興蕭索，為譜此詞寄內解悶

【譯】——舊曆二月十五日，正是百花生日，我獨自被監禁在獄中，覺得這種處境非常乏

註——⓭見謝金蓉：《蔡惠如和他的時代》，頁五一。
⓮見謝金蓉：《蔡惠如和他的時代》，頁五〇。

味，因此，寫一點有關春日的詞，寄給我的內人，稍稍釋放我的鬱悶。

綠樹嬌鶯，紅墻乳燕，今朝競語春妍。嫩晴庭院，桃媚海棠鮮。偏是游絲有意，冷窗裡，恨惹愁牽。思量遍，晝長人寂，清簟枕書眠。芳辰空望過，花紅綽約，月麓團圓。奈隔江人遠，無處傳箋。待到黃梅熟後，出樊籠，共語燈邊。還重約，端午節近，攜手看龍船。

【譯】細想現在，外面必定有綠色的樹木以及美麗的春天鳥兒，紅牆上還有剛出生不久的小燕子，牠們在春日裡競相訴說春天的美麗。我也想到了我們家晴天時的庭院裡，那些嬌媚的桃花和鮮嫩的海棠花……。我如此愉快地想著，偏偏那蜘蛛在鐵窗上結了網，教我回到現實，勾引出我萬般的愁緒。這個鐵窗日子，使得人際交流斷絕了，白天變長了，只能一個人在竹蓆上枕著書睡覺，一而再、再而三地空思想。雖然在春天裡，本來應該花朵紅豔美好，月亮圓白巨大，可惜，我都無緣看見。這個美好的春天光陰，整個就在空想中度過。在無可奈何中，我們就像隔江遠離的兩個人，沒有辦法傳達書信。不過，等到五月的時候，那時梅子熟了，也應該是我離開監牢的時候了，我再與妳共守在燈下說情話，甚至共同約定，在端午節時，一起攜手去看熱鬧的龍舟競賽。

這闋詞的由來，大概就是治警事件以後，蔡惠如被關在獄中三個月時所寫的一篇作品，詞裡明白寫著他在鐵窗裡無聊地枕著書睡覺的生活。不過，這一點並不重要，鐵窗生活本來就是很無聊。教人驚訝的是：這闋詞的想像視景是如此的優美，充滿了田園的意象。諸如「綠樹嬌鶯」、

「紅墻乳燕」、「嫩晴庭院」、「桃媚海棠鮮」都是典型的田園風光，而且個個美麗，甚至有些世外桃源的味道。而且那些美麗的田園意象對照著鐵窗蜘蛛結網的意象，使得悲劇就更加悲劇了，這就是修辭法中的反襯法，其效果不能小視。裡頭的「恨」、「愁」這些字眼很強烈地把詩扭轉成悲劇了。另外，我們注意到在這闋詞中，蔡惠如對他的夫人所表達的愛情，實在是田園詩中普遍的那種永不缺乏的親情。在田園文學的世界裡，親情總是能無限地蔓延，使得文學充滿溫馨的感覺，這闋詞就擁有這個特色。不過，「恨」、「愁」的字眼同樣醒目，讓人知道，田園其實不再是田園了，悲劇已經潛入其內了。

底下，我們看第二闋：

〈春從天上來〉聞鶯　鐵生在獄作⓯

綺麗晴天聽樹上流鶯，奏曲鳴絃，雙聲婉轉，泥語纏綿，滿庭春事芳妍。更依依楊柳，東風裡飛舞蹁躚。羨幽會及時行樂處，快活天然。何必先明富貴，得自由身世，即是神仙。自古王侯，如今將相，寧非轉眼雲煙。想浮生若夢，怎能堪歲月空遠。入天台，飯胡麻幾日，得穀延年。

【譯】在這個美麗的春天裡，聽到了樹上流鶯的鳴叫，極像是弦樂的奏鳴，雙雙互唱的聲音如此婉轉，呢喃的語調十分纏綿；看起來，那庭院必定已經充滿了美麗芳香的春天故事了。更何

註——⓯見謝金蓉：《蔡惠如和他的時代》，頁四九。

況還有輕柔披覆、隱隱約約的楊柳，正在東風裡飛舞擺動。人間最値得羨慕的事情是即時行樂與情人幽會，既快活又天眞。人生何必一定要先了解富貴的道理，假若能得到一生的大自由，就已經是個神仙。你看，古代的將相，現在的王侯，生生死死，他們的存在，難道不是一場雲煙。想一想這個人生，本來就像夢境一樣，怎能不及時行樂，卻教歲月在空思夢想中度過呢？假如不如此，縱任那歲月快速流逝，即使能像東漢時的劉晨與阮肇，到天台山去接受仙女的招待，吃一頓芝麻飯，期望能返老還童，也只是多活幾年罷了。

這闋詞很巧妙地分成了先後兩個情緒段落。前一段寫春天的風光，美麗的田園意象紛紛出現，諸如「樹上流鶯」、「滿庭春事」、「依依楊柳」都是，一個比一個美麗。然而第二段，就變成一種惆悵的情緒了。由於感慨沒有自由，成爲只能空思想的人，做什麼都不可能，實是一大悲哀。當中「轉眼雲煙」、「浮生若夢」的人生感慨不免有了志短的味道。實際上，蔡惠如和他許多朋友的一生就是失敗的一生，他們面對的是強悍的日本帝國主義，足以讓他們喪身失命，焉有什麼勝利的結果。這是一齣悲劇，且是命定的悲劇。不過，在這闋詞中，蔡惠如還是表現出他不失豪放、看淡古今王侯人生的那種胸襟，還是不乏英雄的氣概。蔡惠如和他的許多政治運動的朋友其實都是英雄，只不過是失敗的英雄罷了。要之，這兩個不同的情緒本質不同，本來是不應該放在一起，但是蔡惠如卻巧妙的將它們組合在一起，使得美麗的更美麗，悲情的更悲情，這就是他高明的文學技巧。總之，悲劇的情緒中，不斷眷戀、回眸美麗的春天田園風景，還是這闋詞最有趣詭譎的地方！

■田園文學終究必須讓位給悲劇文學的時代

對於台灣由清朝中後期的田園文學主流轉向日治時代的悲劇文學主流的一般現象，我曾經做過這樣的概括：

到了清朝中期時，進入了「田園文學」時代。差不多由鄭用錫、陳肇興這些本土詩人開始，一直延續到日人占領台灣時期。我們只要讀一下鄭用錫的〈新擬北郭園八景〉、林占梅的《潛園琴餘草》、陳肇興的〈到鹿津觀水路清醮普度八首〉、〈春田四詠〉、〈秋田四詠〉以及割日以前許南英的《窺園留草》，就能明白。詩文裡的主人翁正走向愛情、親情的懷抱，一派的美麗風光和悠閒生活。當然，偶而的戰亂還是會發生，但終究是雨過天晴。歷史的夏天正值來臨。

由割日開始，進入了以「悲劇」為主的文學時期。由丘逢甲、施士洁、許南英的舊詩創始，經過賴和、龍瑛宗、呂赫若的新文學，有名的文章，幾乎都是悲劇。丘逢甲的詩〈離台詩六首〉是悲劇；施士洁的〈台灣雜感和王部畇孝廉韻〉，悲劇；賴和的〈一秤桿仔〉短篇小說，悲劇；龍瑛宗的〈植有木瓜樹的小鎮〉短篇小說，悲劇；呂赫若的〈牛車〉短篇小說，悲劇。英雄打了敗仗，屈從於敵人，美景轉成衰敗，枯藤昏鴉棲息於西風之中，處處都有斷腸人。美好的過往逐漸逝去，即使還有太陽，內心依然秋風甚涼，除了眼淚之外，還是眼淚。歷史的秋天正值來臨。

林癡仙和蔡惠如就是處在這兩種文學之交的詩人。他們是親身歷經輝煌的田園文學時代的人，知道田園詩寫作的奧祕，只是不清楚自己的遭遇已經溢出田園文學之外，唯有悲劇方能表達了。因此，他們的文學兼具兩者，變成一種文類的混雜，形成外在田園、內在悲劇的獨特現象。其實，自古以來，漢人就有人寫作了許多田園和悲劇混雜在一起的詞，諸如李後主、李清照……所寫的詞都是，他們的詞也許鼓舞了林癡仙和蔡惠如的詞的創作。不過，林癡仙和蔡惠如的遭遇，不也正是和李後主、李清照這些人極為相似嗎？他們都是那種一面眺望故國田園山河而一面傷逝懷憂的人，世界上還有比他們更加愁苦尷尬的詞人嗎？

雖然如此，時代畢竟已經走入悲劇的時刻了，眺望或回眸都已經來不及，田園詩固然還有不少人在寫，但是台灣文學已經越來越進入悲劇之中。在林癡仙、蔡惠如之後，新文學的作家大量出現，悲劇文學為主流的態勢就無法再改變了！

評賴和的短篇台語小說〈一個同志的批信〉[1]

——並論日治時期悲劇文學作品中「孤立」這個主題

■ 前言

〈一個同志的批信〉是賴和的短篇台語小說，不只是因爲它是台語小說；更是因爲這篇小說發出了日治時代台灣人反抗運動趨於崩散的警訊，預示了日後《亞細亞的孤兒》那種主角陷入極端孤立狀況的小說出現，所以它顯得特別的重要。

這篇小說比其他人的小說率先顯示了台灣人在被日本人孤立的狀況下，如何進一步自己孤立自己，也就是顯示日治時代台灣人如何慢慢陷入多重孤立的狀況。

「孤立」就是悲劇形成的原因之一。事實上，日治時代重要的文學作品，大抵都在闡述台灣人孤立的這個現象。

註——

[1] 見李南衡主編：《日據下台灣新文學明集一：賴和先生全集》（台北：明潭，一九七九年），頁二四六—二五一。

■由被孤立到自己孤立自己的悲劇過程

悲劇文學作品和主角的被孤立狀況息息相關：孤立狀況淺，悲劇就淺；孤立的狀況深，悲劇就深。

日治時期的悲劇文學作品的悲劇力道並不都是一樣的，它乃是由表層進入裡層，由淺入深的一個過程；也就是說，日治時期的悲劇文學剛開始只是單一的孤立，後來逐漸演變到雙重或多重孤立的現象。由於孤立的現象越來越深，文學作品的主角到最後終於孑然一身，反抗終止了，逃避變成唯一的生存方式，所有的希望都喪盡了，成為一種絕望。

比如說，在日治時期新文學搖籃期（一九二〇—一九二五年）裡，有了五篇短篇小說。當中的一篇叫做〈台娘悲史〉，裡面有三個主要人物，一個叫做「華大」，這是象徵滿清帝國；一個叫做「台娘」，這是象徵台灣；另一個是「日猛」象徵日本。日猛為了要娶貌美的台娘為妾，就千方百計逼迫懦弱的華大將女兒台娘嫁給他，由於台娘孤立無援，結果日猛得逞了，台娘就墮入暗無天日的世界了。❷這篇小說當然是悲劇小說，但是，我們說他的悲劇是單純的，因為痛苦的來源只是日猛的逼迫，使台娘從父親的卵翼中孤立出來，這時候假若台娘願意進行反抗，去尋求其他親友的幫助，而親友也還願意幫忙她，事實上還是能夠進行反抗的。這就是台灣割日之初，台灣人還能團結成立「台灣民主國」，甚至努力尋求國際支持好用來對抗日本的原因，只因反抗運動還未到絕望關頭，還有一搏的機會。但是，到了後期的二戰期間，吳濁流所寫的長篇小說《亞細亞的孤兒》，❸情況就不是如此。在這篇長篇小說裡，故事的主角胡太明象徵台灣，成了多重被孤立的人。不但日本人孤立他，周邊其他國家的人也孤立他，最後是他自己從台灣人中抽身出來，不願也不曾和台灣人的任何反抗運動合作，最後是把自己徹底地孤立起來了，再也找不到任何的朋友；他孤零零的一個人，橫衝直撞，充滿激憤，最後當然是在絕望中發瘋了。也就這是說越接近二戰，由於台灣人的孤立成爲多重，就越來越無力，最後任由日本人宰割，再也沒有反抗的可能了。

我這麼說，一定還有人不知道我說什麼。我再舉一個例子：比如說，我們把羅密歐與茱麗葉這齣戲定義成悲劇，大概是沒有問題的。它的悲劇的起源是來自他們的戀情被雙方家族所反對，也就是被家族孤立。他們兩人慢慢從封建的家族中被排擠出來，變成孤立的存在。不過，他們的孤立來源畢竟只是單純的一重性，也就是他們的封建家族加諸於他們的壓力是唯一的壓力。也因此，在整個故事裡，他們兩人還能夠團結互助，矛頭一致，反抗家族的力道就顯得非常強大，足以震撼人心。不過，假若說，在羅密歐與茱麗葉的反抗過程中，羅密歐與茱麗葉忽然發現彼此可能相互背叛，再也無法合作無間，反抗運動雖然還在進行，但他們的力量已經無法匯集，甚至互相對峙。這時，他們的孤立來源變成雙重性，也就是身處在內憂外患的狀況中，孤立的狀況比先前更深，結果這個悲劇就可能進入更加悲慘中，最後大概只剩下絕望和崩潰。

總之，我們知道，悲劇所傳達的孤立現象（也就是悲劇性）是有輕重差別的，像早期的〈台娘悲史〉是輕的，《亞細亞的孤兒》則是重的。而賴和的〈一個同志的批信〉這篇小說則是介於輕重之間，也是日治時期悲劇文學作品的悲劇性由輕到重的一個轉折。

註

❷ 見葉石濤：《台灣文學史綱》（高雄：春暉，二〇〇四年再版），頁三十四。

❸ 見吳濁流：《亞細亞的孤兒》（台北：草根，二〇〇九年）。

〈一個同志的批信〉是賴和發表於一九三五年的《台灣新文學》雜誌上的台語小說。異於賴和從前具有堅強抗爭性的作品（諸如〈一桿秤仔〉❹這篇小說），小說的主角與抗爭的同志產生相互分離的現象，整篇故事充滿頹唐、不振的氛圍。當時，比賴和年輕的新一代文學家不滿意賴和的這篇小說，認爲賴和已經陷入創作的危機中。❺按照年輕作家的看法，他們希望文風的反抗性永遠強勁，持續不退。但是，賴和突然改變了那種文風，變得軟弱，與年輕一代的文學家看法產生分歧。那麼，究竟是賴和的看法才對，還是年輕一代的作家對呢？其實，賴和才是眞正的先知，賴和的〈一個同志的批信〉在文學上預示了吳濁流《亞細亞的孤兒》的出現，在政治上顯示了台灣人反抗運動走向了黨派分裂、潰散破敗的命運。這篇小說很值得我們注意！

在分析這篇小說前，讓我們先看一看賴和的簡譜，對賴和的生平做一個簡單的回顧。

賴和簡譜❻

一八九四年（光緒二十年），一歲：

生於彰化彰化街市仔尾，原名賴河。這一年，中日甲午戰爭爆發。

一八九五年（光緒二十一年），二歲：

五月，日本根據《馬關條約》，派軍接收台灣澎湖。八月，接收台灣的日軍攻占八卦山，彰化被占領。

一八九六年（明治二十九年），三歲：

這一年《六三法》公布。

一九〇三年（明治三十六年），十歲：

春天，入書房學漢文，日後對書房老師打罵教育頗有微詞；十月，進彰化第一公學校讀日本書。這一年，霧峰家族林癡仙等人成立「櫟社」。

一九〇七年（明治四十年），十四歲：

春天，入南山寺旁「小逸堂」拜師黃倬其學漢文，覺得黃老師教導有方，與同學相處融洽。

一九〇九年（明治四十二年），十六歲：

公學校畢業。四月，考上台灣總督府醫學校，與杜聰明、翁俊明成為同窗，住宿學校。

一九一一年（明治四十四年），十八歲：

醫學校成立「復元會」，暗含光復台灣之意，賴和加入。這一年，梁啓超來台灣，當了霧峰家族座上賓；中國爆發武昌起義。

一九一二年（明治四十五年），十九歲：

不搭火車，和杜聰明徒步由台北回彰化，費時五天。這一年，宣統退位，孫中山成立「中華民國」。

一九一四年（大正三年），二十一歲：

四月，醫學校畢業，後留在台北實習一段日子。十二月，就職於嘉義醫院，薪水可能是日本

註

❹ 見李南衡主編：《日據下台灣新文學明集一：賴和先生全集》，頁一〇一一九。

❺ 見王錦江（王詩琅）：〈賴懶雲論〉，《日據下台灣新文學明集一：賴和先生全集》，頁三九九—四〇六。

❻ 本年譜參考陳建忠編：〈賴和年表〉（http://cls.hs.yzu.edu.tw/laihe/B2/b22_1d.htm）以及賴恆顏、李南衡合編：〈賴和先生年表簡編〉，《日據下台灣新文學明集一：賴和先生全集》，頁四八八—五〇二編成。

醫生的六、七折，感受到日人、台人有差別待遇。在嘉義醫院期間的工作可能是做抄寫員和做通譯工作，醫院好像不把他當醫生，使賴和感到屈辱。這一年，台灣爆發羅福星事件，百餘人被判刑；板垣退助來台倡立同化會。

一九一五年（大正四年），二十二歲：

與王氏草結婚。還在嘉義醫院工作。這一年余清芳事件爆發，二八八人被判死刑。

一九一七年（大正六年），二十四歲：

一月，《台灣日日新報》「詩鐘揭曉」單元第一次登出賴和所寫的詩句。回彰化開設「賴和醫院」，小兒科，婦科、牙科皆看。

一九一八年（大正七年），二十五歲：

二月，自基隆出發，渡海前往廈門鼓浪嶼剛成立的「博愛醫院」就職，同行的有各科的部長、藥局長、醫師等等許多人。賴和的身分是醫員，這批人的任務其實是替日本人做親善的工作。在廈門，賴和曾學習北京語。這一年，美國威爾遜總統發表《十四點和平原則》。

一九一九年（大正八年），二十六歲：

七月，從博愛醫院回台，仍在彰化繼續行醫。中國展開五四新文學運動。

一九二〇年（大正九年），二十七歲：

留日學生成立「台灣青年會」。七月，蔡惠如捐款贊助設立「台灣青年雜誌社」，在日本發行《台灣青年》。

一九二一年（大正十年），二十八歲：

二月，參加「台灣議會設置請願運動」。十月，加入「台灣文化協會」，林獻堂任總理，賴和是四十一個理事中的一位。十月，參加台北瀛社「全台詩社聯吟大會」。十月，彰化青年開「修辭會」，在會中，賴和主張同姓結婚不結婚，聽人自由即可，批評了守舊的文人思想。後來，有保守文人寫文章說賴和是漢族的大罪人。

一九二二年（大正十一年），二十九歲：

五弟賢穎赴北平念中學。八月，「南社」創設十五周年紀念，賴和用白話文寫〈祝南社十五周年〉，是他最早的白話（北京話）文章。十月，加入蔣渭水發起的台灣第一個政治社團「新台灣聯盟」，成爲會員。這一年，陳端明在《台灣青年》上發表〈日用文鼓吹論〉，提倡寫白話文。

一九二三年（大正十二年），三十歲：

一月，「台灣議會期成同盟會」向總督府提出結社申請，不准，賴和是其中會員。二月，「台灣議會期成同盟會」重建於東京，賴和也是會員。七月，賴和所屬的「彰化青年同志會」聲援第一次留學生演講團在台首次演講。八月，日本官方企圖以「阿片取締細則」告發賴和、林篤勳、李中慶、楊木等支持文化協會的醫師，後裁決無罪。十一月，賴和的三叔責備他不向別人催討債務。十二月，賴和因爲治警事件入獄，這是第一次入獄。治警事件的原因是日方對「台灣議會期成同盟會」的取締。剛開始，賴和被囚禁在台中銀水殿，後來轉囚台北監獄，度過二十幾天。賴和感慨這次的被捕，使家人飽受騷擾、恐懼的煎熬。

一九二四年（大正十三年），三十一歲：

一月，治警事件獲不起訴處分，出獄回家。四月，張我軍在《台灣民報》發表文章介紹中國新文學革命，並抨擊台灣舊文人，爆發「新舊文學論爭」。六月，「文化協會」彰化分支部在彰化北門外成立，附設讀報社和「實費診療」，有十二位醫生參與診治工作，賴和是其中之一。七月，前往台中參加林獻堂發動的「無力者大會」，抗議辜顯榮所領導的「有力者大會」。

一九二五年（大正十四年），三十二歲：

爲文化協會到各處演講多次。八月，發表散文〈無題〉於《台灣民報》，爲賴和第一篇水準以上的白話文作品。十月，彰化二林發生了「蔗農事件」，農民抗爭激烈，賴和當日立即寫下〈覺悟下的犧牲〉這首新詩，到十二月發表在《台灣民報》上。

一九二六年（昭和元年），三十三歲：

一月，發表第一篇白話小說〈鬥鬧熱〉於《台灣民報》。張我軍來彰化拜訪賴和。二月，又發表〈一桿秤仔〉於《台灣民報》。這一年，「台灣農民組合」成立。

一九二七年（昭和二年），三十四歲：

一月，台灣文化協會在台中市公會堂開臨時會議，左右兩派分裂，賴和任新文協（左派）的臨時中央委員。七月，舊文協在台中舉行以林獻堂爲首的「台灣民眾黨」結（建）黨大會，賴和也參加大會。八月底，和彰化醫生林篤動等發起「政談演說會」，試圖減低新舊文協兩派的對立。九月，民眾黨在彰化成立「彰化支部」，賴和當選支部委員。

一九二八年（昭和三年），三十五歲：

一月，發表小說〈不如意的過年〉於《台灣民報》。五月，《台灣大眾時報》在東京創刊，賴和擔任監察役役員，創刊號登出了賴和散文作品〈前進〉，對左右翼的分裂做了一些平衡的想法，認爲「他倆感到有一種，不許他們永久立在同一位置的勢力，他倆便也攜著手，堅固地信賴地互相提攜；由本能的衝動，向面的所向，那不知去處的前途，移動自己的腳步」。言下之意，還是認爲左右翼會互相提攜。不過文章最後，左翼批評右翼「猶在戀著夢之國的快樂……，行向不知終極的道上」；至於左翼，作者則描述他正在歷經一個困境：「暗黑的氣氛……又復濃濃屯積起來，眼前的光明，漸被遮蔽，空間又再恢復到前一樣的黑暗，而且有漸次濃厚的預示。」左右翼的前進到最後被作者定義爲「向著不知著處的道上」的一場前進。這一年，台灣總督府公布新鴉片令，就是發給吸食鴉片者新特許證，引起「台灣民眾黨」的強烈抗議。

一九二九年（昭和四年），三十六歲：

「新文協」全島代表大會在彰化街舉行，賴和任新議長，這次會議中與王敏川不同路線的連溫卿遭到新文協除名。

一九三〇年（昭和五年），三十七歲：

一月，發表小說〈蛇先生〉於《台灣民報》。賴和的弟弟賢浦與王敏川的女兒結婚。五月，黃石輝在《伍人報》發表〈怎樣不提倡鄉土文學〉，主張用台灣話做文，用台灣話做詩，用台灣話做小說，展開了有名的「鄉土文學論爭」。八月，楊克培主持、賴和列名參加的《台灣戰線》創刊，以倡導普羅的文學爲目標。十月，五弟賢穎念北京大學英文系，從此常寄回《語絲》、《東方》、《小說月報》雜誌給賴和閱讀。這一年，《台灣民報》改成《台灣新民報》；「台灣地方自治聯盟」成立；霧社事件爆發。

一九三一年（昭和六年），三十八歲：

一月，「新文協」第四回全島大會在彰化開會，王敏川爲議長，賴和擔任會計審查委員。賴和也參加「台灣民眾黨」彰化支部黨員大會，賴和擔任議長。這一年，「台灣民眾黨」被日本官方解散；蔣渭水去世。

一九三二年（昭和七年），三十九歲：

一月，與葉榮鐘等人創辦《南音》雜誌，寫信給主張台文創作的郭秋生，認爲台文造新字有其必要，但是最好不多造新字。四月，《台灣新民報》改成日刊，賴和及陳虛谷等六人依然負責擔任編輯局客員中的學藝部工作。五月，楊逵的〈新聞配達夫〉（送報伕）的日文前篇，經賴和之手，在《台灣新民報》連載登出。

一九三四年（昭和九年），四十一歲：

五月，「台灣文藝聯盟」在台中成立，賴和擔任中部聯盟委員之一，並兼常務委員之一。八月，「台灣文藝聯盟」在台中舉行第二屆文藝大會，賴和沒有參加。十二月，發表〈善訟人的故事〉於「台灣文藝聯盟」的所屬刊物《台灣文藝》上。

一九三五年（昭和十年），四十二歲：

十月，完成李獻璋所編《台灣民間文學集》的序文。十月，前往台北參觀總督府舉辦的始政四十周年博覽會；並順便參加《台灣文藝》同仁朱點人等所辦的文學座談會。十二月底，楊逵脫離《台灣文藝》，另外出版漢文以及日文合刊的《台灣新文學》雜誌，賴和、楊守愚、吳新榮、王詩琅……都參加在內，賴和擔任漢文的編輯，是十九位編輯之一。同時，賴和發表〈一個同志的批信〉於《台灣新文學》的創刊號上面，是一篇台語小說。

一九三六年（昭和十一年），四十三歲：

一月，楊逵日譯賴和的小說〈豐作〉，發表於日本《文學案內》新年號。賴和文學第一次被介紹給日本文壇。五月，有一位叫做櫪馬的文壇人士來訪問楊守愚，後來與賴和吃飯，又向賴和借去一筆回鄉的旅費，楊守愚在日記上寫：「每一個文藝愛好者，路經本地，乏錢用，便找賴和醫院，真教他供不應求。」李獻璋主編的《台灣民間文學集》開始印行。六月，王詩琅寫信給楊守愚，想要透過楊守愚向賴和借原稿，因爲王詩琅要寫〈賴懶雲論〉。賴和得知後，謙虛地希望王詩琅能中止這個想法，並說他寫文章從來不存留原稿。不過，後來賴和還是答應借給王詩琅一些作品。後來王詩琅又向楊守愚問了許多賴和的生平問題，楊守愚跑去問賴和之後寫信回答了王詩琅。七月，李獻璋寫信給楊守愚，說《台灣民間文學集》在印刷廠和人發生糾紛，賴和知道了，就說願意代墊一半的印刷費。八月，楊守愚終於收到王詩琅所寫的有關評論賴和的文章。之後，王詩琅將〈賴懶雲論——台灣文壇人物論（四）〉發表於《台灣時報》二〇一號上。王詩琅在他的文章中率先提出「他是培育了台灣新文學的父親或母親」的論調，不過也提出了一些批評。九月，賴和要楊守愚寫信給李獻璋，問他爲什麼不早一點將《台灣民間文學集》發行，這本小說集裡收錄有賴和的小說〈善訟人的故事〉。十二月，李獻璋寫信給楊守愚，說霧峰的林幼春抗議《台灣民間文學集》裡楊守愚所寫的一篇〈壽至公堂〉的小說，因爲小說裡所寫的強占農民土地的林有田正是林幼春的祖上。賴和卻表示支持楊守愚秉筆直書的行爲。林幼春乾脆打電話給賴和，說要來找楊守愚談一談道理。

一九三七年（昭和十二年），四十四歲：

二月，楊守愚的老師郭克明過年缺錢用，賴和送了一些錢給郭。春天，賴和遊楊逵台中的「首陽園」（即是後來的東海花園）。四月，台灣總督府明令廢止全台日刊報紙的漢文欄，

《台灣新民報》被要求最遲在六月底要全廢。這一年，中日七七事變爆發，台灣總督府、軍司令部對台灣民眾發表戰時警告，禁止「非國民之言動」。

一九三九年（昭和十四年），四十六歲：

因來診的患者感染傷寒，沒有向當局申報，被重罰停業半年。賴和利用空閒，到日本寄宿在陳虛谷寓所；後到滿州、北京遊歷。八月，林幼春去世。九月，彰化「應社」成立，是一個詩社，賴和、楊守愚、陳虛谷許多人都加入，有「連聲氣以抗日」的意思。

一九四〇年（昭和十五年），四十七歲：

一月，陳虛谷發表〈懷友十首〉於《台灣新民報》上，說賴和是「南門媽祖婆」。這一年，日人西川滿創立「台灣文藝家協會」，發行《文藝台灣》。

一九四一年（昭和十六年），四十八歲：

一月，賴和在彰化市政研究會演說，提到台灣人「消極生存，沒有改善環境的魄力，若這樣下去，台灣人是會滅亡」，結果受到中止處分。五月，張文環另創《台灣文學》雜誌，以抗衡西川滿的《文藝台灣》。十二月，「珍珠港事變」當天，賴和遭到日方的傳喚，在不被告知的情況下匆匆入獄，這是第二次入獄。在獄中四十多天，寫了〈獄中日記〉，此期間無法知道何日將被釋放，繫獄成爲一場遙遙無期的噩夢。這次繫獄導致家庭負債，連累妻兒，讓賴和感到很痛苦。此時在獄中也發現有心悸的現象，趕緊接受注射治療。

一九四二年（昭和十七年），四十九歲：

一月中旬，病重出獄。九月，王敏川逝世，抱病參加葬禮。十月，黃得時寫〈輓近台灣文學運動史〉稱賴和是「台灣的魯迅」。十一月底，賴和因病住進台北帝大附設醫院。這一年，日軍海軍進占馬來半島和新加坡。

一九四三年（昭和十八年），五十歲

一月十一日，寫明信片給楊守愚，說他住院已經將近五十天，開始能離床。不久，出院回家。一月三十一日，因心臟僧帽瓣閉鎖不全，在自宅去世。二月三日，舉行公祭，由林獻堂主祭，謝雪紅、石錫勳拿孝燈，葬在八卦山上。這一年九月，台灣實施徵兵令；十二月《文藝台灣》、《台灣文學》被迫停刊，日本官方組織「台灣文學奉公會」另外發行《台灣文藝》。

■賴和已經落伍了嗎？

〈一個同志的批信〉這篇小說是講述一位剛從監牢被釋放出來的反日志士向小說裡的主人翁請求金錢援助的故事。身爲主人翁的「我」是一位商人，一向不吝金錢，爲所有的反日運動出錢出力，和左翼的人很有感情。但是由於反日的左翼路線一再往前進展，越來越左傾，「我」終於被同志批判爲落伍、向後轉的分子，「我」的心裡不免有怨氣。可是，當「我」收到激進的左翼朋友向他求援的信後，看出朋友的確重病又缺錢，竟然動念又想寄錢去援助這個左翼的朋友。不巧，在行將寄出時，日本大人前來募捐，在不得已的情況下，他只好把錢先給日本大人，只能在暗中向這位左翼的朋友請求原諒和說抱歉了。

原文翻譯濃縮如下：

郵局來了一封信，「卜」的一聲，郵差把信件擲在「我」的桌子上。

「我」翻開信封底面，上頭寫有「大橋市福壽町　許修」的字，原來是不久前出獄的同志的來信。「我」拆開信件，閱讀了裡頭的內文，信上寫著：「身體病得厲害，需要一些營養補給，身邊卻沒有錢。」「我」看了，不禁就想：「你沒有錢，難道我就有幾百萬的錢嗎？有錢我自己不會用嗎？我有義務供給你嗎？」

「我」想：「為什麼要叫我同志？我不是一個被你們譏笑為落伍者、向後轉的人嗎？現在又怎麼樣？你們這麼堅強，這麼忠實於自己路線，就應該堪當病的折磨，又何必吃藥補給呢？你們這些人，怎麼偏要輕視地說我生意做得好，賺得錢多，就說我落伍。然而，如今卻伸手向我要錢！」

不過，拿起信，又看了一陣，覺得來信的同志本來身體就軟弱，病況也很難瞞人，一定要幫忙他。然而，這筆錢大概需要積蓄幾天，才能湊足。幸好，這幾天，剛好累積了一些錢，只要再等幾天，錢足夠了，就寄過去。「我」雖然這麼慷慨地盤算著，但心裡還是有些捨不得這些平日積蓄而來的金錢。不急！反正郵局也太遠了，今天還不要緊，隔幾天再寄吧！先把錢放在口袋裡再說！

到了晚上吃飯的時候，年老的父親彷彿把幾天累積起來的怒氣，一下子全都釋放出來，訓了兒子們一頓說：「我老了，你們的事我可以不管，你們要怎樣就怎樣，但也要為自己著想。你們還有幾年賺錢的日子呢？替人家賠的錢還沒有賠完，又要給別人幾筆錢。你們長大了，卻不知珍惜金錢！」「我」一聽，不敢應話，只能默默由老人家說教。吃了一碗飯後，趕緊離開飯桌。

到了晚上七、八點鐘的時候，睡不著覺，想到父親的教訓，又聽到小孩的吵鬧，家裡待不下去了，就決定到外面走走，去和棋友們下下棋也很好。

「我」跑到公眾大廳去找棋友，可惜來晚了，棋社已經沒有人在裡頭，黑白的棋子散落在桌上，想必棋友們已經惡戰了一番，先行回去了。既然找不到棋友，倒不如到醉鄉樂園去快樂一番也好，總之有妓女陪伴喝酒，就不會感到寂寞了。

於是，「我」終於到了酒家，在紅綠燈下、在酒香、在女人的溫柔中喝了起來。「我」和女侍一人一瓶「月桂冠」，喝得醉醺醺的，之後，又掏錢給了女侍，走起路來，腳步也輕快起來。等到回到家，摸摸口袋，錢居然花光了。

這下子，想起了同志那封求救的來信，只好暗中向朋友說抱歉，真的必須再等幾天，才有錢寄去了。

過了幾天，終於又有收入了，大抵能夠供給朋友的求援。不過，又想再拖幾天才寄，反正朋友大概不會那麼容易就死去，報紙也沒有登出朋友的噩耗。

「我」這麼盤算的時候，日本的大人和保正來找「我」「樂捐」了。

日本大人並沒有說明為哪項支出前來「樂捐」，只是語帶威脅地說「若不能理解官方的困難」的人就不必樂捐；又說「討價還價」的人也不必樂捐。不過，後來經過保正的說情，減掉四分之一的金額，以現金「樂捐」給日本大人，由於臨時沒有錢，所以「我」只好把新收入的那筆準備寄給朋友的錢「樂捐」給日本大人了。

「我」只能在心底這麼說：「啊！同志！這是你的命運啊！」

這篇小說裡的主角顯然是一個同情左派路線的生意人。他稱左派的友人爲同志，就表示這個生意人也實際參加了抗爭運動，爲左派盡了一份力量，和左派有很深的情誼。不過主角生意人的資產階級身分可能限制了他的某些意志和行動，無法像左派同志那麼激進，後來他被批評爲落伍、向後轉的人，左派拒絕再接納他。所以，主角在灰心、喪志、不滿的狀況中，對是否再金援左派的同志猶豫起來。這篇小說其實在於顯露抗日運動的分裂原因，那就是左派不能容忍右派所造成，重點應該是主角所說的這一段話：「為什麼要叫我同志？我不是一個被你們譏笑為落伍者、向後轉的人嗎？現在又怎麼樣？你們這麼堅強，這麼忠實於自己路線，就應該堪當病的折磨，又何必吃藥補給呢？你們這些人，怎麼偏要輕視地說我生意做得好，賺得錢多，就說我落伍。然而，如今卻伸手向我要錢！」

因此，這篇小說其實是在責備政治運動轉向激進，左派排擠右派的不當現象，賴和清楚地指出了台灣人反抗團體自己孤立自己的不當。

不過，由於賴和一向同情左派，和左派陣營人士的感情不弱，因此當前有一些評論家就這麼認爲：這篇小說應該不是賴和個人在反對運動中被排擠的實際寫照，只是一篇賴和用來「自我反省」的作品。意思是說，賴和藉著這篇小說來自我激勵，希望不被越來越激進的左派潮流所拋棄。其實，這種論斷是很勉強的。這篇小說事實上極爲單純，意思一目了然，它只是賴和爲自己的（小）資產階級的身分做辯護的小說。同時也陳述在抗日運動中，資產階級不見得對左派沒有感情，抗日運動本來應該是不分左右派，共同攜手來對付日本統治者才是恰當的。當左派開始排斥右派的時候，左派自己也必不可免地陷入孤立無援，終而使左派抗日腳步再也走不下去。

有兩個例子可以推論出賴和在當時必定親自感受到左派對他的批判和排斥，這些左派可能都是比他要更年輕一輩的激進左派分子。一個是王詩琅的例子；另一個是黃石輝的例子。

賴和在一九三五年十二月發表〈一個同志的批信〉於《台灣新文學》的創刊號上，隔年一九三六年的八月，王詩琅就寫了〈賴懶雲論〉，❼發表於《台灣時報》二〇一號。在這篇評論文裡，王詩琅雖然對賴和有褒有貶：但是批判的力道卻很強勁。王詩琅至少提出他對賴和的三點重大的批判：

一個是說：賴和「還保有大量封建文人的氣質」。「他相信階級問題的必然性，也同情窮苦階級，但是他決不會躍身其中，去領導運動。」

另一個是說：「時代在不斷地推移……，這樣一個時代，便要求舊有意識形態的解體。而由於賴懶雲並不是一個先行於一時代的英雄人物，就有一份更多、更大的苦痛。被遺棄了的，失去了理想的他，又當然不能不尋求痲醉的途徑。於是醇酒和美人成了他唯一的去處。」「他的隨筆〈赴了春宴回來〉（載《東亞新報》新年號）中有『不敢違我母命，美人情重難違』之句，坦白無傷地寫出他最近的心境。」

最後一個是說：「在長時間停筆後的近作〈一個同志的批信〉（在《台灣新文學》創刊號），便是一個被時代遺棄而又失去希望的人的自嘲。」「他的近作〈一個同志的批信〉裡，令人覺得他過去的強韌性顯得淡泊了，創作的火花也顯得抑弱了。」

在這些批判裡，最值得注意的是王詩琅說賴和具有「封建文人」的氣質，而且賴和「相信階級問題的必然性」；意思是說王詩琅認爲賴和永遠無法變成無產階級，無論如何，賴和都是屬

註——❼見王錦江（王詩琅）：〈賴懶雲論〉，《日據下台灣新文學明集一：賴和先生全集》，頁三九九—四〇六。

了。

於資產階級的一分子，彷彿這是賴和的宿命。另外，王詩琅認爲資產階級的賴和已經「被遺棄」和「失去理想」了；意思是說賴和跟不上無產階級的運動，終而放棄爲無產階級服務的良心了。還有王詩琅認爲賴和「強韌性顯得淡泊」了；意思說賴和已經不像以前那麼有戰鬥性，逐漸乏力

王詩琅的批評當然是在賴和發表〈一個同志的批信〉之後才寫的；可是，這些看法絕不是由於〈一個同志的批信〉的發表所帶來，可能更早就有激進的人士這麼批評賴和，王詩琅不過只是重複許多人的批判而已。最該注意的是，王詩琅認爲〈一個同志的批信〉是賴和實際生活的寫照，也是他的自嘲（自我的表達）。簡言之，王詩琅認爲〈一個同志的批信〉是賴和的自傳，不是虛構。由於王詩琅是當時激進派的青年之一，因此，〈賴懶雲論〉可以代表當時激進分子對賴和的一般性批判。對賴和而言，這種批評必然教他很難受。

另一個是黃石輝的例子。在一九三〇年五月，黃石輝在《伍人報》發表〈怎樣不提倡鄉土文學〉，主張用台灣話寫文章，展開了有名的「鄉土文學論爭」。之後，黃石輝似乎寫了一篇叫做〈以其自殺，不如殺敵〉❽的台語小說投稿給賴和，到底是什麼時候寫的，沒有辦法確定。到底是投給《南音》雜誌呢？還是投給《台灣新文學》雜誌呢？也難以確定，因爲賴和在這兩本雜誌上都擔任過編輯。不過，這篇小說當時被賴和壓下來沒有發表，到戰後，才被人發現。最奇怪的是，這篇小說的內容涉及了一個好色、多財醫生的劣蹟敗行，指出這位叫做「愛銀」的醫生娶了三妻四妾，吝嗇成性，成了需要被無產階級革命所剷除的對象。小說對這位醫生的批判非常嚴厲，可以代表一般人對醫生的刻板印象。黃石輝明知道賴和是一位醫生，卻把這篇批評醫生的小說寄給他，這到底爲什麼？是要考驗賴和的度量嗎？或者是表達無產階級的黃石輝本人對有錢醫

生賴和的不滿嗎？不論如何，黃石輝〈以其自殺，不如殺敵〉這篇小說可以看出後一輩的無產階級作家是不怕小資產階級的賴和的，即使批判他，也不怕他知道，他們對賴和是不客氣的。

因此，我們也可以想到，賴和一定很想要回答激進分子對他的批判，把自己的怨言和不滿寫出來。在這種心理下，終於促使他寫了〈一個同志的批信〉，目的無他，就是表達台灣人自己孤立自己的分裂運動的不恰當，以及身爲小資產階級的他也有他的自由和尊嚴，他不一定要買無產階級的帳！這才是他寫小說的目的。

賴和早已意識到台灣人孤立狀況的加深

〈一個同志的批信〉值得注意的地方還有一項，那就是主角「我」顯露出來的頹唐、自棄的情緒非比尋常。本來他是有一些錢可以援助剛出獄的貧窮同志，但是在失望中，他到酒家去和酒女喝酒，在燈紅酒綠之下直到把錢花光了爲止。後來，累積了一筆錢，很快地又被日本大人「樂捐」了。看起來，「我」的生活頹唐了，對日本人的屈從也增強了，小說裡散發出一種萎靡、末日的情緒。王詩琅明白地批判「醇酒和美人」成了賴和唯一的去處。

爲什麼一向堅強的賴和，在這篇小說裡竟然散發出這麼萎靡、失望的氣氛呢？有關這種情緒，可能在寫〈一個同志的批信〉以前，就在賴和的心中存在甚久。在一九二八年五月，賴和發

註——❽黃石輝著、呂興昌校訂：〈以其自殺，不如殺敵〉，《文學台灣》十八期（高雄：春暉，一九九六年四月）。

表了一篇叫做〈前進〉[9]的散文。這篇散文以擬人化的手法，書寫台灣政治運動的左右翼拚命往前邁進的狀況，表面上似乎是頗讚賞台灣人左右翼一往直前的政治運動精神。不過仔細看，才知道這是一篇對台灣政治運動完全失望的文章。由於左右派的分裂，剛開始，兩派似乎還能像兄弟的一樣，攜手往前直走，但是因爲志不同道不合的緣故，左派覺得右派「行向不知終極的道上」，也就是說右派只是沒有目標的一場亂走；至於左派則意識到自己的道路上「暗黑的氣氛……又復濃濃屯積起來，眼前的光明，漸被遮蔽，空間又在再恢復到前一樣的黑暗，而且有漸次濃厚的預示」。也就是說左派也自感前途黯淡，看不到明天了。總括來看，在〈一個同志的批信〉發表的七年前，賴和的散文〈前進〉就明示台灣政治運動在左右翼分裂後，已經前途茫茫了。

當時，台灣反對運動的分裂是否是一種歧途，似乎很難讓人馬上加以斷定。由無產階級分子的主觀立場來看，台灣的抗日運動在左右派分裂之後，抗日的力量彷彿突然旺盛起來，因爲工、農革命運動成爲運動主體，抗爭越來越激烈。從文學作品來看也是如此，楊逵、楊華、呂赫若的勞動者小說彷彿超越了賴和的社會寫實小說，力道越來越強。但是，就賴和這種抗爭運動的老前輩來看，卻不是如此，他已經看到原來有力統一的抗日運動因爲分裂而衰弱了，分離破散的反抗團體越來越孤立，甚至已經到了窮途末路的地步了。

不錯！在一九二七年之前，台灣政治團體有哪些分裂的情況呢？那就是文化協會分裂成爲「舊文協」、「新文協」兩個陣營，[10]這個分裂造成一個無法癒合的傷害，台灣人因爲這個分裂互相敵視起來，產生了台灣人相互傷害的現象。在一九二七年之後，「新文協」裡的連溫卿、楊逵又被除名，這就是一些人所說的「山川主義」和「福本主義」的大分裂，[11]連左派的運動團體都自行分裂。這些事情看在賴和的眼裡，絕對是一種很大的震撼，要他不感到抗日運動的江河日下是不可能的。由於這些分裂，使得台灣人政治運動團體支離破碎，不再互相奧援，直接帶來了台灣的政治運動越來越孤立的現象，因此，折射反映在賴和的〈一個同志的批信〉裡，就變成萎靡、失望的氣氛，乃至於有了末日的那種感覺。

〈一個同志的批信〉的悲劇性其實是很深的，它乃是預示了台灣人因爲不再團結而陷入更孤立的狀況中，不再有希望，所剩的只有輾轉呻吟而已。果然，二戰很快就來臨，台灣人在政治上已經沒有什麼反抗的運動；至於在文學創作上，也落得由《亞細亞的孤兒》那種孤立到極點的小說來收拾一切！

再論孤立與悲劇

綜合上述所論，我們知道，〈一封同志的批信〉這篇小說在政治上其實是預示了日治時期反抗運動越來越孤立的形勢；在文學上也預示了《亞細亞的孤兒》那種主角被孤立，然後自己再孤立自己的小說誕生。它的情節簡單，意圖明顯，卻是非常重要的一篇短篇。

加拿大籍的文學批評家弗萊（Northrop Frye，1912—1991）曾說：「哀婉藝術（筆者註：即

註——

❾ 見李南衡主編：《日據下台灣新文學明集一：賴和先生全集》，頁二三四—二三七。

❿ 參見史明：《台灣人四百年史》（美國加州：蓬島，一九八〇年），頁四九一—四九二。

⓫ 有關這件事情的詳細情況可參見黃惠楨：《左翼批判精神的鍛接》，（台北：秀威資訊，二〇〇九年），頁三四—四〇。

是悲劇的一種）的基本思想是將我們處在同一水平上的個體從一個社會團體中排除出去。」又說：「成熟的哀婉藝術的主要傳統是研究被孤立的心靈，是講這樣一種故事：即一個像我們自己一樣的人怎樣被內心和外部世界之間的衝突、被想像的現實和由社會輿論所建立的那種現實之間的衝突所分裂。」⓬我們注意到，弗萊話中所提到的「個體從一個社會團體中排除出去」、「孤立的心靈」這兩個問題。換句話說，悲劇如果要成立，主角就必須是一個擁有孤立心靈的人，同時他也要是一位被社會排除出去的人。可見悲劇即是表達一個主角如何被孤立的過程、現象、結果。

我們可以認為整個日治時期的重要的純文學，都是述說主角如何被社會勢力排除出去處於孤立狀況的文學。楊逵小說的〈送報伕〉是如此；吳濁流的小說《亞細亞的孤兒》更是如此。這些重要的談及台灣人被孤立的小說，共構了一幅台灣日治時期悲劇文學的面貌。日治時代的整個悲劇文學與孤立主題的表達分不開關係。只是，這些文學作品所表達的孤立狀況有輕重的差別罷了。一般來說，隨著日本統治日久，無權的台灣人被孤立以及自己孤立自己的狀況就越嚴重，台灣文學所表現的孤立困境就越深。這也說明了日治時代，所有的台灣人並不是台灣社會具有團結性的主體，而是任由日本人予取予求的孤立不堪、飄零破散的邊緣人！

註——⓬有關上述弗萊的言論見陳慧等譯；弗萊著：《批評的剖析》（天津：百花文藝，一九九八年），頁十四。

評呂赫若的小說〈財子壽〉❶

——並論悲劇文學作品中喪失了的親情、友情

■前言

台灣由田園文學時代邁入悲劇文學時代，許多書寫的主題都翻轉過來。當中，歌頌親情、友情的作品逐漸衰弱，無情時代悄然來臨。

呂赫若的短篇小說〈財子壽〉正是一篇代表作。

本文仔細考察了〈財子壽〉的內容，提出一些看法，希望能引起更多的人注意文學史所表現的這個奇怪的現象。

■「家庭人」或「家族人」的小說

當台灣文學來到日治時代時，許多舊日文學所表現的熱門主題已成明日黃花；同時，許許多

註——❶見呂赫若著；林至潔譯：《呂赫若小說全集（上）》（台北：印刻，二〇〇六年），頁二六三—三〇五。

多以前不是主題的事物來到了日治時期，竟然變成了新主題。

比如說，長久以來表現了土地與人融合無間的這個主題已是日落西山；現在由於土地不再是台灣人所有，台灣人卻又不得不依賴土地生活，土地變成台灣人的重大負擔，人與土地分離對立的故事遂成爲文學明顯的新主題。❷又比如說舊文人所表現的社會與個人和諧關係的這個主題也告收場，由於個人主義逐漸傳播開來，追求個人權利的風潮逐漸盛行，文學裡的個人和舊社會開始彼此敵視，終致於劍拔弩張起來。❸

呂赫若是一個手中握有新主題的日治時期小說家。本來，在清治時期，「家」或「家族」對個人而言，從來不是一個負面的主題；不過來到了呂赫若的小說中，「家」或「家族」成爲一個需要重新考量的主題。

在一般的看法裡，呂赫若一生的文學常被分成許多時期，比如說一九三五—一九三九這幾年裡，他的小說集中在以小知識分子的角度來看殖民地經濟問題以及封建社會的矛盾問題；一九三九—一九四一這幾年則先描寫了農村婦女的問題，後來又轉移到描寫都市婦女的問題；一九四二—一九四五這幾年，集中探討了封建家庭中婦女地位問題；一九四六—一九四七年則嘗試使用中文創作，批判日本的皇民化運動以及戰後國民黨的統治政策。❹不論哪個時期，呂赫若的小說氛圍都表現得非常陰暗憂鬱，小說的人物在面對著窒悶的環境時，多半呈現軟弱無力，甚至接近心靈殘廢的狀態。在男性方面，不論平民也好、地主或知識分子也罷，可說清一色都是行動的侏儒，在懦弱無能中挫敗下來。在女性方面，儘管個性表現得比男人稍稍堅強一些，但也不乏有人走上自殺或精神崩潰的道路。也因此，呂赫若的這些創作可以顯現出許多嚴重的意義。比如說他的小說可能被理解爲對傳統封建社會的批判；也可能被理解爲對資本主義剝削現象的批判；或者乾脆說是針對日本人統治台灣的批判。

不過，不論如何看待呂赫若的創作歷程，他的小說主角幾乎都有一個共同的特色，即是他們大半總是和「家」或「家族」分不開關係。早在一九三五年發表的一篇小說〈暴風雨的故事〉❺裡，刻畫了婦人罔氏在凶暴地主和懦弱丈夫交逼下，走上了上吊自殺的道路，呈現一個困苦的「家」如何覆滅的故事，這篇小說可說是呂赫若最早期的小說之一。到了一九四三年發表的〈合家平安〉，❻則描寫了養子有福和萬成、萬章兄弟們不得不逃離鴉片癮父親的掌控，使「家族」整個崩塌瓦解、淒涼收場的經過。故事的主角無一不與「家」、「家族」息息相關。說來奇怪，呂赫若小說中的主角並不是一個完全獨立的生命個體，而是屬於「家庭人」或「家族人」的那種人，與楊逵、王昶雄、龍瑛宗小說中那種身處在現代社會中的個人很不同。簡言之，呂赫若的小說主角很像蝸牛，拖著一個重重的殼走路，那個殼就是「家」或「家族」。這是一個值得大大注意的現象，我認爲呂赫若並不是眞眞正正想探索「個人」的那種作家，「個人」在他手上只是一個工具，最終目的則在於描寫「家」或「家族」。而「家」或「家族」在他的大半小說裡都顯示了那是極端黑暗、充滿冤屈、相互壓迫、鬥爭不息的團體，「家」或「家族」絕對不是休憩的好地方，而是不幸的淵藪。

註

❷ 像楊逵的〈送報伕〉或吳濁流的《亞細亞的孤兒》，土地都成為一個令人煩惱的課題。
❸ 反封建是日治時期文學的最重要主題之一；所謂的反封建就是反抗舊社會制度。
❹ 見中文百科在線，http://www.zwbk.org/MyLemmaShow.aspx?zh=zh-tw&lid=79095。
❺ 見呂赫若著；林至潔譯：《呂赫若小說全集（上）》，頁八七—一一八。
❻ 見呂赫若著；林至潔譯：《呂赫若小說全集（上）》，頁四一七—四四八。

因此，本文想從「家族親情」的這個觀點來看呂赫若的小說。我認爲，在文學史上，呂赫若翻轉了舊文學最常表現的家庭主題，將家族成員之間的和諧愛情轉變成彼此的冷酷無情。換句話說，在清治的田園文學時代，「家」或「家族」總是美好的、溫暖的符號；到了日治的悲劇文學時代，「家」或「家族」往往變成是一個黑暗的、負面的符號。最能讓人看出這個轉變的，就是呂赫若的小說作品。我認爲這就是呂赫若的小說在文學史上具有重大意義的原因。

我們將以呂赫若的重要小說〈財子壽〉進行這種說明。在說明前，先看一看呂赫若的年譜。

呂赫若簡譜❼

一九一四年，一歲：

本名呂石堆，八月二十五日出生於台中豐原潭子。曾祖父原居桃園龍潭，後遷台中做糧食買賣，賺錢購地。父親呂坤霖，小地主階級，曾任庄街協議會會員。家道興盛時擁有五、六十甲土地。

一九二一年，十歲：

進潭子公學校就讀。

一九二四年，十一歲：

父親與叔父等分家。這一年年底發生彰化蔗農抗爭的二林事件，台灣農民運動開始興起。

一九二七年，十四歲：

以第一名成績畢業於潭子公學校。這一年，文化協會分裂。

一九二八年，十五歲：
考上台中師範學校就讀。

一九二九年，十六歲：
初讀島崎藤村的文學作品。

一九三〇年，十七歲：
閱讀世界文學全集。母逝。常到書店閱讀《中央公論》、《改造》刊物以及《資本主義的詭計》等書。

一九三一年，十八歲：
開始創作文學作品。參加學校旅遊東京。這一年「台灣赤色救援會」準備重組台共，堂姊夫林寶煙是豐原地方的班委。

一九三二年，十九歲：
音樂成績優異，在學校表演鋼琴獨奏。

一九三四年，二十一歲：
三月，師範學校畢業，分發到新竹峨嵋公學校教書，任訓導，與元配林雪娥女士結婚。

一九三五年，二十二歲：
一月，短篇小說〈牛車〉在日本普羅文學的中心刊物《文學評論》二卷一號登出，是台灣新

註——

❼ 本年表參考了林至潔編：〈呂赫若創作年表〉、〈相關評論及訪談索引〉，《呂赫若小說全集（上）》，頁七三〇—七六三；以及王建國編：〈呂赫若生平暨寫作年表〉，《呂赫若小說研究與詮釋》（台南：台南市立圖書館，二〇〇二年），頁二六九—三一六編成。

文學作家中繼楊逵之後躍登日本中央文壇的作家。四月，轉調南投的營盤公學校任教。五月，短篇小說〈暴風雨的故事〉（註：這篇小說後來據呂赫若回憶，應是他的處女作小說，創作時間比〈牛車〉更早）登載於《台灣文藝》，開啓了呂赫若獨擅的台灣家庭成員不幸命運的書寫。七月，短篇小說〈婚約奇譚〉亦登於《台灣文藝》。

一九三六年，二十三歲：

四月，小說〈牛車〉與楊逵〈新聞配達夫〉（送報伕）、楊華〈薄命〉被選入《朝鮮台灣短篇小說選——山靈》一書裡，台灣小說第一次正式被介紹到中國。五月，〈前途手記〉登於楊逵創辦的《台灣新文學》一卷四號。

一九三七年，二十四歲：

轉到潭子公學校任教。五月，短篇小說〈逃跑的男人〉載於《台灣新文學》二卷四號。這一年，《台灣新文學》停刊；盧溝橋事變發生，第二次世界大戰開始。爲防止台灣人叛變，日本政府設立「國民精神總動員本部」於台北，各州廳設立支部。

一九三九年，二十六歲：

三月，赴東京進入武野藏音樂學校學習聲樂（亦有人說他進入東京聲專音樂學校就讀），辭公學校教職。在東京參加東寶劇團演出《詩人與農夫》歌劇，前後有一年多的舞台生活，中間曾經回台。這一年五月，小林總督曾宣稱「皇民化」、「工業化」、「南進基地化」是治台三重點，並爲南侵做準備。十月，日本總督府公布「米糧統治規則」。

一九四〇年，二十七歲：

三月，短篇小說〈藍衣少女〉載於《台灣藝術》一卷一號。五月，中篇小說〈台灣女性〉開始登於《台灣藝術》。

一九四一年，二十八歲：

八月，開始撰寫短篇小說〈財子壽〉。這一年四月，「皇民奉公會」成立。五月，西川滿改變《文藝台灣》雜誌的編輯方針；張文環發行《台灣文學》雜誌。六月，總督府公布「台灣陸軍特別志願制度實施消息」。十二月，太平洋戰爭爆發。

一九四二年，二十九歲：

一月，還在東京，日記曾寫著：「要創作戲劇。很想爲台灣的戲劇運動做些貢獻。」〈財子壽〉脫稿，接著構思短篇小說〈月夜〉。二月，在日記上寫著：「希望文學從根柢描寫黑暗，以達到克服黑暗。」這樣的字句。三月，又動手繼續翻譯《紅樓夢》。四月，還在東京，短篇〈財子壽〉登於張文環創辦的《台灣文學》二卷二號。五月三日，因肺部有病，退出劇團，結束東京的居住，搭船回台灣，加入《台灣文學》的編輯工作，並擔任《興南新聞》的記者，短篇小說〈廟庭〉完稿。十月，短篇小說〈風水〉登於《台灣文學》。與吳濁流、張文環、龍瑛宗每月聚會一次，聆聽工藤美好講解近代文學。參加辜顏碧霞女士開設的文學沙龍。

一九四三年，三十歲：

一月，進電影公司工作，居士林街，和張冬芳同住，短篇小說〈月夜〉（〈廟庭〉續篇）登於《台灣文學》。四月，短篇小說〈合家平安〉登於《台灣文學》。六月，買了《詩經》、《楚辭》、《支那史研究》三本書來研究，對中國舊文學的研讀很熱心。七月，短篇小說〈石榴〉登於《台灣文學》，之前的台灣舊家族成員不幸命運的小說書寫暫告一段落。

十一月，皇民奉公會在台北舉行「台灣決戰文學會議」，〈財子壽〉獲得第二回「台灣文學賞」。十二月，短篇小說〈玉蘭花〉登於《台灣文學》。這一年，「厚生演劇研究會」成立，曾在台北演出張文環的〈閹雞〉，觀眾爆滿。八月，朝鮮、台灣實施海軍特別志願兵制度。十一月，同盟國開羅會議召開，軸心國開始步入強弩之末的命運。

一九四四年，三十一歲：

三月，小說集《清秋》出版，收錄有〈清秋〉、〈財子壽〉等共七篇小說。五月，短篇小說〈山川草木〉登於台灣文學奉公會發行的《台灣文藝》中。八月，擔任台灣文學奉公會的五位常務理事之一。這一年八月，台灣全島開始進入緊急狀態中，全面實施台籍民徵兵制度。

一九四五年，三十二歲：

短篇小說〈風頭水尾〉登於《台灣時報》，後收錄於《決戰台灣小說集》坤卷。八月十五日，日本戰敗，宣布無條件投降，二戰結束。呂赫若參加「三民主義青年團」，擔任台中分團籌備處股長。這一年十月，陳儀率領長官公署的官員及若干國軍部隊抵台，長官公署成立。十二月，台灣各地物價上漲，高達幾十倍。

一九四六年，三十三歲：

一月，《人民導報》創刊，先由宋斐如擔任社長，後由王添灯擔任社長，呂赫若擔任《人民導報》記者。二月，第一篇中文小說〈戰爭的故事——改姓名〉登於《政經報》。六月，與簡吉南下高雄採訪農民事件，引發筆禍；之後呂赫若、王添灯、蘇新、吳克泰等人退出《政經報》。七月，出席「台灣文化協進會」第一回文學委員會座談會。九月，呂赫若與蘇新、王白淵等人創辦《自由報》周刊，由王添灯任社長。十月，中文小說〈月光光——光復以前〉登於《新新》第七期。這一年，二月，米荒日漸嚴重。九月，中等學校禁止使用日語。

一九四七年，三十四歲：

二月，第四篇中文小說〈冬夜〉登於《台灣文化》。十二月，當選「台灣史藝術建設協會」候補理事。這一年一月，米價暴漲，一日三市。二月，二二八事件爆發，《自由報》同仁組成「對策委員會」，協助王添灯在「二二八事件委員會」內發表演講稿和廣播稿。

一九四八年，三十五歲：

擔任建國中學音樂教師，與校長王文彬都是思想左傾的人士。主編左傾的《光明報》。

一九四九年，三十六歲：

擔任北一女初中部音樂教師，變賣祖產經營「大安印版所」，目的在於印刷宣傳文件。這一年，發生台大、師院「四六學生運動」事件。楊逵因「和平宣言」事件入獄。五月，警總發布全省戒嚴令。八月，保密局陸續逮捕散發《光明報》的台大和成功中學的學生；基隆中學校長鍾浩東失蹤；「大安印版所」結束營業。這一年的十二月，中華民國中央政府移往台北，吳國楨擔任省主席職務。

一九五〇年，三十七歲：

共黨幹部蔡孝乾等相繼被捕，省公委台北市委倖存幹部撤退到台北石碇附近鹿窟山區建立基地，一月，呂赫若逃亡到鹿窟。

一九五一年，三十八歲：

呂赫若死。據遺孀蘇玉蘭女士的回憶說：「根據事後（由鹿窟）出來投降的人說，有人因怕呂出來自首，在山裡頭先槍殺了他；也有人說是被毒蛇咬死，總之都找不到屍體。」另外，鹿窟一帶的居民王文山則回憶說他本人曾親眼目睹呂赫若被毒蛇咬傷致死。

■〈財子壽〉裡的親情與鄉情

呂赫若短篇小說〈財子壽〉起筆於一九四一年的八月，這時呂赫若正在東京學習聲樂，甚至跟隨著「東寶劇團」參加歌劇演出。在台灣，「皇民奉公會」已經成立四個月了；再四個月，太平洋戰爭就爆發，顯見時局的嚴重性。不過，呂赫若似乎不太受時局影響，〈財子壽〉仍然在一九四二年一月脫稿，四月就登載於張文環的《台灣文學》上。這篇小說全然與時局無關，完全著眼在台灣舊家族制度的批判上，傾全力暴露台灣舊家族制度的不合理性。這當然不能說呂赫若不關心時局，而應該說日本當局不允許文學家對時局有過多的著墨，他只好把筆調整到家族的書寫上。這是一種權宜之計，或者竟是一個寫作策略了。

然而，呂赫若仍然沒有使我們失望，在揭發傳統家族的非人性表現上，這篇〈財子壽〉的力道很強，非同小可，在一九四三年的十一月，它所以能獲得皇民奉公會的「台灣文學賞」絕對不是沒有原因。這是敘說有關一個吝嗇的地主如何好色守財，以及他的妻子在家庭裡如何被欺凌虐待，終致於發瘋的家庭悲劇故事。對於那位吝嗇的地主可厭的嘴臉的刻畫可說入木三分，引人憤慨；對那位被犧牲了的妻子的描寫則教人唏噓不已，同情連連。這篇小說篇幅甚長，今濃縮如下：

牛眠埔是日據時代的一個農村聚落。

有一條白色的道路，通過聚落外的一個墳場的正中央，到達一座叫做「燈心橋」的小橋樑，在這裡和另一條來自聚落的路相交，變成一條比較大的馬路，直直向南，再通到比較繁華的市鎮。

由於經過墳場的緣故，「燈心橋」變得有點恐怖，雖然墳場已經經過整頓，只剩下幾個墳堆，但是人們總說橋下有鬼怪出入。

由墳場歧出，還有一條「保甲路」，向著北邊而去，路面比較小，在路的盡頭，矗立一個紅磚的大宅院，叫做「福壽堂」，大宅院四面有竹林、小河和綠色的水田，有一個醒目的紅色門樓出現在最前面。

這座有錢人家的大宅院最少有二十幾間的廂房，占地面積不小。雖然它和村庄聚落不在一起，看起來是獨立的，卻是現任「保正」（村長）所住的地方。保正大約四十歲，名字叫做「周海文」。這棟大宅院是周海文已經去世的父親「周九舍」蓋成的，傳說中的周九舍是清朝末期的一個英雄，曾經殺死入侵家裡的十個土匪，轟動牛眠埔。在日本人占據台灣後，周九舍被推選為三庄的總理，做米糧的買賣，很有錢，娶三個老婆，蓋了這間叫做「福壽堂」的大宅院。周九舍死後，包括大老婆領養的兒子、二夫人的兒子們、第三個小妻子的兒子嘟嚷著要分家。最後大家決定，其他的小孩都搬出去建洋樓居住，大宅院由二夫人「桂香」的大兒子周海文全部繼承。

桂香夫人、周海文和少數幾個人就住在這座空曠的大宅院裡。

※

周海文生性一向非常好色又吝嗇，未分家時就對兄弟們的揮霍本性不滿，因此他也不反對分家。而且自從分家以後，他意識到整個大宅院都歸屬於自己所有的時候，就開始以小國王的樣子，君臨整個家族，用守財奴的方式來辦理家庭。他不認為發展投資事業是必須的，只要節用所繼承來的財產，每年就有數千元的收入，一切都不成問題。因此，他不參加地方上任何的社交活動，也不跟親戚來往，連村庄的人都不接觸，甚至想推辭由父親留下來的「保正」的職務，即使還有十幾間的廂房空著也不出租給任何村庄的人。他在分家的第三年就擴張產業，買下了一甲的水田，累積的金錢越來越多。可是，儘管這麼有錢，他對人更加吝嗇，對兄弟更加苛薄，比如說自己的胞弟海山在台中做生意失敗，想回來大宅院居住，海文一口拒絕，無情地把對方趕走了。

因此，「福壽堂」的大宅院雖大，住的人卻少，幾乎可說是冷清。除了桂香夫人、海文之外，就是心地良好的上了年紀的長工溪河伯，還有一位海文大老婆（已經身亡）所留下的下女素珠，另一位就是海文再娶的二夫人玉梅，以及幾個大老婆遺下的男孩。

※

提到玉梅，娘家本來是富豪，後來因為兩位兄長好吸鴉片，破產。玉梅和母親就搬回牛眠埔來居住，年過三十，才嫁給死了老婆的周海文為繼室。因此，玉梅必須細心照顧大老婆留下來的兩個男孩子，避免別人的批評，無奈大老婆的兩個小孩卻對玉梅很不客氣。玉梅雖然長得雪白豐滿，很像古典美人，但是生性善良怯弱，從不敢正面看周海文，她認為丈夫是個偉大的有錢人，覺得嫁給他是高攀他。結婚不久，她就懷孕了，比較笨重的工作由下女素珠一手包辦，她不敢閒下來，就編織大甲帽，當然所賺的工錢都被守財奴周海文拿走了。

※

海文越來越吝嗇，他專為自己的利益打算，在大宅院裡有自己專用的種種東西，獨享高麗人蔘補品，平常栽種洋蘭和寫寫書法來怡情悅性。在自己的起居室裡，除了擺了一張紅色大床外，還放了一個金庫，每天都盤點金錢，不准家人的開銷超出預算。總之，周海文把人生放在三樣東西上頭，那就是財、子、壽這三樣東西；意思是說盡量追求錢財、繁榮子孫、叫自己長壽。

玉梅對海文始終都戰戰兢兢，即使要買什麼東西，也不敢對丈夫說，由於編大甲帽的錢被丈夫拿走，她身無分文，偶而懷孕的身體不舒服，也不敢說要看醫生或吃補藥，她只能到田裡找草藥來吃。玉梅的困境看在長工溪河伯的眼中，替玉梅感到同情，但是亦莫可奈何。下女素珠倒是對玉梅很好，頗能體恤玉梅有孕在身，常勸玉梅不可過分勞動。因此，儘管守財奴周海文對妻子不體恤，表面看起來，玉梅在大宅院裡還是沒有大問題。

※

終於，某個燠熱的午後，紅色門樓的狗叫起來了。

長工溪河伯發現一個婦人抱著包袱，手上牽著一個大約六歲的小男孩來到了大宅院。溪河伯仔細一看，就笑起來，原來這個女人就是第一個夫人生前的下女，叫做秋香。

這個秋香應該是七年前受到周海文玩弄，生了小孩，後來被周海文嫁到南部鄉下去的女人。這次回來，想在大宅院住一陣子，到底住多久沒有人知道。

周海文好像也虧欠了秋香什麼東西，不敢要求秋香離開，何況眼前這個六歲的小孩可能是周海文的親骨肉，周海文不能不對這個小孩有感情。

玉梅對秋香並沒有排斥的心，反而秋香卻對玉梅很不客氣，不尊重她是二夫人，沒有把玉梅放在眼裡。秋香自己走到她昔日的女傭房裡，就住下來。玉梅覺得這位白皙、豐滿的昔日下女回到大宅院，將會帶給大宅院不幸。

※

自從下女秋香回來後，自動接管了許多家務，由於她和每個人（包括周海文）都很熟悉，因此對每個人都非常熱絡，只有對玉梅非常冷淡。

秋香一住就是十幾天，並沒有要離開的意思，而且盡量討好周海文。周海文也認為秋香回來是一件好事。秋香也十分後悔以前匆忙之間離開大宅院，由於十分害怕前夫人，她嫁到了南部；現在前夫人死了，她不再怕誰了，早知道如此，應該及早回來大宅院才對。

秋香決定要把玉梅踩在腳底下。

這時，周海文的母親桂香夫人已經身體有病，無法替玉梅主持正義。

秋香開始在廚房指使下女素珠，把溪河伯買回來的好吃的菜餚藏起來，給自己和自己的小孩食用，把一些剩菜剩飯留給玉梅吃。由於周海文十分疼愛秋香，玉梅也無計可施，只能怪自己的命運不佳。到最後，秋香甚至故意把剩飯倒掉，不給懷孕的玉梅吃，玉梅也只得暗中流淚，毫無辦法。

某一天，病中的桂香夫人找來了兒子周海文談話，叫兒子趕快把秋香趕走，否則家裡早晚一定會出事。這件事被秋香知道了，就把憤怒記在玉梅的頭上，並且找周海文理論。秋香氣燄高張，認為七年前她是個白癡，才被周海文拋棄，現在她聰明了，沒有那麼容易就離開大宅院，她要看看這個大宅院的人怎麼把她趕出去！周海文理虧，不敢生氣。

※

玉梅終於產下了一個男嬰，因為躺在床上，沒有力量站起來，聽到秋香到處大聲喧嚷，感到很自責。玉梅總覺得是自己不好，由於坐月子，任何的事都需要秋香代勞，她應該要安慰秋香才對。

儘管如此，秋香對玉梅可是從不手下留情，剛開始，不讓玉梅喝到坐月子的麻油雞湯，後來甚至指使素珠，連飯都不給玉梅吃。玉梅在飢餓中身體不適，開始發病，精神出現異狀，偶而會對著一些前來大宅院幫傭的人喊著：「阿母！阿母！」

※

某一天，周海文外出去參加保甲會議，玉梅的母親到大宅院來探望玉梅的病。溪河伯在庭院修剪觀音竹，就發現秋香和素珠這兩個人發生了大爭吵。起因是秋香偷走了素珠的一串鑰匙，兩人因此差點打了起來。素珠當然是說秋香偷了鑰匙，但是秋香卻氣盛地說她有權力沒收素珠拿的鑰匙。秋香認為周海文把金庫的鑰匙交給素珠保管是危險的事。後來素珠澄清說那只是買菜錢的抽屜鑰匙，抽屜裡面只有五十圓，根本不是金庫的鑰匙。溪河伯一聽，大笑起來，知道這兩個女人都受到周海文的玩弄，憑著周海文守財奴的本性，根本不可能交出金庫的鑰匙給任何人。溪河伯也暗中知道，眼前這位只有十七、八歲的下女素珠，恐怕遲早會遭到好色的周海文染指，將來一定會像秋香一樣，難逃要被賣到南部鄉下的命運。

※

桂香夫人終於病死了。接到消息的村庄的親戚都趕來祭弔，披麻帶孝的人也開始出入在福壽堂。就在這一天，秋香偷了八十圓逃走了，周海文知道了，非常惋惜那八十圓。在喪禮的「耙砂」中，表現得最傷心的人並不是桂香夫人的親生兒子們，尤其是周海文不僅沒有穿喪服，甚至根本沒有到喪禮的現場來。在喪禮進行時，玉梅完全發瘋了，她大喊參加喪禮的人都是「愛哭鬼」，知道內情的人就說這是因為坐月子沒有好好照顧身體的緣故。

在喪禮中，心裡最不滿的人應該是周海文，因為八十圓被秋香偷走了，另外喪葬費不少，由他先行代墊，實在是一筆很大的開銷。

喪禮結束後，周海文所做的第一件事就是召集所有的兄弟，他提議要立刻由大家分攤喪禮的費用。

※

玉梅的瘋病並沒有好起來，喪禮後的某個清晨，由溪河伯、玉梅的母親和哥哥陪著她，要到廉價的城北的州立療養院住院，什麼時候能再回到大宅院來並不知道。周海文也沒有前來為這個妻子送行，他留在大宅院裡，玉梅的一切好像跟他沒有關係似的。他倒是趕快去詢問一個叫做「文福嫂」的「媒婆」，準備將下女素珠嫁到別的地方去！

在這個故事中，整個倫理道德呈現崩落毀壞的現象。家庭的溫暖不見，取代的是相互的冷淡和壓迫，有幾個地方爲傳統人倫所不容：

1.夫苛待妻：裡頭提到當妻子的玉梅身無分文，偶而因懷孕身體不舒服也不敢說要看醫生或吃補藥，她只能到田裡找草藥來吃，這種困境，身爲丈夫的周海文竟然不聞不問。周海文甚至拿走了妻子編織大甲帽的工資，毫不手下留情。在妻子發瘋準備送到州立療養院住院時，周海文也沒有前來爲這個妻子送行。丈夫看待妻子如同路人，甚至比陌生人還不如。

2.下女虐待正室：故事裡頭也提到以前的下女秋香回來，由於她是已故大老婆的下女，和周海文似乎有過肉體關係，生下了一個兒子，導致她趾高氣揚，不把第二夫人玉梅看在眼內。不但在玉梅懷孕的時候虐待她，不讓她吃飽；在生下小孩後依然虐待她，不讓她吃到麻油雞之類的補品。

3.兄弟寡情：當弟弟因經商失敗想回來大宅院居住時，周海文一口拒絕，無情地把對方趕走了。母親的葬禮結束後，周海文所做的第一件事就是召集所有的兄弟，提議要立刻由大家分攤喪禮的費用。

4.兒子對母親的冷淡：小說裡也提到當母親桂香夫人去世時，在喪禮的「耙砂」中，表現得最傷心的人並不是桂香夫人的親生兒子們，尤其是周海文不僅沒有穿喪服，甚至根本沒有到喪禮的現場來。

以上這些翻轉傳統人倫規約的表現都讓人感到憤慨，覺得這個「家」或「家族」是一個充滿罪惡的地方，除了周海文以外，大半成員在這裡已經得不到任何的庇護，家的存在是負面而沒有必要的！

像這種表現，在清治的詩文中，很少有這種書寫。的確，傳統的詩文曾經刻畫出下層社會的人由於貧窮賣兒鬻女的慘劇；❽但是傳統文人筆下所反映的自己家庭狀況大抵都是美好的。我們觀看鄭用錫、林占梅、李逢時這些人的詩文，他們筆下的家庭成員關係總是和諧和樂的，絕對不會有〈財子壽〉裡面所寫的狀況。當然，也許在現實上，清治時代的大家庭不是完全沒有問題的；不過，清治時代的文學很少表現家庭問題。台灣人「大家庭」的內部傾軋問題似乎是日治時代才被大規模暴露出來，不但是呂赫若大規模寫了這個問題，旅居台灣的日本人作家庄司總一的巨著長篇《嫁台灣郎的日本女子》❾也十足表現了這個主題。我認爲這正是悲劇文學時代取代了田園文學時代的特有現象！

除此之外，這篇小說也揭露生命個體和鄉里之間情誼的轉薄，個體終於來到徹底孤立的地步，我們注意到在故事的開端，作者就用了許多的筆墨，描寫這個有著紅色門樓以及大宅院的「福壽堂」與聚落（村落）隔著一個墳場而獨立存在，表示這個家族和鄉人是互相脫離的，他們不是一體的。後來又描寫周海文不參加地方上任何的社交活動，也不跟親戚來往，連村庄的人都不接觸，甚至想推辭由父親留下來的保正的職務，即使還有十幾間的廂房空著也不出租給任何村庄的人等等，這就更加反映出生命個體對鄉情的完全冷淡了。周海文並不是一個毫無文化素養的人，他還算是一個能懂得書藝美術的那一類文化人，但是他對鄉里卻完全沒有任何的感情。

像這種絕對的私利主義和個人主義，在清治文人的詩文中非常少見。清治時期的台灣文人，不論是較年長的鄭用錫、陳維英或者是年紀比較輕的陳肇興、李逢時，他們的詩文都反映了他們對鄉里的熱愛，在他們的人生中，一直都和鄉里維持著緊密的關係，從不獨立於鄉里之外。他們固然爲自己的仕途奮鬥，但是對鄉里的貢獻都不算小。像周海文這種獨立於鄉里之外的生命個體，在清治時代是不被容許的，在文學中當然不會是一個被書寫的主題！

〈財子壽〉顯示神聖婚姻的破滅與萬化冥合的消逝

從清治後期的田園時代滑入了日治時期的悲劇文學時代，歌頌美好事物的文學已經耗盡了它的力量；日正當中的美景已經轉成黃昏殘照。

加拿大籍的文學批評家弗萊（Northrop Frye，1912—1991）曾說，在田園或是喜劇或是牧歌盛行的時代，由於故事裡的英雄凱旋榮歸，文學特別會表現神聖的婚姻、升入天堂（也可以說萬化冥合、天人合一）的這一類的情節；同時，英雄的同伴（朋友）和新娘成爲被表現的重要角色。[10]我們觀看清治後期的台灣文學，就是這種文學。不論是家族的妻妾、社會的朋友，都被文學家所歌頌。「家」、「家族」、「社會」莫不是一片的祥和。但是弗萊也說當文學史來到了悲劇、輓歌盛行的時代，故事中的主角挫敗了，從社會中疏離出來了，這時故事出現了背叛者或海

註——

❽ 見劉家謀：《校注海音詩全卷》（台北：台灣文獻委員會，一九五三年）。

❾ 庄司總一著；黃玉燕譯：《嫁台灣郎的日本女子》（台北：九歌，二〇〇二年）。

妖（魅惑害人的人物），且成爲重要的角色，⓫和田園時代迥然不同。我們細細品味呂赫若的小說〈財子壽〉正是如此。

首先，在這個故事中，女主角玉梅已經不是田園文學時代那種被文學家所歌頌的美麗的、被人所愛的女性，而是被家庭孤立、疏離出來的人物，她挫敗直到喪失一切。至於故事裡的秋香的確是背叛者或妖魔性的人物，她發動攻擊，毫不留情，看起來彷彿她才是故事中的掌權角色。

其次，故事中的男主角周海文並不是安身立命於老莊、佛家的人物（儘管他似乎很有文化水準）。他把他的大宅院封閉起來，脫離於大自然之外，變得十分孤立，與四周圍的鄰里鄉土關係非常緊張，他看起來像是一顆堅硬的頑石，永遠無法和周圍的東西融合在一起。

當然，我們仔細閱讀〈財子壽〉這篇小說之餘，會發現這篇小說的藝術也許還未到出神入化的地步，人物大抵缺乏外貌描繪，凡是女性，體態都是「雪白豐滿」，的確存在著美學上的缺點。不過，從整個台灣文學史內容的發展過程來看，它是重要的。它正是終結田園文學時代那種過度重視親情、友情描寫的文學風潮，使文學世界邁入無情時代的一篇代表作！

註——

❿原文應該是「天頂、夏天、婚姻和勝利的階段。如神聖化崇拜、神聖婚姻、升入天堂的神話。從屬的人物有英雄的同伴和新娘。文學類型有喜劇、田園詩、牧歌」。見伍蠡甫、林驤華編著：《現代西方文論選》（台北：書林，一九九二年），頁三五三—三六〇。

⓫原文應該是「日落、秋天和死亡的階段。如墮落、神的死亡、暴斃、犧牲以及英雄的疏離等神話。從屬人物有背叛者和海妖。文學類型如悲劇和輓歌」。見伍蠡甫、林驤華編著：《現代西方文論選》，頁三五三—三六〇。

第五章

諷刺文學時代

評王禎和〈嫁妝一牛車〉❶在台灣文學史上的意義

——並論諷刺文學裡小人物的特性

■前言

王禎和是戰後諷刺文學的好手。他的諷刺對象與一般作家不同，乃是針對小人物進行諷刺。儘管他自認對小人物很有同情心，但是乍看之下，他的某些小說並不如此。何以他要針對小人物進行諷刺，本文將會進行闡述。

另外，王禎和的小說完全是小人物的世界，他從不寫大人物。這種小人物的寫作在台灣文學史上有何意義，本文也會提出一些新看法。

■〈嫁妝一牛車〉的兩重意義

我曾經說過，台灣戰後的諷刺文學有兩條路線。一條是對黨國統治集團進行諷刺的路線；另一條則是對美日資本主義進行諷刺的路線。❷前一條路線的發展似乎比較快，至少在二戰結束後的第三年（一九四八年），吳濁流就寫出〈波茨坦科長〉做了反應；後者似乎要比較慢些，因爲比較年輕的黃春明、陳映眞這些台灣作家似乎在等待美國、日本資本主義更深入侵襲台灣以後才願意做出回應。

不過，在反映美日資本主義在台灣的負面作用之前，台灣作家很早就對台灣社會拜金風氣的形成有了深刻認識。戰後姑且不說，打從日治時代，台灣作家就開始對金錢（資本）進行書寫。龍瑛宗所寫的小說〈植有木瓜樹的小鎮〉，❸顯示了日治時代就有台灣人極端認爲金錢和幸福之間存在著不可分開的關係。總之，台灣一定要歷經拜金的風潮，美日資本主義才能在台灣更順利地取得發展。

戰後，王禎和是一個始終持續觀察在資本主義社會中金錢如何摧毀（轉移）人性的一個作家，他比龍瑛宗更加肯定金錢的動能和作用。從他早期的短篇小說〈嫁妝一牛車〉到後期的長篇小說《玫瑰玫瑰我愛你》，❹我們看到他筆下的台灣人都患了拜金症；由於追逐金錢，傳統道德被廢棄了，社會到處瀰漫一片荒謬的氣氛，人們的行爲變成一齣玩笑。雖然表面上他的小說不是疾言厲色，只是對那些笑貧不笑娼的人進行一種反諷，但是他小說的威力卻很強大。

我們說，王禎和的小說有何價值？那就是他的一部分小說眞眞正正的揭開了金錢戰勝了人

註

❶見王禎和：《嫁妝一牛車》（台北：洪範，二〇〇九年），頁七一—九七。

❷見宋澤萊：〈台灣戰後諷刺文學的兩條路線〉，《台灣文學三百年》（台北：印刻，二〇一一年），頁二七四—二九五。

❸見張恆豪編：《龍瑛宗集》（台北：前衛，一九九一年），頁一三—七二。

❹王禎和：《玫瑰玫瑰我愛你》（台北：洪範，一九九四年）。

類世界的一幕；在金錢的面前，人的尊嚴不值幾百塊錢。該知在文學史的某個階段裡，存在這樣的一種世界：人的存在不如一枚硬幣、一顆石頭、一株草花、一條狗，因爲人已經喪失了自主性，人被他生存的環境所制約，甚至被環境壓垮了。這是王禎和文學在台灣文學史上的第一個意義。

另外，王禎和的〈嫁妝一牛車〉和《玫瑰玫瑰我愛你》還有個意義：故事中都是小人物當道。前者包括了一對拉牛車爲生的夫妻、一個賣成衣的小商人；後者包括一個能說英語的小知識分子皮條客和一大群五花十色的妓女，通通都是小人物。在這些人物中，沒有正義者，沒有理想者，沒有豪強者。他們形同生長於野地的草類，成群聚集，只爲生存而生存，更無其他。像這種角色，在傳統的小說裡是絕對不會成爲主角的。但是在王禎和的小說中，他們成了被描寫、被敘述的對象，並且除了他們之外，王禎和似乎不打算寫其他種類的人。他的小說是一個小人物的世界，除了小人物之外，再無其他重要的人物。我們說，以前的台灣文學，凡是故事的主角，大抵有其値得稱揚的作爲，尤其以舊詩詞裡所寫的許多人物，多半可算是社會的顯要。降至日治時代，人物開始往小人物移動，社會底層的人物開始登場，但是小說裡的人物仍然不乏英雄行徑，只是一再失敗，可算是失敗英雄罷了。來到了戰後，王禎和的〈嫁妝一牛車〉和

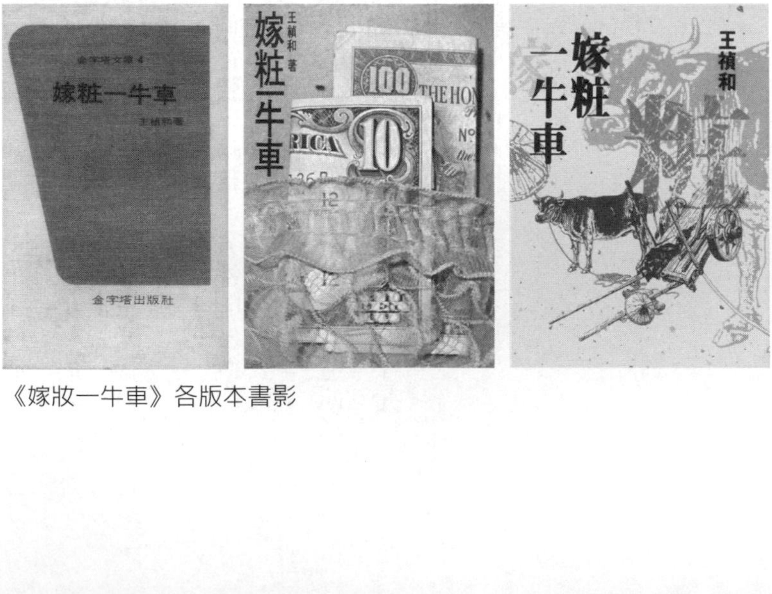

《嫁妝一牛車》各版本書影

《玫瑰玫瑰我愛你》裡，徹底的小人物世界就被完成，簡單說，這是一個英雄已死的世界，世界再也找不到英雄，大地一片洪荒，小人物在這裡朝生夕死，活著沒有多大的意義！該知在文學史的某個階段裡，存在著這樣的一個世界：裡頭沒有英雄人物，到處都是極爲卑微、可堪憐憫的小人物。❺這是王禎和文學在台灣文學史上的第二個意義。

王禎和小說的這兩個意義，也就是諷刺文學最重要的內涵，換句話說，王禎和的小說顯示了戰後諷刺文學風潮眞眞正正的來到。

現在，我們專門來談一談〈嫁妝一牛車〉這篇小說，把這兩個意義更加具體地顯明出來。在分析這篇小說前，我們先看一看王禎和簡單的寫作年譜。

王禎和簡譜❻

一九四〇年，一歲：

出生於花蓮。

註

❺按加拿大籍文學批評理論家弗萊（Northrop Frye，1912—1991）的理論來說，這個階段的文學就是諷刺文學。見伍蠡甫、林驤華編著：〈文學的若干原型〉，《現代西方文論選》（台北：書林，一九九二年），頁三五三—三六〇。

❻本年譜根據陳宜伶：《王禎和小說人物形象析論》（屏東：國立屏東大學中國語文系碩士論文，二〇〇七年）以及王禎和：〈遠景版後記〉，《嫁妝一牛車》，頁二七一—二七三編定。

一九五九年，二十歲：
進入台大外文系就讀。
一九六一年，二十二歲：
二月短篇小說〈鬼、北風、人〉、三月短篇小說〈永遠不再〉分別發表於《現代文學》上。
一九六三年，二十四歲：
五月，〈寂寞紅〉發表於《作品雜誌》上。六月，入軍隊服役。
一九六四年，二十五歲：
十月，短篇小說〈快樂的人〉發表於《現代文學》上。這一篇小說起筆於軍中，因爲和台灣充員兵一起服役，開始注意到台語活潑和美妙的地方。
一九六五年，二十六歲：
返鄉擔任花蓮中學英語教師。
一九六六年，二十七歲：
轉任亞洲航空公司職員。十月，短篇小說〈來春姨悲秋〉發表於《文學季刊》上。
一九六七年，二十八歲：
陸續發表短篇小說〈嫁妝一牛車〉、〈五月十三節〉二篇作品於《文學季刊》上。〈嫁妝一牛車〉大量使用台語詞彙受到好評，成爲他的代表作。
一九六八年，二十九歲：
發表短篇小說〈三春記〉於《文學季刊》上。
一九六九年，三十歲：

進入台灣電視公司編審組任職。與林碧燕小姐結婚。二月，發表短篇小說〈永遠不再〉於《文學季刊》上。八月，短篇小說〈那一年冬天〉亦發表於《文學季刊》上。

一九七〇年，三十一歲：

八月，短篇小說〈月蝕〉發表於《文學季刊》上。

一九七一年，三十二歲：

一月，修改〈寂寞紅〉，重新發表。十二月，發表短篇小說〈兩隻老虎〉於《幼獅文藝》上。

一九七二年，三十三歲：

受邀赴美參加愛荷華「國際作家工作室」，暫時在美國進行寫作與研究。

一九七三年，三十四歲：

返回台灣，轉任台視節目企畫組。十月，發表短篇小說〈小林來台北〉於《文學季刊》上。

一九七四年，三十五歲：

發表短篇小說〈伊會念咒〉於《中外文學》上。

一九七六年，三十七歲：

五月，發表短篇小說〈素蘭要出嫁〉於《聯合副刊》上。在《電視週刊》上寫專欄「走訪追問錄」。

一九七七年，三十八歲：

調至影片組擔任編導工作。

一九七九年，四十歲：

發表短篇小說〈香格里拉〉於《中國時報》副刊上。

一九八〇年，四十一歲：
被診斷患有鼻咽癌。
一九八一年，四十二歲：
二月，發表《美人圖》第一章於《中國時報》副刊上。之後，由洪範出版社出版《美人圖》一書。這篇小說和短篇小說〈小林來台北〉的人物背景是一致的。
一九八三年，四十四歲：
發表短篇小說〈老鼠捧茶請人客〉於《文季》上。
一九八四年，四十五歲：
發表長篇小說《玫瑰玫瑰我愛你》。
一九八六年，四十七歲：
八月，發表短篇小說〈人生歌王〉於《聯合副刊》上；之前曾完成一齣〈人生歌王〉的劇本創作，乃是參考台語歌星葉啓田的人生故事背景寫成的。小說裡加入了大量的歌譜，保留了那個年代的歌曲和內容。
一九九〇年，五十一歲：
心臟病發去世。
一九九八年：
鄭樹森整理王禎和遺作《兩地相思》由聯合文學出版社出版。

〈嫁妝一牛車〉的內容及其分析

「嫁妝一牛車」這個小說題目的眞正意思應該是「用老婆去換一輛牛車」。不過，故事的內容並沒有眞的把老婆嫁出去給別人，而是在不得已的狀況下，主角「萬發」允許老婆與別人睡覺，以換取一輛牛車來謀生。在這篇小說裡，半耳聾的主角承受了極大的屈辱，爲了得到金錢，睜一隻眼閉一隻眼，容忍老婆「阿好」和一個姓簡的小商人要好在一起。全篇充滿萬發屈辱性的、自辯性的囈語。由於小說甚長，今濃縮如下：

村裡的人都在背後譏笑趕牛車的萬發，甚至當面也不給他面子，也不怕他發怒，大概是因為知道他的耳朵半失聰，聽不到聲音吧！可惜的是，那些譏笑的話語又難免有一些會鑽入他半失聰的耳朵，這是多麼教人遺憾的事啊！

※

每次當他拉完牛車回家時，常到料理店吃一頓好料，現在他有自己的牛車，趕運一趟貨物，三十塊錢左右，夠他吃喝，又不必負擔家用，實在比他還沒有進監牢以前的日子更輕鬆許多了。

「有錢就吃當歸鴨去！」成了他的習慣，真是快活。

假如他的雙耳能夠不聽見任何的聲音，那就更好了！

※

今天他又來到了料理店，把一罐啤酒放在桌上。

因為已經有姓簡的傢伙給他這一罐啤酒，就拒絕店東向他介紹的十年壽命的紅露酒。他在桌子邊坐定，四、五個村庄的人在猜拳，其中有一個斜視著萬發，不知道說了什麼，其他的人立即轉頭看他，眼神都是鄙夷的。有一個頭比胸大的傢伙摑著自己的耳邊，歪著嘴，誇張地說：「原來是這個聾子！不必怕他。他要能聽見，也許就不會有那種事了。」

那群人的話進入了半聾的萬發的耳朵，餘音嫋嫋。

要是出獄以前，他一定會受不了臉紅；但是現在不會了，他學會了於心無愧。

他把啤酒蓋子撬開，斟了一杯，準備喝酒。

不過就在飲酒的當時，胸口突然緊迫起來。這個感覺是他喝姓簡的送的啤酒必會有的現象，沒有其他原因，只是因為姓簡的那個傢伙！

所有的事情，都是姓簡的一手造成的！萬發不禁想起了許多的往事……

※

萬發從出生後就窮，被錢圍困住是常事。娶了阿好以後，日子尤其沒有好處。

他分到父親留下的三、四分地，什麼菜啦草啦都種過，卻從來沒有好收成。二戰時，他逃空襲的那陣子患了耳疾。據說是因為洗澡時耳朵進水，當時沒有耳科醫生，就找婦產科，那個婦產科醫生就用治婦人病的方法，一下子把他的耳朵治得八分聾了。

他耳聾十分厲害，和人談話像吵架；所幸，他還有一技之長，平日替人拉牛車，和車主平分一些錢，日子還過得去。偏偏妻子阿好喜歡賭博，賭輸了，沒錢，就賣小孩來還債，先後賣了三個女兒，還留下二個男孩子要傳宗接代。

總之，日子越來越難挨，過的日子也越來越原始了。

他們一家人就住在公墓旁邊，是一個低矮的房子，很寒酸。不過另有一個人家的房子也蓋在這裡，那是一個賣醬菜的人家，房子也是歪歪斜斜的。不過，賣醬菜的人家也許害怕這裡鬼氣森森，早就搬走了，房屋空在那裡，倒像是住進了許多的鬼在那個空房子裡了。

※

有一天，他正風乾他唯一的一件汗衫，阿好興高采烈地來報訊說：「有人住進那間空房子了！我們終於有伴不怕鬼了。！」

阿好立即要萬發去幫助那位剛搬來住的隔壁鄰居，以示友好。可是萬發動都不動，他只坐著抽他的菸。

倒是阿好這個女人很勤快地去打聽搬來的人是誰，後來又回來通風報信，她滿口髒話地說：「×！羅漢腳一個，沒有家眷。是鹿港人，講話伊伊哦哦！伊娘咧，我還以為至少會帶一個女人來！」

以後，若有什麼那位剛搬來的鄰居的消息，都是阿好提供的。那人姓簡，是個成衣販，又是比萬發年輕十歲……。總之，萬發還是沒有去看鄰居，因為他怕自己耳聾給對方不好的印象。

倒是姓簡的先來看萬發。

姓簡的有狐臭，一直在腋窩裡搔癢，伊伊哦哦說了一堆鹿港腔的話，萬發的耳朵聽不清楚，勉強應了一些答。後來，阿好拿著針線出來，才知道姓簡的傢伙是來向阿好借針線。後來，阿好指著萬發的耳朵，告訴了對方說萬發耳聾。

姓簡的一聽，感到驚訝，彷彿看到失去臉上某種器官的人一般。幸好，萬發這次並不生氣，因為一切都很習慣了。萬發自我介紹說自己替人拉牛車，所賺有限。姓簡的傢伙就說何不去頂一台牛車，自己拉自己的牛車會賺得快。姓簡的又問他頂一輛舊牛車要多少錢？萬發說三、四千元，不過自己沒有這麼多錢，買不起！

以後，他們三人常聚在一起談話。平常阿好會去找姓簡的，大約幫他縫縫補補。姓簡的也慷慨地給了萬發家人一些賣不出去的衣服，萬發初步擺脫只有一件汗衫的窘境。

※

姓簡的生意越來越好，缺一個手腳。

有一天，阿好回來對萬發說：「姓簡的生意忙不過來，要我們老五去幫忙，每月給兩百元，你看怎樣？阿五已經十一歲了，也該出去混一混。╳——你一個月也不見得能賺這麼多！」

第二天，阿五便上工了，大約是幫忙姓簡的推車去擺地攤。

平常阿好也去，一起替姓簡的料理生意。有時阿好還會採一些姑婆葉去賣，賺一些錢。不過阿好喜歡賭，一有了錢就去賭場，又輸了錢。姓簡的也略為喜歡賭錢，因此並沒有勸阻阿好。後來甚至有人看到阿好和姓簡的一起去賭車馬砲了！

※

終於，流言四播開來了：

有人說阿好和姓簡的凹凸要好起來了，有人看到他們在墳地、豬舍、爛泥地做一些見不得人的事，村裡的人都批評說：「真想不到，像豬八嫂那樣的阿好也有人要！也不嫌她大嘴巴和一如洗衣板的胸部！」

萬發起先不在意，後來就慢慢不能忍耐了，他想要捉姦，不過後來又回心一想，覺得是否是自己患有疑心病，在胡思亂想中把事情想錯了。

不過，總之，他從此沒有辦法再和這位姓簡的隔壁鄰居談笑自若了。

※

有一天晚上，月亮十分圓胖。

萬發喝了一些酒，在晚間七點半時，就醉得想睡覺。

姓簡的來他家談話，阿五沒回來，大概在姓簡的屋子裡睡著了。

阿好和姓簡的好像在賞月的模樣，或站或立，有說有笑，談笑得非常愉快。

可惜，他半耳聾，不太能知道他們說些什麼。

萬發不願意和他們談話，就先去睡了。

在半夜，他醒來的時候，月亮更大更圓胖。

他伸手到草蓆的一端，覺得彷彿被百步蛇咬了一下，他嚇一跳，驚駭地跳起來，火急中踢翻了一個木箱子。他站起來，就看到靠近門口的地方，沐著月光，有一張草蓆鋪在地上，阿好和姓簡的都在那草蓆上，此時阿好和姓簡的也坐直起來，阿好的臉色蒼白，姓簡的頭上有汗。

萬發以為他們在進行好事，喊著說：「你們在做什麼！」過去要打他們。

阿好立即把姓簡的推到屋角，不讓姓簡的講話，之後一再辯解地說他們只是這樣，並沒有做什麼。由於阿好辯解得很激烈，萬發不曉得要怎麼答話。之後，阿好變得很生氣，說話開始不斯文，就對萬發大聲說起髒話：「伊娘，你到底聽到了沒有。伊娘，怎麼一句話都不說？X！難不成又啞巴了！」後來，姓簡的指著房屋角落，那角落竟然睡著萬發的兒子阿五。阿好就說，本來阿五睡在姓簡的房子，因為半夜尿尿，被鬼影子嚇哭了，姓簡的就回去抱他來睡，事情就是這麼簡單，並不是他們做什麼壞事！

終於，事情就這麼平靜了。

只是萬發的心裡始終懷疑自己被騙，自己也許是個大傻瓜吧！

※

不久，一個考驗來臨了：

由於牛車的主人把牛租出去耕田；姓簡的也要回鹿港。萬發暫時失去了工作，阿五也暫時沒有收入。

萬發的財務立即陷入困境。

起先，他先挖番薯來維生，後來兼摘姑婆葉去賣，有時甚至為人挖墳，可惜都賺不到幾塊錢。阿好只好找他的外出工作的大男孩，但是還是拿不到錢；最後阿好去應徵醫院的清潔工，也沒有被錄取。

他們夫妻頓時陷入了有一餐沒一餐的狀況，常常餓肚子，兩人經常吵架。

所幸二個月後，姓簡的又回來了。

※

「姓簡的回來啦！又辦了許多的貨色，人也胖實多了！」阿好又來通風報信，不過她說到姓簡的時候，語氣小心了許多，甚至有些結結巴巴。後來阿好又問萬發說：「姓簡的又要我們阿五明天早上去幫他擺地攤，你的意思怎樣？」

萬發一聽，一面慶幸姓簡的回來，可以馬上解決他財務的窘境；特別是阿五一個月兩百元的收入，可以使他不必再餓肚子，是極重要的事。但是他又不能叫阿好知道他歡喜姓簡的回來，因此，故意疏冷地回答說：「妳要他去就去吧！」

果然，自從姓簡的回來後，馬上送了米過來，使抬棺回來的萬發不再餓肚子；阿五每個月兩百元的薪水也的確使得萬發一家人過得有點人樣。但是姓簡的不知道為什麼，從此就比較少過來聊天。萬發心裡就想：「這樣倒好，阿好和姓簡的好合的機會終於減少了許多！」

※

不過，事情很快地急轉而下。

由於姓簡的所租的房屋屋主準備要收回房子，姓簡的可能沒有房子可住。因此，姓簡的前來商量是否能搬過來與萬發一家人住在一起。

「簡先生的打算你覺得怎樣？你若不答應，他只好在村庄裡另找一個單獨的房子住。」阿好又坐在姓簡的與他之間問話。

搬來與自己一家人同住？這件事馬上困住了萬發，他馬上說：「我要考慮考慮。」

阿好一聽，不禁又罵起髒話，說：「還考慮？伊娘！還要躊躇什麼？你這個人，╳，就是三刀九怪，準備一輩子窮！」

等姓簡的走了以後，萬發才問：「一個月貼多少錢給我們？」

阿好說：「每個月房錢米錢貼四百八十元，少嗎？姓簡的因為這裡住慣了，不想住其他地方，還不懂嗎！」

於是，姓簡的就搬進來住在萬發的房子裡了。房子分成了兩截，萬發和阿好睡在後頭；姓簡的和阿五睡在靠近門口的草蓆上；衣貨堆放在後面的房間。

村裡村外的人又謠傳起來了，他們說：「阿娘喂！萬發和姓簡的和阿好同床而眠了！」

萬發終於不必到外面去做工了，因為每個月有四百八十元的房租費，同時又看管阿五的兩百元，算是有錢了。因此，他白天就到番薯園去種種番薯，晚上就用力防著他的妻子和姓簡的好合起來。當他們一起用餐的時候，是萬發最感痛苦的時候，他總是不讓阿好和姓簡的能談笑風生，那二個人如果談得很高興，萬發都會出聲警告。可是大概欺負他是耳聾吧，有時他們就是故意不聽警告，談笑如故。

萬發有時忍不住，就放下碗筷，生氣地走了。可是，每次，當他忍無可忍的時候，就會翻出上衣裡的鈔票來數一數，畢竟距離可以購買一輛牛車的數目還太遠，必須再忍一段日子，如果這麼隨便就趕走財神爺，那就是很不聰明的人！

不過，事情總會有出岔的時候。

※

原來，自從隔壁那位屋主搬回來住後，就把房子當成醬菜工廠，成天曬著蘿蔔和高麗菜，引來了一大堆蒼蠅，教人不愉快；那人似乎和姓簡的很有話說，常會過來找姓簡的談天。不過，最可惡的是常常過來探頭探腦，一臉刁鑽的模樣，好像在刺探萬發家裡最深處的祕密一樣。

某一天，姓簡的到附近的小溪去洗身子。阿好在後面洗著碗。那位賣醬菜的鄰居又過來找姓簡的。

賣醬菜的故意大聲地說問正在玩石子的阿五說：「奸你母的上哪裡去了？」

阿五沒有聽懂對方問什麼。

賣醬菜的又說：「簡的，簡的，那個奸你母的上哪裡去……？」

萬發一聽，氣得發抖，馬上衝出來，揪住了賣醬菜的鄰居的胸口，當胸就捶了下去，賣醬菜的立刻逃走了。萬發一怒之下，就到屋子裡，把姓簡的吃的、用的、賣的東西都摔在地上，發洩他的怒氣。

當姓簡的洗完了澡，手裡捧著臉盆回來時，萬發擋在他前面，認真地開罵起來，無非說姓簡的向天公借膽，窺伺阿好，瞞著他，以為他不知情等等。

姓簡的嚇住了，當晚就租了一輛牛車，搬到村庄裡去了，就連向阿好告別的膽量也被嚇跑了。

村庄裡的人又說話了，他們說萬發向姓簡的借錢，被拒絕了，就把姓簡的趕走了。這些話，萬發都裝作耳聾，當成沒有聽到。

※

日子又難過起來了。

他的番薯園租給別人種瓊麻，沒辦法自己種植了；尤其是老五突然患了嚴重的腹瀉症，把他累積的要購買牛車的錢整個都花光了。

倒楣的事不只這些。有一次，以前的牛車車主又找他來拉車，還不到一周的時間，他拉的牛一時牛性大發，撞碎了一個三歲小孩的頭顱。

阿發終於被判重罪，好長的時間都必須待在獄中。牛車車主雖然不必賠命，但也賠錢賠到大叫：「天——天——天！」

※

萬發進監牢了。

他在獄中非常想念阿好和孩子，不知道他們怎麼過日子。在想念中有一次十分後悔他把姓簡的趕走那回事，覺得自己的行為是太魯莽了一些；不過，他又想到姓簡的可能回來與阿好住在一起，竟不曉得該怎麼辦才好。

聽獄友說，假如丈夫犯了監，妻子是可以申請離婚的，到時候阿好如果和姓簡的聯合起來，要與他離婚，那該怎麼辦，是否該拿一些錢才放棄阿好？……。

阿好越來越少來看他，證明她可能已經和姓簡的在一起了。有一次，在他的逼問下，阿好終於承認姓簡的搬回來和她住在一起，不過阿好紅著臉頰說：「多虧姓簡的照顧我們全家。」萬發聽了，沒能說些什麼，因為實在無言以對。

※

出獄時，阿好和阿五來接他，阿五還穿新衣服。

到了那天晚上，姓簡的回來，帶了兩瓶啤酒要來給他壓驚，他半聾的耳朵還是聽不懂姓簡的鹿港腔，不知道對方伊伊哦哦說了些什麼。

阿好坐在他們兩人中間說：「簡先生給你頂了一輛牛車，明天你就可以賺實在的錢了！」「頂牛車給我！」萬發聽了，有些愣住，他想不到自己日夜盼望的牛車現在就在眼前！不過，他也生氣起來，在心裡呼叫說：「可悲啊！可悲！牛車竟然是用妻子換來的！」

然而，他還是接下了牛車，有些盛情難卻的！

※

從此以後，姓簡的幾乎每個禮拜都給他一罐啤酒，要他到料理店吃一頓好的。

他也很知趣，必定喝到很晚才回去睡覺。

有時回來太晚，他也會在門口探頭，等到姓簡的辦完了事，回到門口和阿五睡在一起，萬發才走進去。

總之，七天送一回啤酒，從不多一次，可見姓簡的也很照顧自己的健康！

村裡因此流行一句話：「在室女一盒餅，二嫁老娘一牛車！」就是指這件事。

萬發現在完全不理任何人對他的鄙薄，他就坐在料理店裡，咕嚕咕嚕地喝著啤酒，估計時間還早，沒有必要那麼早就回家，就拍桌對著老闆喊：「頭家！來一碗當歸鴨！」

※

首先，在這篇小說裡，潛藏著一個無比重要的大事，那就是金錢已經戰勝人類。在主角萬發那裡，人的尊嚴被放棄掉了，人的存在成爲最無恥的存在，但是萬發卻甘心接受它，不願反抗它。

我們注意到，小說裡最早出現萬發的妻子阿好因爲好賭，賣了三個女兒去還債的這件事，顯示在金錢遊戲的這個世界裡，親情蕩然無存，金錢已經戰勝母愛的現象。之後，某個晚上姓簡的商人在半夜時來到萬發的家，和阿好一起坐在家門口賞月的事情，阿發沒有辦法撕破臉和姓簡的理論一番，考究其原因，還是因爲兒子阿五在姓簡的成衣攤裡工作，一個月可以賺到兩百塊的緣故。接著是姓簡的沒有房子可住，搬來和萬發一家人共住，從此阿好和姓簡的好像一對熱戀情人，在家裡有說有笑，非常要好，萬發也得忍氣吞聲，原因還是姓簡的是他的財神爺，絕不能趕走對方。終於來到了萬發出獄以後，每七天裡面，有一天阿好和姓簡的要睡覺一次，萬發不是不知道這件張揚在外的醜事，但他還是忍下來，原因是姓簡的終於給他頂了一輛牛車，可以完全賺取替人搬運貨物的工錢，使他有錢起來。因此，雖然牛車是用妻子換來的，但是他一定要接受，甚至肯定這麼做才是正確的，因爲他的經濟狀況已然改善，徹底擺脫貧窮的壓力。

王禎和的這篇小說步步爲營，教金錢步步進逼，終於使主角萬發完全放棄尊嚴，徹底臣服於金錢的時候才停止。就在最後，我們才發現，原來主角彷彿不是主角，因爲他完全沒有主動性。這個世界眞正的有力者從來不是萬發，也不是阿好，當然也不見得是那個姓簡的成衣商，而是金錢。

正因如此，不久之後，台灣的小說家或詩人將會發現，不但人不如金錢，人甚至不如一隻飛鳥、一塊磚塊、一根草……。❼人先屈服於物，之後人不如物，人的存在徹底成爲一種被環境擊潰的荒謬的存在，這就是戰後台灣文學最大的主題。

另外，我們看一看〈嫁妝一牛車〉的小人物屬性。溯自清治時代，小人物很少做爲文學的主角。舊有詩詞歌賦裡，文學的要角多半如果不是帝王將相、封疆大臣，就是一般的官吏士紳、科舉文士，所描述的生活多半就是這些人的彪炳偉業或閒情逸致；當然小人物極有可能成爲他們的憐憫對象，出現在他們的文學中，但是大抵不是主角。到了日治時代，小人物混在知識分子裡，逐漸出頭，但是小人物都還是相當正面性的人物，他們有一定的尊嚴，雖然活著十分的不如意，很有可能面臨貧窮的追逼，但是行爲還不算荒腔走板，簡言之，他們不會失去自己的自主性。諸如楊逵的〈送報伕〉的主角（一個留學生）、龍瑛宗的〈植有木瓜樹的小鎭〉的主角（一個糖廠

註——❼戰後台灣最大的詩人集團「笠」詩社即是持這種看法的詩社。「笠」詩社所奉持的「新即物主義」創作心法即是先以物喻人，再進行書寫。

的金融職員）、吳濁流的《亞細亞的孤兒》的主角（一個小學老師後來浪跡東亞的人），皆很有自主性，很能貫徹自己的意志，甚至不惜犧牲自己的生命或前途來換取自己的理想，很像一個英雄，只是被打敗而已，我們甚至不能把他們當成小人物來看待。但是到了戰後王禎和的〈嫁妝一牛車〉就再也不是如此。〈嫁妝一牛車〉的小人物終究和日治時代文學上的小人物很不同，他最起碼具有幾個特色：

1.小人物顯然欠缺英雄行徑：所謂的英雄，就是生活具有正面的理想性，並且敢爲理想犧牲自己的那種人。他們有他們要克服的人生目標，很有敵情意識，堅決的想打倒敵人；到最後，他終於被自己的同儕團體所認同，聲名大噪；其結果不管勝敗，總之他是一個英雄。❽可惜的，〈嫁妝一牛車〉裡的人物，並不存在這樣的一種人。雖然也許主角萬發想購買一輛牛車，可算是他的「理想」；但是他犧牲的卻不是他自己，而是利用了他的妻子的身體來達成這個「理想」，手段可算卑劣。他的這種做法當然得不到村庄人的認同，只會遭人白眼和看笑話而已。

2.小人物只爲金錢不爲尊嚴而活：〈嫁妝一牛車〉裡，不管是萬發和他的妻子或姓簡的商人，都淪爲金錢的奴僕。金錢規範了他們的一切行爲、關係和價值判斷。如果取消了金錢，這篇小說的情節就再也不知道要怎麼進行。也即是說，這些小人物都被物化了，他們的存在成爲金錢的存在，更無其他。溯自清治時代以來，像這種對金錢無限順服，無恥無尊嚴地活在世間的人物，從來不是文學書寫的主要對象。清代，固然有許多的文人描寫了貧窮，包括有些文人窮得沒錢喝酒的窘事，❾甚至描寫民間賣兒鬻女的悲劇；❿日治時代的文學也描寫了赤貧的農人，⓫

甚至描寫女性被糟蹋的慘事，⓬但是故事都在能被同情的範圍之內，故事的人物多半還能顧及尊嚴。然而，戰後王禎和的〈嫁妝一牛車〉（尤其是《玫瑰玫瑰我愛你》）的人物，絕不是可以被同情，或者是被視爲那種爲尊嚴奮鬥的人物。我們可以理解，在〈嫁妝一牛車〉的現實生活中，這些人物其實不必做這些醜事，也照樣可以生活，只是生活得比較窮而已，並不會因太過貧窮而死亡。簡單說他們之中的男性甘心於戴綠帽、女性甘心於爲娼，並不因爲窮到極點，而是另有原因。這個原因就是想獲得更多的金錢，心裡存在著賺取更多金錢的欲望（萬發想要由替人拉牛車的傭工升格爲牛車的車主，以賺取更多的金錢），也就是說拜金的貪欲指導了他們的行爲。在這個情況下，尊嚴當然就被拋棄了。

3.小人物能抗拒舊倫理、舊道德的規範：更緊要的是，雖然我們看到許多人笑話著萬發出賣老婆換牛車的這件事，表示舊道德、舊倫理還奮力地想要規範萬發的行爲，但是主角萬發對金錢的貪欲可以完全抗阻那些嘲笑，將那些嘲笑隔離在耳膜之外（萬發耳聾即是一個很大的優勢）。更詭異的是萬發的老婆，完全不把萬發和鄰居看在眼內，她和姓簡的商人在一起顯得那麼積極而自然，絲毫不必愧對身爲人妻的良心，說到底還是金錢使她有理由這麼做。姓簡的商人也是一樣，他也是一個能抗阻別人異樣眼光的奇人，金錢也賦予他能解決所有問題的能力，一點點

註

❽見陳慧等譯、弗萊著：《批評的剖析》（天津：百花文藝，一九九八年），頁二二六。

❾清治時期的台灣宜蘭拔貢詩人李逢時的詩歌裡書寫了自己沒錢買酒的窘況。

❿見劉家謀：《海音詩》，《臺灣雜詠合刻》（台北：台灣文獻委員會，一九五三年）。

⓫日治時期作家張慶堂的小說作品〈年關〉描寫了無田耕種的人民流落都市的慘相。

⓬日治時期作家楊雲萍的作品〈秋菊的半生〉描寫了台灣婦女被有錢人糟蹋的情形。

羞恥和愧歉心都沒有。我們甚至覺得不久後那些嘲笑萬發的人也要臣服於金錢之下了。總之，〈嫁妝一牛車〉裡存在著一個詭異的現象，那就是：不只是萬發被金錢打敗，一切的舊道德、舊倫理都臣服於金錢之下了，金錢這個「物」，已經戰勝了人的道德觀。

4. 小人物非悲劇性的存在：所謂的悲劇，是指一個人被命運所撥弄，一而再、再而三陷入了挫折和失敗中難以挽回，最後以瘋狂或甚至是死亡結束了一生的戲劇，尤其是悲劇中的哀婉劇更是引人心酸。⓭也因此，悲劇裡的主角的所作所為能引起我們的憐憫和同情，我們因此能以眼淚洗滌我們庸俗的心。⓮但是〈嫁妝一牛車〉裡的人並沒有被命運一再地操弄，也許「窮」可算是萬發的「短暫命運」，但是，他並沒有被「窮」逼到絕境，也沒有發瘋或死亡，到最後他反而意外的擺脫了窮苦的命運。我們也不可能會同情萬發的行徑，最後我們也不可能為萬發流一滴眼淚。只是覺得萬發或裡面的人物活得眞荒唐，他們的行徑、想法都是可笑的。除了嘲笑裡頭的人物和情節以外，我們很難有其他的情感。這就是說，〈嫁妝一牛車〉不同於〈植有木瓜樹的小鎭〉那種悲劇，主角不是安排來賺取讀者的眼淚的。

〈嫁妝一牛車〉的社會功用

那麼，王禎和這篇小說對戰後的台灣社會功用到底如何呢？許多的作家往往不願意親身談這個問題，因為回答這個問題最適當的人不是作家本人，而是讀者。王禎和曾經談到他寫〈嫁妝一牛車〉的經過，並沒有談到他是否為了糾彈台灣社會的某些毛病而寫這篇文章。⓯不過，身為讀者的我們卻很清楚，這篇小說充滿了社會功能。我認為它預言了戰後拜金風潮的崛起，以及預先譴責了這種瘋狂的全民運動。

要明瞭這些社會功用，我們就必須由這篇小說的提喻性和諷刺性談起。

首先，我們談這篇小說的提喻性。後現代歷史學家海登．懷特曾指出，一個史家（歷史編纂者）在書寫（敘述）歷史時，總會被若干的比喻所操控。這些比喻包括暗喻、轉喻、提喻、諷喻這些名目。⑯同理，小說家也是如此。我認爲〈嫁妝一牛車〉的主角萬發的生存方式是王禎和安排的一個提喻。所謂的提喻，就是以一個代表全體。簡言之，故事裡的萬發不會只是意指萬發一個人而已，而是意指著戰後的、未來的許許多多的台灣人。也許王禎和在一九六九年寫作這篇小說時，並不很明顯感到萬發象徵著社會裡大多數的人；但是隨著時間的推移，像萬發這種廢棄尊嚴而活的台灣人卻越來越多。到了一九八四年他寫《玫瑰玫瑰我愛你》時，故事裡的這種人已經是成群結隊了。〈嫁妝一牛車〉事實上預言了台灣社會將來就是一個人人都可以爲龜公、爲娼的社會；雖然這麼說教我們很難堪，卻是眞的。

其次，我們談諷喻性。雖然有人認爲〈嫁妝一牛車〉是一篇喜劇，不過，我們不會同意這種說法，⑰因爲這些論者並沒有爲他所說的「喜劇」下定義。它顯然更是一篇諷刺文學作品，因

註——

⑬見陳慧等譯；弗萊著：《批評的剖析》，頁一二—一三。

⑭有關悲劇能洗滌我們的情感，是亞里斯多德的說法。見羅念生譯：《詩學》（上海：上海人民，二〇〇六年），頁三〇。

⑮見王禎和：〈遠景版後記〉，《嫁妝一牛車》，頁二七一—二七三。

⑯參見陳新譯；海登．懷特著：《元史學》（Metahistory）（南京：譯林，二〇〇四年），頁一—五五。也可參見黃進興：《後現代主義與歷史學研究》（台北：三民書局，二〇〇六年），頁一八七。

⑰有關有人認為〈嫁妝一牛車〉是喜劇，見胡為美：〈在鄉土上掘根〉，收於王禎和：《嫁妝一牛車》，頁二八七。

爲它具備了兩個要素：一個是裡頭有許多古怪的想法和荒唐的幽默（集中表現在主角萬發的身上）；另一個是它有攻擊的目標（拜金的醜態）。[18]這兩個要素只有諷刺文類才有，在其他的文類裡不會一體具備，甚至喜劇、鬧劇也無法通通具有。

一般來說，「諷刺」性的文學作品被分成反諷（irony）、諷刺（satire）、譏諷（sarcasm）三種。三種都說反話，但是各自有各自的特性。反諷比較間接，攻擊性比較弱，一些口頭的反諷可以算是挖苦（tongue in cheek），故意把褒說成貶，把貶說成褒，裡頭有一種機智。諷刺在文學上則比較普遍，大抵上是用來諷刺人類種種的愚昧、無知、罪惡，具有正面的教誨作用。譏諷則非常犀利，教人感受到彷彿被撕肉的那種痛苦，有殘酷性，但是往往沒有多大的深意。[19]加拿大文學批評家弗萊曾指出：反諷和諷刺不同。所謂的諷刺是一種激烈的反諷，諷刺者具有明確的道德標準，以之來確認什麼是古怪、荒謬的舉止，可以攻擊它、斥責它，讀者也能站在諷刺者的立場，一起譴責荒謬的內容。反諷則不是如此，所持的是非標準比較模糊，讀者甚至難以肯定諷刺者的立場；甚至讀者本人也不能肯定自己的立場。[20]

我認爲〈嫁妝一牛車〉是一篇反諷性的作品。其原因正是：所持的是非標準比較模糊，讀者甚至難以肯定作者的立場。在這篇小說的最前面，王禎和把亨利．詹姆士（Henry James，1843—1916）的一句銘言放在小說的正文前頭，那就是：「……生命裡總也有甚至修伯特都會無聲以對底時候……」的這句話。顯然王禎和非常同情這篇小說的主角萬發，替萬發的隱忍感到難過。這也就是說，王禎和不見得只是單方面指責萬發的行爲，而是在另一個角落偷偷地憐憫他。如此就造成這篇小說「所持的是非標準比較模糊，讀者甚至難以肯定諷刺者的立場」的這種現象。這就是反諷小說的一個特色。雖然如此，我們不要忘記反諷小說那種作者「故意把褒說成貶，把貶說成褒」的特性。王禎和在〈嫁妝一牛車〉裡充滿了反諷的機智，那些讓萬發發財，最後終於擁有一台牛車的情節，表面上看起來是萬發的順遂和勝利，然而由於反諷小說有「說反話」的特性，萬發的順遂恰巧就是他的墮落；萬發的勝利恰巧就是他的失敗；至於王禎和私底下對萬發的同情，恰巧可視為王禎和對他的懦弱的責備了。

同時，反諷小說往往像是一把雙面刃。作者藉著它，一方面可以譴責施害一方的殘酷無情，同時另一方面也可以責備受害人的懦弱無智。王禎和正是藉著〈嫁妝一牛車〉這篇小說，一方面譴責了金錢至上的台灣社會環境；另一方面譴責了和萬發一樣的千千萬萬的台灣人，不知廉恥的生活醜態。這就是〈嫁妝一牛車〉厲害的地方。

■諷刺文學與神祇死亡的洪荒世界

加拿大籍的文學批評家弗萊透過原始社會的神話研究，領悟到任何文明社會的文學都有神話一樣的發展過程，也即是如下歷經春↓夏↓秋↓冬四個階段的發展過程：

1. 黎明、春天和出生的階段。例如英雄的誕生、甦醒、復活、創造等以及擊敗黑暗、冬天和死亡這些能力。從屬的人物有英雄的父母親。文學類型包括傳奇故事，酒神頌、狂詩

註

⑱ 見陳慧等譯；弗萊著：《批評的剖析》，頁二七八。

⑲ 見張錯：《西洋文學術語手冊》（台北：書林，二〇〇五年），頁一四四—一四五。

⑳ 見陳慧等譯；弗萊著：《批評的剖析》，頁二七七—二七八。

狂文。

2.天頂、夏天、婚姻和勝利的階段。如神聖化崇拜、神聖婚姻、升入天堂的神話。從屬的人物有英雄的同伴和新娘。文學類型有喜劇、田園詩、牧歌。

3.日落、秋天和死亡的階段。如墮落、神的死亡、暴斃、犧牲以及英雄的疏離等神話。從屬人物有背叛者和海妖。文學類型如悲劇和輓歌。

4.黑暗、冬天和毀滅階段。如上述惡勢力的得勝、洪水、回到渾沌的狀態、英雄被打敗以及眾神毀滅的神話。從屬人物有食人妖魔和女巫。諷刺作品以其為文學原型。[21]

王禎和的〈嫁妝一牛車〉顯然就是「黑暗、冬天和毀滅階段」的作品，也就是文明社會的諷刺文學階段的文學作品。

我們注意到在這個階段裡，英雄已經被打敗，眾神已幾乎被毀滅了，世界上再無英雄、神祇。在這個階段裡，從事文藝創作其實是很困難的，因爲沒有英雄、神祇可以歌頌和書寫。如果硬是要書寫人物，也只剩下小人物或是食人妖魔（害人的角色）可以書寫了。王禎和很少把他的注意力放在食人妖魔的書寫上，因此，小人物的書寫成了他唯一的選擇。此時大地一片洪水，這些小人物正是在洪水裡頭出沒、無法自主的泡沫角色，他們的一切行爲顯得突梯滑稽、不知所措，甚至無法令人理解。

其實，戰後的台灣社會正是如此，金錢加緊腳步準備虜獲這個社會，功利戰勝一切。在這個社會裡再談英雄的行爲，再談倫理道德，都已經過時而不智，所剩下的只是小人物卑瑣的想法和引人笑話的作爲而已。凡是活在這個洪荒世界裡的人，大多數人都喪失尊嚴，人的物化成了普遍的現象，誰也救不了誰。王禎和的〈嫁妝一牛車〉因此成了一個樣板，書寫出一個台灣特殊時代的人物標本，永爲我們所紀念！

註

㉑ 見伍蠡甫、林驤華編著：《現代西方文論選》，頁三五三—三六〇。

評李喬的短篇小說〈告密者〉❶

——並論諷刺小說裡的食人妖魔

■前言

本文乃是用來顯明李喬諷刺小說的特色。雖然李喬主要的小說是悲劇小說，但是他也捲入了戰後諷刺小說書寫的大潮裡。李喬是諷刺小說大潮裡食人妖魔的書寫者，很值得注意。本文將一一討論這些問題。

■戰後諷刺小說書寫潮流與李喬

從一生的小說寫作來看，李喬主要是一個悲劇文學作家，並不是一個諷刺文學作家。因為，撐起他的文學成就的長篇小說幾乎都是悲劇作品，包括《寒夜三部曲》、《埋冤，一九四七，埋冤》，這兩部最重要的作品都是悲劇作品。所以造成這個結果的原因是：《寒夜三部曲》的素材是日治時代，❷《埋冤，一九四七，埋冤》的素材則是二二八事件。❸這兩個階段的史實本身都帶著濃重的悲劇性，因此，作家倘若要描述這兩個時期的歷史故事，還是以悲劇的書寫比較能顯其為眞。另外，李喬還寫了許多的短篇小說，尤其是早期的作品，包括〈賣藥的人〉、〈苦水坑〉、〈桃花眼〉、〈人的極限〉、〈鹹菜婆〉、〈山女〉、〈我沒搖頭〉、〈蕃仔林的故事〉、〈人球〉、〈恍惚的世界〉……，❹大抵都是悲劇的短篇小說，所以造成這個結果的原因是：李喬認為人生就是痛苦的，而人間的種種表現則是痛苦的符號；❺既然如此，故事當然只好用悲劇來表現了。

雖然如此，不過由於終戰時，李喬只有十二歲，❻他終究還是二戰後的小說家。既是戰後的小說家，就不能不受戰後諷刺文學大潮的影響，他終歸還是寫了許多諷刺類的短篇小說。比較有名的包括〈川菜牛肉麵〉、〈退休前後〉、〈某種花卉〉、〈告密者〉、〈耶穌的眼淚〉……，❼都是諷刺小說，而且越近人生的晚期，他的諷刺小說就寫得越勤快，而且大都帶著政治性。

李喬的諷刺小說是屬於直接諷刺（satire）的小說，所持的道德標準相當明確，諷刺的聲調高昂，接近了譴責小說，這是很特殊的側面；另外，他直接書寫了諷刺小說世界裡的食人妖魔（害人

註——

❶ 見李喬：《李喬短篇小說全集》第九冊（苗栗：苗栗縣立文化中心，二〇〇〇年），頁一一四—一三四。
❷ 見李喬：《寒夜三部曲》（台北：遠景，一九九一年）。
❸ 見李喬：《埋冤，一九四七，埋冤》（基隆：海洋台灣，一九九六年）。
❹ 以上短篇小說見李喬：《李喬短篇小說全集》。
❺ 見李喬長篇小說：《痛苦的符號》（高雄：三信，一九七四年）。
❻ 見下文中的年譜。
❼ 以上短篇小說見李喬：《李喬短篇小說全集》。

精），相當具有趣味性和可看性，這又是一個側面。本文專門分析〈告密者〉這篇短篇小說，好用來顯明李喬諷刺小說的特色和高超的想像力。在分析這篇小說前，先看一看李喬的創作年譜。

李喬年譜❽

一九三四年，一歲：

六月十五日出生於新竹州大湖郡香林村（舊稱「蕃仔林」）。父親李木芳是閩南人，爲「農民組合」成員；母親葉冉妹，客家人。

一九三九年，六歲：

罹患瘧疾一整年，後痊癒。

一九四一年，八歲：

就讀大湖郡大湖東國民學校。

一九四五年，十二歲：

終戰後，復學大湖國民學校，離開蕃仔林，寄居同年的家。

一九四七年，十四歲：

大湖國民學校畢業。入大湖初級蠶絲科職業學校就讀。與父親住在廢置的日本神社（即後來的大湖國民中學）。

一九五〇年，十七歲：

蠶絲科職業學校畢業，入苗栗高農就讀。

一九五一年，十八歲：
轉考入新竹師範學校。
一九五四年，二十一歲：
師範畢業，任教南湖國小。第一首詩〈墓〉發表於《野風》雜誌。
一九五七年，二十四歲：
入伍，在空軍高砲服役三年。普考教育行政及格。
一九五八年，二十五歲：
高考教育行政及格。
一九五九年，二十六歲：
第一篇小說〈酒徒的自述〉發表於《教育輔導》月刊。
一九六〇年，二十七歲：
退役，任教大湖國小。
一九六一年，二十八歲：
任教頭份私立大成中學。
一九六二年，二十九歲：
發表〈心魔〉、〈待用教員〉、〈賣藥的人〉、〈喜貴嫂〉等等短篇小說。

註

❽ 本年譜根據黃雅慧：《李喬短篇小說人物研究》（高雄：高雄師範大學國文研究所碩士論文，二〇〇八年）以及李喬、錢月蓮主編：〈李喬生平寫作年表〉，《李喬集》（台北：前衛，一九九三年）編成。

一九六三年，三十歲：
初中國文教師檢定及格。發表〈苦水坑〉、〈桃花眼〉、〈山之戀〉等等短篇小說。
一九六四年，三十一歲：
轉任苗栗省立苗栗農工職校。結識鍾肇政、鄭清文等文友。發表〈晴朗的心〉、〈天來嫂〉、〈囚手〉等等短篇小說。九月結婚。
一九六五年，三十二歲：
發表〈飄然曠野〉、〈川菜牛肉麵〉、〈多心經〉等等短篇小說。短篇小說集《飄然曠野》由幼獅出版社出版。
一九六六年，三十三歲：
發表〈羊仔的變奏〉、〈人的極限〉等等短篇小說。
一九六七年，三十四歲：
發表〈鹹菜婆〉、〈那棵鹿仔樹〉等等短篇小說。〈那棵鹿仔樹〉獲第三屆台灣文學獎。高中國文教師檢定及格。
一九六八年，三十五歲：
發表〈老頭子〉、〈猴子．猴子〉、〈鱸鰻〉、〈一種笑〉等等短篇小說。兩本短篇小說集《戀歌》、《晚晴》出版。
一九六九年，三十六歲：
發表〈山女〉、〈我沒搖頭〉、〈蕃仔林的故事〉等等短篇小說。短篇小說集《人的極限》出版。

一九七〇年，三十七歲：
發表〈人球〉、〈恍惚的世界〉等等短篇小說。

一九七一年，三十八歲：
發表〈修羅祭〉、〈火車上〉等等短篇小說。長篇小說《山園戀》出版。

一九七二年，三十九歲：
發表〈遠山含笑〉中篇小說；連載《痛苦的符號》長篇小說。於「復興文藝營」授課。

一九七三年，四十歲：
發表〈寂寞雙簧〉、〈孟婆湯〉等等短篇小說。

一九七四年，四十一歲：
發表〈庚叔的遠景〉、〈阿憨妹上樹了〉等等短篇小說。短篇小說集《恍惚的世界》與長篇小說《痛苦的符號》出版。

一九七五年，四十二歲：
發表〈心酸記〉、〈果園的故事〉短篇小說。出版《李喬自選集》。

一九七六年，四十三歲：
發表〈一九某某年的夢〉、〈璦兒〉短篇小說。

一九七七年，四十四歲：
發表〈選擇〉、〈昨日水蛭〉短篇小說以及〈強力膠的故事〉、〈山河路〉中篇小說。出版長篇《結義西來庵——噍吧哖事件》。

一九七八年，四十五歲：
長篇小說〈寒夜〉開始在《台灣文藝》雜誌連載。

一九八〇年，四十七歲：
出版短篇小說集《心酸記》。《寒夜》、《孤燈》由遠景出版社出版。

一九八一年，四十八歲：
發表〈退休前後〉、〈某種花卉〉等等短篇小說。長篇小說《荒村》由遠景出版社出版。

一九八二年，四十九歲：
獲吳三連文學獎。發表〈小說〉、〈告密者〉等等短篇小說。長篇小說《白素貞逸傳》開始連載。自苗栗農工退休。

一九八三年，五十歲：
發表〈爸爸的新棉被〉、〈恐男症〉等等短篇小說。長篇武俠小說《奇劍妖刀》開始連載。與高天生合編《台灣政治小說選》，由《台灣文藝》雜誌社出版。長篇小說《情天無恨——白蛇新傳》出版。

一九八四年，五十一歲：
發表〈泰姆山記〉短篇小說。

一九八五年，五十二歲：
發表〈共同事業戶〉、〈孽龍〉短篇小說。短篇小說集《告密者——李喬小說自選集》出版。長篇小說《藍彩霞的春天》出版。

一九八六年，五十三歲：

發表史詩《台灣——我的母親》。短篇小說集《告密者》由自立晚報出版。

一九八八年，五十五歲：

文化評論書籍《台灣人的醜陋面》由前衛出版社出版。

一九八九年，五十六歲：

長篇小說〈埋冤，一九四七〉開始在《首都早報》連載。

一九九四年，六十一歲：

長篇小說《埋冤，一九四七，埋冤》出版。長詩《台灣，我的母親》出版。

一九九五年，六十二歲：

獲「王桂榮台美基金會」的「人才成就獎」。

一九九九年，六十六歲：

發表短篇〈耶穌的眼淚〉。《李喬短篇小說全集》由苗栗縣文化中心出版。獲鹽份地帶文學營頒發「台灣新文學特殊貢獻獎」。

二〇〇四年，七十一歲：

赴美在加州大學聖塔芭芭拉校區講學。

二〇〇五年，七十二歲：

《寒夜》日譯本出版。

二〇〇六年，七十三歲：

獲文學類國家文藝獎。編輯《台灣文學導讀》出版。

二〇〇七年，七十四歲：

第五屆台灣文化國際學術研討會討論李喬的文學及其文化論述，學者共發表了二十六篇論文。與鍾肇政獲頒首屆「客家貢獻獎」。

〈告密者〉的內容以及人物的分析

這個故事敘述了一位喜歡檢舉告密的人，叫做湯汝組。從國小到工專，他密告無數，幾乎都大有斬獲，當他見到被他陷害的人罹難，就興奮莫名。後來他獲得了黨國機構「夏漢陽」的青睞，加入了組織，編號是三八七四。自從他有了編號之後，如虎添翼，告密就更加順利。他能使用「專用信封」，一狀告到情報單位的核心裡，達成使命。不過，後來他戀愛了，對方的小姐雖然美麗大方，卻是個有「分歧分子」嫌疑的人，爲了是否該告密，他立即分裂成嚴厲主義的三八七四和溫情主義的湯汝組兩個人，進入了心靈的分裂鬥爭。前者主張大義滅親，絕不留情；後者主張善待情人，給予寬容。由於舉棋不定，結果受到上級的責備，認爲他知情不報，貽誤職責，後來更發現他精神有問題，從此不再信任他。不久，他也在心理衝突中，失去了這位戀人。到最後，主張大義滅親的三八七四做了生命中最莊嚴的一件事，就是向情報單位檢舉他所認識的最後一個「分歧分子」，這位分歧分子就是他自己——湯汝組。

故事濃縮如下：

這一天，三八七四號把「分歧分子」的資料詳細地填寫，完成了檢舉信，裝入信封，後來覺得不妥當，又撕了信封，把信的內容再檢查一次，確定無誤之後，終於把信件裝在最後一個信封裡，又認真而吃力地在信封上寫下了收件人的地址與姓名，披上外衣，把門帶上，走向大街，要去寄信了。

本來，在雜貨店那裡就有一個限時郵筒；然而三八七四認為手中這封檢舉信不是普通的信件，一定要親自投進郵局專設的「限時專送專櫃」才放心，這是他一貫有的牢靠的、敬業的精神表現。他一定要親自聽到信件跌入郵筒裡，發出「噗」的聲響才算真正結束。

※

這是初秋時節，寬敞的街道有清涼的空氣。

現在回想起自己的半生，雖然不是波濤壯闊，卻也有奇異的成就感（一些隱密的快樂），使他覺得滿意。尤其是每當自己寄出「專用信封」後，看到那些「白癡」莫名其妙地陷入厄運中，那種快樂，就如同燒焦的腳突然被放到清涼的水中，那種愉悅絕非普通的快感而已。

三八七四回憶著人生，覺得從前的人生已經是精彩無數，將來正待努力。

不過，如今他檢舉的人不是普通人，就是另一個自己（叫做湯汝組），也許從此以後，他自己已經沒有努力的機會了！

他不能不這麼做，因為湯汝組這個人越來越怪，越來越陌生可疑。最近湯汝組非常鄙視三八七四，覺得三八七四無恥可笑。這些都讓三八七四沒有辦法再忍耐下去，因此，他決定先下手為強，幹掉對方！

※

三八七四的「專用信封」是非常厲害的。

他想起他第一次使用專用信封的威力：

那時，三八七四的職業是在夜市擺攤子，販賣唱片和錄音帶。當時，錄放收音機剛剛上市，賣這些東西是很賺錢的。可是他的競爭對手也不少，那些競爭對手跟他一樣，也在同一個夜市擺攤子，販賣同樣的東西。

於是他想到了打擊消滅競爭對手的好方法。

當時，有一些種類的錄音帶是非法的，比如說盜版產品、東洋歌曲、情色歌曲、中共歌曲。尤其是最後一類，只要有人檢舉，就一定弄得雞飛狗跳起來。

他明知他隔壁的兩家攤子不可能販賣中共歌曲，但是為了達到目的，他就寄出專用信封，特別標出他鄰居那兩個攤位的位置，誣指他們的確販賣中共歌曲。於是，那天晚上，這兩位同行都遭到「犁庭掃穴」的搜查，雖然沒有搜到中共歌曲錄音帶，卻搜到了許多黃色歌曲等的錄音帶，遭到嚴重的罰款。

不久，這兩個競爭對手就在夜市裡不見了，這是他第一次使用「專用信封」的「傑作」。

※

提到三八七四更早以前的告密生涯，也有一段風光的歷史：

他在念「大成工專」時，算是正式加入了這個行業。

他還記得，在進入工專念書，新生開學典禮剛過，他就被叫到訓導處。非常意外的，訓導處人員不叫他「同學」，居然稱他「湯先生」，而且要他負責擔任班級偏激分子或匪諜的檢舉，他立即知道自己已經在工專裡被賦予神聖的使命。他心裡一向非常清楚，這是平凡的自己能出人頭地的門路，因此接到任務就鬥志高昂起來，他決定熱血接下這個工作。工專的訓導處人員為何如此器重他呢？原來他在高職的時候，已經開始檢舉嫌疑分子，早就甚為有名了。

其實，他也不是直到高職才開始檢舉人，最起碼在國中時就已經如此了。在國中時，他向所有的導師檢舉同學調戲女生、月考作弊、冒名乘車、單車雙載……的種種名單，深受導師們喜愛。

他也不是國中時才檢舉人，在國小的時候，他就向老師檢舉同學不肯安靜午睡、下課先吃便當、擦玻璃偷懶……的這些小事。他也擔任過整整四年的風紀股長，告密成了他的「天職」，他一向對告密充滿了熱情。

他也不是國小時才告密，大概在五、六歲時，就已經能對每個同伴察言觀色，善於擔任小孩團體領袖者的忠僕，出賣友伴。

※

不過，有關現實生活上的學業和事業，三八七四的湯汝組一向就沒有能夠那麼如意。比如說他工專時就因成績不良而被退學。之後進入軍隊服役，因為有告密者的身分，還能受到上級應有的照顧；但是退役後則無一技之長，只好擺地攤混日子。他也做過電器推銷員、房屋販售員……，總之都是東奔西跑的工作。

唯一不變的是：不論到何地，他都立即向情報機關報到，並且很快地執行告密任務，毫不懈怠。

到了接近三十歲時，靠著朋友的幫助，他開始擔任記者，並且在夜市擺攤子賣錄音帶，開始想要賺些錢可以娶老婆。

這時，他也正式領到「夏漢陽」給他的告密專號「三八七四」，使他更能完美執行任務。不過，這時，他的一段戀情開始了，這段戀情幾乎摧毀了他！

※

這次的交往算是他一生當中最勇敢大方的一次與女性的交往。這並不表示他以前對女人是一個無情的人，可能只是自卑導致。分析其中原因，一方面大概是他的確長得矮小蒼白，一臉怪相；另一方面是他一向窺伺他人，眼睛左右閃爍，很難直面女性。但是這一次不一樣，他下定決心追求對方。

這位女性叫做蘇小姐，坦白大方，嬌小美麗，是個有活力、有正義感的好記者。

有一次，他口吃地問蘇小姐會不會看不起他一事無成？蘇小姐反而怪他婆婆媽媽，只講求結婚條件，不懂愛情！他聽了，就流淚，覺得能獲得蘇小姐的愛情，是人間最幸福的事。

正當他沉醉在愛情的甜蜜裡的時候，一個感覺來臨了。那就是他發現眼前的這個小姐雖然率真可愛，但是小腦袋充滿許多奇怪的念頭，說明白一點是「有問題」。

於是他窺伺了蘇小姐的底細，才發現蘇小姐有資格可以叫他使用「專用信封」檢舉她。她就是現身於眼前的一條「魚」！

「應該要舉報她吧！」三八七四問著。

「不，不，再等等看，再觀察一陣子。」湯汝組卻痛苦地加以阻擋。

「你明明知道她有問題……。」三八七四說。

「她絕對沒有問題！你一定要循私一次，一生就只有這麼一次！」湯汝組竭力安撫三八七四說。

幸好湯汝組終於說服了三八七四，沒有使用「專用信封」。

他和蘇小姐順利戀愛了十一個月，正等兩個月後春天來臨時要結婚，他們也的確正在布置一個新居。

就在這時，蘇小姐遭到逮捕了，原來蘇小姐涉及了一件「分歧分子」的陰謀，看來證據確鑿，將被判刑處分。

「夏漢陽」馬上來信責問三八七四，認為他知情不報，怠忽職責，且要他具體呈報蘇小姐的一切。

三八七四只好坦白向層峰回報，並且自請處分。

本來這件事就這樣不了了之，因為一切都沒有改變，蘇小姐也意外的沒有被判刑。不過，被釋放以後的蘇小姐，竟然主動地來到市內找他。

他立刻就躲藏起來，叫一個書攤的朋友騙蘇小姐說他離開了本市，無法見她。三八七四心裡明白，他永遠無法接納蘇小姐，這一點他很清楚。不過湯汝組可就無處可逃了，他不能逃避自己的愛情。他於是偷偷喝酒解愁，到最後竟然變成酗酒。

五個月後，傳來蘇小姐和別人訂婚的消息，他感到天旋地轉，關起門來喝了三天三夜的酒，最後還從陽台摔下來，斷了右腿，走路時只能拿著拐杖。

從此以後，大家都叫他「三腳仔」，成為一個很孤僻、很孤寂的人。

不過，在更深的內心上，三八七四和湯汝組兩人激烈鬥爭，仇恨越來越深，任誰也無法解開彼此的死結。

※

有一天，三八七四接到了「夏漢陽」的一封密函，表明從此以後解除他的任務。他看了密函，大叫：「我完了！完了！」

不久又接到口頭命令，說：「你有病，趕快找精神醫生檢查！」

三八七四雖然很緊張，但是到最後還是恢復了鎮靜，他認為人生就像是風中蠟燭，哪天燒完或被風吹熄根本無法可知，唯一應該做的就是讓自己發光發熱，繼續檢舉。於是，他又寄出「專用信封」，履行任務，可惜從此之後不再有「夏漢陽」的任何批示或指示。

※

現在，三八七四只剩一件告密的事必須做完，就是檢舉他所知的最後的一位「分歧分子」。等做完這件事以後，他就算是完結了人生最後一件任務了，為了堅持自己一生的神聖任務，他不能不如此做。他要檢舉的就是和三八七四打對台的另一個他本人——湯汝組！

三八七四走到郵局，把「專用信封」投進專櫃裡，發出了「噗」的一聲，確鑿無疑。他被自己大義滅親的行為感動得流下淚來！

先談這篇小說激昂的道德標準：

這篇小說很明顯的不是傳奇浪漫小說，因爲小說沒有奇偉瑰麗的風景和揚名立萬的英雄人物；也不是田園小說，因爲沒有詩情畫意的田園景觀，也沒有走向婚宴的男女主角；也不是悲劇小說，因爲沒有夕陽西下的殘照，也沒有教人落淚同情的悲劇人物。那麼剩下的當然就只有諷刺小說。

諷刺一般可以分成三種：反諷（irony）是一種、諷刺（satire）是一種、譏諷（sarcasm）又是另一種。這三種都說反話，但是各自有各自的特性。反諷比較間接，攻擊性比較弱，一些口頭的反諷可以算是挖苦（tongue in cheek），故意把褒說成貶，把貶說成褒，裡頭有一種機智，是諷刺文學中最有心機的種類。諷刺在文學上則比較普遍，大抵上是用來諷刺人類種種的愚昧、無知、罪惡，具有正面的教誨作用；它比較不留情面，比較直接。譏諷則非常犀利，教人感受到彷彿被撕肉的那種痛苦，有殘酷性，但是往往沒有多大的深意。❾加拿大文學批評家弗萊（Northrop Frye，1912—1991）曾指出：反諷和諷刺不同。所謂的諷刺是一種比較激烈的反諷，諷刺者持有明確的道德標準，以之來確認什麼是古怪、荒謬、錯誤的舉止，可以正面攻擊它、斥責它；讀者也能站在諷刺者的立場，一起譴責那些荒謬的言行。反諷則不是如此，所持的是非標準比較模

註——❾見張錯：《西洋文學術語手冊》（台北：書林，二〇〇五年），頁一四四—一四五。

糊，讀者甚至難以肯定諷刺者的立場是站在哪一邊。❿由這些定義看來，李喬這篇小說顯然是諷刺小說；因爲作者的是非道德觀念非常明確堅定，讀者能明確知道作者的那一套道德理念。

那麼作者的道德理念又是什麼？

在這篇小說裡，作者顯然認爲告密是不對的，特別是沒有證據誣陷別人更是不對的，包括誣告別人是偏激分子或販賣中共歌曲錄音帶都是錯的，就像是「摩西十誡」裡的第九誡的規定：不可作假見證；一旦違反它就是錯的。有時候有證據的告密也是錯的，包括檢舉同學調戲女生、月考作弊、冒名乘車、單車雙載都是錯的；因爲告密終究不是光明正大的行爲。

這個是非標準大概是多數人都會同意的。由於作者持有這種多數人能贊同的道德標準，因此使他的諷刺姿態變得高昂，對湯汝組（或三八七四）的挖苦毫不放鬆，使人覺得攻擊的力道很強，最後是徹底地摧毀了對方。李喬更多的諷刺小說的姿態大抵都是如此。

再說故事中湯汝組（或三八七四）的食人妖魔性：

這篇小說的技巧並不複雜，可算是一般的水準。因此大概很難用高標準的文字的美感、場景的細描、結構的緊密等等來強加要求。不過，這篇小說卻有一個取勝點，就是故事裡的人物，也就是說，這是一篇由人物支撐起來的小說，勝敗乃在人物上，而不是其他；而且集中在湯汝組（或三八七四）這個人的有趣和古怪的思想和行爲上。故事裡的湯汝組（或三八七四）具有食人妖魔的個性，而食人妖魔當然是指以人類爲食物的精怪，歸納起來有幾個特點：

其一，他爲了一種嗜欲充當告密者。小說裡有一段文字如是說：

每當自己寄出的一封「專用信封」發揮威力時候，跟著那些可笑的「白癡」，突然莫名其妙地陷入厄運之際，心懷深處那隱祕的快樂，就像赤腳行走於炙熱砂礫地上的人，突然泡在清涼山泉裡似的，那種愉悅，那種快感，已然超脫了所謂愉快的範圍。⑪

將告密的動機納到破壞心理學的範疇裡，湯汝組因此脫離了一般告密者的行列，成為具有變態人格的那種特殊人物。總之，他不是一個正常的人，而是一個很能欣賞他人的痛苦，在別人的痛苦中求取歡樂的人。能以他人的痛苦為樂，那就是食人妖魔！

其二，他是一個接近形而上的人物：小說裡透露，湯汝組不是長大成人迫於經濟困難才充當告密者。作者將他提升到了一個「天縱英明」的層次來談，也就是說他從幼年就喜歡告密。如此一來，湯汝組就具有一種天生神魔的味道，假若他不是天生具有神性的人，就是一個天生具有魔性的人。這篇小說其實有點故意讓人物向著形而上靠攏的那種意味，指出食人妖魔天生存在、無所不在的特性，賦予食人妖魔一種宇宙性。

其三，他是一個必須遠離愛情而活的人：湯汝組對愛情的猶豫、恐懼、失措是一個象徵。作者其實揭示了妖魔永遠都難以和愛情共存的律則，因為愛情終歸來說只能使得妖魔的破壞性降低下來，向著神性偏移；而當一個妖魔降低了破壞性時，就會對自己造成否定，妖魔就自感不再是妖魔了。其實三八七四到最後還是檢舉了湯汝組，雖然也許真的是一種瘋了的行為，但也可以看成是一種對天然魔性的挽回和肯定。

註——⑩見陳慧等譯；弗萊著：《批評的剖析》（天津：百花文藝，一九九八年），頁二七七—二七八。
⑪見李喬：《李喬短篇小說全集》第九冊，頁一一七。

從上面所列舉的李喬對食人妖魔特性的揭示看來，我們知道李喬對食人妖魔的認知是深刻的，而非膚淺隨便，這篇小說可算是食人妖魔文學的範本。難怪我們從李喬的年譜中看出來他對這篇小說的重視，兩次出版的短篇小說選集都以《告密者》做為書名。

〈告密者〉與戰後台灣的社會

我們說文學不一定都反映社會，⑫但是許多的文學仍然反映社會；李喬的〈告密者〉和台灣戰後銅牆鐵壁的社會息息相關。而〈告密者〉裡的告密者這種食人妖魔的產生，和白色恐怖統治則有分不開的關係。

白色恐怖，並不限於一九五〇年代而已，而應該向下延伸到一九八七年解嚴之前。白色恐怖的受害者人數估計法各有不同。有一種看法認爲：白色恐怖期間，出現了二萬九千多件的政治案，有十四萬人受難，其中三千至四千人遭處決，受害人數可以說非常龐大。⑬另有一種保守的資料顯示：白色恐怖時期被處決的有六九九人；失蹤一七七人；被監禁一二九四人；無期徒刑五三人；十五—二十年有期徒刑四〇六人；十—十四年有期徒刑一二四七人；五—九年有期徒刑一〇七五人；五年以下有期徒刑五七九人；感化教育一三〇六人；其他六五七人。受害的人的總和共有六〇二一人。由這個估計看來，受害人數依然非常龐大。⑭

提到白色恐怖的發生乃是由於國府匆匆遷台，面臨著內外交逼的情勢所導致。在外，國府必須面對嚴厲的冷戰情勢，防止共產黨對台灣的侵呑；在內，它必須防止台灣人民的叛亂。兩方面都把國府弄得神經緊繃。爲了圖存，對外當然以子彈來進行防禦；對內只好以監牢來伺候百姓。蔣氏父子在大陸時期，就以軍統（軍事委員會調查統計局）和中統（國民黨中央執行委員會調查統計局）爲特務的兩翼，進行對於異己的翦除。前者分布於軍事系統，後者則把持黨政、文教、財經方面，分頭並進，深入各階層、各部門。使用綁票、陷害、暗殺、破壞種種手段，達成使命。在大陸時期，這兩個系統的組織就已經非常龐大，方能控制龐大的中國。戰後，由於大陸淪陷，在很短時間裡，這兩個龐大系統的特務就一起湧到台灣。來到台灣後，所成立的機構之龐大、人員之眾多、膽大妄爲、盛氣凌人都使人顫慄不已，而權力最大的特務頭子當然就是蔣家父子兩人。⓯

眾多蒙受政治劫難的人，不是以中共同路人的罪名被起訴，就是以台獨同路人被起訴。國府傾全力，在國外、國內布下密集的間諜告密網，好用來對這兩種人進行監視、提告。凡是台灣人蒙受牢獄之災，就一定有告密者，而且告密的人數恐怕比蒙受牢獄的人多出許多倍。戰後，那些被人知道的或不爲人所知道的告密者可說數不完，就以國民黨鄉鎮黨部來說，其數量並不少於警察局或鄉鎮公所，幾乎是密密麻麻遍及台灣所有角落，黨部裡的人員幾乎都是從事偵防的告密者，他們對所有的居民明查暗訪，和我們比鄰而居，混雜地生活在一起。

註——

⓬ 比如大半的言情小說、武俠小說、偵探小說、神話小說、兒童文學和實際的社會現實往往毫不相關；有時一個政權所提倡、操縱的文藝往往與社會的真實相反，比如說台灣五〇年代的反共文藝。

⓭ 見侯坤宏：〈戰後臺灣白色恐怖論析〉，《國史館學術集刊》（現《國史館館刊》）第十二期（二〇〇七年六月）。

⓮ 見〈台灣，不為人知的一面〉，見網路：http://www.fidh.org/IMG/pdf/taiwan_report_ch_zip.pdf（二〇一七年七月二十一日瀏覽）。

⓯ 見史明：《台灣人四百年史》（美國加州：蓬島文化公司，一九八〇年），頁八一三—八七八。

回想戰前日治時代的文學，類似這種告密者（特務）的書寫非常的少。日本時代，讓百姓吃足苦頭的人是警察，曾有許多作家（比如說賴和）特別喜歡描寫警察作威作福的行爲。⓰不過，日治時代的警察畢竟不同於戰後特務告密者這種食人妖魔，因爲前者是光天化日下的作惡，後者是暗地裡的告發；前者的擾民目的大多在於貫徹政府的命令，後者的損人有時全憑己意；前者是官員不與人民住在一起，後者是劣民和人民水乳交融。當然，這並不是說日本時代就沒有告密者，諸如地方的保正（村里長）還是半個告密者。不過，日本時代的文學還有失敗的英雄可寫，社會所發生的許多反抗者可歌可泣的事蹟相當引人注目，諸如柯鐵虎事件、噍吧哖事件、霧社事件……，都可能引來作家的靈感。但是戰後，刑罰太重，⓱牢獄深不可測，使得反抗事件不見了，英雄已死，民間一片死氣沉沉，社會如同洪荒的墳場。這時僅剩下蜉蝣一般無足輕重的小人物可以被書寫；還有那些眾多的特務告密者也很能引起作家注意，因此，乃造就了一種食人妖魔的書寫，這寧非是很自然的事！

簡言之，戰後，在國府嚴厲的特務統治，以及戰後人民的軟弱無力之下，特務告密者和戰後我們的生活已經分不開關係。因此，當小說家在搜找他的人物素材時，一定會被那些隨時出現的特務告密者緊緊吸引，至於是否要書寫他們大概要看作家的膽量和熱血。李喬的〈告密者〉算是食人妖魔的典範書寫，勇敢地挑戰了這種特殊的素材。他繼吳濁流之後，使戰後諷刺文學路線更顯完善了。

■諷刺文學與食人妖魔

加拿大籍的文學批評家弗萊（Northrop Frye，1912—1991）受到原始社會神話研究的影響，指出神話的演變過程，是按照春、夏、秋、冬四個階段逐步變遷的過程。在冬季的這個階段裡，神話所描寫的世界一片洪荒、眾神（英雄）已死。在這個世界裡，活動著食人妖魔，成爲被神話所訴說的對象。弗萊同時提到，文明社會的文學發展有如神話的發展，也可以分成春、夏、秋、冬四個階段，在冬季的這個階段裡就產生了諷刺文學。⓲因此，我們也可以說，文明社會的諷刺文學也一定會有食人妖魔的描寫。

戰後的台灣文學的確興起了一波不小的諷刺文學，由於時代的不同與文類的屬性所使然，食人妖魔不可避免地成爲書寫的對象。從傳統的文學看來，這是多麼不可思議的事情！尤其是清治時期田園文學的詩人，絕對不敢想像這麼醜陋的人物有朝一日會變成文學的主角。然而，在戰後，這件事情卻實現了。

顯然，李喬的〈告密者〉只是顯露食人妖魔中的小妖小魔。如果有人對於大妖大魔有興趣，

註——

⓰見賴和〈一桿秤仔〉和吳濁流《亞細亞的孤兒》，這些小說作品可算是描寫日本警察惡行惡狀的樣本。

⓱以楊逵而論，他在日治時期參加了眾多的政治抗議活動，被逮捕十次，加起來的刑期只有四十五天；但是戰後，一九四九年因發表〈和平宣言〉觸怒當局，被判刑監禁綠島十二年。

⓲原文應該是：「黑暗、冬天和毀滅階段。如上述惡勢力的得勝、洪水、回到渾沌的狀態、英雄被打敗以及眾神毀滅的神話。從屬人物有食人妖魔和女巫。諷刺作品為其文學原型。」見伍蠡甫、林驤華編著：《現代西方文論選》（台北：書林，一九九二年），頁三五三—三六〇。

可以看看比較年輕的小說家林央敏所寫的〈大統領千秋〉；⓳在那篇諷刺小說裡，食人妖魔就變成一個國家的元首了。

註——

⓳ 見林央敏短篇小說集：《大統領千秋》（台北：前衛，一九八八年）。

論《笠》詩人們的反諷性

——以陳千武、李魁賢、鄭烱明為例

■ 戰後台灣人的諷刺生存態度與詩人

台灣在一八九五年之後，整整經過了五十一年的日本殖民統治。由於難以面對被滿清朝廷出賣的不白之冤以及被統治的痛苦，台灣人那種哀婉的情緒久久不能消逝。有良心的台灣作家，不知道寫了多少的悲劇作品，才稍稍沖淡那濃得化不開的悲傷情緒。不過，五十一年不算是短的時間，足夠讓台灣人慢慢看清楚殖民者一貫的鎮壓、監禁、恐嚇、欺騙的統治伎倆；同時在劣勢中也摸索出了種種可以抵抗、反叛的方法，不再只是委屈求全。來到了戰後，面臨國府的再一次殖民統治，台灣人已經不再有過度驚訝或悲傷的情緒。由於能洞察被殖民的種種必然狀況，他們轉向了冷靜以對。然而，由於被殖民的枷鎖不是短暫期間就能掙脫，被殖民的日子還得一天天地挨過，最終就發展出一種譏諷的生存態度：既譏諷殖民者的無理、蠻橫、荒謬的統治；也譏諷自己的軟弱、畏葸、無奈的偷生樣態。這時候，文學作家提筆創作，就出現了諷喻性的作品，尤其是反諷性的作品。

「笠詩社」是戰後台灣最大的詩人團體，擁有數百個成員。他們因應於戰後台灣人的民心，寫出了大量的反諷的諷喻詩，拓深也拓寬了戰後台灣諷刺文學的道路，成了台灣諷刺文學的一塊最明顯的碑銘，任何人都不能小覷他們已經創造出來的成就。在本文裡，我們將對《笠》詩刊的詩人陳千武、李魁賢、鄭烱明這三個人的諷喻詩進行分析，用來觀察《笠》詩刊諷喻詩的一般傾向。我們並不認爲《笠》詩刊詩人中只有這三個人寫諷喻詩，事實上至少有十數位以上的《笠》詩刊詩人在諷喻詩有了可以誇口的成就，但是我們相信，列舉這三個人來說明，大概已經足夠看出一個輪廓。

《笠》詩刊的成員與「新即物主義」

《笠》詩刊創辦於一九六四年，本來，他們並不是專寫諷喻詩的團體，勿寧說他們和一般的台灣現代詩人並沒有太大的區別。他們之所以慢慢走上諷喻詩的寫作，和陳千武引進「新即物主義」這種寫詩的方法很有關係。「新即物主義」是德國希特勒當權以前的一個相當重要的文藝流派（原來是一個畫派），受到海德格存在主義思想影響，想要對抗破壞性太過強烈的表現主義文藝思潮，是在人心崩潰的一戰後企圖找尋一種建設性的文藝主義。因爲一戰後，德國有待從廢墟中復興，類似表現主義那種壞情緒的文藝，只強調反機械、反物質的觀念，可能會使社會物質文明倒退；因此，需要使文藝走回寫實的道路，使人們重新認識並重建眼前的現實。當然，就繪畫而言，「新即物主義」的寫實作品已經不可能像以前印象派畫出那種大幅的、注重外光的寫實作品，但是可以對客觀物做小幅的、精確的、立體的描繪，一樣能使作品到達極高的藝術成就。由於強調客觀，所以有人說這是「新客觀主義」，大畫家迪克斯（Dix）就是這一派的名畫家。這一派的文藝技法由畫界擴展到文學界，興起了德國的新文學思考，有許多小說家和詩人都加入這個流派。後來被村野四郎引進日本，在日本又成爲一種詩派。之後，陳千武等人再將它由日本引介到台灣的《笠》詩刊裡，成爲創作指南。《笠》詩刊曾這樣做了新即物主義的介紹：

> 「新即物主義（Neue Sachlichkeit）（德語）」原來係美術用語，用於機能性和目的性樣式美為目標的建築。在文學上排除人的歷史性、社會性，缺乏洞察的表現主義觀念和純主觀的傾向；而以即物性、客觀性極冷靜地描寫事物的本質，產生報導性頗強的作品。思想上立足於海德格或哈爾特曼的新存在論同一基盤上，占於一九二五年到一九三三年納粹政權為止的德國文壇主流。此一派的作家多係由表現主義轉變的。如《西線無戰事》的雷馬克或凱斯特納、赫爾曼、開史典，劇作家布列伊特、奇克邁雅、波爾夫等，都是此主義的代表作家。詩人有林克那慈《機上追憶》和前述凱斯特納《腰上的心臟》等。這一派的詩人們都抱持著懷疑和譏誚性，排除一切幻影而寫「實用詩」。社會上的報導能被列入文學作品，便是這一派的功績。但這一派的色彩，終因納粹主義的出現而被壓住了。在日本即有村野四郎於昭和初期，創辦「新即物主義文學」，並寫過「體操詩集」的實驗性作品。❶

我們整理這段文字，就會發現所謂的「新即物主義」詩有幾個特點：

註

❶ 見〈新即物主義〉，《笠》二三期（台北：笠詩社，一九六八年），頁二〇。

1.它是寫實文藝的一個支派，是小幅的寫實作品；

2.因為受海德格存在主義哲學的影響，它揭發人的生存困境；

3.也做新聞性的作品，講求實用；

4.由畫家迪克斯的作品看來，有許多是懷疑和譏誚性的作品，特別是對社會採取了諷刺的態度。

這一個流派引進台灣應該是《笠》創刊後不到幾年的事情，除了陳千武介紹的村野四郎的詩之外，錦連也翻譯了一些詩作，它的影響力迅速，差不多在一九六八年，新生代的詩人鄭烱明已經在《笠》詩刊轉變他個人的詩風，發表了新即物主義的詩作〈熨斗〉、〈石灰窯〉、〈蚊〉等作品，❷以後更蔓延到人人幾乎都寫過這種詩了。

新即物主義文藝思潮對歐美有什麼重要性呢？村野四郎曾經說：「在法國的超現實主義及同時在德國的新即物主義兩大流派，是代表二十世紀前半的詩思考的主流。」❸足見其重要性。

那麼在台灣它有什麼重要性呢？就像《笠》詩刊所說的：那就是糾正台灣現代派過於破壞性的一面，使正面的建設性突顯出來。尤其是平衡了《創世紀》詩刊超現實的、非理性的、破壞性的詩風，為台灣詩壇保存了明朗易懂的詩風，貢獻獨大。

不過，據我的看法，「新即物主義」流播到台灣以後，最大的成就是《笠》詩刊的詩人完全用它來表達台灣人集體的存在處境。它超乎了一般寫實的詩風，乃是走著一條「諷喻」（有時候《笠》詩刊的詩人也說是「暗喻」）的道路，將台灣被壓迫的政治現實夾帶在「新即物主義」詩中，諷喻了台灣人被統治、被壓榨、被剝削、被殺害、被凌遲……的種種存在困境，指出了台灣人無法自主自立，也想辦法要自立自主的這個事實。《笠》詩刊的新即物主義的詩基本上不是抒發單獨一個人胸懷的詩，而是諷喻台灣人集體存在命運的詩。這是《笠》詩刊最大的特色。

那麼，在台灣《笠》的詩人如何寫作諷喻台灣人生存處境的「新即物主義」詩呢？方法是這樣的：先觀察一個物象（比如說番薯），看它有什麼特色可以拿來和人的存在狀況做比較。你務必要認真觀察，直到你發現的特點越來越多（比如說番薯躲在土洞裡，被煎、被煮、被炸，從來都默不吭聲，它不會反抗，也沒有怨恨，很像是戒嚴時期台灣人的處境），你就將它寫出來。只要一心一意描述番薯，不必說你在寫台灣人，讀者在心領神會之時自然就知道你的真意。

底下，我們依次看看《笠》詩刊的詩人所寫的幾首諷喻詩。

陳千武的諷喻詩

陳千武的詩集裡，新即物主義的詩實在不少，有一大部分都在諷喻台灣人的生存困境。有一首叫做〈安全島〉的詩，❹發表於一九八五年的《笠》詩刊裡。這是一首感嘆到處都有車輛爭道，使得我們不得不躲在安全島避難的詩。詩的意思簡單明瞭，看起來不像是大詩人應該寫出來的詩。但是如果從諷喻的觀點來看卻辛辣無比，它告訴了我們：戰後台灣人面對了恐怖的政治統治，由於台灣的政治太亂、太無理可循，因此知道的人都寧願躲在安全島上，以策安全。原文如下：

在速度裡

註——

❷見陳明台：〈鄭烱明的詩〉，《笠》二三期（一九六八年），頁四四。
❸見陳明台：〈鄭烱明的詩〉，《笠》二三期（一九六八年），頁四四。
❹見陳千武：《陳千武詩全集（七）》，《台中：台中市文化局，二〇〇三年》，頁五五—五六。

互爭快慢的大小車輛
偶然會跳上島
惹出不可收拾的車禍
我們必須護衛
島的安全

爭先恐後的很多車輛
衝破大氣捲起風暴
摧殘了島上僅存的
綠葉變色了
我們必須養護
島的美景

我不是喜歡長久站在
安全島上看風景
但因川流不息的車輛
造成交通紊亂的淫海
使我久久不敢下來
使我久久不想走開

這首詩寫於一九八五年，因爲當時戒嚴尙未解除，美麗島事件又發生不久，對於陳千武那一代的老作家而言，壓力非常的大，唯恐在政治上惹禍，可能因爲如此而有這首詩作產生。所謂的「安全島」即是表明台灣人必須劃地自限出一個安全空間，和台灣的政治保持一種距離，以免惹禍上身。這首詩也讓我們窺見自二二八事件到美麗島事件以來，台灣人那種小心翼翼，唯恐政治禍害莫名其妙的加在自己身上的無形憂慮，準確地諷刺了台灣的政治現實。

■李魁賢的諷喻詩

李魁賢差不多從一九六六年十月後才寫新即物主義的詩，以前的十一年，他寫過浪漫主義、象徵主義、未來主義的詩。不過，自從寫新即物主義的詩後，像蘭花、梧桐、街道樹、百貨公司都成爲他小小的風景詩素材，很像小小的畫作，他共寫了三、四十年以上新即物主義的詩。不過，在他的所有新即物主義的詩中，還是以諷喻台灣人生存處境的詩最好，也最有趣。❺底下我們選出二首做介紹：

〈不會歌唱的鳥〉❻是寫時時刻刻面對著外境威脅的鳥，終於變成一隻不會啼叫的鳥。詩的文字看起來仍然平常無奇，但是被用來諷刺戒嚴底下的台灣人就會覺得很深沉，是表達「被害

註——

❺以上對李魁賢的概括，參見宋澤萊：〈從隱喻到明示〉，《台灣新文學》（台中：王世勛發行，一九九八年），頁二九三。

❻見李魁賢：《赤裸的薔薇》（高雄：三信，一九七六年），頁四六—四七。寫於一九六九年。

感」的詩，原文如下：

起先只是好奇
看鋼鐵矗立了基礎
接著大廈完成了
白天，窗口張著森冷的狼牙
夜裡，窗口舞著邪魔的銳爪
對著我們的巢

因為焦慮，聲帶漸漸僵硬了
有如空心的老樹
於是人類在盛傳
鳴禽是一種不會歌唱的鳥

詩中的鳥是用來暗喻台灣人的，雖然還住在樹上的巢裡，可是大廈一天天侵蝕了生存的空間，樹和巢何時要被鏟除無法預料。由於壓力實在太大，這隻鳥不敢發出聲音，本來善於啼叫的喉嚨竟因而痲木僵硬了，到最後無法出聲。「焦慮」則是這隻鳥的存在感受；外面森冷的生存環境暗喻在國府統治底下的「言論不自由」的環境。這首詩表達了台灣人那種對生存處境的「不安全感」、「被害感」是很明顯的。鳥本來是最善於啼叫的生物，如今被壓迫成完全不能啼叫的生物，世上再也沒有比這種狀況更諷刺了。

〈清晨一男子〉則是寫於一九七〇年。❼詩中描寫了一位在清晨被追趕到街頭的青年，和許多也被追逐到這裡的困獸處在一起；但是這些被逐的困獸不信任他，導致他又必須逃到另一個地方。如此淺白的詩在寫什麼呢？我認爲這是諷刺了台灣戰後政治壓迫的詩，寓意頗爲深遠，原文如下：

被夜晚的世界所追逐
逃到清晨的街道

倉皇走過無人的街
大小猙獰的困獸
也被驅逐到荒蕪的地帶來
弓背蟄伏著
形如緊閉危機的樓房
虎視著落荒逃過清晨的一男子

在不被信賴的世界裡

註

❼李魁賢：《赤裸的薔薇》，頁六七—六九。

不被信任生命的一男子
倉皇走過無人的街上

這位清晨倉皇走過街道的「男子」，暗喻台灣人，所謂「街道」即是生存的台灣處境，所謂的「大小猙獰的困獸」即是那些被驅逐出中國來到台灣的政治間諜、調查員、祕密警察。不是說這位男子有什麼過錯，而是說這些政治間諜、調查員、祕密警察不信任這位男子，因而導致這位男子必須快步離開街道。

明眼人一看就知這是用來隱喻白色恐怖的一首詩，恰切地諷刺了成千上萬的台灣人那種「被監視」、「被懷疑」的恐懼狀態。

鄭烱明的諷喻詩

如前已述，鄭烱明大約在一九六八年開始寫新即物主義的詩。他的新即物主義有時和陳千武一樣，致力於描寫台灣人的「不確定感」、「不安全感」，比如他有一首寫於一九七一年叫做〈涼爽的午後〉的詩，❽以雨後的一隻蝸牛來比喻台灣人，諷刺這隻蝸牛必須小心用探鬚窺探外在的環境，唯恐被人所害，將那種台灣人的不安全感發揮到了一個極致。另外，鄭烱明的許多詩有一種卡繆「異鄉人式」的存在洞察，諷喻所有台灣人的存在乃是一種「荒謬式的存在」。也即是存在者與其生存環境脫離了關聯，導致我們雖生活在自認熟悉的台灣故鄉裡，但事實上如今台灣的生活法則完全被殖民者改變了，我們不知不覺淪爲不識故鄉的「異鄉人」，我們的一舉一動都和政治的規定格格不入。更糟糕的是殖民者都知道我們的狼狽，我們的行爲因而成爲殖民者眼中的笑柄，但我們卻渾然不覺，這眞是極大的諷刺！

底下，我們介紹鄭烱明兩首帶著荒謬哲學性質的諷喻詩：

〈搖籃曲〉❾發表於一九六九年。在這首詩裡，主角是一位嬰兒，他是因爲搖籃的搖晃才睡不著覺，可是大人卻誤會他需要有人搖才肯睡，導致他哭得更大聲，而搖籃卻越搖越厲害。這首詩諷喻了存在體（嬰兒）和環境（母親）脫節了，互相不了解，在這種情況下，痛苦就發生了。這是一首典型的卡繆式荒謬主義的詩，原文如下：

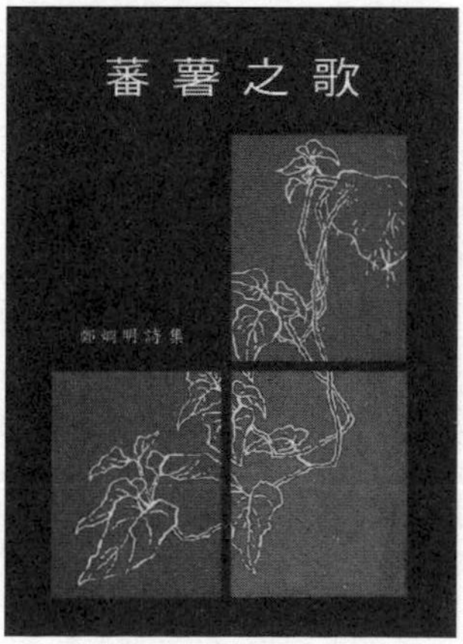

搖喲搖喲
慈祥的母親呢喃著
「睡吧，孩子
安靜睡吧」

註
❽見鄭烱明：《蕃薯之歌》（高雄：三信，一九八一年），頁一六—一七。
❾見鄭烱明：《蕃薯之歌》，頁四—五。

我的身體十分疲憊
但是躺在這個
動盪、不安、悲慘的世界
叫我怎睡得著

我放聲大哭
籃搖得越厲害
我越放聲大哭

搖喲搖喲
慈祥的母親呢喃著
「睡吧，孩子
安靜睡吧」

在這首詩裡頭，孩子因爲搖籃過分搖晃，使他難過而睡不著，因此這個孩子就放聲大哭，希望能阻止搖籃的搖晃；可是媽媽卻以爲小孩哭的原因是搖籃搖得不夠用力，因此，這個媽媽就大搖搖籃，結果使得孩子哭得更大聲。孩子在這裡被暗喻爲台灣人，母親被暗喻爲統治者的國府。「動盪、不安、悲慘的世界」當然是暗喻台灣被統治的客觀環境。這首詩暗喻了台灣人（孩子）和國府（母親）都無法懂得事情眞貌，他們用自己的「理解」來應對大環境，殊不知全然是一種

「誤解」，最後當然教整個事情越來越糟糕，這就是鄭烱明所諷刺的台灣戰後的荒謬狀況。

〈誤會〉❿發表於一九六九年，也是一首表現荒謬的存在狀態的諷喻詩。詩裡頭的藝人也許是個瘋子，他表演倒立的目的居然不在於顯示倒立技巧的高明，他眞正的想法是想舉起地球。在這裡，主角的企圖心和一般觀眾的看法不一致，產生了根本的誤解或衝突，構成了一種荒謬的諷刺畫面。原文如下：

那個藝人，滿身大汗
在熱鬧的廣場上
表演他的絕技

他靜靜立在那兒
突然，像隨風飄起的一片羽毛
停留在空中翻筋斗
然後落下兩手撐著地面
成為倒立姿勢
看著周圍驚訝的人群

註——

❿ 見鄭烱明：《蕃薯之歌》，頁二八—二九。

我以為他是在用另一個角度
來了解這個世界，然而
他的夥伴卻說：
他只是想試試他的力量
能否舉起地球罷了

詩裡頭的倒立者可以諷喻任何的存在者（當然可以包括所有的台灣人），他認爲他的倒立是爲了舉起地球（主觀的眞實）；但是別人卻很明白他的倒立只是一種體操表演（客觀的眞實），或者是尋找視覺的另一個角度，根本和舉不舉得起地球是毫無關係的。主觀和客觀形成一種衝突，相互脫離了，對於表演的這個人來說，整個表演的舞台及觀眾和他的自我認定是脫節的，但是他仍然繼續表演下去，荒謬劇一直延續下去，這是極大的諷刺。

以上這兩首詩所諷喻的台灣人的處境都非常深刻，等於是抓住了台灣最深的存在感覺。在動員戡亂和戒嚴情況下的台灣人活得非常諷刺，他的故鄉被外來者占領了，外來者帶來一套的法律，說你該怎麼做，又說哪些不該做。原來在日本時代你認爲可做的，現在不能做；原來不可以做的，現在居然可做。你和殖民者（外在環境）之間沒有默契，甚至你以前做的事情都會反身咬你，你卻不知道爲什麼，你自認是局內人，但是事實上你已經變成一個局外人，只是你渾然不覺罷了！在陳千武與葉石濤的一場有關鄭烱明《蕃薯之歌》的對話裡，葉石濤就領悟到〈誤會〉這首詩有卡夫卡小說的味道，⓫葉石濤的意思應該是說這首詩充滿了弱者的那種無奈的自嘲吧！

台灣諷喻詩時代的來臨與結束

一九五一年，加拿大籍的文學批評家弗萊在一篇叫做〈文學的若干原型〉的文章裡，提出了他的「文學的原型論」，⓬將原始社會的神話當成是文明社會文學的「原型」。他用「春（黎明）、夏（日正當中）、秋（日落）、冬（黑夜）」來區分神話發展的四個階段；同時說明了文明社會的文學史也必須歷經這四個階段的發展。換句話說，文明社會的傳奇文學就是春天階段出現的文類；喜劇、田園詩、牧歌就是夏天階段出現的原型文類；悲劇和輓歌就是秋天階段出現的原型文類；諷刺文學就是冬天階段出現的原型文類。一個神話史和文學史的過程乃是春→夏→秋→冬的演進過程；並且冬天結束時，又回到了春天，再度形成一個新的循環。我曾運用這個理論來說明台灣文學的發展過程，指出台灣文學三百年來的發展，已歷經了第一個完整的春→夏→秋→冬嬗遞過程。我曾這麼說：

按我的看法，台灣文學史共經過四次主流文類的轉變：在清朝的前期，台灣的文風是「傳奇」的。要了解這個傾向，只要閱讀郁永河的《裨海紀遊》、江日昇的《台灣外記》、朱仕玠的《小琉球漫誌》就會明白，即使是更早荷蘭時代《熱蘭遮城日誌》都應該歸屬於這一類的文學。英雄邁向了征途，沿途盡是奇崛的風光和不

註——

⓫ 見鄭炯明：《最後的戀歌》（台北：笠詩社，一九八六年），頁八七。
⓬ 見伍蠡甫、林驤華編著：《現代西方文論選》（台北：書林，一九九二年），頁三五三—三六〇。

可思議的海流，奇怪的禽獸和野蠻的人種埋伏在四周，但是英雄都能一一克服困難，達成任務，所經所歷不但使作者自己感到驚訝，我們讀者同感匪夷所思。歷史的春天正值來臨。

到了清朝中期時，進入了「田園文學」時代。差不多由鄭用錫、陳肇興這些本土詩人開始，一直延續到日人占領台灣時期。我們只要讀一下鄭用錫的〈新擬北郭園八景〉、林占梅的《潛園琴餘草》、陳肇興的〈到鹿津觀水路清醮普度八首〉、〈春田四詠〉、〈秋田四詠〉以及割日以前許南英的《窺園留草》，就能明白。詩文裡的主人翁正走向愛情、親情的懷抱，一派的美麗風光和悠閒生活。當然，偶而的戰亂還是會發生，但終究是雨過天晴。歷史的夏天正值來臨。

由割日開始，進入了以「悲劇」為主的文學時期。由丘逢甲、施士洁、許南英的舊詩創始，經過賴和、龍瑛宗、呂赫若的新文學，有名的文章，幾乎都是悲劇。丘逢甲的詩〈離台詩六首〉是悲劇；施士洁的〈台灣雜感和王蔀畇孝廉韻〉，悲劇；賴和的〈一秤桿仔〉短篇小說，悲劇；龍瑛宗的〈植有木瓜樹的小鎮〉短篇小說，悲劇；呂赫若的〈牛車〉短篇小說，悲劇。英雄打了敗仗，屈從於敵人，美景轉成衰敗，枯藤昏鴉棲息於西風之中，處處都有斷腸人。美好的過往逐漸逝去，即使還有太陽，內心依然秋風甚涼，除了眼淚之外，還是眼淚。歷史的秋天正值來臨。

二戰後，差不多由四〇年代的吳濁流的短篇小說〈波茨坦科長〉起，到了六〇、七〇年代蔚成大宗，一直延伸到世紀末，台灣的文學家是以「諷刺文學」為主流。我們注意到，和林宗源同期的台灣文學家，黃春明主要的文學就是諷刺的文學，〈溺死一隻老貓〉諷刺了一個為興建游泳池而自殺的鄉下老人；〈我愛瑪莉〉寫台灣人不如一隻洋狗。王禎和又寫了什麼？他的諷刺更厲害，〈嫁妝一牛車〉諷刺了以老婆換牛車的糗事；〈小林來台北〉諷刺了崇洋媚外的成群假洋鬼子的醜態。陳映真又如何？〈唐倩的喜劇〉不是用來諷刺學界無聊無能的知識人嗎？〈萬商帝君〉不是用來諷刺跨國公司的劣行嗎？另外有七等生，他的文學頗令人費解，因為充滿荒謬，而所謂的「荒謬文學」正是一種諷刺文學。就是自殺而死的施明正，他的最重要的短篇〈渴死者〉、〈喝尿者〉都是諷刺文學。尤其是林宗源所屬的《笠》詩刊這個團體（這個團體號稱台灣最大的詩團體），他們自從六〇年代就引進了「新即物主義」，並以這種主義為他們的招牌。這種詩風是寫實的，往往由一個單一的物象（比如說熨斗、蚊子、石灰窯、鳥、蝸牛、垃圾、毛巾、流浪狗……）起，開始做暗喻台灣的描繪；就像林宗源一樣以蕃薯喻人進行創作，當然使得「笠詩社」成為諷刺文學的大宗。如果要說《笠》詩刊的文風有什麼特別，那就是反諷了。此時，英雄死了，活著的人命運不如動物、礦物、植物，公理正義全數毀壞，霸道橫行，世界走向夜暗，大地一片渾沌。缺乏自主能力的作家除了用諷刺來提醒施暴者以外，已經無能為力了。歷史的冬天正值來臨。

上述就是我認為台灣文學的四個階段，剛好走完了一個循環。現在的年輕的一代又慢慢走入了一個「新傳奇」的階段。

的確，《笠》詩刊在戰後發展起來的諷刺文學中占有很重要的地位。由於團體裡的詩人的詩風是反諷性的，不容易引起壓迫者的緊張，因此，他們能夠安然度過政治的高度壓迫時期，加入的詩人越來越多，形成一股力量，能和戰後其他諷刺文學的小說家共同撐起諷刺文學的旗幟，成爲森然羅列的風景。從一九六四年一直延續到一九八七年，大概就是他們反諷詩的黃金時代。那些大批的諷刺詩，爲台灣人發出不能發出的心聲，貢獻不可謂不大。

不過，隨著一九八七年的解嚴，《笠》詩刊的反諷詩風慢慢褪色了。由於解嚴，政治不再是一個禁忌，「新即物主義」理論下的反諷詩相對之下顯得軟弱無力，許多的詩人只好改弦更張。事實上，早在美麗島事件發生後的八〇年代初期，鄭烱明已經慢慢停止「新即物主義」的詩作；而李敏勇所寫的政治抗議詩已經脫離了諷喻式的新即物範疇，和一般明朗易懂的詩並沒有兩樣。這都說明了越靠近二十一世紀，諷刺文學已經慢慢退潮，慢慢由新傳奇浪漫文學取而代之了。至於什麼是新傳奇浪漫文學呢？那就留待他篇再說了！

試論林雙不和王定國的譴責文學

——戰後諷刺文學的一種變形和遺緒

鄉土文學論戰與美麗島事件之後

加拿大籍的文學批評家諾斯洛普．弗萊（Northrop Frye，1912—1991）把諷刺文學分成兩種，即是「反諷」和「諷刺」，認爲這兩者存在著基本上的不同，他認爲：所謂的諷刺是一種激烈的反諷，諷刺者具有明確的道德標準，以之來確認什麼是古怪、荒謬的舉止，讀者也能站在諷刺者的立場，一起譴責對方。反諷則不是如此，所持的是非標準比較模糊，讀者甚至難以肯定諷刺者的立場；甚至讀者本人也不能肯定自己的立場。❶

考察弗萊的大概意思是說：反諷和諷刺本來同屬一種，但是因爲諷刺的強烈度有高低的差別，就自行區別開來了。當諷刺者所採取的是非標準比較模糊、立場比較軟弱的時候，它就是反諷；當諷刺者所採取的是非標準比較明確、立場比較強硬的時候，它就是諷刺。

註——❶見陳慧等譯；弗萊著：《批評的剖析》（天津：百花文藝，一九九八年），頁二七七—二七八。

就弗萊所做的區分來看，台灣戰後的文學，善於寫作反諷文學的人甚多，包括黃春明（〈蘋果的滋味〉）、〈我愛瑪莉〉）、王禎和（〈嫁妝一牛車〉、〈玫瑰玫瑰我愛妳〉）以及《笠》詩刊的作家陳千武、李魁賢、鄭炯明……，都是箇中好手；至於諷刺文學，則是吳濁流（〈波茨坦科長〉）、李喬（〈告密者〉）、鄭清文（〈三腳馬〉）……，這些作家比較傑出。

但是，假若說當諷刺者的是非標準都來到了一個極頂強烈、即將脫離諷刺文類的範疇時，那麼這種文學又是什麼呢？我想那就是譴責文學了。

然而，由於譴責文學是由諷刺文學演變而成，所以諷刺性仍然會存在於其文本中。諷刺性可以說是諷刺文學和譴責文學的共同元素。不過，由於諷刺者的語辭的嚴厲度高低不同，諷刺文學和譴責文學也會自動區別開來。按一般文學概論的看法，諷刺性的文學作品可以被分成反諷（irony）、諷刺（satire）、譏諷（sarcasm）三種。三種都說反話，但是各自有各自的特性。反諷比較間接，攻擊性比較弱，一些口頭的反諷可以算是挖苦（tongue in cheek），故意把褒說成貶，把貶說成褒，裡頭有一種機智。諷刺在文學上則比較普遍，大抵上是用來諷刺人類種種的愚昧、無知、罪惡，具有正面的教誨作用。譏諷則非常犀利，教人感受到彷彿被撕肉的那種痛苦，有殘酷性。❷一般性的諷刺文學大概就運行在反諷（irony）、諷刺（satire）這兩者的範圍內；但是譴責文學的諷刺性往往來到了譏諷（sarcasm）這個層次上，具有撕肉的那種殘酷性。

台灣在戰後七〇年代與八〇年代之交發生了兩個事件，對文學產生了重大的影響。一個是一九七七年發生於文壇本身的鄉土文學論戰，本來它可能演變成台灣作家的一場大悲劇（眾多的作家將被政府逮捕），不過，後來國民黨的政戰單位卻以不置可否的態度收場，❸使得鄉土文學站穩了腳步，取得了創作的正當性，鄉土文學一躍成為文壇創作的主流。吾人需知，當時所謂的鄉土文學其實是指整個的台灣本土文學，如果它遭到取締，必將造成本土文學的重大頓挫。另一個是發生於一九七九年年底的美麗島事件，這是一個純粹的政治彈壓事件，眾多的本土政治新秀都入獄了。這個事件本來也可能瓦解本土的文學，因爲逮捕的矛頭非常激烈地指向本土人士的政治結社（文學團體也算是一種軟性的政治結社）。不過，可能當權者已經窮於應付政治反對運動，就暫時性擱下對文壇的直接鎮壓；同時，眾多本土的文學家們受到了過大的刺激，也不願軟弱，他們開始嚴厲地詢問自己：「有那麼多的人被關在監牢裡，那麼監牢外的文學家到底在做什麼！」這時，一大群的新生代的作家改弦更張了，竟然擺出戰鬥姿態；他們發現台灣各方面人權的不足，開始提筆創作人權文學；即是拿起筆，在政治、經濟、社會、教育、兩性……，各方面揭露不法者的暴行，蔚成人權文學的奇觀。❹由於人權是一個普世的道德標準，除了極端無知的人以外，無人能非議它。因此，新生代的作家就站穩了他們的道德立場，態度變得非常強硬。雖然他們的文學還是帶著濃厚的諷刺性，但是慢慢地來到了諷刺性的最高峰，到最後，他們的諷刺文學變成一種「譏諷」，像撕肉一樣地恥笑著那些反人權、反道德的惡徒。結果造成黃春明、王禎和這些年齡稍長的作家不得不放棄模糊的反諷立場，開始寫作立場比較鮮明的諷刺文學。然而，新生一代的作家，還是超越了他們的前輩，將諷刺文學推向頂峰。他們在作品中直言不諱，和那些反人權、反道德的當權者形成正面對抗，無情地譏笑他們，甚至有人揚言不惜要打倒對方、推翻對方，他們所創作出來的文學就是譴責文學了！

註——

❷ 見張錯：《西洋文學術語手冊》（台北：書林，二〇〇五年），頁一四四—一四五。

❸ 見葉石濤：《台灣文學史綱》（高雄：春暉，一九八七年），頁一四八—一五〇。

❹ 見宋澤萊：〈人權文學小史〉，《誰怕宋澤萊？——人權文學論集》（台北：前衛，一九八六年），頁一一—二五。

從八〇年代、九〇年代一直延續到二十一世紀初期，政治和社會的譴責文學的風氣非常高張，產生了多不勝數的作家。林雙不、王定國、林文義、吳錦發、吳晟、陳芳明、王世勛、廖莫白、劉克襄、苦苓、李勤岸、林央敏、向陽、李敏勇、鄭炯明、李魁賢、李昂、洪素麗、呂秀蓮、施明正、陳雷、黃樹根、胡長松、陳金順、林沉默等等。如果再把七〇年代專寫教育界、漁業黑暗面的王拓以及描寫工廠工人遭到剝削實況的楊青矗也包括進來的話，隊伍就更加龐大，他們的作品形成了一個鋪天蓋地的巨網，籠罩半個文壇，作家群涵蓋了北京語和台語的陣營，大半都是戰後出生。

在這篇文章裡，我們就要談論台灣戰後這一波橫跨八〇年代、九〇年代到新世紀初期的譴責文學。我們先代表性的介紹林雙不、王定國這兩個作家，用來顯示這一波譴責文學的特性以及它們極重的力道；在文章之末，我們也會提到幾篇其他作家的作品，好讓讀者增加印象。

■林雙不的譴責文學

林雙不出生於一九五〇年。輔仁大學哲學碩士。曾擔任高中老師、大學教師、教育局長，在教育界的經歷極深，深懂教育界的黑幕。他的寫作時間非常的長，占據了他的半生，從國小五年級（一九六一年左右）就開始投稿，一直到二〇〇一年都還發表追憶亡父的詩作〈很近又很遠〉。❺四十年以上的創作，涵蓋了散文、小說、詩、論述各種文類，的確是一個文壇的長跑健將。因此，他的作品可以被分成許多階段。

有人將林雙不這麼長的寫作時間，分成「碧竹」和「林雙不」兩個時期，❻不失為一個簡明易懂的分法。「碧竹」這個筆名大約始於他一九六三年（十三歲）進入虎尾中學投稿寫作的時候，由於喜愛竹子的「中空有節」和「越高越低頭」的特性，所以使用了這個筆名。❼「林雙不」這個筆名則開始於一九八〇年（二十八歲），乃是受到「美麗島事件」以及「林義雄家血案」的影響而開始使用，其意義來自陶淵明的「縱浪大化中，不喜亦不懼」這個詩句。❽如果我們也使用這種分法，大抵可以區分成浪漫．田園文學類型的碧竹時代；以及悲劇．諷刺文學類型的林雙不時代，兩者判然有別。

在浪漫．田園文學類型的碧竹時代，他寫了許多的愛情、朋友、師生之間情感的作品，採用了抒情的風格，維持了一種溫和、舒緩的情緒，充滿了對於未來人生的期待和想像，像《雪峰半月》❾這本散文，描述了他和晴芳這個未來的妻子在雪峰山嶺之間旅行的所見所聞所感，情景交融，瀰漫著浪漫、幸福的氛圍，可算是他浪漫．田園文學的一個高峰。然而，由於碧竹出身於貧窮的農村家庭，自幼就飽嘗貧窮的滋味，使他很早就了解到現實的逼迫。碧竹的許多散文、小說也貼緊了困苦的生活做描述，雖然碧竹時期和鄉土文學的陣營沒有多大的關係，不過像他在

註

❺有關林雙不的這些事蹟參見康原編：〈林雙不寫作與時事對照年表〉，《歷史與現實的啄木鳥——林雙不作品評論》（台中：晨星，二〇〇八年），頁一八二—一八三。

❻見陳麗雅：〈從碧竹到林雙不〉，《歷史與現實的啄木鳥——林雙不作品評論》，頁一四—二三。

❼見毛蔚領：〈碧竹與晴芳——訪問《雪峰半月》的作者和他的未婚妻〉，《雪峰半月》（台北：前衛，一九八六年），頁一九九。

❽見林雙不：〈筆名兩題〉，《一盞明燈》（台北：九歌，一九八五年），頁二〇八。

❾見林雙不：《雪峰半月》（台北：水芙蓉，一九七五年）。

一九七六年左右所寫的散文〈那一跛一跛的人影〉，❿寫出了他的父親爲了他的學費到處問人借錢，到處碰壁的窘境，能教人覺得那才是眞正的鄉土文學，甚至有許多的篇章都可以算是「貧窮文學」的代表作。因此，雖然在碧竹時期，由於年輕，還沒有深度學養能對政治、經濟做深刻觀察，導致他自認「雖然看到了，卻看不清楚」；⓫但是他對農村經濟的困境仍然有極深的實際體驗。在越過了一九七九年的美麗島事件之後，來到了一九八〇年（二十八歲）的林雙不時代裡，他的學養足夠了，現實感更濃厚了；那些早年在農村的困頓體驗以及在教育界裡所見的不合理現象終於爆發開來，將他的文學一舉推向了譴責文學的高峰。

由一九八四年開始，林雙不連續出版了幾本小說，可說擲地有聲：一本是《筍農林金樹》、⓬一本是《大學女生莊南安》、⓭一本是《小喇叭手》、⓮一本是《決戰星期五》。⓯把台灣農業經濟、校園教育的反人權的黑暗面整個掀開了，在字裡行間，直接地或間接地批判、譴責那些不法之徒；有些小說甚至還不客氣地來到了譏諷怒罵的那種撕肉程度，教人不能不格外注目。

底下，我們略爲介紹幾篇有名的小說：

1.〈筍農林金樹〉

這篇短篇小說取材於台灣西部的農村，以蘆筍的種植和交易過程進行農業產銷問題的反映。故事的主角是一個筍農，名叫林金樹。他很努力的在沙土上種植，收成不是常常豐富，家裡有一個臥病的老妻。種植蘆筍是一個頗累的工作，必須能忍受火熱沙地和大太陽的燒烤。不過，期盼有好收成和老妻的醫藥費，使得這個老農忘記了勞苦，最後終於有一季不錯的收成。當他把蘆筍帶到農會的交易場來販賣時，農會以不合格（因爲標準很高）爲由拒收這些蘆筍；這時小販趁機介入剝削，想用低價買下這些蘆筍，林金樹終於在怒氣之下和小販大打出手。幾天後，他一口氣把剩餘的兩分蘆筍地犁成平地，他這一季的努力全部泡湯！這是一齣農村典型的諷刺劇，最教人震驚的是公家機構的農會居中牟利，在剝削中吃掉了農民三分之二的血汗錢。

2.〈大學女生莊南安〉

這篇短篇小說取材大學校園，敘述了大學女生揭發學校的工程弊案，導致被迫害的一個事件。在一次週會裡，校長在台上致詞，莊南安跑上講台，搶下了正在自我吹噓的校長的麥克風，叫嚷說：「告訴我們眞相，我們不要美麗的謊言！行政大樓的飛簷斷了，昨天，摔死了一個工人！」莊南安的呼聲有如一陣狂風，引起整個校園特務的驚慌。在週會完畢後，男教官、女教官一齊上場，用盡了一切的威脅逼誘，企圖把一個年輕的女孩推向莫須有的政治冤案深坑。他們先調查莊南安、約談莊南安、用管區警察來偵伺莊南安的家庭，而後，莊南安因爲受不了騷擾，幾乎要離開學校。在事件中，教官甚至

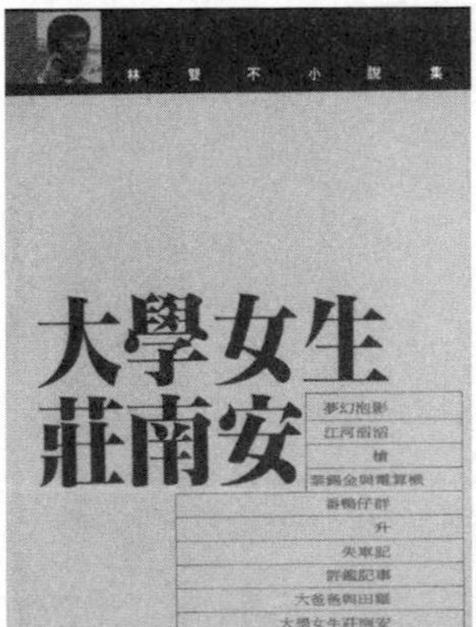

註

⑩見林雙不：〈那一跛一跛的人影〉，《星散》（台北：水芙蓉，一九七六年）。

⑪見林雙不：〈台灣種田人自序〉，《台灣種田人》（台北：水芙蓉，一九八三年），頁二—三。

⑫見林雙不：短篇小說集《筍農林金樹》（台北：前衛，一九八四年）。

⑬見林雙不：短篇小說集《大學女生莊南安》（台北：前衛，一九八五年）。

⑭見林雙不：短篇小說集《小喇叭手》（台北：前衛，一九八六年）。

⑮見林雙不：長篇小說《決戰星期五》（台北：前衛，一九八六年）。

哄騙女孩說：「不要太頑固，必要的時候，大義滅親！」當讀者讀到這裡時，就被震懾住了。

3.〈小喇叭手〉

這篇短篇小說敘述一所高工的校園壓迫事件。主角許宏義是樂隊的小喇叭手，這個高工在傳統上以演奏《丟丟銅仔》這首台灣民謠而有名，也是樂隊最拿手的絕活。在一個午後的儀式中，樂隊又奏起這首鄉土民謠，那種熱絡的、優美的、溫暖的樂聲擴散在整個校園中。忽然，新來的主任教官發飆了，由於認定了這首歌是「下流的、沒水準的」歌曲，他大聲制止這首歌的演奏，並動手打腫了許宏義的雙頰，搶下了許宏義的小喇叭狠狠摔在地上。這個可憐無辜的學生在不久後，發現了他被記一個大過，成了殺雞儆猴的對象。當許宏義把這件事告訴乃父，鄉下的這個父親找到了教官理論，由於語言上和看法上的不同，互罵一場，結果導致許宏義又被記了一個大過。當學校的學生替他抗議時，他又被記一個大過。在三大過之下，這個學生只好離開他就讀的心愛的學校。故事最聳動的情節是教官和老父的互罵，這位教官不斷用骯髒的語言痛罵台灣人，彰顯出最哀痛的省籍衝突，二二八的傷痕彷彿又破裂開來，汩汩地流出了鮮血。

4.《決戰星期五》

這篇長篇小說有兩個重要的塑造，一面是塑造了杏林高中校園反人權的掌權者的醜陋面貌；一面是塑造耿介不屈的有正義感的校園反抗者；形成了一個強而有力的小說兩元對立結構。前者的代表是校長彭吉高和訓導主任柳東北；後者的代表是國文老師林信介。小說以兩個事件展開敘述，一個是彭校長在早上發現了他的車子被刮（在第一章），從而展

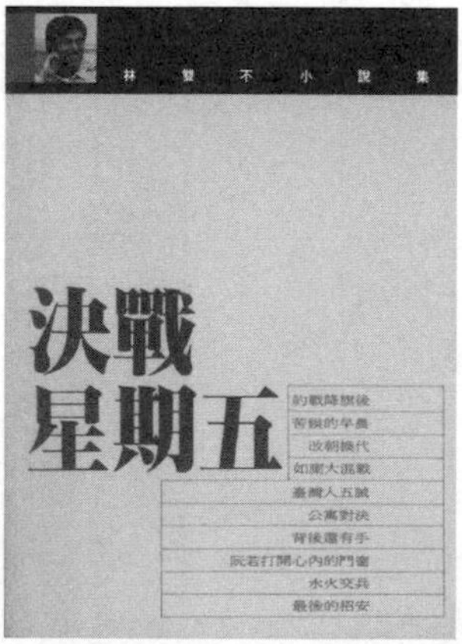

開了一天的調查；一個是柳主任一早在報紙上發現有記者報導杏林高中女廁不足的消息（在第二章），從而展開一天的校園爭執。在小說中，校長彭吉高是一個仗著政治勢力、自我膨脹、崇洋媚外的人，是一個具有買淫癖、特務個性的怪人。訓導主任則是一個龜龜鱉鱉、言行不一的小人，在朝會鼓勵學生勇敢念軍校以貢獻黨國，但是卻十分反對自己的兒子去報考軍校；他甚至能百般忍受各種屈辱，爲的是能繼續當個小小的主任。國文老師林信介批評了這兩個主管，說他們以學校敗亡爲己任，置學生生死於度外；自以爲什麼都會，覺得自己是天縱英明，至於別人的意見則是放屁，別人的腦袋裝的都是大便；然而要他們拿出辦法來，又拿不出來。這兩個主管在無能之下，爲了遏止反叛，當然採用了特務的統治，使用了戒嚴的管理方法和嚴厲的審問手段；並且在學校的「安全祕書」、「特工學生」的協助下，控制教師，壓制學生。於是學生成了兩眼呆滯的孩子，老師成了教書的機器人，學校一片死氣沉沉，毫無生機。還好，小說裡有林信介和幾個抗議的學生，尚能維持著一線希望於不墜。

在這本小說中，作者毫不避諱地指出這批主管階層都是高級外省人，也譴責這批外省人一向看不起本省人以及本省人所立足的鄉土的事實；同時也指出本省人想要當個高中校長，簡直比登天還難的可惡現象。⑯這本《決戰星期五》可以說爲七〇年代和八〇年代的高中校園狀況留下實錄，那時的高中校園的統治現象就是《決戰星期五》所描寫的那樣，林雙不絲毫沒有造謠。

上述林雙不這些譴責小說，都沒有離開諷刺文學的範圍。例如農民組成的農會卻反向剝削農

註——

⑯有關《決戰星期五》的重點內容請參閱田秋堇：〈為台灣留下覺醒的紀錄〉，收錄於康原編：《歷史與現實的啄木鳥——林雙不作品評論》，頁一三九—一四五。

民的利益、教人要奉守孝悌的教官卻反向勸莊南安要大義滅親、住在台灣那麼久的外省人教官卻罵本省人沒水準……，都是極大的諷刺。不過，林雙不的諷刺還是不同於黃春明和李喬那些前一代諷刺文學的好手。相較之下，林雙不的諷刺態度更激烈和更直接，讀者根本不假思索就知道作者的眞正意思。比如，在《決戰星期五》裡，一開始作者就大規模書寫了校長彭吉高上廁所的醜態，這個校長和他的大便演出一場激烈的攻防戰，直接醜化了這個人，彷彿這個人渾身帶著廁所糞便的味道，非要教這個人遺臭萬年不可。同時，在大張旗鼓書寫學校女廁不足所引起的是是非非之時，不斷用身體的排泄不良影射當時的國民黨統治狀況。林雙不的這種寫法使得評論家王德威說：「林（雙不）以充滿嘲謔的笑，而不是淚，批評一個新陳代謝有問題的政權。」[17]的確，王德威說對了，林雙不使用的不是反諷或一般的諷刺，而是嘲笑，也就是譏諷。那種譏諷是帶著撕肉一般的使對方痛苦的嘲笑，這往往是譴責小說的一個特性了。

然而，我們千萬不能忽視林雙不的小說技巧。比如在〈小喇叭手〉裡，他的文字顯得非常的細膩、輕快、靈活、有節奏。在最佳的段落裡，他如此描寫了小喇叭手許宏義的吹奏狀況：

秋陽在小喇叭上閃爍跳躍，透過刺目而浮動的陽光，許宏義看到前面的長笛，看到前面的黑管，看到更前面的提那沙克斯，然後是法國號，最後是白色手套。所有這一切，都反射出秋陽灼亮的光芒。在蒸騰的暑氣中，指揮的白手套愈看愈像兩片浮動的、透明的白桑葉……。指揮的左手握拳，放開，又握拳，又放開，然後沿著下巴左右擺動三次，最後伸直中指食指，做出V字形，重新降回胸前，依然在浮動的暑氣裡微微晃著。[18]

這種散文技巧，造成他的近距離寫實，變成一種精工性的描述，真是入木三分，栩栩動人，在台灣的小說家中實不多見。我們說，譴責小說爲了達到譴責的目的，有時可以容忍粗糙；然而林雙不仍然在小說裡保有他幾十年來散文的精細，不能不教人讚佩萬分了。

王定國的譴責文學

王定國出生於一九五四年，商校畢業，當過法院書記官、現任國唐建設公司老闆。⓳在法界和建築業的經驗，使他深懂司法界和建築界的黑幕，成爲日後他的譴責文學的素材。他的文學起步年代也很早，從一九七一年（十七歲）開始，他就開始發表短篇小說和散文，一直到二〇一三年（五十九歲）還發表中篇小說〈那麼熱，那麼冷〉，⓴在台灣文壇上也歷經了四十年以上的歲月，是一位文學的長跑好手。因此，他的文學創作也可以分成許多的段落。按照我的看法，王定國的創作至少可以劃分出五個階段：㉑

註——

⓱ 見王德威：〈國土論述與鄉土修辭〉，《如何現代，怎樣文學？》（台北：麥田，一九九八年），頁一七二—一七三。

⓲ 見林雙不：〈小喇叭手〉，《小喇叭手》，頁一七四。

⓳ 有關王定國早年的人生可參見王定國：〈王定國寫作年表〉，《細雨菊花天》（台北：采風，一九八二年），頁二六三—二六五。

⓴ 有關王定國創作一生，請參見宋澤萊編：〈王定國創作年譜〉，http://twnelclub.ning.com/profiles/blogs/3917868:BlogPost:31327

㉑ 有關王定國創作五階段，請參見宋澤萊編：〈王定國創作年譜〉。

一是浪漫．田野．山林的青春文學時期（一九七一－一九八二）：這時期的王定國努力將青春心境營造成文學意境，帶著極大的善意和美感在經營他的青春文學，既寫散文也寫小說；描寫大自然風光、注重美感、追求愛情、強調自我、謳歌成長……，是這一時期文學的最大特色，以一九七二年所發表的散文〈風樓的斷想〉和一九七四年發表的短篇小說〈愛是握手〉爲代表。

二是鄉土．社會寫實文學時期（一九八二－一九八四）：這時期的王定國創作了若干以鹿港或其他鄉間爲背景的小說和散文，故事具有趣味性；人物主角則往往是鄉間的小人物。文章充滿悲憫、溫暖、關懷，顯然是受到台灣鄉土文學的風潮而創作出來的文學作品。以一九八二年發表的短篇小說〈獎品〉和一九八三年發表的短篇小說〈壞東西〉爲代表。

三是譴責文學初期（一九八四－一九九二）：這時他寫了一些不法的人由於受到金錢、利益的誘惑，演出了種種不法的行爲，歸結來說，「社會」乃是罪惡的來源。小說雖不做直接的譏笑，但是已經隱藏了極強的譴責性。以一九八四年發表的短篇小說〈宣讀之日〉和一九八五年所發表的短篇小說〈台灣社會搶案〉爲代表。

四是譴責文學中期（一九九二－一九九六）：這是他最強烈的譴責文學時期，王定國親上火線，在報紙上用他的散文，極力批判、譴責、譏諷政商勾結以及政客肆虐下的台灣社會亂象。以一九九四年出版的散文集《企業家，沒有家》和一九九六年出版的散文集《憂國》爲代表。

五是譴責文學後期（一九九六－二〇一三）：這是弱勢的譴責時期。這時王定國已很少用他的文學做政治、社會面的譴責，他把注意力放在自一九八一年起就開始創作的病態家庭的小說上，譴責了台灣那些患有愛情、家庭無能症的男性，文章充滿男性不可思議的思想和行爲，彷彿一齣又一齣的家庭鬧劇。以二〇一三年的短篇小說〈那麼熱，那麼冷〉爲代表。

王定國的文學的確存在著許多階段性的不同。

在譴責文學這方面，不但有階段性的不同，而且有幾個不同的被譴責範圍。一是他對司法界黑暗面發出了譴責，側重在那些有力者運用法律迫害那些無力者的不公平現象上；二是對商業界黑暗面也發出譴責，特別側重在官商勾結的醜態、銀行惡意凍結企業借款、商場的爾虞我詐的現象上。三是對肆虐台灣的政黨、政客也發出了譴責，特別放在那些貪贓枉法、出賣台灣的高官、立委的瘋狂行爲上。除此之外，他當然也書寫大男人主義下的病態愛情、家庭關係，極力譴責了那些對愛情、家庭難以付出感情的荒唐現代台灣男人。底下我們介紹幾篇他在八〇、九〇年代以及二十一世紀初期所寫的傑出文學作品，讓我們認識一下裡面的內容及其力量：

1.〈宣讀之日〉㉒

這是發表於一九八四年的短篇小說，內容描寫一位五十歲的人在山溪自殺了，他生前事業有成，卻因爲太相信別人，提了一大筆錢投入別人的工廠，被坑，欠了大筆的債，失業。在外出謀職的過程中，看到公家機關許多浪費公帑的事情，心理不平而辭職。後來他對政治開始關心，在競選期間指責某議員把工程蓋壞，結果導致那位議員落選。議員一怒之下，上法院告他「侮辱罪」。他去找議員道歉，議員不理他。後來他只好用自殺來結束他的人生做爲抗議。這篇小說的譴責味道濃厚，被

註——㉒ 見王定國：〈宣讀之日〉，《宣讀之日》（台北：五千年，一九八五年），頁一五—四二。

譴責的就是我們政治、社會裡許多不法的人！

2.〈台灣社會搶案〉㉓

這是發表於一九八五年的短篇小說，作者以司法界的公務員們承辦一個凶殺案的過程來暴露台灣的凶殺搶劫案件多如牛毛，永遠沒有辦法辦完的事實，同時揭出了最深的原因。范警員感覺最近大家都很忙，一天之內在一條路巷裡就發現三具屍體，在三個月之內，他親自陪法醫去驗屍就有七、八次。杜檢察官則感到似乎大家都活得不耐煩了，尤其是現在的年輕人動不動就廝殺，很難理解。楊則之幹員爲了這個案件，和同事開會到夜晚十一點還沒有休息；然後又接到一個殺人案件，說是大隱寺的法見大師被竊賊殺害了；他趕到現場，就看到血泊中的法見大師用沾血的指頭寫出了兩個字：社會。

3.《企業家，沒有家》㉔

這本散文寫於一九九二年，乃是受《自立晚報》副刊編輯林文義的邀請，由八月開始爲副刊撰寫的一系列叫做「商戰紀事」的散文。內容在於分析、譴責他所見到的、聽聞到的當前社會、政治、商界的怪現狀。這些散文的書寫是他最激烈的譴責文學時期，直接暴露或譴責社會、政治的方方面面。

他指出了台灣政商所面對的四個嚴重問題：一是商人一個個離開台灣，因爲台灣是政客的天堂國度，不屬於商家；二是六年國建惡搞工程標案，大筆的錢餵飽了國會立委，貪贓枉法；三是許多商人搶到中國，向著中共朝貢，怕卡不到好位置，導致台灣資金外流，產業空洞；四是有些愛國商人

想根留台灣，卻怕財政部的反商情結，用各種政策打擊商人，時時課捐巨稅。這四個問題概括了這本書所要譴責的基本問題，貫串全書。

王定國大聲疾呼：台灣的人心麻木渙散，與韓國人心的上下一致團結剛好相反；台灣政爭不斷、貪汙頻傳，國家將亡；台灣人沒有成爲一個國家的意志，國不成國；台灣人在富裕後沒有學會認識正義、眞理，只見物欲橫流，苟且偷安；台灣的官家懶惰、商家勾結政府、宗教人士虛僞；土改政策有利兩岸勾結，重傷建築業；台灣人民沒水準，讓國民黨繼續作惡，是亡國之民……。王定國不斷譴責這些亂象，眼光精準，毫不避諱。

4.〈沙戲〉㉕

這是二〇〇四年發表的短篇小說，是商場小說，譴責了銀行不守信用，亂斷建商銀根的敗蹟劣行。內容敘述一個叫做阿青的中年建商，他一向是中規中矩的生意人，向銀行的借貸按期繳納，下游廠商應該拿的期款也從未拖延。不幸，台灣的九二一大地震發生了，當時他的一棟台中十八層商場大樓只蓋完地下五樓，工程無法停下來，繼續朝著十八層蓋。不過，九二一後，退屋的客人一時增加起來，預收的房地款明顯減少。他終於遇到退票了，解決了一張，又來一張，情況惡劣。但是這並不要緊，因爲建商和銀行之間一向簽有協議，在緊急時，銀行會借給建商周轉金，隨時都可以周轉到兩、三億，靠著周轉金，建商就可以渡過難關。不過，這時的建商逃跑的人很多，銀行害怕被倒債太多，對建商小心翼翼起來。有一個銀行的人渣在報告書中把他寫得一

註

㉓見王定國：〈宣讀之日〉，《宣讀之日》，頁一〇三—一三〇。

㉔見王定國：《企業家，沒有家》（台北：月旦，一九九四年）。

㉕見王定國：〈沙戲〉，《沙戲》（台北：聯合文學，二〇〇四年），頁六五—九七。

文不值，將他列爲倒債的危險人物，導致他的周轉金被銀行凍結。因此，他沒有渡過難關，大樓還沒蓋完整，就宣布停建，他失敗了，等著別人拍賣他的建物。失敗後，他在台北租了小房子，太太賣鳳梨牛奶爲生，一天過一天，想不出應該要如何才能東山再起。

5.〈那麼熱，那麼冷〉㉖

這個中篇小說發表於二〇一三年。書寫了祖孫三代的「異行」，譴責夫不成夫的一個台灣荒唐家庭。首先是祖父、祖母這一組：祖父叫做蔡恭晚，已經六、七十歲，妻子歐陽晴美。二十幾年前，蔡恭晚開文具店爲生，生意慘澹，只好兼賣六合彩明牌，漸有起色，後來受人慫恿，居然當起組頭。有一次，他迷信一個八的數字，大肆簽賭，結果破產。爲了逃避債務，他只好離家流浪四方。二十年後，他接受兒子的請求，來到事業有成的兒子的家住，又和自己的妻子重逢住在一起。當初，他離家時，妻子對他還頗有感情，哪知道如今回來，夫妻兩個人彼此不合，每天對峙地生活於兒子的家中。剛開始夫妻怒目相向，半年以後，摸出了相處之道，那就是彼此默默無語。妻子整天念經，住三樓，煮了飯自己吃不給他吃，逃避他，不和他同房。丈夫則睡二樓，平常在家裡或院子東走走西走走。總之，一對老夫妻毫無交集。

再談兒子、兒媳婦這一組：兒子蔡紫式，他企業有成，很有野心，且充滿心機。這次因爲電視節目要拍他的家庭情況，他立即央求離家二十年的父親回來，在電視公司的攝影機前佯裝三代同堂，美滿幸福。蔡紫式對性有奇怪的癖好，在他專屬的房間、餐廳、客廳、走道掛滿裸女照，平常和許多女人荒唐地性愛、瞎鬧。他的妻子叫做蔡瑟芬，已經不和他睡同一個房間，一個人住在樓上，有一個安靜的房間，平常培養一些插花技巧。當蔡紫式有性的必要時，會突然來到樓上，用急躁而變態的方式「強暴」她。平常他對同業的人很有敵意，絕不同情別人，努力想要打敗別人。回想他們還沒結婚時，蔡紫式開一家廣告行，騎一輛野狼機車四處去接房產廣告；蔡瑟芬則是美工科畢業的高材生，前來應徵當職員。兩個人窩在小店裡，渡過沒有展望的三年生活。兩人後來卻突然舉辦簡單的儀式結婚了。日後，蔡紫式發跡成爲企業家，整天追求殲滅敵人的快樂，出去找尋狂醉。另有一個蔡紫式對妻子冷淡的原因，是在當兵時，他被一個女孩子拋棄，在自殺不成之後，依然一直想念她，以致於成爲一個心裡再無空間容納妻子的人。有一天，蔡瑟芬決定要離開她的丈夫，去外面尋找另一個男人談戀愛，但是後來省悟到這種做法不聰明，就打消離婚念頭，她回來繼續和冷淡的丈夫住在一起，仍然對峙下去。因爲她領悟到了一個眞理：不快樂並不會痛苦！反而是蔡紫式的快樂才是表面的。這個家庭兩代人夫妻間的貌合神離非常嚴重，事實上已經是一個沒有愛情的家庭，終於使得孫子阿默這個小孩子變得鬱鬱寡歡，後來和一個小女生離家出走，引來一場緊張。

上述王定國的譴責文學當然帶著一種義憤，然而大抵都沒有離開譏諷的範圍。比如揭發公共工程弊案，本來就是天經地義的國民義舉，最後揭發的人卻被逼自殺了，當然是一種對社會的憤怒嘲笑；一個法警一天之內居然能在一條路巷裡就發現三具屍體，則是對台灣社會所發出的恐怖嘲笑；直指台灣人沒有成立一個國家的意志，國不成國；台灣人民沒水準，讓國民黨繼續作惡，是亡國之民，則是痛心的嘲笑；直接罵那些亂斷企業商人銀根的銀行專員爲「人渣」，則是教人痛快淋漓的嘲笑；至於寫到變態的丈夫需要用「強暴」的方式，才能作愛，尤其是「駭人聽聞」

註——
㉖ 見王定國：〈那麼熱，那麼冷〉，《那麼熱，那麼冷》（台北：印刻，二〇一三年），頁一六五—二五三。

的嘲笑了。這些譴責文學，都像撕肉一樣，能夠教關心台灣社會的人感到鮮血直流的痛楚，然而我們卻不敢反駁這些譴責，只能默然接受，因爲這些都是事實。

然而，假若因爲如此，就認爲王定國的文學可能會落入粗糙，則是一種錯誤的認知。王定國的文學自從他開始寫浪漫散文以來，就是一種精工的文學。他的小說的結構巧妙、文字細膩，在台灣作家中並不多見。尤其是來到了二十一世紀，他彷彿更注重技巧、文字的重要性。比如說發表於二〇一三年的另一個短篇小說〈苦花〉，在技巧上堪稱無懈可擊，在最好的段落，出現了他所描寫的一個善良的山間民宿女老闆的美麗體態：

阿麗並不是從開始就把手護在胸口的睡衣斜襟上，那開低的薄衫隨著走動間的搖晃，有時真像晚春初萌的葉芽在風中飄搖，空氣中不斷有風吹動，一會兒掀出她抖抖散散彷彿睨著人看的乳房，一會兒扯開她頸項下的繫口，滑出一片雨後初筍剛剛剝殼般的白晰背肌……。㉗

王定國的這種細膩美麗的文字，能媲美他二十歲左右的那些優美散文，只是二十歲左右是寫山林景色，如今是書寫女體。這種文字是這個醜陋可惡的世界中，唯一無害而令人感到安慰的瞬間顯像，是腐敗可惡的台灣社會唯一有價值的東西。王定國的文學說明了譴責文學並非就是沒有美感的文學！

■諷刺文學與譴責文學的特殊關係

文豪魯迅曾在他的《中國小說史略》㉘裡提到大清帝國晚年譴責小說產生的原因，也對這些小說作出了評論。他如是說：

> 光緒庚子（一九〇〇）後，譴責小說之出特盛。蓋自嘉慶以來，雖屢平內亂（白蓮教、太平天國、捻、回），亦屢挫於外敵（英、法、日本），細民闇昧，尚啜茗聽平逆武功，有識者則已翻然思改革。憑敵愾之心，呼維新與愛國，而于「富強」由致意焉。戊戌變政既不成，越二年及庚子歲而有義和團之變，群乃知政府不足與圖治，頓有掊擊之意矣。其在小說，則揭發伏藏，顯其弊惡；而于時政，嚴加糾彈，或更擴充，并及風俗。雖命意在于匡世，似與諷刺小說同倫，而辭氣浮露，筆無藏鋒，甚且過甚其辭，以合時人嗜好，則其肚量技術之相差亦遠矣，故別之為譴責小說。其作者，則南亭亭長與我佛山人名最著。㉙

【譯】清光緒庚子年（一九〇〇年）以後，譴責小說的創作很興盛。其原因大概是從嘉慶皇帝以來，雖然屢次平定內亂（白蓮教之亂、太平天國之亂、捻亂、回亂），卻屢次被外敵（英國、法國、日本）打敗。當時民間的小百姓處在無知的狀況中，還一面喝茶一面聽著朝廷平定叛

註——

㉗ 見王定國：短篇小說〈苦花〉，《沙戲》，頁九九—一一二。

㉘ 見魯迅：《中國小說史略》，收錄於《魯迅小說史論文集》（台北：里仁書局，二〇〇六年），頁一—二七三。

㉙ 見魯迅：〈清末之譴責小說〉，《中國小說史略》，《魯迅小說史論文集》，頁二六一—二七二。

亂的軍事武功；然而，有見識的人早就反轉思維，想要從事改革了。這些想改革的人，憑藉著與大眾同仇敵愾的心，開始呼籲維新和愛國行動，對於「如何使國家富強」這件事尤其注意。等到「戊戌變法」運動失敗後，過了兩年，又來了一個「義和團事變」，朝廷賠錢無數、喪權辱國。眾多的人知道朝廷沒有辦法發奮圖強，忽然間就產生了想抨擊朝政的意圖。在小說家這方面，就開始揭發社會隱藏的黑暗面，顯發弊端；對於當時的政局，則嚴厲地批判，或者更加擴大範圍，深入批評了不合適的風俗習慣。這些小說，雖然本意是匡世濟時，和以前諷刺小說家所寫的諷刺小說同類，但是這些小說的語意比較浮躁外露，語辭犀利毫不保留，甚至言過其實，爲的是迎合當時讀者的不滿情緒，這麼一來這些小說家就顯得肚量不夠寬大、技術不夠高明，和以前的諷刺小說相差得很遠了，所以我就替這些小說取了「譴責小說」這個新名詞。這些小說家中，以南亭亭長（李寶嘉）和我佛山人（吳沃堯）最有名。

魯迅上述的這一段話點出了幾個重點：

1. 「譴責小說」這個專有名詞是他所造的。
2. 譴責小說是受到政治改革失敗後產生的，意在抨擊政治，揭發社會黑暗面，甚至及於不合時宜的風俗習慣。
3. 譴責小說和諷刺小說本屬同類，只是語意比較外露，某些譴責小說作者的胸襟比較狹小、小說技巧比較拙劣。

魯迅的這些說法都是事實；不過我們要注意到第三點，魯迅說譴責小說的技巧比較拙劣，這一點有商量餘地。按魯迅的看法，諷刺小說可以用《儒林外史》爲代表，譴責小說可以用《官場現形記》、《二十年目睹之怪現狀》、《老殘遊記》、《孽海花》爲代表。《儒林外史》的作者比較有胸襟（抨擊比較不激烈）、語意比較隱藏，這是事實，但是小說技巧是否比較高明就見仁見智了。比如說《儒林外史》和《老殘遊記》對外境的描寫，常使用白描的技法；然而，我看不出來《儒林外史》的白描技法能贏過《老殘遊記》多少；又比如說以文字的美感（精細、優美）來說，《儒林外史》其實不如《孽海花》許多。

台灣的諷刺小說與譴責小說的差別顯然也可以這麼來看。

※

台灣的譴責文學，還有許多有名的篇章，諸如王世勛出版於一九八六年幾乎得到百萬台幣獎金的有名長篇小說《森林》，❸⓪書寫了中部不法建商濫墾濫建破壞水土的醜陋嘴臉和可笑的行徑，文章的譏諷在當時的文學標準裡屬於強烈，是一本譴責小說。吳錦發在一九八四年所發表的短篇小說〈叛國〉❸①和一九八五年發表的短篇小說〈消失的男性〉，❸②在當時也頗引人注目。像〈消失的男性〉諷刺了台灣文學人在美麗島事件之後的逃避政治的可笑行爲，簡直和動物爲了減輕體重逃避災難，自願放棄「囊葩」一樣可笑；同時譴責了台灣的軍管政策足以使人產生嚴重精神疾病，皆可算是「辭氣浮露，筆無藏鋒」，卻不乏趣味，謂之譴責小說是恰如其分。來到了

註——

❸⓪ 見王世勛：《森林》（台北：自立晚報，一九八六年）。

❸① 見施淑、高天生主編：《吳錦發集》（台北：前衛，一九九五年），頁一六九—一九八。

❸② 見施淑、高天生主編：《吳錦發集》，頁二四七—二七九。

二十一世紀，傑出的譴責文學仍然不曾中斷，底下我們謄錄詩人吳晟近年所寫的一首反國光石化的詩叫做〈煙囪王國〉，㉝做爲文章的結束，這首詩陳述台灣瘋狂的工業化政策對於環境土地極其可怕的破壞，那些無感政客、石化商人必須負最大責任；全詩譏諷和譴責並行，散發出極強的力道：

〈煙囪王國〉

大煙囪串連小煙囪，縱橫交錯
形成集團，先密布暗管
丈量土地、丈量水
丈量人的私慾有多深

台面下四處鑽營、疏通
拓展地盤，同時往空中
燃放煙火，一次比一次盛大
一次比一次變幻莫測
宣告GDBR、經濟產值、就業機會
承諾回饋金、地方建設、汙染控制等等等
炫目的預估數字

虛幻煙火掩護中
大煙囪集團
遊說、收買、賄賂、施壓、恐嚇
撐起發展的大旗
揮舞成時代潮流
呼嘯著繁榮啊繁榮

為了迎接煙火般的繁榮
動員鄉親、請出神明
陣頭車隊、敲鑼打鼓做大戲
與高采烈歡迎大煙囪小煙囪
進駐貧瘠的農鄉
帶來文明，帶來黑煙
帶來進步，帶來毒物

名為石化的煙囪王國
理直氣壯取得了據點

註——

㉝ 收錄於吳晟、吳明益主編：《溼地‧石化‧島嶼想像》（台北：有鹿文化，二〇一一年）。

在林園、在後勁、在麥寮
大煙囪聳立，直指天際
成為一座一座魔幻城堡的支柱
小煙囪林立，恰像
權勢帝國、豪門家族前的守衛
熊熊烈焰展開全天候的燃燒

從此停不了的蒸餾、裂解、煉製、粹取
停不了的甲苯、乙烯、丙烷、丁醇
停不了的重金屬，滲透地表水層
停不了的揮發物，潛伏於空氣中
而風會吹，雲會飛
雨降落大地流竄、沒有界線
海水也會倒灌、宣洩憤怒
石化惡靈肆無忌憚四處遊走
撲殺魚、撲殺蝦、撲殺蚵蛤和雞鴨
挨家挨戶吞噬掉平靜與希望
家長們！請幫孩童戴好口罩

農民們！失去耕地
可以擠入煙囪內工作
無魚可捕的漁民
領取些微施捨補償吧
在驚惶、恐懼、沉默中
用力呼吸惡臭的空氣
偶爾氣憤難耐
聲嘶力竭的要求公道
但能要求到什麼呢

煙囪王國一地又一地
盤踞島嶼西海岸
再也趕不走
不遠處竟然又傳來
繁榮的旗幟與口號
連同數據謊言，相同的戲碼
準備進占下一個河口
被鎖定的濁水溪口

島嶼最後僅存的泥灘濕地
鹹鹹吹拂的海風中
有一種聲音，悲切的吶喊
拒絕呀！拒絕煙囪集團
聯手滅絕我們

第六章

新傳奇浪漫文學時代

評陳雷的台語長篇小說《鄉史補記》❶

——並論當前台灣「新傳奇浪漫文學」的三個支派

■當前新傳奇浪漫文學的三個面向

我曾說，越過了西元二〇〇〇年，台灣的文學潮流已經由諷刺文學轉向了「新傳奇浪漫文學」的方向而走了。截至目前，有三個支派特別引人注目：

首先是政治文學的這個支派：所謂的政治文學，從狹義來看就是描寫政府或政治運動者所作所爲的文學；廣義來說就是描寫社會政治以及民生經濟狀況的文學。從日治時代開始，由於台灣人失去了政治的自主權，變成異族的奴隸，人權蕩然無存，作家因此提筆創作了無數的政治文學，在激動中，希望爭取台灣人一點點的自由、財產、平等權，因此這一路的文學就顯得非常蓬勃。西元二〇〇〇年後，這一路的文學繼續不斷，仍然顯得很有力；不過，性質已經不同。原來，從日治時代開始，歷經戰後五十年，政治文學多半記錄、陳述台灣人在政治上的挫敗、困難，作品的文類如果不是屬於悲劇就是諷刺，像楊逵的小說〈送報伕〉、❷吳濁流的小說《亞細亞的孤兒》、❸王拓的小說〈望君早歸〉❹都是相當典型的作品。不過，越過了西元二〇〇〇年，雖然政治文學作家爲台灣人爭取自由與平等的目的不變，但是已經不是書寫一些失敗的內容，而是傳達、釋放一種勝利的訊息。作家開始會回憶、數算台灣人在民主上所得到的成就，並且把它記錄下來，教後來的人永遠不忘記它，像楊青矗所寫的巨大的千頁小說《美麗島進行曲》❺就是一個典範，估計將來還有更多傳達民主勝利的文學將要產生。簡言之，台灣人正企圖掌控自己的命運。我們注意到，清治前期郁永河、藍鼎元、楊廷理……，所開創的那段老傳奇浪漫文學，多半都是「政治文學」，他們釋放的訊息正是勝利的訊息。

其次是魔幻寫實文學的這個支派：所謂的魔幻寫實主義的文學當然是舶來品，受到拉美作家的啓發尤深。在二〇〇〇年以前由年紀稍大的張大春、林燿德、李昂、吳錦發……，這些作家領軍從事創作，而且已經寫出了一些成就。照理說，這個文學潮流早已經在拉美衰落了，應該很難在台灣繼續下去。但是，非常意外，台灣的更年輕一代的作家，包括吳明益、甘耀明、胡長松、張耀升、許榮哲……。在二〇〇〇年之後，繼續了這個支派的創作，而且越寫越盛，大有不教這一路文學停止的現象。從寫作的內容來看，年輕一代的魔幻寫實主義文學更重視地域性，他們把寫作的背景限定在一個規模更小也更精緻的地理區內，才進行他們的創作。比如說，吳明益就以

註——

❶ 見陳雷：《鄉史補記》（台南：開朗，二〇〇八年）。
❷ 見鍾肇政、葉石濤主編；楊逵等著：《送報伕》（台北：遠景，一九九七年）。
❸ 見吳濁流：《亞細亞的孤兒》（台北：草根，一九九五年）。
❹ 見王拓：《望君早歸》（台北：九歌，二〇〇一年）。
❺ 見楊青矗：《美麗島進行曲》（台北：敦理，二〇〇九年）。

他成長的台北西門町爲背景，寫了《天橋上的魔術師》❻這本小說；甘耀明以苗栗山區爲背景，寫了《殺鬼》❼這本長篇小說；胡長松則以屏東林邊一帶的村莊爲背景，寫了《大港嘴》❽這本長篇小說。故事的情節往往顯得稀奇古怪，所寫的地區外觀都溢出了現實的眞貌，變得十分夢幻奇特。我們注意到，這些年輕的作家似乎在作品中先陌生化他的故鄉（也就是陌生化故事發生的空間），然後才創造出不可思議的情節。作家爲什麼要陌生化他所熟悉故鄉呢？這裡頭已經顯示了年輕作家對當前台灣故鄉的那種難言的、奇怪的感覺。簡言之，越過了西元二〇〇〇年，台灣越來越捲入複雜的全球化處境，所遇到的挑戰越來越嚴厲，使得台灣變得難以理解。作家雖然生活在台灣，卻像是置身在一艘航向陌生海域的船隻上，越來越難以理解自己的周遭環境，甚至覺得周遭充滿詭譎和險巇。在這個情況下，他們很自然地就寫出了魔幻寫實主義的作品。我們不要忘記，清治前期郁永河、孫元衡、朱仕玠……，所開創的那段老傳奇浪漫文學，由於他們對台灣的環境無法完全理解，甚至認爲台灣是一個毒水橫流的蠻荒之地，導致他們的作品裡出現大量魔幻寫實的故事和視景，像極了今日拉美的魔幻寫實主義文學，如今的文學正面臨相似的處境。

再其次就是逐漸盛行的「西拉雅書寫」這個支派了。所謂的「西拉雅書寫」是一種狹義的說法，廣義來說就是「平埔族的書寫」。也即是在傳統的台灣文學裡，不斷有作家書寫了平埔族的生活、習慣、面貌。比如說，在清治前期的郁永河、孫元衡、黃叔璥的作品裡就出現了大量有關平埔族的描寫，之後的每個時代，有關平埔族的書寫就不曾間斷。戰後，這種書寫仍然延續下來。尤其自從八〇年代的原住民運動興起之後，台灣人也坦承自己的血液裡有平埔族的成分，許多作家開始發現自家的族譜裡有平埔族血親，於是調轉筆尖書寫起平埔族的歷史和文化，慢慢成爲一個大潮。在台語文學的作家裡，平埔族的書寫尤其普遍，公開承認自己是平埔族後代的人不在少數，比如羊子喬、方耀乾、王麗華……，都不再說自己是純粹的漢人，而寧願說自己是平埔族的一員了。這種醒覺是很教人震驚的，據我們所知，儘管戰前有許多作家書寫了平埔族，但是很少作家願意承認他們有平埔族血統，他們仍然自認爲漢人。像楊逵這個作家的出生地相當靠近台南玉井一帶，乃是西拉雅族的故鄉，由他的面相看來，亦極像是平埔族，但是他從來沒有提過自己有平埔族的血統。出生在北彰化貓霧捒族故鄉（半線社）的賴和，也難保不混入平埔族的血液，但是也不曾聽說賴和對自己的血統發出一些些懷疑。現在則完全不一樣，由於作家學會了懷疑自己的血統成分，所寫出來的台灣的歷史、文化就不再是那麼淺薄和無知，可以說和日治時代的作家完全不同，文學在不知不覺中就轉變了。簡言之，「台灣人」這個人種在當前的作家眼中是一個新的種族，逼得作家必須重新探討自己的來源，甚至改變自己的認同。在這個情況下，作家的文學就轉變成一齣新傳奇浪漫劇。我們不要忘記，在清治前期，郁永河、孫元衡、黃叔璥……的文學裡，對「台灣人」也充滿了陌生和不解，那些陌生和不解就是他們創造老傳奇浪漫文學的基礎。

估計這三個支派的文學，在未來的台灣文學裡將會繼續下去，使得二十一世紀初期的文學產生更絢麗和更不可思議的傳奇文學。

註——

❻ 見吳明益：《天橋上的魔術師》（台北：遠足，二〇一一年）。
❼ 見甘耀明：《殺鬼》（台北：寶瓶，二〇〇九年）。
❽ 見胡長松：《大港嘴》（高雄：台文戰線，二〇一〇年）。

西拉雅書寫與陳雷

如前所述，我們已經談到了當前的傳奇文學的三個支派，也提到前二個支派的若干代表作家。至於平埔族書寫（或西拉雅書寫）的代表作家數量亦不少，包括王家祥、葉石濤、胡長松、陳金順、方耀乾等等都甚佳，也寫出了極重要的作品。不過，我認爲陳雷在二〇〇八年所出版的長篇小說《鄉史補記》則是最重要的作品，已經爲平埔族的書寫豎立了一面大旗，任何想要了解「台灣人」眞面目的人都應該翻一翻這本小說。

這本名爲《鄉史補記》的長篇小說，全篇都用台文書寫。起筆於西元二〇〇〇年以前，剛開始只是短篇，後來篇幅一再擴增，本來大概只有〈東史補記〉這部分，後來擴增了〈西史補記〉這部分，明顯地是把兩部西拉雅的故事有機的連結成一個完整的大長篇，字數約有二十三萬字之多，在二〇〇八年終於由開朗出版社出版了全書。它所蘊藏的多面價值和特點，已經慢慢被研究者發掘出來。

由於這本小說相當巨大，我們沒有辦法通通介紹，因此，我們特別濃縮《鄉史補記》裡兩個主角（一位〈西史補記〉的主角；另一位是〈東史補記〉的主角）的故事於下。雖然這兩人不過只是幾十個眾多人物中的二個，但是藉著這二個要角的故事，我們或許能窺見這本小說的輪廓。在濃縮二位主角的故事之前，我們先看一看作者的簡單年譜。

陳雷年譜❾

一九三九年，一歲：

出生於中國南京。父親是台南麻豆人，母親是台南學甲人。二戰期間，父母曾赴中國做生意。

一九四六年，八歲：

和家人由上海回台灣。先住在台北，後入台北西門國民學校一年級就讀。

一九五〇年，十二歲：

隨家人由台北市搬回台南市，就讀成功國民學校。父親經營金飾店。

一九五七年，十九歲：

由省立台南第一中學畢業，考上台灣大學醫學院醫科。由於家裡有六個姊妹，一個弟弟，家境不能算富裕，只有大女兒和身爲大兒子的他才能念大學，其他的弟妹只能念專科。陳雷的大學學費由麻豆的叔叔和嬸嬸供應。

一九六二年，二十四歲：

寫了一本北京語新詩集《神話》。

註

❾ 本年譜根據陳瑤玲：《陳雷作品研究》（台北：國立台北師範學院台灣文學研究所碩士論文，二〇〇四年）以及張秀寬：《陳雷kap陳明仁台語劇本主題研究》（台北：國立台灣師範大學台灣文化及語言研究所碩士論文，二〇一〇年）編成。

一九六三年，二十五歲：
寫了一本北京語散文集《在年青的夢幻裡》。

一九六四年，二十六歲：
台大醫科畢業，以預備軍官身分赴東引島服役。

一九六五年，二十七歲：
去美國，在密西根大學當實習醫生。

一九六六年，二十八歲：
在加拿大多倫多讀免疫學博士。

一九六九年，三十一歲：
在加拿大和張明美小姐結婚。

一九七一年，三十三歲：
赴英國繼續免疫學的研究。

一九七三年，三十五歲：
在加拿大渥太華開業當家庭醫生。

一九八二年，四十四歲：
著手寫北京語二二八事件長篇小說《百家春》，在寫作過程中，發現小說的對話受台語影響很大，並感覺到台灣人的故事要用北京語來書寫很不妥當，因此開始思考用台語書寫小說的可能性。

一九八六年，四十八歲：

著手創作漢羅台文短篇小說〈美麗ê樟腦林〉，並發表於陳芳明在加州主編的《台灣文化》上，展開了他獨特的台灣白色恐怖統治書寫。

一九八七年，四十九歲：

創作短篇台語小說〈大頭兵黃明良〉，是一篇有關八二三炮戰的小說。

一九八八年，五十歲：

《百家春》由自由時代出版社出版。

一九八九年，五十一歲：

創作比較長的台語短篇小說〈李石頭ê古怪病〉，發表於《台灣公論報》。

一九九二年，五十四歲：

任加拿大台灣人教授專業協會副會長、加拿大人權會會長、《台文通訊》發行人、《蕃薯詩社》社員。

一九九四年，五十六歲：

二月，台語小說集《永遠ê故鄉》由台北旺文出版社出版。這一年，寫作四場廣播劇〈鳳凰起飛ê時陣〉。

一九九五年，五十七歲：

寫作五幕話劇〈厝邊隔壁〉。《陳雷台語文學選》由台南縣立文化中心出版。

一九九六年，五十八歲：

《陳雷台灣話戲劇選集》由台中市教育文教基金會出版。

一九九八年，六十歲：

開始小說《鄉史補記》的書寫，剛開始只是短篇。

二〇〇一年，六十三歲：

一月，《陳雷台語文學選》由台南眞平出版社出版。

二〇〇三年，六十五歲：

長篇小說《鄉史補記》由《台灣公論報》連載登出。

二〇〇八年，七十歲：

《鄉史補記》一書由開朗雜誌事業有限公司出版。

■兩個主角與《鄉史補記》的特點

（一）〈西史補記〉的黃慶餘生平

黃慶餘是《鄉史補記》中的〈西史補記〉裡最重要的人物，生長於清朝鴉片戰爭（一八四〇年）時期前後的人。

他靠著糖的製造和買賣而致富，成爲台南學甲地區田產最多的人，後來被稱爲「學甲公」。當時，漢人郭甲（先祖是鄭成功的部將，隨軍來台）算是學甲地區首屈一指的大地主，由於先祖的庇蔭，郭甲的田產廣闊，任何人從日出走到日落，還不見得可以走出郭甲的土地範圍。但是黃慶餘的田產總是比郭甲的土地多了那麼一點點，可見黃慶餘是多麼的富有。

可是儘管如此，黃慶餘卻不是漢人，他是西拉雅族的後代，其崛起代表著西拉雅族的優秀傳統；不過在入侵的漢人強力的壓迫下，他和他後代的歷史也代表著整個西拉雅族如何被改姓名、被遷移、被滅族的過程。黃慶餘的生平濃縮如下：

先談一談黃慶餘的父親：

黃慶餘的父親龜加是熟番西拉雅人。

由於漢人和山裡生番的土地關係緊張，雙方劃出了一定的界線，彼此對峙，叫做「土牛番界」。漢人在重要的番界地點設置了「隘寮」，防止生番的攻擊。龜加這個西拉雅人受漢人聘僱，和七、八位同屬於西拉雅族的男人當隘丁，看守噍吧哖入山地區的一個隘寮，以防止高山生番越界鬧事。

雖然隘寮的隘丁都是西拉雅人，但是隘長卻是一個漢人，這當然和當時漢人的墾首的策略有關；簡單說，漢人還不敢太過於相信西拉雅人，唯恐他們造反或者和生番勾結，因此不能委以重任。

這些西拉雅族的隘丁是哪裡來的呢？原來他們是住在灣里溪和曾文溪所流過的平地上，即是台南北門入海的地方。不過自從漢人來了以後，平地上的有些人就搬到較高的番界裡居住，不願和漢人混在一起。不過有些人並沒有離開原居地，他們在田園被漢人搶奪以後，無依無靠，在不得已的情況下，只好做牛做馬，當個為漢人種田墾地的屯丁，甚至淪為替漢人廝殺拚命的隘丁了。

不幸的是，此時有個身為隘長的漢人叫做「洪青番」，一向品行不端。他是台南安定人，以前是盜賊，在監牢裡被關了一陣子，釋放後無以為生，被墾首看上，叫他前來當隘長。他很會喝酒賭博，脾氣不好，對西拉雅的這些隘丁常無理打罵，有時躺在草蓆上，要這些隘丁替他捶腳。不但如此，他生性好色，老少咸宜。以前，他叫龜加這位隘丁的妻子前來領工錢，毛手毛腳，欺侮了人家的妻子一個晚上，導致這位婦人回家後上吊自殺；另一個西拉雅人巴枯的姊姊也被欺侮了。假如來了少女，那絕對就是羊入虎口了。

※

這一次，洪青番在閒談時和隘丁阿拉跤起衝突，叫人打了阿拉跤一頓，又叫阿拉跤的女兒到隘寮來領工錢，否則不給工錢。阿拉跤非常憂愁，回到家裡以後，一直喝酒。他的女兒包心（這個女兒生性武勇，力大無窮，後來改名叫做賴蒽，是後來八卦會抗大租起義軍裡的鎮南大元帥）就問父親什麼事。阿拉跤就拉起衣服，渾身都是傷痕，說隘長要女兒去領錢。

包心一聽就問：「咾仔（西拉雅人對漢人的稱呼，意思是騙子）有幾條命？」

阿拉跤說：「一條命。」

包心就說：「這樣的話，事情就不難解決。」

天晚的時候，包心綁了一條頭巾，穿一件短裙，裙頭紮了一條布帶子，布帶子裡藏了一件東西，臨行前對母親說：「我出去走走。」

她從小徑，依著山勢走，沿途都是菅芒，開著白花。

到了隘口，遇到隘丁龜加，由於龜加認得包心，知道她要來領工錢，怕她被洪青番欺侮，趕快勸她回去。

包心叫他放心，把腰間所藏的鑽子給龜加看，就進入了隘寮中。

這時隘長洪青番正在蹲在地上喝酒，忽然間看到一個影子走進來，嚇一跳，想拿刀，卻爬不起來，大喊：「什麼人！」

包心說：「我來領工錢。」

洪青番定睛一看，原來是一個十六、七歲的女孩子，短衣短裙，矮個子，雙腳特大，腳掌有如大紅龜粿的模樣，堅定地立在那裡。洪青番立即要求包心陪酒，一連敬了包心三碗，自己又喝五碗；隨後仗著酒勢，就要去拉包心的裙子，摸吻她。包心推了他一下，洪青番立即仆倒在地上。洪青番大怒，去拿刀威脅她，包心立即抓住他的長頭髮，把他摜摔在地上，一腳踩在他的胸膛，洪青番想掙扎起身，卻好像被一根巨大的石柱牢牢地釘在地面上，一動也不能動。洪青番大罵，包心一怒之下，拿出腰間的鑽子，往洪青番的胸部刺砍下去，當場砍斷了幾根肋骨；洪青番又罵，包心一陣拳打腳踢，打得他的臉面凹陷下去，再也發不出聲音。

龜加聽到隘寮裡有動靜，走了進來，一看，哇！情形不妙，隘長倒在地上，胸部插了一支鑽子。他大喊：「隘長！」走上前去，拔出鑽子，那血就像水龍頭的水一樣直噴。龜加為了保護包心，就把地上的一串錢拾起來，遞給她，要她立刻和他離開隘寮。龜加又用刀砍了洪青番的頭，和包心走出隘寮。

※

這時，山間的夜風吹來，菅芒搖曳，鬼火閃爍。龜加和包心藉著夜光，加緊趕路，回到了包心的住家。龜加把洪青番的頭給阿拉跤看，之後，帶著人頭，回到他的草寮。

龜加的草寮非常簡單，自從他的妻子被洪青番欺侮自殺後，裡面空空如也，只有一張草蓆鋪在地上，屋邊有一堆稻草。草寮前面有一棵老榕樹，百年了，根鬚茂盛。龜加在榕樹下對亡妻說：「罔輕，我教妳枉死了一整年，今夜我已經為妳報仇了！妳可以安心去了。」就把頭綁在樹上，轉頭就走。

※

龜加回到了阿拉跤的家，為了逃避墾首和漢人的報復，一行人包括龜加、阿拉跤和阿拉跤的妻子暖、包心和包心的姊姊阿米枝，一共五人，往山路走，經過了一片烏樹林，看到了一條光亮的溪流，分成兩邊流，一邊向西；一邊向東。阿拉跤說：「我們往西邊走！」也就是往海邊走，朝著老家灣里溪（下游就是大水澎湃的曾文溪）的平地走，回到他們西拉雅的原住地。（以後，向西走的這群人就開創了〈西史補記〉的整個歷史）。

不久，另一個隘丁雷朗到隘寮值班，等了很久，看不見龜加、阿拉跤回到防守線，心裡想他們會不會出了事，也許遭到盜匪的綁架吧。因此就找到另一個隘丁頭蓮，兩人一起到隘寮想把情況要報告給隘長知道。一進隘寮，用燈照亮地面，不得了！隘長倒在地上，頭已經不見。這兩人大驚失色，手足無措。雷朗問頭蓮有沒有看到龜加，頭蓮說似乎看到他拿著刀，一手提著包裹出去了。雷朗馬上知道情況不妙，那龜加一定把洪青番的頭拿回去他的草寮了。不過雷朗認為，咾仔（漢人）很壞，死有餘辜。頭蓮就說隘長死，他們難保無事，因為隘寮的連坐法規定，隘長死，他們就會被治罪。於是，雷朗、頭蓮、也巴枝、哈歪、加憂、麻母豬拉這些西拉雅隘丁人就拿著刀和弓箭，放了火燒了隘寮，六個人往小路走，到阿拉跤的家，見不到阿拉跤，又到龜加的家，也見不到龜加。這六個人趕回家，把家人帶著，一共十六個人，往山路逃。他們同樣來到那片烏樹林，看到一條溪流分成兩邊流。那時，是清晨的時候，頭蓮看到溪邊整個被烏雲罩住，十分黑暗；但是東邊的太陽光已經要出現了，天上有了薄薄的一層嫣紅，山坡上的滿山紅和百合花好像將要盛開，山風帶來清香，於是頭蓮說：「向東走！」（以後，向東走的這群人就開創了〈東史補記〉的整個歷史）。

※

回頭過來，我們再談龜加這個人的命運：

話說向西的這群人一路奔走，逐漸來到灣里溪的平地上，又走了三天，來到了加根砂的這個地方，阿拉跤找到他的叔叔段地，此人是加根砂的社頭（等於高山番的頭目），經過段地同意，他們就住了下來。

由於龜加喪妻，沒有伴侶，後來段地要他和包心的姊姊阿米枝結婚，再經過尪姨向阿立祖問卜，這件婚事就成了。

第二年，阿米枝就生了一個男孩。一出生時，頭髮長得又長又茂密，就取名叫做「毛龜義央」，就是頭髮的意思。段地又給小孩取了漢名，叫做「慶餘」，村裡的人都叫他「阿餘毛龜」。之後，龜加改成漢人姓名，叫做「黃著」。因此，小孩就變成「黃慶餘」這個名字了。至於阿拉跤則改漢人姓名叫做「賴走」，包心也改成「賴蔥」了。

※

黃慶餘十幾歲就和父親黃薯結伴，越過野外的一片竹林，在佳里興的街上買大量的鹽和糖，回去賣給加根砂的村民。黃薯不會記帳，靠著黃慶餘的良好記憶能力，能記住許多人的帳目，等於幫了父親的大忙。十五歲那年，黃慶餘對母親阿米枝說，他想去學習寫字。阿米枝就叫他去漚汪找賴蒽（包心），賴蒽在那裡跟從一位漢人的義學教書先生叫做李算本（此人將來在八卦會抗大租起義軍裡擔任軍師）學漢文，同時嫁給了一個叫做洪牛蹄的壯漢。黃慶餘果然就到了漚汪，開始學習漢文，也留了一條辮子，從此大家不再叫他「毛龜」，都以「阿餘」這個漢名來稱呼他。

除了漢字以外，阿餘也和賴蒽學習用羅馬字母寫成的西拉雅語《馬太福音》，能背誦「你們是地上的鹽，但鹽若失了味，怎能使它再鹹呢？」的這些句子。從此之後，阿餘才知道西拉雅族有一套荷蘭人教給他們的文字。

※

這一天，阿餘又趕往北頭洋去學習寫字，在半路的林投叢裡拉屎的時候，聽到了兩個賊的談話。當中的一個賊對另一個賊說要去佳里興的大街，搶一家叫做「大興利」的鴉片館，方法是先灌醉了看守人阿福伯，再下手奪取。阿餘到了大街上，把消息告訴了大興利的阿福伯，要他不喝任何人給他的酒。阿福伯一聽，大驚失色，就去見莊芋這位大掌櫃。大掌櫃也感到事態嚴重，就設計抓賊。他們在大興利布置四、五個人，手拿大木棍，又叫阿福伯佯裝醉酒，終於抓到了那兩個賊。原來是八卦會的人，一個叫做兩仙銅錢，另一個叫做雞仔，一起被吊在大興利前面的一棵樹上。

八卦會的賊是有組織的。馬上，消息傳到了賊首吳大獅（此人是以後八卦會抗大租起義軍的領袖，自稱千歲）那裡。吳大獅是一家寺廟的主持，以勸人為善當他的幌子，他立刻以自己在地方上所建立的威望，為這兩個賊說情，救出了他們。

阿餘因此被介紹給鴉片行的老闆施九緞，從此在鴉片行擔任伙計，深受信任。同時他又由阿福伯那裡學到了一套加工改良煙土的本事，能製造出高級的鴉片煙，那時他才只有十七歲。

※

有一年的年底，嘉義縣的典史左日昌到了佳里興，也和大興利鴉片館的人見面，這位典史會看面相，當他看到阿餘的臉，就知道這個少年人將來必定大富大貴，就要他到官廳做事，就是去縣府的監獄當差。阿餘跑回家，問賴蒽阿姨。賴蒽想了想，就說：「還是在縣府裡工作比較有出息。」姨丈洪牛蹄想替阿餘找個妻子，就帶他去找親戚洪布，對洪布說：「這是我的外甥。」洪布看阿餘眉毛圓潤、下巴呈四方型，腳大手大，又能識字，就帶他去見自己的姊姊棄仔。棄仔也很喜歡阿餘，就叫自己的女兒環仔出來，環仔穿一件披肩闊布衫，一條桶裙，頭頂上一條綁得高高的紅布，皮膚烏金色。棄仔就對環仔說：「他做妳的牽手。」又對阿餘說：「她做你的牽手。」又叫環仔捧著紫米麻糬請客人。於是，阿餘和環仔就結為夫妻了，雙方家族都很高興。

※

阿餘到了縣裡的衙門當差了一段日子，由於自己的資歷尚淺，還不很熟悉衙門的規矩，很多的事情只好憑自己的良心行事。當時，在牢房裡認識了一個賊，叫做陳直（此人是八卦會抗大租起義軍的征南大元帥，本名李天送。此時，八卦會之亂結束，賊兵被官方殲滅，陳直也被官方擒獲），平日表現良好，頗有悔意，可惜沒有錢巴結獄卒，常被虐待。阿餘對陳直很能同情，平常給他水喝，又給他食物吃。在臨刑的前一晚，陳直送給了阿餘一條長長的褲帶，第二天，陳直就被砍頭了。

阿餘回家，把這件事情告訴了環仔，順便把褲帶取出來仔細觀看。那褲帶顯然有玄機，兩邊都打了結。環仔拿了剪刀剪開一看，裡面有一張布條，上面有字，指示是在鵝頭墓附近的老榕樹向東走一百步，有一個特殊的東西就放在那裡。當下，兩人就跑去查看，原來布條所指示的東西就是一座新墳，那新墳的墓碑寫著：陳直墓。兩人就了解這是盜賊陳直未死時，替自己先挖好的一個墳墓，也沒有什麼好奇怪。他們兩人能體會這個陳直在生前必定想到自己有一天終將被殺頭，唯恐曝屍荒野，才先設好墳墓，目的是叫人幫他收屍，說來是很可憐的。於是，他們乾脆好人做到底，就用了一些錢，託了衙門的人，偷偷把身首異處的陳直運到新墳處，兩人親自動手，挖開新墳，想把陳直的屍體埋在裡頭。

誰知，新墳掘開了以後，兩人大吃一驚，原來在這個空墳裡頭，有一大堆的金銀珠寶，還有數量甚多的龍銀，看得兩人的眼睛都要花了，因為他們不曾看到這麼多的寶物。環仔笑得合不攏嘴，心裡想只要有這些財寶，這一生大概就吃喝不盡了。然而阿餘說：「這些東西不是我們的。」意思是說這些東西如果不是盜賊陳直的，也是那些被搶的人的，沒有私吞的理由，他不要這些東西！後來，他們把陳直的屍首和金銀珠寶埋在墳墓裡，就回家。臨走時，阿餘只拿三塊的龍銀，說暫時借用，他要做為生意的本錢。

把三塊龍銀拿回學甲，變賣了之後，就辭職，開始做賣雜貨的生意。由於阿餘年幼時和父親賣過鹽、糖，對這種小生意還很內行；環仔也很會招呼客人，生意做得頗順手。

※

當時學甲地區以出產甘蔗有名，種甘蔗的人很多，每到七月，一畦一畦的甘蔗長到二個人身的高度，甘蔗的收成時節就到了。不過，當時榨甘蔗的糖廍是傳統式的，必須使用牛隻和一大堆的人手，所需的資本不少，一般來說大概須由二、三十個農戶合資，才能興建一座糖廍。當時，學甲地區有土壁、木壁、石壁三兄弟，私下向官家借了利息甚為苛毒的「五分利」，再夥同幾個農戶，建了一個糖廍，開始榨甘蔗。不過，有一年，時節不對，學甲地區做了大水，甘蔗歉收，糖廍所賣的糖有限，導致三兄弟繳不出五分利，情況嚴重。

當時，三個兄弟有一個古怪的行為，就是共用一個老婆，共同生了三個女兒、一個男孩，也分不清到底爸爸是哪一位，很教學甲地區的人看笑話。不過，那老婆「梅仔」一點都沒有怨言，對三個丈夫一視同仁，並沒有偏袒哪一位，而且非常能持家。當這三個兄弟財務上出問題時，梅仔就帶著一位聰明的女兒「蕊仔」找到阿餘的妻子環仔，想把蕊仔賣給環仔家當女傭。環仔很能同情困苦的鄰居，就叫阿餘出面，替這三個兄弟還錢，並且加入糖廍的股份裡，同時又買了一些田地，出租給這三個兄弟。條件是叫蕊仔到黃家和自己的小孩水順等一起念書。

阿餘加入糖廍的第一年，學甲的甘蔗就豐收，大家爭相把甘蔗運到糖廍來榨糖，直到年底才把甘蔗榨完，黑糖堆滿了阿餘所有的房間。阿餘就把糖運到府城去賣，甚至製成了白糖，銷到日本去了。

三年之後，阿餘更加有錢，又在幾個地方設了糖廍，變成學甲地區專門經營糖廍的老闆，賺的錢難以計算。

※

一八五七這一年，大旱，甘蔗歉收，情況非常棘手。

阿餘趕快到府城找三益的大老闆王阿麗（男性）打聽消息。王阿麗專收砂糖、赤糖，再製成白糖外銷，阿餘的糖大都賣給這個人。兩人見面，一起抽鴉片煙。王阿麗坦白地說，如今甘蔗欠收原是好事，因為現在更大的台南安平出口商會似乎已經不太願意買糖。如果今年商會成員之一的蘇萬利不買，情況就更糟糕。阿餘一聽，就自告奮勇，想要前去說服蘇萬利買王阿麗的白糖。

於是阿餘就化妝成捧煙土的侍者，來到了出口商人常常聚會的「半月樓」。果然，大老闆們都在這裡抽鴉片喝酒。阿餘聽到大老闆說如今英軍正在攻打廣州的大事，也就是英法聯軍使得糖賣不出去的這件事，情況的確很糟糕。

阿餘心裡就想：那些英國番不知從何而來？做什麼生意？怎麼這麼厲害？

他走下半月樓，正想離開，就看到一個十三、四歲的少年，頭上綁了一根辮子，下身卻穿了一件拖在地上的長褲，好像一個踩高翹的人，打扮古怪。阿餘就問半月樓的老闆說：「那位少年是做什麼的？」老闆就說：「沒看到他穿的是番仔的長褲嗎？他是番仔的跑腿！他會說番仔話。」

※

於是，阿餘要少年坐下來，請他抽鴉片煙。那少年有煙癮，吸了二口後，很滿意，就對阿餘說：「我帶你去看番仔。」阿餘笑起來說：「番仔在山上很多，何必專程去看他們？」少年就說：「海番不同於山上的番仔！」阿餘就請教少年仔的大名，少年就說：「我是yes-boy。」阿餘又問：「海番的長相如何？」少年回答他說：「紅頭髮、綠眼睛、白皮膚。」原來這位少年在外商洋行做yes-boy，空閒時，就帶著一些鄉人去看老外，賺一些小錢。

終於，少年帶著阿餘來到連督洋行的前面來，這時正有一位洋人脫光衣服在井邊洗澡，阿餘第一次看到洋人，果然發現洋人有白皙的皮膚，還有特大的生殖器，大吃一驚，險些叫了出來。最後跑到一個巷子裡，吐了一些胃裡的東西。這是他第一次看到洋人的特殊反應。

※

一八五九年，英法聯軍的戰事未歇，甘蔗雖然豐收，糖照樣賣不出去，過多的糖被丟在地上，沒人去撿拾。

阿餘又去找yes-boy，想要打聽老外的近況。這次yes-boy忽然拿出了一張圖給阿餘看，上面畫有一艘戰艦，有好幾層樓高，船舷都安置了大砲，真是可怕。yes-boy說這艘船的名字叫做「死米鴨」（sylvia），是英國船，本來是前來打中國的，但是順道去了日本一趟。日本人一看，大驚失色，馬上允許和洋人簽約，開港通商。阿餘一聽，突然心領神會。回到了家裡後，立即對環仔說：「趕快買糖！」環仔說：「糖在地上撿就有了，何必要買！」阿餘說：「妳不知道日本人已經答應開港通商了，我們的糖將銷到日本去；同時死米鴨太厲害了，不久對滿清的戰爭也要結束了。」阿餘就在學甲大買蔗糖，將之囤積起來。

第二年，英法聯軍果然結束，清朝戰敗被迫簽訂天津條約，台灣的雞籠、淡水、安平開港通商，台灣的白糖大銷。阿餘賺錢無數，買了更多的土地，從學甲到佳里興，比郭甲的土地還要多了一些些。

※

歲月如流水一般的流逝，有一年，阿餘最疼愛的十六歲女兒鴛鴦死了，本來鴛鴦是要嫁給王阿麗的兒子當妻子的，但卻在激烈的咳嗽中死了。年底，腸病流行一陣子，十二歲的兒子火順也死了。環仔跑去問一個算命仙，那算命仙說阿餘上輩子是一個乞丐，當時有一個神明曾經問他，下輩子他需要子女還是財富，阿餘窮怕了，就說要財富，因此才有今天這個結果。阿餘聽了妻子如此說，覺得自己上輩子很笨，再多的財富也換不了子女的生命。從此，他失去了奮鬥向上的志氣，不太願意做生意了。

環仔又跑去找他的母親想辦法。母親棄仔就到了西拉雅的老公廨，找出佛祖媽，又把旁邊的一個罐子換了清水，口裡呼喚阿立祖來保佑阿餘。

第二年，寒熱病（瘧疾）來襲，阿餘大病三天，第四天退燒，精神好起來。他想到小時候看過的那片烏樹林、村莊、檳榔樹以及女子頭上所紮的紅巾、闊布衫、桶裙、舞蹈等等。阿餘非常感謝阿立祖，就將公廨改成磚造的廟，裡頭除了供奉佛祖媽以外，也供奉阿立祖。

阿餘共生了八個兒女，到最後只剩水順一個兒子，二十歲時，就讓水順與蕊仔結婚，兒子婚後不久，阿餘就得了肺病，估計無法再活。他吩咐環仔要看好陳直墓裡的那些寶藏，同時他拿了一個四四方方由鹿皮縫製的袋子給環仔，又說了一些西拉雅的話，之後就死了。

以上就是黃慶餘的故事。

（二）〈東史補記〉的朱泰雄故事

朱泰雄是《鄉史補記》中〈東史補記〉裡最重要的人物，是一九六〇年代的師範生。他其實是西拉雅族的後代，可惜沒有人告訴他這件事，即使是政治犯的他的父親朱寶都認爲自己是漢人的後代。泰雄必須經過一番波折，才找回自己眞正的身分。泰雄的故事濃縮如下：

話說時間來到了現代的一九六一年。

由於玉井的兵營搬到瓠仔寮之後，瓠仔寮這個村莊就日漸興旺，街道也熱鬧起來了，優秀的人才就慢慢產生出來。

一九六一這一年，有人在街上敲鑼報信，說有人中狀元了。後來大家才知道，是朱泰雄這個年輕人考中了台南師範學校，還是第一名呢！

泰雄的阿舅新仔就對他說：「泰雄，將來你自己到台南讀師範時要小心，學校不比家裡，宿舍也不比兵營，最好少管閒事，認真讀書就好。」旁邊的孀孀僅仔也說：「千萬不可像你父親一樣，一張嘴巴亂說話，結果被關在火燒島吃免錢的飯！」

泰雄當晚回家，晚餐時，他就問母親水粉說：「阿舅他們叫我將來不可以像父親一樣，被抓去關在火燒島。」在一旁的阿姊春天就說：「爸爸是去遙遠的地方賺錢，不是被關。」泰雄搖搖頭說：「爸爸是政治犯，這是錯不了的。所謂的政治犯就是思想犯，是頭腦壞掉的人，是神經病！」母親水粉一聽，抓住了泰雄的手，瞪他，說：「你爸爸不是神經病。其實是瞎眼盲人吉仔亂說你父親在七十四歲時會做總統，你父親才被抓去關。那天他們一群人聚在一起喝酒起鬨，根本不是說真的。」於是，母親把這十幾年放在心裡的話都說出來。泰雄這時才理解，父親是被冤枉的。

於是，母親水粉賣掉了一串結婚時的項鍊，共得到八百元，要給泰雄做為念師範學校的生活費，又用了十六元，替他買了一雙好布鞋。

※

幾年後，泰雄師範畢業了，被派到附近山區的復興小學任教。這個小學非常偏僻，沒有人願意前來教書，泰雄必須騎一個多鐘頭的摩托車，才能抵達學校。好幾次，他想調離這個偏僻的小學，不成，因為他的父親是所謂的政治犯！

一九七五年四月六日，蔣介石死了。在死亡前，政府宣布大赦，將以前被蔣介石抓去關的政治犯、死刑犯都放出來，算是一項德政，教育部並通告全國學生通通在學校祭拜蔣介石。

泰雄在復興國小全體祭拜大會時，對學生吹噓蔣介石的英明，說蔣介石小時候很會念書，一旦念起書就心無旁鶩的等等本領……。之後，他回到家，在門口遇到一個髮鬚皆白、徘徊不走的老人，泰雄趕他走，但是這個老人就是不走，泰雄生氣地大聲喝斥他。正鬧著，母親水粉出來一看，不得了，原來是丈夫朱寶回來，他已經被關二十年，年紀已經五十二歲了。

※

泰雄的姊姊春天因為要做工供給泰雄讀書，所以沒有念多少書，過了年紀，還沒結婚。有人就介紹全伯仔的兒子勝仔給她，春天說只要父母同意，她就答應結婚。水粉就問朱寶的意見，朱寶似乎不答應，只說全伯仔應該是番仔，而番仔的祖先據說以前是很喜歡砍人頭的。到底是不是番人，水粉就叫泰雄去問姨婆祖畚箕。

這個叫做畚箕的老女人不同凡響，她會說西拉雅的語言，也會西拉雅的歌舞，實際上保留了西拉雅的文化在她的身上。泰雄前來請教她時，她說：「全伯仔的祖父以前最神勇，他是西拉雅部落的社頭。」泰雄就問：「什麼是社頭？」畚箕就說：「就像我們現在的村長。」泰雄不相信，想駁倒姨婆祖的說辭，就說：「不過，我曾聽勝仔親自說他們姓穆，凡是穆姓都是由中國來的，不是番仔。」畚箕笑著說：「勝仔太年輕，不懂以前的事，他們那裡就是以前西拉雅的內里社！」

泰雄一聽，不得了，那個勝仔果然是番仔，趕快騎著摩托車回到家裡，告訴姊姊春天說：「全伯仔一家人都是番仔，不能嫁入他家。」

可是春天根本就不接受泰雄的建議，依然嫁給勝仔。

不久，水粉得了肝癌，身體衰弱下去，顯得很痛苦。有一次，水粉對泰雄說：「你去大帝廟替我燒香。」泰雄就說：「不必媽多操心，我每日都去那裡為妳燒香。」水粉就說：「不是為我啦！是為你的姊姊，她已經懷孕。」泰雄一聽，就大聲嚷：「真是不要臉！竟然生了番仔的小孩。」

※

這一天，泰雄到了親戚勇仔的家，這個勇仔的母親就是畚箕。畚箕知道泰雄要來，就辦了一桌酒菜。在喝酒時，泰雄很委屈地向勇仔說：「我姊姊終於要生一個番人的小孩了，使我很沒面子。」勇仔也說：「番仔沒有一個是正經的。」畚箕在旁邊一聽，就制止他們胡言亂語。姨婆祖畚箕又說：「我們瓠仔寮是由最早的頂埔社遷移過來的，我們是頂埔社的後代，那頂埔社以前全部都住番人！」泰雄就問：「番人是否都很喜歡殺人？」畚箕就說：「那都是咾仔（注：騙子的意思）漢人所編造出來的謊話！」畚箕多喝了幾杯酒，就把瓠仔寮（頂埔社）和內里社的歷史講一遍。

原來，內里社的祖先和清朝中葉時的加憂、頭蓮、雷朗、也巴枝這些逃亡的人有關。當加憂這些人向著烏樹林的東邊逃亡定居下來後，受到了一連串的漢人的迫害。最後，來到內里社，加憂已經死了，他的兒子單屯當內里社的社頭，改名穆單屯。雷朗的家人改姓朱，家人曾經替通事做了一些工作。

之後，英國的馬雅各前來傳教，許多內里社的人都信了基督教，後來馬雅各離開了。之後，來了一個外貌可憐的漢人，叫做郭扮，被招待住在內里社。不料，郭扮又找了一大堆的漢人住進來。這些漢人仗著四、五十人的優勢，承租了內里社一大片的土地。為了永遠掌握這塊土地，他們發動「內里社屠殺事件」，拿刀砍殺西拉雅人，導致西拉雅人死傷慘重。在十萬火急中，雷朗有一個孫女眉仔背起了剛生的一個女嬰，向後頭的山路奔走。眉仔睡在山洞裡，不敢闔眼。有一天在溪裡發現了姊姊雲仔的屍體，又在竹林裡找到姊姊的小女兒薑仔。就帶著女嬰和薑仔，越過後崛溪，爬過烏山頭，三個禮拜後，來到清淨的楠梓仙溪，遇到一個頂埔社的少年，就帶她到頂埔社，也就是現在的瓠仔寮。後來薑仔長大，嫁到外埔頭，生了四個女兒，最後一個女兒叫做水環，命運不好。由於家窮，水環被賣給了一位姓劉的漢人當養女，十六歲，被姓劉的欺侮，生了一個女兒，那個女兒就是水粉，水粉後來嫁給朱寶，就到了瓠仔寮這裡來。水粉當然就是泰雄的母親，至於那個女嬰就是畚箕！

泰雄一聽，如同晴天霹靂，想不到自己原來是西拉雅族的後代，他以前常想到番仔喜歡殺人，卻沒有想到原來番人被漢人殺戮得這麼厲害！他於是知道以前教給學生的知識，很多都是虛假不實的。因此，他產生想要辭職的念頭。

這一天，他來到了校長室，本想辭職。不料卻遇到了一位新來的女老師，叫做段秀麗，穿白衣黑裙，短短的頭髮，泰雄馬上被這位女老師吸引，忘了要辭職的這件事。

這位段老師平常不打罵學生，總是和學生在一起，幾乎和學生沒有距離。一問她畢業的學校，原來也是台南師範的畢業生。又問她為什麼跑到偏僻的山村來教書，段老師說這是她自願的。

不過，這個山村的學生的確有問題，因為大半都是山地小孩，比較窮困，求學的條件不怎麼好。有一次，泰雄用摩托車載段老師到山林裡去做家庭訪問，找一位叫做麗君的女學生，因為這位女生很久沒有來校上課了。後來經過家人的說明，才知道已經被商人帶走了，父母和商人之間甚至訂有契約。為此，他們兩人唏噓不已。

有一天，泰雄又載著段老師回她的故鄉東和村，這是一個老舊的村莊，全都是低低的矮厝，四周圍種了檳榔樹，有一個公廨正在拜拜，前面的地上擺了飯糰、粿仔、酒、檳榔，台上有水瓶子，吊了三塊豬骨頭，尪姨帶領著大家進行祭拜。東和村屬於蕭壠社，古時候叫做加巴砂。下午，尪姨帶大家到田間的阡陌上，地上擺著香蕉葉做的船，船上有五個水瓶子，秀麗的一位學生的妹妹和大家唱著《號海歌》。

段秀麗老師這時坦白地告訴泰雄說，她就是西拉雅的番人。

於是，他們兩人又回到了泰雄的村莊瓠仔寮。

當夜，泰雄拿出二張紙給段老師看。第一張的紙張上有「警番號八三〇八」的字，底下第一行寫了「阿猴廳羅漢門木柵庄百露番地」「朱興」「父：朱來成」「母：朱王氏果」這些字。另一行寫著「種族：熟」這些字。原來是日本時代的戶口名簿。泰雄就說這些朱姓的祖先都是他的阿公阿祖，所謂的「熟」就是熟番。

泰雄又找出他的阿嬤、阿姑、叔父的日本時代戶口名簿，也都是熟番。

原來泰雄和段老師都是西拉雅的後代。

一九七七年，這對年輕的戀人就結婚了，生了一個女兒叫做水雲。……

以上就是〈東史補記〉裡泰雄的故事。

僅僅由上面這兩位主角的濃縮故事裡，我們已經感到這本台語小說相當奇特，和當前流行的北京語小說（比如說黃春明的或是王禎和的）很不同，裡面具有許多異質性，這些異質性就形成了它的特殊性和功用，尤以底下四點最突出，分述如下：

1. 徹底以平埔族爲敘述主體，用來彌補台灣史的缺漏

我們注意到，在整本小說中，位居小說中心的黃慶餘和朱泰雄都是西拉雅的後代，小說裡當然也寫了不少漢人的故事，不過凡是漢人，大抵是做爲反面人物出現。這本小說裡存在著「漢人壓迫者／西拉雅人被壓迫者」的這種對立結構，使得漢人變成一切不幸的來源，不再是小說的主體。這就等於暗地斥責了台灣傳統歷史著作的荒謬，也使這本小說具有補漏的作用。事實上，這本小說的書名「鄉史補記」已經表明這本小說的目的是用來彌補正史用的。原來《鄉史補記》的「鄉」固然是意指西拉雅的鄉村，但是事實上「鄉」這個字也可以指「故鄉」，也即是指整個台灣而言。「鄉史補記」即是「台灣史補記」的意思。作者藉著書名已經告訴我們，他的這本小說可以補足台灣史的不足。這是因爲在當前的台灣史作者，多半認爲平埔族只存在於清治時期以前，之後就成爲極少數或是消失的民族，不値得再追記；卻不知道，平埔族不但沒有消失，而且進入了我們的血液裡，導致「台灣人」之中，有百分之八十五的人有平埔族的血液，❿平埔族繼續運動在台灣的歷史裡，並沒有中斷，這才是眞相。說不定大半的台灣史的作家，他們正是不折不扣的平埔族後代，只是這些台灣史的作家自己沒有察覺到而已。這本小說正確糾正了一般台灣

註——
❿ 見林媽利：《我們流著不同的血液》（台北：前衛，二〇一〇年），頁一一三—一一九。

歷史作者和著作的錯誤。

2.超越了當前有名的大河小說的格局

由黃慶餘和朱泰雄的故事看來，儘管《鄉史補記》裡所敘述的西拉雅族故事空間只限於西拉雅族分布地的一部分，大約就是曾文溪出海口的嘉南平原一帶以及茄拔溪與楠梓仙溪的山區一帶。⓫不過，既然是「台灣史補記」，這本小說的時間歷程可說浩浩湯湯。黃慶餘的父親龜加是十八世紀末期出生的人，⓬而朱泰雄的女兒水雲已經是二十世紀末出生的人，⓭這本書毫不含糊的從清朝開始，經過了日治時代，一直書寫到戰後的今天為止，時間大約是二百年，有人說他很像一部「大河小說」。的確，我們知道，當前多部有名的台灣大河小說，從來沒有任何一部大河小說能溯本探源到平埔族。他們甚至只寫了一個日治時期，就被稱為大河小說，實在有些名實不符。更何況一般的大河小說和一般的台灣史沒有兩樣，都是把平埔族排除在小說之外，彷彿平埔族從來沒有在台灣生存過。《鄉史補記》全然不同，它彷彿洞察了一般大河小說的不足，特別針對一般大河小說的不足來從事創作，使整體台灣的大河小說顯得完整起來，這眞是一件大功德。

3.容納眾多的民間傳說

在黃慶餘這個人物的身邊，圍繞了許多不可思議的人物和事件。比如說他的阿姨賴蒽（原本的西拉雅名字叫做包心），此人是以後反清叛軍的女將軍，力大無窮；又比如說他和妻子在掘開一個空墳墓時，掘出了無數的龍銀和金錢。只要年紀比較大的台灣人都能夠了解這些人物和奇事，事實上都來自於台灣民間傳說。這些不可思議的人物和事件在這本小說眞是罄竹難書，包括有民族神話、叛亂野史、盜賊異行、致富奇聞、村閭傳說……許多種類，也因此使這本小說彷彿是一部炫奇的民間故事集，使得《鄉史補記》較一般的台灣小說更具有民俗性。

我們說，民間故事在文學裡是非常重要的，因爲它是大眾所創作出來的東西，具有集體潛意識的成分，潛在表現了一個民族或族群的願望、恐懼、喜怒、哀樂，⓮它們其實是文學的原型之一，重要性難以言喻。由於台灣的民俗傳說在台灣文學裡一向沒有地位，大部分有名的作家很少矚目民間傳說，導致台灣文學的根柢淺薄，很難通達到台灣人集體的無意識裡，成爲台灣文學的一種遺憾。這本《鄉史補記》很不一樣，它重寫了許多民間故事，每個故事都能喚起我們的認同和感動，教我們彷彿行走在昔日台灣的鄉村裡頭與這些人面對面，這無疑是這本書所具有的永遠的價值。

4.「說書者」的小說寫法

在敘述黃慶餘和朱泰雄的種種事蹟時（比如說出生、求學、結婚、生子、發跡、死亡的種種事件），作者的敘述總是力求簡潔明晰，毫不拖泥帶水；但又別具速度、力量和口語化。也就是說作者在這本小說裡，顯露了「說書者」的小說寫法，是當前文壇僅見的特殊小說技術，很值得我們倍加注意。從整部《鄉史補記》來看，其用字都非常簡潔，文句短而有力，拒絕過多的形容詞和修飾語，卻充滿了動作詞和豐富的意義，尤其以小說中的對話更是如此。這本小說教我們想到諾貝爾文學獎作家馬奎茲的《百年孤寂》，那種精簡的講述體的小說——作者好像是一個

註——

⓫ 見陳雷：〈《鄉史補記》是teh寫啥？〉，《鄉史補記》，頁一九。

⓬ 見陳雷：〈西史人物表〉，《鄉史補記》，頁二二。

⓭ 見陳雷：〈東史人物表〉，《鄉史補記》，頁二六。

⓮ 比如李昂所寫的小說《殺夫》乃是根據民間故事改編，因此能深入女性族群恐懼和憤怒的集體潛意識裡，引起女性讀者的注意，最後造成轟動。

說書人，每句話都很有動作和節奏。據作者陳雷的說法：由於發表小說的刊物的篇幅有限，不能長篇大論，因此就力求簡潔不囉嗦，[15]使小說能容納更多的意義。不過，實際上的原因可能更加複雜。當中一個原因可能是：由於當前台語文學還處在發展的階段，它還不是一種能精緻化的語言，形容詞和修飾語還不是很發達，因此作家就能避免過度夾纏優柔的敘述，更能夠採用精準的、直率的敘述，使之變成「言有限而意無窮」。

另外當然是陳雷本人也是寫作劇本的作家，[16]因此他使用的對話相對的要比一般小說家更貼近日常化、口語化，也更活潑更有動感。這些都是陳雷能使用「說書者」的小說寫法的原因之一。陳雷的這種寫作技法，在北京語的小說作家群裡很少看到，他的小說技法其實是站在王禎和、[17]王文興這些北京語作家的反面，廢棄了文字的怪異性、雕琢性，使得文字削掉枝葉、返回口語、直指核心。

■《鄉史補記》的政治性和魔幻寫實性

我們回到文章的最前頭，有關當前傳奇文學的三個支派來談。

雖然我說《鄉史補記》是西拉雅文學這個支派的代表作；不過，事實上它也是不折不扣的政治小說和魔幻寫實主義小說。也就是說《鄉史補記》是新傳奇文學的一本代表作，任何人想了解當前的新傳奇文學，看一看《鄉史補記》就懂了。

那麼，讓我們先看《鄉史補記》裡反映了台灣多少的政治狀況。在清治時期這部分，它所反映的就是漢人如何欺騙、霸占西拉雅族的土地，甚至殺害西拉雅人的殘暴手段；除此之外，就是官方對地方反叛勢力（抗租的百姓揭竿而起）的暴力懲罰。在日治時期這部分，就反映日本人如何培養台奸分子成爲現代化糖業鉅子，然後再利用這些台奸對付、侵吞台灣人傳統的糖業；台奸的命運總是日正當空，而台灣人的命運總是夕陽西下，教人唏噓。在戰後這部分，則書寫國府的軍警任意誣指台灣百姓爲共諜或台獨，再下手迫害這些無辜的台灣百姓；同時也反映了一九七九年台美斷交前後的中央民意代表增補選舉時，國民黨如何迫害「黨外」人士（也就是美麗島事件）；甚至反映了台灣人刺殺小蔣的慷慨赴義的行爲……。這些林林總總的政治事件加起來就是台灣二百年以上的抗暴政治史，可見《鄉史補記》與政治小說是分不開關係的。這本小說也是完全依循著台灣人的政治反抗史，才能夠有次序地分章分節逐步寫下來。因此我們可以說：《鄉史補記》就是政治小說。不過，《鄉史補記》不是一味傳達台灣人在政治上的挫敗，因爲這本小說最後還是讓西拉雅的子弟們徹底追查出自己的身分，恢復了本族的認同，基本上是傳達了一種成功的訊息。

其次，我們看看《鄉史補記》裡有多少魔幻寫實主義的成分。在前文我曾說這本小說是台灣民間故事的大集合，也就是因爲擁有眾多的民間故事，民間故事裡那種難以避免的超現實味道就在小說裡散發出來。該知民族神話、叛亂野史、盜賊異行、致富奇聞、村閭傳說……，這些東西就是魔幻寫實文學的溫床，任何人的文學若敢於容納這些東西，就難逃變成爲魔幻寫實主義文學。我現在要濃縮《鄉史補記》裡頭的兩個小故事於下，一方面用來證明《鄉史補記》的確是一

註——

15 陳雷的說法見〈陳雷電子郵件訪問稿〉一文，陳瑤玲：《陳雷作品研究》，頁一七一。

16 有關陳雷劇本方面的研究見張秀寬：《陳雷kap陳明仁台語劇本主題研究》。

17 雖然陳雷對王禎和的小說有印象，但是兩個人的文字技巧卻完全不同。

本魔幻寫實主義小說；另一方面則做爲本文的結束。這兩個故事，一個是人可以乘風飛翔在天空的故事，一個是缺了肚臍眼的歌手的故事；兩個人都是女性：

1.人會乘風飛翔的故事

戰後第十七年，台南市區發生了一件事：

由於遙傳有一位日本青年愛上了一位台南市的少女，在戰後沒有回到日本，警備總部就認定這位青年是間諜，想抓他。

這一天晚上，民權路有一戶人家，戶主連根正和隔壁鄰居榮泰下棋。本來榮泰已經輸了幾局，大勢已去，早該收棋。但是輸棋的榮泰心有未甘，就說：「再下一盤你必輸！」於是又重整棋盤，再度廝殺。忽然榮泰肚痛，站起來，拎著褲頭說：「暫停一下，我馬上就回來和你拚個輸贏。」於是就衝回家上大號了。現在，只剩下連根一個人，盯著棋盤等榮泰回來。

這時忽然有人撞門，在尚未來得及開門的時候，門已經被撞開，有二個陌生人，戴墨鏡，手槍握在手上，大聲吼叫：「他媽的！不許動！」連根判斷這是搶匪行搶，不過他毫無懼色，翻了個身，在地上打了一個滾，跳向前去，在椅子旁邊抓了一根槌子，凌空躍起，就打。一槌正中當中一位土匪的頭中央，槌桿立即斷成兩半，那土匪碰地一聲，倒地而死。原來連根是劍道一段的高手，即使拿著一把槌子，也好像拿一把劍，沒有人能靠近他半步而不受創。當連根拿著斷去的半截槌子，想繼續打擊另一個土匪時，那位土匪就扣了扳機，連續碰碰二聲，剛好打中了連根的胸部，連根大叫一聲：「春仔！」就倒在地上，無法動彈了。

春仔在樓上聽到槍聲，衝到樓梯來看究竟，感到不妙，立即往後跑。這時，女兒月光正睡在地上，春仔抱起她，爬上窗口，就往外跳。在生死的一瞬間，她沒有時間禱告（春仔是基督徒，也是西拉雅的後代），眼睛閉著，心想跳下去必死無疑，然而不跳也必死。就在那時，就如同一般西拉雅人常聽到的傳說一樣，一陣龍捲風吹來，咻咻地吼叫，將她們捲起來。以前，住在天后宮後面的清標，在種田的時候就看到這種風，說這種風叫做「報頭風」，就像是一個女鬼，被抓住了頭髮，在那裡吼叫，是一種比颱風還厲害的風。春仔和月光都飛翔在空中一陣子，同時落到地面，除了春仔摔跛了一條腿以外，母女均平安。

為什麼人竟然能隨風飛翔呢？人人都有一套合理的解釋，有人說是佛祖保佑，有人說春仔是西拉雅的後代。……

2.缺了肚臍眼的女歌手的故事

秀姑出生滿月時，肚臍蒂才脫落，但是整個肚皮光滑，叫母親一時間找不到肚臍眼。跑到醫生那裡去看病，醫生說：「不要緊，小孩很健康。」長大後，秀姑看到姊姊有肚臍眼，就問母親：「阿姊的肚皮為何有一個洞？」

由於秀姑天生就喜歡唱歌，聽老師說，唱歌時發聲，聲音是從肚臍發出來的；也聽人家說肚臍是用來生小孩的。秀姑就對母親說：「給我一個肚臍，既可以唱歌，也可以生小孩！」母親就對她說：「只有排灣族的『長老』才有辦法做到。」

於是，秀姑就到瑪家來找長老。

長老不知道已經多少歲，老一輩的人都說，日本時代，森丑之助到北葉社來訪問時，就拍到了長老年幼的照片，如果這是事實，那麼長老已經一百多歲了。

長老所住的部落是全排灣最窮的部落，而長老是這個部落最窮的人。可是，四面八方的人都來問他問題，使得他看起來彷彿是排灣族的一座信仰山。

秀姑來到長老面前，就掀開肚皮給長老看。長老一看，嚇了一跳。真的，這個女孩居然沒有長肚臍眼！

長老當場就下跪，對秀姑拜了起來，其他的旁觀者也跟著拜，長老就說：「我等妳很久了，知道妳會來，現在妳終於來了，可以帶我回大武山，那個雲霧籠罩的地方。」

秀姑就問：「沒有肚臍眼真的有這麼神奇？」長老就說：「創世主創世的時候，在山裡頭創造了百步蛇，生活辛苦，用肚子走路。百步蛇就要求創世主給牠當人，用腳行走，用雙手打獵。創世主就答應，卻說：『不過你必須永遠記住，你原來是一條蛇，現在我給你取個名字叫做排灣，你要永遠沒有肚臍，因為蛇本來就沒有肚臍。我把大武山賜給你住，你就是大武山之靈。』不過，慢慢地，排灣人忘記了創世主的話，又離開了大武山，又生了肚臍眼，只是還記得自己的名字叫做排灣。」

長老說完，就拿了一條項鍊，掛在她的胸前，是兩條百步蛇打結扭在一起的項鍊。

秀姑一聽長老要求帶他回大武山的請求，就感到不妥當，當下害怕地逃走了。

不過，從此以後，秀姑變成一位非常會唱歌的特殊歌手，和瑪家、泰武、春日那些部落的歌手很不相同，後來就風行到屏東、高雄，最後就到電視台去唱歌，非常轟動。

※

那陣子，台灣隨著美國搞流行，歌手的打扮都是超現代的：既穿新型的牛仔褲，也露肚臍眼。秀姑在台上唱歌，熱情無比，展露了無限的青春。擺臀、搖胸、甩頭，樣樣都來。獨獨因為沒有肚臍眼，只好貼上貼紙，時紅時藍時花，有時就是一尾蝶子。台灣少年不知箇中原因，也隨著秀姑用貼紙貼著肚臍眼，各種花色樣樣都來。

後來，為了追隨美國的瑪丹娜擠肚臍眼，秀姑和母親偷偷到了日本的東京，找了一個整型的醫生，做了人工肚臍眼，也就是在肚子開了一個洞，裝上新肚臍眼。果然，秀姑又在她的肚臍眼上裝了鑽石耳環，在台上隨著燈光閃閃爍爍，引起了更大的轟動。

不過，從此以後，只要她在台上唱歌時，就會看到旁邊有一個男士，頭頂上有二條蛇，對她說：「把項鍊還我！」秀姑心裡懷疑四起，從此歌就唱得不很好。

※

她因此又回到瑪家來找長老。長老說她已經有了肚臍眼，不能再回到大武山；長老再請她唱一次大武山之歌，可是她從此再也唱不出來了。

秀姑十分後悔，就決定一個人入山，她沿著溪流，想要到達大武溪的源頭，找回她的歌聲。……

評胡長松的台語長篇小說《復活的人》❶

——並論台灣新傳奇浪漫文學時代的來臨

前言

胡長松在二〇一四年出版的台語長篇小說《復活的人》，乃是繼陳雷的台語長篇小說《鄉史補記》❷後的又一本新傳奇浪漫小說，顯示當前新傳奇浪漫文風在台灣文壇有日盛一日的傾向。

原本這本小說的名稱叫做「翻轉的人」，因爲怕讀者不解其意，所以作者將書名改成「復活的人」。其實，「翻轉」、「復活」、「重生」都是一樣的意思，乃是指著一個人告別過去，得到一個全新人生來說的。

我把這本小說的故事大要和幾個特點分述如下。

故事的展開

這篇故事的主角是一個年紀將近四十歲的青年人，叫做「葉國典」。他出身在一個叫做「番仔庄」的南部小村落，一路求學，T大的英語系畢業。他潛意識想脫離貧窮的身世，嚮往高貴人家的生活。因此，戀上了出身上等都市社會、同屬於T大的女生，最後結婚，住進了女方的家，等於是被招贅了。婚後十幾年，他慢慢發現，他和妻子及妻子的家人距離越來越大，生活、族群、政治的鴻溝難以跨越。妻子並不怎麼愛他（她不尊重他的意願，堅決拿掉了胎兒），岳父也不怎麼珍惜他。他在公家機關的品管部門上班，最後遭到妻子和岳父陷害出賣，惹上貪贓的官司。害怕被判刑的他只好製造假車禍，將車子推落河流，詐死。然後他假裝失智，向著極南方逃亡，抵達了一個山邊的村落，正是一個西拉雅的部落。

他住在部落村莊後，無意中看到一個因環保運動而殉難的西拉雅族青年人的若干書信。這個青年人和他一樣，在額頭上有一個金龜子樣的胎記，他叫做「江文達」，也是T大的學生，參與過「野百合運動」，後回鄉抗議化學工廠的興建。之後，在黑白兩道的夾擊下，失蹤，應該說是死了，找不到屍體。這個離奇的案件，使得葉國典好奇起來，開始追查事情的來龍去脈。小說在這裡，展開了大時代（九〇年代）台灣政治、社會的大場面書寫，中間夾雜著江文達和一個叫做李春岫的西拉雅女生之間的大時代愛情，可說懸疑處處，高潮迭起。

註

❶ 見胡長松：《復活的人》（台北：草根，二〇一四年）。

❷ 見陳雷：《鄉史補記》（台南：開朗，二〇〇八年）。

另一方面，葉國典住在村莊，介入了西拉雅的護土運動，參與了村莊的宋江陣，與狼虎一般的外地商家周旋。在一樁鬥氣鬥力的凶殺案件中，他替一個年輕人背黑鍋，詐稱自己是開槍的凶手，因此展開了第二度的逃亡。他逃向李春岫所住的另一個山村，在那裡認識正在教會裡工作的李春岫，隱身在那裡，想要查明江文達的冤案，並逃避追緝。

此時，他身上已經背了二個罪名，算是身陷地獄的人。他挑起這個重擔，繼續他的行路，並希望能起死回生、翻轉過來。

果然，故事的主角在最後終於翻轉了自己一切的劣勢，完全起死回生，乃是一齣不折不扣的患難中有喜樂的傳奇浪漫故事。

■善良的人物和美麗的風景

在這篇小說中，出現了許多善良的人物，儘管都是小人物，但是都值得尊敬。包括葉國典、江文達、李春岫以及眾多西拉雅村落的人士，共構了一個天然、美麗的人情世界，他們緊緊和土地連結在一起，彷彿草木連結著土地，他們把自己的根深深扎在故鄉裡。但是，也有同樣多的惡行惡狀的人，大部分是漢人，他們靠著依附權勢、泯滅良知、搜刮土地、貪贓枉法、汙染故鄉來賺錢。這兩大陣營的人，構成了一個強而有力的番／漢兩極對立結構。這是作者的故意設計，因爲這個結構被確立以後，才有激烈的衝突出現。而一部良好的小說和一部良好的戲劇一樣，就在於不斷製造衝突，才能緊緊吸引住讀者和觀眾的注意力。然而，到最後，我們讀者會領悟到，那些善良的小人物原來是代表著我們多數軟弱人的命運，而那些惡人就是我們要克服的惡劣環境。

小說幫助了我們，教我們認明自己的處境和必要的磨練、奮鬥。

美麗的西拉雅鄉村風光是小說的另一個特色。作者必然花了許多的時間，考察過某個眞實的西拉雅村落。因爲山下村莊的花草樹木、山巖瀑布、小溪深潭……，都被精細地描述出來。還有那村落的祭典、風俗、習慣、食衣住行……，也都繽紛地出現在小說之中，歷歷在目。雖然這些描寫偏向美麗，但是卻可以看到作者的寫實筆法，不論是鳳梨園的景觀、香蕉園的風貌……，都寫得栩栩如生。

溯自胡長松出版他的第一本長篇小說《柴山少年安魂曲》❸以來，不論他故事的人物有多少，但是主要的角色都是具有善良靈魂的人，能緊緊吸引我們的關切，就像關切著我們自己一樣；同時不論場景有多少，都採用寫實的筆法來書寫，沒有跳脫當下的我們的生活時空有多遠，因此，他的小說很能喚起我們當前共同的社會感受。同時，胡長松還有一種特殊的敘述能力，不論情節如何複雜，在他流利的、清晰的敘述文字下，都變成有條不紊、明朗易懂的故事。他沒有故意壓縮、擺弄文字語言的癖好，也沒有過多蒙太奇、意識流的寫法；而是娓娓道來、不疾不徐，盡量把故事說得有趣、豐富。他教我們想到日本作家夏目漱石的敘述法，儘管是一件日常的小事，都能說得很豐富、很有意思。

這些都是胡長松小說的特殊技法，使得他的長篇小說從來沒有失敗過，不論是北京語的小說也好，台語小說也罷，都維持在高水平上面，可說是長篇小說的絕佳好手。

註——

❸胡長松：《柴山少年安魂曲》（台北：草根，一九九七年初版，二〇一七年再版）。

熱門政治事件的回顧、重寫

在這篇小說裡，九〇年代的「野百合事件」被納到裡面，而且仔細去寫它，教人感到十分驚豔。「野百合事件」是繼七〇、八〇年代之交的「美麗島事件」後的一個大型政治運動，乃是為了廢除萬年國代，健全民主的一個時代青年大動員。放在整個台灣的政治運動史上，它都是一個數一數二的重要事件。

胡長松讓「江文達」、「李春岫」重現在野百合運動的現場，包括學生初步集結的場面、絕食抗議的場面、發表宣言的場面……，都仔細地寫了一遍，讓身為讀者的我們彷彿又回到了歷史現場，再度感受到那場震撼人心的運動。

但是，作者不只是重述了這場政治運動，他也批評了它。作者藉著西拉雅族的江文達，批評了這個運動的某些面向：也就是缺乏一種深刻的台灣民族、下層民眾的感情，它停留在一個只是爭取政治民主的短暫利益上，只是知識分子的一種運動。小說還讓江文達正面和一個有名的自由派政治學者起了衝突，原因是對方只是一個搭著民主順風車的投機分子。這種對「野百合運動」的正確批評，還很少人做過，胡長松可算是第一個。

回顧台灣小說中，二二八事件、白色恐怖、美麗島事件都有過書寫，而且自八〇年代以來，這些政治書寫越來越盛，也累積了無數的篇章，但是「野百合事件」還很少人有過書寫，隨著這篇小說的發表，應該有更多的小說家會開始著墨，胡長松做了一個了不起的開端。

典型的西拉雅書寫

這篇小說也是當前最時髦的西拉雅書寫（廣義來說就是平埔族書寫），台語小說家、詩人更是常寫作這種作品，乃是目前台灣人尋根運動的一個最明顯的里程碑。

其實，在台灣歷史文獻上，平埔族的書寫不算少。荷蘭時期的作品《熱蘭遮城日誌》從一個側面來看，就是一套詳細的平埔族歷史文獻資料。因爲，當時荷蘭人在台灣所面對的人種，除了少部分是漢人、日本人以外，就是西拉雅或其他的平埔族，荷蘭時期的台灣人就是平埔族，書寫台灣就是書寫平埔族。之後，清朝的文人，用調查、用文學也記錄了大量平埔族的生活狀況。到了日治時期，日本的人類學者更是留下大規模的調查資料。降自戰後，這種調查仍然很多。我們如果把這些資料都蒐集起來，可說是汗牛充棟了。

但是，西拉雅（平埔族）小說書寫的大規模出現則大抵是戰後才有的事。小說家願意把西拉雅（平埔族）納入書寫裡，是基於一種無可迴避的良心。因爲，許多的小說家可能由族譜裡看到他本人就是西拉雅（平埔族）的後代，身體裡流著那種血液，終而不由自主地寫了起來。在最近，根據林媽利女士所做的台灣人血液化驗結果，確認目前台灣人中有百分之八十五的人有平埔族的基因，也就是說我們大部分台灣人都是平埔族的後代，這個無可辯駁的科學事實，讓小說家更不能不做這種書寫。目前台灣作家包括王家祥、葉石濤、陳雷……，都留下相當傑出的西拉雅小說，陳雷台語長篇小說《鄉史補記》更是完備，人物貫串了清朝、日治、戰後三代，把西拉雅人飽受漢人的殘害、滅口公諸於世，可算是極有啓發性的大河小說。

胡長松這本小說就是這個潮流中的中繼作品，篇幅頗大。他不寫過去的西拉雅，而是寫目前在工商業社會遭受壓迫的西拉雅，再度呈現自認為漢人的人（其實他們都是具有平埔族血統的台灣人）是怎樣壓迫西拉雅族的事實，教人看見我們血統上的兄弟，是來到了怎樣的一種不堪的處境；同時教我們重回我們眞正的祖源之鄉，和我們的母土、兄姊緊緊地依靠在一起。其實，西拉雅的命運就是台灣人的命運。

這篇小說讓我們看出胡長松在書寫意識上的先進，他不同於目前的大多數台灣小說家，只停留在「我是漢人」的誤認上。他跨越了一步，回到了歷史的深層，向著自己眞正的身分進行回歸，這眞是一種典型的良心寫作。

蘊藏在小說裡的基督教奧義

這本小說具有基督教的要素，雖然篇幅不是很多，但是基督教的奧義隱藏在裡面，成為本書的靈魂。

有關於基督奧義，基督徒比較能看得出來。

故事中，小說的主角來到同時有著基督教信仰和阿立祖信仰的西拉雅村莊，意外學習了基督信仰，後來他在一個大水沖洗的夢中醒來，竟然發現他得救了。這是一個由「罪人」到「依靠耶穌」到「洗禮」到「得救」（進入新天地）的標準信仰經驗過程。

對照在現實上，他由「罪人」到「躲回西拉雅原鄉」到「克服萬難」到「脫離罪責」（進入新人生），可說是過程雷同，步步相似。

在這個對照中，我們注意到，「躲回西拉雅原鄉」可以和「依靠耶穌」做比擬。作者彷彿在說，台灣人「躲回西拉雅原鄉」，就像是基督徒信靠耶穌一樣，是獲得救贖的一個開始，儘管後來還要歷經千辛萬苦的洗禮，但是最後一定會脫離罪責而得救。

因此，這本小說其實是作者爲台灣人所寫的「福音」，他呼籲台灣人必須「回到西拉雅的原鄉」，據此，台灣人終將得救，踏入一個新天新地。

的確，當前台灣人尤其必須找回自己的身分，正視自己的西拉雅（平埔族）血液成分，了解自己被壓迫的事實，起身奮鬥，最終踏上一個新天新地。如果還抱持著「我是漢人，來台灣殖民」這個幻覺，靠著如狼似虎的貪欲繼續生活，即使神有意原諒他，最後他也會在毀天滅地、肆行侵呑的行爲中毀滅自己！這種覺醒正是當前新一代台灣人最緊要的事項之一。

新傳奇浪漫文學潮流中的作品

《復活的人》也是一本流浪者的小說。世界上有名的小說常常是流浪小說，最有名的就是《唐吉訶德》，有一個旅程，有一種追尋。流浪者的小說通常是浪漫小說，胡長松這本小說就是當中的一本。

所謂浪漫小說，女主角大抵都是貌美如花的女子，是男主角追求的對象。小說裡大半都是美麗的大自然景色。故事裡還要有一個不平凡的男主角人物，不管他長得醜陋也好，英俊也罷，都要能承擔別人所不能的承擔，不是有大英雄氣魄也要有小英雄氣魄。他懷有一種夢想，並且具有犧牲精神。他雖歷經九死一生，最後成功返回故鄉，結局圓滿。這篇小說大抵都合乎這些特色。

台灣的小說家自西元二〇〇〇年左右，大概對以前一味書寫諷刺、悲劇的小說感到厭煩了，那些諷刺、悲劇的小說實在寫得太多了，已經不需要再寫。同時，作家也感受時代變了，必須要在小說類型上做變化。因此，有一大批的年輕作家開始向著傳奇浪漫小說做試探，希望翻新文學潮流：諸如吳明益、甘耀明、胡長松、張耀升、許榮哲……，這些作家開始創作魔幻寫實主義的小說，將台灣的環境空間給予陌生化，使之變成或是奇崛詭異或是荒蠻神祕，故事本身就因之充滿浪漫玄奇色彩。老一輩的作家包括葉石濤、陳雷也都出版了西拉雅族的小說，向著祖源之鄉進行浪漫探索；甚至一向書寫小人物（一般底層工人）的楊青矗也出版了千頁《美麗島進行曲》，❹十足描述了美麗島事件裡的浪漫英雄，新傳奇浪漫文風不知不覺中翩然來到。胡長松的這本《復活的人》的巨型小說，就是這個潮流中的作品，爲剛剛來臨的新傳奇浪漫文風再奠下一塊堅不可摧的基石！

註

❹見楊青矗：《美麗島進行曲》（台北：敦理，二〇〇九年）。

第七章 餘論

論台灣女性文學的過去、現在與未來

——一個神話原型批評理論的觀點

■文學四季變遷的理論可以觀看當前及預測未來的文學方向

研究文學的人，至少可以分成兩類：

有一類是大處著眼的文學研究者。當他開始研究文學的時候，第一個目的必然是想認明總體的文學狀況；第二個目的當然是用他的文學整體認識，來預測未來的整體文學方向，他所得的成果可能是巨大的。

假如不如此，就是第二類。由於他不做整體研究，就只基於個人興趣，在某個角落做研究。也許這種研究是所有研究的基礎和起步，貢獻仍然不可忽視。然而，這種研究大部分都是瑣碎的、個人化的，其結果當然不能預測未來，甚至和廣大生民大眾命運扯不上多大的關係。

比如說以女性文學的研究來說，若不是把眼光放在整個女性文學的關照，再預測女性文學將走向何方的話，那麼對將來女性的整體命運必不能有所助益。徒然只注意自己的興趣，在小範圍做個別女性作家的研究，所得的結果也只是滿足某些人狹小的興趣和好奇心而已。

我認為，當前的女性文學研究，最好還是要有整體的關照，了解整體的動向；之後，再基於個人興趣做單獨的研究，如此才是有用的。

那麼，何處去找到女性文學的整體關照和預測理論呢？假如你找不到，那麼何妨注意一下文學四季變遷的文學理論，因為它是用來做文學整體認知，再預測未來方向用的。

女性要克服的環境是什麼？

文學四季變遷的理論，是立基於「人和大環境」的關係上所展開的一種理論，從而獲取文學整體認知和預測未來方向的理論。

它所揭出的人和大環境的關係，計有四種：

1. 人征服環境

這就是春天傳奇浪漫文學的時代。這時，人類正要掌握、克服、征服環境，文學裡的人物成了戰鬥英雄，內容就充滿這位英雄所歷經的玄奇、險惡、詭異的環境描寫，但是英雄都能克服它。故事的情節以三段式（出發、征戰、凱旋歸來）展開敘述，揭開了一番克敵制勝的豪邁探險經過。故事的情緒是熱血澎湃的、驚心動魄的。此時的文字奇偉壯麗，氣魄雄偉。

2. 人和環境合一

這時就是夏天田園、喜劇、抒情文學的時代。這時，環境已經遭到人的克服，人與環境不再敵對，雙方處在和諧的狀況中，我們甚至能說人就是環境，環境就是人。兩者合一，進入水乳交融的局面。文學裡的英雄對於眼前的一切甚感滿意，他安居家園，有時到處遊玩，珍惜親情，維護舊道德，歌頌理性和智慧。他一再遇到好運，所追逐東西沒有不得到的。他歡慶他的勝利，走入了愛情、結婚、繁衍子孫的局面中。文字風格明晰、美麗；敘述風格抒情、有情。

3.人被環境打敗

這就是秋天悲劇文學的時代。這時，英雄屈從環境，被環境壓迫、剝削、砍殺，直到英雄奄奄一息，進入垂危的時代。英雄逐漸喪失一切，厄運一個接一個到來，教他很難抵擋，繁華已成過眼的雲煙，黃昏斜陽變成了唯一的背景。眼淚、哭泣、吶喊、哀嚎成了文學最常見的字眼，敘述風格十分淒厲、壞情緒難以節制。

4.人被環境吞噬

這就是冬天諷刺文學時代。這時，英雄死了，世界再無英雄，公理毀滅，道德淪喪，分不清是非善惡。舊有的體系都已經崩潰，人人懷疑世界末日就要來臨。小人物、反派的惡魔榮登主角。四周洪水滔滔，到處是吃人的凶獸。人活著已經不如動物、礦物、植物。小人物喃喃自語，貶損自己，好用來諷刺周遭的惡魔。文學作品企圖引來讀者的發笑，在諷刺自己與諷刺惡魔中結束了他的戲劇。

以上就是文學春天↓夏天↓秋天↓冬天的嬗遞現象。當然，到了冬天的末期，已經走投無路的時候，又會回到新春天，從而展開另一個循環。

女性的環境是什麼？

那麼，當我們把這個四季變遷的理論拿來分析當前台灣整體女性文學的時候，我們會獲得什麼啓發呢？在我說到啓發前，請先確立一下，女性的對手，也就是她的環境是什麼？

我覺得女性的環境（對手）就是男人！

當然，有人不以爲然，他們會說女性的環境（對手）不只是男人，還包括許多，比如說政治（國族命運）也很重要。這麼說我並沒有反對。不過，我們要注意，即使說女性的環境千百種，但是最重要的還是這一種，就是男人。

比如說，是誰使得女性的政治選舉權拖延了？答案當然是男人。因爲男人控制了政治，不願意讓女人那麼快獲得選舉權，這才是眞相。

又比如說，封建時代，女人的教育權爲什麼那麼低落？答案還是男人。因爲，男人所控制的政治，叫女人不能參與科舉考試，甚至連唸書的機會都沒有！

又比如說，是誰使得以前的女性喪失經濟權？答案還是男人。因爲，以往在男人規定的社會體系下，女人只能在家庭相夫教子，不能外出做生意；況且財產的繼承權悉數由男孩繼承，女人怎會有經濟大權。

我不很同意女性過分去注意所謂的「國族命運」，她應該先關心女性自己的命運，因爲在大半的國族裡，女性都被男人踩在腳底下！

當然，我不是說女性就完全不必關心國族的命運，稍微關心還是有必要的，或者說等到女性完全克服了她的環境（男人）時，再大規模來關心國族命運也不遲，女性關心自己還是首務！應該以這個爲中心。

這就是女人的環境。

當前的女性文學落在哪一季？

這麼說，從台灣的女性文學歷史來看，她一樣有四季變遷的現象，我們試著來分析一下：

1.女性春天傳奇浪漫文學時代：前母系社會

我們都知道，人類曾有一個母系社會時期。那時，女人掌握了土地經濟大權，當然也掌控了更多的權利。台灣應該也一樣。

不過，我懷疑，在母系社會之前，還有一個前母系社會，那時，也許社會究竟是母系或父系分不清楚；當然，離現在幾千年前或幾萬年前，我們也不知道。然後，女性忽然崛起，終於把男人征服了，就進入母系社會。在征服過程中，就會產生春天傳奇文學。

我想，那時，還沒有文字，但是一定會有口傳文學。此時的口傳頌歌是女性英雄事蹟的頌歌，描寫著女性如何把男性征服的過程。可是這種口傳的文學我們因爲年代久遠，可能永遠沒有辦法知道，也就是說找不到。

2.女性夏天田園、抒情、喜劇文學：母系社會

這時，女性邁進了完全勝利的時代，男性相對的變成已被克服的環境；或者說女性已經不把男人當成險惡環境。她和男性變成和諧共處，水乳交融。女性滿足她的女權社會權力，眼目中的母系社會制度甚好，一切的舊慣、風俗、民情、法令都令她很滿意。此時的口傳女性文學必定一片美麗、清晰。敘述風格必然是抒情、有情。

可惜，我們可能很少人注意到這種文學。不過，當前還有若干的社會是母系社會，其所產生的文學（也許是口頭文學）一定能找得到。

3.女性秋天的悲劇文學：男權社會

然後，歷史翻轉了，社會突然由母系社會轉爲父系社會。女性被她的環境（男人）打敗了，屈從於她的環境。台灣的女性文學，從這時，邁入了悲劇。

這時期的悲劇文學時代也未免太長了。

鄭氏、清治時代，我們所知有限。（等待出土吧！）

在日治時代一部分的詩詞裡頭，包括石中英、黃金川、蔡旨禪的作品是女性文學。假如讀她們的詩，就會發現眾多的詩都是陳述了女人的困境。這三個人的詩，以黃金川的技巧最好，大量的詩反映了女人的不濟，是悲劇詩。

來到了戰後，幾乎所有的台灣女性小說家都寫了悲劇作品，至少計有：❶

鍾梅音：〈路〉（一九五七年出版），描寫職業婦女事業有成，丈夫積怨甚深，最終背叛妻子的故事。

陳若曦：〈灰眼黑貓〉（一九五九年發表），通過文姐不幸的婚姻來揭示男權中心話語對女性的人生壓迫。

林海音：《城南舊事》（一九六〇年出版），作品中凡是一個人物，就引出一個悲劇；描寫生爲女人的悲劇。

聶華苓：《失去的金鈴子》（一九六〇年出版），其中一位女子玉蘭竟然嫁給一個已經夭折死掉的小孩，一輩子守寡。

註——

❶以下各作家的小說較詳細概要請參考樊落平：《當代台灣女性小說史論》（台北：台灣商務印書館，二〇〇六年）。

歐陽子：〈花瓶〉（一九六一年發表），描寫大男人主義底下的丈夫想把妻子像花瓶一樣據爲己有。丈夫懷疑妻子，偷看妻子的信，跟蹤妻子，甚至差一點在夜晚中扼死妻子。

郭良蕙：《心鎖》（一九六二年發表），女性企圖掙脫情慾的禁忌，最後以兩個情人的喪命做爲悲慘的結局。

於梨華：《夢回青河》（一九六三年出版），在男尊女悲的世界裡，丈夫可以毆打妻子、隨便主宰妻子的命運。

畢璞：《心靈深處》（一九六四年出版），描寫情人變異，青春夢碎的女人故事。

施叔青：〈後街〉（一九七六年發表），描寫在公司高就的丈夫視妻子爲裝飾的花瓶；而情婦注定被關在後街，以免影響自己的前程。

曾心儀：〈烏來的公主〉（一九七六年發表），描寫原住民少女被人誘拐到花蓮做陪客女，她帶著滿身病痛忍受著屈辱性的生活。

袁瓊瓊：〈自己的天空〉（一九八〇年寫成），描寫本來完全依賴丈夫、自覺很幸福、什麼事都不懂的妻子，在被丈夫遺棄後，才慢慢學習如何自立自強，追求自我的故事。

蘇偉貞：《紅顏已老》（一九八一年出版），女主角愛上有婦之夫，痛苦煎熬，後來自動求去，卻發現紅顏已老。

廖輝英：《油麻菜籽》（一九八三年出版），寫阿惠的母親本來是名醫的千金，嫁給不做事的浪蕩子，母親苦撐困苦的家，歷經了三十年的悲苦歲月。

李昂：《殺夫》（一九八三年出版），描寫一個舊女性罔市被屠夫丈夫百般凌虐，不論食物、性，都受到嚴重的控制，她輾轉呻吟在丈夫的暴力和恐嚇下，最後只好殺了丈夫。

呂秀蓮：《這三個女人》（一九八五年出版），描寫三個女人的故事，包括嫁了丈夫後被背叛或者未嫁就和男友分手的女性故事。她們後來都醒悟必須追求自己的獨立，擺脫男權的控制。

4. 女性冬天的諷刺文學

八〇年代強調女性要堅強走出自己一片天空的文學在九〇年代遭到反省。瞬間，女性是否眞正走出一片天空受到懷疑。這時，女性行爲的是非標準變成一片混沌。女性正面的悲劇英雄退場，由丑角、荒唐人物出現，顯示了女性自我諷刺的一面。文學的背景一片洪荒，男權肆虐，所謂的女性名人成了男權政治社會下的性工具，也成了政治社會的丑角，很不值得。作家筆下的女性人物來到了一個極爲不堪的地步。顯示女性冬天文學的階段已經到來。

李昂：《北港香爐人人插》（一九九七年出版），描寫政治界的女性如何以性和身體轟毀男性權力，卻也喪失女性的人格和自我，落到憤恨、色情的地步。

李昂：《自傳的小說》（二〇〇〇年出版），書寫謝雪紅在追逐政治權力和男人情色的往來，以及「我」所見到的台灣社會對女性的壓制和嘲笑，用來諷刺男性的霸權和女性的尷尬。

李昂：《路邊的甘蔗人人啃》（二〇一五年出版），譴責一位自我迷戀、不負感情責任的政治界男人。由於有了一些政治地位，有許多的女性心儀他，自動對他投懷送抱；於是他來者不拒，一個女性換過一個，從來沒有一點道德上的愧歉。他的性怪癖也來到了一個十分怪異的地步，接近了變態。在政界上，他自認爲偉岸，但實際上他卻是台灣最沒有用的男人。這個男人對女性來說，就是一個食人妖魔，乃是冬天文學裡的特有產物。

5. 新春天傳奇（浪漫）文學

這個文學階段還沒有正式來臨，現在的主流女性文學還是處在冬天的諷刺文學階段。

女性文學在將來必須跨過諷刺階段，來到起死回生的「新春天傳奇文學」階段，那時才是女性真正的解放階段。到了那時，男人這個險惡的環境將受到撞擊，女性的戰鬥號角將會被吹響，到處都有女性英雄人物產生，他們不畏男性的蠻橫，會鼓起戰鬥意志。女性文學所歌頌的將是女性的奇蹟，女性會勇敢地走出自己的一條堂堂大道，徹底將男人打敗。

只是何時會有大規模這種文學來臨，我們並不知道！

朱秀娟在八〇年代寫了《女強人》（一九八四年出版）一書，看起來很有傳奇浪漫的成分，女性敢於正面和男性在職場上對決，算是一種春天的文學。但是由於這種小說的數量不夠，從九〇年代到現在根本沒有這種女性文學，顯示朱秀娟的《女強人》只是一種早產的現象，眞正的大氣魄的女性傳奇浪漫文學時代，還不算眞正來到。

至於葉石濤的《西拉雅末裔潘銀花》（二〇〇〇年出版）看起來女英雄氣魄不小，只是那是男人寫的小說，不應該算是眞正的女性文學！

■只有我們知道眞正的女性文學下一步將怎麼走！

你看！女性文學下一步將怎麼走，清楚得很！

你會再去寫秋天的悲劇文學嗎？我想未必不會。不過你應該知道，它已經是了無新意了。

你會再去寫冬天的諷刺文學嗎？我想也未必不會。不過你應該知道，它也已經快要沒落了。

那麼就剩下「新春天的傳奇（浪漫）文學」等著你去寫，未來的女性文學家大概就在這條路運行；也就是說，將來的女性文學會塑造眾多女英雄，鼓勵所有的女性，向著克服環境（男人）

的路上前進，這才是唯一的正路。目前雖沒有人極力提倡，但是不久將有許多女性作家會自動提筆創作這種文學！

所謂在男人的夾縫中求生存的女性文學；所謂歌頌虛假的男女平權的女性文學，都不是正路！

女性需要戰鬥的文學，也將會有戰鬥的文學，這是一條律則，難以迴避；也就是冬天過了又是新春天的這一條無法改變的律則！

細讀原住民作家莫那能的兩首詩
——並論當前擺盪於悲劇和田園之間的原住民文學

■一九八〇年代開始的原住民新文學類型

台灣原住民的文學起源於何時，是一個頗需要爭論的問題。

如果說「只要有人類社會就有文學（史前社會也有口傳文學）」的這個觀點是正確的話，那麼台灣原住民文學的壽命就不能算短。因爲，由許多專家所堅持的台灣原住民「多元遷移」的說法來看，最早遷徙進來的一波可能是泰雅族，大約在六千—七千年前就移入台灣；第二波爲賽夏族；第三波或更晚移入的有阿美、卑南、排灣，大約在五千年前移入。就以最晚由巴丹島遷移到蘭嶼的達悟人而言，遷入的時間大約在一千年以前或五百年以前。❶總之，從口頭文學的立場來看，台灣原住民的文學起源比台灣漢人的文學要更早許多。

不過，我們這篇文章不是用來討論整個原住民文學史的，因爲筆者還沒有那種能力。我們主要的重點在於探求自一九八〇年代以來，❷在台灣原住民新文學中所顯示的若干奇怪的文學類型，並據此來推斷未來原住民文學走向，以供對原住民文學有興趣的人做爲一種參考。

我認為自一九八〇年後，原住民的新文學一開始就擺盪於「悲劇」和「田園」兩大類型當中，很像一個鐘擺設置，或此或彼，到現在仍然沒有改變。我將舉出田雅各以及夏曼・藍波安的小說，特別是莫那能的新詩，來看看這種詭譎的現象。

■田雅各和夏曼・藍波安的悲劇與田園小說

先談田雅各的小說。

田雅各的本名叫做拓拔斯・塔瑪匹瑪（Tuobasi Tamapima），生於一九六〇年六月二十七日，南投縣信義鄉布農族人，醫生、作家。他的父親是牧師，對宗教虔誠而執著，家庭的背景使得田雅各對生命充滿尊重。十歲以前，田雅各在四面環繞高山的布農族部落裡成長，而後到山下的埔里讀書，由於膚色黝黑和語言不同，受到平地同學欺侮，心智因此顯得比一般小孩成熟。他逐漸發覺社會上的許多不幸，以及原住民生活在城市中的困難。中學時，開始接觸文學。大學時，就讀高雄醫學院，加入詩社，開始創作。一九八一年，他以自己本名為小說題目的〈拓拔斯・塔瑪匹瑪〉一文，獲得高雄醫學院文學獎小說獎，在文壇初次嶄露頭角；一九八六年又獲得

註

❶ 巴蘇亞・博伊哲努（浦忠成）：《台灣原住民族文學史綱》（台北：里仁書局，二〇〇五年），頁五六—五七。

❷ 一九八〇年以後的原住民文學和以往的原住民文學不同，它和原住民族運動關係密切，產生了大批的知青作家，詩、散文、小說開始大量出現，至今作家超過三百人，能較細膩地反映原住民真正的被壓迫的處境；同時文學的技巧受到當代文學的影響，屬於真正的現代文學的一部分。請參考巴蘇亞・博伊哲努（浦忠成）：《台灣原住民族文學史綱》，頁一一七四。

吳濁流文學獎。❸截至目前爲止，共出版了《最後的獵人》（短篇小說）、❹《情人與妓女》（短篇小說）、❺《蘭嶼行醫記》❻這些重要的書籍。

他的創作顯然比八〇年代原住民的醒覺運動還要早。遠在一九八四年莫那能一批人組成「原權會」之前，他已經寫出了優秀的小說〈拓拔斯．塔瑪匹瑪〉，並且獲獎。由《最後的獵人》和《情人與妓女》這兩本短篇小說看來，他正是擺盪在悲劇文學和田園文學中的一個原住民小說家。也就是說，當他的小說裡出現了漢人，並且原住民必須與漢人一起生活（特別是原住民去到平地）的時候，小說立即變成悲劇；假如小說裡不出現強勢的漢人，特別原住民還處身在自己的山地故鄉的時候，他的小說立即變成田園。

在《情人與妓女》這本書裡，共收集了他的十篇小說，當中〈情人與妓女〉❼這一篇可說是他所有悲劇小說的代表作。這篇小說是描寫原住民的少女到平地後淪爲妓女的故事，內容濃縮如下：

原住民的醫學生「我」參加大學的醫療服務大隊，去到了太平洋沿岸的太魯閣小村落裡做義診。在診療中，「我」認識了一個原住民代課女老師，十九歲，高中畢業，名叫「申素娥」。平常「我」在做診療時，申素娥就在旁邊整理族人的資料。這位代課女老師綁著馬尾，有白嫩的後頸，穿淺棕七分褲，白色T恤，天藍平底鞋，大眼睛，身材標緻。「我」與

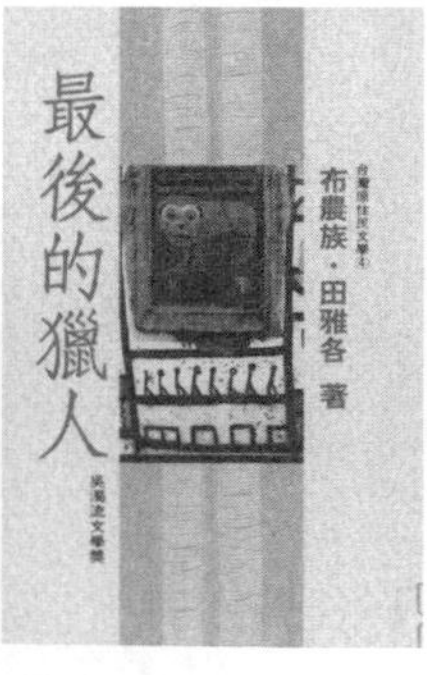

她的友誼進展得很快：她就坐在「我」的身邊，沒有離開；「我」則盯著她看，心跳加速。診期結束時，她悲傷的在夏日的校舍草地和「我」並坐談話。她表示醫療大隊的離開會使她又變回原本的孤單，使她無法透氣。她坦白地說喜歡布農族的「我」，因為「我」善良、正直，有獵人一般靈敏的感覺和嬰兒的眼神，使人一見鍾情。「我」與她如此談著話，後來走入小徑，走入防風林，走往沙灘，跳入海水，彼此擁吻起來。

「我」回到學校，與申素娥開始通信。本來三、五日一封，之後一個月一封，後來變成半年一封，最後在她的父親去世後音訊斷絕。

「我」畢業後，到北部的軍隊中當兵。

有一次，「我」放假時，在沒有夕陽的台北街頭閒逛。當「我」走到一個賓館前，突然被一個打扮入時的女人拉住，由於從那女人的口音中聽出她必是一個原住民，因此「我」就跟隨她到她的公寓裡。那女人在門上鎖之後，就把上身衣物脫光，後又去脫裙子。「我」在移開目光時，看到桌子上一顆熟悉的海邊石頭，認出了對方就是申素娥。如今的申素娥看來如同患了痢疾的病人，眼眶深陷，肌膚無力，臉皮如同一張面具，已經沒有了十九歲時的天真

註——

❸ 田雅各的生平請參見：維基百科，自由的百科全書，網址：http://zh.wikipedia.org/wiki/%E7%94%B0%E9%9B%85%E5%90%84，二〇一三年九月二十一日瀏覽。

❹ 拓拔斯：《最後的獵人》（台中：晨星，一九八七年）。

❺ 拓拔斯：《情人與妓女》（台中：晨星，一九九二年）。

❻ 拓拔斯・塔瑪匹瑪：《蘭嶼行醫記》（台中：晨星，二〇〇〇年）。

❼ 見拓拔斯：《情人與妓女》。

活潑，有的只是一副營養不良的軀體和庸俗的風騷味。

申素娥表明她已經不是以前的申素娥，她現在叫做小莉，是妓女。三年前的一場暴雨捲走了她的父親，也毀掉了母親的手臂後，她就聽信學校教導主任的推介，到台北來做皮肉的工作。她的印章、身分證都被收去，還簽了約，被人用暴力控制。經過了一段時間的努力，她終於贖回賣身契，自由了。但是她從此恨男人，不願意嫁人，也不回部落。她寄錢給母親，改善母親生活，但是她繼續當妓女。她誇大說她喜歡性行為，撫摸男人叫他們失去雄風就是她最高興的事。她甚至引用了一位韓國僑生的說法，認為自己也是一位勞動者，受苦受難，流血流汗，以賺取生活，應該受尊崇，她最偉大。

「我」想幫忙她，畢竟以前彼此曾經是朋友一場。她卻回答說：「朋友？我只要做愛就好。」

她曾墮胎，後來每天早上都吃一顆避孕藥，副作用已經顯現在身上。但是她拒絕「我」的診斷，也不接受精神治療。她也不相信國家、社會能有什麼公理來拯救她，並認為金錢才是妓女的祖國。她恨每個人，不需要任何人的關懷。她叫「我」離開，因為她還要接客。

「我」不禁慚愧萬分，只能恨世界為何充滿這種不公平，社會對少數人怎麼會這麼殘暴。

最後，「我」留下一句保重，關門後離開。

這是非常典型的一齣悲劇，在命運的擺布中，女主角先孤立無援，最後再拒絕所有人的幫助，把自己徹底孤立起來。她活活被犧牲了，正朝著毀滅的終點急速前進，沒有人能挽回她。這篇小說帶給讀者的同情和恐懼❽是強大的，在閱讀完後的許久，仍然難以忘懷，堪稱是田雅各的悲劇代表作。他還有許多的悲劇作品，像〈拓拔斯．塔瑪匹瑪〉、❾〈馬難明白了〉，❿力量都很大。

這些悲劇的來源，大抵都是由於原住民必須面對平地人所帶來的。像申素娥必須面對平地人的嫖客，使她淪入了悲慘的生活。〈馬難明白了〉裡的小男孩，由於必須在平地學校求學，他被平地的小孩歧視，罵他爲黑人，使得馬難回家抱著父親淚流滿面。

然而，田雅各只寫悲劇作品嗎？不然！他也寫了許多的田園故事。比如〈伊布的耳朵〉⓫就是一篇讚揚原住民有「不說謊」美德的田園小說，故事濃縮如下：

有一次，祖母伊布的子女都下田工作，只留她在家裡照顧孫女姍妮。祖母伊布一向就缺了一只耳朵，始終都用布包著。在孫女的追問下，她終於把這個原因說給姍妮聽：

在伊布十六歲的時候，一個落葉的季節裡，塔瑪匹瑪氏族的人出獵了，伊布的爸爸也在行列裡。不久，他們在樹林間發現山羌的腳印，人人變得很興奮。

此時正值晴天，雨水被蒸發，大地瀰漫了微薄的水氣，使能見度降低了。在一顆老松樹前，塔瑪．西荷聽見草動聲，就端槍一放，一看，打死了獵狗。

註——

❽ 同情和恐懼是觀眾在觀賞悲劇時所產生的兩個最重要的情感，它們能洗滌觀眾的情感，引起共鳴。見羅念生譯；亞里斯多德著：《詩學》（上海：上海人民，二〇〇六年），頁四〇。

❾ 見拓拔斯：《最後的獵人》。

❿ 見拓拔斯：《最後的獵人》。

⓫ 見拓拔斯：《最後的獵人》。

這件事使得大家幾乎都要昏倒過去，因為這隻獵狗是頭目最喜歡的獵狗。獵人們立刻就埋了牠，回家，過著心驚膽顫的日子。因為按照族人的規定，殺了獵狗就要受罰，重者放逐六個月，輕的也難逃要賠一隻豬。

很長的時間裡，大家都不吭聲，企圖永遠掩蓋真相。

只有誠實的伊布不願意繼續欺騙下去，她終於一五一十地把事情的真相告訴了頭目。最後，塔瑪．西荷被判放逐一個月，還要賠殺一隻豬宴請部落的戰士們。

塔瑪匹瑪的族人因此痛恨伊布出賣家人的行為，後由家族決議割下她的左耳。

伊布因此在心裡背負了許多年以來的不平。

上述這個故事的內容其實非常簡單，不過寓意卻頗深遠。由於不必面對漢人，因此，它無從變成一篇悲劇小說。故事的發生地點就在部落裡，出獵的情況在田雅各的筆下栩栩如生，原住民森林獵場顯露了應有的美麗景色，散發了十足的田園味道。就小說的目的來看，它其實是在讚揚原住民有「不說謊」美德的小說，也就是維護原住民優良傳統的小說。我們不要忘記，凡是田園文學的作家，除了描寫田園風光以外，就是讚揚傳統的道德、民俗，他們的文化觀點是保守的、復古的。這篇小說就是如此。

田雅各還有更多的田園小說，像〈安魂之夜〉⓬旨在顯露原住民葬禮的優秀面；〈侏儒族〉⓭回述遠古時代小矮人對布農族的農業教導，都充滿了田園的風味，表現了不必面對漢人的那種悠閒、自適的傳統風味。因此，我們大可以論斷說：田雅各的多數小說如果不是悲劇的，就是田園的。

再談夏曼．藍波安的小說，他的小說類型和田雅各相差無幾。

※

夏曼．藍波安，達悟族的文學作家，民族正名、自治運動的先驅，在一九八八年的蘭嶼反核廢料自救運動中，曾擔任蘭嶼「驅除惡靈運動」總指揮。一九五七年生，在達悟族人口中的「人之島」蘭嶼長大成人。高中就讀於天主教所辦的台東「培質院」，畢業後，放棄保送大學，短期之間在社會工作，做過毛巾工廠工、紡織工廠工；也送過嘉裕西服、保麗龍的貨物；甚至當過綁鋼筋工人和貨車工人。在一九八〇年，才憑著自己的能力考上淡江大學法文系。由此可見在讀大學之前，夏曼．藍波安就已嚐遍人生的頓挫。一九八八年，台灣的原住民醒覺運動蓬勃發展，夏曼．藍波安參加了一波波要求改革的浪潮，他的自覺正是來自他在台灣社會底層打滾的結果。一九八九年他回到蘭嶼，重新學習達悟人傳統的生活方式，從造船、捕飛魚的文化中，深深體認達悟族與大自然生態融合成一體的人文傳統。夏曼．藍波安強烈主張達悟族應該有獨立的經濟海域，使之能過著傳統生活，並保留傳統文化。他呼籲中央政府應該提出「蘭嶼周邊六海里，列爲達悟傳統生態海域」的政策，唯有如此，才能讓當地的海洋資源受到保護而得以永續。如果這個政策無法通過，那麼，說得再多也是徒然！到一九九九年爲止，整整十年之間，夏曼．藍波安長期觀察自己的民族，他發現：漢人或西方人類學者的民族誌文獻，對達悟族的描述都有錯誤，

註——
⓬ 見拓拔斯：《情人與妓女》。
⓭ 見拓拔斯：《最後的獵人》。

他認為應該替自己的民族留下一些正確的文字記錄才對。於是，他進入清華大學人類學研究所繼續深造，獲得碩士學位；同時他開始寫小說，成為台灣文壇極受注目的作家。⓮他的重要作品作品有《八代灣的神話》（神話）、⓯《冷海情深》（短篇小說集）、⓰《黑色的翅膀》（長篇小說）、⓱《海浪的記憶》（短篇小說集）⓲等。

就夏曼出版的小說集看來，比如出版於一九九七年的小說集《冷海情深》裡的所有篇章，幾乎都是悲劇作品，由於必須面對平地漢人的文化或與漢人一起生活，達悟族的人可說是走投無路，陷身在進退維谷、不知所措之中。在這本小說裡有一篇叫做〈飛魚的呼喚〉，⓳於一九九二年登載於《中時晚報》副刊。這篇小說用來描寫一個叫做「達卡安」的原住民小孩，他已經是國小六年級的學生，由於他的成績非常不好，考試常常零分，他甚至還不會背誦ㄅㄆㄇㄈ和九九乘法表，被別人和老師封為「零分先生」。不過他卻很能幹，與父親出海捕飛魚，被許多人所稱讚，他也希望自己長大後變成海上的勇士，成為捕飛魚的英雄。由於爸爸一直認為小孩子不好好讀書將來沒有前途，擔心將來去到台灣後沒有謀生的競爭能力，三番五次要他好好唸書，但是事實上他根本不能唸書。因此，他陷身在「零分先生」或「飛魚先生」的矛盾中，無法掙脫這種苦惱。無論怎麼說，達卡安的壓力很大，他面對未來漢人的教育和生活，使他進退失據，焦慮不堪；像這種小說當然是一種悲劇。

但是，如果認爲夏曼只是一個悲劇文學的作家就錯了。他在二〇〇二年出版了《海浪的記憶》這本短篇小說集，從裡頭的所有篇章看來，大部分都不是悲劇作品，眾多篇章的故事結構已經往傳奇（浪漫）的文學發展，算是傳奇文學；就內容來說，田園（海洋生活）的文學味道十足，算是田園文學。最不可思議的是，前一本書裡出現的小孩「達卡安」在本書的單篇〈海洋的大學生〉⑳裡頭又出現了一次。不過，這時的達卡安已經由國中畢業了，他不可避免地去台灣島的工廠工作了三個月，不過，馬上就回蘭嶼了。他當然沒賺到什麼錢，但是他已經毫不在意。他決定變成一個在蘭嶼捕魚的人，因爲他捕魚的技術非常好，足以做爲畢生的職業。他談起海洋的捕魚活動時滿懷興奮，自覺前途一片光明。他當然不會繼續唸書，他用「不再唸書」這個決心克服了再受漢人教育的這個負擔，甚至可以封賞自己是一個「海洋的大學生」的頭銜。在這篇小說裡，對海洋充滿了神聖的崇拜，簡直是一個已經升入天堂的樂園，簡言之，達卡安奇妙地找到了生命可以避難的桃花源了。從小說所鋪陳的無限雀躍的海洋生活來看，這當然是一篇田園內容小說。

註——

⑭ 夏曼・藍波安的生平參見《台灣大百科》，網址：http://taiwanpedia.culture.tw/web/content?ID=7601，二〇一三年九月二十一日瀏覽。

⑮ 夏曼・藍波安：《八代灣的神話》（台中：晨星，一九九二年）。

⑯ 夏曼・藍波安：《冷海情深》（台北：聯合文學，一九九七年）。

⑰ 夏曼・藍波安：《黑色的翅膀》（台北：晨星，一九九九年）。

⑱ 夏曼・藍波安：《海浪的記憶》（台北：聯合文學，二〇〇二年）。

⑲ 見夏曼・藍波安：《冷海情深》。

⑳ 見夏曼・藍波安：《海浪的記憶》。

夏曼・藍波安的小說都是如此：當達悟族人面對漢人時，他的小說是悲劇的；當達悟族人捐棄了漢人時，他的小說如果不是變成傳奇就是變成田園。這一點和田雅各是相似的。

※

底下，我們要討論盲詩人莫那能的新詩，不只是由於他的苦難比田雅各和夏曼要多，也是因爲他開始從事寫作的年代介於前面兩位作者之間。假如說，莫那能的詩也呈現悲劇或田園雙類型擺盪的現象；那麼，毫無疑問的，這種現象大概就是原住民新文學一般共有的現象了！

截至目前爲止，莫那能只在一九八九年出版一本詩集，叫做《美麗的稻穗》，㉑裡面收集有他的三十一首詩。有人說這些詩是由他本人口誦，再由他的朋友李疾、楊渡記錄、修飾而成。這種說法不被莫那能所同意，這些詩大部分還是莫那能自己寫成的，少部分（剛開始寫的一、兩首）才是他人記錄、修飾的。㉒

莫那能開始寫作的年代大約是在一九八四年，此後，他斷斷續續寫詩，到了一九九九年台灣發生了大地震就停止了，將來還會不會寫詩呢？是一個答案未定的問題。但是最重要的寫作時期還是前面幾年，大約寫了五年，他就出版了《美麗的稻穗》這本詩集。從這本詩集的所有詩篇來看，莫那能不是一個爲藝術而藝術的詩人，他的詩大半都富有改造社會的目的，當中最大的目的還在於想改善原住民當前困難的處境，他可以說是一個百分之百文以載道的詩人。由於目前原住民的命運非常悲慘，導致他這本《美麗的稻穗》幾乎都是悲劇性的詩作。比如在最

前面的〈恢復我們的姓名〉、㉓〈親愛的，告訴我〉㉔這兩首，前一首痛陳原住民的眞正姓名「漸漸被遺忘在台灣史的角落」；後一首痛陳湯英伸這位同胞的苦難，感到「我的淚水淋淋」，是悲劇作品。在詩集的中間部分，有一首叫做〈來，乾一杯〉㉕的詩，則描寫一位叫做「卡拉白」的原住民好友的一生的故事。卡拉白從小不愛念書，屢次被老師痛打；國中沒畢業，就到台灣西部平原做苦力，去海上捕魚；當兵後，去跑遠洋漁船，在南非的開普敦港被殺，失去了年輕的生命。這位朋友的一生，可說是如今原住民青年命運的縮影，這首詩也是悲劇作品。在詩集的最後面部分，有一首叫做〈黑白〉㉖的詩，書寫了原住民父親進入礦坑挖煤的無奈，這些來自山地的原住民父親必須在天還黑的清晨，「扛起十字鎬、炸藥，走進更黑暗的洞中挖煤」，目的是爲了孩子的學費以及有白米飯可吃，全篇亦瀰漫了悲劇的氣氛。

那麼，我們可以說莫那能是單純的悲劇詩人嗎？不！並不如此，他仍然寫了一些田園作品。我們仔細翻閱詩集，選出了二首，裡面都反映了原住民女子在漢人社會的不幸遭遇。一首當然是大悲劇的詩作；可是另一首卻是田園詩，它們形成了一個有趣的對照。爲什麼同樣是反映原住民女子不幸命運的詩歌，所呈現的文學類型卻不同，當中一定具有深意。因此，我們想要分析

註——

㉑莫那能：《美麗的稻穗》（台中：晨星，一九八九年）。

㉒有關莫那能的說法請見陳立隆：〈莫那能訪談記錄〉一文。該篇訪談收錄於陳立隆：《莫那能及其詩作研究》（彰化：國立彰化師範大學台灣文學研究所碩士論文，二〇一一年），頁二六二。

㉓見莫那能：《美麗的稻穗》，頁一一—一三。

㉔見莫那能：《美麗的稻穗》，頁一四—一五。

㉕見莫那能：《美麗的稻穗》，頁七九—一〇一。

㉖見莫那能：《美麗的稻穗》，頁一六二—一六三。

這二首詩，來看看裡頭所蘊藏的玄機。在分析前，先讓我們看看莫那能的年譜，特別是有關莫那能和他妹妹的往事。

莫那能年譜㉗

一九五五年，一歲：

七月出生於台東達仁鄉安朔村，排灣族人。

一九五九年，五歲：

唯一的弟弟出生。

一九六二年，八歲：

就讀安朔國小，唯一的妹妹出生，媽媽肺結核病逝。

一九六七年，十三歲：

已經學會種田、種番薯、割稻；平常就是放牛。

一九六八年，十四歲：

進入大武國中就讀。

一九七一年，十七歲：

國三寒假時，父親代人頂罪坐牢。國中行將畢業時，考上空軍機械學校、花蓮師院，可惜皆因爲視力問題（視網膜色素變性）無法就讀；最後進入台東高工家具木工科就讀，因付不起學費，二個月後離校。入天主教寶山教會附設技術訓練班受訓學技藝，免學費和住宿費。

一九七二年，十八歲：

技術班學成，離開部落，到平地找工作。先在台北士林的申東木業公司做了半年多，月薪六百元，住在天母一帶。後轉到新莊的根津工業工作，薪水一千二百元，後調高到一千六百元。

一九七三年，十九歲：

離開新莊，在家鄉大武車站養護工程處工作半年，後來因爲視力問題，審查沒有通過，無法進入編制中當正式的公務人員，非常失望。轉到林班工作。

一九七四年，二十歲：

平地的人口販子到部落找原住民到平地工作，和五、六個人離開部落到高雄、台北、桃園等地做蓋房子的零工，比在工廠工作的薪水高，也比較自由。之後，被騙到台中一家環境惡劣的飼料工廠工作，逃離；後到台北清河砂石場工作，又離開。

一九七五年，二十一歲：

認識淡江教授王津平，將他帶入文壇，認識許多文友，包括汪立峽、李雙澤、楊弦。到譚友棻丈夫的貨運行工作，一個月可以賺九千元左右，住南港。聽到妹妹訂婚的消息，感到吃驚。妹妹的丈夫是一個跛腳的人，到山地來買女人。妹妹不願嫁，逃婚。這時的妹妹也不過只有十三歲左右。

註

㉗ 本年譜根據陳立隆：《莫那能及其詩作研究》以及劉孟宜錄音整理：《一個台灣原住民的經歷》（台北：人間，二〇一〇年）編定而成。

一九七六年，二十二歲：

妹妹又被帶回來部落完婚；不過，妹妹的丈夫不久就上吊自殺了。

一九七七年，二十三歲：

妹妹被賣為未成年的雛妓，堂姊夫主導了這件勾當，父親也收了人家五萬元，導致莫那能開始尋找妹妹。先到高雄一家私娼寮找到妹妹，和保鑣打了一架，後到警察局報案，然而警察竟然和私娼寮勾結，不辦理這件事，隨後失去妹妹的蹤跡。回北部，去找王津平想辦法，和王拓見面，後又認識陳映眞、黃春明、尉天驄，此時發生鄉土文學論戰，莫那能搞不清楚這些鄉土文學家誰說的比較有道理。由於非常擔心妹妹的情況，一面請假做臨時工一面找妹妹，先在北部，後又到南部找，此期間曾去殯儀館當洗屍體的工人。最後接到妹妹的信，知道妹妹在雲林縣斗南鎭習藝所，於是趕去習藝所。由於習藝時間未完，尙不能接回妹妹。這時，也有幾個黑道分子想要接走妹妹，莫那能和黑道發生了一場持刀的追逐戰。莫那能趕回到部落，拿了父親的身分證、印章和家裡的戶口名簿，先到台北。在領回妹妹的前一天先到台中，在王世勛（此時擔任記者工作）的家過夜。隔天到雲林縣斗南鎭去接回妹妹時，僱了一輛計程車，被黑道的轎車跟蹤，靠著王世勛的幫忙，先到台中，擺脫黑道的跟蹤後，一路直上台北找到王津平，安排妹妹住在王津平家，先不回台東，以免又被賣掉。後來，王津平請《中國時報》報導這件事，希望社會能注意雛妓的問題。這一年年底，陳鼓應和陳婉眞參加中央民意代表選舉，莫那能曾到競選總部幫忙。妹妹後來又離開台北，到台中的南興村找一個原住民的青年，他們是一對戀人。

一九七九年，二十五歲：

從貨車摔下，腦震盪，肩胛骨斷裂，右眼失明。後來又發現肺結核，怕傳染給更多的人，只好辭掉工作，搬家去景美，住在陳鼓應（陳將去美國）的空房子養病。此時已經認識《夏潮》編輯蘇慶黎，對左翼產生認同，也下定決心以關懷原住民爲畢生職志。不久，又回公司上班，繼續隨卡車工作。這一年的年底發生了「美麗島事件」，有人來查莫那能的底細，還好沒事。

一九八〇年，二十六歲：

視力很差，公司怕他出事，安排他跑長線，於是他時常隨車運載酒、菸草，專跑各地酒廠和菸廠，一天來回一趟或是隔天才回來。

一九八一年，二十七歲：

曾辭掉工作，幫林正杰競選，認識原住民菁英越多；也認識了黨外的青年林濁水、張富忠、陳菊、陳文茜。

一九八二年，二十八歲：

弟弟準備結婚，莫那能回台東一趟，此時妹妹恰巧也回山地，住在她男朋友的家。曾去見妹妹，叫她不要因爲被賣爲雛妓而怨恨爸爸。

一九八三年，二十九歲：

眼睛完全失明，入新莊盲人重建院學習按摩技術。

一九八四年，三十歲：

三月，到台中楊渡的家喝酒、唱歌，這時，有人發現莫那能的頸子腫了一塊（這是第一次發現的惡性腫瘤現象）。由於李疾整理了莫那能隨興吟唱的歌詞，成爲若干的詩，導致他也開始寫詩。《春風詩叢刊》第一期收錄〈山地人〉共三首詩。第二期，又收錄〈來，乾一杯〉等二首。四月底，接到妹妹來信，說她又到台南當妓女，這次是因爲父親和祖母都得了肺結核，家裡沒有錢，她只好重操舊業，莫那能知道了，趕到台南向妹妹問清楚這件事，諒解了妹妹的做法。半年後妹妹終於離開台南。五月，到「有信」按摩院工作。六月，從重建院畢業，繼續在「有信」工作，一個月賺一萬元左右。十二月，「原權會」成立，擔任處委召集人；爲了推動「正名運動」，寫了〈恢復我們的姓名〉一詩。

一九八五年，三十一歲：

發起「公義之旅」針對「吳鳳神話」遊行抗議。年底「原權會」推舉林文正出來競選省議員，是第一位原住民自主推舉的候選人，受到祕密警察的挾持和恐嚇。回台東幫林文正競選。

一九八六年，三十二歲：

等到祖母去世後回台北工作。趕快去醫院檢查頸間的腫瘤，到馬偕醫院開刀，後接受化療。

一九八七年，三十三歲：

赴美演說、募款，認識許多左派人士，了解到許多事物可以由許多角度進行理解。曾到台中聲援「湯英伸殺人事件」。

一九八八年，三十四歲：

與盲胞張屛華結婚；到日本北海道參加「太平洋少數民族會議」。與原住民同胞開始推動「還我土地運動」。

一九八九年，三十五歲：

《美麗的稻穗》由晨星出版社出版，共收集三十一首詩，被認爲是原住民的第一本詩集。

一九九〇年，三十六歲：
到中國「少數民族自治區」訪問。
一九九九年，四十五歲：
九二一大地震前一天到山上念詩，獲得掌聲；第二天地震就發生，死了許多族人，此後十多年之間，不曾再寫詩。
二〇一〇年，五十六歲：
《美麗的稻穗》再版。《一個台灣原住民經歷》出版，是莫那能的口述自傳，由劉孟宜錄音整理出版。加入「中國作家協會」。

莫那能書寫妹妹的兩首詩

首先，在《美麗的稻穗》裡，有一首叫做〈遭遇〉㉘的詩，是書寫妹妹不幸遭遇的詩，原文是這樣的：

〈遭遇〉
寒冬的夜裡
妳在三重的長堤

註——㉘見莫那能：《美麗的稻穗》，頁一二二—一二六。

那樣孤獨地佇立
過年的前夕
到處歡歡喜喜
妳卻在淒冷的風中飲泣
凝望著對岸絢麗詭異的大都邑
想望著故鄉純淨美麗的土地

想起：
十七歲那年夏季的夜裡
在新港的海堤
澎湃的潮汐
滿天的星星
把天空裝扮的動人亮麗
明媚的月光
照亮著山川和田地
還有伊人的相偎依
啊！如夢般
遙不可及的記憶

也是那年的夏季
弟弟在燠熱的廠房殺傷老闆
沉重的賠償金使妳
賣身為妓
那時起
妳眩目美麗的身體
不再為妳所愛的人
討歡喜
一切只為交易
生活在陰暗斗室裡
承受折磨的繼續
痛苦的累積

四年，那樣不堪回首的往昔
風更加的淒厲
年僅二十一
卻似破敗了的身體
如淡水河的汙泥
那般被人唾棄

無人撫籍、憐惜
而這一切妳又怎能責怪弟弟
在唯利是圖的生活環境裡
妳看不到公理
見不著正義
只有更多的孤寂、無依
擦乾眼淚，別再哭泣
妳所思念的故鄉
也是那樣破敗迷離
將妳的苦楚與憤怒
化為力量
勇敢地面對困境
一切靠自己

這首詩的創作年代不可能早於一九八三年，因爲詩裡出現了莫那能妹妹二十一歲（一九八三年）的狀況，據研究應該是一九八五年創作的作品，十足書寫了妹妹早年不幸的半生。

第一段的大意應該是這樣的：「在這個寒冬的夜裡，妳在三重的長堤上，那樣孤獨地站著。現在是過年的前夕，到處都洋溢著歡樂的氣息，妳卻禁不住在淒冷的風中哭泣了。妳面對著河流對岸那座美麗但是詭譎的大城市，但是我知道妳心中想的是故鄉山上那片純潔乾淨美麗的土地。」這一段陳述了妹妹終於脫離了皮肉生涯獲得自由了，她能自由地來到三重的河邊。做哥哥的作者可能和她一起來到這裡，和她並肩而立，並且作者自信地知道，如今站在這裡的妹妹正在想著什麼。

第二段的大意應該是這樣的：「妳想起了十七歲那年夏天的夜裡，妳也站在海堤上，不過不是在北部三重，而是在新港那個海堤，那時就和男朋友站著那裡，那海上有著澎湃飽滿的潮汐，那滿天的星星把天空裝扮得多麼動人亮麗，那時明媚的月光照亮著山川和田地，還有妳和情人彼此的相偎相依。」這一段大概是寫一九七八年左右（當時妹妹十七歲），妹妹到台中的南興村找一個原住民青年的事情，妹妹和那位青年是一對戀人，後來他們雙雙回到台東的部落，他們很早就認識了，感情應該是深厚的。這時，已經是莫那能由雲林縣斗南鎮領回妹妹，已經脫離了南部雛妓集團的控制以後的事了。這一段是寫不幸的妹妹也有她應該有的幸福戀情。因為是戀情，景色描寫不乏浪漫。

第三段大意應該是這樣的：「哎呀！往事如夢，在那個想起來有點遙不可及的歲月，也就是那年的夏天，弟弟在燠熱的廠房意外地殺傷老闆後，被判必須賠償老闆金錢，沉重的賠償金逼得妳只好賣身為雛妓。自從那時開始，妳本來眩目美麗的身體，已經不再為妳所愛的人而美麗，只為了交換金錢，妳出賣肉體去做性交易。妳每天都在陰暗斗室裡，承受著百般的折磨，身心上的痛苦因而不斷地累積。」這一段回到早年妹妹被賣為雛妓的往事來書寫，算是一種回憶。這是指一九七七年的往事，那時妹妹十五、六歲，根據詩裡頭的描述，當時因為弟弟殺人，為了替弟弟償債，先被賣到高雄（堂姊夫主導了這件勾當，父親也收了人家五萬元），莫那能知道後，趕到那裡，和私娼寮的保鑣們打了一架，仍然救援妹妹不成；後來又偵查到妹妹脫離了私娼寮，轉到斗南的雛妓習藝收容所，他趕到斗南，又和黑道的人打了一架，後來靠著許多友人的幫忙，終於瞞過黑道，將妹妹接到台北。雖然妹妹當雛妓只有一年左右，但是她的身體已經被百般蹂躪了，不再為情人美麗了，令人痛心！

第四段的大意應該是這樣的：「又經過了四年，那是一段多麼不堪回首的歲月，環境更加難熬，好像一陣陣淒厲的風，無情地吹打在妳的身上，雖然妳只有年僅二十一歲，妳破敗了的身體已經彷彿是淡水河的汙泥，被人唾棄，再也無人慰藉、憐惜了。」這一段的往事應當是指一九七七年妹妹（十五、六歲左右）由斗南習藝所被接回到台北後的四年之間的往事。雖然詩裡沒有明白地寫出來，但是我們可以猜到可能這四年裡，妹妹又為了家庭，斷斷續續去賣身為妓，才會導致四年後二十一歲的妹妹的身體更加殘敗。足見莫那能雖然極力拯救妹妹，但是到底效果有多大，還是很難估量的事。

第五段的大意應該是這樣的：「不過這一切妳又怎能責怪弟弟呢？在唯利是圖的台灣生活環境裡，妳本來就看不到社會公理，也見不著社會正義，估計將來也只能品嘗到更多的孤寂、無依。所以，我要妳擦乾眼淚，別再哭泣。妳看一看妳所思念的山地故鄉，目前也受到嚴重的剝削，也是那樣的破敗，那樣難以教人理解。妳應該把妳的苦楚與憤怒化為力量，勇敢地面對困境，一切只能靠自己來解決。」這一段算是結尾，作者不再描寫妹妹，而是自己跳進詩裡，闡述了自己的感想和理念。不同於前面，這一段有了積極性，目的在於教妹妹應該要放大眼光，了解今日原住民的處境不只是個人的處境，而是集體的處境，凡是原住民都應該化憤怒為力量，改善原住民環境。

綜觀這五段，是一首寫實主義的詩，所謂「寫實主義」就是指作者相信他的文字能重現往事，讓往事再度活了過來。考察這首詩的遣詞用字，相當口語化而淺白易懂，少用比喻，直接描寫，裡面所做的人物刻畫和場景的描寫都栩栩如生，都合乎寫實的技法，這一點可說是莫那能《美麗的稻穗》這本詩集的最大特點之一。此外，這首詩不使用太多的色彩，說明了作者寧取內容，不爲美感而寫作的寫實特性。雖然如此，但是全詩都押了「i」韻，而且一韻到底，當中沒有換韻的現象，可見作者相當注重詩的音樂性，也使這首詩帶著歌謠的特性，和當前全然標榜廢棄韻腳的現代詩有了距離，也因此避免了極端現代詩那種僵硬、冷澀的缺點。再其次，作者安排了「壓迫/被壓迫」、「公義/不公義」衝突對立的結構，乃使得詩充滿了張力，有些描述因此產生了震人心弦的效果，教人難以抵擋。上述種種這些都是作者的匠心獨運，也讓人看出了莫那能是一個天才型的詩人，乃是一位能使自己的詩的效果發揮到極致地步的詩人。

我們尤其要注意到這首詩的文類，這是一首徹底悲劇的詩作，除了悲劇以外，它並不屬於任何其他文類的作品。悲劇有一個要素，就是裡面的主人翁必須是一個被命運所操弄的人，也許這位主人翁有某些本性的缺點，但是終歸來看，他還是被命運所擺布而無法脫身的人。我們看到這首詩裡的這位妹妹，在個性上，她果然不是有什麼大缺陷的人，但是由於生爲一個原住民，她不知不覺就必須面對自己難以承受的命運：被弟弟在工廠殺傷的老闆、人口販子的堂姊夫、拿人錢財的父親、貧病的家人……，都是催促悲劇命運降臨的原因。到最後，妹妹終於爲了她的命運付出巨大的代價。最教人難過的，她得到了任何的報償了嗎？沒有！她什麼報償也沒有得到！最終是白白地犠牲了她的肉體和青春。莫那能爲什麼要把這首詩寫成悲劇呢？按悲劇的功用來說，一是引起我們的同情，產生義憤；二是恐懼，教我們了解漢人壓迫原住民的醜陋，進而在我們的良知良能上烙下一個洗不掉的罪惡陰影；這更是莫那能匠心獨運的地方。另外，我們知道，這首詩所以變成悲劇詩的原因，不論怎麼看，還是因爲原住民必須面對漢人而生活所帶來的結果。悲劇的命運其實是一條終歸要被修築出來的道路，只要原住民必須面對漢人，這條道路就一定會展開。

底下，我們再看看一首叫做〈歸來吧，莎烏米〉的詩，裡頭仍然有一位不幸的原住民少女，詩文如下：

〈歸來吧，莎烏米〉

檳榔樹的葉尖刺頂著圓月
明亮的光穿過了柴窗
照著準備上山的哥哥
照著屋角的背簍和彎刀

背上背簍喲
裝滿小米的種子和芋頭
束緊腰頭喲
繫上祖父遺傳下來的彎刀
上山去喲上山去

雞啼已在催促沉重的步履
早春，早春的空氣
像是剛從地窖起出的小米酒一般
那開封的清香和著情歌
在百蟲交鳴的山徑旁
沿途伴我上山

哥哥帶著彎刀和火種
翻過一山又一山
莎烏米啊莎烏米
一遍又一遍地唱著妳的名字
妳的名字喲是永遠的食糧

像土層裡的芋頭
像田間的小米
莎烏米啊莎烏米
哥哥帶著背簍和種子
翻過一山又一山
在夜梟咕嚕聲的引領下

探索古老的神話和傳說
隨著涼涼的泉水聲
思念離鄉多年的莎烏米

上山去喲上山去
莎烏米啊莎烏米
唱著妹妹的名字
不論太陽在雲海裡經過幾次的升落
不論月亮在夜空中經過幾次的圓缺
我都不疲倦
莎烏米啊莎烏米
唱著妹妹的名字
我將芋頭一粒粒地埋在土層裡
將小米一把把地播撒在田間
興奮地等待未來的豐收

啊，被退伍金買走的姑娘
當妳想起山上的哥哥時
是否也一遍遍地唱著那首情歌：

妳是誰呀妳是誰
站在高崗上對著我唱
妳的人兒妳的歌聲
漂亮得超過了彩虹
你是誰呀你是誰
站在高崗上對著我唱
你的人兒你的歌聲
雄壯得超過了瀑布

啊，哥哥的思念
被綿延無際的山嶺圍困
被此起彼落的泉聲纏繞
日復一日，一山又一山
通過了夏季的炎熱和暴風雨
黝黑的身體更加健壯了
厚實的手足也結滿了繭
終於，在秋蟬頌夏的歌聲中
芋頭已累累碩大
田間的小米也翻起了鼓鼓的金浪

歸來吧，莎烏米
讓我們一起合唱豐收的歡歌
歸來吧，莎烏米
讓我摘下一片亮綠的芋葉
盛滿晶瑩的露珠做聘禮
讓我釀一甕甜美的小米酒
用傳統的共飲杯和妳徹夜暢飲
莎烏米啊莎烏米
哥哥帶著彎弓和火種
懷著不減的愛和希望
一山又一山地
一遍又一遍地唱著妳的名字
歸來吧歸來
歸到我們盛產小米和芋頭的家園吧！

這首詩更分九段，雖然比較冗長，但是因爲是情詩，意思比較單純集中，它的整體意思應該是這樣的：「檳榔樹的葉尖像一把刀，刺頂著天空圓圓的月亮。明亮的月光穿過了柴窗，照著準備上山的哥哥的我，也照著放在屋角那邊的背簍和彎刀。／背上背簍喲，裝滿小米的種子和芋頭喲，束緊腰頭喲，繫上祖父流傳下來的彎刀，上山去喲上山去。/雞啼聲已經在催促吾人沉重的腳步；早春的空氣像是剛從地窖起出的小米酒一般，那開封的清香和著情歌在百蟲交鳴的山徑旁沿途伴我上山。/哥哥我帶著彎刀和火種翻過一山又一山，沿路唱著：莎烏米啊莎烏米。一遍又一遍地如此唱著妳的名字。妳的名字喲，就像是那永遠的食糧。/的確就像土層裡的芋頭又像田間的小米，莎烏米啊莎烏米。哥哥帶著背簍和種子翻過一山又一山，在夜梟咕嚕聲的引領下探索古老的神話和傳說；隨著涼涼的泉水聲，思念離鄉多年的莎烏米。/上山去喲上山去，莎烏米啊莎烏米，我一直唱著妹妹的名字。不論太陽在雲海裡經過多少次的升落，不論月亮在夜空中經過多少次的圓缺，我都不覺得疲倦。莎烏米啊莎烏米，我一面唱著妹妹的名字，一面將芋頭一粒粒地埋在土層裡或將小米一把把地播撒在田間，興奮地等待未來的豐收。/啊，被退役老兵買走的姑娘啊，當妳想起山上的哥哥時，是否也會一遍遍地唱著我們曾共同唱過的那首情歌：妳是誰呀妳是誰？站在高崗上對著我唱：妳的人兒妳的歌聲，漂亮得超過了彩虹。你是誰呀你是誰？站在高崗上對著我唱：你的人兒你的歌聲，雄壯得超過了瀑布。/啊，哥哥的思念已經被綿延無際的山嶺圍困住了；被此起彼落的泉聲纏繞住了。日復一日，一山又一山，通過了夏季的炎熱和暴風雨的鍛鍊，如今黝黑的身體更加健壯了，厚實的手足也結滿了繭。終於，在秋蟬頌夏的歌聲中，芋頭已碩大累累，田間的小米也翻起了鼓鼓的金浪。/歸來吧，莎烏米，讓我們一起合唱豐收的歡歌。歸來吧，莎烏米，讓我摘下一片亮綠的芋葉，盛滿晶瑩的露珠做聘禮；讓我釀一甕甜美的小米酒，用傳統的共飲杯和妳徹夜暢飲。莎烏米啊莎烏米，哥哥帶著彎弓和火種，懷著不滅的愛和希望，一山又一山地，一遍又一遍地唱著妳的名字。歸來吧歸來，歸到我們盛產小米和芋頭的家園吧！」

這首詩和前一首一樣，仍然使用明白易懂的文字，不故弄玄虛。但是，與前一首詩的差別在於這一首詩大量地使用比喻，「像是剛從地窖起出的小米酒一般」、「像土層裡的芋頭」、「像田間的小米」都是比喻的手法，因此，本詩顯得比較有美感，同時，情緒上已經不是悲苦的。雖然本詩沒有押韻，但是音樂性仍然受到重視，作者故意重複使用「莎烏米啊莎烏米」或「歸來吧，莎烏米」這些短句，使得詩具有音樂性，這一點再度顯示了莫那能和現代詩人很不同，他是一個相當注重詩歌音樂性的詩人。作者聰明地使用了「哥哥＝不再被剝削的人／莎烏米＝被剝削的人」的這種對立結構來寫詩，使得詩句有張力。不過，就像後結構主義所說的，結構從來不是對等的，在詩裡頭，「哥哥＝不再被剝削的人」被置於中心，是主角；「莎烏米＝被剝削的人」是邊緣，是配角。這首詩是主角對於配角的呼喚，不斷邀請邊緣趕快回到中心的位置來，全詩充滿了固定的企圖和目標，很具有運動方向，這算是作者的一種匠心獨運。

最重要的，我們要注意到，這首詩基本上是一首田園詩。的確，這首詩和上一首詩一樣，出現了一個被退役老兵買走了的山地少女莎烏米，不過她並不是詩裡的主角。占據中心位置的主角是一個返回山地的原住民青年，隨著他在山上如意生活的展開，詩裡就出現眾多的山間風物（彎刀、種子、小米、芋頭、彩虹、瀑布……）與傳統的文化（神話、傳說、山歌……）；此外，還伴隨許許多多的大自然美景。至於做爲配角、被買走的莎烏米則比較缺乏具體的描述和刻畫，導致這首詩雖然仍有悲哀的氣息，但是更強大的田園味道明顯可以掩蓋那分悲哀。歸結來看，這首詩還是田園詩，相當表露了原住民回歸到自己山地田園的那種歡樂和雀躍的心情。換句話說，由於莫那能筆下的這位年輕的男子已經不必再面對漢人與漢人社會，以這位年輕人爲中心所產生的詩立即變成田園詩。這種書寫的慣性並非莫那能單獨所具有的現象，田雅各和夏曼·藍波安都是如此，我們在上文已經提過了。

期待諷刺文學的來臨

上文我們已經分析了三位相當具有代表性的原住民作家，所得的結論是：自八〇年代以來，大部分原住民文學作品的內容如果必須面對漢人，大抵都變成悲劇文學；反之，不面對漢人，只面對自己的故鄉，作品就變成田園。也就是說，當前原住民的文學是擺盪於悲劇和田園之間的一種文學。

可是，文學的類型不可能永遠不變，經過一段時間，它的情況就會改觀。加拿大籍的文學批評家弗萊曾提過，在一段歷史過程（長則幾千年，短則幾十年）中，文學會呈現春↓夏↓秋↓冬這種彷彿大自然的季節變動。當文學進入春天時，會流行傳奇（浪漫）作品；當文學進入夏天時，會流行田園作品；當文學進入秋天時，會流行悲劇作品；當文學進入冬天時，會出現諷刺作品。當前的原住民文學，正逢夏天和秋天之交，而且是秋天的味道越來越濃重。秋天的悲劇文學說明了當前的原住民精神狀態正處在濃濃的困擾、挫敗、悲傷之中；夏天的田園文學也讓人看出原住民對於傳統田園生活那種無限的懷念。但是，不論悲劇也好，田園也罷，都不會是將來的文學主流。按文學的季節變遷來看，原住民作家將來必不可免的會放棄這兩種文學類型，急速往諷刺文學的類型邁進。我也認爲，原住民作家應該趕快往諷刺文學的方向運動才是正途！

提到諷刺文學，它是冬天類型的文學，也就是一個歷史過程最後階段的文學，連接著下一循環的新春天的文學。它通常是人類的歷史和思維即將產生大變化時所產生的文學，就像是文藝復興或啓蒙時代的伊拉斯莫斯、伏爾泰那些人的文學。它能夠一面針對敵人做辛辣的諷刺，一面對自己的社會做尖酸的反省，教人能看清事情的眞正癥結所在，以備一個新時代的到來。

我當然知道當前原住民的悲劇文學非常了不起，它準確地反映了當前原住民的困境，但是過多的人一窩蜂地書寫過多的困擾、挫敗、悲傷也於事無補，只能教人更加頹喪而已。同時我也不以爲原住民作家過度美化自己的山地田園生活是正確的，在那個被莫那能描繪成伊甸園的山地田園生活裡，不知道隱藏了多少的貧窮、酗酒、教育低落的問題，正需要當前的山地知青努力去做自我的改革。這些都有賴諷刺文學才能竟其功。

當前，原住民眞正的諷刺文學還太少（也就是說原住民的伊拉斯莫斯和伏爾泰還沒有大規模出現），看不出一個明顯的面貌。當它眞正大規模地臨到時，我想原住民的精神、心智狀態都會顯得比較靈活和慧黠，除了能呼籲改造自己以外，也更加能看清楚漢人的弱點而更敢於挑戰漢人。最起碼文學裡的悲哀的情緒會略微降低，作品會多了幾分的機智、幽默、風趣。

戰後悲劇文學的延續與二二八事件的書寫

——以李喬、田雅各、胡長松的小說為例

戰後悲劇文學延續下來的原因

我曾經說過，戰後的台灣文學呈現了諷刺和悲劇文學雙主流的現象。我也曾說這是一種幻象，因爲悲劇文學的大潮已經隨著日本統治的結束而中止了，戰後眞正的主流應該是諷刺文學。不過，由實際的文學作品來看，戰後的悲劇文學還是那麼多，品質仍然不比日治時期差，要說它不是主流，確實是有點說不過去。爲什麼戰後悲劇文學還是那麼多、那麼有力呢？其原因有二：

一個是戰後的某些作家以日治時期做爲寫作素材，他們寫了許多有關日治時期的歷史小說。由於日治時期的歷史是悲劇的，人心也是悲劇的，因此這些作家爲了要重現當時的眞實，他們就把歷史小說也寫成悲劇，他們的文風和日治時代的文風並沒有區別，只是日治時代文學的一種延續罷了。比如說鍾肇政所寫的《濁流三部曲》、❶《台灣人三部曲》，❷是悲劇作品；李喬所

註——❶見鍾肇政：《濁流》、《江山萬里》、《流雲》（新北：遠景，一九七九年初版，二〇〇五年再版）。

寫的《寒夜三部曲》，❸是悲劇作品；東方白所寫的《浪淘沙》，❹也是悲劇作品。在這幾套小說裡，大半的素材果然都是日治時代所發生的事件。又由於這三位作家已經不是日治時期的作家，他們創作這些作品時已經沒有壓力，他們更能夠馳騁自己悲劇的想像力於文學作品中，導致所寫出來的作品都貫穿了整個日治時代，甚至把時間向前或向後延伸，作品都非常龐大，被稱爲大河小說。由於作品分量如此之重，因此看起來戰後的悲劇文學依然相當有力。

另一個原因則與戰後二二八事件的發生有關。本來，由於日本人的離去，戰後台灣人的悲劇情緒應該告一段落。但是隨著一九四七年的二二八事件發生，台灣人的悲哀、受挫的情緒有被延長的現象，假如當時作家能自由書寫的話，我們就可以看到許多的悲劇文學作品現身。不過，隨著軍事鎭壓、清鄉以及白色恐怖的來臨，台灣人在八〇年代以前，文學上幾乎不敢提到二二八事件相關的事情，儘管吳濁流有一本二二八事件新聞報導體作品《無花果》，❺可惜出版後也被查禁了。漫長的三十年之間，台灣的二二八悲劇文學沒有成績，所產生的寫實風格文學是吳濁流、《笠》詩刊詩人、黃春明、王禎和……這些人的諷刺文學。實際地考察起來，除了鍾肇政悲劇式的歷史小說和女性家庭悲劇小說以外，戰後的三十年以內，就是諷刺文學的天下。不過，來到了八〇年代，美麗島事件發生在先，解嚴發生在後，二二八事件的書寫禁忌被突破了，許多人提筆開始寫作悲劇的二二八事件小說、詩歌，❻配合著勃發的台灣民主運動，終至於壯大成潮。這時加上李喬和東方白又提筆創作他們的悲劇大河小說，於是悲劇文學成爲一股能和諷刺文學抗衡的力量，竟至於讓人以爲戰後的文學形成了諷刺和悲劇雙主流的現象了。

如上所述，我們可以了解到二二八事件的文學創作對於戰後悲劇文學這股潮流的重要性。一方面，它壯大了悲劇文學；另一方面，它延續了悲劇文學的命脈，直到越過了西元二〇〇〇年，都還有二二八事件的長篇小說創作，使得悲劇文學很難在台灣的文壇上絕跡，這眞是令人不敢想像的一件事。

二二八事件的書寫與悲劇書寫的關聯性

既然二二八事件的書寫對於台灣悲劇文學的延續如此重要。那麼，是否意味著二二八事件的書寫一定非採用悲劇式的書寫不可呢？爲什麼台灣作家大半不採用傳奇（浪漫）或田園或諷刺的文學類型來寫二二八事件呢？二二八事件的書寫與悲劇書寫究竟有什麼一定的相關性呢？

按照後現代歷史理論家海登・懷特（Hayden White，1928—）的看法，任何的歷史事件，我們都可以用傳奇（浪漫）、喜劇（田園）、悲劇、諷刺四種方式加以書寫，它們之間並沒有眞假、優劣的差別。❼海登・懷特的歷史撰述理論可以挪用到文學書寫上來做分析，特別是小說的創作。換句話說，二二八事件小說並非一定要用悲劇的方式來書寫不可，它事實上也可以用傳奇

註——

❷見鍾肇政：《沉淪》、《滄溟行》、《插天山之歌》（新北：遠景，一九八〇年初版，二〇〇五年再版）。

❸見李喬：《寒夜》、《荒村》、《孤燈》（新北：遠景，一九八〇、一九八一年初版，二〇〇一年再版）。

❹見東方白：《浪淘沙》（台北：前衛，一九九二年）。

❺《無花果》一書由一九七一年開始，長期被禁。二〇〇〇年由台北草根出版再版。

❻小說方面可參見林雙不編：《二二八台灣小說選》（台北：自立晚報，一九九一年）；詩歌方面可參見李敏勇編：《傷口的花：二二八詩集》（台北：玉山社，一九九七年）。

❼以上理論參見陳新譯；海登・懷特著：《元史學（Metahistory）》（南京：譯林，二〇〇四年），頁一—五五。也可參見黃進興：《後現代主義與歷史學研究》（台北：三民書局，二〇〇六年），頁一八七。

（浪漫）、喜劇（田園）、諷刺各種文類來書寫，結果都可算是二二八事件小說，並且我們無法論斷何者比較正確或不正確，它們要嘛都是對的，要嘛通通是錯的。譬如說，外省籍的作家林燿德曾寫了一本叫做《一九四七高砂百合》❽的長篇小說，從內容來說，可算是二二八事件小說。由於涉及外省籍的本位主義，這篇小說脫離了悲劇的範圍，變成了一本黑色的諷刺小說，他用一種譏笑或揶揄的態度來寫二二八事件。沒有人能限制林燿德這麼寫二二八事件小說，甚至很難指責他這麼寫二二八事件是錯的。可見二二八小說的書寫是任意的，沒有人可以規範它。不過，截至目前為止，除了林燿德外，二二八小說的書寫幾乎都是悲劇的，其他的文類少之又少，譬如說，並沒有人用傳奇（浪漫）或喜劇（田園）來寫二二八事件小說。這說明了作家對於文類的選擇無法完全任意而為。雖然海登・懷特的說法可能是對的：任何的文類都可以書寫某個事件。但是最終作家還是無法任意行事，他們一定會多方遷就。到最後像二二八事件這種文學書寫，還是以悲劇文類的採用占上風。

底下，我們將以三個作家的二二八事件小說為例來說明二二八事件與悲劇書寫的相關性，進一步讓我們了解：戰後悲劇文學潮流仍然延續下來的重要原因。

三篇小說的濃縮

（一）胡長松的〈金鋪血案〉❾

胡長松是福佬人，高雄作家。他的《槍聲》一書是台語小說，書寫了二二八事件時，彭孟緝的部隊如何在高雄展開血腥的屠殺，資料乃是來自於高雄地區居民對二二八的口述歷史，換句話說，胡長松並不完全虛構這些小說，他是有所本的，寫出來的各篇小說實際上是發生過的故事。

〈金舖血案〉是台語小說集《槍聲》裡的一個短篇，描寫一個金舖的老闆如何在動亂中被彭孟緝的士兵搶劫，然後再被槍殺的故事。經過我本人向胡長松請教的結果，這篇故事的口述原文係來自於《高雄市二二八相關人物訪談錄〈中〉》這本書，⑩的確是有所本的故事。我將它翻譯成北京話，並節錄摘要如下：

高雄鹽埕埔的玉寶山金舖就在大仁路大舞台戲院旁邊，處於三角窗的位置。這條街不乏有賣高級品的商店，例如眼鏡行、鐘錶店、金舖等等。街屋都是二層樓，屬於大正風格的清水紅磚屋。大舞台對面有個熱鬧的菜市場；東邊則是堀江商場；轉角過去還有一間日本人蓋的五層樓百貨公司，有升降梯，是最熱鬧的中心地點。早上攤販齊集在這裡，家庭主婦蜂擁前來買菜，人群雜沓；晚上燈火熠熠，身著洋裝的婦女以及身著西裝的紳士來來往往，甚至有全身芳香的姑娘們前來街道散步。他們有許多人都是玉寶山金舖的老主顧。

註

❽ 林燿德：《一九四七高砂百合》（台北：聯合文學，二〇〇六年）。
❾ 見胡長松：《槍聲》（台北：前衛，二〇〇五年）。
❿ 《高雄市二二八相關人物訪談錄〈中〉》（台北：中央研究院近代史研究所，一九九五年），頁一四三—一六八以及頁二五一。

玉寶山金舖的老闆叫做劉興國，高雄在地人，四兄弟中排行最小。早年曾到台中寶珍金舖學習打造金飾，在二戰的末期，由於日本人實施「金統制」，台中的寶珍金舖本店不得不關門，劉興國也曾躲到斗六去逃避戰亂。戰後，一九四七年，劉興國回高雄開業，在二二八事件時不幸死亡，當時年紀只有三十九歲。

※

劉興國的大女兒彩玉回憶起在她父親被殺害前所發生的許多事：

三月初一，她和家人聽到發生在台北大稻埕的抗議陳儀事件。

那天晚上，擅長搞貪汙的高雄警察局長童葆昭的轎車在「新高雄酒家」被人放火燒了，高雄出現趕走阿山的口號。

初四，開始有槍聲，菜市場的人已經流傳著許多青年被軍方槍殺在火車站的消息；同時流傳說為了躲避報復，警察和外省官員都避難到高雄壽山和西子灣去了。學生在高雄中學聚集商量大事，市政府和參議院組成了二二八事件處理委員會。

初五，剛吃過晚飯，玉寶山隔壁的鐘錶店老闆楊德昌就倉促跑來，大聲呼叫劉興國，說：「國仔！國仔！國仔！」他要劉興國趕快逃難。

楊德昌告訴劉興國說有電力公司的人員被中國來的土匪兵槍殺在陸橋下，同時壽山的殺人將軍彭孟緝的軍隊隨時都會攻下山來，情況很不妙。

劉興國坐在椅子上，拒絕逃亡，他認為自己沒有做什麼壞事；同時逃跑也有不便之處，他說：「難道要抱著沉重黃金在路上跑嗎！」

老楊走後，劉興國嘆口氣，站起身，穿著木屐，款款地走到門邊，對著坐在門口旁的女兒彩玉說：「會怕嗎？」

彩玉定神看著對面樓房的屋頂，晚雲沉落，馬路上有台灣年輕小夥子背著大刀在巡邏的影子，之外，沒有人。彩玉搖搖頭，意思是說她不怕。

※

晚上，劉興國的太太睡不著，因為緊張，她的心臟猛烈的跳著，希望全家人再到斗六避難，但是劉興國否定了他老婆的看法，再度重申他沒有做什麼錯誤的事情，不會有事！

※

初六，烏雲微雨，中午，劉興國正在睡覺，高雄要塞司令彭孟緝的部隊忽然下山攻進市區，經過陸橋，兵分兩路，一路從大公路到大仁路，剛好經過玉寶山銀樓，連續有好幾輛軍用卡車載著喧嚷的士兵出現。彩玉在金舖的門口看到士兵的頭盔和亮晃晃的刺刀。士兵一出現，街道人家的門窗一時間之內一起關起來，被彭孟緝的士兵包圍的市政府那邊槍聲大作，但是大舞台的這邊沉寂得彷彿是座死城。

劉興國迅速的將黃金藏好，和一家人躲入半樓的一個小房間裡。從房間東邊的窗口，可以看見大水溝、菜市場，也可以由另一邊的牆的破洞窺看客廳的動靜。

彩玉看到街上有幾個男人被士兵押著，往壽山的方向走去。

劉興國的老婆再度要求劉興國逃難，又被劉興國否決。

※

那天下午，士兵移往他處巡邏。街上有人將門打開，走出來，只是沒有了先前的熱鬧。菜市場的小販打開了菜攤子，才發現所有的東西都不翼而飛。有人說市政府那邊已經死了百人，同時晚間將要實施戒嚴。

「沒事了！」劉興國嘆了一口氣，將金舖的門關上，又準備了融金油，想翻製一條顧客訂製的項鍊。因為沒有電，他叫彩玉預備一支蠟燭。

忽然，槍聲出現了——東西被打翻的聲音、腳步聲、呼喊聲交雜一片，十分接近他們。

「躲起來，快！」劉興國大喊一聲。

一家人霹靂啪啦，又沿著木梯，迅速奔上半樓去避難。

這時，外頭有女孩子大叫開門的聲音，邊叫邊哭。原來是「誠德鐘錶行」楊老闆的大女兒阿春的叫聲。

劉興國趕緊衝下來開門，放阿春進來。

阿春大聲哭訴說她父親已經被士兵打死了，士兵正在搶他們家的東西。她要劉興國趕快逃亡，因為士兵接著就過來搶金舖。

劉興國的老婆也從半樓火急下來，加入勸告的行列，希望丈夫趕快由後門逃跑。

「不行，我逃了妳們怎麼辦。」劉興國仍然否決她們的要求，他說：「他們只是要黃金而已，不會有事。他們要什麼，我就給什麼，沒事的啊！」

這時士兵已經來到門外。

※

彩玉躲在半樓看著客廳，四、五個頭戴軍帽、面覆長巾、手持長槍的士兵立即闖進來，將槍口抵在劉興國的胸膛，喝令劉興國拿出金飾。劉興國立即上樓，將金飾都拿下來給了他們。士兵們開始分錢，由於分配不均，吵了起來。他們又逼劉興國拿出剩餘的金飾。劉興國給了他們僅有的金飾後，士兵們非常滿意地大笑了。彷彿轉身就要離去，但是就在這時其中一位士兵突然開槍。

「砰！」的一聲，子彈從劉興國的胸膛貫穿而過，劉興國跌倒在地上，將融金油也打翻了，渾身淋滿了辛辣的融金油。

劉興國當場死亡。

彩玉的母親在半樓上看到這個情況，忍不住從半樓跑下來，抱著劉興國的屍體痛哭。

這時士兵又朝彩玉母親的大腿內側開了一槍。開槍的士兵大笑一陣子，衝出門外，走了。

隔日，由於母親失血過多，死在醫院。

（二）李喬《埋冤，一九四七，埋冤》一書中的葉貞子⓫

李喬是客家人。這一本書所描述的二二八事件非常豐富，人物遍布全島，範圍廣闊，而台灣人被屠殺的慘烈描寫是空前的，也是震撼人心的。在寫作這部書以前，李喬做了很多的訪談，終

註

⓫ 見李喬：《埋冤，一九四七，埋冤》（基隆：海洋台灣，一九九六年）。

於寫成這本書。這本書的主角有許多人，不但有男人，也有女人。由於篇幅的關係，我們只能濃縮介紹當中的一個主角葉貞子。

這個女孩子是台大醫學院的學生，在台北公會堂大屠殺中，她僥倖未死，後被士兵逮捕關入監獄時遭到強暴，釋放回來卻發現懷孕了，她整個人幾乎都被摧毀掉，發瘋了。之後生下了一個孩子，取名叫做「蒲實」（怨恨的意思）。她一面要生活下去，一面又要面對這個孽種，在愛恨交集之下過著漫漫的人生。她以勇氣使自己在跌倒中再爬起來，卻走得非常艱辛。故事濃縮如下：

台北公會堂事件中，有眾多的學生被殘殺死亡，葉貞子被死難的同學的鮮血噴成濕漉漉的血人。她半蹲著，慢慢移動到公會堂兩個巨型的書櫥之間，把身子塞在夾縫裡，二百個同學瞬間都被消滅了，她不禁哭起來。不幸，她的哭聲引來了那批「國軍」的注意，於是她被拖了出來，再被抬到窗口，身子被抛到三樓窗外，向下跌落，在墜落中她感到身子碰到什麼，手腳勾住了東西，使她緩緩掉下來。原來她被夾在一根簷下水管和牆壁間未死。很快的，她失去了知覺。

她醒來，已經被關在「東本願寺」裡頭，也就是警總的情報室。

※

葉貞子失蹤時，她的家人東奔西走尋找她，卻始終不得要領。經過二個月，得知她被轉送到台中軍部的消息，家人才去領回她，當時葉貞子還呈現半昏迷狀態。

貞子回來的第三天，才慢慢清醒過來，不過當母親問她這段時間去哪裡的時候，她又會陷入恍惚，尤其是怕醫生來看她，硬是不接受檢查。

第七天，母親發現貞子懷孕了。在逼問中才知道她在被逮捕中遭到中國兵的強暴。在悲痛之餘，母親默認了這件事。

葉貞子在昏睡中常會聽到許多的聲音，包括槍的響聲以及強暴她的中國兵的聲音。

等她完全清醒後，為了克服自己的暈眩，在戶外走動，半意識下想處理掉肚子裡的胎兒。因為懷孕已經三個月，她不敢去墮胎，只好使用土法，先用奎寧來催吐。每次她都用雙份，又喝大量的開水，以避免腎臟和肝臟受損。可惜一點點功效也沒有，甚至到後來奎寧一吞入胃裡就吐出來。

五天之後，她陷入更大的精神危機當中，她常大嚷要到中山堂去演講，一大早就到國小的升旗台上大聲嚷著要抵抗中國兵，有時就唱日本軍歌。

※

葉家知道要讓小孩生下來最重要。

葉母和兩個弟弟商量，決定將她送到一個陌生而遙遠的地方，然後再生下孽種。

幾經商量，葉家將她送到花蓮港去。貞子有一位堂叔葉秋生在那裡開設一家木材鋸製廠，是花蓮三大家具行之一；不過只是託這個叔父抽空照顧她，並不住在叔父家裡。

大弟秀雄幫貞子在火車站的東北方一千公尺的地方租了一個紅瓦房，位置甚好，可以俯視整個市街區又可以眺望太平洋。

貞子在這裡仍然是瘋了的。母親必須回西部三天，就匆匆忙忙趕來陪她三、四天。日子流水一般的逝去。

※

一九四九年二月，葉貞子終於在花蓮蔡昆芳婦產科產下了一個男嬰，母女都無恙。產前，葉貞子的情緒相當穩定。本來決定生了小孩後立即託人將小孩帶走，再由別人來養這個小孩，可是在小孩脫離母體時，貞子卻要求要看看這個小孩。為了顧及貞子的情緒問題，蔡醫生和母親商量暫時不將孩子帶走，讓母子兩人都回到紅瓦屋居住。

一段日子後，母親苦勸貞子將小孩送走，然後復學將六年的醫學課程唸完，以免耽誤了前途，但是貞子卻不將小孩送走，她對小孩除了有視之如孽種一般的恨以外，居然也有愛。滿二個月，她必須去報小孩的戶口，她為小孩取名叫做「蒲實」。這個字就中文的意思來看甚好，但是在日文上，它的發音乃是「烏拉密」，就是「怨恨」之意。

報戶口五天後，貞子聽從家人的建議，到醫院去辦理被認養手續，以便將來再婚。結果一位衛生所的課長自願認養了這個小孩，貞子有權利每週或每個月去探望小孩一次。

後來，她找到了一家叫做「若瑟」的國小教書工作。在這個學校裡她認識了教務主任楊武雄。

既然教書，就要把「國語」學好，因此，她報考了縣政府主辦的「國語會話」高級班的課程，前來念課程的人非常多，在這個班裡她認識了許多的朋友。東部的人都很老實，對外地的人都很好，尤其楊武雄主任對她情有獨鍾，很照顧她。

葉貞子對武雄也有好感，但是擋在他們之間的是蒲實那個孽種。這個小孩給予貞子的情感是矛盾的。小孩可以滿足她的母性，她見到小孩會瘋狂的抱他一陣子，但是等到母性滿足之後，就升起了恨意，從小孩的影子中她被迫又看到屠殺者中國兵的可惡影子。她也不知道要如何處理這種矛盾的情緒。

※

一九四九年，蔣政權開始敗退來台灣，五月在中國就引發了大逃亡潮。國民黨的特務機關不久也陸陸續續遷台，白色恐怖悄悄展開，國府喊出了要抓「匪諜」的口號，台灣又有大批的人被抓，在四月到七月間，在台北新公園、火車站、台北橋下都可以看到公開槍決「匪諜」的血腥場面，果然到了秋天，若瑟國小的大嘴巴老師紀秀如就被抓走了。也就在這時，楊武雄主任展開了對葉貞子的追求，他半開玩笑的叫貞子嫁給他。於是，兩人相戀了，同事都投以驚訝的眼光，貞子的家人卻很高興。愛情將這兩個青年圈圍住了，隔離外界，彷彿要教他們忘掉世間的苦難一樣。

一九五〇年，楊武雄主任決定娶貞子。日子選定在五月，婚禮從簡。

婚禮後，他們搭火車到台東旅行，正當他們停在瑞穗一家溫泉旅館歇腳時，他們之間發生了問題。兩人洗完溫泉喝完酒後，寬衣解帶要睡覺時，貞子被強暴的創傷顯露出來了，她突然大叫大嚷，不准武雄接近她的身子。等她清醒過來後，承認她再也不能和男人做愛，她是心理上有病的人了。她請求武雄原諒她。

由台東回來後，貞子中止了這段婚姻，也中止了這段感情，她轉到一個叫做「鳳林」的小學去教書。

（三）田雅各（拓拔斯．塔馬匹瑪）的〈洗不掉的記憶〉⑫

田雅各是原住民。這篇故事顯然是田雅各所聽來的老一輩的布農族人士所說的二二八事件經歷，田雅各只是將它記錄下來而已。

故事描寫二二八事件中原住民和閩南人合力抗暴的經過，以及原住民無緣無故被殺的事件，恐怖氣氛籠罩，重現了當時的眞實。故事中的「我」是一個布農族山地人，服務於人倫派出所。「我」的上司巡佐是派出所的主管，閩南人，平常負責盡職，叫做「劉木山」。這兩個人的感情不錯，在二二八事件的災難中，相互提醒、相互照顧。但是無可避免的，到最後原住民還是有人無緣無故被中國兵槍殺，而劉木山最終遭到逮捕。故事濃縮如下：

中國人來到台灣後，閩南人的劉木山起先認為這些人都很好，所謂的「祖國軍」就是前來台灣解決亂象的軍隊，人們從此可不再被日本人殖民，無論如何是件美事。雖然，祖國軍隊當時衣衫襤褸，軍紀散漫，但是又有什麼關係呢？

一九四七年三月一日，人倫部落正逢插秧時節。「我」忽然看到三個閩南人出現在山路，奔向部落，好像有很緊急的事似的。在秧田的那一邊，那三個人和布農族的農夫交頭接耳一陣子後，不久，二十幾個布農青年和他們快速跑回部落，在學校廣場聚合，然後向水里坑而去。他們說絕對不會讓土匪進入濁水溪來蹂躪家鄉人。

在派出所，「我」遇到了劉木山。這位巡佐說，信義鄉各部落的年輕人都集合在水里，和水里的居民會合之後，全體武裝，好像以前要抵抗日本人一樣，大家相當合作，這次他們前進的目標是嘉義。

此時，劉木山以電話和平地的閩南人連絡，打聽消息。之後，劉木山告訴「我」，說二月二十七日晚上，台北有一位賣菸的老婦人引起了軍民的大衝突。「奪鹵」（外省人之意）開槍殺人，終於引爆了台灣人和奪鹵人的一場戰爭。劉木山說台南正在激戰，濁水溪的青年已經組成自衛隊，企圖阻擋土匪進入竹山、水里，「奪鹵」就是大家所說的土匪。由於事情變化很快，「我」聽了以後感到很震撼。

劉木山提醒「我」，擔任警察職務的人不要涉入這件事情。

「我」好奇的去打聽有關昨日到集集會合的那些山地青年的消息，才知道他們是和附近閩南村、客家莊的壯丁合作，一起去對付奪鹵。他們到集集的時候已經有人打勝仗回來。「我」還沒有看過奪鹵，無法在大腦中描繪奪鹵的形象。劉木山則整天都在聽收音機探尋二二八事件的最新訊息。

四月的第一個禮拜一，劉木山告訴「我」，一位鄉公所的農業推廣員（閩南人）失蹤了。該位推廣員來深山教導耕作技術，一表人才，日語很好，和部落的人的關係良好。卻因為接觸頻繁，被誣指在進行反政府計畫，從此失蹤。

註

⑫ 見拓拔斯・塔馬匹瑪：《情人與妓女》（台北：晨星，一九九二年）。

同時部落熱心傳教的長者魯比斯和巴梭利也被抓到集集的分局去監禁。「我」立即去探望他們。七天的監禁後，分局長讓他們出獄，並告訴他們不要再傳什麼鬼福音，罰他們回部落宣傳三民主義，在監禁所裡還有十幾個犯人，都是閩南人。

劉木山日漸無精打彩，他無意中告訴「我」：土匪正在平地大搜索，恐怖的事件常發生，台灣菁英不明不白失蹤，恐怖行動必會很快進入山區。

不久，劉木山的閩南朋友「大木則」（日本名）和一位布農人的國小老師來往甚密，被誣指通匪，判處死刑。布農人巴契被捕，釋放後，得病而死。「奪鹵人」猶如「死鬼師」（獵鷹之意）盤旋在東埔上空不肯離去，山林在不知不覺中已經成為奪鹵人進行掃蕩的地方。

秋天稻穀收成後，部落的男人趁著農閒打獵。「勞恩郎叔」的兒子尼安莫名其妙被三個人所殺，跑到警局來投訴。勞恩郎叔說他正和兒子在水里坑打獵，離竹山不遠，遇到三人，那三個人提著槍，腰間掛著奇形怪狀的東西，說那些東西會爆炸。勞恩郎叔去替那三個人提水，回來時，兒子已經躺在大石頭上，右臉頰、右手燒焦變樣，石頭也炸了一道裂痕，那三人不見了，而尼安已經斷氣。

「我」陪著勞恩郎叔到了現場，並做調查，隨後埋了尼安，之後才回部落。

不久，劉木山不見了，劉的夫人叫「我」要小心。

在恐怖的氣氛以及領不到薪水的情況下，「我」終於辭去警局的職務，重操祖先舊業。

■三篇小說採取悲劇書寫的必然性

上面三篇小說，應該屬於低模仿（low mimetic）的悲劇。按加拿大籍的文學批評家弗萊的看法，所謂低模仿的意思，是指故事裡的主角不是一個英雄，他的才能不會比我們優越；而所謂的悲劇就是指主角成了犧牲品，並且故事裡擴散著對這位悲劇人物的同情。⑬

的確，上面三篇小說，都是典型的悲劇小說。故事裡的主角不但成了犧牲品，而且含有那種被命運緊緊控制住的悲劇成分。三篇小說都顯露了從天而降的巨大摧殘力量，教人無所逃避，就像〈洗不掉的記憶〉這篇小說的「我」所說的：「『奪鹵人』猶如『死鬼師』（獵鷹之意）盤旋在東埔上空不肯離去，山林在不知不覺中已經成爲奪鹵人進行掃蕩的地方。」這個「死鬼師」就是命運的推動者，他即將帶來巨大的災難命運。在毀滅的命運的進行中，被毀滅的個人絕無倖免的機會，就像是伊底帕斯王的悲劇一樣，他走向一條戀母弒父的命運道路，無所逃遁，最後以挖掉自己的雙眼來結束這一齣悲劇。在悲劇的過程中，一切的警告、一切的幫助也都告無效，人就此活生生地被埋葬了。〈金舖血案〉裡的劉興國，沒有任何的勸阻能產生作用；《埋冤》裡的葉貞子，任何的關懷似乎都告多餘，她注定被活生生地摧折了。

我們讀了這三篇悲劇小說，心裡頭不禁長嘆著說：唉！多麼悲慘的人間啊！

那麼，爲什麼這三篇小說會共同使用悲劇來寫二二八事件的小說呢？我以爲不出兩個原因：那就是憐憫和恐懼這兩個悲劇要素所帶來的治療和警惕這兩個目的。

註——⑬見陳慧等譯：弗萊著：《批評的剖析》（天津：百花文藝，一九九八年），頁一二。

亞里斯多德曾經在二千多年前指出，悲劇能引起觀眾的兩個情感：一個是憐憫；另一個是恐懼。[14]亞氏的這個看法事實上已經爲我們指出悲劇書寫的兩個目的。

憐憫當然是指我們對故事中被害者的同情，由於同情，就會達到治療的作用。我們知道，二二八事件對於台灣人的傷害巨大無比。據官方的看法，至少有幾千人被殺，民間更指出有二萬餘人被殺害，裡頭眾多人物是台灣的菁英分子，因此，二二八事件被稱爲是瓦解所有台灣人反抗勢力的一種陰謀。由於傷害是如此之深重，教人難以承受，彷彿我們都在那場災難中死了。它成了民族的一個傷痛，沒有人不想治癒它。二二八文學可以教我們深刻地憐憫那些受害者，也就是憐憫了我們自己的同胞，在那裡，我們的情感不再是死水一灘或者是失憶麻木。由於憐憫，情感就動了起來，我們找到共同的目標，進入了一個承擔痛苦的共同體，在那裡一起飲泣，一起痛哭，我們的心情得到宣洩，變得彷彿被洗淨了一樣，閃閃發光。

我們看到上面的那三篇二二八事件的小說，憐憫的成分是強大的，尤其是劉興國、葉貞子都足以讓人落淚，我們也因此在流淚之餘，感到空虛和困惑的心被捐棄掉了，我們有了某種激動的、踏實的、清醒的新生命。這就是悲劇所帶來的特有的療癒作用，除了悲劇以外，其他的文類大概很難達成這種功效。

至於恐懼，當然是指我們害怕自己將來也變成故事裡的主角。這種恐懼，在看完故事之後，會變得更加強烈。凡是人一定會害怕自己變成伊底帕斯王，至少挖掉雙眼一定不好受。也就是說，沒有人不害怕變成劉興國或葉貞子。由於恐懼，我們就會把這些故事當成一種警告，希望將來台灣不要再發生這種悲劇；至少我們都希望，不讓自己的小孩受到這種痛苦。我想，二二八小說、詩歌在八〇年代後數量變多，大概和這個因素很有關係。說開來，大半書寫二二八小說、詩歌的人，必是台灣立場相當堅定的人，他們寫作的目的，不在於為書寫而書寫，而是有一定的目的。這個目的就是警告台灣人，不要讓台灣的未來重蹈覆轍。我想，悲劇的書寫在這一點上還是占了上風。

二二八事件的悲劇寫作風潮還會延續到二十一世紀

儘管我指出越過西元二〇〇〇年，台灣文學的主流已經慢慢由諷刺文學讓位給新傳奇浪漫文學。不過，由已經是二十一世紀的今天回頭看台灣的悲劇文風，似乎它仍然沒有結束。在二〇〇九年時，林央敏曾出版了一本《普提相思經》[15]的台語小說，這本小說足足有三十萬字，描述細膩，內容感人。由於主角歷經二二八那場劫難，又歷經了整個白色恐怖時代，這篇小說變成一本徹底的悲劇小說，台灣人的苦難，緊緊地被壓縮在小說裡，教人難以承擔。看起來，這本小說的重量並不輸給李喬或東方白的那種悲劇大河小說。不過，我們仍然可以預見，這本小說絕對不會是最後的一本二二八事件小說，將來還會有更多的這種悲劇小說。

我這麼說好了：日本人的統治和二二八事件留給台灣人的創傷甚大，其陰影已經難以從台灣人的心靈中根除。只要台灣作家不忘台灣的苦難歷史，悲劇文學一定會再被創造出來，它沒有那麼容易就消失。當然，我們現在正歡呼台灣文學朝向新傳奇的文風邁進，但是在歡呼之餘，我們

註

[14] 見羅念生譯；亞里斯多德著：《詩學》（上海：上海人民，二〇〇六年），頁四〇。

[15] 林央敏：《普提相思經》（台北：草根，二〇一一年）。

仍然願意看到悲劇文學繼續被創造出來。畢竟悲劇文學具有治療和惕勵民族心靈的作用，每個人都不能沒有它！

附錄

《聖經》文學兩千年的四季變遷及循環現象

■《聖經》文學的修辭不是完全一樣的！

一本《聖經》，是以色列人以文字記錄下來的他們的歷史文本。從舊約的〈創世紀〉（大約在西元前一四〇〇年前出現）由摩西寫下來後，到新約的〈約翰福音〉（大約在西元九〇年左右出現），寫了將近一四九〇年左右，參與寫作的作者可能難以計算。

然而，《聖經》文學的誕生可能要比摩西更早，因爲摩西以前，在亞伯拉罕進入迦南地（約在西元前二〇九一年）前不久，他信上帝了，就可能已經誕生了《聖經》的口傳文學。假如我們由亞伯拉罕那時代的口傳文學算起，到寫〈啓示錄〉的約翰死去的日子（大約西元八〇年），大概也有二一七〇年左右。換句話說，《聖經》整整經過了二一七〇年的歲月，才變成今天的風貌。

在這麼長的構成時間裡，《聖經》文學所表現的修辭特色在許多階段都有不同，假如我們讀者認爲從古到今，《聖經》的作者的修辭方法都沒有差別，無法辨別《聖經》的階段性修辭，那就是一種閱讀的缺失，也是一種糊裡糊塗的《聖經》唸法，將會使我們對《聖經》失去了深一層的認識，甚至完全不了解《新約聖經》（基督教徒最重要的文本）的本質，那就是一種無法彌補的遺憾了。

《聖經》修辭（神與人類關係）五階段

大概來說，《聖經》文本可以劃分成五個階段的修辭特色，每個階段都略有不同，也呼應了神人關係的五階段。我們可以看出，它可以區分爲春天傳奇（浪漫）文學→夏天田園、抒情、喜劇文學→秋天悲劇文學→冬季諷刺文學→新春天傳奇浪漫文學的五個個別階段，然而又完整地連結在一起。

今略述如下。

春天傳奇浪漫文學

這是一個大英雄征服四方的時代，乃是神大顯神通的歷史階段。神或者直接降福降禍於人類的身上，或間接藉著英雄施展神蹟。神與英雄是一體的，從而展開對險惡環境的克服。文本上幾乎都是顯赫的、不可思議的奇蹟，經由神助，英雄們顯露了他的擊敗黑暗、死亡、復活、創造的能力。文本的氣勢高昂、動作詞激烈、誇飾比喻手法顯著。除了勝利以外，很少有其他的結局。

此時，以色列這個民族正要興起，以亞伯拉罕進入迦南地做爲一個開端，甚至可以上推到宇宙的創造。這是一個神和英雄都非常活躍的時代，每個重要的人物都很有理想。最有名的當然是摩西和約書亞兩人，在他們身上所表現出來的神蹟眞是驚人。

這些文本，以〈創世紀〉、〈出埃及記〉、〈約書亞記〉最有名。典型的經文如下：

（一）〈創世紀〉第一章一—七節：神創造天地（一）

起初，神創造天地。地是空虛混沌，淵面黑暗；神的靈運行在水面上。神說：要有光，就有了光。神看光是好的，就把光暗分開了。神稱光爲晝，稱暗爲夜。有晚上，有早晨，這是頭一日。神說：諸水之間要有空氣，將水分爲上下。神就造出空氣，將空氣以下的水、空氣以上的水分開了。

（二）〈出埃及記〉第十四章十五—三〇節：渡過紅海

耶和華對摩西說：「你爲什麼向我哀求呢？你吩咐以色列人往前走。你舉手向海伸杖，把水分開。以色列人要下海中走乾地。我要使埃及人的心剛硬，他們就跟著下去。我要在法老和他的全軍、車輛、馬兵上得榮耀。我在法老和他的車輛、馬兵上得榮耀的時候，埃及人就知道我是耶和華了。」在以色列營前行走的神的使者，轉到他們後邊去；雲柱也從他們前邊轉到他們後邊立住。在埃及營和以色列營中間有雲柱，一邊黑暗，一邊發光，終夜兩下不得相近。摩西向海伸杖，耶和華便用大東風，使海水一夜退去，水便分開，海就成了乾地。以色列人下海中走乾地，水在他們的左右做了牆垣。埃及人追趕他們，法老一切的馬匹、車輛，和馬兵都跟著下到海中。到了晨更的時候，耶和華從雲火柱中向埃及的軍兵觀看，使埃及的軍兵混亂了；又使他們的車輪脫落，難以行走，以致埃及人說：「我們從以色列人面前逃跑吧！因耶和華為他們攻擊我們了。」耶和華對摩西說：「你向海伸杖，叫水仍合在埃及人並他們的車輛、馬兵身上。」摩西就向海伸杖，到了天一亮，海水仍舊復原。埃及人避水逃跑的時候，耶和華把他們推翻在海中，水就回流，淹沒了車輛和馬兵。那些跟著以色列人下海的法老的全軍，連一個也沒有剩下。以色列人卻在海中走乾地；水在他們的左右做了牆垣。當日，耶和華這樣拯救以色列人脫離埃及人的手，以色列人看見埃及人的死屍都在海邊了。

㈢〈約書亞記〉第六章一—二十一節：約書亞攻打耶利哥城

耶利哥的城門因以色列人就關得嚴緊，無人出入。耶和華曉諭約書亞說：「看哪，我已經把耶利哥和耶利哥的王，並大能的勇士，都交在你手中。你們的一切兵丁要圍繞這城，一日圍繞一次，六日都要這樣行。七個祭司要拿七個羊角走在約櫃前。到第七日，你們要繞城七次，祭司也要吹角。他們吹的角聲拖長，你們聽見角聲，眾百姓要大聲呼喊，城牆就必塌陷，各人都要往前直上。」嫩的兒子約書亞召了祭司來，吩咐他們說：「你們抬起約櫃來，要有七個祭司拿七個羊角走在耶和華的約櫃前。」又對百姓說：「你們前去繞城，帶兵器的要走在耶和華的約櫃前。」約書亞對百姓說完了話，七個祭司拿七個羊角走在耶和華面前吹角；耶和華的約櫃在他們後面跟隨。帶兵器的走在吹角的祭司前面，後隊隨著約櫃行。祭司一面走一面吹。約書亞吩咐百姓說：「你們不可呼喊，不可出聲，連一句話也不可出你們的口，等到我吩咐你們呼喊的日子，那時才可以呼喊。」這樣，他使耶和華的約櫃繞城，把城繞了一次；眾人回到營裡，就在營裡住宿。約書亞清早起來，祭司又抬起耶和華的約櫃。七個祭司拿七個羊角在耶和華的約櫃前，時常行走吹角；帶兵器的在他們前面走，後隊隨著耶和華的約櫃行。祭司一面走一面吹。第二日，眾人把城繞了一次，就回營裡去。六日都是這樣行。第七日清早，黎明的時候，他們起來，照樣繞城；唯獨這日把城繞了七次。到了第七次，祭司吹角的時候，約書亞吩咐百姓說：「呼喊吧，因爲耶和華已經把城交給你們了！這城和其中所有的都要在耶和華面前毀滅；只有妓女喇合與他家中所有的可以存活，因爲他隱藏了我們所打發的使者。至於你們，務必要謹慎，不可取那當滅的物，恐怕你們取了那當滅的物就連累以色列的全營，使全營受咒詛。唯有金子、銀子，和銅鐵的器皿都要歸耶和華爲聖，必入耶和華的庫中。」於是百姓呼喊，祭司也吹角。百姓聽見角聲，便大聲呼喊，城牆就塌陷，百姓便上去進城，各人往前直上，將城奪取。

■夏天田園、抒情、喜劇文學

這是一個英雄與環境合一的時代。故事的主人翁和田園、道德、民俗完全融合在一起的時代。神降福在主人翁的身上，使他們處處遇到好運，即使有苦難，到最後都以大圓滿的結局收場。愛情、友情、親情、理性、智慧、道德受到歡迎，到處都很溫暖。英雄走向了愛情、婚宴、繁衍子孫，一切都很和諧，一切充滿希望。

此時，是《聖經》美學發展到最高峰的時候，文藻來到最美麗溫馨的階段。文學所描寫的有名的賢人和賢君，像大衛的祖母路得和大衛本人、所羅門王都很有名。

這些文本，以〈路得記〉、〈詩篇〉、〈箴言〉、〈雅歌〉最有名。典型的經文如下：

（一）〈路得記〉第一章一—十八節：路得不捨棄孤單的婆婆

當士師秉政的時候，國中遭遇饑荒。在猶大、伯利恆，有一個人帶著妻子和兩個兒子往摩押地去寄居。這人名叫以利米勒，他的妻名叫拿俄米；他兩個兒子，一個名叫瑪倫，一個名叫基連，都是猶大伯利恆的以法他人。他們到了摩押地，就住在那裡。後來拿俄米的丈夫以利米勒死了，剩下婦人和他兩個兒子。這兩個兒子娶了摩押女子爲妻，一個名叫俄珥巴，一個名叫路得，在那裡住了約有十年。瑪倫和基連二人也死了，剩下拿俄米，沒有丈夫，也沒有兒子。她就與兩個兒婦起身，要從摩押地歸回；因爲她在摩押地聽見耶和華眷顧自己的百姓，賜糧食給他們。於是她和兩個兒婦起行離開所住的地方，要回猶大地去。拿俄米對兩個兒婦說：「妳們各人回娘家去吧。願耶和華恩待妳們，像妳們恩待已死的人與我一樣！願耶和華使妳們各在新夫家中得平安！」於是拿俄米與她們親嘴。她們就放聲而哭，說：「不然，我們必與妳一同回妳本國去。」拿俄米說：「我女兒們哪，回去吧！爲何要跟我去呢？我還能生子做妳們的丈夫嗎？我女兒們哪，回去吧！我年紀老邁，不能再有丈夫；即或說，我還有指望，今夜有丈夫可以生子，妳們豈能等著他們長大呢？妳們豈能等著他們、不嫁別人呢？我女兒們哪，不要這樣。我爲妳們的緣故甚是愁苦，因爲耶和華伸手攻擊我。」兩個兒婦又放聲而哭，俄珥巴與婆婆親嘴而別，只是路得捨不得拿俄米。拿俄米說：「看哪，妳嫂子已經回她本國和她所拜的神那裡去了，妳也跟著妳嫂子回去吧！」路得說：「不要催我回去不跟隨妳。妳往哪裡去，我也往那裡去；妳在哪裡住宿，我也在那裡住宿；妳的國就是我的國，妳的神就是我的神。妳在哪裡死，我也在那裡死，也葬在那裡。除非死能使妳我相離！不然，願耶和華重重地降罰予我。」拿俄米見路得定意要跟隨自己去，就不再勸她了。

（二）〈詩篇〉第十九章：上帝創造的榮耀（此詩為大衛所作）

諸天述說神的榮耀；穹蒼傳揚他的手段。這日到那日發出言語；這夜到那夜傳出知識。無言無語，也無聲音可聽。他的音訊通遍天下，他的言語傳到地極。神在其間爲太陽安設帳幕；太陽如同新郎出洞房，又如勇士歡然奔路。他從天這邊出來，繞到天那邊，他的熱量普及萬物。耶和華的律法全備，能甦醒人心；耶和華的法度確定，能使愚人有智慧。耶和華的訓詞正直，能快活人的心；耶和華的命令清潔，能明亮人的眼目。耶和華的道理潔淨，存到永遠；耶和華的典章真實，全然公義，比金子可貴，且勝過最精純的金子；比蜜甘甜，且比蜂房下滴的蜜甘甜。況且你的僕人因此受警戒，守著這些便有大賞。誰能知道自己的錯失呢？願你赦免我隱而未現的過錯。求你攔阻僕人不犯任意妄爲的罪，不容這罪轄制我，我便完全，免犯大罪。耶和華我的磐石，我的救贖主啊，願我口中的言語、心裡的意念在你面前蒙悅納。

（三）〈箴言〉第一章：勸告年輕人（由所羅門王創作或收集的文章）

以色列王大衛兒子所羅門的箴言：要使人曉得智慧和訓誨，分辨通達的言語，使人處事領受智慧、仁義、公平、正直的訓誨，使愚人靈明，使少年人有知識和謀略，使智慧人聽見，增長學問，使聰明人得著智謀，使人明白箴言和譬喻，懂得智慧人的言詞和謎語。敬畏耶和華是知識的開端；愚妄人藐視智慧和訓誨。我兒，要聽你父親的訓誨，不可離棄你母親的法則（或譯：指教）；因爲這要做你頭上的華冠，你項上的金鍊。我兒，惡人若引誘你，你不可隨從。他們若說：「你與我們同去，我們要埋伏流人之血，要蹲伏害無罪之人；我們好像陰間，把他們活活吞下；他們如同下坑的人，被我們囫圇吞了；我們必得各樣寶物，將所擄來的，裝滿房屋；你與我們大家同分，我們共用一個囊袋。」我兒，不要與他們同行一道，禁止你腳走他們的路。因爲，他們的腳奔跑行惡；他們急速流人的血，好像飛鳥，網羅設在眼前仍不躲避。這些人埋伏，是爲自流己血；蹲伏，是爲自害己命。凡貪戀財利的，所行之路都是如此；這貪戀之心乃奪去得財者之命。智慧在街市上呼喊，在寬闊處發聲，在熱鬧街頭喊叫，在城門口，在城中發出言語，說：你們愚昧人喜愛愚昧，褻慢人喜歡褻慢，愚頑人恨惡知識，要到幾時呢？你們當因我的責備回轉；我要將我的靈澆灌你們，將我的話指示你們。我呼喚，你們不肯聽從；我伸手，無人理會；反輕棄我一切的勸戒，不肯受我的責備。你們遭災難，我就發笑；驚恐臨到你們，我必嗤笑。驚恐臨到你們，好像狂風；災難來到，如同暴風；急難痛苦臨到你們身上。那時，你們必呼求我，我卻不答應，懇切地尋找我，卻尋不見。因爲，你們恨惡知識，不喜愛敬畏耶和華，不聽我的勸戒，藐視我一切的責備，所以必吃自結的果子，充滿自設的計謀。愚昧人背道，必殺己身；愚頑人安逸，必害己命。唯有聽從我的，必安然居住，得享安靜，不怕災禍。

（四）〈雅歌〉第七章：情愛頌（此頌為所羅門王與一位女子的羅曼史中的一章）

王女啊，妳的腳在鞋中何其美好！妳的大腿圓潤，好像美玉，是巧匠的手做成的。妳的肚臍如圓杯，不缺調和的酒；妳的腰如一堆麥子，周圍有百合花。妳的兩乳好像一對小鹿，就是母鹿雙生的。妳的頸項如象牙臺；妳的眼目像希實本、巴特拉併門旁的水池；妳的鼻子彷彿朝大馬色的利巴嫩塔。妳的頭在妳身上好像迦密山；妳頭上的髮是紫黑色；王的心因這下垂的髮綹繫住了。我所愛的，妳何其美好！何其可悅，使人歡暢喜樂！妳的身量好像棕樹；妳的兩乳如同其上的果子，纍纍下垂。我說：我要上這棕樹，抓住枝子。願妳的兩乳好像葡萄纍纍下垂，妳鼻子的氣味香如蘋果；妳的口如上好的酒。（新娘）女子說：「讓美酒流入我愛人口中，流過他唇齒之間。我屬我的良人，他也戀慕我。我的良人，來吧！你我可以往田間去；你我可以在村莊住宿。我們早晨起來往葡萄園去，看看葡萄發芽開花沒有，石榴放蕊沒有；我在那裡要將我的愛情給你。風茄放香，在我們的門內有各樣新陳佳美的果子；我的良人，這都是我為你存留的。」

■秋天悲劇文學

這是一個神離開以色列人的時代，英雄被打敗了。英雄開始不信神，自作主張，甚至迎接異教神衹，自己搞信仰。他由舊的民俗、民德脫離，心智變成剛硬頑固，很難令人理解。而看來他的確也是神所遺棄的人，神正逐漸遠離他。所有的好運都逐漸消失，英雄不斷遭到厄運。有時他屈從環境，但是環境也不體恤他。他被壓迫、壓垮、凌虐，直到斷了最後的一口氣。悲傷、哀嚎、哭泣是文學裡最常見的字眼，這是一個大苦難的時代，英雄敗北，命懸在一根線上。

此時，以色列人分裂成北國以色列、南國猶大，國內昏君無數，外敵紛紛入侵，慢慢滅亡，尤其是後巴比倫帝國尼甲布尼撒在西元五九七年左右二度攻打猶大國，被擄往巴比倫的猶太人約有一萬人，是很悲慘的一件事。

《舊約》悲劇的文學和下一個階段的諷刺文學似乎有同時發展的現象，很難說何者為先，不過我們可以將悲劇放在前面，其實，在田園文學時代的〈傳道書〉中，所羅門將人間的一切視為空虛，就已經表示以色列國勢逐漸江河日下，等他死後，以色列人分爲北國以色列、南國猶大，這是大衛建國以來最大的悲劇。

這些文本以〈何西阿書〉和〈耶利米哀歌〉最典型，經文如下：

（一）〈何西阿書〉第五章一——十二節：北國、南國將遭大難

（預言時間約在西元前七八五年—七二五年之間）

眾祭司啊，要聽我的話！以色列家啊，要留心聽！王家啊，要側耳而聽！審判要臨到你們，因你們在米斯巴如網羅，在他泊山如鋪張的網。這些悖逆的人肆行殺戮，罪孽極深；我卻斥責他們眾人。以法蓮爲我所知；以色列不能向我隱藏。以法蓮哪，現在你行淫了，以色列被玷汙了。他們所行的使他們不能歸向神；因有淫心在他們裡面，他們也不認識耶和華。以色列的驕傲當面見證自己。故此，以色列和以法蓮必因自己的罪孽跌倒；猶大也必與他們一同跌倒。他們必牽著牛羊去尋求耶和華，卻尋不見；他已經轉去離開他們。他們向耶和華行事詭詐，生了私子。到了月朔，他們與他們的地業必被吞滅。你們當在基比亞吹角，在拉瑪吹號，在伯亞文吹出大聲，說：便雅憫哪，有仇敵在你後頭！在責罰的日子，以法蓮必變爲荒場；我在以色列支派中，指示將來必成的事。猶大的首領如同挪移地界的人，我必將忿怒倒在他們身上，如水一般。以法蓮因樂從人的命令，就受欺壓，被審判壓碎。我使以法蓮如蟲蛀之物，使猶大家如朽爛之木。

（二）〈耶利米哀歌〉第四章一——十八節：耶路撒冷被燬（寫於西元五八六年後不久）

黃金何其失光！純金何其變色！聖所的石頭倒在各市口上。錫安寶貴的眾子好比精金，現

在何竟算爲窯匠手所作的瓦瓶？野狗尚且把奶乳哺其子，我民的婦人倒成爲殘忍，好像曠野的鴕鳥一般。吃奶孩子的舌頭因乾渴貼住上膛；孩童求餅，無人擘給他們。素來吃美好食物的，現今在街上變爲孤寒；素來臥朱紅褥子的，現今躺臥糞堆。都因我眾民的罪孽比所多瑪的罪還大；所多瑪雖然無人加手於他，還是轉眼之間被傾覆。錫安的貴冑素來比雪純淨，比奶更白；他們的身體比紅寶玉（或譯：珊瑚）更紅，像光潤的藍寶石一樣。現在他們的面貌比煤炭更黑，以致在街上無人認識；他們的皮膚緊貼骨頭，枯乾如同槁木。餓死的不如被刀殺的，因爲這是缺了田間的土產，就身體衰弱，漸漸消滅。慈悲的婦人，當我眾民被毀滅的時候，親手煮自己的兒女做爲食物。耶和華發怒成就祂所定的，倒出祂的烈怒；在錫安使火著起，燒燬錫安的根基。地上的君王和世上的居民都不信敵人和仇敵能進耶路撒冷的城門。這都因他先知的罪惡和祭司的罪孽；他們在城中流了義人的血。他們在街上如瞎子亂走，又被血玷汙，以致人不能摸他們的衣服。人向他們喊著說：「不潔淨的，躲開，躲開！不要挨近我！」他們逃走飄流的時候，列國中有人說：「他們不可仍在這裡寄居。」耶和華發怒，將他們分散，不再眷顧他們；人不重看祭司，也不厚待長老。我們仰望人來幫助，以致眼目失明，還是枉然；我們所盼望的，竟盼望一個不能救人的國！仇敵追趕我們的腳步像打獵的，以致我們不敢在自己的街上行走。我們的結局臨近；我們的日子滿足；我們的結局來到了。

■冬季諷刺文學

此時，英雄已死，再無英雄。世界一片洪荒，獸類食人。神已經轉頭不理背叛祂的人類，甚至動手準備毀滅世界，末日思想非常盛行，作家也歡迎世界末日的來到。人類開始輕看自己，覺得人不如動物、礦物、植物，苟活於世成為一種廣泛的意識。文學作品有時諷刺、譴責貪官汙吏和昏庸掌權的人，有時由小人物出場，諷喻世道人心的敗壞現象，在幾乎絕望中一天過一天。

《聖經》文本以〈約珥書〉和〈彌加書〉有名。典型的經文如下：

（一）〈約珥書〉第二章一—十一節：蝗蟲吃人（寫於西元四或五世紀波斯帝國統治猶太時）

你們要在錫安吹角，在我聖山吹出大聲。國中的居民都要發顫；因為耶和華的日子將到，已經臨近。那日是黑暗、幽冥、密雲、烏黑的日子，好像晨光鋪滿山嶺。有一隊蝗蟲（原文是民）又大又強；從來沒有這樣的，以後直到萬代也必沒有。他們前面如火燒滅，後面如火焰燒盡。未到以前，地如伊甸園；過去以後，成了荒涼的曠野；沒有一樣能躲避他們的。他們的形狀如馬，奔跑如馬兵。在山頂蹦跳的響聲如車輛的響聲，又如火焰燒碎稭的響聲，好像強盛的民擺陣預備打仗。他們一來，眾民傷慟，臉都變色。他們如勇士奔跑，像戰士爬城；各都步行，不亂隊伍。彼此並不擁擠，向前各行其路，直闖兵器，不偏左右。他們蹦上城，躥上牆，爬上房屋，進入窗戶如同盜賊。他們一來，地震天動，日月昏暗，星宿無光。耶和華在他軍旅前發聲，他的隊伍甚大；成就他命的是強盛者。因為耶和華的日子大而可畏，誰能當得起呢？

（二）〈約珥書〉第二章三十—三十一節：末日景象（寫於西元四或五世紀波斯帝國統治猶太時）

在天上地下，我要顯出奇事，有血，有火，有煙柱。日頭要變為黑暗，月亮要變為血，這都在耶和華大而可畏的日子未到以前。

■新春天傳奇文學（新羅曼史）

此時（西元一世紀），新的英雄又產生，神降異能在英雄身上，再啓新的傳奇，到處都是神蹟異行。英雄再顯他的復活、創造、擊敗黑暗、死亡的能力，到處彰顯神將拯救萬民的福音。這時，雖然環境惡劣，但是英雄都能一一克服，完成匪夷所思的工作。這時的英雄甚多，包括耶穌、使徒保羅、使徒彼得、使徒約翰都是，以耶穌爲中心。整本的《新約聖經》都是新的春天傳奇，這也就是我們爲什麼說基督教就是「春天的宗教」的原因。

這些文本以《四福音書》、〈使徒行傳〉、〈啓示錄〉有名。典型的經文如下：

（一）〈馬可福音〉第六章三十五—四十四節：五餅二魚

天已經晚了，門徒進前來，說：「這是野地，天已經晚了，請叫眾人散開，他們好往四面鄉村裡去，自己買什麼吃。」耶穌回答說：「你們給他們吃吧。」門徒說：「我們可以去買二十兩銀子的餅，給他們吃嗎？」耶穌說：「你們有多少餅，可以去看看。」他們知道了，就說：「五個餅，兩條魚。」耶穌吩咐他們，叫眾人一幫一幫的坐在青草地上。眾人就一排一排的坐下，有一百一排的，有五十一排的。耶穌拿著這五個餅，兩條魚，望著天祝福，擘開餅，遞給門徒，擺在眾人面前，也把那兩條魚分給眾人。他們都吃，並且吃飽了。門徒就把碎餅碎魚收拾起來，裝滿了十二個籃子。吃餅的男人共有五千。

（二）〈路加福音〉第八章四十九—五十六節：耶穌使死人復活

有人從管會堂的家裡來（告訴睚魯）說：「你的女兒死了，不要勞動夫子。」耶穌聽見就對他說：「不要怕，只要信！你的女兒就必得救。」耶穌到了他的家，除了彼得、約翰、雅各，和女兒的父母，不許別人同他進去。眾人都爲這女兒哀哭捶胸。耶穌說：「不要哭。她不是死了，是睡著了。」他們曉得女兒已經死了，就嗤笑耶穌。耶穌拉著她的手，呼叫說：「女兒，起來吧！」她的靈魂便回來，就立刻起來了。耶穌吩咐給她東西吃。她的父母驚奇得很；耶穌囑咐他們，不要把所做的事告訴人。

（三）〈使徒行傳〉第三章一—八節：彼得使瘸腿者走路

申初禱告的時候，彼得、約翰上聖殿去。有一個人，生來是瘸腿的，天天被人抬來，放在殿的一個門口，那門名叫美門，要求進殿的人賙濟。他看見彼得、約翰將要進殿，就求他們賙濟。彼得、約翰定睛看他；彼得說：「你看我們！」那人就留意看他們，指望得著什麼。彼得說：「金銀我都沒有，只把我所有的給你：我奉拿撒勒人耶穌基督的名，叫你起來行走！」於是拉著他的右手，扶他起來；他的腳和踝子骨立刻健壯了，就跳起來，站著，又行走，同他們進了殿，走著，跳著，讚美神。

（四）〈使徒行傳〉第十六章十—三十六節：保羅神蹟

保羅既看見這異象，我們隨即想要往馬其頓去，以爲神召我們傳福音給那裡的人聽。於是從特羅亞開船，一直行到撒摩特喇，第二天到了尼亞波里。從那裡來到腓立比，就是馬其頓這一方的頭一個城，也是羅馬的駐防城。我們在這城裡住了幾天。當安息日，我們出城門，到了河邊，知道那裡有一個禱告的地方，我們就坐下對那聚會的婦女講道。有一個賣紫色布疋的婦人，名叫呂底亞，是推雅推喇城的人，素來敬拜神。她聽見了，主就開導她的心，叫她留心聽保羅所講的話。她和她一家既領了洗，便求我們說：「你們若以爲我是眞信主的（或作：你們若以爲我是忠心事主的），請到我家裡來住。」於是強留我們。後來，我們往那禱告的地方去。有一個使女迎著面來，她被巫鬼所附，用法術，叫她主人們大得財利。她跟隨保羅和我們，喊著說：「這些人是至高神的僕人，對你們傳說救人的道。」她一連多日這樣喊叫，保羅就心中厭煩，轉身對那鬼說：「我奉耶穌基督的名，吩咐你從她身上出來！」那鬼當時就出來了。使女的主人們見得利的指望沒有了，便揪住保羅和西拉，拉他們到市上去見首領；又帶到官長面前說：「這些人原是猶太人，竟騷擾我們的城，傳我們羅馬人所不可受不可行的規矩。」眾人就一同起來攻擊他們。官長吩咐剝了他們的衣裳，用棍打；打了許多棍，便將他們下在監裡，囑咐禁卒嚴緊看守。禁卒領了這樣的命，就把他們下在內監裡，兩腳上了木狗。約在半夜，保羅和西拉禱告，唱詩讚美神，眾囚犯也側耳而聽。忽然，地大震動，甚至監牢的地基都搖動了，監門立刻全開，眾囚犯的鎖鍊也都鬆開了。禁卒一醒，看見監門全開，以爲囚犯已經逃走，就拔刀要自殺。保羅大聲呼叫說：「不要傷害自己！我們都在這裡。」禁卒叫人拿燈來，就跳進去，戰戰兢兢的俯伏在保羅、西拉面前；又領他們出來，說：「二位先生，我當怎樣行才可以得救？」他們說：「當信主耶穌，你和你一家都必得救。」他們就把主的道講給他和他全家的人聽。當夜，就在那時候，禁卒把他們帶去，洗他們的傷；他和屬乎他的人立時都受了洗。於是禁卒領他們上自己家裡去，給他們擺上飯。他和全家，因爲信了神，都很喜樂。到了天亮，官長打發差役來，說：「釋放那兩個人吧。」禁卒就把這話告訴保羅說：「官長打發人來叫釋放你們，如今可以出監，平平安安的去吧。」

（五）〈啓示錄〉第二十一章十—二十一節：約翰看見新耶路撒冷聖城

我被聖靈感動，天使就帶我到一座高大的山，將那由神那裡、從天而降的聖城耶路撒冷指示我。城中有神的榮耀；城的光輝如同極貴的寶石，好像碧玉，明如水晶。有高大的牆，有十二個門，門上有十二位天使；門上又寫著以色列十二個支派的名字。東邊有三門、北邊有三門、南邊有三門、西邊有三門。城牆有十二根基，根基上有羔羊十二使徒的名字。對我說話的，拿著金葦子當尺，要量那城和城門城牆。城是四方的，長寬一樣。天使用葦子量那城，共有四千里（注：約二千四百公里），長、寬、高都是一樣；又量了城牆，按著人的尺寸，就是天使的尺寸，共有一百四十四肘。牆是碧玉造的；城是精金的，如同明淨的玻璃。城牆的根基是用各樣寶石修飾的：第一根基是碧玉；第二是藍寶石；第三是綠瑪瑙；第四是綠寶石；第五是紅瑪瑙；第六是紅寶石；第七是黃璧璽；第八是水蒼玉；第九是紅璧璽；第十是翡翠；第十一是紫瑪瑙；第十二是紫晶。十二個門是十二顆珍珠，每門是一顆珍珠。城內的街道是精金，好像明透的玻璃。

你喜歡哪個時代？

你看！《聖經》的文學修辭過程就是由傳奇浪漫再到新傳奇浪漫的一個循環過程；換句話

說，《新約聖經》和〈創世紀〉、〈出埃及記〉、〈約書亞記〉本質上是相同的，都是春天的產物，可以並觀，相互取證；至於和其他的經文則有本質上的不同，這是很值得基督教信徒注意的事。每個階段呼應了每個時代的特色，不但先後嬗遞而且循環不息。它貫串了以色列人昔日的命運，令人難以迴避，既有愉快的春天和夏天時代，可讓我們讚嘆歡呼；也有教人不敢面對的，唯有以淚洗面的秋天和冬天時代。你喜歡哪個時代呢？

美國小說三百年

——談美國小說類型的變遷❶

■春天：傳奇浪漫小說時代

當美國獨立時，人口約有二六〇萬人，疆域不出北美十三州，文化、文學仍然浸浴在歐洲的風格裡，談不上是眞正的美國文學。不過，很快地，美國人發展出了屬於自己的作品，小說最能做出這種反映。這些小說要不是具有政治理想的「美國夢」的作品；就是具超出現實狀況的崇高故事；人物經常是大英雄，他們的行爲出乎一般常人的能力之外，教人讚嘆不已。這就是傳奇浪漫小說時代的來臨。

註——

❶在這麼長的一篇文章中，我想顯示的不在於我知道這麼多著名的美國小說內容；而是我看到美國小說變遷的一個律則，那是普遍一個國族或一個族群或一個社群主流文學史的變遷律則。

（一）休・亨利・布雷肯里奇（Hugh Henry Brackenridge，1748—1816）

在五歲時，休・亨利・布雷肯里奇隨著神職人員家庭出身的父母由英格蘭移居美國的賓州，後來進入普林斯頓大學就讀。在獨立戰爭期間，他擔任牧師的職務，深具貴族民主主義意識。在一七九二年到一七九七年之間，他頗有毅力地寫出了《現代騎士》這本分成四部的長篇小說，有時被稱為美國西部的第一部文學作品，到了一八一五年被他增訂成為六卷的巨著。這本第一部以鄉村生活為背景的美國傳奇小說，明顯地受到了塞萬提斯的《唐吉訶德》的影響。作品的重要人物有兩個人，一位是約翰・法勒戈，而另一位是他的僕人蒂格・奧來根。有一天，這兩個人一起離開了賓州的鄉下，後來分開，他們走過許多的村莊和城鎮，觀察、體會了許多老百姓不同的生活。前者是一個正派的資產階級人士，崇尚民主，充滿政治理想；後者具有瘋癲的本質，他的身材高大、紅頭髮、傻裡傻氣，有點盲目的自信心，在流浪的期間，他憑著吹牛的本事，成為許多政治家、貴婦人、學者崇拜的偶像，最後眞面目暴露，被脫光衣服，身上塗了柏油，黏滿羽毛，被掃地出門。儘管這兩個人的旅途漫長而坎坷，一再出笑話，但最終，這兩個人建立了一個模範的民主村莊，實現了他們民主的理想。這本充滿勇氣、行動和民主政治理想的作品，當然是一本浪漫傳奇小說。布雷肯里奇還有其他有名的作品，包括兩個劇本：《高地堡壘上的戰鬥》（一七七六）、《蒙哥馬利將軍之死》（一七七七），也都離不開崇高政治理想，飽含熱愛美國的情操，都是典型浪漫傳奇文學的代表作。

（二）華盛頓．歐文（Washington Irving，1783—1859）

歐文是美國第一位以傳記文學和札記散文贏得世界聲譽的小說家。他出生於美國紐約州曼哈頓的一個長老會的家庭，父親是商人。一七九八年，十五歲時，離校後曾在法律事務所工作。在一八〇九年時，他完成了三十萬字的諷刺作品《紐約外史》，這是一部歷史傳記小說，書中諷刺了荷蘭殖民者在紐約的統治。這部作品擺脫了美國文學長期以來所受到的英國束縛，運用本國題材寫出了民族特色，對於美國文學的發展意義重大。

一八一五年，歐文去了英國利物浦，在他哥哥所開設的商行分行工作；但在一八一八年，分行因經濟蕭條而倒閉了。歐文繼續留居英國，以寫作爲生。歐文懷著仰慕英國的名勝古蹟和古老文明的情緒，在一八一九至一八二〇年間，於美國的報紙上陸續發表許多散文、隨筆和故事，結集爲《見聞札記》（*A Sketch Book*）一書出版，共三十餘篇。這本書以幽默風趣的筆調和富於幻想的浪漫色彩，描寫了英國和美國古老的風俗習慣以及善良純樸的人物，有散文、回憶、小說、印第安人生活簡介，甚至還有難以歸類的作品。考察書裡頭所寫的事情，大部分都是英國的事情，只有六篇的背景才眞正屬於美國，而且總共只有三篇短篇小說，本來應該不會成爲美國重要小說的代表作。不過裡頭有一篇叫做〈瑞普．凡．溫克爾〉的小說，對未來美國的文學影響巨大，終成名著。

〈瑞普．凡．溫克爾〉是典型的浪漫傳奇短篇小說，充滿天外的想像力。敘述了一個非常善良，樂於助人，卻怕老婆的農民瑞普的奇遇。有一天，由於返家太遲，怕被老婆責罵，瑞普就背著獵槍、帶著獵狗，爬到哈德遜河畔的卡茲吉爾山上去打獵。在山上，他遇到一位古怪的白鬍子矮老人，並好心幫他把酒桶背到山頂上的一個空地，狀似圓形劇場，就看到一群衣著奇特，長相怪異的人，以玩九柱戲取樂，但是每個人的面容都很嚴肅，沒說一點話，只有球聲迴響山間，如雷轟響。他先與這些古怪的人玩了一陣，又和這些人喝了幾口酒，後來終於迷迷糊糊地睡著了。一覺醒來，已經是陽光明亮的美麗早晨，怪人都走了，狗也不見了，槍也鏽蝕了。他好不容易回到村莊，看到自己的房子倒塌了，大門的油漆剝落，村莊的人已經不認識他。人們都在發傳單，口裡，說著「共和」、「聯邦」這些字眼，他竟然不知道他們在說什麼。原來荷蘭國王喬治的畫像已經被換成一位陌生的戴三角帽的將軍畫像，上面寫著「華盛頓將軍」。他驚訝得不知所措，後來終於被女兒確認他就是消失二十年的瑞普。此時，他的小孩子都長大成人，甚至結婚生子了。

這篇小說的故事原型其實是改編自歐洲的民間傳說，難免有抄襲的嫌疑，發表後也的確受到指責；不過天馬行空的想像力，還是讓人驚豔。它反映了獨立革命前後北美大陸上鄉村的社會狀況；尤其是故事的背景被改裝成為當時的北美十三州，美國的鄉土、生活、風景躍然紙上，人物也變成生性善良、純樸的殖民地人民；並且故事充滿了獨立戰爭後的一般社會氛圍，美國味道是如此的濃厚，要說它不是全新的美國小說還眞難以說得通。特別是它的主角不再是貴族人物，而是樸實的農民人物，更具有大眾性。它使得虛實交織的浪漫傳奇故事由貴族社會延伸到一般普通的百姓之間，為傳奇浪漫小說拓增了版圖，這就是歐文獨一無二的浪漫傳奇文學。

（三）詹姆斯・庫柏（James Fenimore Cooper，1789—1851）

詹姆士・庫柏出生於新澤西州伯靈頓城，貴格教派家庭的後代。二歲時，全家遷移至紐約州的庫柏鎮一帶，這裡是紐約和蠻荒交接的地帶。附近的湖泊森林以及有關印第安人的傳說，都深深吸引著他。在那裡，他認識了後來成爲他小說中的一個穿著鹿皮衣的捕獸英雄，另一個是從荒野來的印第安人。父親威廉．庫伯是美國國會議員、法官，同時也是當地的富豪，在地方上曾建立了一座規模宏大的公共村社，取名就叫做「庫柏鎮」。詹姆士．庫柏十三歲進耶魯大學念書，但是不用功被勒令退學，在一八〇六年跑去當水手，一八〇八年成爲海軍軍官學校學員，成爲海軍上尉。曾被派到安大略湖從事建造軍艦的工作，也曾在尙普倫湖指揮一艘炮艇，對於印第安人如何到加拿大的路徑很了解。一八一一年退役後，結婚，與妻子回到庫柏鎮，成爲過著家庭生活的紳士。一八一七年，曾搬到一個農莊悠閒度日。不過，當他三十歲時，突然宣布要成爲一個小說家，開始在文學創作衝鋒陷陣，在二十餘年之間，寫下了十六部長篇小說，名聞四方。

在詹姆士．庫柏所有的小說之中，以「皮襪子故事集」（一八二三—一八四一）共五本長篇小說最重要，它們全是拓荒英雄的傳奇故事。這五本小說的完成年代不一，但是劇情是先後連續的，如果依劇情先後排列起來應該是《獵鹿者》（一八四一）→《最後一個莫希干人》（一八二六）→《探路者》（一八四〇）→《拓荒者》（一八二三）→《草原》（一八二七）。呈現了一七四〇至一八〇四年間的美國邊疆，刻畫出一波又一波前來開疆闢土的移民。雖然五本書的主角名字都不相同，但是他們都是《獵鹿者》的主角「那提．邦坡（Natty Bumppo）」的化身，根本上是同一個人。那提．邦坡從年輕時代一直到他死亡，始終保持冒險犯難的精神。他反對別人破壞他開拓土地的工作，生活樸素，非常辛勤，長年都穿著鹿皮護腿（鹿皮襪子）。道德品質和理解能力都很高，對別人友好慷慨。他是一個極爲適合在森林中生活的人，反對喧囂的資本主義社會，可算是遠離熱鬧人間的遁隱者。但是他熱心工作，能耐得住寂寞和遠離誘惑，並且終身貫徹自己的意志。比如說寫到了《拓荒者》一書時，主角曾經到新興的紐約市鎮居住一段時間，後來看不慣那裡的新生活，又返回林中做土地的開發工作。到了《草原》一書，主角已經高齡九十，還在大草原工作，最後結束了他的一生。那提·邦波是美國後世文藝中無數牛仔與荒野英雄角色的先驅，是個理想化、正直的個人主義者。貧窮孤立卻純潔的他，是傳統倫理價值的護衛者。庫柏的小說充分表現了美國的開拓精神，是美國人向著未知的世界步步挺進的精神象徵，被塗上了一層濃濃的浪漫！

詹姆士·庫柏的小說同樣對政治充滿理想性的狂熱想像力。他早期的小說《間諜》（*The Spy*，1821）講述了獨立戰爭時的愛國故事，可算是美國第一部革命小說。主角哈維·柏契是紐約人，故事也發生在紐約的一個鎮上。他是普通的美國百姓，充當美國向英軍收集情報的間諜，他的間諜身分只有華盛頓將軍才知道。獨立戰爭使哈維·柏契的家分裂了，他本人具有美國情結，充分愛著正在成形中的美國；但是他的兒子卻是現實上的英國軍官，服役於英國軍隊，必須爲英國效命。他到最後甚至必須處理他兒子被華盛頓軍隊逮捕被判死刑的危機，所幸他處理得很好。他勇敢地爲華盛頓獨立軍收集情報，功成之後，不接受任何報酬，又去過著謙卑百姓的生活。三十三年後（一八一二），哈維·柏契在另一場戰爭中死亡，華盛頓將軍親手寫給他的信件曝光，他才名揚四方，變成了美國英雄。由於庫柏這本小說的出版，「哈維·柏契」這個名字成爲美國「愛國者」的同義詞。在這個故事中，作者也通過了裡頭的人物表達了廢奴思想，思想前衛而充滿理想。日後，它的影響力愈大，被譯成多國文字，流傳甚廣。

（四）霍桑（Nathaniel Hawthorne，1804—1864）

那撒尼爾・霍桑是最典型的北美十三州浪漫（傳奇）愛情小說作家。他出生在麻薩諸塞州的賽勒姆鎮。祖先世代都是虔誠的加爾文教信徒（清教徒），祖輩之中有人擔任法官，曾參與一六九二年「賽勒姆驅巫案」的審判，處死了十九人。這段不光榮的歷史在未來對霍桑的思想產生了深刻的影響。四歲時，父親在南美洲因黃熱病突然去世，母親領著他和姊姊、妹妹到緬因州過著寡居的生活。中學時代，曾經對自己家族由英格蘭移居北美做了一番研究。十四歲隨母親到緬因州居住，他住的地方是美麗的席巴戈湖湖畔，在這裡可以垂釣、打獵或在山中漫步。一九二一年，由親戚資助，入讀博多因學院，與後來的美國總統皮爾斯以及大詩人朗費羅成為好友。一八二五年，他大學畢業，回到賽勒姆鎮居住，在這裡過著十二年的隱居生活，他大半都處身在屋裡或海邊，孤獨和沉思占據了他大半的時間。此時，開始寫了一些短篇小說。不久又寫了長篇小說〈范肖〉，一八二八年不署名發表，可惜沒有引起注意。這個長篇書寫了一位叫做范肖的年輕學生愛上了一位漂亮的女生艾倫・朗斯頓，可惜對方另有所愛。在折磨中，范肖終於因痛苦而離開人間。這是一篇典型的愛情小說，表現了現實和理想之間的衝突，可說是霍桑愛情小說的先驅。

一八三七年，他出版了短篇小說集《重講一遍的故事》，開始正式署上自己的名字，其中〈教長的黑紗〉一篇最為人稱道。一八四一年，他受聘波士頓海關，不久解職。一八四二年，與索非亞小姐結婚，買下波士頓康柯德鎮的一所古老住宅，這所住宅原來是愛默生所居住的古屋，住在裡面寫作。三年之後，出版了短篇小說集《古屋青苔》，其中的短篇小說〈小夥子布朗〉、

〈拉伯西尼醫生的女兒〉很受歡迎。一八四六年開始，他爲了生計，又去謀海關的工作，繼續住在康柯德鎮，鄰居包括梭羅、愛默生等人。隨後三年，寫得很少，受到議論。不過在一八五〇年，他終於寫出了長篇小說《紅字》，爲霍桑帶來不朽的聲名。

《紅字》敘述了一則堅定的、浪漫的愛情故事，作者通過了這則愛情故事抨擊了清教徒上層社會階級人士的僞善和對人性的冷漠。故事裡的女主角叫做海絲特．白蘭（Hester Prynne），還在英國時，年輕貌美的她被誘拐，嫁給了畸形、僞善、博學的老人羅格．齊靈渥斯（Roger Chillingworth）。當時英國人移民新大陸的風氣盛行，齊靈渥斯也決定移民到美國波士頓。他讓海絲特先行出發，隨後他才前往美國。可是後來齊靈渥斯意外在海上失蹤，生死未卜。海絲特困守在孤獨的生活中有二年之久，精神蒙受痛苦，後來認識了當地一位熱情的牧師亞瑟．丁梅斯代（Arthur Dimmesdale），兩人相戀。海絲特終於沒有能夠瞞住這件姦情，因爲她懷孕了。當時，通姦是不被清教徒社會所允許的，於是她先被收押關在監牢裡。隨後，海絲特抱著三個月大的幼女，由監牢被押送到審判高台接受公開審問。按當時慣例，海絲特必須說出姦夫的名字，才能獲釋。但是她爲了丁梅斯代牧師的前途，謹守愛情的祕密，堅決地不透露愛人的名字。最可怕的是，當時她的情夫丁梅斯代牧師就是審判官之一。海絲特的堅強使得丁梅斯代痛苦、感動、震驚；不過，丁梅斯代卻始終沒有勇氣出來自首。海絲特終於得到她應有的懲罰，就是必須終年穿著一件繡著紅字「A」的外衣，所謂的「A」就是Adultery（通姦）的縮寫。海絲特只好避居在海邊偏僻的茅屋裡，做一些女紅的工作爲生，將小孩養大，把餘錢捐出來援助貧病者，頗獲大眾讚賞。雖然她被逼要穿著大紅字A的衣服，不過由於天天穿，日子一久，大家也不感到奇怪，就是長大的女兒珠兒也把媽媽的外衣當成是最高貴的、美麗的衣服。

博學的老人齊靈渥斯脫困來到新英格蘭，已經化身爲一個醫生。當海絲特站在審判高台接受公開審問的那一天，他就站在廣場上。本來他並不知道和海絲特通姦的人是誰，後來在替牧師丁梅斯代治病時，終於發現丁梅斯代與海絲特的祕密，因此，憤怒的他想置丁梅斯代於死地。他開始對牧師丁梅斯代進行報復，在威脅和折磨中，丁梅斯代的身心受到重大打擊，逐漸衰竭。最後丁梅斯代鼓起勇氣在森林溪邊與海絲特以及女兒見面，並且商量逃到英國的計畫。不過，這個計畫後來在醫生的破壞中無法成行。故事的最後來到了一個節日，也就是新州長即將上任的那一天。所有的人都放假了，市場上人潮滾滾，海絲特穿著配戴紅色的A字的衣服和珠兒來到這裡。不久，遊行隊伍、軍樂隊、武裝部隊也來了。受人擁戴的丁梅斯代牧師神采奕奕地抵達這裡，當眾發表了一篇〈上帝與人類社會的關係〉的講詞，他美好的聲音使聽眾感動、敬畏、驚奇，頓覺丁梅斯代牧師神聖不可侵犯，已經攀爬到人生的最高峰散發光芒。接著，群眾的遊行隊伍將由市場走到鎮公所，要在那裡舉辦一場莊嚴的盛宴，結束慶典。州長、知事、長輩、牧師們都緊跟在後面，往前走，歡聲雷動。但是，丁梅斯代牧師此時有了異狀，他臉色蒼白、蹣跚而行，彷彿整個人都失去生命。因爲，路途上，那個曾經審判海絲特的審判台就在前面。來到這裡，丁梅斯代牧師不想走了。他不顧事情的嚴重性，在病痛中，牽著女兒珠兒的手，由海絲特扶著，一起走上了審判台，當眾承認了他和海絲特的戀情以及承認他就是女孩的父親。所有參加典禮的上層社會官員、宗教信徒、牧師們、人民一聽，都嚇呆了；事後又非常同情這件充滿悔恨、痛苦、罪惡的事。丁梅斯代勇敢地向大家發表了一篇感謝人們長年以來支持他的演說之後，把自己的胸前的衣服扯開，一個腥紅的大字「A」就烙印在他的胸膛上。此時，也到了他油盡燈枯的時候，他讓他的女兒吻他，終於離別了世間。節日後，海絲特就帶著七歲的女兒消失不見了。

若干年後（似乎是珠兒在歐洲嫁人後），海絲特又回到新英格蘭來，成爲這裡婦女們傾吐心聲的對象。後來，她去世了。在皇家禮拜堂的旁邊墓區，她的墳墓和丁梅斯代低矮的墳墓並立，共用一個墓碑，上面刻寫著「一片黑土地，寫著紅色的『A』字！」這幾個字。

這個故事當然是非常偉大的愛情故事，充滿了愛情的理想和想像力。故事的女主角無疑的是一位英雄，她通過了嚴酷的考驗，爲愛情付出一切，勇氣無人能及。就是牧師丁梅斯代也是英雄，他先是懦弱，但最後他成了勇敢無比的人。他們都是爲愛情而甘心受苦、受難的人，倘若我們想用自己平凡的愛情與他們相比，也只能顯示自己的不自量力和庸俗罷了。《紅字》這本小說可說是浪漫傳奇愛情小說的代表作。

（五）赫爾曼．梅爾維爾（Herman Melville，1819—1891）

赫爾曼．梅爾維爾出生於紐約。父親艾倫．梅爾維爾是「唯一神教派」基督徒，赫爾曼．梅爾維爾則從其母系所信奉的「長老會」。早年就讀紐約公校小學。一八三〇年全家移居奧爾巴尼，父親於當地從事皮草進出口生意，失敗，破產，不久去世，當時梅爾維爾只有十二歲。梅爾維爾在一八三〇—一八三七年間非定期就讀於奧爾巴尼學院，曾在該學校學習許多文學經典。因爲家境轉壞，十五歲起就做過農夫、職員、小學教師等職務。他於一八三七年搭乘帆船出航，前往英國利物浦。一八三九年，他到一艘行走於倫敦和紐約的郵輪工作。一八四一年成爲捕鯨水手，從麻薩諸塞州費爾黑文港出發，捕鯨船航行過合恩角，於南太平洋一帶活動。整整十八個月，這艘捕鯨船在茫茫的大海航行，工作繁重、管理嚴酷。一八四二年七月，梅爾維爾受不了壓迫，逃離捕鯨船，在馬克薩斯群島的叢林中逃亡，躲避食人族泰皮族。八月，在一艘澳大利亞商船「魯西．安妮號」上擔任水手，又因故被囚於塔希提島。十一月，越獄成功，在一艘捕鯨船上從事投叉手工作四個月之久，回到了夏威夷。一八四三年八月，他參加了美國海軍，上了「美國號」戰艦。一八四四年，終於回到了東岸的波士頓，結束了他的海上驚魂記。

這趟傳奇海上旅程對他以後的寫作極爲重要。首先，難忘的海上航行和群島叢林逃亡，使他寫了《泰皮》（一八四六）、《歐穆》（一八四七）、《德雷本》（一八四九）、《白夾克》（一八五〇）這四部小說。這些小說有許多叢林野人生活、海上冒險、軍艦戰鬥的情節，想像力宏大，都是傳奇味道濃厚的小說。其次，最重要的是：他終於在一八五一年，出版了不朽的傑作《白鯨記》。

《白鯨記》裡滿是瑰麗、壯闊的海洋奇景和奇怪的人物角色。有熱帶無風帶的奇異海面；有群鯨翻滾追奔的水面；幾十層樓高的深海大浪；有報復心堅強如山、象徵人類征服自然野心的獨腳人船長亞哈；有一隻充滿殺手本性和謀略、象徵著大自然反撲力量的白鯨「莫比敵」；有來自原始社會能預測自己命運的黑人魚叉手奎奎格……，組構成既眞實又超現實、既人性又反人性的浩大空間和故事，其宏偉瑰麗、詭譎難測超出了吾人的想像力之外。

故事乃是通過了個性憂鬱的以實馬利（Ishmael）這位水手的眼睛觀看而被訴說出來。雖然以實馬利本來就知道捕鯨的工作很危險，但是性喜冒險的他還是上了捕鯨船。這艘叫做「皮闊德號」的船，由美國東岸南塔開特（Nantucket）港口出發，越過大西洋進入印度洋，後來更進入太平洋。

以實馬利在上船前，就認識了黑皮膚的南海蠻人奎奎格，兩個人結成好友，相互支援。在船長亞哈的指揮底下，皮闊德號一路上獵殺了許多鯨魚，可說魚貨滿船。但是，以實馬利慢慢發現，船長亞哈似乎不以一桶桶煉製出來的鯨魚油爲滿足。原來船長眞正的企圖在於尋找一隻白鯨，企圖殺死牠。因爲亞哈船長曾被白鯨咬掉了一條腿，使他變成怪異的獨腳人，這件事重重挫傷了他的自尊心。這隻鯨魚極爲巨大凶狠、機警神祕，水手們無不聞之色變。但是船長亞哈仇恨高漲，發誓追殺這隻白鯨到底。他曾當著眾人的面前，把一枚貴重的西班牙金幣釘在船檣上，聲稱誰第一個發現白鯨「莫比敵」，誰就可以得到這枚金幣。

在復仇心的驅使下，亞哈向每一艘他遇到的捕鯨船打聽這隻白鯨出沒的訊息。終於，一艘英國的捕鯨船給了即時性的消息，因爲這位英國的船長剛被那隻白鯨咬斷一隻手臂。斷臂的英國船長曾好心地勸告亞哈放棄復仇，因爲白鯨實在非常可怕，亞哈卻不爲所動。亞哈甚至以手槍嚇退前來勸告他的副船長斯達巴克，於是船往白鯨出沒的地方加速行駛。

水手以實馬利的好友奎奎格曾經得了重病，預感自己將要死亡，要人替他做了一只獨木舟棺材，準備海葬，不料他的病卻好了，棺木就留下來當救生艇用。

亞哈加速尋找白鯨，終於正面遇到在海上翻滾的白鯨。亞哈先搭了快艇追過去，但小艇立即被白鯨撞得粉碎，亞哈幸被救上大船。亞哈毫無所懼，他下令繼續追擊白鯨。第二天雖然有人喪生海底，但是白鯨被許多魚叉擊中受傷。第三天，白鯨在魚叉的襲擊下狀似奄奄一息，背脊露出水面。亞哈又乘著小艇前去追殺白鯨，無奈小艇又被白鯨撞碎；在緊急中，副船長斯達巴克只好駕駛大船前去營救。白鯨鼓足最後的勇氣，將大船撞碎，大船慢慢沉入水中。此時，亞哈的脖子被魚叉的繩子纏住，而魚叉正插在白鯨身上，當白鯨往前拉動時，亞哈就被絞死了。

皮闊德號終於沉沒，以實馬利隨著漩渦下沉，命在旦夕。可是，有一樣東西撐住了他，使他不至於沉沒，原來就是奎奎格的棺材。在海上漂浮了一陣子，一艘尋找皮闊德號的捕鯨船來到了，終於救起了以實馬利，他成了皮闊德號捕鯨船唯一的生還者。

這本《白鯨記》的狂暴性教人覺得心驚膽顫，暗陳了人類企圖壓制、征服、控制其生存處境（大自然環境）的無窮野心，並且暴露了人類為了實現這種野心，即使犧牲生命亦在所不惜的狂妄心態；它也是美國十三州殖民地時期開拓精神極致的代表性作品，是最典型的傳奇浪漫小說。《白鯨記》之後，美國的傳奇文學時代就慢慢地停止了，取而代之的是穩健、保守的田園・喜劇文學。

夏天：田園・喜劇小說時代

美國小說裡的人物由狂飆英雄轉變為世代常居的一般人民是無法改變的，移民總有一天會變成固定居住下來的國家公民，這是一定的。比如像霍桑這種浪漫時代的作家，祖先在一六三〇年代就已經由英格蘭移民到北美十三州，經過了幾代，到了他本人的時候，已經是不折不扣的美國麻州出生的人士。到了更年輕的下一個時期的作家，幾乎每個人都算是土生土長的美國人了。在這個情況下，作家對土地的感情就深厚起來，所描寫的周遭環境就更加細膩動人，終而產生了親切的田園・喜劇文學。同時，人們歷經半個世紀到一個世紀之間的奮鬥，隨著南北戰爭的結束，工業時代來臨了，經濟財政蒸蒸日上，一個新的世界已經被打造出來；對於他們所創造出來的新精神、新道德也已經習慣，甚至相當滿意；因此，作家成了護衛這塊新土地、新精神、新道德的人士，鞏固了田園・喜劇文學的發展。總之，從前緊張的、狂飆的傳奇浪漫文學不見了；未來憂傷的、譴責的悲劇文學還沒來到。文壇處在溫暖和氣的氣氛中，書寫故鄉土地的美好、維護美國道德的文學不斷出現。這就是美國的田園．喜劇時代的文學。

（一）布萊特．哈特（Bret Harte，1836—1902）

佛朗西斯．布萊特．哈特出生於紐約州奧爾巴尼的一個貧寒家庭裡。父親是一個小學教師，有些藏書，可以讓他閱讀莎士比亞或愛默生的作品。可是，父親在一八四五年去世，哈特只好隨著母親搬到紐約城居住，十三歲就必須離校謀生，曾在律師事務所和一家商業公司做職員。一八五四年，與母親隨著加州的淘金狂潮，去到了美國西部。在加州，他常常換職業，做過郵遞工人、藥局人員、排字工人、小學教師、報社編輯、掏金工人……。他生活艱難，並沒有賺到什麼錢，但是複雜喧囂的工作環境提供了他日後無窮的寫作素材，尤其是他接觸過的各式各樣的西部人物、新奇環境頗能引起讀者的興趣。哈特正式的寫作生涯，開始於一份報社編輯的工作，後來他曾在報紙上猛烈抨擊一夥白人屠殺印第安人的野蠻暴行，得罪暴徒，因此不得不逃亡到舊金山。在那裡，他很快脫穎而出，成爲當地文壇一顆耀眼的新星。哈特最後變成了西部加州居民的專門寫手，以「加里福尼亞故事」聞名美國和國外，他的文學就叫做美國的「鄉土文學」。

哈特被稱爲「加州的歌手」，當時，無數質樸的西部百姓在他筆下栩栩如生，同時他也寫賭棍、妓女、酒鬼、流浪漢、搶劫犯。這些平凡居民儘管有許多無法無天的行爲；但是每個人在緊要關頭，都表現了他們無法隱藏的善良的心。比如說〈密格爾斯〉這篇小說，主角密格爾斯雖然行爲放蕩，卻是個偉大的殉道者；〈帕克灘被放逐的人們〉的主角奧克赫斯特雖然是個賭棍，但是爲了拯救一對年輕的戀人，最後選擇了自我犧牲。這些故事，都展現了土地上居住了無數美好的靈魂，對周圍的鄰居也都充滿了善心。

哈特最有名的作品是小說〈咆哮營的幸運兒〉。大約在一八六八年春，哈特參與創辦《大陸月刊》，並應邀成爲它的主編，隨後在該刊物上發表這一篇最重要的短篇小說。這篇小說描寫了一群淘金者，平常他們天不怕地不怕，動不動就起鬨、鬥毆、賭博，他們很難控制粗俗的脾氣。表面上看來，他們都是賭徒、強盜一類毫無顧忌的人，但事實跟平常人沒有分別：最凶的人神態最溫和；最強壯的人右手只有三根手指；最棒的槍手也只有一隻眼睛。不過，一個印第安女人——切羅基人薩爾生了一個孤兒，改變了這一切。這個印第安女人死了，留下了可憐的私生嬰兒。所有咆哮營的粗獷男人彷彿經過了一場意外的洗禮，他們突然轉變了，變得安靜而懂事，承擔起照顧嬰兒的工作。他們對這位孤兒產生了無限的愛，爭相前來探視他，替這位孤兒取名叫做「托瑪斯．幸運兒」，並相信小孩會帶給他們幸運。平常大吼大叫的他們感情流露，躡手躡腳來到了嬰兒的面前，給他一塊金幣或一條手帕等等這些東西。他們甚至不計代價，把一袋沙金給了採購員，要採購員幫嬰兒購買一幅美麗的衣服花邊。咆哮營的人全都改革自新：行爲變得很有分寸、環境收拾得很乾淨、穿著變得體面。總之，由於小孩的出生，喚醒了咆哮營人們的公理、人道和慈愛，一切都變了。雖然，小說的結局是悲慘的——一陣洪水無可避免的沖毀了咆哮營，嬰兒最後還是死了。但是這篇小說卻充滿了對生命和高貴的人性的禮讚，是最具溫暖的一個故事了。

這篇小說就那位嬰兒來說是悲劇小說，但是就咆哮營所有的人來說則不是悲劇，而是一種喜劇，因爲人人都恢復了他們的高貴性，有了一個很好的結局。顯然這篇小說的主角並不是那個嬰兒，而是咆哮營裡的所有人們。就故事的場景來說，它算是田園小說，因爲淘金場畢竟是體力勞動的天地，人們仍然靠著土地和大自然來撫養他們，所有的風光仍屬鄉野風光，和農村是同一個屬性的。哈特無疑的是一位田園風光、人物的道地寫手，這就是爲什麼後來他與來自密西西比河的田園作家馬克．吐溫變成好朋友的原因。

（二）馬克．吐溫（Mark Twain，1835—1910）

馬克．吐溫出生於美國密蘇里州門羅縣佛羅里達鎭。在四歲時，他們一家遷往密蘇里州漢尼拔（Hannibal）——一個臨靠密西西比河的城市，而這就成爲了他後來的著作《湯姆歷險記》和《頑童流浪記》中聖彼得堡港市的靈感。那時，密蘇里州是聯邦的奴隸州，在吐溫年輕時開始了奴隸制的解放，這成爲了往後在他的歷險小說中的主題。父親是地方的貧窮的小律師，在馬克．吐溫十二歲時突然病逝，家道因此就更加沒落了，馬克．吐溫必須外出謀職爲生。一八四八年，十三歲，他先在一家印刷廠當學徒。一八五一年，十六歲起，到東部和中西部當流動的排字工人，住過許多不同的地方，包括紐約、辛辛那提等地，並開始投稿寫作。一八五六年，二十一歲，到新奧爾良，一度想到巴西經商，當他沿著密西西比河航行時，認識了「保羅．瓊斯」號的領港員赫勒斯．華克斯比，引起了他對航行的興趣，於是向對方學習當個領港員，在密西西比河謀生起來。這個職業是當時全美薪水第三高的職業，馬克．吐溫領港員的工作一直持續到一八六一年的南北戰爭爆發爲止。這幾年的水上生活，給了馬克．吐溫後來的文學數不盡的好素材，因爲他在實際的生活中認識了形形色色的人物和社會現實。

南北戰爭（一八六一—一八六五）爆發後，馬克．吐溫一度被南軍收編，半月後逃離，投奔他的哥哥奧來昂，去到了內華達州，在那裡開銀礦、經商，可惜都告失敗。一八六二年，在內華達州的佛吉尼亞城擔任《企業報》的記者。一八六三年，他開始以馬克．吐溫爲筆名在報紙上發

表一些有關密西西比河上生活的幽默小品。一八六四年，他到舊金山的報章雜誌界工作，認識了哈特那些作家，在他們的幫忙下，開始發表幽默小說。從此，馬克．吐溫在美國的文壇開始揚名立萬。

馬克．吐溫一生不乏精彩的閱歷，包括一八六七年以記者的身分乘坐遊輪到歐洲、中東旅行，二年後把在歐洲所見所聞的五十篇文章出版，叫做《傻瓜出國旅行記》，轟動國內外。一八七〇年與一位資本家的女兒歐利維亞結婚，她是一個能幫馬克．吐溫校稿、編輯的妻子，婚姻維持了三十四年，直到妻子於一九〇四年去世。一八九〇年代初期第三趟出國旅行，到了非洲、亞洲、澳洲等地，共旅行了十年，回國時受到美國人熱烈的歡迎。直到一九一〇年去世，他一直受人愛戴，也獲得許多大學的榮譽碩士、博士的學位。所有的這些幸運與他的文學作品受人喜愛息息相關。其寫作成功的因素是因爲他的作品充滿著人性的溫暖、機智的幽默、充沛的正義感；另外當然是他的小說洋溢著美國的鄉野田園風光，尤其是密西西比河的風景，更是讓人難忘，純粹是無可取代的美國的鄉土風光。不論長、短篇小說，他的許多作品都有上述許多的優點。我們可以說馬克．吐溫是美國典型的田園．喜劇作家，他的小說裡的美好地景、小說人物的達觀幽默、護衛美國傳統精神（民主、自由）的脾性，正是田園．喜劇文學的一種特質。

馬克．吐溫最有名的短篇小說之一是〈卡拉維拉斯縣著名的跳蛙〉，這篇小說描寫了一位叫做吉姆．司麥力的怪人。這個人生性愛好與人打賭，鬥狗、賽馬根本不用說，就是連牧師太太的病會不會好都可以和人賭上老半天。有一天，他抓到了一隻青蛙，訓練牠，竟然能叫牠翻觔斗。於是他宣稱這隻青蛙是卡拉維拉斯縣最有名的寶物，沒有任何一隻青蛙比牠更能跳。他遇到一個過路的人，兩人開始打賭。路人也不是省油的燈，趁著司麥力去抓另一隻青蛙來和這隻跳蛙比賽的時候，在跳蛙的肚子裡灌進了兩把打鳥的、有重量的鉛彈，比賽結束，司麥力輸掉了這場賭注，被贏走了四十元。等到司麥力發現事情的眞相時，要去找那位耍老千的路人算帳時，那路人早就跑了……。這是一個典型的美國西部的民間喧鬧故事，充滿了鄉土的幽默的氣息，當然是田園類的小說。主要是使用諷刺的文筆來懲罰那些誇口愛吹牛賭博的人，替謙虛的傳統道德做了維護的工作。

馬克．吐溫最有名的長篇小說之一，是一八八四年印行的《哈克貝利．費恩歷險記》（有人譯成《頑童流浪記》）。這部小說描寫了一個白人青少年哈克貝利在變成道格拉斯寡婦的義子後，反而受到這位寡婦及其妹妹的監視，要他做一個穿著合乎規定、行爲循規蹈矩的「文明人」。哈克貝利一向過慣率性的野孩子生活，因此感到很不自由。他先加入了一個孩子幫，後來又厭煩幫派生活。最後他的父親前來向他要錢（他藏了一些錢幣），並且抓走他。父親和他住在森林小屋，雖然在這裡可以放曠自然，但是酗酒無度的父親常毒打他。於是他在一個月色明媚的晚上逃家，去追求獨立自主的生活。他跳上了事先準備好的一張木筏上，進入了寬闊的、浩蕩的、無拘的、自由自在的密西西比河裡，順流而下，準備在平靜中流亡到另一個沒有壓力的世界中去。可是，他來到了傑克遜島，碰到了一個叫做吉姆的黑人，這個黑人就是道格拉斯寡婦妹妹家的奴隸。由於主人想要賣掉黑人吉姆，在害怕中，吉姆就逃出來了，躲到了這個島。於是兩人結伴而行，目的地是不准蓄奴的自由州（伊利諾州的自由地區開羅），之後雖然仍難逃社會的網羅，在旅途上又歷經了許多的拐騙、危難和驚嚇，但是到最後則以喜劇收場，哈克貝利終於回到了親愛的薩萊姨媽的身邊，而吉姆則獲得他永遠的自由。這篇小說裡的兩個主角都是爲自由而奮鬥的人，「自由」可說是他們要取得的唯一目標，「維護自由」這個神聖的美國社會基本教條也就是這本長篇小說創作的主題，馬克·吐溫其實是一個相當愛惜美國傳統價值的人士。

除了維護傳統社會價值外，在這本小說之前，馬克·吐溫曾於一八七六年印行一本更爲有名的長篇小說《湯姆·索耶歷險記》（有人翻譯成《湯姆歷險記》），以及在《湯姆·索耶歷險記》之前，一八七五年開始寫作的生活經驗散文集《密西西比河上的生活》；這些作品都描寫了寬闊的密西西比河的風光，滿溢了鄉土氣息，都是標準的田園文學。如果要了解一八五〇、六〇年代的密西西比河的風景，首先要看的書就是馬克·吐溫這幾本書，它們可以說把美國的田園文學推到了最高峰，教後來的人很難超越了。

（三）威廉·豪威爾斯（William Dean Howells，1837—1920）

如果說馬克·吐溫所寫的文類大抵以田園小說爲大宗的話，則威廉·豪威爾斯所寫的就是喜劇了。雖然他們文類不同，但對於美國的社會價值和傳統道德則同樣採取了保守的維護的態度，只是威廉·豪威爾斯的維護心比馬克·吐溫要更爲強大。他們的不同是：馬克·吐溫的關切還算是對底層社會人民的關切，而豪威爾斯的關切則完全屬於對資產階級的關切了。

豪威爾斯出生在俄亥俄州貝爾蒙的一個鄉間渡口，父親是小印刷廠的老闆，也是辦報人。家庭人口眾多，經濟情況不算富裕。因此豪威爾斯九歲時就必須在印刷廠做工，父親教育他念書。一八五一年，進入《俄亥俄日報》工作；之後，豪威爾斯開始在報刊上投稿，寫小說、詩歌、散文。他早年以詩在文壇嶄露頭角，一八六〇年到西部一趟，得以認識愛默生、霍桑、梭羅這些大家，後遷居紐約，又認識了惠特曼。一八六一年，幫助林肯助選有功，被派往義大利任威尼斯領事，有機會研究義大利的語言、文字。一八六六年，回國受聘《大西洋月刊》助理編輯，後升爲編輯，他以這個雜誌廣結善緣，實際上幫助過馬克．吐溫、亨利．詹姆士……一批傑出的作家。一八八一年，應《哈伯斯》雜誌邀請，擔任編輯研究所的研究員，在那裡研究十九世紀以來歐洲傑出的現實（寫實）主義作家。豪威爾斯曾竭力反對當時盛行的浪漫主義小說。他認爲小說的首要目的是教誨，而不是娛樂；文學作品應該採用現實主義的創作方法。不過，據他的個人看法，他比較能欣賞托爾斯泰那種寫實主義，不同意左拉等人的自然主義。這就是說，他同意巴爾札克那種描寫中產市民生活、喜劇性的寫實主義；而不同意左拉那種描述下層社會生活、悲劇性的寫實主義，可見他的文學觀還是屬於典型中產階級的文學觀。《大西洋月刊》、《哈伯斯》本來就是上層社會的文學發表園地，對中產階級、資本主義的讀者有吸引力。豪威爾斯也利用這兩個園地培養了美國文學家隊伍，對當時的美國文壇產生重大影響。

豪威爾斯向來都寫作資產階級的生活小說，大半也都是喜劇收場。一八八五年，他寫作的長篇小說《賽拉斯．拉帕姆的發跡》即是一本用來稱讚有骨氣、有道德的資本家的小說。賽拉斯．拉帕姆是一個經過奮鬥終於成功的商人，他本來是一個佛蒙特州的農場主，後來變成了波士頓的顏料製造商。他在波士頓建造了闊氣的房子，努力擠進上層社會，並鼓勵二個女兒也往上層社會發展。女兒佩內洛普和一個富家子弟湯姆戀愛了，並論及婚嫁。可是，不久，賽拉斯．拉帕姆的生意意外失敗了，面臨破產欠下鉅款的命運，同時女兒的婚事也面臨告吹的危機。這時他本可把自己的工作場賣給一家英國公司，以求脫困；但考慮到鐵路公司插手後會使買主受損，他不願意損人利己，終於沒有賣出工作場。他反向甘願自己傾家蕩產，最後率領著家人一起回到鄉下。在這裡，小說突出表現了這個商人的道德觀念（也是豪威爾斯自己的觀念）。他不贊成在經濟競爭中不擇手段，倒是主張商人要有仁慈之心，能爲他人著想。錢可以賺，但不能損害他人。由於賽拉斯·拉帕姆能堅守經商道德，終於使他成爲商人的楷模，感召了許許多多的生意人，傳爲業界佳話。湯姆也受到了感動，最後娶了他的女兒佩內洛普，他和女兒有了圓滿的結局。這篇小說當然是用來替資本家擦脂抹粉的小說，卻是當時非常有名的小說，可見當時一般人還未對商人失去信心。一八八二年，豪威爾斯又出版了長篇小說《現代婚姻》，目的是勸年輕人持守道德。故事的內容是寫一對年輕人草率成婚，後來男方生活放蕩，終至不可避免地離婚了，離婚後的女方又嫁給一個有地位的男子，這位男子相當能持守道德，婚姻終於能成功而幸福美滿。像這種說教的衛道小說命名爲「現代婚姻」實在有些勉強，倒不如命名爲「清教徒的婚姻」比較恰當。他寫的小說共有四十部之多，大部分都算是保守的喜劇。

不過我們不能忽略他的小說技巧，他描寫細膩，對話生動活潑，造就他小說的成功，也使他能出版那麼多的小說，深受上層社會和保守人士的歡迎。除此之外，他也擔任過美國國家藝術院的院長，帶領著當時的一大批作家，在文壇上的確做出了傑出貢獻。

總之，我們不能說爲資本家說話的小說一定不好；只能說，一種文風造就一種作家，田園·喜劇文風當然會產生田園·喜劇的作家。背後和文學發展的歷程有著很深的關係。

秋天：悲劇小說時代

豪威爾斯雖然不喜歡自然主義，但是他的後一輩的美國小說家還是走進了自然主義的懷抱裡，不是說自然主義比其他的主義要更優越，應該是說時代已經走進了悲劇的範圍裡，而自然主義本身恰巧就是不折不扣的悲劇文學，所以受到歡迎。不但是自然主義，之後又出現的虛無主義

（失落的一代），都是悲劇文學。

（一）法蘭克．諾里斯（Frank Norris，1870—1902）

法蘭克．諾里斯是把自然主義由法國引進美國的第一人。他出生在芝加哥一個富有的家庭，父親是一位對美術有愛好的珠寶商。因此諾里斯從小就對畫圖有興趣，他先在加州大學預科讀了一年書，然後在一八八七年動身到巴黎私人的朱利恩畫室去學畫。不過到法國後，他的興趣轉向了文學，醉心雨果、左拉的作品。他先受到浪漫主義的影響，寫作《伊福奈兒：一個法國世仇的傳說》敘述詩。一八八九年，回到加州大學英語系讀書。一八九二年，《伊福奈兒》出版了，得到若干的社會回應，算是一個新作家；但是使他聲名大噪的還是有關自然主義的小說寫作。

由於諾里斯在念大學時父母親婚變，諾里斯袒護母親，終至無法繼承父親的遺產，他因此變得很窮。諾里斯倒是很能甘於貧窮，並關心廣大的貧窮階級，常到他所棲身的舊金山的街頭去觀察窮人的生活。他大學時就已經著手寫作一部和左拉文學呼應的自然主義小說《麥克格第》。直到他大學畢業，又念完哈佛大學寫作研究班，小說都還沒寫完，可見他對於寫作是如何地小心謹慎。他後來又回到舊金山，在報章雜誌社裡擔任記者，繼續寫小說。一八九九年，《麥克格第》出版，立即轟動美國文壇，連反對自然主義的豪威爾斯也撰寫書評，稱讚這本小說是美國小說發展史的一個里程碑。那麼，這本聲名大噪的小說究竟是寫了什麼呢？

《麥克格第》的主角就是一個叫做麥克格第的俗人（當然是下層社會的人）。這個人力氣很大，頭腦卻很簡單。他的體格魁偉高大，性格溫馴，外表像一隻只會拉車的馬。還好他曾向一個江湖醫生學了牙科醫術，使得他能在舊金山的街頭開個無照的牙科診所，他靠這個工作爲生。

像這種俗人，本來應該平靜而庸碌地過完他的人生，但是世事難料。他有一位朋友叫做馬庫斯．斯科勒，介紹了一位漂亮的表妹區萊納給麥克格第，後來結婚了，麥克格第竟然有了一個漂亮的妻子！除此之外，在新婚之際，妻子區萊納意外中了五千元的彩券，獲得巨款！這些好運終於帶來了災難。好友斯科勒開始嫉妒麥克格第的幸運，同時後悔放棄漂亮的表妹區萊納。於是，斯科勒寫了告密信，檢舉麥克格第是個沒有執照的牙醫，迫使麥克格第失業而失去經濟來源；同時區萊納自從中了彩券後，成爲守財奴，死守著五千元不放。麥克格第開始酗酒、離家、變窮。到最後，麥克格第爲了竊取妻子的五千元，掐死了妻子，之後逃入內華達州沙漠的深處躲藏。斯科勒心有未甘，協助警方，追捕麥克格第直到寸草不生的沙漠裡，最後兩人有一場決戰。麥克格第憑著他天生的蠻力，將斯科勒殺死。麥克格第最後是提著他所豢養的金絲雀鳥籠，拉著斯科勒的屍體（他的手腕和死人斯科勒的手腕銬在一起），望向茫茫沙漠的遠方，這是他的未來命運的寫照。

像這樣的一本小說，它的主旨到底是什麼呢？原來這是一本非常典型的左拉式的自然主義的文學作品。所謂自然主義的「自然」不只是普通意義的自然，而是指「物競天擇，適者生存」生物學法則下的那種自然。也就是說，我們的生存是有其「條件」的，受到內在生理和外在環境的限制。這些條件如果限制一個人過於苛烈，人就被淘汰。

自然主義的作家就是在揭示這些條件因素下的人的生活。這些限制生存的條件包括了人的疾病遺傳、個性脾氣、身體狀況、經濟環境、社會因素、時代趨向、地理氣候等等內外在的因素，人只是生物的一員，終將難以逃脫它們的控制。就像故事裡的主角麥克格第受制於他的智力、斯科勒受制於他的嫉妒心、區萊納受制於她的愛財如命，終於演成了這個大悲劇。也就是說，作者諾里斯企圖告訴我們，人難逃生存環境條件的制約。我們無法人定勝「天」，只能眼睜睜看著我們被「天」所決定和淘汰。因此，人的存在事實上是一個悲劇，是一個種種條件所制約下的悲劇。

諾里斯更爲有名的小說就是他的《小麥史詩》三部曲，分別是《章魚——加利福尼亞的故事》、《深淵——芝加哥的故事》、《豺狼——歐洲的故事》這三本小說。第一本《章魚》完成於一八九〇年，是用章魚這種有八個爪、能四面八方捕食的軟體生物來形容當時貪得無厭、掠人錢財的美國鐵路公司。故事發生在美國的西部加州的摩埃托斯農莊，主人叫做曼克奈斯·得力克。曼克奈斯在當地很有影響力，被戲稱爲「州長」。故事開始，美國的西南太平洋鐵路公司已經鋪好鐵路，控制了地方的農莊。農莊人士當然心有未甘，開始對鐵路公司進行抗爭。最後雙方演成嚴重衝突，許多人在抗爭當中都死了。曼克奈斯是當地有頭有臉的人，當然不肯對鐵路公司低聲下氣。他的兒子哈倫·得力克曾勇敢地率眾抗爭，最後落得一敗塗地。因爲鐵路公司有錢有勢，像八爪魚控制了一切。哈倫被鐵路公司害死了；曼克奈斯則先變成窮人，後來發瘋了。整個故事無非訴說曼克奈斯家族在狂暴的美國資本主義的發展過程中，如何衰敗、被毀滅的過程，而這種衰敗、被毀滅來得如此的狂暴無情，如此的無法挽救。簡單說，物競天擇，適者生存，農莊終於被資本主義整個吞噬、淘汰了。這就是自然主義的眞諦。《章魚》這部小說的格局宏大，想像力豐富，生活性強，鬥爭激烈，是諾里斯最好的作品。

《深淵》則成書於一九〇一年，書寫芝加哥的小麥交易所的故事，描寫一個小麥投機商人的興衰起落，與敵手鬥爭非常激烈，最後當然落得一敗塗地，以悲劇收場。《豺狼》則無法寫成，因爲一九〇二年，諾里斯突然告別人世。

綜觀諾里斯一生的創作，最精彩的作品都離不開自然主義，而自然主義則是一種悲劇的文學流派。這說明了美國文學的時代已經來到悲劇的階段，主流作家明顯地感到了環境的壓力日漸增大，教人無法負荷。文學正告別上一代的田園．喜劇的文風，轉向悲劇。

（二）傑克．倫敦（Jack London，1876—1916）

傑克．倫敦仍然是自然主義的小說家，不過他的思想受到共產主義宣言的影響，也曾參加了共產黨的活動，因此小說人物明顯有比諾里斯的小說人物要更具堅強的鬥爭性，但是也更富狂暴性（動物的殘暴性）。

他出生在加州舊金山，母親威廉．虔妮是來自俄亥俄州富裕家庭的女兒，有能力爲人占卜降神並且教授鋼琴，不過竟然無法知道傑克．倫敦的父親是誰。傑克．倫敦是私生子，出生八個月後，母親帶著他嫁給了約翰．倫敦。繼父約翰．倫敦是一位已經有兩個女兒的鰥夫，當過農夫、木匠、警察，是標準的體力勞動者。

繼父爲了生活東奔西跑，傑克．倫敦也隨著家庭吃足了苦頭。八歲時，他在一個牧場當牧童。十歲在加利福尼亞州的奧克蘭當報童和碼頭小工。他的學費必須靠自己賺取。十五歲的時候，繼父被貨車撞傷了，他在罐頭工廠找到固定工作，每小時可賺一角錢，每天最少的工作時數是十小時，有時工作達二十小時。一八九三年，十七歲的他簽約上了漁船「索非亞．蘇德蘭」號，這條船一直到達了日本海岸捕魚。當他回到美國時，美國正處在工人運動造成的一片混亂中。傑克．倫敦先在紡織廠和城市鐵路發電站做了一陣子的苦工，然後他加入了凱利工人軍隊（Kelly's industrial army），成爲一名流浪工人。他參加了失業大軍組成的抗議隊伍抵達華盛頓，目睹了當時美國經濟蕭條的眞實情況；他在這一年曾因「流浪罪」被逮捕入獄，幾個月後才被釋放。在大都市，他住過貧民窟，親嚐貧窮的滋味，也目睹了社會的不平等和人與人之間的殘酷競爭，終至於培養了他對於「物競天擇，適者生存」法則的堅定看法。

當他加入失業大軍進行流浪的時候，有機會閱讀到《共產黨宣言》的小冊子，初步了解到了資本主義剝削本性的殘酷和激烈。

一八九六年，他用一年的時間學完了中學四年的課程，順利考入位於伯克利的伯克利加州大學，這時他已經二十歲了。一八九七年，因爲貧困，被迫退學，加入克朗代克河的淘金熱，前往阿拉斯加淘金。淘金是他的小說最重要的素材之一，而且他寫的淘金故事也大多發生在阿拉斯加和加拿大北部。一八九九年，二十三歲，他回到了父親已死的家中，寫了〈給獵人〉的一篇小說寄給《大陸月刊》，登出了，這是他寫有關阿拉斯加的《北方的故事》的第一篇，也爲他敲開了文壇的大門。一九〇〇年一月，遠在波士頓的《大西洋月刊》又刊登他的新作〈北方的奧德賽〉，更加受到文壇的重視。二月，他與在中學任教的貝西·麥德溫小姐結婚，這是他的元配。四月時出版了他第一部中短篇小說集《狼的兒子》，贏得美國卓越小說家的名譽。此後他幾乎天天寫作，伏案不懈，有時一天要寫作十七、八小時，自己還規定每天寫作的字數。十七年後，他過早地離開了人間；但是他已經寫了十七本中長篇小說，一百五十多篇的短篇故事，三個劇本，還有報告、隨筆、論文，總數大概在八、九百萬字左右。這些小說讓人看到傑克·倫敦對於大自然的喜愛、對於下層工人群眾的同情心，以及對於資產階級的極大反抗，他大部分的人生都走在一條極富社會良心的行動道路。

不過，由於一九〇八年，他代表社會黨，參加了美國總統的競選失敗，受到打擊不小。之後，他不再對工人階級始終如一的關切，也不認爲工人解放運動是最後的社會救贖；他在悲情中，把自己的希望寄託於回歸大自然以求己身的解放。他在偏僻的希爾牧場，建造了一棟豪華的別墅，想要過一個安居在大自然中的田園生活。後來由於兩個女兒對他冷漠、別墅燬於一場大火以及疾病纏身，他的理想整個都破碎了。一九一六年十一月，在夏威夷治病，去世。遺體火化後，運回牧場安葬。總之，他個人對周遭環境的主要感覺並不屬於無產階級革命者的那種充滿理想的浪漫感覺，毋寧說乃是屬於自然主義那種無限悲憤的悲劇感覺。

傑克．倫敦有一本最有名的描寫動物的小說叫做《野性的呼喚》，是美國文學史上的經典作品，被譽爲「世界上最多人讀的美國小說」，也可說是自然主義的樣板小說。這本小說本來是短篇，後來被擴充成爲長篇。敘述了一隻叫做「布克」的狗，主人是米勒法官。布克是南方莊園裡的狗，一向過慣了養尊處優的生活。有一天園丁曼內爾把牠拐走，以一百塊錢的價格賣給了狗販子。接著，在輾轉易手中，搭火車、輪船，來到了陌生遙遠的北方淘金聖地克朗代克。此地是淘金者忙碌異常的天地，狗用來充做運輸工具。布克從文明的世界突然來到了這個野蠻的世界，就必須爲生存而奮鬥。在這裡，布克所見的都是殘酷的事件，人人皆不顧道義，互相鬥爭，爲的只是能活下去。狗也是一樣，爲了爭食物，相互撕咬，從不停止，既凶殘又狡猾。布克的野性終於被呼喚出來了，牠先咬死了狗群中的領袖，變成新領袖；後來又在森林狼群的號召下，先變成離群野狗；最後參加了狼的隊伍，遁入了森林和荒野裡，化身爲狼了。這本以動物喻人的小說具有多面的意義，最明顯的一面是：傑克．倫敦指出了在瘋狂的資本主義（淘金狂潮）下，人的鬥爭、殘殺的本性被喚起，使社會變成野蠻、無情、不講理；另一方面，它呼應了自然主義文學那種「物競天擇」的悲劇道理，認爲在無情環境的逼迫下，來自文明世界的狗或人爲了生存，他的性格終究會被改變，從此生活得和荒野裡的畜生沒有兩樣。

《馬丁．伊登》則是一本極富文學技巧的小說，是他的晚年之作；它是自傳性的小說，披露了傑克．倫敦悲劇式的人生和思想。馬丁．伊登本來就是社會底層的人物，以出賣勞力為生，做著水手或工人的工作。有一天，他認識了銀行家摩斯一家人，並和摩斯的女兒羅絲一見鍾情。在女方的眼光中，馬丁．伊登有強健的身體，和質樸的性格，能讓女人迷戀。就男方而言，羅絲貌美可人、精通文藝、舉止文雅，能讓人陶醉。最重要的是：馬丁．伊登認為羅絲和羅絲一家人代表著上層社會，而馬丁．伊登一向崇拜上層社會，認為上層階層的人都有著大公無私的精神、崇高的理想以及服務別人的熱情。不過，這是一場階級不對等的愛情，哪能簡單就跨越成功。為了與羅絲匹配，也為了能踏入上層社會，馬丁．伊登忍受極大的體力煎熬，堅持不懈地寫作，想要讓自己成為作家。然而由於他的生活態度和政治主張引起羅絲父母和資產階級體面人士的不滿。羅絲一向有階級偏見，乃屈從家庭壓力與他斷絕了關係。在他心灰意冷、決定放棄寫作時，卻時來運轉，一篇〈太陽之恥〉引來一場大規模爭論，他一舉成名，文稿成為搶手貨。同時，由於他所寫的題材都是下層社會奇怪的、粗獷的、新鮮的生活題材，頗能獲得報刊老闆的喜愛，終於使他成為聞名全國的作家。於是，他有名也有錢了，上層社會的大門被他敲開了。從前看不起他的紳士們來找他；以前嫌他窮的市儈商人也請他吃飯。最不可思議的是：離開他的羅絲也回來想要重修舊好。可是，現在他能看清上層社會的真面目。這個原先被他所崇拜的階層，原來隱藏許多不可告人的齷齪勾當，盡是無聊空虛的靈魂、虛偽貪婪的人，所謂的高尚，原來都是裝扮出來的。就連羅絲也是極為庸俗的人，她的本事就是把馬丁．伊登弄得循規蹈矩，變成無聊的資產階級的一員。馬丁．伊登現在是成功了，但是他開始憎恨這個資產階級的人和事，他感到被欺騙了。終於他在這個社會中慢慢自我孤立、自我遺棄。最後，他迷失方向，自殺了。這本小說其實就是傑克・倫敦悲劇思想的一種表達，極富他個人自傳的色彩。由於這是在傑克・倫敦死亡前七年的作品，當成他對他的人生或周圍環境的最後感覺是恰當的。過著激動的反抗生活的傑克・倫敦，他最後的作品還是沒有能夠擺脫那種悲劇的性質。由此可見，悲劇是如何緊緊控制了他一生的寫作。

傑克・倫敦之後，還有三位有名的小說家，一位是西奧多・德萊賽（《嘉莉妹妹》、《美國的悲劇》的作者）；一位是厄普頓・辛克萊（《屠場》的作者）；一位是辛克萊・路易士（《大街》、《巴比特》的作者）。這三位作家都曾經具有社會主義思想，甚至有人加入共產黨，但是到最後他們的作品還是和傑克・倫敦一樣，離不開自然主義的文風，小說往往都是以悲劇收場。

（三）約翰・史坦貝克（John Ernst Steinbeck, Jr.，1902—1968）

史坦貝克和前輩作家傑克・倫敦皆出身在下層社會，同情下層社會人民是一致的；同時他們也都是受到當時自然主義文風的影響非常深刻。不同的是，傑克・倫敦沒有經歷到戰後美國的經濟不景氣，而史坦貝克從二十七歲開始，就置身在紐約股票大崩盤後，資本主義崩潰的經濟不景氣中，尤其他的一生經歷過一次大戰和二次大戰，青、壯、老年所見到的美國社會環境都是更不堪的局面。

他出生在加州，父親是小農場主人，擁有一家麵粉廠，母親則是教師。早年，史坦貝克生活在牧場、鄉村之中，對鄉野和農民有一份感情。後來他進加州史丹佛大學去念英文，由於經濟困難，曾經輟學，終於沒能獲得學位。離開大學後，他做過水泥工、油漆匠、藥劑師、莊園看守人、土地丈量員、水果採收工。一九三〇年結婚後，搬到紐約居住，在《美國人》雜誌擔任記者，有了一個和文字有關的工作。直到一九三五年，出版了長篇小說《玉米餅坪》，才在文壇嶄露頭角，這時他三十三歲。

一九三六年，史坦貝克寫了一篇中篇小說《鼠與人》，乃是典型的自然主義小說。這篇小說描寫了兩個居無定所的工人的不幸命運。當中一位叫做萊尼，他在地主家工作，野心不大，只希望有一間房子可以居住，能養得起一群牲口就滿意了。不幸，妻子後來受到地主少爺的侮辱；而他本人則受到地主媳婦的戲弄，後來意外掐死了那位媳婦。另一位工人好友喬治爲了不使萊尼遭到報復慘死，只好含淚親手開槍打死了萊尼。故事本身就是自然主義式的大悲劇。這本小說在一九三八年改編爲劇本，深受觀眾喜愛，曾獲得「紐約戲劇評論獎」。

一九三九年，他又出版了長篇小說《憤怒的葡萄》，描寫了三〇年代奧克拉荷馬州破產農民舉家遷居他鄉，去到加利福尼亞州求生存，所發生的種種挑戰和不幸。故事敘述一輛改裝的卡車載滿了搬家的行李，離開了奧克拉荷馬州，沿著六十六號公路，向加州緩慢前進。在塵土飛揚中，車上的人搖晃不停。車裡有老太太、老爺子、孕婦、小夥子、年紀半百的夫婦……共十幾個人，這就是遷居的老湯姆．約德一家人。爲什麼這家農民必須遷居加州去謀生呢？原來是農民受土地銀行的債務追討、天氣惡劣下所帶來的土地沙漠化、機器取代人力耕作的種種因素，迫使三〇年代的美國農民只好離鄉背井，追求生路。約德一家人在途中有些老者死了，沒有信心的年輕人逃走了，剩下的人的終於抵達了加州，開始他們的生活奮鬥。故事有兩位最重要的人物：一位是老湯姆．約德的大兒子年輕的湯姆，年紀將近三十歲。他在幾年前的一個舞會上失手殺了人，判七年徒刑，待了四年的監牢，出獄回家，乃隨著家人遷居加州。他的外型粗獷，是個出賣勞力討生活的人，有大大的手指和蝦殼般的指甲，手掌布滿發亮的繭。他對自己沒有過多的期望，只希望一家人有飯吃。尤其他是一個假釋犯，隨時都有回到監牢的可能，必須處處小心，避免再蹈法網。不過事與願違，到了加州後，遭到農場主壓迫、剝削，他的家人曾舉家做摘桃子的工作，五分錢一箱，可是幹一整天活所賺的錢只能買一頓飯而已。他忘了他還是一個犯人的事實，在一場抗議示威中，他憤怒地打死了一名殺害罷工領導者吉姆．凱西（此人是牧師，也是湯姆在家鄉的老朋友）的凶手。爲了不回監牢，他開始逃亡；並自覺他從此需要爲眾人的飢餓和社會的正義捨身奮鬥。他期待將來有一天，大家都能有糧食可吃、有房子可住。另一個主角是湯姆的母親，她有勞動婦女勤儉、刻苦的美德，在舉家困難中，不斷鼓勵大家前進和面對。在湯姆打死了凶手之後，她支持湯姆，叫他逃亡；並和貧窮的人們一起參加集體的抗爭。她有勞動婦女的樂觀，認爲有錢人到最後還是難免死亡，而窮人的路將越來越好走。

《憤怒的葡萄》有血有淚，的確是描寫美國經濟不景氣時，美國農民的眞實困境，感動了無數的讀者。這也是史坦貝克後來獲得諾貝爾文學獎的原因之一。

不過，我們還得注意，史坦貝克所描寫的美國人物，畢竟是比傑克．倫敦的作品更具悲劇性。傑克．倫敦的時代，悲劇性的人物還存在著由狗化身爲狼的那種血氣、狂妄；但史坦貝克的人物則更趨無助、被綑綁。

史坦貝克之後，還有幾個重要的左翼小說家，包括了麥克爾．高爾德和厄斯金．考德威爾等等。當中的麥克爾．高爾德還加入美國共產黨；從一九二六年到一九四八年辦了《新群眾》月刊；並發起組成美國作家協會，是左派的第一人，社會思想高張。但是，他們的小說作品並沒有標準的普羅小說那種無產階級戰勝一切的昂揚味道，勿寧說仍然是被環境壓迫得喘不過氣的自然主義小說，這些都說明了悲劇已經席捲美國文壇，且是悲劇日深一日的文壇事實。

（四）歐內斯特·海明威（Ernest Miller Hemingway，1899—1961）

海明威出生在芝加哥附近的奧克帕克村。父親是醫生，有狩獵的愛好；母親是上層社會女性，具有音樂修養。中產家庭的出身，使他的教育良好。六歲讀小學；十四歲讀高級中學，在寫作上與體育上有表現，曾任校刊主編。一九一七年，中學畢業，十月，他到堪薩斯州的《明星報》工作。一九一八年五月，美國加入第一次世界大戰已經一年多，海明威和當時的熱血青年一樣，報名加入美國的紅十字戰地救護隊，中尉官銜，在車隊工作。六月，救護隊進入歐洲，去到義大利與奧匈帝國的交戰區，一個月後，海明威遭到砲擊，重傷，在醫院治療三個月。十一月，奧國投降，海明威得到一枚勇敢獎章。一九一九年一月，回美國。戰爭經驗在他的心上留了一道巨大的創傷，難以痊癒，那是他日後憂鬱、空虛、無根的來源。

一九一九年，海明威赴加拿大擔任《多倫多明星報》記者。一九二一年，和新婚妻子哈德莉·理察遜到巴黎擔任《明星報》駐歐洲特派記者，再度來到歐洲。一戰後的歐洲，社會與人心同樣動盪不安，悲觀絕望的氣息濃厚，他的心情沉重。他寫小說，一九二三年在巴黎出版《三個短篇和十首詩》，沒有引起文壇重視。

一九二四年，接續擔任《赫斯特報》駐歐洲記者。同年，在巴黎出版《在我們的時代裡》，收集了十八篇短篇。次年，同一個集子又在美國出版一次，開始引來評論界的注意。

一九二六年，他又出版了長篇小說《太陽照樣升起》，引起了轟動，被稱為「迷失的一代」的代表作家。這部作品，書寫了一對男女在一戰後流落在歐洲的創傷遭遇。傑克·巴恩斯是美國記者，在一戰中失去性愛能力，他結識了一位叫做伯瑞特．艾莉熙的英國護士。他們雖相愛，卻沒有結合之實。他們兩人相攜來到庇里牛斯山區，以觀看鬥牛來消磨年輕時光。傑克．巴恩斯一看到鬥牛的情況就非常興奮，認爲那種搏鬥就是人的力量的眞正湧現，是生活的眞諦之所在，也是永恆之處，簡言之，那就是「太陽升起的地方」。這本小說反映了當代年輕人的絕望、迷惘、混亂的心情，引來「迷失的一代」的這個名詞。

一九二九年，他更重要的一部長篇小說《告別武器》出版，帶來更大的名氣。《告別武器》寫得非常實在，有自傳的成分在裡頭。裡頭敘述亨利這個美國年輕人，在一戰時的義大利陸軍的野戰醫療隊工作，官階是上尉。在戰場上，士兵瀰漫著一股厭戰的情緒，亨利手下的一個士兵這麼說：「有一個階級統治著一個國家，而這個階級又是愚蠢的，什麼都不懂，也永遠不能懂。因此，我們才有這場戰爭。」另一個士兵則說：「他們從戰爭裡弄錢。」一般的軍官則在戰爭中盡情的享受美酒和軍妓。從美國前來保衛民主自由參戰的亨利因此感到很失望，覺得這場戰爭卑瑣庸俗，毫無英雄氣概，他因此想擺脫戰爭。因爲受了腿傷，經過友人的介紹，亨利認識了一位來自英國的護士小姐凱薩琳，他們立刻陷入了熱戀之中，營造了一個彷彿離開戰爭的「個別的和平」。

亨利的腿傷好了以後，又回軍中服務，恰巧遇到了卡波雷托（Caporetto）大撤退，整個大軍一直往後撤，雨下個不停，連農民都加入了撤退的行列，德軍就在後面追。公路塞滿了軍車、卡車、騾車、手推車，行動緩慢。慢慢的，亨利和他的夥伴走上了一條小路，士兵們開始扔掉他們的來福槍，以爲沒有槍，長官就不能要求他們作戰，他們的部隊已經是「和平聯隊」。他所管轄的救護車和部下都失散了，他被軍中的憲兵逮捕。在河邊，一些軍官無端被槍斃，亨利只好跳進河流中，逃走了，他也從此逃離了一切軍隊的責任。他逃到米蘭去找凱薩琳，凱薩琳已去了佛嘉森（Ferguson），他又動身去佛嘉森找她。亨利早就換上了平民衣服，他述說：「我拿著報紙，但我不想看，因爲我不要再看與戰爭有關的消息，我要忘記戰爭，我已締造了一個個別的和平。」亨利和凱薩琳後來逃往瑞士，在日內瓦湖邊的小城待了一個冬天，遠離了戰爭。不過，隔年春天，凱薩琳難產，孩子死了，凱薩琳也陷入險境。戰爭只留下了死亡和孤獨給亨利，這就是戰爭的代價。

這本小說呼應了戰間期「反戰」的氣氛，乃是表現主義文藝的一個側面，一出版就轟動了歐美各界，使海明威更有名。

不過，戰後，海明威寫《老人與海》時，卻成爲一個存在主義者，一九五二年，他出版了這本書。這篇小說其實只有二萬七千字，以古巴附近的海流爲背景，一個老漁夫，使用了最原始的捕魚技術，在海灣釣魚。他在先前的八十四天裡頭，一無所獲，但是在第八十五天，他終於釣到一條大魚，他的船被這條大魚拖著走，進入深海，非常危險。但是，他不服輸，一直和魚搏鬥，後來魚終於血流過多，力氣用盡了，疲憊了，不再掙扎。當他慢慢將魚拖回岸邊時，來了一群鯊魚，想吃大魚的肉，這下子他就必須在跟鯊魚搏鬥，不斷地用槳擊打鯊魚，要鯊魚離開。終於老人拉了這條魚抵達岸邊，可惜大魚也已經剩下一副骨頭。

這篇小說旨在說明人生本質上是「虛無」（到最後一無所獲）的道理。不過，人生的意義不在最後的虛無裡頭，而是在虛無來臨前的那段奮鬥過程，那種「不向虛無屈服」的勇氣和過程才是人生的意義之所在。這可以說是典型的存在主義哲學了，也是一種不向失敗低頭的悲劇文學。一九五四年，他獲得了諾貝爾文學獎。

海明威最重要的形象還是二〇年代自我形塑的「迷失的一代」的形象，代表了美國青年如何受到世界戰爭和世界資本化的殘害。「迷失的一代」的作家除了海明威之外，還有費茲傑羅和多斯・帕索斯這兩位著名的悲劇作家。

冬天：諷刺文學時代

二戰後的世局，紛紛擾擾。尤其美國介入國際事務日深，國內的政治、經濟、種族問題層出不窮，正是多事之秋。在冷戰的架構下，連續發生了韓戰、越戰、古巴危機；國內則發生了甘迺迪總統被刺、路德・金恩被暗殺、反越戰風潮、水門事件……，一波未平，一波又起。在這種情況下，人們活得並不會比戰間期愉快，文學家理應該承續戰間期的悲劇文學，寫下一篇又一篇的悲劇作品才對。不過，出乎意料之外，文壇的主流卻轉變成諷刺（包括譴責、批判）文學。這些諷刺性的文學即是後現代主義的文學，包括了帶有荒誕性的存在主義文學、新小說派、垮掉的一代、黑色幽默小說、魔幻寫實主義等等。

（一）約翰・巴思（John Barth，1930—）

戰後，美國出現了一批新作家，巴思比較上富有新技巧和新思想，其小說被認爲具有後現代主義性質，是反諷、戲擬、元小說（後設小說）作家，對後來的新作家托馬斯・品欽等人產生了影響。

一九三〇年，巴思出生於馬里蘭州，曾在紐約茱莉安德音樂學校受過音樂教育；一九五一年，在巴爾的摩的霍普金斯大學畢業，次年獲文學碩士學位。此後，即任教於母校；之後，獲聘爲賓夕法尼亞州的英語系講師、副教授；一九六五年，任紐約州立大學英語系教授；一九七三年，回霍普金斯大學擔任英語系教授；晚年，定居巴爾的摩。

一九五六年，出版第一部小說《漂浮的歌劇》。主角叫做托德，在一戰中曾殺過德國士兵。三〇年代，托德曾經想要自殺，原因是他是歸屬於那種感情冷漠但智性過於活躍的現代人典型的人，簡言之，他是虛無主義者。他曾先後成爲浪蕩子、聖徒和憤世嫉俗的人。不過，來到三十七歲時，他發現了自己變成性無能者。經過一番思索，覺得自己沒有生存的理由，因而決定自殺。幸好，他的自殺沒有成功。後來又經過一番虛無主義的思索後，覺得既然人的內部不存在固定的任何價值，那又何必以性無能爲憾呢?他即抱持這種相對價值繼續活下來，最少活到了五十四歲。這篇小說顯然是描寫一個虛無主義者如何由觀念到實際行動的一個故事，本來應該是存在主義小說；但是他使用了黑色幽默的寫法，諷刺了這位虛無主義者的荒謬想法和行爲，從而也諷刺了當時美國青年流行的虛無主義風潮，根本上來說是一本諷刺時代的小說了。

一九五八年，巴思出版第二部小說《路的盡頭》，是一個荒唐的三角戀愛劇，明顯的也有存在主義的味道，但是卻由存在主義式的悲劇轉向黑色幽默劇的諷刺。這部小說情節比較簡單：主人公雅各·霍納是約翰·霍普金斯大學的研究生，算是一個持懷疑論的虛無主義者。在畢業後（此時，論文還未完成），霍納患了「選擇性癱瘓症」，即面對許多的可能性時無法做出選擇，因爲在他看來，任何一種選擇都是有理由的，同時又似乎沒什麼理由。正當他在火車站的大廳裡，面臨幾個可能的休假地點無法選擇而身體僵直時，遇到了一位自稱「專治各種身體僵固症」的醫生，後來隨他來到了「康復診所」。醫生以一種存在主義的角色扮演法來爲霍納治病，分配給他一個角色，要他認眞扮演下去。於是雅各·霍納去到了馬里蘭州立師範學院當語法教師。在這裡，霍納結識了同事喬·摩根及其妻倫尼。摩根和霍納剛好相反，他是一個有智性理念的人，相信道德相對論；據他的看法，他和倫尼結婚是具有相對性重要的價値的。他後來所以允許霍納和倫尼交往的原因，是爲了檢驗自己的人生原則。不過，霍納和倫尼交往後，卻發生了性關係。摩根問他們爲什麼發生性關係，他們兩人都說不清楚原因。摩根就覺得不可思議，爲了弄清楚原因，就請他們繼續交往。不幸，倫尼懷孕了。由於無法確定孩子的父親是誰，這時霍納居然能承擔責任，替倫尼安排了人工流產，結果倫尼在手術中意外死亡。喬·摩根被校方解僱，而霍納在絕望中又回到「康復診所」，這次診所爲他開出了另一種療法，叫做「寫作療法」。這部作品看似悲劇，但是卻諷刺了存在主義的學說，爲所謂的「道德相對論」做了冷嘲熱諷。同時，作者也寫出五〇年代美國青年人的內心矛盾，竭盡力量抨擊三角性愛的庸俗、無聊、荒唐，對當時性關係混亂的社會病做了無情的嘲諷，被認爲是「黑色幽默」小說的開山之作。約翰·巴思應該是結束美國存在主義小說時代，邁進黑色幽默諷刺小說時代的代表作家之一。

（二）約瑟夫·海勒（Joseph Heller，1923—1999）

戰後的嚴肅小說家群中，約瑟夫·海勒作品的暢銷度無人可及。他的影響力大，地位應該是崇高的。這都是由於他寫出了一篇古怪的小說《第二十二條軍規》，是典型的黑色幽默小說。

約瑟夫·海勒生於紐約布魯克林區科尼島一個貧窮的俄羅斯猶太移民家庭，並在那裡長大。他的父親是一位運送麵包的卡車司機，在海勒五歲時去世了，家境更加困難，只能靠母親爲客人提供膳食度日。海勒從小就頗具語言天賦，善於尖刻的諷刺和開玩笑。讀中學時，他就當過電報遞送員。一九四一年，他從林肯高中畢業，加入美國空軍。二戰期間，他成爲B-25轟炸機的投彈手，在北非和義大利戰場參加過六十次飛行。一九四五年復員，結婚。一九四八年，他進入南加州大學讀書，然後轉入紐約大學，獲得藝術學士學位，期間開始短篇小說創作。一九四九年，在哥倫比亞大學獲得碩士學位，在賓夕法尼亞州立大學講授寫作課程二年。一九五二年，他回到紐約，曾擔任《時代》等雜誌廣告撰稿人和《McCall's》雜誌的推廣經理。

一九六一年，海勒出版第一本長篇小說《第二十二條軍規》。這本書起筆於一九五四年，乃是他參加二戰的恐怖記憶的變體陳述。此書隨著美國反越戰浪潮的興起，在全國各地的大學生中得到了強烈共鳴，使他一舉成名。小說的主角叫做尤索林，他是二戰時轟炸機中尉轟炸手。他沒有雄心壯志，不想要升官或發財，只想及早完成軍方所規定的三十二次轟炸任務，以便返鄉歸家。尤索林在轟炸期間精神不安，他不但覺得在執行任務時敵人想用高射砲把他的飛機打下來，就是平日自己的軍隊中也有人想暗算他。遲早有一天，他會喪命。因此，如何離開這個瘋狂的世界是第一個必須思考的課題。不過，軍隊裡有一個「第二十二條軍規」限制了他的離開，使他只能持續進行轟炸任務。

什麼是第二十二條軍規呢？那就是規定飛滿三十二架次任務的人就可以不再執行任務，不過，裡頭又規定下級必須服從司令官的命令。因此，儘管尤索林的飛行架次已經超過三十二次以上，但是司令官總是把飛行次數提高到四十、五十甚至更高的次數，導致尤索林飛行個不完。尤索林因此一再失望，差不多瘋了，許多人也覺得他瘋了。瘋子照理說應該可以除役，但是第二十二條軍規裡又規定：瘋子可以停止飛行，但是停止飛行的申請只能由他本人提出；而一個有提出請求的意識和能力的人，就自己證明自己不是一個瘋子。結果是：尤索林得一直繼續執行飛行任務！更玄奇的是：第二十二條軍規並不存在於軍法中，但是仍然有效，因為每個人都認為它存在。這就更加糟糕，因為這樣就沒有具體的對象或條文可以讓人來嘲弄、駁斥、控告、批評、攻擊、修正、憤恨、辱罵、唾棄、撕毀、踐踏或燒掉它。

不但如此，這本小說也暴露軍隊裡的許多可怕的勾當。像佩克姆和德里德這兩位將軍的主要工作不是作戰，而是彼此勾心鬥角為自己爭取到更大的權力和地位。同時飛行大隊裡的食堂管理員米洛和軍事頭目相互勾結，在愛國主義的口號下，成立一個跨國果菜公司。入股這個果菜公司裡的人既有美國人也有敵方德國人。為了讓公司賺大錢，只要德國飛機貼上果菜公司的標籤，就可以在美國空軍基地上空通行無阻，甚至轟炸美軍。這個公司正是商業大亨和軍事首腦所組成的統治集團，只有謀利觀念，沒有敵人觀念；也暗喻了美國的政治統治集團不擇手段的圖利本質。

《第二十二條軍規》這本小說一出版，就造成了轟動，短短幾年內，就賣出了八百萬本，成了暢銷書。一九七〇年拍攝為電影。它不但使海勒在文學史上留名，還使得「黑色幽默」這一流派的小說成為文壇的主流。

（三）庫特．馮內果（Kurt Vonnegut, Jr.，1922—2007）

馮內果也是黑色幽默小說家。一九二二年出生於印第安那波利斯，十八歲就讀康乃爾大學，學的是生物化學；二年後在二戰的砲火中入伍。他赴歐洲打仗，不久就被德軍俘虜，被關在德雷斯頓集中營。一九四四年，德雷斯頓遭到盟軍飛機轟炸，德國平民死傷無數，馮內果卻倖免於難。戰後被遣送回國，一九四五年與考克絲小姐結婚後，直到一九四七年才念完芝加哥大學課程，後在紐約公共電力公司任職，一九五〇年成為職業作家。六〇年代中期，他曾在愛荷華、哈佛大學等校任教，一九七三年被選爲美國文學藝術院院士。

一九六三年，他出版了《貓的搖籃》，使他成爲美國最受歡迎的小說家之一。所謂的「貓的搖籃」是一種大人用繩子在掌上編出花樣來哄騙小孩的手藝。故事敘述一個叫做喬納的作家，爲了寫一本叫做《世界末日》的小說，他去找尋一九四五年原子彈在廣島爆炸以前美國的若干重要關係人正在做什麼事的資料。喬納終於找到了原子彈之父費力克斯．霍尼克的兒子牛頓．霍尼克，就請教牛頓當時他的父親正在做什麼。牛頓回憶說，當時他只有六歲大，在紐約自家的地板上玩。父親來找他，手裡繞著一圈繩子，然後讓繩子在手上翻成一個「貓的搖籃」，哄騙牛頓說：「你看見什麼了嗎？看見可愛的貓咪在裡面睡著了嗎？咪嗚！咪嗚！」這個「貓的搖籃」的把戲暗諷科學家很善於搞一些烏有子虛的欺哄外行人的手段。牛頓看見父親哄騙他的臉很醜，就嚇得哭了。他跑到院子裡，遭到姊姊安吉拉痛打，哥哥佛蘭克則去打安吉拉，三個人混戰成一團。父親看到小孩子們在打架，也不理睬，因爲父親認爲：處理人類的問題不是他的專長。

費力克斯．霍尼克的不理睬人間的爭端，反映了當代許多科學家可以無視人類禍福的荒唐自我認定；可是，原子彈之父可不是普通的科學家呀，他研究的原子彈是可以殺死幾千幾萬人的。然而，霍尼克的一生都抱持著這種糟糕的科學家態度，在即將死去的時候，還把一種叫做「九號冰」的冷凍劑交給子女。九號冰能夠在常溫下把湖泊、沼澤冷凍起來，成爲軍事上極爲可怕的武器。在他死後，他的三個子女瓜分了九號冰。他們同樣孤僻而冷漠，其中一人把它獻給一位加勒比海島國的統治者，換得高位。主角追隨其中一位兒子的腳步，來到加勒比海一個稱爲聖羅倫佐的小島，在這裡，一位奇怪的獨裁者和一個宗教教主相互勾結，在此愚弄及統治這個所謂的「人間樂園」。不久，這位獨裁者因爲得了許多的癌症，在痛苦難忍的情況下，吞食了九號冰，他的屍體立即凍成一塊硬梆梆的冰，這具屍體被安置在海邊懸崖上一座宮殿裡。

島上每年都要紀念百位烈士，起因是聖羅倫佐島在二戰時曾派員參戰，船一出港就被納粹潛艇擊沉，導致許多人罹難。為了宣示聖羅倫佐島的反獨裁精神，他們常舉行熱烈的慶典，六架飛行的飛機將會射擊放在海面上的希特勒、毛澤東、史達林、墨索里尼、馬克思這些帶來世界不自由的人士的紙標靶。那海面不遠的地方就是那座懸崖，還有懸崖上那座宮殿。最後，飛機表演時意外出了差錯，一架失事的飛機冒起濃煙，撞到了懸崖底部，懸崖和宮殿立即崩裂，冰凍的獨裁者的屍體也隨之落入海中。瞬間，海水就變成一塊浩大的冰塊，並殃及全球，整個地球就這麼毀掉了。

這本黑色幽默小說反映了科學家不負責任的態度，以及把科學發明和人類的幸福分離開來的不當。事實上任何的發明都應該受全體人類的充分監督和討論，才不致於釀成成大禍。同時，這本黑色幽默小說也體現了馮內果反核戰的思想，對西方社會的弊病提出了有力的針砭，一度成為美國大學生必讀的書籍之一，深受大眾歡迎。

一九六九年，馮內果又出版《第五號屠宰場》，這是一本戰爭小說，使馮內果再次成為美國最有影響力的小說家之一。故事的主人公比利出生在一九二二年，在二戰中曾被德軍俘虜，在德雷斯頓大轟炸時躲在叫做「第五號屠宰場」的地下室，意外保住生命。他回國後以配眼鏡為生，娶了老婆，還生了一個兒子。六○年代，比利的兒子被送往越南戰場，父子兩代人同樣接受了戰爭無情的洗禮。小說的奧妙處是在一九六六年，比利被外星人抓走了。因為外星人知道地球戰亂太多，需要和平的祕訣才能止戰，因此強制他前往「五四一號大眾星」（planet Tralfamador）進行朝聖之旅，目的當然是學會和平的祕訣，以改善人類的劣行。不過，比利卻從外星人那學會了不少知識，尤其是懂得擺脫線性時間的羈絆。比利可以任意出入在前後不同的年代，可以在時空中自由穿梭、來回變換，甚至多次看見自己的誕生和去世。他眼睛一眨，就回到了二戰時的戰場，忽然又回到兒時成長的伊里阿姆城，一會兒去到了「五四一號星球」，一會兒又回到煙硝密布、哀鴻遍野的戰場；當他睡覺時是衰老的鰥夫，醒來時卻是正在舉行婚禮的青年；進門是一九五五年，從另一扇門出去的時候是一九四一年；一會兒是那一年的那裡，一會兒是這一年的這裡。結果故事情節如同萬花筒一樣地跳躍出現，地球忙著戰爭，外星世界隨時出現，世界既荒誕又混亂。最重要的還是作者刻畫了地球永不停息的戰爭，從飛機轟炸到相互用槍砲殺戮，毫不手軟。難怪外星人也不禁感嘆說：「地球人的存在是一種宇宙的恐怖！」人類像長不大的孩子，在低劣智能的條件下，地球變成了一個「屠場」。這本小說出版時，越戰節節升高，作者的諷刺十分有力辛辣，本書在戰後的文學史中的重要性可見！

（四）托馬斯．品欽（Thomas Ruggles Pynchon, Jr.，1937—）

品欽也是黑色幽默小說家，一九三七年出生於紐約州，一九五三年十六歲時中學畢業後，在康乃爾大學進修工程物理，不過在第二年末期離開大學去美國海軍服役。一九五七年才返校完成英語學士學位。他第一篇公開發表的小說《細雨》於一九五九年出現在《康乃爾作家》上，講述了一名曾於美國海軍服役的戰友的親身經歷。從一九六〇年二月到一九六二年九月，他在西雅圖受聘爲波音公司的技術作家，開始了解物質機器世界的來臨，對於他將來的創作題材「物化」有重大的啓發。

一九六三年，他的長篇小說《V．》奠定了他在文壇的地位，曾得到「威廉．福克納獎」。

《V·》這本小說專講人類把自己「物化」的可憐、可笑狀況；基本上由兩條線構成：一個是以本尼·普魯費恩爲中心，內容主要發生在紐約的現實生活上。主角普魯費恩隨波漂流，過著溜溜球的流浪生活。無序而混亂的社會導致大批的人形同遊民，過著漫無目的物化生活。小說不只描寫主角，也描寫了「全病幫」所過的這種遊民生活。在這個世界裡，人失去生命力而「物化」。隨著物化程度的加重，人和機器已經不能區分。角色之一的福爾斯把自己的身體和電視機連爲一體，從而變成了電視機的延伸。主角普魯費恩也漸漸地感覺到自己成了沒有靈魂的生物機器人，只是由各種零件拼湊而成的人罷了。一個用來進行汽車實驗的人體模型施洛德就曾經告訴普魯費恩說，終將有一天人會完全失去生命力，失去生命，失去靈魂，變得像模型一樣，只剩下一個軀殼。簡言之，整個世界到最後都會失去活力，失去生命，變成一個個物件的堆積場。這可以說是六〇年代亂糟糟的紐約物化生活面的一個眞實寫照。

另一條線是赫伯特·斯坦西爾，內容主要陳述了一八九八到一九四三年間所發生的種種事情。主角赫伯特·斯坦西爾好奇強烈，一心想要找到一個叫做V·的神祕人物。品欽在這部分很有耐性地描寫歷史片段和許多次要的細節，包括十九世紀九〇年代末英法兩國爭奪尼羅河地區的戰略要地；二〇世紀初德國人在西南非進行的種族大屠殺……。小說虛構了許多歷史人物，有風流、好色、狡猾的英國外交部間諜；善於辱罵別人的奧地利領事館廚師領班；經常出入於「維蘇」這個空洞的城市的老間諜船長；準備竊取名畫《維納斯的誕生》的一夥人；具有偷窺癖的德國工程師蒙多根；荒淫無度外加殘忍嗜血的德國軍官……。在這個部分裡，品欽控訴了人類無休止的「戰爭」和「邪惡」，那正是世界能趨疲（熵化）的象徵，世界整體顯得多麼的「衰老」和「墮落」。

這兩個主角的活動範圍和生活態度殊異，但是最後殊途同歸，他們都在一個漸漸物化、能趨疲的世界中進行著抵抗，掙扎著要保持人本身的活力和精神的自由。他們對物化世界的抗爭使他們走到了同一個境界，好像兩條線相交，構成了字母V。事實上，《V．》描寫的人物不只兩位主角，可說林林總總，形形色色，各自有不同的生存姿態；同時在展示每個人的時候，也展示了繽紛多樣的場景或事件；不過，所有的場景和事件都循著物化進行，更重要的是循著「能趨疲（熵化）」這條主線而發展。

總之，這本書譴責了人類不懂得親近大自然、不懂愛、不懂得保持自我生命活力的重要性。人固然願意崇拜物質，將物變成神，甚至願意把自己變成物質，卻不知道物質不是萬能的。它受制於熱力學第二定律能趨疲（熵化）的支配，總會由高能量消耗成爲低能量，最後終將變成廢棄物。當地球上所有物質的能量必不可免的逐漸降低到零度時，人類歷史也就將隨之結束。雖然今天世界的「物」戰勝了一切；不過，明日的世界將成爲一個「物」的大垃圾場，就像是荒涼的月球表面，那是沒有生命的眞正的不毛之地。品欽的這本小說反映了六〇、七〇年代人們對於「能趨疲（熵化）」的那一波思考。

一九七三年，品欽又出版長篇小說《萬有引力之虹》，這本小說獲得「全國圖書獎」，表示還是有人慧眼識眞貨，可見小說不如傳言中那麼難懂。這篇小說長達八八七頁，滿滿都是五花十色、光怪陸離的敘述，並且包括了文學、社會學、心理學、高等數學、物理學、化學、彈道學、軍事學、變態性愛的描寫。小說有四百個左右的人物，七十三個場景，故事空間遍及西歐、東歐、北美洲、中亞、非洲。使用英、法、德、義、拉丁各種語言。背景是二戰，當時，德軍使用V-2導彈襲擊倫敦，英、美的間諜單位想要尋出導彈投擲的祕密。後來這些情報單位發現導彈落下的位置和美國軍官斯洛士羅普發生性行爲的地點相符，於是英、美情報單位立即針對這一點進行了研究。斯洛士羅普也假扮戰地記者，投入了這場追尋，甚至到了德國的飛彈基地。到最後，他終於明白自己在幼小的時候，父親爲了預先籌集他的學費，曾把他賣給哈佛的心理學家傑夫博士做有關兒童性慾的研究。傑夫博士曾用一種叫做Imipolex G的化學材料使幼童的他性器勃起，以後這種化學材料被用在V-2的火箭製造上，導致了他的性愛地點和導彈爆炸的地點重疊的現象。在小說剛開始時，飛彈只是碎片，隨著不斷地搜尋，拼湊到最後現出原形，原來是兩枚飛彈，終於讓讀者明白了眞相；不過這時也正是斯洛士羅普看見天空的彩虹的時候，他若有所悟，在激動之餘喜極而泣，他的身體竟然自行消解，最後消失得不見蹤跡。小說把人類的性慾和現代科技連結起來書寫的目的，彷彿是告訴我們：人的大規模死亡既是天地間存在的物理力量的結果，也是一種心理現象。同時，所謂的「萬有引力之虹」即是導彈落下的拋物弧線，是死亡的象徵，也是萬物能趨疲、世界末日來臨的徵兆。

總之，品欽的小說大都在闡揚人類「物化」以及世界朝向能趨疲（熵化）的不可避免性，反映了六〇、七〇年代世界糧食不足、能源短缺、冷戰狀態下的奄奄一息的世界圖景。

美國戰後的文學主流不只是存在主義小說和黑色幽默小說，「垮掉的一代」也非常強勁，除了詩人金斯堡非常有名以外，小說家傑克·凱魯亞克也足以留名文學史。傑克·凱魯亞克在一九五七年出版了《在路上》，是一部流浪漢小說，將嬉皮士文化介紹出來，裡面的主要人物都是挑戰社會、憤世嫉俗、離經叛道的人物。相對於主流文化，《在路上》所描述的當然是非常畸形的文化。事實上，這一派的詩文、小說是對美國社會文化做一種極爲激烈的抗議，是抗議作品，裡頭都具有強烈的諷刺。

本文參考資料

1. 何欣：《西洋文學史》（台北：五南，一九九八年）
2. 何欣：《現代歐美文學概述（上）》（台北：書林，一九九六年）
3. 何欣：《現代歐美文學概述（下）》（台北：書林，一九九六年）
4. 虞建華主編：《美國文學辭典：作家與作品》（上海：復旦大學，二〇〇五年）
5. 薩克文．伯科維奇主編；孫宏主譯：《劍橋美國文學史第七卷》（北京：中央編譯，二〇一二年）
6. 網路維基百科資料

近代歐美文藝史的四季變遷現象

■英國近代文學史

（一）春天：傳奇浪漫時代

華茲華斯（William Wordsworth，1770—1850）

拜倫（George Byron，1788—1824）

雪萊（Percy Bysshe Shelley，1792—1822）

司各脫（Scott Walter，1772—1832）

簡・奧斯丁（Jane Austen，775—1815）

（二）夏天：田園、喜劇、抒情時代

迪斯雷利（Benjamin Disraeli，1804—1881）

狄更斯（Charles Dickens，1812—1870）

薩克萊（William Makepeace Thackeray，1811—1863）
夏綠蒂・勃朗特（Charlotte Brontë，1816—1855）
喬治・艾略特（George Eliot，1819—1880）

（三）秋天：悲劇時代

喬埃斯（James Augustine Aloysius Joyce，1882—1941）
吳爾芙（Virginia Woolf，1882—1941）
艾略特（Thomas Stearns Eliot，1888—1965）

（四）冬天：諷刺時代

赫胥黎（Aldous Leonard Huxley，1894—1963）
貝克特（Samuel Beckett，1906—1989）
勞倫斯・達雷爾（Lawrence Durrell，1912—1990）
約翰・福爾斯（John Fowles，1926—2005）

■法國近代文學史

（一）春天：傳奇浪漫時代

拉馬丁（Alphonse Marie Louise Prat de Lamartine，1790—1869）

雨果（Victor-Marie Hugo，1802—1885）
大仲馬（Alexandre Dumas，1802-1870）
繆塞（Alfred de Musset，1810—1857）

（二）夏天：田園、喜劇、抒情時代

巴爾札克（Honore de Balzac，1799—1850）
奧吉耶（Guillaume-Victor-Emile Augier，1820—1889）
小仲馬（Fils, Alexandre Dumas，1824—1895）
福樓拜（Gustave Flaubert，1821—1880）

（三）秋天：悲劇時代

左拉（Emile Zola，1840—1902）
莫泊桑（Henri René Albert Guy de Maupassant，1850—1893）
巴比塞（Henri Barbusse，1873—1935）
莫里亞克（François Mauriac，1885—）
卡繆（Camus, Albert，1913—1960）
沙特（Sartre Jean Paul，1905—1980）

（四）冬天：諷刺時代

克洛德·西蒙（Claude Simon，1913—2005）

瑪格麗特·杜拉斯（Marguerite Duras, 1914-1996）

阿蘭·羅伯·格里耶（Alain Robbe-Grillet，1922—2008）

米歇爾·布托爾（Michel Butor，1926—）

■美國近代文學史

（一）春天：浪漫時代

歐文（Washington Irving，1783—1857）

霍桑（Nathaniel Hawthorne，1804—1864）

梅爾維爾（Herman Melville，1819—1891）

（二）夏天：田園、喜劇、抒情時代

馬克·吐溫（Mark Twain，1835—1910）

威廉·豪斯威爾（William Dean Howells，1837—1920）

歐·亨利（O. Henry，1862—1910）

（三）秋天：悲劇時代

法蘭克・諾里斯（Frank Norris，1870—1902）

傑克・倫敦（Jack London，1876—1916）

海明威（Ernest Miller Hemingway，1899—1961）

史坦貝克（John Ernst Steinbeck, Jr.，1902—1968）

福克納（William Cuthbert Faulkner，1897—1962）

（四）冬天：諷刺時代

約翰・巴思（John Barth，1930—）

約瑟夫・海勒（Joseph Heller，1923—1999）

馮內果（Kurt Vonnegut, Jr.，1922—）

品欽（Thomas Ruggles Pynchon, Jr，1937—2007）

近代歐美美術史

（一）春天：傳奇浪漫時代

哥雅（Francisco José de Goya y Lucientes，1746—1828）

布雷克（William Blake，1757—1827）

泰納（Joseph Mallord William Turner，1775—1851）
康斯塔伯（John Constable，1776—1837）
德拉克洛瓦（Eugène Delacroix，1798—1863）

（二）夏天：田園、喜劇、抒情時代

〈巴比松畫派〉
柯洛（Jean-Baptiste Camille Corot，1796—1875）
米勒（Jean-François Millet，1814—1875）
〈寫實主義〉
庫爾貝（Gustave Courbet，1819—1877）
杜米埃（Honoré Daumier，1808—1879）
〈印象派〉
馬奈（Édouard Manet，1832—1883）
莫內（Claude Monet，1840—1926）
雷諾瓦（Pierre-Auguste Renoir，1841—1919）
高更（Eugène Henri Paul Gauguin，1848—1903）
梵谷（Vincent Willem van Gogh，1853—1890）

（三）秋天：悲劇時代

〈表現主義〉

孟克（Edvard Munch，1863—1944）

〈超現實主義〉

畢卡索（Pablo Picasso，1881—1973）

奇里訶（Giorgio de Chirco，1888—1978）

艾倫斯特（Max Ernst，1891—1976）

達利（Salvador Dali，1904—1973）

（四）冬天：諷刺時代

普普主義（Pop Art）

後現代主義（Post Modernism）

唐詩三百年的四季變遷現象

■春天：傳奇浪漫時代

唐朝建立（西元六一八年）後，邁入了開疆拓土的時代，詩人充滿時代的自信，不斷歌頌英雄，甚至認爲自己也是英雄。描寫勝仗的邊塞詩成爲文學的主流。詩人寫詩好像發表激動的政治宣言，氣魄雄偉，文風浪漫壯麗，詞藻充滿動作詞，善用比喻和誇飾。此時，正是人類企圖征服周圍環境、掌控環境的時代。

駱賓王（六四〇—？）

〈從軍行〉

平生一顧重，意氣溢三軍。野日分戈影，天星合劍文。
弓弦抱漢月，馬足踐胡塵。不求生入塞，唯當死報君。

〈於易水送人〉

此地別燕丹，壯士髮衝冠。
昔時人已沒，今日水猶寒。

楊炯（六五〇—？）

〈紫騮馬〉

俠客重周遊，金鞭控紫騮。蛇弓白羽箭，鶴轡赤茸鞦。
發跡來南海，長鳴向北州。匈奴今未滅，畫地取封侯。

陳子昂（六六一—七〇二）

〈感遇之卅七〉

朝入雲中郡，北望單於臺。胡秦何密邇，沙朔氣雄哉。
藉藉天驕子，猖狂已復來。塞垣無名將，亭堠空崔嵬。
咄嗟吾何歎，邊人塗草萊。

王翰（六八七—七二六）

〈涼州詞〉

葡萄美酒夜光杯，欲飲琵琶馬上催。
醉臥沙場君莫笑，古來征戰幾人回。

王之渙（六八八—七四二）

〈涼州詞〉

黃河遠上白雲間，一片孤城萬仞山。

羌笛何須怨楊柳，春風不度玉門關。

王昌齡（六九八—七五六）

〈出塞〉

秦時明月漢時關，萬里長征人未還。

但使龍城飛將在，不教胡馬度陰山。

夏天：田園時代

此一時期唐朝物阜民豐，有整整四十年不見刀兵影子的歲月，詩人安居田園，遊山玩水，安頓自己在親情友情之中，是太平的好日子，田園山水詩就成為主流。詩人的情緒平和，詞藻明亮美麗，善於直接摹寫。此時正是人類和環境合一，人類融入環境的時代。

孟浩然（六八九—七四〇）

〈過故人莊〉

故人具雞黍，邀我至田家。綠樹村邊合，青山郭外斜。
開筵面場圃，把酒話桑麻。待到重陽日，還來就菊花。

〈宿建德江〉

移舟泊煙渚，日暮客愁新。
野曠天低樹，江清月近人。

王維（七〇一—七六一）

〈鳥鳴澗〉

人閑桂花落，夜靜春山空。
月出驚山鳥，時鳴春澗中。

〈山居秋暝〉

空山新雨後，天氣晚來秋。明月松間照，清泉石上流。
竹喧歸浣女，蓮動下漁舟。隨意春芳歇，王孫自可留。

李白（七〇一—七六二）

〈靜夜思〉

床前明月光，疑似地上霜。
舉頭望明月，低頭思故鄉。

〈黃鶴樓送孟浩然之廣陵〉

故人西辭黃鶴樓，煙花三月下揚州。
孤帆遠影碧空盡，惟見長江天際流。

〈下終南山過斛斯山宿人置酒〉

暮從碧山下，山月隨人歸；卻顧所來徑，蒼蒼橫翠微。
相攜及田家，童稚開荊扉；綠竹入幽徑，青籮拂行衣。
歡言得所憩，美酒聊共揮；長歌吟松風，曲盡河星稀。
我醉君復樂，陶然共忘機。

秋天：悲劇時代

此時，安史之亂發生（西元七五六年），唐朝開始衰敗，唐朝的自信心完全被摧垮，戰禍帶來不幸，人民遷徙流離，戰將喪身失命，英雄打了敗仗，萬象淒涼，悲劇文學就產生。詩人情緒不穩，心境陷入悲痛之中。秋風秋雨、眼淚哭泣成爲最常見的辭藻。此時就是人類被環境打敗，屈從環境的時代。

杜甫（七一二—七七〇）

〈春望〉

國破山河在，城春草木深。感時花濺淚，恨別鳥驚心。
烽火連三月，家書抵萬金。白頭搔更短，渾欲不勝簪。

〈兵車行〉

車轔轔，馬蕭蕭，行人弓箭各在腰。爺娘妻子走相送，塵埃不見咸陽橋。
牽衣頓足攔道哭，哭聲直上干雲霄。道傍過者問行人，行人但云點行頻。
或從十五北防河，便至四十西營田。去時里正與裹頭，歸來頭白還戍邊。
邊亭流血成海水，武皇開邊意未已。君不聞漢家山東二百州，千村萬落生荊杞。
縱有健婦把鋤犁，禾生隴畝無東西。況復秦兵耐苦戰，被驅不異犬與雞。
長者雖有問，役夫敢申恨？且如今年冬，未休關西卒。
縣官急索租，租稅從何出。信知生男惡，反是生女好。
生女猶是嫁比鄰，生男埋沒隨百草。
君不見，青海頭，古來白骨無人收。
新鬼煩冤舊鬼哭，天陰雨濕聲啾啾。

張籍（七六六—八三〇）

〈征婦怨〉

九月匈奴殺邊將，漢軍全沒遼水上。萬里無人收白骨，家家城下招魂葬。
婦人依倚子與夫，同居貧賤心亦舒。夫死戰場子在腹，妾身雖存如晝燭。

■冬天：諷刺時代

此時，唐朝更爲無力，因爲英雄已經死了，文學就不再有英雄，文學轉向荒唐人物和小人物的描寫。農人工人、平民百姓成爲被描寫的對象，文學家以這些小人物的辛勞和痛苦來反諷上層社會階級，同時諷刺了那些權力階級裡的「食人妖魔」，希望改善社會。詩人擅長用諷刺，醜化他所要批評的對象。此時就是英雄死亡，環境如同滔滔洪水淹沒一切，小人物輾轉呻吟在環境鐵蹄下的時代。

白居易（七七二—八四六）

〈輕肥〉

意氣驕滿路，鞍馬光照塵。借問何爲者，人稱是內臣。
朱紱皆大夫，紫綬悉將軍。誇赴軍中宴，走馬去如雲。
樽罍溢九醞，水陸羅八珍。果擘洞庭橘，膾切天池鱗。

食飽心自若，酒酣氣益振。是歲江南旱，衢州人食人。

〈買花〉

帝城春欲暮，喧喧車馬度。共道牡丹時，相隨買花去。
貴賤無常價，酬值看花數。灼灼百朵紅，戔戔五束素。
上張幄幕庇，旁織籬笆護。水灑復泥封，移來色如故。
家家習爲俗，人人迷不悟。有一田舍翁，偶來買花處。
低頭獨長嘆，此嘆無人喻。一叢深色花，十戶中人賦。

李紳（七七二—八四六）

〈憫農〉

鋤禾日當午，汗滴禾下土。
誰念盤中餐，粒粒皆辛苦。

元稹（七七九—八三一）

〈織婦詞〉

織婦何太忙，蠶經三臥行欲老。蠶神女聖早成絲，今年絲稅抽徵早。
早徵非是官人惡，去歲官家事戎索。征人戰苦束刀瘡，主將勛高換羅幕。
繅絲織帛猶努力，變緝撩機苦難織。東家頭白雙女兒，爲解挑紋嫁不得。
簷前嫋嫋游絲上，上有蜘蛛巧來往。羨他蟲豸解緣天，能向虛空織羅網。

新春天：新傳奇浪漫時代

此一時期的唐朝已經慢慢走向滅亡（終於在西元九〇七年亡），文學家不再關心社會，沉浸在歌舞軟香之中，進行逃避。詩人想要再啓浪漫傳奇之風，可惜都是缺乏大理想的小愛情書寫。必須等到宋朝的范仲淹、歐陽修、蘇東坡才死而復活，返回較有氣魄的眞正春天傳奇浪漫文學。

杜牧（八〇三—八五二）

〈遣懷〉

落魄江湖載酒行，楚腰纖細掌中輕。
十年一覺揚州夢，贏得青樓薄倖名。

〈贈別〉

娉娉嫋嫋十三餘，豆蔻梢頭二月初。
春風十里揚州路，卷上珠簾總不如。

李商隱（約八一三—約八五八）

〈錦瑟〉

錦瑟無端五十弦，一弦一柱思華年。莊生曉夢迷蝴蝶，望帝春心託杜鵑。
滄海月明珠有淚，藍田日暖玉生煙。此情可待成追憶，只是當時已惘然。

〈無題〉

昨夜星辰昨夜風，畫樓西畔桂堂東。身無彩鳳雙飛翼，心有靈犀一點通。
隔座送鉤春酒暖，分曹射覆蠟燈紅。嗟余聽鼓應官去，走馬蘭台類轉蓬。

宋太祖（九二七—九七六）

〈詠日〉

欲出未出光辣撻，千山萬山如火發。
須臾走向天上來，趕卻殘星趕卻月。

漢賦三百年的四季變遷現象

浪漫文學階段

此一階段應該上推到李斯所寫的散文，像李斯（西元前二八〇年—前二〇八年）所寫的〈諫逐客書〉，詞藻華美，排比鋪張，音節流暢，就很有漢賦的味道。以後，秦始皇統一中國，曾多次巡行各地，刻石表功，現在的石刻文還留下了七篇，大抵都是出於李斯之手。內容表揚了秦始皇一統天下併呑四方的霸氣和武功，秦始皇當然是最大的英雄，也都有漢賦的味道。

田園、喜劇文學階段

進入了西漢，以司馬相如（約西元前一七九年—前一一七年）的〈上林賦〉開始，出現了描寫天子上林苑的廣大風景，以及天子遊獵的龐大隊伍。尤其是描寫觀舞賞月的場面，跳舞的場地廣大曠遠，舞台高達雲霄，巨鐘的重量十二萬斤，參加演出的人物多達千名，萬人和聲，歌聲驚天動地，一片歡樂，從此開啓了田園文學中的園林文學。以後揚雄模仿了司馬相如又寫了〈羽獵賦〉、〈長楊賦〉也都出現巨大遊獵隊伍和華美宮廷，天下物產富庶，歌舞昇平。

東漢班固（西元三二年—九二年）時，寫了〈兩都賦〉，也就是〈西都賦〉、〈東都賦〉兩篇，先盛讚長安之美，將昭陽宮的富麗堂皇寫到極致，到處都鑲嵌珠玉、流光溢彩；後寫東都洛陽，盛讚歷史文化豐富和自然景觀優美。到了張衡（西元七八年—一三九年）又模仿班固，寫了〈二京賦〉，再度歌頌長安洛陽的華美偉大，萬人安居樂業。這時期的文人對於他們的國都、國土都非常滿意，盡情享樂。

悲劇文學階段

到了蔡邕（西元一三三年—一九二年）的時候，就不妙了，這時來到了桓帝時期，宦官當權，朝政敗壞。蔡邕寫了〈述行賦〉，是一篇哀傷亂世已到的作品。內容書寫歷代以來許多臣子背叛國君的事蹟，教人傷痛。雖然他也寫了一篇〈歸田賦〉，看起來很像田園文學，但是其實是蔡邕對時代的失望，身心俱疲的反映。

諷刺文學的階段

到了趙壹（約在西元一五六年—一八九年之間活動的人）時，就更不妙了。這時已經是靈帝的時代，他寫了〈刺世疾邪賦〉明顯就是諷刺文學，甚至是譴責文學了。這篇賦對漢末汙濁的社會發出了尖銳的批判，針針見血。他說漢朝每況愈下，混濁腐敗，是非顛倒，小人得志，賢者失位。其根源乃是執政者的腐化。他預言不論使用何種方法，已經難以挽回漢朝敗亡的命運。他寫這篇文章後，漢朝果然在西元二二〇年氣數完盡，覆滅了。

文學四季所表現的一般性內容

傳奇浪漫時代	田園喜劇時代	悲劇時代	諷刺時代
勝利英雄	歡樂英雄	敗北英雄	英雄已死
戰鬥拓土	安居樂業	偏安一隅	家業盡失
團結排外	包容四方	分裂破散	孤立個體
熱情	溫情	寡情	無情
建德	守德	敗德	無德
知恥	尚恥	鮮恥	無恥
壯美	優美	病美	恐怖、怪異、醜陋之美
神祇復活	神祇升天	神祇衰敗	神祇死亡

圖片出處索引

頁一〇八：宜蘭昭應宮所供奉的楊廷理神像。（來源：林立文攝影）

頁三三〇：《嫁妝一牛車》各版本書影。左起：一九六九年金字塔出版、一九七五年遠景出版、一九九三年九歌出版。（來源：書封掃描）

頁三六三：右起《告密者——李喬短篇小說自選集》（一九八五年台灣文藝雜誌社出版）；《告密者》（一九八六年自立晚報出版）。（來源：書封掃描）

頁三八九：《蕃薯之歌》（一九八一年三信出版）。（來源：書封掃描）

頁四〇三：《大學女生莊南安》（一九八五年前衛出版，此爲再版封面）。（來源：書封掃描）

頁四〇四：《決戰星期五》（一九八六年前衛出版，此爲再版封面）。（來源：書封掃描）

頁四〇九：《宣讀之日》（一九八五年水牛出版）。（來源：書封掃描）

頁四一〇：《企業家沒有家》（一九九四年月旦出版）。（來源：書封掃描）

頁四二八：《鄉史補記》（二〇〇八年開朗出版）。（來源：書封掃描）

頁四六〇：《復活的人》（二〇一四年草根出版）。（來源：書封掃描）

頁四八二：右起《最後的獵人》（一九八七年）、《情人與妓女》（一九九二年）、《蘭嶼行醫記》（二〇〇〇年）皆由晨星出版。（來源：書封掃描）

頁四八八：右起《冷海情深》（一九九七年聯合文學出版）、《黑色的翅膀》（一九九九年晨星出版）、《海浪的記憶》（二〇〇二年聯合文學出版）。（來源：書封掃描）

頁四九〇：《美麗的稻穗》（一九八九年晨星出版）。（來源：書封掃描）

頁五一七：《槍聲》（二〇〇五年前衛出版）。（來源：書封掃描）

頁五二二：《埋冤，一九四七，埋冤》（一九九六年海洋台灣出版）。（來源：書封掃描）

國家圖書館出版品預行編目資料

台灣文學三百年. 續集 :文學四季變遷理論的再深化 / 宋澤萊作. - - 初版.- - 台北市：前衛, 2018.03
624面；17x23公分

ISBN 978-957-801-837-2（平裝）

1. 臺灣文學史 2.文學評論

863.09 106022878

台灣文學三百年 續集

文學四季變遷理論的再深化

作　　者　宋澤萊
責任編輯　林雅雯
美術編輯　宸遠彩藝
出 版 者　前衛出版社
　　　　　10468 台北市中山區農安街153號4樓之3
　　　　　Tel：02-25865708　Fax：02-25863758
　　　　　郵撥帳號：05625551
　　　　　e-mail：a4791@ms15.hinet.net
　　　　　http://www.avanguard.com.tw
出版總監　林文欽
法律顧問　南國春秋法律事務所
總 經 銷　紅螞蟻圖書有限公司
　　　　　11494 台北市內湖區舊宗路二段121巷19號
　　　　　Tel：02-27953656　Fax：02-27954100
出版日期　2018年3月初版一刷

定　　價　新台幣600元

Printed in Taiwan　ISBN 978-957-801-837-2